作者简介

　　何开余，1963年5月4日生，安徽广德人，中共党员，大学本科。1980年11月入伍后，曾经在步兵第60军181师服役，从中国人民解放军镇江船艇学院、陆军指挥学院毕业，在舟嵊要塞区（第22军）司令部水线中队、舟嵊要塞区船运大队、舟嵊守备区政治部宣传处工作；历任步话机员、军校学员、见习航海长、副艇长、艇长、指导员、教导员等职，中校军衔。浙江省摄影家协会会员。2001年3月转业，自主择业考入宁波日报开发导刊编辑部，历任记者、编辑、新闻采编室主任、编辑部副主编等职。

　　主要荣誉：1983年，获中国人民解放军总后勤部颁发的《优秀团员证》；1990年，被舟嵊守备区树为军事训练标兵；1993年，被浙江省军区评为"优秀政治教员"；1993年，被舟嵊要塞区政治部荣记三等功。2008年10月，获第七届"宁波市十大优秀新闻工作者"提名奖。

　　主要成就：目前，共有3000多篇（幅）作品被《人民日报》、新华社、中新社、《人民前线》《浙江日报》《宁波日报》等媒体采用，其中有20多篇（幅）作品获得省级以上奖项。参与撰写、拍摄、编辑的主要图书有：《自强之路》《高技术条件下局部战争/陆军船艇海上航渡和登陆作战保障勤务》《水上劲旅（画册）》《开放正未有穷期》《北仑脚步》《北仑往事》《心曲》《青春献海防》《英雄旋律》《搏击第二战场——我26位战友的创业故事》等。采写的出版文字超过360万。

①	②	③
④		

① 1980 年 12 月摄于江苏无锡
② 1982 年 4 月摄于安徽滁州
③ 1997 年 10 月摄于江苏南京
④ 1988 年 11 月摄于山东青岛

1986 年 1 月，与同学计宁平在浙江舟山定海港合影

1987 年，与战友们在战艇指挥室前面合影

　　1996年2月，在台湾海峡参加陆海空三军"联合96"演习时，与二中队队长徐永林（中）、副队长张宏彬（右）在福建平潭海军码头合影

1999年，我和女儿与即将退伍的战士合影

2010 年 8 月，在中国台湾采风

2013 年 12 月，在四川内江参观"新中国新闻事业的开拓者"范长江的故居

1998 年，与陆军指挥学院胡坚教授在宁波溪口留影

2012 年，在西藏采风

2011 年，在欧洲采风

2019 年 11 月，与战友迟文军（中）、 刘玉宝（右）在浙江舟山合影

2021 年 8 月，与战友施新岳在宁波警营合影

　　2001年3月12日，我到宁波日报开发导刊编辑部工作后，受到了首任主编翁大毛先生的精心指导。图为2005年12月20日，翁主编在宁波港2005年第500万集装箱起吊仪式现场留影

　　2011年9月9日，宁波日报开发导刊编辑部同仁在象山参加暑期读书会期间的合影。图中二排左五为时任主编李道轩先生

搏击第二战场

我26位战友的创业故事

何开余 著

哈尔滨出版社
HARBIN PUBLISHING HOUSE

目　录

【序　言】

奋斗者，永远年轻！　　　　　　　　　　　　　　　　　　　　　001

⑪【科技引领　产业报国】

"世界搬运车之王"
　　——宁波如意股份有限公司名誉董事长储吉旺创业纪实　　009

奋力追赶通信科技潮头
　　——广州市紫晶通信科技有限公司董事长鲍铁靖创业纪实　　035

骑在"虎背"上奋勇前行
　　——双良集团董事局主席缪双大创业纪实　　　　　　　　053

勇攀"光通信"的"珠穆朗玛峰"
　　——通鼎集团董事局主席沈小平创业纪实　　　　　　　　071

中国电动车行业的领军者
　　——雅迪集团控股有限公司董事局主席董经贵创业纪实　　093

⑪【行业骄子　舍我其谁】

踏平坎坷成大道
　　——浙江高压开关厂有限公司董事长陶寿林创业纪实　　　111

劈波斩浪向远航
　　——江苏江阴澄港拖轮船务有限公司董事长窦正满创业纪实　　139

吹尽狂沙始到金
　　——宁波宝丰工量具有限公司董事长黄高明创业纪实　　155

让破产的集体企业浴火重生
　　——湖北江荆消防科技股份有限公司董事长王晋富创业纪实　　179

扬帆商海写传奇
　　——宁波市阿六（冷链）食品有限公司董事长施新岳创业纪实　　195

追逐瑰丽的光华
　　——宁波德普光电科技有限公司董事长闻国强创业纪实　　217

让太平猴魁飘香万里
　　——安徽黄山市猴坑茶业有限公司董事长方继凡创业纪实　　231

闯出团餐行业新天地
　　——宁波市江徽美食餐饮有限公司总经理江中民创业纪实　　243

"商脉"里流淌着红色基因
　　——福建中驰生态农业综合开发有限公司总经理林华彪创业纪实　　267

⑪【独具匠心　风雨兼程】

永远保持冲锋的姿态
　　——宁波精特数控机床有限公司董事长蒋善坤创业纪实　　287

"井冈奈李王"
　　——江西省井冈山市龟边杉树专业合作社法定代表人郑晓云创业纪实　307

一路豪歌向天涯
　　——欧洲华商叶龙标创业纪实　323

彩虹总在风雨后
　　——浙江国冶建设项目管理有限公司董事长张吕通创业纪实　347

搏击潮头养海参
　　——山东烟台乾源海水养殖有限公司董事长郈歧升创业纪实　371

"小衣架"拓开"大市场"
　　——绍兴市柯桥区盈丰竹木制品厂厂长宋建敏创业纪实　385

"眼镜王国"追梦人
　　——北京光明视力有限公司创始人黄宣虎创业纪实　399

点"铝"成金
　　——山东晟宏铝业有限公司总经理丛干忠创业纪实　417

⑪【剑走偏锋　出奇制胜】

攻关破茧攀高峰
　　——"温州市劳动模范"黄如乃创新纪实　429

让货币文化绽放时代光彩
　　——杭州世界钱币博物馆馆长储建国创业纪实　441

矢志攻克前列腺疾病医治难题

    ——武警 8720 部队医院大校医师卫正余创新纪实   447

用雄辩穿透迷雾

    ——北京康达（宁波）律师事务所合伙人会议主席何方荣创业纪实   469

【后记一】

逐梦路上　感恩同行——我的新闻生涯   483

【后记二】

真诚的说明   513

【后记三】

是金子总会发光——读何开余《搏击第二战场》书稿感言   516

闪耀着生命无限亮光的灵魂——读何开余《搏击第二战场》书稿感言   518

致敬奋斗者——读何开余《搏击第二战场》书稿感言   520

【序　言】

奋斗者，永远年轻！

一朝从军行，终生军魂驻。南宋文学家辛弃疾的"醉里挑灯看剑，梦回吹角连营"，南宋文学家陆游的"夜阑卧听风吹雨，铁马冰河入梦来"，更是道出了多少退役老兵回望军旅的心声！

自 1980 年 11 月开始，我先后在中国人民解放军第 60 军、舟嵊要塞区（第 22 军），以及陆军船艇部队战斗了 21 年。其间，我随部队驻扎在人迹罕至的江淮深山，求学于滚滚东流的长江之畔，戍守在千岛要塞的东海前哨，演训于抗独前线的台湾海峡。我学过步话通信、骑过嘶风战马、当过重机枪手、干过航海指挥、做过政治工作……党把我这位懵懂的青年学生培养成了驰骋祖国海疆的登陆艇中队编队优秀指挥员。2001 年，我转业后自主择业，考入宁波日报开发导刊编辑部，已在新闻记者岗位工作了 22 年。

2023 年 5 月，我退休了。每当回忆从军这段最可珍贵的青春年华，我就充满了对老部队的无限感恩。我在想，白鸽奉献给蓝天，星光奉献给长夜，自己能为弘扬老部队的光荣传统做点什么呢？我与曾在部队风雨同舟的宁波市阿六（冷链）食品有限公司董事长施新岳交流时，他建议："在波澜壮阔的时代画卷中，我们的一些战友在创新创业方面有所建树。你是新闻记者，又从事过开放型经济的报道，现在能不能发挥写作特长，把他们的事迹挖掘出来？这既是对老部队光荣传统的最好诠释，也是激励读者的生动教材！"我听了以后，觉得这项工作确实很有意义。于是，2021 年 10 月，我开始动手采写这本书——《博击第二战场——我 26 位战友的创业故事》。

消息一传开，许多战友纷纷向我推荐采访对象，最后增加到 60 多人。我选择了其中在不同行业创新创业，并有代表性的26位。这些老战友牢记我军"特别能吃苦、特别能忍耐、特别能战斗"的优良传统和作风，以忠诚、勇敢、担当、智慧、奉献诠释了退役军人的革命本色，以奋斗书写了属于自己的人生精彩，展现了新时代人民军队的精神特质。

采写的过程，是一个艰苦的过程，也是一个愉悦的过程。在这个过程中，我仿佛听到了老战友们为建设中国特色社会主义加油鼓劲的铮铮誓言，也仿佛看到了老战友们迈向新时代新征程的铿锵步履。

根据他们的创新创业特点，我分四个专栏进行组稿。

在"科技引领 产业报国"专栏，我采写了五位老战友：宁波如意股份有限公司名誉董事长储吉旺，善于与外商打交道，被誉为"世界搬运车之王"。1995年，为适应欧盟等国际市场的更高要求，如意公司在国内同行中首家取得了TUV"CE"证书和"国际通行证"——ISO9000国际质量体系认证。现在，如意三大系列200个品种的产品畅销全球152个国家和地区，占全国同行出口总量的26%左右。广州市紫晶通信科技有限公司董事长鲍铁靖，奋力追赶通信科技潮头。紫晶通信凭借自我研发的远程核容等领先全国的技术，参加了国家"西电东送"的长途光缆光纤架空大跨距的工程熔接施工、"乌东德电站送电广东广西特高压多端直流示范工程直流线路工程输电线路OPGW光缆熔接（标段1）施工"等项目的建设，赢得了良好的口碑。双良集团董事局主席缪双大，骑在"虎背"上奋勇前行。集团连续多年名列中国企业500强，并荣获有中国工业"奥斯卡"之称的"中国工业大奖"。目前，双良已形成多晶硅核心装备、单晶硅片、电池组件光伏产业链，并深耕地热、氢能、绿电、储能等清洁能源技术研发及装备生产，以数字化驱动的碳中和综合服务助力国家"双碳"目标实现。通鼎集团董事局主席沈小平，勇攀"光通信"的"珠穆朗玛峰"，把企业从单一通信电缆生产商发展成为全球单体最大的光纤光缆产业基地，业务也从"一根缆"（单纯线缆制造领域）扩展到了"一张网"（5G线缆、组网设备、无线专网、网络安全、大数据运营等领域），并成为国内外优秀的通信产业链全业务集成商、服务商。雅迪集团控股有限公司董事局主席董经贵，走高端路线，将中国新能源产业带入了尖端技术领域，成为中国电动车行业的领军者。在过去20多年里，雅迪累计销售电动车超过7000万台，产品出口100个国家和地区。他们还在越南建立生产基地，迈出全球化新步伐。

在"行业骄子 舍我其谁"专栏，我采访了九位老战友：浙江高压开关厂有限公司董事长陶寿林，因仗义执言遭人陷害，被法院错判六年有期徒刑。他服刑一年半后，被无罪释放。出狱后，他从逆境中奋起，投入几百元，租房开设电器修理部。创业过程中，尽管因为忙于赶路，不幸遭遇两次车祸，都与死神擦肩而过，但他始终坚强面对。如今，他拥有的两家公司占地140多亩、厂房4万多平方米。江苏江阴澄港拖轮船务有限公司董事长窦正满，退役时选择了自主择业。创办公司后，主要从事我国长江、沿海的超大型设备的拖带、运输，以及海洋工程的拖航、定位等业务。特别是，他带领团队积极参加重大国防工程建设，有效推动了军地协作、军民融合发展。目前，澄港拖轮公司已经成为国内最大型的民营拖轮企业之一。宁波宝丰工量具有限公司董事长黄高明，1995年与爱人租了三间房，招了六个人，借了两万元，办起了钢卷尺厂。他善于从广交会上寻找商机，与世界500强企业开展合作。通过20多年的艰苦奋斗，他创办的两家公司占地6.6万平方米，年产值突破2.5亿元，在全国钢卷尺行业中名列前茅，产品销往世界各地。湖北江荆消防科技股份有限公司董事长王晋富，2003年收购了破产的湖北江陵消防器材厂。目前，江荆消防焕发出蓬勃的生机和活力，跻身国家高新技术企业行列，是目前全国品种最多、规格最全、生产能力最强的灭火器生产企业之一。他们的"江荆"产品已在石油、石化、通讯、电力、航空、高铁、工矿等行业和领域得到广泛应用。宁波市阿六（冷链）食品有限公司董事长施新岳，以快求变，在水产市场的风浪中站稳脚跟。目前，阿六公司是宁波市余慈地区规模较大的集冷冻食品仓储、配送、代购代销代加工服务，以及冷库出租于一体的冷链物流企业，冷库仓储总量达到5.8万立方米，跻身中国冷链物流50强企业。宁波德普光电科技有限公司董事长闻国强，追逐瑰丽的光华。在他的带领下，公司在全国率先研制并推出了"三防LED灯"，并加强与100多家外协厂的沟通和合作，产品远销欧美等50多个国家和地区；而且2021年产值超过三亿元，名列全国同行前三位。安徽黄山市猴坑茶业有限公司董事长方继凡，是国家级非物质文化遗产项目绿茶制作技艺（太平猴魁）代表性传承人。他先后投资建成六大太平猴魁生产基地，拥有太平猴魁、黄山毛峰和祁门红茶茶园2000多亩；已成为生产、加工、经营太平猴魁系列茶的重点龙头企业，是黄山地区徽茶的代表性名片，部分产品出口欧洲、日本等地。宁波市江徽美食餐饮有限公司总经理江中民，闯出团餐行业新天地。他实施的"五常法"管理、"5H"管理，以及打造"透明厨房"等经验在全国推广。江徽已托管经营浙江、安徽、江苏三省的70多家学校、医院等企事业单位的食堂，每天服务十多万人；跻身"中国团餐百强企业"行列，成为全国响当当的"食堂管理专家"。福建中驰生态农业综合开发有限公司总经理林华彪，"商脉"里流淌着红色基因。他在家乡东山县港西村规划投资 3 亿多元，打造"中驰生态山庄"项目。其中的红色战地文化园，将 1953 年东山保卫战的牛犊山战斗遗址全部精心地保留了下来。他参与投资建设的港西村旅游项目，成了全省远近闻名的"网红"打卡地。

在"独具匠心 风雨兼程"专栏，我采访了八位老战友。宁波精特数控机床有限公司董事长蒋善坤，曾经在对越自卫反击作战中火线入党。他退伍返乡后，始终保持冲锋的姿态，积极投身创新创业。他创办了集数控机床研发、生产、销售为一体的高科技企业。在与德国、日本等世界一流企业的合作中，精特公司推出五轴联动数控机床与高速数控机床，成为大众汽车等著名跨国公司供应商的抢手货。江西省井冈山市龟边杉树专业合作社法定代表人郑晓云，是当地远近闻名的"井冈奈李王"。2016 年，他在 50 多亩田里种植的 1000 多棵奈李，已经成为致富的"摇钱树"。2023 年，他的奈李产量为 10000 多斤。他说："我种的奈李，树龄较短，属于中幼树。如果树龄到了 10 年，一棵可结果 200 斤左右；如果树龄到了 15 年，一棵可结果 300 斤左右。那时，总产量会有很大的提高，超过三十万斤。"欧洲华商叶龙标，一路豪歌向天涯。1995 年，他在行政干部下海潮中，毅然陆续带着 100 多位亲戚朋友直奔乌克兰敖德萨"淘金"。之后，他辗转立陶宛、斯洛伐克、匈牙利、波兰等国创业，练就了极强的生存能力。他定居波兰以后，在华沙开了一家日用品批发商场，还与家族成员一起开了 60 多家名为"中国大商场"的超市。浙江国冶建设项目管理有限公司董事长张吕通，转业后放弃公务员或机关事业单位的待遇，参与事业单位改制买断工龄，勇敢投身市场经济的大潮，开始自我创业。20 多年中，1000 多个监理项目在他的手上圆满收官。在极易产生权钱交易的建设领域，他始终做到廉洁自律，实现了"常在河边走，就是不湿鞋"的诺言。山东烟台乾源海水养殖有限公司董事长邴歧升，搏击潮头养海参。在创业过程中，他遭遇多次失败，甚至到了"上无片瓦、下无立锥之地"的窘境。但是，他凭借军人永不言败的精神，努力拼搏，终于获得了成功。如今，他的海区养参面积达 1.2 万亩，年产海参 10 万斤。他靠诚信积累了 300 多家客户，产品供不应求。绍兴市柯桥区盈丰竹木制品厂厂长宋建敏，依托家乡丰富的毛竹资源，致力开发裤架、牙签和竹筷等三大系列的生活用小竹制品，既带动了当地竹农的致富，更满足了城乡居民的生活必需。

其"益鹤牌"衣架等竹制品，不仅满足国内市场，还通过义乌商贸城销往欧洲、南美洲等地。北京光明视力有限公司创始人黄宣虎，在北京曾经独资、合资创办了七家眼镜专卖店。现在，其王府井旗舰店成为中国眼镜市场的一座风向标。2003年3月，北京发现非典。他出售的防护镜被《北京娱乐信报》率先报道后，引发市场热销。当年，他总共出售了两万多只防护镜，无一涨价。这种"决不发国难财"的做法，赢得了社会的尊敬和赞誉。山东晟宏铝业有限公司总经理丛干忠，顶着巨大压力，借钱创办自己的企业。面对产品同质化的竞争，他转变思路，走"铝材专科"路线，不断改进营销方式。通过十多年的艰苦努力，企业生产的优质铝型材和铝线热销全国、远销海外。

在"剑走偏锋 出奇制胜"专栏，我采访了四位老战友。"温州市劳动模范"黄如乃，攻关破茧攀高峰。1979年9月，他带领两名战士废寝忘食，攻克了"067型登陆艇大门自动脱挂保险钩装置"研究项目，获得中国人民解放军总后勤部技术发明二等奖。1986年8月，他转业到浙江省乐清市供电公司后，结合工作实践，提出了许多电改方面的合理化建议，获得了较好的经济效益和社会效益。杭州世界钱币博物馆馆长储建国，于1999年6月6日创办了全国唯一一家以陈列和展示外币为主的博物馆，让货币文化绽放时代光彩。如今，二十多年过去了，博物馆已经成为民办翘楚，以及华侨控股旗下的一张闪亮的文化名片。他曾经代表博物馆，先后三次应邀参加联合国教科文专委会会议并发言。武警8720部队医院大校医师卫正余，独创了治疗前列腺增生和各种急慢性前列腺炎的新方法。这种方法是采用中西药结合方剂，经会阴部直接注射到前列腺包膜下，一般三针见效，八针治愈，患者不需住院，无痛苦，费用低。在他临床治疗的三万多名患者中，有效率为96.2％，治愈率为86.4％。他被患者誉为"卫三针"。浙江甬望律师事务所主任何方荣，善于用雄辩穿透迷雾。他担任代理律师的"舟山金塘大桥被撞案""台州数额巨大的保险索赔案""华润万家超市洪塘店出售假茅台酒案""案值两亿多元的海南海口围海造岛案"等引起社会广泛关注的案例，维护了当事人的合法权益。这些经典的判决案例，时至今日仍然影响深远。

退役之后，上述这些老战友为什么能够实现华丽转身？双良集团董事局主席缪双大深有感触地说："如果企业不坚持创新，就要被同行淘汰，被市场抛弃。所有民营企业都是骑在虎背上，而不是马背上，只有奋勇向前一条路可以走！"通鼎集团董事局主席沈小平说："道德加舍得，方为大德。从我当兵第一天起，忠诚和奉献就融入了我的骨血。因此退役后，在办企业的同时，我立下誓言，慈善是我的第二份事业。"宁波市江徽美食餐饮有限公司总经理江中民说："一个人只有对他将要献身的事业有透彻的了解，有明确的认识，才能在任何时候都为之努力奋斗，既不会因工作顺利而懈怠，也不会因遇到困难或挫折而退却！我的理想，就是做食堂管理专家。"安徽黄山市猴坑茶业有限公司董事长方继凡说："部队就是我的大学，教给了我战胜困难的信心和力量！在部队的磨砺，是我一辈子享用不尽的财富。"他们的这些话，代表了每一位成功者的心声。

人生是坎坷和辉煌的融合体，是煎熬和希望的交融剂。收藏过去，是为了更好地出发！

我们正处在大有可为的新时代。习近平总书记对广大退役军人寄予了殷切希望。在接见军转干部代表时，总书记指出，广大军转干部要到党和人民最需要的地方去，积极适应改革开放时代大潮，牢记生命中有了当兵的历史，自觉弘扬人民军队光荣传统和优良作风，在人生的不同阶段、不同岗位上继续出色工作、活出精彩。

退役不褪色，建功新时代。中国共产党第二十次全国代表大会展现出一个更加自信的中国形象，为中国未来发展指明了前进的方向。我们正意气风发地迈上全面建设社会主义现代化国家新征程，向第二个百年奋斗目标进军，以中国式现代化全面推进中华民族伟大复兴。国家的发展进步为广大退役军人追梦圆梦提供了前所未有的舞台，党和政府的关心关爱为退役军人建功新时代创造了更多机遇。希望更多的退役军人在创新创业的道路上奋力拼搏，开拓进取，努力创造无愧于党和人民的新业绩，为"八一"军旗增添光彩！

奋斗者，永远年轻！

何开余

2023 年 5 月 4 日

【科技引领 产业报国】

"世界搬运车之王"

——宁波如意股份有限公司名誉董事长储吉旺创业纪实

人物介绍

　　储吉旺，1942 年 10 月生，浙江省宁海县人。1963 年 7 月高中毕业。1963 年 8 月—1968 年 3 月，在南京军区后勤部船舶运输大队服役。1968 年 5 月，担任宁海城西小学代课老师。1968 年 11 月起，先后担任宁海县第二农机厂仓库保管员、党支部代书记。1983 年 2 月起，先后担任县交通局文书、县汽车客运站负责人。1985 年 2 月，创办宁海县塑料九厂（1987 年，更名为宁海县机械设备配件厂；1989 年 2 月，更名为宁波如意机械有限公司；1996 年 10 月，更名为宁波如意股份有限公司）。

　　储吉旺于 1995 年 12 月，获评"全国优秀退伍军人"。2003 年 9 月，获评"宁波市慈善楷模"。2005 年 11 月，获中华慈善奖。2016 年 11 月，获评"第十五届浙江省优秀企业家"。2019 年 7 月，获评"全国模范退役军人"。曾经担任宁波市、浙江省人大代表。

　　储吉旺先后 17 次跟随党和国家领导人出访。

　　储吉旺为中国作家协会会员，已撰写、出版《风雨 40 年》等 16 本书。

　　2008 年 5 月 2 日，中央电视台首播了 21 集电视连续剧《战友》，展现了退役军人的创业历程和奉献精神。剧中的主角储军旺，即以储吉旺为原型。

1963 年 8 月，储吉旺应征入伍，在南京军区后勤部船舶运输大队服役。

他到部队一个多月后，大连海运学院的录取通知书才姗姗来迟。当兵 5 年，他为时任南京军区司令员许世友等首长开过交通艇。

1968 年退伍后，储吉旺先后当过代课教师、工人、厂党支部代书记、县客运站负责人。1985 年 2 月，他创办了宁海县塑料九厂，因行情不好，两年后濒临倒闭。

峰回路转，绝处逢生。1986 年，他在《浙江日报》上看到一句话："国际市场广阔，我们不但要搞好国内市场，而且要拓展国外市场，外贸是我们发展的方向！"他的眼前豁然一亮，这不正是自己寻找的市场吗？于是，他赶到杭州，住在"近湖旅社"的阁楼里，一夜 2.5 元。他联系浙江省机械设备进出口公司以后，终于通过业务员吴华先生接到了美国钢链公司的拉紧器业务，从此走上生产外贸产品的道路。1988 年，他又开发了主导产品"西林"牌手动液压搬运车，广泛运用于仓库、码头、机场、商场等领域。

1945 年，瑞典 BT 公司发明了手动液压搬运车。1999 年，日本一家公司以 6 亿美元的高价，买下了瑞典 BT 公司。2002 年，宁波如意公司的出口量超过了 15 万台，一举成为"世界搬运车之王"。目前，主要产品包括搬运车及堆高车系列、窄通道及拣选车系列、牵引车系列等三大系列 200 个品种，年产销电动车上万台、手动车 50 多万台。

目前，如意公司的"西林"牌商标已在全球 65 个国家和地区注册；系列仓储物料搬运车畅销全球 152 个国家和地区，约占全国出口总量的 26%。

如意公司为何选中"西林"牌商标呢？储吉旺说，有两层寓意：第一，他出生于宁海东路茶院乡一个名叫西林的小山村，当时仅有 20 户人家。1970 年上游建水库时，全村迁散到各地。现在，这个小山村虽然在地图上已不复存在，但是，他对那里的山山水水、一草一木都记忆犹新。第二，洋人的产品不断进入中国市场，我们泱泱大国的产品更要走出国门。"西林"，就是要让自己的产品畅销西方市场。

在如意公司大门的大理石门楣上，镶嵌着储吉旺写的 16 个大字："吉祥如意，兴旺发达，出口创汇，富我中华。"他说，海外市场很精彩，中国的企业家应该树立雄心壮志，把更多的产品销到海外去。

目前，300 多名专业工程技术人员、90 名中高级工程师组成的企业科研团队，为如意的技术创新提供了强大的支撑。激光切割机、等离子切割机、加工中心、自动喷涂流水线、装配流水线、自动焊接流水线等 800 多台高精尖设备，确保了产品的优良品质。

因为一些特殊的经历，五星红旗在储吉旺心中的分量格外重。他在部队交通艇上服役时，每天与国旗为伴。1988 年 8 月，他第一次访问美国时，发现机场、码头、车站以及很多高层建筑上，都挂着美国星条旗。归来后，他便在公司顶楼上竖起旗杆，升起五星红旗，至今从未间断。此举，得到了很多前来公司洽谈业务的外商的赞许。美国客商唐蹦先生说："这说明，储吉旺是一位爱国主义者。"

储吉旺在与外商打交道中，展现了敢拼的魄力、高超的智慧。下面，就让我们一起来分享他的创业故事！

一、与美国客商打交道中，他通过海外测试产品的经历，深刻领悟了"质量就是生命"这句话的分量；同时，由于产品质量过硬，成功阻止了客户的刁难

储吉旺把产品销售到美国，是从与罗伯茨先生合作开始的。

1987 年，储吉旺从浙江省机械设备进出口公司业务员吴华那里获得消息：美国钢链公司老总罗伯茨先生需要进口拉紧器。他拿到业务后，如意公司总工程师朱爱义对照美国产品的原样，手工做出了产品。

拉紧器是用于打包捆扎的一个金属连接部件，当时美国的货车上都有配备。捆扎货物时，既省力又牢固。因为行车途中如果发生断裂，后果不堪设想，所以客户对产品质量要求较高。

1988 年春，罗伯茨来到如意公司，看见他们在简陋的工厂里，生产出了外观与美国一样的产品，十分钦佩，向他们订购了两个集装箱的产品。如意全厂高兴极了，加班加点生产。储吉旺记得："当时，刷油漆时，我的头发全都被油漆粘住了，不得不用剪刀剪开。"

储吉旺说，按照标准，拉紧器的拉力强度要达到 8.6 吨。当年，他们买不起测试设备，只能用铁链串起一只只水泥块来拉。这样测试，很不标准。

如意公司收到货款后，罗伯茨又订购了三个集装箱的产品。正当如意等待货款时，美国传来消息：质量不合格，退货！

1988年8月，储吉旺首次访美时，心头就像压着一只沉重的包袱——那五个集装箱、货值几十万元的拉紧器，还躺在罗伯茨的仓库里。罗伯茨怕质量有问题，不敢出售，要他到美国现场测试。如果产品不合格，不仅要退货，还要按合同条款索赔。

8月15日，到了美国，储吉旺一夜未睡好。第二天，他带着两套样品硬着头皮去测试中心，罗伯茨派了一位工程师前去监测。储吉旺说："我与这位美国工程师交流时，发现他会讲一些结结巴巴的中文，原来他爱人是中国人。我请他在测试时不要采取爆发力测试，而是将拉力慢慢提升。他照做了。"经测试，这两套样品承受的拉力都超过10吨以上。

第一次测试过关，他紧张的心情稍许轻松了一些。但是，罗伯茨仍不放心，说："这是从中国带来的样品，百里挑一，质量肯定好，请你们在美国的仓库里抽检6套再行测试。"没办法，第三天，他再去测试。结果，除一套产品没有达到破载要求外，其余5套总算合格。经他耐心说服，罗伯茨勉强收下了这批产品。

经过一番痛苦的折腾，他感到产品质量确实不稳定，如果采用爆发力测试，说不准套套爆断，而此举决定着企业的命运。他说："在美国，我暗下决心，回国后头等大事就是要抓产品质量。"

回到公司，他们经过一段时间的探索和实践，采用新的材料组合，同时改进工艺，大大提高了产品强度，拉力全部超过国际标准。同时，他们还不惜代价，增添了检测设备。此后，再也没有出现任何质量问题。当年，如意公司就有2万套拉紧器出口，创汇17万美元。

这次美国之行，储吉旺在考察市场行情后，打算开发、生产手动液压搬运车。

1989年元旦，如意公司的手动液压搬运车投入批量生产。由于他行动快，产品质量过得硬，浙江省机械设备进出口公司当即签订了当年的合同意向书，包销3000台。下半年，有7个国家的14批外商来厂洽谈业务。

1989年，罗伯茨的公司因故停办，双方的生意自然中断，但是储吉旺一直与他保持联系。每年圣诞节前，储吉旺都给他寄去贺卡，并将中国成语"失败乃成功之母"译成英文，鼓励他不要灰心，东山再起。

1992 年底，罗伯茨时来运转，被美国 JLC 公司的董事长唐蹦聘为部门经理。1994 年，该公司要开发一种新产品——风动砂轮机，罗伯茨积极向唐蹦建议放到中国，与宁波如意公司合作。他说，老朋友储吉旺做生意重信誉，绝对可靠。罗伯茨还三次陪同唐蹦一起来如意公司考察。

1994 年 3 月，如意公司与 JLC 公司达成合资创办宁波吉珂风动工具有限公司协议，开发出口产品——"西林"牌风动砂轮机，美方出资 10 万美元。新公司由如意公司负责生产、JLC 公司负责销售。运行当年，产品出口额为 60 万元人民币。

看到这个项目能赚钱，周边一下子冒出了 20 多家生产风动砂轮机的企业。为了抢市场，大家拼价格，利润微薄，吉珂公司只好决定停产。看到唐蹦心情低落，储吉旺告诉他："我做生意，上对得起天，下对得起地，中间对得起良心。您当初投资的 10 万美元，我用相同价格的产品抵给您！"唐蹦听了，非常感动。

1994 年，储吉旺去美国拜访罗伯茨时，罗伯茨指着挂在家中的龙泉宝剑说："这是我们第一次在如意公司见面时，你送给我的珍贵礼物。七年了，我一直珍藏着。"看到这把宝剑，储吉旺很感动："龙泉宝剑是中国国宝，已有 2400 多年历史。"

那几年，如意的拉紧器在美国销得红火，信誉也好。在储吉旺的反复劝说下，1995 年 7 月，罗伯茨又重新开了公司，同如意公司做上拉紧器生意。那时，每月一个集装箱，业务开展顺利。当年，双方做了 300 万元人民币的生意。

我在采访时，储吉旺深情地回忆道："罗伯茨是我做生意遇到的第一个外国人。我们合作了 20 多年。他退休后，穷困潦倒，住进了养老院。我曾经派外贸公司的员工去看望他，给他送了几万美金，可是，他回复：心意领了，非常感谢，钱一分都不要！"

俗话说，不打不成交。储吉旺通过与美商鲍三利的交往，建立了深厚的友谊。他说："鲍三利在退休前，一直跟我在合作。"

1989 年 6 月，美国旧金山某公司以质量不合格为由，通过浙江省机械设备进出口公司，向如意公司退回了价值 60 万元的拉紧器。而浙江省机械设备进出口公司与这家美国公司是合作伙伴，业务除了如意公司的拉紧器，还有其他大量的出口产品。中方公司向储吉旺承诺："考虑你厂有困难，损失我们各承担一半，你也不要再提什么要求了。"可是，储吉旺坚决不同意，要求美商来杭州谈判。

1989 年 8 月，美国某公司特派部门经理鲍三利来了。储吉旺与之有过一面之交，还留下了深刻印象。一年前，储吉旺首次出访美国去过这家公司，鲍三利接待非常热情。两人一见面，鲍三利就解释："这个中文名字我并不喜欢，是香港朋友搞错了。"储吉旺马上接过他的话题："这个名字很好：'鲍'是中国百家姓之一，而'三利'，一利中美两国人民的友谊，二利我们双方互惠互利，三利您本人生意兴隆发大财！"这么一解释，鲍三利喜形于色地说："原来如此，那我就不改这个中文名字了。"有了这一经历，鲍三利对储吉旺的印象很好。可是，这次是谈退货索赔，鲍三利板着面孔。

"这样还怎么谈生意呢？"储吉旺幽默地打破沉寂："鲍三利，我打算送你四大美女。"对方一愣："什么，四大美女？""是的，我知道您喜欢玻璃画，所以特意定制了。这四幅美女画包括"沉鱼"的西施、"落雁"的王昭君、"闭月"的貂蝉、"羞花"的杨贵妃。每个美女都有一个动人的故事呢！"鲍三利一听，脸上露出了笑容。这时，他话题一转，突然发问："鲍三利，你说产品不合格，有测试数据吗？"鲍三利双手一摊，如实回答，"没有。""那你凭什么说产品不合格？""我听分销商和其他人说，中国产品质量不合格，就让分销商全部退了回来。"听到这里，他胸有成竹地说："你错了！我们公司的生产很正常，不信您可以到公司考察。我们的产品都经过严格测试，你说退就退，这未免太轻率了吧！"鲍三利无言以对。他接着说："产品都是合格的。本来这笔业务已经银货两讫，如没有异议，还是请你运回去。"鲍三利无奈之中，只得表示同意。

这时，他又继续提出问题："现在贵公司退还的产品一片狼藉，必须重新包装，增加了一笔包装费。还有，退货运输时，产品被雨水打湿，很多产品生了锈斑，本公司重新做了热处理，又增加了一笔费用。另外，还有一笔运输费。合计5000美元。"鲍三利同意承担。此时，储吉旺要求翻译写好协议书，三方签字确认。这时，参加谈判的省进出口公司外贸人员怕气氛弄僵，就说："储总，他们是大公司，是很讲信誉的，就别签了。""这就像病人现在打了麻药针，一旦清醒过来，会觉得痛。为了防止他反悔，非签不可。"

果然，储吉旺的预料被印证。鲍三利回到美国就反悔了，很快拉了一个中国台湾的林经理又来索赔。储吉旺在大门口迎接客人时，他发现林经理带着一本《般若波罗蜜多心经》。他尊重佛教，顿觉两人有共同语言。相互交流时，他说，佛教提倡行善积德，做生意应该有商德。林经理听得点头称是，并对美方索赔这件事说了公道话。

最后，鲍三利理屈词穷，只能认输。这时，储吉旺气犹未消，要求对方赔偿精神损失费 500 美元。鲍三利从口袋里拿出了五张 100 元的美钞。储吉旺说："我只拿一张，是说明我在理上，你应该付出；我还你四张，说明我们仍然是朋友，还要把生意做下去！"鲍三利对他佩服得五体投地。

说起退货，还有一个故事。

美国芝加哥的一位客商，首次购买了如意公司一个集装箱的搬运车。不久，美商便发来传真说：销给客户的产品一半油缸漏油，放在仓库里的很多产品也漏油，要求全部退货，并赔偿他们的损失。

储吉旺一看传真，便知这是一位不很高明的对手。油缸是他们公司的拳头产品，绝对不会漏油。他立即给对方回了传真："油缸要漏油，我可全部换上新的，换下的请暂放仓库，可请专家做检测。"这位美商又回了传真，说那里劳力贵，付不起劳务费。他又传真告诉对方："可由本公司派员检测，如质量不好，一切免费；如质量合格，则一切费用由贵方负担。"美商收到这个传真后，立即软了下来，叫如意公司不要去人。原来，美商暂时推销不出去，造成产品积压，就想把包袱甩到如意公司身上。

为了扩大业务，储吉旺抓住各种参展机会。

1991 年 8 月，他赴美国芝加哥参加世界五金工具博览会，带了"西林"牌手动液压搬运车、拉紧器、撬棍 3 种产品。博览会规模宏大，几层楼有数千个摊位，而如意公司的摊位在三楼 4554 号。他想，在博览会现场浏览一遍就得花上一天时间，而展出时间仅 4 天，外商怎么能找到自己的摊位呢？他苦思冥想，请翻译在 200 本产品样本上用英文写上"欢迎光临 4554 号摊位"，向各国外商发送。到了第三天，他的摊位来了近百位外商，还与几位达成了合作意向。当时，他把这一做法告诉同去的宁海另一家企业的经理，可对方不以为然，最后一笔生意也没做成。

1992 年 8 月，美国商人威廉先生来到如意公司谈业务。威廉是个精明的生意人，常驻中国，自诩为"中国通"，同如意公司已做了多年生意。

刚坐下，威廉忽闪着狡黠的眼睛，开门见山地说："据我对贵国同行的了解，你们的'西林'牌搬运车不如另外一家企业的质量好，且价格比人家高出好多，如贵公司能考虑让利降价，我们可以继续合作……"

储吉旺对国内同行的情况了如指掌，笑着对威廉说："您犯了喜新厌旧的毛病！我现在给您打个比喻：您有一位非常漂亮贤淑的妻子，可天长日久您看腻了，用中国的一句古语就是——入芝兰之室，久而不闻其香。您又结识了一位妖艳的情人，这位情人原本比不上您的妻子，但因为她新鲜，您感到很有趣、很刺激，想抛弃爱妻另觅新欢。现在我提醒您，喜新厌旧可以，但一旦您又看腻了这位情人，再想回到爱妻身边时，您的妻子可不会原谅您。我们已经做了多年生意，'西林'牌产品如您的爱妻一样。如果您一时冲动移情别恋，以后即使您出很高的价格，我们再也不会理睬您这位薄情郎啦！"威廉聚精会神地听完翻译后，哈哈大笑："OK！OK！储先生很会说话，这个比喻太生动了。经您这么一说，我决定爱'妻子'不要'情人'了。"此后，威廉同如意公司的交情更深了。

1995 年 5 月，美国纽约市 FNF 公司四位客商在宁波机械设备进出口公司袁建亮先生的带领下，来如意公司商谈购买手动液压搬运车的生意。美商说："你们如意公司的手动液压搬运车在美国很有名气，但也把美国市场搞垮了。你们卖给美国的公司太多，我们不想买你们现在出口美国型号的产品，希望买到特制的搬运车。"储吉旺带他们参观工厂时，他们毫不客气地提出了各种各样的问题，甚至连弹簧、销子都很挑剔。他觉得他们非常内行，讲到了点子上，就同美国客人共同探讨了改进方案。最后，双方当场签订了长期合作协议。

饭桌上，FNF 公司的总裁风趣地说："我购买搬运车好像找对象，找来找去找不到合适的，要么是质量不好，要么是价格太高，今天终于在中国找到了合适的对象。我们现在就签订合同吧。等现在的产品款式卖完了，我给你新技术，你们又能生产新的品种投放市场，这样我们的合作会长期下去。"储吉旺说："这四位美国客商的挑剔，挑出了我们的市场。"

二、与欧盟客商打交道中，他通过 TUV 等认证，使产品享受免检待遇。遭遇反倾销后，虽然关税提高 28%，但仍有 50 多家客户乐于同如意公司长期合作

储吉旺说，如意公司拥有一张过硬的质量王牌，这就是国际机电产品检测权威——德国莱茵技术监护顾问股份有限公司（TUV）颁发的质量安全认证证书和

"GS"安全标志，可在欧共体（欧盟）成员国享受免检待遇。

为了提高产品质量，如意公司多次聘请德国专家前来指导。

1989年，他第一次聘请的德国专家B技术高明，但很高傲，有些瞧不起他们。B第一次做了指导后，问储吉旺："我指导的标准，你们需要多少时间才能达到？""一个星期。"B说："一个月吧，一星期太快。"他毫不犹豫地说："就是一星期。"果然，一星期后，B来检查结果，十分满意。第二次，B又提出了改进图纸等要求，要他们按照改进方案试制，问要多长时间。他看了指导方案，考虑了一下便说："半个月。"谁知，半个月后，B到厂检查时暴跳如雷，同翻译说："我马上要回杭州，要回德国去！"

这是为什么？原来，B要求员工："你们准备好4台搬运车零部件，然后当场装配给我看。"而如意员工却提前把这4台车装配好了，所以他十分恼火。储吉旺顿觉问题严重，便灵机一动，对总工程师朱爱义说："你中饭等会吃，先带两个工人赶快把已经装配好的车拆下来，油漆一点都不能碰掉，等我和B吃了饭再来现场。"朱总工程师急忙办理。他笑嘻嘻地同B说："您也太性急了，我还有4台车的零部件等您来装配。现在已是中午了，走，到我家吃中饭去。"他这么一说，B转怒为喜。过了一个多小时，他们用完餐，就高高兴兴去总装配车间。当看到4台未装配的搬运车零件时，B满意地指导工人装配，并且亲自装配了一台。B在如意公司指导了6个月，使他们的产品质量上了一个台阶。

1991年初，储吉旺获悉TUV已在上海设立中国办事处，便千方百计抓住机会，邀请TUV专家为"西林"牌搬运车再做检测。

从1991年7月到1993年3月，TUV先后6次派出专家，从产品质量到现场管理，进行全方位跟踪，有的检测项目远远超出了产品的实际应用范围，近乎苛刻。如，在上海航空测试中心进行"搬运车千斤顶负载测试"时，载重2吨的产品要做2.5吨负载测试。按规定，做此测试时，应在叉车上铺一块铁板，使之受力均匀，而当时找不到铁板。TUV专家提出，如直接测试将不利于公司，而且一旦不合格就无法挽救，建议找到铁板后再做测试。储吉旺对TUV专家的建议深表感谢，但仍主动要求测试，因为出厂前如意公司已经做过6吨负载测试，胸有成竹。

当千斤顶徐徐升高后，按TUV的标准要求，停留10分钟后下降限度不超过0.1毫米，而"西林"牌手动液压搬运车实际下降仅有0.05毫米。

　　1993 年 5 月 24 日，TUV 驻上海办事处隆重举行了"西林"牌搬运车质量安全认证证书颁证仪式。TUV 首席代表林德纳紧握储吉旺的手说："祝贺您，这是本公司在中国大陆颁发的第一份质量安全认证证书。"除了负载测试外，"西林"牌手动液压搬运车的斜坡载重刹车、千斤顶密封不漏油等项目，均达到了国际先进水平。1995 年，为适应欧盟和国际市场的更高要求，如意公司在国内同行中首家取得了 TUV "CE"证书和"国际通行证"——ISO9000 国际质量体系认证。

　　1993 年，国内有一家外贸公司向如意公司订购两个集装箱的手动液压搬运车，销往德国。储吉旺见到合同后，发觉尺寸不是欧盟标准，而是美国标准，就将此事向这家外贸公司做了反映，对方认为没关系。后来，货发到德国，客商一见，尽管产品的质量一流，由于标准不对头在德国用不上，只好退货，造成很大损失。同一个国家，不同的客户，对产品质量规格的要求也不相同。如，1995 年底，如意为法国客商生产手动液压搬运车，客户提出车身颜色要求奶黄色。储吉旺说："我们的工人对法国产品已成习惯，油漆时，做成了橘黄色。幸亏外贸公司业务员仔细，第二天发货时，带着色板来验货，马上发觉颜色不对头，当场拒绝收货，我们迅速更换车体，才避免了一场退货的损失。"

　　1995 年 9 月，意大利某公司总裁 H 带着两人来到如意公司洽谈手动液压搬运车出口业务。储吉旺从他们进入办公室的举止神态中觉察出，他们比较傲慢。

　　坐定后，H 不递名片先递样本。储吉旺一看，这是一家经销手动液压搬运车的专业公司，是一家大客户，觉得不可怠慢。H 说："贵公司产品质量非常好，我在意大利看到过，希望谈谈出口价格。合适的话，可以签订 5000 台—10000 台在意大利独家代理的合同。"这个数字，令他十分高兴，但他装作无动于衷的样子说："独家代理，可以慢慢谈。我在意大利也有几个老客户。你如果要的话，可以先购买一批试试，满意后再谈。"他比较了解外商的心态，谈生意不可过急。如果客人一讲，马上回答"可以、可以、行、行、好、好"，往往会被外商误解。本来是上乘产品、畅销产品，对方以为你急于推出去，是滞销产品，把好事办坏。H 见他不答应独家代理，反而急了，便问："CIF 价（成本费＋保险费＋运费）每台是多少？"他报了公开价，试探水之深浅。结果 H 嗷嗷叫："我们不但搞销售，也搞生产，对价格是内行的，请报合理价。"他觉得，对待这样的客商，就不要"犹抱琵琶半遮面"了，于是抛出最后一道红线价。H 仍不能接受，暴跳如雷："你们骗了我！""你说什么？拿出证据来！"

这时，H 翻出一份传真。储吉旺看后大吃一惊：这是浙江某公司给意大利客商报价的内容。这家公司竟把如意的产品报低了 30 美元一台。他当即揭穿："你们上当了！这个价格绝对买不到我们公司的手动液压搬运车。他们这样做，目的是欺骗你，待你上当后，向工厂要不到货，再向你提价。你也是生产厂家，请想一想，这个价格连成本都不够，能做成吗？"

"你们中国劳动力不是很便宜吗？"

"劳动力是便宜一些，可钢材价格高。"

H 又问："你们油缸的价格是多少？"他做了回答后，H 又说太高，并以高傲的口气说："你们的产品价格同我们意大利差不多。"他当即反驳："你这回倒是骗了我！要说我们产品的质量同你们意大利差不多倒是真的，而价格，你们要比我们高出一倍多。我每年两次出国考察，对手动液压搬运车质量、价格了如指掌。"

这时，H 无言以对，马上软下口气："那么，我专买你们的油缸，请你报价。"如意公司生产的油缸有独到之处，外商钟情它，就是因为不漏油、使用寿命长。他报价后，H 不愿接受。这时，他反问："你们厂生产的油缸每台价格是多少？"他们三人用计算器揿了几下，回答："50 美元一台。"他问："是 CIF 价 50 美元一台？""是的。"H 这么一说，正中他计，他当即要求向 H 每月购买 5000 台！对方三人听后，目瞪口呆。H 知道乱了阵脚，随机应变道："我很想合作，但油缸准确价格说不上，待回意大利后再商量。"这样的回答显然是敷衍搪塞。他想，对方千里迢迢来中国，目的是做生意赚钱，得饶人处且饶人。于是，他诚心诚意地说："刚才，我报的确是微利价，希望今后建立长期业务。"经历了刚才的几个回合，双方高兴地签了第一批交货合同。

1999 年初，德国客商皮林尔总经理到如意公司谈生意，希望如意公司在产品价格上做些让步。储吉旺请他不要着急，先看看样品室。那里，高、中、低档产品都有，要买高档产品，价格当然会高一点，中、低档产品便会便宜一点。他一边陪同客人看样品，一边与对方谈起了德国的历史与文化，谈美丽的莱茵河，谈瞻仰过的贝多芬、马克思故居，谈歌德的诗歌，还特别谈了诗人席勒与皇后相爱的一段轶事，并说曾在海德堡古堡席勒雕像前拍照留念。皮林尔听后，对他刮目相看，说自己非常热爱中国文化，谈孔孟之道，谈黄河、长江、长城，还谈了中国字画，以及收藏的不少中国书籍。储吉旺还把自己出版的《谈恋爱与谈生意》等 4 本书送给对方，并应邀签名。

互动之后，储吉旺又向皮林尔解释如意公司产品价格高于一般企业的原因，除了产品质量的因素外，还有良好的售后服务，这是一些小企业很难做到的。皮林尔不再在价格问题上纠缠，顺利地签订了第一批三个集装箱的出口合同。皮林尔还说，双方都爱好历史文化，说明有共同的兴趣爱好，容易沟通，一定会做好生意。

储吉旺说："有些外商还会指出我们产品存在的各种问题，其中印象最深刻的是一位德国客商，堪称我的良师益友。"

2000 年 11 月 15 日，德国推销商摩尔先生到如意公司洽谈生意。他推销搬运车等各种工具二十多万台，堪称世界搬运车行业的著名推销商。之前，他一直对中国产品的质量不放心，所以从未经营过。听说如意的产品后，他跟踪了解了一段时间，觉得质量不错，因此专程前来考察。

考察生产现场时，摩尔先生对产品的观察更为仔细，很多地方他都要亲手摸一摸或亲手操作一下。储吉旺说："令我惊讶的是，摩尔先生看了产品后，竟一连提出了好几个我们从未想到、客户也从未提出过的质量问题，句句击中要害。"

当时，国际上有一个统计，自堆高车投用以来，由于装卸时失去平衡翻车，导致 57 人死亡。摩尔先生还亲手示范，告诉他们如何解决翻车的办法，还指出平台车哪个部位最容易出问题，如何解决等等。

摩尔先生不仅与他们做起了业务，还对他们的工艺技术做了很多指导。他走后，储吉旺立即召集技术人员，对摩尔先生提出的问题逐一进行研究、解决，并举一反三进行创新。

2001 年 7 月，意大利客商 M 到如意公司洽谈搬运车生意。M 听了报价以后，嘟囔着说："搬运车科技含量也不高，为什么贵公司产品要比同行高出 10% 的价格？"储吉旺和颜悦色地说："贵国的比萨饼是闻名遐迩的风味小吃，但贵国人民绝不会因为科技含量低而小看它。我们的搬运车也是一样的。至于价格偏高自有道理，我们的产品不仅质量可靠，而且有完善的售后服务体系，这是一般小企业很难做到的。"他还指着自己穿的皮鞋说："这双意大利生产的鞋子价格是500 美元，比它便宜的鞋多得是，可我为什么要买？就是觉得它是手工做的，质量特别好，物有所值。"

在签合同时，储吉旺说，如意公司对普通客户和总经销实行不同价格，如果是区域总经销，价格会有所优惠。M 对此也很不理解，又生气地说道："产品买多买少一个样，为什么要实行不同价格呢？"储吉旺解释："请问，我到贵国比萨饼专卖店买 1 只和 1 万只，难道店里会是一样的价格吗？"意大利客商口服心服，在合同上签了字。

2004 年 4 月 30 日，如意公司接到中国搬运车遭到欧盟反倾销的通知。在巨额应诉费面前，中国几十家同行出口企业，仅有如意等三家公司应诉。

2007 年 3 月 29 日至 30 日，欧盟贸易救济工具绿皮书研讨会在北京召开。会议由国家商务部主办，赴会的欧洲负责执行贸易救济法律的官员，征求各界对欧盟反倾销的意见。储吉旺发言的主题是合作多赢。他说，2004 年如意公司与德国永恒力公司强强联手，通过近三年的合作，如意公司从技术、管理、财务等多方面得到了有效提升，而永恒力公司扩大了自己的销售市场，每年都取得了丰厚的回报。但遗憾的是，这样一个合作多赢的强强联合，却因为欧盟为了保护不到 10 家生产企业的利益，发起了针对中国手动液压搬运车的反倾销，简直是"大炮打蚊子"！他的话，赢得了全场的掌声和笑声。

两位"欧官"还来如意公司核查，重点是调查企业财务是否规范、销售价格是否合理、有没有政府支持、有没有弄虚作假等等。一次，"欧官"问："为什么如意购买新厂土地付给政府的款子，同实际做账的数目不一样？"这已经是四年前的事了。如意公司的副总王振志回答："购买土地时，账目价格与整个土地价格应当有差异。购买土地款，仅指土地实际每亩的价格，而买来后，公司还得支付土地城建配套费，还得填土方，还得配套浇水泥地面，这样，每亩地平摊的价格，就比原始购买土地时高得多。"最后，"欧官"看到了这些费用的原始证据才罢休。

经过这次反倾销，如意产品在欧盟的出口关税提高 28%，加上原本比同类产品价高 10%，销往欧洲更加困难，失去了合资企业以外的一些客户。然而，友好重情的客户，钦佩如意是国际搬运车业捐款最多而且超过亿元的企业，继续保持着生意，承担了产品价格提高的损失。

这里讲一段插曲。欧盟实行反倾销后，德国有家公司 R 愿意承担高关税，继续跟如意公司做生意。谁知，一天，这家公司的总裁 G 带翻译来中国，与储吉旺谈判，要如意承担 250 万欧元的关税。储吉旺带着翻译前去见面。

谈着谈着，储吉旺火了："这笔钱让我来交？简直太荒唐了！"双方的翻译听了，你瞅瞅我，我瞅瞅你，都不敢说话。储吉旺对自己的翻译说："你如实说！"翻译只好照办。G 听了，突然一惊。储吉旺继续说："你们连基本规矩都不懂！这个反倾销的税是欧盟拿走的，也不是中国拿走的！而且，我们买卖双方在合同中说得很清楚！"现场陷入了僵局。

为了打破沉默，储吉旺提议："我们一起到外面的院子走走？""好。"走着走着，当走过一座小桥后，他说："我们不能过河拆桥。"接着，他给大家讲了《乌鸦、狐狸和狼》的故事——乌鸦送给狐狸一块蛋糕，狐狸很高兴。狼知道后，跑到狐狸家里偷走了半块。狐狸发现了，很难过，它知道是狼偷走的，但因为斗不过狼，只好作罢。它认为乌鸦好欺负，就去找乌鸦……他的故事还没讲完，德国总裁 G 就说："我们错了，我们错了。可是，我们没有狐狸这么刁滑。"

压力也是动力。遭遇反倾销之后，如意公司全力以赴开发技术含量较高的多款电动搬运车，不断创造"如意奇迹"。储吉旺说："我曾经花了 285 万元，在德国法兰克福中心地带租了 9 平方米的店面，展示我的电动搬运车；还在门口高高地升起了五星红旗！我就是要告诉欧盟反倾销委员会，中国人是有志气的！"当时，国内许多同行都跟着如意公司介入电动搬运车市场，刚开始用的是电瓶，现在都用锂电池了。

三、与日本客商打交道中，他针对客户慎重仔细、精明过人的特点，注重产品质量，善于讲清道理，以引起对方的重视

储吉旺说，日本人对质量要求苛刻，谈判仔细、慎重，往往一两次往来还做不成生意。

1996 年 7 月初，日本客商 F 来了，同如意公司的业务员谈了三个小时，双方围绕价格问题僵持不下。中午饭后，储吉旺了解到，F 是一家生产搬运车和平台车的厂长。由于日本劳动力太贵，工厂准备停产。F 得知如意公司产品质量好，打算进口，还从北京带来了一位导游做翻译。于是，他开门见山地对 F 说："现在，我公司的产品销往世界 65 个国家和地区，也包括贵国，但我同贵国的生意做得不大。""为什么？""原因有两条：一是贵国对产品质量要求过于苛刻；二是价格太低。你们日本人，只知道要高质量的产品，却忘掉了一分钱一分货的基本道理。"

F 听了，点点头。储吉旺又说："我们手动液压搬运车的质量是过硬的。如果您不放心，可以买一个集装箱的货回去试一试，用户满意后再来购买。"F 很高兴，便问价格是多少？他回答后，F 与他讨价还价，并要每台车让利 10 美元。这时，他故意问："您是日本工厂的厂长吗？""是厂长。""您与同行做买卖时，也讨价还价吗？"翻译后，F 一时语塞。这时，他又说："我们都是厂长，谈生意应该非常坦诚，不要讨价还价，更何况我也了解贵国搬运车的价格，因此，我同你讲的是一口价！"翻译后，F 沉默不语，只是狡黠地思考着如何回答。他为了不使 F 难堪，打破沉默："您千里迢迢到中国来，第一次同我们公司做生意，很不容易，也花了钱。好吧，我让利 4 美元，作为第一次见面的礼物，您说好吗？"F 十分高兴地接受了这个价格，并夸他会说话，又直爽。

储吉旺说，与日本人做生意要有耐心，一般初次交往，他们不会与你成交，他们总会三番五次认真了解你的企业、产品情况，然后进行马拉松式的谈判，一副谨小慎微的样子，很精于讨价还价。对待日本商人，首先要有质量过硬的产品，这是大前提。日本人非常重视质量，如果我们的质量过硬，就一次合理定价，任其软磨硬缠，最后也会按价付款。因为与日本相比，中国产品的价格实在低得可怜。如果是特色产品，我们不妨把价格定得偏高一点，他们反而会刮目相看。

"日本客商向来以精明过人著称于世。"储吉旺说，与之做生意难度较大，自己是有思想准备的，但一笔小生意竟历时七年，则是他始料不及的。那还是 1987 年 5 月，他刚转产外销拉紧器不久，浙江省机械设备进出口公司吴华先生陪同两位日本客商，约他到宁波亚洲华园宾馆洽谈生意。这两位日本客商对如意的产品质量及企业概况问得很详细。当时他刚开始做外贸，接待外商特别兴奋，虽然日商当场未表态，总以为这下生意有望。不料过了 3 个月，还是杳无音信，他想，生意肯定泡汤了。

不久，吴华先生又来电说，那两位日本客商到了杭州，要他去香格里拉饭店再次洽谈。他以为上次洽谈有了眉目，兴冲冲赶到杭州。洽谈时，两位日商仍然同上次一样，不厌其烦地重复上次的问题：工厂有什么设备？有多少工人？产品销到哪些国家？等等。为了做生意，他耐心地重复介绍，日商都很认真地记录。结束后，他问吴华这次下不下订单，回答是：待日商回去商量后再告知。他心中闷闷不乐："这不是寻开心吗？"

1988年3月，吴华通知他去上海瑞金饭店同日本人谈生意。他说，日本人老是只问情况而不做生意，不想去了。吴华说："同外商做生意要有耐心，人家不了解工厂，不断提问是正常现象。即使不做，你同日本人去谈，也是一次难得的广告宣传，这点差旅费就算是向日本人做的广告费开支吧！"于是，他到上海瑞金饭店又遇见了那两位熟悉的日商。他们又问了关于厂房、设备、技术工人等老问题。储吉旺一一回答。这时，两位日商说："你这次讲的为什么与前两次讲的有些出入？"见日商仍在怀疑，他放大嗓门说："工厂总是在不断进步啊！要做便做，不做拉倒！"日商见他一脸怒气、嗓音又高，问翻译："为什么？"吴华解释："厂长说工厂很忙，没时间多谈，要做生意的话，早下订单！"他不辞而别。

到了1994年10月，两位日本客商才买如意的拉紧器。储吉旺热情地接待了他们，让他们在工厂录像、参观，但两个保密车间例外。日本客商说："我们不会去生产这种产品，而只是想了解你们的生产工艺，让客户更加相信你们的产品质量。"他说："任何工厂过硬的产品质量，都有他独到的秘密技术，这个技术是我们工厂发展壮大的资本，请谅解。"日商表示理解，然后从仓库里任意挑选了几套拉紧器，并通过机器进行检测，每一套都超过国际标准。在签订合同时，储吉旺提出，要提价15%。他给出的原因是："你们初次同我们做生意，批量太少，交货时间又急，还要抽检产品，我必须请工人加班加点，所以必须加价。如果我们双方的业务长期稳定之后，我们可以考虑降低价格。"日商听了解释之后，按要求签订了合同。

上世纪90年代，储吉旺在企业管理5S（整理、整顿、清扫、清洁、素养）的基础上，加了"安全""质量"两项，最后形成了自己的7S管理。日本生产搬运车的著名企业S的总经理J来参观以后，表示赞赏。储吉旺说："请您指出我们存在的问题。"对方说，除了车间工具箱后面有点凌乱，其他都很好。"

在J的邀请下，储吉旺到日本考察。在S工厂里，他发现这是一座花园式工厂，古树参天。在车间里，储吉旺看到，地面刚刚被清扫过，还有水渍；有的安全区域划线，油漆还未干。一位中国籍工人问他："您是中国什么官员？"他说："我不是官员，我是一名普通的企业老总。""不可能！""为什么？""为了迎接你，我们已经停工了好几天。老板亲自用高压水枪清洗屋顶，我们工厂从来没有这么隆重。"

参观结束，J问储吉旺有何建议。他谈了一番关于种菜的理论。他说："如果把您的工厂比作菜地，您这菜地种的菜品种很多、很密，菜长不大，所以要合理密植。我们中国的菜地面积大，如果您把不同品种的菜，部分移到中国去，就能获得双丰收。"储吉旺希望J来中国合资办厂，对方说很受启发，但因保守，没有后续行动。

J对储吉旺说："我们工厂有250名管理人员，能不能包机去中国参观您的工厂？"储吉旺回答："你们来十几个人还可以，这么多可不行。"

储吉旺说："外国产品是很难进入日本市场的。如果产品能在那里销售两年，说明质量是很棒的。我们向欧美国家推销产品时，只要说产品卖给日本的某某公司，客户都很放心。"

2002年10月，储吉旺在日本东京参加国际物流博览会上，与千叶县E公司的小泉一郎先生进行了洽谈。

小泉早年曾在上海外语学院留学三年，是个中国通，曾来过如意公司。他想听听对方对如意的看法。小泉说："储先生，我非常佩服您对经商办实业的看法。我做了近四十年的商人，对您富有哲理的话印象深刻：经商办实业须讲利义之道，利是生存、发展、壮大之源；义是国格、人格、经商之魂。两者不可兼得时，取义而舍利。有魂，事业方能永恒。"他说："你过奖了，这是我在2000年元旦勉励儿子、女婿的话，也是对我自己的鞭策。"

小泉说："我听说你们公司的产品目前远销许多国家和地区，外贸搞了十几年，而与我国的生意却做得很少。这是您第一次来日本参展，您是不是对日本商人有偏见？"储吉旺说："不是我有偏见，是日本商人对中国产品有偏见。说到底，是日本一些商人对中国人有偏见。"随后，他又举例说："比如，我们公司生产的手动液压搬运车质量上乘，服务周到，在欧美已有十几年销售历史，而你们日本人老是怀疑我们有质量问题，总是认为自己了不起，如果你试用一下我们的产品，你会发现物美价廉，到时你就会发现国外产品也很好啊！"他的一番话，说得小泉使劲地点头。

小泉说:"某些商人聪明过头,我有时也一样,总认为中国的产品价格比较低,质量一定有问题,却不知中国人也很聪明、勤劳,生产出低成本高质量的产品。在这一点上,中国商人聪明得多,他们能吸收大量的国外先进技术,进行仿造,以优质和廉价同国外产品竞争,中国将成为世界的加工中心。"

他们就这样谈着,不知不觉过去了一个小时,而生意上的话只有几分钟。最后小泉先生说:"下个月,您给我准时发一个集装箱的货,相信我们的合作会天长地久。"

东京博览会快要结束了,如意的展品一时卖不出去,储吉旺感到有些束手无策:运回去,运费太高不合算;丢了它,心还难受,又舍不得,便指望在结束时把展品卖出去,哪怕价格低点也值得。

这时,来了几位日本人,他们讨价还价的样子令储吉旺很生气。"日本市场的价格明明比我高四五倍,他们偏偏大杀价,把价格压得像卖废铁一样。我这个人从来吃软不吃硬,你这样,我偏不卖,宁可花钱运回去,也不让你占便宜。"其中,一个日本商人来了三次,他最后干脆说:"不卖!"

约莫过了半个小时,一位在日本工作的中国人来了,报了个最低价。储吉旺说:"你是中国人,我同意你要求的价格,送几台也没关系。中国同胞在日本工作不容易,我送给自己的同胞可以,送给别人就得考虑考虑,这可是我们工人的血汗钱,我可不能乱送!"他的话,让这位中国同胞非常感动,对方买下了他的全部展品。

他说,出国展销真不容易,尤其是结束那天,能把所有展品卖了更是一件碰运气的事。他所参加的多次国际博览会上,往往见到许多中国同胞的展品卖不出去,全部丢在展馆内,人一走,这些展品任人拿走的拿走,当垃圾的当垃圾,实在是可惜。

四、与阿拉伯国家客商打交道中,他坚持合理定价后,一锤定音,一价到底不动摇,防止对方在讨价还价上得寸进尺,纠缠不清

阿拉伯国家包括埃及、伊拉克、约旦、科威特、利比亚、摩洛哥、卡塔尔、沙特阿拉伯等 22 个国家，他们有统一的语言，也有着相似的文化和风俗习惯。

1993 年 10 月，储吉旺到摩洛哥参加世界起重装卸机械博览会。布展那天，他发现，除了如意公司的"西林"牌搬运车外，还有日本、意大利、法国、英国等 7 个国家 17 家公司的产品，可谓货比 18 家。他仔细观察，虽然如意公司比不上发达国家公司的知名度，但也有自己的优势——国外这 17 个牌子都没有通过 TUV 安全认证，唯独"西林"牌打有 TUV 的"GS"安全标志。他还发现，参展产品要数"西林"牌价格便宜，这正是推销产品的有利条件。掌握基本情况后，他又想出一个小点子：摩洛哥位于非洲西部，曾是法国和西班牙的保护地，同欧共体（欧盟）有着良好关系，博览会上多数语言是法语、英语和阿拉伯语。于是，他请翻译分别用这三种文字做了个广告牌，上面写着：中国大陆唯一获得TUV "GS"安全认证的搬运车生产企业。这一小广告起了很大作用，让很多外商认识了如意的产品。

这次博览会结束后，中国代表团的业务不很理想，而储吉旺签订了 500 台搬运车（60 多万元）的业务合同，并且新开了摩洛哥等国家的业务。时任中国驻摩洛哥大使安国政先生，还高兴地与他合影留念。

按理说，做生意，讨价还价是家常便饭。一般来说，如果生意较大或洽谈比较顺利，主人为表示诚意，适当做点让步是情理之中的事。可储吉旺说，与阿拉伯人谈生意，必须事先考虑充分，合理定价，一锤定音，一价到底不动摇，千万不能让步。"如果你表示诚意而适当让步，那就很糟糕：轻则他会得寸进尺，没完没了纠缠不休——既然能让步，他会要你让步再让步，直至让你无法承受为止；重则他会认为你不讲信誉，没有诚意，甚至会认为你在欺骗他，一气之下拂袖而去。"

1996 年 3 月，在埃及国际博览会上，他发现，与他摊位相邻的中国某进出口公司在与埃及客商谈生意时，客人想订购一批钻床，双方讨价还价。后来，该公司未能守住阵脚，节节败退，竟连续降价 3 次，直至保本经营。可这位埃及客商仍不买账，认为其中有诈，最后还是离开了。

储吉旺每次初到一个国家，都要事先从书本或朋友那里了解这个国家的历史地理、风土人情、生活习俗、美元汇率等等，做到心中有数，谈生意时就能更加主动。"阿拉伯人的个性特点，我就是事先从中国驻埃及商社和另外一家驻外办事处了解到的，因此生意就谈得比较成功。"其实，与阿拉伯人谈生意非常方便，只要事先了解他们的个性，把自己的价格定得合理得当，一口咬定就成。

在这次埃及国际博览会上，头几天到如意公司摊位询问、要货的超过 200 人，但大多是试探行情或小量零买，只是一晃而过的"浮头鱼"，不是真正的大买卖。而后两天，来了真正的批发商，他们在展销会上设有摊位，这才是"大鱼"。储吉旺发现，埃及有四家推销商设有摊位，他们陆续到如意公司的摊位上询问，反复了解企业产品质量、售后服务等情况，并使用专业术语，一听便是行家里手。有的还派他们的工程师，先刺探质量标准如何、价格上有没有浮动余地等问题，然后要同如意公司谈在埃及的独家代理。

储吉旺说，这四家推销商中，埃及 ECC 公司前来联系最勤：先是业务员来了解大概情况，不谈要买多少；然后来了一位工程师，反复了解生产程序、质量标准，将展出的样车倒过来、反过去地认真观察，还仔细询问油缸的材质等等，但也未谈价格及要货数量；最后是公司总裁出动，带了一个助手，并开门见山地表示，希望同如意签订在埃及的独家代理协议。

储吉旺事前做了很多调查，了解埃及人做生意的方式，也掌握了 ECC 公司的实力、价格信息和要货心理，就跟这位总裁说，独家代理可以，条件是要先做一个集装箱的生意，然后再签协议。"因为初次打交道，双方都会担心对方的信誉。解除疑虑的办法是先把生意做起来，在相互了解和信任的基础上，再谈独家代理也不迟。"这位总裁听后，感到有道理，当即签订了一个集装箱的搬运车购销合同，要他回国后立即安排生产。

为什么要先做一个集装箱业务再考虑独家代理呢？储吉旺解释：凡是经销商都想独家拥有，不希望别人与他竞争，但他究竟有没有独家代理的经济实力，有没有推销水平，则要看这一集装箱的销售情况。如果对方急于继续订货，说明他销售得较好。此外，资金、信用、办事效率等都会得到印证。"如果他没有资金实力，是小客户，我草草签了让他独家代理，岂不是捡了芝麻丢了西瓜吗？"

储吉旺同 ECC 公司总裁谈妥先做一个集装箱生意后，仍不放弃与其他公司做生意。他说，从中可以比较各家公司的实力和信誉。这样做，要严格掌握价格标准，不能有高低之分，否则会拆自己的台。最后，他通过对埃及客户的比较，认为还是 ECC 公司的实力比较强，就与其签订了合同。

1996 年 3 月 21 日，在埃及，当地 ABOE 公司的总裁亲自开车带着储吉旺去曼苏拉市农业区，考察农机市场。交流中，ABOE 总裁说，他从中国购买的一辆拖拉机蜗轮杆坏了，怎么也转不动，就与中国厂家联系，而厂家回复说，修起来又花钱，不如买新的。这方面，还是日本、韩国做得好，他们一年两次派技术人员来埃及搞维修，客户很欢迎。接着，他又说："我们从中国买来的碾米机坏了，买来配件维修，可是配件装不上去，不知什么原因。"储吉旺告诉他："这有两种可能，一种可能是零件不合格；另一种是生产厂家产品更新了。当客户要买配件，他们在不了解新老产品的情况下，将新配件发过来。"交谈中，ABOE 公司总裁还说："我们从韩国、日本进口拖拉机，每台机器上都装有一个小纪念品，比如帽子、手套、圆珠笔之类，在上面还印有公司的地址、传真等，既为他们做了广告，又取得用户的欢心，一举两得。"

"这一趟没有白来！"储吉旺听了，很受启发：如意公司每年进入国际市场的搬运车有那么多台，几年用下来，很需要派人去搞维修。倘若如意能够率先做到，完全可以占据国际市场更大的份额！如果在每台搬运车配上一副定制的手套，并在上面印着如意公司的名称、地址、传真，不是很好的自我宣传吗？

后来，如意公司真的这样做了。有一年，储吉旺在美国芝加哥走访同行企业时，发现美企 P 在走下坡路，年产量由原来的 3 万台骤降到 1.5 万台以下。他建议对方赶快停产，双方合作。P 总裁担忧地说："我的 90 名劳工怎么办？我的客户以后撇开我，直接找你购买产品怎么办？"储吉旺说："我的长处是开发、制造产品，你的长处是拥有宏大的销售网络，以及长期建立起来的客户信誉。如果双方强强联合，如意专门组织生产，你们可让工人转行，专业从事产品的销售，以及产品维修与售后服务。你们买我的产品，还可以打自己的品牌。"经过反复洽谈，这位总裁决定同如意合作。有了售后服务，如意公司进一步扩大了市场，提高了规模效益。

还有一次，储吉旺与埃及某公司的总裁同坐一车。由于互不了解，相对无言。这时，他发现车上有本阿拉伯文的《古兰经》，就通过翻译与对方谈起了其中的内容。谈着谈着，双方越来越投机，这位埃及总裁非常高兴地说："这是我第一次听中国人谈《古兰经》，还理解得很深刻，真不简单！"

下车后，这位埃及总裁拉着储吉旺的手说："我很乐意同您做生意，尽管我不是推销工具类的，但还是决定买您一个集装箱的搬运车，价格由您说了算。"他们交换了名片，成了好朋友。

五、与俄罗斯客商打交道中，他牢记对方"一旦上当，一刀两断"的信条，努力做到诚信经营。同时，他发现有的客商的仓库是租借的，不固定，就要求对方预付部分货款，然后一边发货，一边要求支付余款

2002 年 7 月，储吉旺在俄罗斯走访了 D 公司。他说："我非常佩服这家企业的经营之道。他们绝不会只拿一家工厂的货，而是到处买，包括买我们的搬运车，也买中国某公司的搬运车，还买其他国家的搬运车。然后，他们进行价格比较、质量比较、服务比较等等。他们一旦发现哪家产品质量不好，一般不投诉，也不向你索赔，但永远不会与你合作了。所以，与俄罗斯人做生意要特别小心。"

在 D 公司的仓库，他见到各种型号、规格的搬运车。D 公司的老总 Q 非常感谢如意公司给他们提供的优质产品。Q 指着中国某厂生产的手动液压搬运车，说："这个厂的保质只能保在仓库内，拉到仓库外就不保了。我们接受教训，再也不买那家工厂的产品了。"储吉旺一看，油缸漏油，只说："您可能买了便宜的车了，一分价钱一分货，你要便宜便无好货了。"Q 承认买得便宜。储吉旺说："货比三家蛮重要。我也不要你专买我的产品，你认为谁的质量好、谁的服务好、谁的价格合理，你就买谁的产品，这样比较公平。我绝对不贬低同行，每家工厂都有自己的特色。"Q 打断说："中国生产的搬运车，别的我不要，我只要如意的。请放心！"然后，Q 又说请他喝伏特加酒。

俄罗斯人多数嗜酒如命，Q 更是"不倒翁"。储吉旺说："同俄罗斯人谈生意，喝酒是一个联络感情的纽带。可惜，我根本不是他的对手。这时，我才感受到做生意不能喝酒是短板。"好在 Q 没有要求他喝多少，他如释重负。

储吉旺说，同俄罗斯人做生意，要严格做到"诚信"二字。他们一旦上当一次，哪怕只是因为你工作的失误，任你怎么解释都没用，他们将永不再与你打交道。"我与一些俄罗斯商人交谈时，他们说，他们对中国经济的迅猛发展非常佩服，但对销往俄罗斯的中国产品深感怀疑。如，鸭绒被里面装的是稻草；茅台酒瓶里装的是水和酒精等等，他们被弄晕了。"

还有两家俄罗斯客户也很特别。他们认为，如意手动液压搬运车的质量无可挑剔，但对如意从杭州某工厂采购的某产品一言不发。储吉旺说："经我提示，他们要我亲自去看。我一看便知，该产品质量不过关。我当即表示歉意，而且当机立断地说，愿意赔偿，用如意公司质量好的产品来替换。"可是，这两家公司的回答如出一辙：质量不好，这种产品不要了。储吉旺说："在他们的仓库中，我们看到了从欧洲进口的同类产品。我实在为杭州某工厂可惜——如果质量好的话，这两个客户绝对不会放弃继续进货的。争取一个客户难，而失去一个客户是多么容易啊！"

"这个教训也提醒我，今后同任何一个国家的客户做生意，哪怕是收购其他工厂的产品也要严把质量关。质量不过关，砸了客户，失了市场，比什么都痛苦。"储吉旺说，同俄罗斯人做生意还得讲究产品质量认证，比如 CE、GS ISO9001 认证等。如果没有这些证书，就别想进入俄罗斯市场。

俄罗斯商人极为精明，经常采取压价竞争的手法，一压再压，压得对方进退两难。如意公司卖到俄罗斯的手动液压搬运车原来价格很稳定，而且俄罗斯商人有几倍的利润可图，简直让他们嫉妒，但是俄罗斯商人总怀疑如意公司的价格有水分，还千方百计拿如意的竞争对手的价格压价。储吉旺说："在这种艰难的情况下，我们只能耐心诚恳地与对方分析情况，告诉他们，我们在生产规模、设备档次、产品质量等各个方面，都是一流的。在这种情况下，一些竞争对手，没有别的方法同我们公司竞争，只好在价格上降低两三美元来挖我们的客户，这也是一种竞争手段，希望他们能够理解。当然，在讨价还价的过程中，总是我们吃亏，我们也只能在有限范围内让步，让客户心里平衡。"

在俄罗斯伊尔库茨克，有一家经销商在销售如意公司的产品时，增加了几倍的厚利，赚得盆满钵满。原来他只有一个破仓库，五年后就买下了几万平方米的大仓库。如今，他还在经销世界各国的机电产品。储吉旺说："说实在的，我们工厂拼命生产，一台车的利润不及他赚的零头。我们也没提高价格，仍然鼓励他抓紧大好机会，努力促销。我们还与他商讨对策，让他在经营上创新理念。令人意想不到的是，他取得丰厚利润后，还要拿中国同行的低价，对我们进行敲尽骨髓地压价。我告诉他，经商都是为了盈利，没有利润就无法生存，但是压价不能挖肉，如果挖肉的话，别人就会感到疼痛，那时别人就不会再与你合作。"通过诚心诚意地交流，双方意见趋于统一。

"与俄罗斯商人打交道，得处处小心，这已不是一个朋友的忠告。"储吉旺说，在走访客户的过程中，他们发现有的俄罗斯客户的仓库是租借的，不固定。当生意一旦出现失误或危机，俄罗斯商人就会立即退租，买来的货物也拒绝支付货款，甚至来个"人去楼空"。为此，如意公司同俄罗斯客户做生意时，要求对方预付部分货款，然后一边发货，一边要求他们支付余款，以防不测。

储吉旺说："在俄罗斯，有一个客户 Y 叫我爸爸。因为听了我的话，他成了富豪；也因为没听我的话，他赔得精光！"

上世纪 90 年代初期，他们在莫斯科的一次聚会时相识。Y 在经营瑞士手表。储吉旺说："你这个产品做不大，还不如做我们的搬运车。"Y 说："做这个，产品没地方放，要建很大的仓库。""当下，俄罗斯工业萧条，工厂倒闭很多，价位相对较低，你可以去买一家。""哪有那么多钱啊？""你可以把家里的住房抵押给银行，把钱借来买厂。"Y 马上行动，买了一家濒临破产的坦克制造厂，光卖废铁也赚了一大笔钱。

紧接着，Y 开始经销如意公司的产品，生意发展得越来越好。不久，储吉旺劝他："你还可以再买一家工厂！""现在真的是没钱了。""你把前面那家工厂抵押给银行，仍然可以借出一大笔钱。""对啊！"他照办了，用很低的价格在莫斯科城区买了一家大型工厂，其中一侧还是临街店面。

过了几年，储吉旺再去莫斯科时，发现 Y 真的是发大财了，他把房子装修得富丽堂皇，墙壁上挂的都是欧洲名画。

这时，储吉旺发现，Y 有些头脑发热。在其经营的搬运车中，以日本、德国的居多，并严重积压；如意的产品已不是主打。同时，Y 还申请了自己的"老虎"商标。他提醒 Y："你库存太多，一旦流动资金出现问题，就会失去控制，那是很危险的。"Y 说："不必担心，如意发来再多的产品，我都要。"……耐心劝说无果，他向中国出口信用保险公司申请了保险业务。

又过了两年，俄罗斯果然传来了 Y 倒闭的消息。如意损失的货款，由保险公司进行了赔付。后来，Y 的一位下属员工专门经营如意公司的"西林"牌搬运车，把生意做得风生水起。他们现在仍在合作。

有一年，储吉旺去俄罗斯走访客户 N，见到一间仓库内有如意公司的几台产品，而国内某公司几乎有一个集装箱的产品也放在一边。他一看价格，发现他们的价格要比国内这家公司的价格高出一倍，心中不快地对 N 说："你把这两种产品放在一起，而我们的价格比另一家的要高很多，这怎么能卖得出去呢？"谁知，N 不慌不忙地说："不，你们的产品能卖得出去，而某某公司的产品卖不出去！"他问为什么，N 说："客户来买车时，问哪个产品质量好，我就回答：'要买好货，就买宁波如意的；要买便宜货，就买另一家的。'"这时，客户往往会问："哪家的质量好？"N 回答："宁波如意的产品保质两年以上，而这家公司的产品质量只能保质在仓库内。"储吉旺问："你怎么这样贬低某某公司的产品？"N 说："某某公司的手动液压搬运车质量太差，无法使用。我们要求退货，他们不理睬，几次发传真也不回复。我们卖不出去，只好堆在仓库内。有用户来购买，我们只好这样回答，免得用户买去后又要退回来，影响我们的信誉。"听了 N 的一席话，他无言以对，并悟出一个道理，质量是企业之魂，没有质量企业就不能生存。在价格与质量的竞争上，应当以质量为前提，如果没有质量，只讲销量，最终是没有生存空间的。

在莫斯科，储吉旺见到如意的产品在车间使用、在商场出售、在仓库工作。这时，他总要在自己的产品旁边拍照留念，再用手摸一摸，觉得特别亲切。他说："卖出去的产品，好比是自己嫁出去的女儿，哪有父母不关心自己出嫁的女儿呢？同样，哪有企业的老总不关心自己卖出去的产品呢？"如果客户反映说，某个产品在质量上出了问题，他就非常着急，总要马上查找原因，帮助客户解决问题。如果得知国外用户维修需要零部件时，他会立即要求回复，并尽快就近将零配件邮寄到客户手中。

奋力追赶通信科技潮头

——广州市紫晶通信科技有限公司董事长鲍铁靖创业纪实

人物介绍

　　鲍铁靖，1950年1月生，浙江省绍兴市人。1968年3月，在舟嵊要塞区大衢守备团（1970年升格为守备区）服役。1969年6月，光荣地加入了中国共产党。1971年2月退伍返乡，担任西路大队党支部委员、团支部书记。之后，在湖塘公社团委工作。1973年9月，在杭州无线电工业学校（现杭州电子科技大学）读书。1975年7月毕业后，先后在广西桂林漓江无线电厂财务科、物资供应科工作。1988年6月，担任漓江无线电厂驻广州办事处主任。2001年，与合作伙伴一起创办广州市捷盛光通信技术有限公司等企业。2003年，创办广州市紫晶通信科技有限公司。目前，控股、参股多家关联企业。

　　鲍铁靖被推选为广东省浙江绍兴商会会长、广东省浙江商会常务副会长。

2021年6月16日11时，金沙江乌东德水电站成功并入南方电网，正式投产发电。

此前，中共中央总书记习近平代表党中央，对金沙江乌东德水电站首批机组投产发电表示热烈祝贺，向全体建设者和为工程建设做出贡献的广大干部群众表示诚挚的问候。习近平强调，乌东德水电站是实施"西电东送"的国家重大工程。希望同志们再接再厉，坚持新发展理念，勇攀科技新高峰，高标准高质量完成后续工程建设任务，努力把乌东德水电站打造成精品工程。

从中央电视台新闻联播里听到总书记的教诲后，广州市紫晶通信科技有限公司的员工难掩激动的心情。大家表示，牢记嘱托，再立新功！

乌东德水电站位于云南省昆明市禄劝县和四川省凉山州会东县交界，总装机容量1020万千瓦，年均发电量389.1亿千瓦时。中国长江三峡集团有限公司于2015年12月全面开工建设后，广州市紫晶通信科技有限公司负责OPGW光缆熔接的团队在艰苦的条件下，牢记职责使命，凭借过硬的专业技术、精湛的施工工艺，圆满地完成了工作任务，为国家重大工程的建设贡献了一份力量。

紫晶科技董事长鲍铁靖提到："20世纪90年代初，第一条微波通信干线由电子工业部引进，我当时代表漓江无线电厂负责在广东省微波局的具体落实工作。同时，我也参与了广东省第一条光纤数字通信工程的落地应用和具体事项。由此，我对通信这一块很有感情。"

这些年来，他们凭借自我研发的远程核容等领先全国的技术，参加了国家"西电东送"的长途光缆光纤架空大跨距的工程熔接施工、"乌东德电站送电广东广西特高压多端直流示范工程直流线路工程输电线路OPGW光缆熔接（标段1）施工""云贵互联工程直流线路OPGW光缆熔接施工"项目，以及中国能源建设集团广东省电力设计研究院有限公司"珠海金湾海上风电场"和南海三沙市岛礁的电力通信项目的建设等。他们以实际行动，在电力通信行业树立了响当当的品牌。

近年来，他们还积极响应国家"一带一路"倡议，不断开拓海外市场。目前，紫晶通信的业务遍及菲律宾、埃塞俄比亚、沙特阿拉伯等一些国家和地区，为海外市场提供通信技术服务。

如今，鲍铁靖虽然已经到了古稀之年，干事还是那样风风火火。这些年，他带领员工在云南、贵州、广东、广西、海南等省区，穿越怒江、澜沧江、金沙江、珠江等河流，以及千万道崇山峡谷，在高原缺氧等恶劣的自然条件下，风餐露宿，确保工程质量的高标准完成。

"回顾我的人生经历，中国的五大行业——工、农、商、学、兵，我都干过。"鲍铁靖在谈及自己的创业经历时说，正是艰辛的创业和坎坷的生活，才不断磨砺着自己坚韧不拔的信念。没有追求，就丧失了前进的动力。既然在位子上干，就要努力奋斗，任何时候都不能落伍。

一、部队的艰苦生活，为他塑造了正确的人生价值观

鲍铁靖说："我有一个很久的心愿，就是想去舟山大衢岛老部队的营房看一看！但因为忙，一直没有实现。回望五十多年前在部队的点点滴滴，我仿佛又回到了那种场景！依稀记得，海面风大浪高，夏季海风习习，冬季的白雪覆盖着海岸和礁石，与蓝天碧海互相辉映，一派海天风光……"

1968 年 3 月，他来到位于舟山市岱山县的舟嵊要塞区大衢守备团服役。说起他与军营的情缘，还有一段故事。1966 年，他读初三时，与同学们一道，步行四十多天来到南京雨花台。在昏暗的灯光下，他从一张张无声的黑白照片中，看到了共产党人英勇就义前的不屈形象，震撼之中立志报效祖国。当征兵机会到来时，他义无反顾地投身军营。

"一上岛，我被分配到汽车连，学习驾驶拖拉机。这种拖拉机是重炮的牵引车，由洛阳拖拉机厂生产。原计划，我学完三个月掌握技术了，就去 152 榴弹炮连报到。可是，我还没学会，上级又马上把我调到了岸炮连。原来，这个连队分去的新兵文化程度低，挑不出会瞄准计算的四炮手。那时连队有三门炮，营里就把我和另外两位新战友调去。"鲍铁靖回忆，岸炮连驻扎在一个叫马足的偏僻小渔村，从四平镇过去还要翻过一座山。到了新单位，他全身心地投入到训练和学习中。那时，每天的伙食费是 0.45 元。空余时间，他经常帮厨，还利用空地种红薯、南瓜等农产品；有时，还到海边割猪草……到了年底，他被评为"学习毛主席著作积极分子"和"五好战士"。1969 年初，他被调到守备团司令部管理科，担任给养员，还为团首长保管个人战备物资。由于工作勤奋，

他于 1969 年 6 月光荣地加入了中国共产党。

1970 年 3 月，大衢守备团升格为大衢守备区，下辖 38 个连队。当时，东南沿海战备形势十分紧张。至今，鲍铁靖对当年营区的标语还记忆犹新——"我为祖国守海岛，誓与海岛共存亡！"

为了把海岛建设成为防御敌人的"铜墙铁壁"，部队加紧国防施工。在环境恶劣、物资缺乏的那个年代，指战员们心怀祖国、艰苦奋斗，燃烧着自己的青春年华。挖坑道需要靠双手抡大锤。刚开始，战士们抡起来只能打二三十下，到后来能打上百下，手经常磨出血泡，但大家都顾不上剧痛，咬紧牙关，不敢懈怠一分一秒。

鲍铁靖说，打坑道时遇到两种情况最危险：一是将雷管、炸药埋下后，点燃导火索，由于产品质量不高或者结合不好，或造成哑炮，迟迟没有引爆。可是，有的人为了赶工期，贸然前去排险，不料遇到爆炸。二是放炮之后，坑道附近的石头被震松了。这时，如果用钢钎去排石，面临坑道崩塌埋人的险情。

在大衢岛烈士陵园中，安葬着严大炳烈士。他是与鲍铁靖同时入伍的绍兴同乡，家住越城区东浦街道鲁东村。1969 年的一天午后，他所在排 4 个班接到"上山建设军事工程"的任务。严大炳平时工作总是很积极，那一次他也冲在最前面。没想到，突然山上的石块滚落下来，把他掩埋……战友们拼命用双手刨开碎石，手都刨出了血，遗憾的是严大炳还是牺牲了。

鲍铁靖回忆，有一次，他们岸炮连的一位排长带着战士打坑道时，突然洞顶有几颗小石子往下掉，这意味着更大的石头可能接着会砸下来。"有危险，快跑！"在这千钧一发之际，他指挥战士先跑，自己的腿却被石块砸得血肉模糊。

更令人痛心的是，有一个冬日，八位指战员穿着棉衣，从大衢岛渡海到东面的鼠浪湖岛进行国防施工。返回时，一个浪头把小舢板打翻了，他们全部落水牺牲。全岛的渔民都闻讯赶来，把遗体捞上来……

"军民鱼水情！"鲍铁靖说，在执行"三支两军（支左、支农、支工，军管、军训）"任务中，他与王姓人家同劳动、共学习。"这家人对我十分关心，让我时时处处感到家庭的温暖。他们还把大黄鱼的鱼胶送给我，不要都不行！"

在军民联防中，双方建立了纯洁的革命友谊。那时，女民兵一看天气晴朗，就到军营为指战员洗衣服、鞋子、被子，发现破损了就仔细缝补。鲍铁靖说："我们也不想给她们添麻烦，但藏也藏不住！"

1971年3月，鲍铁靖带着满满的收获退伍返回家乡——绍兴县湖塘公社西路大队。他说："军旅生涯，培养了我勇攀高峰的勇气和百折不挠的精神。"

二、在浙江招收首批"工农兵大学生"时，他如愿以偿，迈进了学习殿堂

回到家乡后，鲍铁靖担任西路大队党支部委员、团支部书记。当时，全国正在轰轰烈烈地开展"农业学大寨"运动。他参加了毛泽东思想宣传队，带头组织群众修水库，走村串户指导农民改良"大寨田"，受到了群众的一致好评。后来，他又被调到湖塘公社团委工作。

1973年夏，浙江"工农兵大学生"首批招生工作开始了。他跃跃欲试。

"我想上学！"当年，鲍铁靖向大队党支部书记袒露心迹。对方提醒他："我们西路大队有176户人家、1073人，有山有水，自然禀赋优越。你好好干，以后接我的班，前途是很光明的。"谈到最后，他还是谢绝了书记的好意。

如今的西路村，旧貌换新颜。经过5亿元财政、社会资本的精心打造，这里成了大香林花雨风景区（4A）。西路村栽植桂花已有900多年的历史，现有桂花林面积145亩、桂花树1000多棵。这里的桂花树布满整个山谷，气势壮观。其中有一棵桂花树，树冠冠径为20.2米，覆盖面积超过320平方米，被称为"中国桂花王"。

当年，鲍铁靖由于工作表现突出，一路绿灯，如愿地进入了杭州无线电工业学校深造。该校致力于培养适应国防、航空、电子工业建设和发展需要的专业人才。

这所学校前身为创建于1956年的杭州航空工业财经学校，先后隶属于机械工业部、电子工业部和信息产业部等中央部委。1980年，经国务院批准设立杭州电子工业学院；2004年，更名为杭州电子科技大学。

鲍铁靖回忆："本来，组织上是推荐我上浙江大学的，但我年纪较轻，最后没有去成。"在杭州无线电工业学校，他学习的专业是"生产计划与统计"。

"迎着灿烂的阳光，肩负党和人民的希望……"当时，《工农兵学员之歌》唱响高校。鲍铁靖带着对党、对人民的强烈感恩之情，抓住来之不易的机遇，废寝忘食地投入到学习之中。

"当时，学校的师资力量是很强的。"鲍铁靖说，郑廉校长，1925年出生于山东淄博，14岁参加革命，先后在金融系统、国防工业系统和学校担任领导职务；1978年调任浙江省国防工办、省电子工业厅担任主要领导。教他《财务会计》课程的朱震昌老师，曾经担任四机部财务司综合处处长；1986年12月，到深圳创办了著名的中华会计师事务所。教他《统计学》课程的姚邹白老师，后来担任浙江省统计局局长……

鲍铁靖记得，他们班有40多人，其中18人是党员。大家的文化基础虽然参差不齐，但是学习氛围非常浓厚。"那时，所有老师都住在学校，轮流为我们上课、陪我们自习。不管是早自习，还是晚自习，我们都抓得很紧，拼命与时间赛跑，不懂就问。每天，夜都很深了，教室里还是灯火通明。有些人回到宿舍，还要打着手电看书。"

学习期间，伙食费是国家供给的。他回忆："那时的同学情谊是很纯洁的。我吃不饱，邻座的女同学经常把吃不完的饭票和菜票送给我。每一周，我可以吃一顿肉。现在想起来，还觉得很温馨！"

那时候，工农兵大学生毕业后，都统一分配工作。不管到哪里去，大家都心甘情愿，愉快服从，没有人走后门、托关系、搞不正之风。鲍铁靖说："我的老师朱震昌时任广西桂林漓江无线电厂的财务科长。他跑到学校要几名毕业生，并点了我的名字。于是，我远离家乡，前往广西桂林。"

他们学校的毕业生都属于干部身份，由组织定向分配到四机部主管的183家工厂。后来，大部分的技术干部都当上了负责生产、调度、财务管理的工厂领导。

三、在广西桂林，他亲历了漓江无线电厂的"高光"时代

1975年7月，鲍铁靖被分配到广西桂林漓江无线电厂财务科工作。

桂林曾是广西工业发展的标杆，起步最早的就是国营漓江无线电厂。早在1960年2月，国家第一机械工业部批准了桂林机械专科学校的建设。这所学校的性质为国防工业学校，培养国防工业急需的人才。1965年后，国家机械工业部正式决定更改机专的体制，让它成为一所既是学校又是工厂、既出人才又出

产品的学校。此时，机专已更名为"桂林机械工业学校"，工厂则叫作"国营漓江无线电厂"，工厂作为学校的"附属"而存在着。

随着国际形势的变化，1970年，第四机械工业部决定将国营漓江无线电厂改为生产军工产品，军工代号为"六一一"。学校暂停办学，教职工全部安排到工厂工作，师生上下"全民皆兵"，积极备战。1972年，恢复办学，校名改称"桂林无线电学校"。直到1981年8月，校厂"分家"。2006年，该校更名为桂林电子科技大学。

鲍铁靖回忆，他刚去时，漓江无线电厂生产通信、雷达产品，主要是无线电高频应答机。1976年，物资供应科急需管理人才，就把鲍铁靖要去了。很快，他就担任物资供应科副科长、党支部副书记。

鲍铁靖说："我去供应科之前，物资采购很乱。那时，不管采购什么产品，工作人员只要把《托收承付单》的空白项填好，副科长签个字，就可以去购买，而且商家都无条件供应。这个过程，虽然没有什么贪腐问题，但盲目采购的情况比较突出。如果多买了钢材、木材还好，可以慢慢用；如果多买了晶体管等产品，长时间用不完，不仅造成大量积压，而且影响产品性能。还记得，当时采购的弹簧堆了很大一堆，十年都用不完！"

工作中，鲍铁靖模范地执行党的路线、方针、政策，以高度的责任感勤奋工作，他把自己在学校里学到的知识应用到工作中，对采购程序进行了优化。从此，他收到采购员提交的采购计划后，核对库存，并与生产科联系，确定采购项目、数质量等情况。最后，《托收承付单》必须由科长签字审核以后才能购买。这些措施实行后，为厂里节约了大量费用。

1978年，改革开放的号角吹响，经济建设成为全国的工作重心，一场势不可挡的"军转民"也拉开了序幕。鲍铁靖说："我们当时的厂长比较能干。为了养活厂里的2600多人，他大力推动生产由军品向民品转移，创造了漓江厂最辉煌的时代。"

漓江厂把生产电器视为目标。1980年，他们计划一年要生产10万台黑白电视机、10万台收录机及350万盒磁带。之前，漓江厂做军品都是"小批量"生产。如果按照新方案，每个员工面对的压力都前所未有，同时还要考虑研发产品的时间成本。尽管漓江厂从1979年便开始研制808漓江牌收录机，但要在极短的时间里赶上技术成熟的地区和企业，无疑是困难重重的。大家的眼前，只有一条路可以走，那便是"引进、消化、吸收、再创新"。

1980 年，漓江厂开启了自己的"引进之路"：从香港进口黑白电视机和收录机的组件、散件，经过工人组装后，销往全国二十多个省（自治区、直辖市）。这些产品，曾是许多男女青年结婚的必备大件。这一年，漓江厂一派生机勃勃。年末，全厂职工工资发放完、利税交完，居然还有一千多万元存款！

《桂林市志》是这样记载的：1981 年以后，漓江厂自行开发多个品种的收录机产品，产销累计近 70 万台。1982 年，漓江厂与四机部第 54 研究所联合研制 6GHZ480 路数字微波信道机、终端机、监控机，产品能在 2500 公里的线路上传送数字电话和其他数字信息，具有无人值守功能。1986 年，漓江厂开发研制了 DY-2 型集成电路打印机。该产品于 1986 年获电子工业部科技进步一等奖，各项主要性能指标与国外同类设备相近，可替代同类进口产品。

四、他担任广州办事处主任，为"内联外引"殚精竭虑

1988 年 6 月，鲍铁靖被漓江无线电厂任命为广州办事处主任。他说："我到广州，主要搞内联外引（内部联合、外部引进）工作。"具体来说，刚开始，就是依托国家第四机械工业部设在香港的兴华公司，从香港联合进口收录机、电视机的组件和散件，拉到漓江厂组装，贴上"三菱电视""三洋收录机"的牌子，向全国各地销售。

鲍铁靖说："当时，我们厂通过香港出口的产品主要是导电橡胶条（片）。"它是将玻璃镀银、铝镀银、银等导电颗粒均匀分布在硅橡胶中，通过压力使导电颗粒接触，达到良好的导电性能，在军事和商业上都有应用，其主要作用是密封和电磁屏蔽。产品可以模压或挤出成形，有片装或其他的冲切形状可供选择。"我们用的遥控器，为什么按下按键就可以操作？因为有橡胶片。本来，橡胶是绝缘的，我们要把绝缘的东西做成导电的，那就不容易了。当时，漓江厂就有这个绝招。"

鲍铁靖说："我对电力通信这一块是很有感情的。"

20 世纪 80 年代中期，西方的微波产品，在邮电通信方面用得很火了。当时，

广东省邮电局感到，五位电话号码不够用，急需升为六位、七位，但又没有那么多钱去买电话线，就考虑改变传输方式，引进微波通信。

1986年，鲍铁靖就跟海外客商洽谈微波通信的合作，并取得了积极进展。可是，1989年，欧美启动对华高技术出口管制，直到1991年才解冻。1992年，有两条微波线可以引进，一条是加拿大的北方电信，还有一条是日本的NEC公司。最后，他们经过综合考虑，还是采用了日本的产品。

鲍铁靖说："广东省的第一条微波是由机械电子工业部引进的。当时，我负责找广东省邮电局长途电信局洽谈，把具体的协议落实下来。"双方合作的这条微波，是"京（北京）——汉（武汉）——广（广州）"微波干线的南段（武汉——广州）。"启用之后，才有了大哥大。"

微波通信，需要大量的基站连接。然而，微波传输要求四周无障碍物阻挡，所以基站都必须建在最高的山顶。上山，往往是没有路的，到处布满荆棘。他们在前进中，衣服经常被刮破，皮肤也经常被划出一道道血口；而且，搬器材、扛水泥等重活更是吃力。有时，遇到四五公里远的，他们就花钱在当地雇人帮忙。为了赶进度，他们风餐露宿，风雨兼程。他至今还记得，1992年中秋节，白天，他们顶着烈日在山上作业，挥汗如雨。晚上，他们在山上歇下来。这时，许多蚊子开始轮流轰炸，纷纷给他们"发红包"，个个身上奇痒无比。当天，应该是家家户户团团圆圆吃月饼的日子，可他们坚持在山上啃馒头、喝凉水，而且充满了工作激情。

鲍铁靖说："那时的艰苦程度，现在的人是难以想象的。有时，我想想也挺有味道！经过了那个年代的艰苦，才知道现在是多么幸福！我们的党、我们的国家，也就是这样从艰苦中一步步走来的。"

让我们来看看当年漓江厂的成绩单：

——1988年，漓江厂引进日本NEC公司的技术和生产线，生产PCM480路数字微波通信设备。

——1993年底，微波通信产品的品种超过30个，年产量为300端站，畅销25个省（市、自治区）。其中480路和120路数字微波通信的技术指标居国内先进水平，并接近国际同类产品水平，产销量在国内同行中居首位。

——1995年，工厂具有微波通信、电子电器、无线电专用设备、导电橡胶连接器、微电子器件等五大系列 50 余项产品，其中通信类产品占 75% 以上；产品遍及国内 20 多个省（市、自治区），还远销国外。

鲍铁靖说，用上光缆后，他们当年在广州花果山上建设的微波基站虽然已经弃用，但成了那段历史的见证。

令他感到自豪的是，他还负责促成了广东省第一条光纤数字通信工程的落地。

1992 年，长飞光纤光缆股份有限公司拉出了中国第一根商用光纤，用的是飞利浦的技术，依靠的是进口设备。接着，由"光"点燃的通信之火，吸引着中国的市场。

鲍铁靖说，当时，法国阿尔卡特公司是电信系统和设备以及相关的电缆和部件领域的世界领导者。1996 年，他与上海的法资企业——阿尔卡特公司总工程师王俊华洽谈，将其光纤通信产品引入广东电信局，最早的一段是"广州——海陆丰"。

"我们厂里的总工程师范鼎是一位德高望重的人！"鲍铁靖说，"我担任漓江厂广州办事处主任期间，促成了广东省第一条微波、第一条光纤的顺利落地。其中，他功不可没。他作为我的技术导师，有两个明显的长处：一、他从中山大学毕业，学历高，水平高，懂技术；二、他是广东肇庆人，讲当地话，亲和力强。我们两人去跟对方洽谈，一谈就能谈成！"

五、漓江厂倒闭，他开启了自己艰难的创业之路

令人遗憾的是，漓江厂的好景，却在 2000 年前后急转直下。伴随着 20 世纪 90 年代中期那一波"下岗潮"的到来，漓江厂几乎经历了有的老国企走向落寞的所有遭遇：产品卖着卖着变成了库存积压；存款用着用着变成了负债；尽管产品众多，但在扩大生产的同时银行负债也很高；行业对手进步迅猛，市场竞争压力越来越大；经济下行导致人才流失，技术优势变得不明显……

鲍铁靖回忆："到了 2001 年，这个厂的厂长换了六任，员工从 2600 人走得只剩下几十个人，彻底做不下去了。这时，我才离开。我一直比较留恋这个厂。因为，我曾经为它用心奋斗过！"

2001 年，鲍铁靖带领 6 名技术人员，开始了艰难的创业之路。他们从开展

通信工程服务到产品的经销代理，不断开拓市场，赚到"第一桶金"。接着，他们创立了广州市捷盛光通信技术有限公司等企业，经营范围包括通信设备零售、信息技术咨询服务，以及电子、通信与自动控制技术研究和开发。2003年，鲍铁靖注册成立了广州市紫晶通信科技有限公司，专注经营电网通信、智能光终端、信息系统智能化建设的研发、生产、销售与服务高新技术，为用户提供售前（咨询服务、网络规划、方案制作、产品培训等）、售中（系统测试、安装调试、系统集成、技术培训等），到售后（维保服务、网络巡检服务、故障抢修、产品升级服务等）的立体式服务。为了开拓市场，他白天不停地联系客户、洽谈业务，晚上学习钻研通信技术知识。他说，"在这个过程中，需要有开拓进取的勇气。那时年轻，从不害怕失败。"

"白天当老板，晚上睡地板。这话所指的，就是30年前我们这些人真实的生活状态！你说艰苦不艰苦？"鲍铁靖说，为了闯出一条路，他每天都要与客户打交道，遇到过很多困难。譬如，广东讲粤语，他不懂，要靠自己去适应、打拼。还譬如，改革开放以后，在人际交往中，有人喜欢打麻将，有人喜欢喝酒；而且，牌风、酒风就是人品。应酬中遇到要滑头的情况，虽然不喜欢，但还是要包容。还有，那时的工作条件也是非常艰苦的。

"不能让导电橡胶条（片）的生产技术失传！"鲍铁靖想，虽然漓江无线电厂散了，但技术人员还在，这就是传承的希望。于是，他把相关技术人员组织起来。"我占30%的股份，叫大家一起搞，现在这个项目还在做。虽然，后来也有其他工厂生产这类产品，但是原创技术在我们这里。"

从事这项创业，他还看中的是桂林的资源。这里的橡胶产业具有深厚的底蕴，早在20世纪60年代，橡胶产业集中在桂林投产，使得橡胶制品及橡胶机械产业在全国占有重要地位。例如，乳胶是橡胶的细分行业，桂林是中国医用外科手套的主产地。

六、成功研发了领先全国的远程核容技术

在实践中，鲍铁靖深刻意识到，一个企业如果没有创新，就没有发展；一个企业如果没有自己的品牌，就没有出路。

在通信机房，所有设备的第一次启动，不可能靠手工。当电池直流把闸刀推上去以后，自动控制部分，如继电器、变压器才能接通，保证交流电运行。一直以来，通信机房都在使用锂电池，但存在两个缺陷：一是性能不稳定，不能过充过放电；二是容易爆炸。为了保险，一段时间，机房将铅酸电池作为后备电池。

铅酸电池作为备用电源，在电力系统中的作用举足轻重，一旦发生故障，就可能将其他小问题扩大为严重的停电事故。维护好铅酸电池，是个难题。例如，对于24组电池，如果有两组是坏的，就启动不起来。可是，哪个好哪个差，如何鉴别呢？他们想到，如果在每一组电池中装一个传感器，连接一个模块，就能知道铅酸电池的电解液还有多少、供电量足不足、够不够用。

2014年，紫晶科技开始探索远程核容技术。经过六年的艰苦努力，他们于2000年成功完成了一个试验网——对通信机房的电源电池实施远程监控。

南京电科院是国家电网有限公司直属科研单位，是中国电力行业多学科、综合性的科研机构。鲍铁靖说，2000年，南京电科院经过测试，认为他们研发的远程核容技术处于全国领先水平，符合国家的技术规范，并颁发了证书。接着，他们还将这项技术申请了专利，并于2001年进入市场。

在主干线的电力传输方面，无论是高压还是低压，我国的电力技术水平世界领先。鲍铁靖说，他们的远程核容技术，能够保证配电机房里面的应急、日常维护，能有效地保障电网安全，将在未来"西电东送"中发挥更加重要的作用。

一路走来，紫晶科技聚集了大批专业科技人才，在近300名员工中，高级工程师、工程师、本科以上学历者超过一半。作为国家高新技术企业，鲍铁靖高度重视科技创新及人才培养。紫晶科技汇集了一大批在计算机系统集成、通信信息系统集成、电力行业通信、网络设备等领域的工程技术人才。目前，公司拥有国际顶级IT厂商认证工程师，以及强大的技术服务队伍，为售前、售后服务及工程技术奠定了坚强的保障。他们还与浙江大学、中山大学以及广东工业大学等国内知名科研院所开展智能电源通信技术研发与合作，不断用新产品、新专利、新技术，推动产品创新升级，引领企业创新发展。

紫晶科技工程部经理魏伟说："鲍总对工作精益求精，不管工作多忙，都非常关注科技项目情况，与技术人员一起探讨，听取技术人员的意见和建议，确定研究课题，并解决我们工作上的难题和生活上的后顾之忧。"在鲍铁靖的带领下，公司先后推出了集软硬件为一体的电源综合监测系统平台、动力环境云平台、智能微模块机房等自主系列产品，并取得了 60 多项专利。同时，他们还先后与华为、爱立信、迪普、NEC、三星、avaya、瑞斯康达、特发、师慧等大型知名企业建立紧密的合作伙伴关系。

紫晶科技分别从日本、美国等国引进了先进的熔接工具，配备光纤熔接机、光时域仪（OTDR）、光功率计、2M 综合监测仪、2M 传输性能分析仪、光电话等设备，满足客户的施工需要。通过 20 年的打拼，他们的业务已广泛深入到电力、联通、电信、移动、中国网通等主要运营商的工程业务中，工程合格率达100%。他们自主研发的解决方案，已经广泛应用于国家电网、南方电网等行业用户。他们良好的品牌信誉、优质的产品质量在业界深受好评。

七、为国家重大工程建设贡献聪明才智

在紫晶科技公司的会议室里，墙上挂满各种荣誉证书，如，国家优质工程奖、广东省电力优质工程奖、广东电网样板工程、超高压输电公司技术改进贡献奖、广东省优秀软件产品和"IT 服务优秀企业"……

下面，是中国南方电网有限责任公司超高压输电公司发出的一份《表扬信》：

广州市紫晶通信科技有限公司：

贵公司在"乌东德电站送电广东广西特高压多端直流示范工程直流线路工程输电线路 OPGW 光缆熔接（标段 1）施工"项目中，负责 OPGW 光缆熔接的团队在艰苦的条件下，本着服务好业主、服务好工程的态度，以及追求高标准的工作精神，积极响应配合我方快速地解决工程问题。你们团队专业技术过硬，施工工艺精湛，工作责任心强，并能严格按照南网的要求进行安全文明施工，严格执行相关施工验收规范标准。为此，我方对贵公司的大力支持表示感谢。

特此表扬！

中国南方电网有限责任公司超高压输电公司项目部

2020 年 7 月 3 日

云贵互联工程施工现场

　　乌东德水电站是我国最大的水电基地，可供开发的水能资源高达 1.2 亿千瓦，水电富集程度居世界前列。2015 年 12 月，该项目全面开工建设后，紫晶科技担任乌东德电站送电广东广西特高压多端直流线路 OPGW 工程输电线路的施工。鲍铁靖带领工程技术人员，在时间紧、任务重、环境恶劣、生活艰苦的情况下，顶烈日、冒酷暑，顺利地完成了施工任务。

　　鲍铁靖每当获知相关重大项目将要开建的消息，总是和科技、管理人员一道，认真进行调查研究，并与业主方深入交流，力争拿出最优的方案。在项目实施的过程中，他周密组织，精心安排，并亲临现场进行指导。

　　云贵互联通道工程是国家重点输变电项目，是南方电网落实国家西部大开发战略、落实党中央和国务院推进"新基建"决策部署、助力能源转型和高质量发展的标志性工程。

　　紫晶科技公司光缆熔纤队在参与云贵高原超高压"云贵互联直流线路

OPGW 光缆熔接"项目工作中，面对高海拔、重冰区、岩溶发达、喀斯特地貌等恶劣环境，凭着专业的技术、精湛的工艺，提出了许多可行性建议，解决了一个又一个难题，圆满完成了各项攻坚任务。南方电网超高压公司云贵互联项目部在表扬信中说："这些都体现了紫晶人严谨的工作态度，以及优秀的服务品质。你们以客户为主，不怕苦，不怕累，技术过硬，又能积极处理问题的做法，赢得了我方的信赖！"

2021 年 4 月 2 日 11 时 18 分，珠海金湾海上风电场项目实现了全容量并网发电，创造了广东省第二批启动建设的重点海上风电项目中核准最快、开工最早、最先并网的记录。

珠海金湾海上风电场项目现场

珠海金湾海上风电场总投资约 53 亿元，总装机容量为 300 兆瓦，共安装 55 台单机容量为 5.5 兆瓦国产抗台风型海上风力发电机组。项目由广东能源集团投资，中国能建广东电力设计研究院以 EPC 方式总承包建设。项目建成后，每年可提供清洁电能近 8 亿千瓦时，满足 30 万户家庭一年的用电量，与同等规模燃煤电厂相比，每年可节省标煤消耗约 23 万吨、减少二氧化碳排放约 46 万吨。

　　紫晶科技公司项目团队不畏现场艰苦条件，积极协助各方解决施工及技术难题，完成了通信系统设备安装调试工作。尤其在 2020 年 12 月下旬实现200MW 并网的攻坚战中，紫晶科技项目团队从多个项目调配光纤熔接技术人员，赴海上升压站多个风机参与风机光缆熔接工作，为顺利开展全部风机并网发电提供了有力保障。EPC 总承包项目部在给紫晶科技发来的感谢信中说："我们对贵公司珠海金湾海上风电场项目团队给予充分肯定和感谢，期待我们在今后的工作中能够精诚合作，再铸辉煌！为早日实现'碳中和、碳达峰'继续贡献我们的力量！"

八、运筹帷幄，畅想未来

　　鲁迅在《故乡》中写道："世界上本没有路，走的人多了，也便成了路。"
　　紫晶科技的施工团队正是这样，常年都在不断开辟新的道路。鲍铁靖说："我们的工程车都是四轮驱动的，两个轮的根本走不了。"他们把车开到山脚下以后，往往还要爬高几千米，才能到达山顶。之后，他们至少要在高空作业五六个小时，经常住帐篷、吃干粮，风雨无阻。目前，这支由 40 岁左右员工组成的团队，已经在业内干出了良好的口碑。
　　员工们知道，鲍铁靖仍然保持着一些文体爱好。他有时与员工一起打篮球，有时用心爱的萨克斯演奏一些拿手的乐曲。他说："这样，不仅可以陶冶情操，还是工作上的减压方式。"
　　为了营造拴心留人的环境，紫晶科技除了给予员工相应的报酬外，只要考取二级建造师以上资格证书，公司就奖励一万元，并且每月增加工资 2000 元。
　　鲍铁靖说，光做到这一点还是不够的。"对我们这样的国家高新技术企业来说，西电东送，以及西部大力开发太阳能、光伏产业，孕育着巨大的商机。我们决心跟着新兴产业、新兴能源走。现在，国家重大工程对科技的要求越来越高，绝对不会让技术平平的人去干的。技术先进不先进、有没有内涵，这至关重要。如果技术水平跟不上，就随时会被淘汰出局。强中自有强中手，所以，我们研发团队不敢懈怠，如履薄冰，不断创新，努力跟上时代的步伐！"
　　为了打造团队建设的凝聚力，紫晶科技将未来的着力点放在打造更具竞争力的创业平台上。

鲍铁靖说，国家投资建设一座大型水电站或者一座风力发电站，额度虽然巨大，但通信只占总额的 2%，是配角。"陈佩斯演小品，通过努力，把配角演成了名角。我的理念是：在国家电力建设中，紫晶哪怕做不了主角，我们也绝不满足于跑龙套，争做配角中的名角！"

面对瞬息万变的市场，他正紧跟行业风向标，站在新的起点上！

骑在"虎背"上奋勇前行

——双良集团董事局主席缪双大创业纪实

人物介绍

缪双大，1951年3月生，江苏省江阴市人。1969年11月—1974年1月，在中国人民解放军舟嵊要塞区岱山守备区无线电连服役。1974年2月起，在江阴县钢铁厂工作，以及在村里发展副业。1982年，他带着亲朋好友到上海安装空调。1985年，创办江阴市溴化锂制冷机厂。1993年10月，该厂组建双良集团。2003年，"双良节能"上市。2023年，"慧居科技"在港交所主板挂牌上市。目前，双良集团拥有22家全资和控股企业。

缪双大曾获"全国优秀企业家""全国乡镇企业家""全国优秀退伍军人""江苏省劳动模范""江苏省优秀共产党员""江苏省优秀企业家"等荣誉称号。

1995年12月14日，他在参加全国优秀退伍军人表彰大会时，受到了中共中央总书记、国家主席、中央军委主席江泽民的亲切会见。

1998年4月20日，中共中央总书记、国家主席、中央军委主席江泽民视察双良集团。

缪双大曾经有一段艰苦的从军经历。他经常说："是部队给了我敢于奋斗、敢于胜利的勇气和智慧！"

在东海前哨舟山群岛中，有座岱山岛。岛上那座最高的山，叫西高山。

缪双大在岱山守备区无线电连服役时，连队就驻扎在西高山下一条山涧的西坡上。那里经常被大雾笼罩，隐藏在树荫丛中的窑洞宿舍以及深入山中的坑道都阴暗潮湿，指战员的衣被总是霉斑点点；夏天，还时常受到毒蛇的侵扰，以及苍蝇、蚊子的狂轰滥炸。

在恶劣的自然环境下，缪双大和战友们满怀豪情，通过无线电波快速、准确地传递着海防情报和重大信息，为保卫祖国默默地奉献自己的青春年华。

如今，在缪双大的带领下，双良集团有限公司经过近 40 年的专注与创新，实现了跨越式发展：集节能环保、清洁能源、生物科技、化工新材料于一体，拥有 22 家全资和控股企业，其中有两家为上市公司。集团连续多年名列中国企业 500 强、中国制造企业 500 强。世界 500 强企业中，有 300 多家是双良的合作伙伴。双良在"节能、节水、环保、清洁能源"领域具有核心竞争力，溴化锂机组及智能化全钢结构间接空冷系统被认定"单项冠军产品"，被誉为"造福人类，大国重器"。同时，集团还荣获有中国工业"奥斯卡"之称的中国工业大奖"企业奖"与"项目奖"双料大奖。

目前，双良已形成多晶硅核心装备、单晶硅片、电池组件光伏产业链，并深耕地热、氢能、绿电、储能等清洁能源技术研发及装备生产，以数字化驱动的碳中和综合服务助力国家"双碳"目标实现。

2013 年，双良集团被中央电视台大型纪录片《大国重器》（第一季）聚焦报道，全面展现其在装备制造业的中国"硬实力"和节能减排事业中的突出功绩。在回顾成长轨迹时，缪双大深有感触地说："如果企业不坚持创新，就要被同行淘汰，被市场抛弃。所有民营企业都是骑在虎背上，而不是马背上，只有奋勇向前一条路可以走！"

这句名言，被广泛传播。

一、从装空调起步，他带领团队建成全球最大的溴化锂中央空调生产基地

1974 年初，缪双大从部队退役，回到家乡江阴。一开始，他在江阴县钢铁厂工作。后来，他嗅到了改革开放带来的商机，于是辞掉了"铁饭碗"。下海以后，他做过水泥袋、烧过砖窑、办过小钣金厂。

1982年，一个偶然的机会，他听说在上海安装空调很赚钱，就想：江阴距离上海仅两个多小时的车程，于是带着三个哥哥（老大缪敖大、老二缪敏达、老三缪黑大），以及六个好友（江荣方等），投资9300元，从卖劳力起步，在上海滩开始了走街串巷安装空调的生活。很快，缪双大的商业天分得以发挥。短短三年，这支空调安装队伍就积攒了几十万元。更重要的是，那几年，他和团队已经在空调安装中积累了相当丰富的经验，并且结识了上海制冷行业的一批专家。从专家那里，缪双大得知，当时国内中央空调的市场几乎被国外产品一统天下，就决定要造"中国人自己的空调"！

1985年4月，一心想干大事的缪双大和他的创业团队回到了江阴，投资50万元办起了一个小厂——江阴溴化锂制冷机厂，摸索生产中央空调。当时，他选择生产溴化锂制冷机的技术门槛颇高：早年用在核潜艇上，后来才转为民用，一直是国外的强项。曾有人笑他："你没有文化办什么厂？技术从哪里来？"缪双大的答案是：巧借"脑袋"。他不惜血本从上海一家制冷研究所买来图纸，还不断挖来业内专家。

戴永庆曾是上海704研究所研究员级高级工程师，参与了BL201溴化锂吸收式制冷机组的成功研制，主编国内溴化锂吸收式制冷机方面的首部著作。1978年，他参加了首届全国科学大会，并荣获"做出重大贡献的科技人员奖状"。

改革开放后，国家对民营经济大力扶持，上海704研究所将这项制冷创新技术转让给双良公司。在此期间，戴永庆常去工厂进行指导。1996年，戴永庆退休后，双良以弹性工作制的方式（每月两周来厂工作），聘请他担任高级技术顾问。他凭着对合作伙伴的感情和对溴冷机事业的热爱，全心投入工作中。

缪双大借助"星期日工程师"的指导，使企业获得了许多发展良策。每到周末，他家里的饭桌就成了设计台。铺开图纸，大家就围着进行分析、讨论。就这样，他带着团队依葫芦画瓢，开始敲敲打打生产中央空调。通过努力攻关，他们于1985年7月，生产出了中国第一台拥有自主知识产权的溴化锂制冷机。该设备利用溴化锂吸收式换热技术，以蒸汽、热电厂余热为动力，为建筑物提供中央空调和工业领域提供冷水，解决了由于电力短缺带来的矛盾，以及热电平衡的重大问题，中国制冷协会评价为"挽救了中国溴化锂制冷机行业"。

恰巧这时，缪双大得知上海蓝天宾馆有台制冷机组停转，且维修无望，就迅速找上门推销自己的"双良特灵"中央空调。可是，对方不敢用乡镇企业的产品。为了抓住商机，他当即立下"军令状"："先用我们的机组，运转正常后再付款！"宾馆经理这才答应试试。没想到，一举调试成功。直到今天，蓝天宾馆还是他们的客户。此后，双良的产品得以顺利地打入上海市场并走向全国。

到 1989 年，双良已经可以批量生产中央空调。也是那一年，他们在四川国棉一厂与北京农机公司进行了一场著名的中央空调现场擂台赛。缪双大亲自压阵，成功击败北京农机公司，进而独占了四川市场。

当年，曹渊明担任上海第一冷冻机厂党委书记、厂长。缪双大"三顾茅庐"，跑到曹渊明家，与他拉家常、摆困难、论风险、绘蓝图，硬是用真诚感动了这位国企"一把手"、业内专家。1990 年，曹渊明毅然辞职来到双良，担任一家乡镇企业的总工程师。"曹渊明现象"，一度震惊了当时的上海滩。

尤为值得一提的是，缪双大自创业伊始，就看到了技术对一个企业的重要性。与他一起打天下的创业元老江荣方，虽然仅有高中学历，但是由于其对技术狂热，最终成为了双良乃至中国有名的中央空调技术专家。而双良，一直占据着这个行业的世界龙头地位。

1991 年，缪双大"拍板"，向当地供销社借了商业资金，建成了企业第一个测试台。此时，他们检测发现，之前按照客户要求加工好的 17 台设备存在技术缺陷。缪双大说："宁可经济上承担损失，也不让企业形象和信誉受损"。于是，他顶住内部反对的声音，果断处理了这 17 台设备，并重新生产，最后将"不但寿命长，还能节电 40%"的优质产品发给客户。1000 多万元的损失，赢来的是双良"产品优良，服务优良"的金字招牌。

二、构筑研发体系，打造企业核心竞争力

双良集团的人才故事为当代中国企业的人力资源管理写下了一个绝好的案例。

早年，当许多企业还沿着低成本劳动力模式蹒跚前行时，双良已开始聘请大学生。1993 年，他们就建起了人才楼，提供三室一厅、配备中央空调和冷热水的住宿条件，人才可拎包入住。缪双大甚至提倡，一个人才一个政策。这在当时的民企中并不多见。

于是，大批优秀人才纷至沓来，加上企业拥有珍贵的测试台，双良因此积累了丰富的创新实践经验。双良的工程师凭借日常灵活的操作训练，破解了许多难题。

时至今日，双良依然牢牢坚守一个原则：不管进军哪个产业板块，牵头人必须找行业前三的人才。同时，企业每年都会拿出利润的 10% 来给人才分红，充分发挥精英团队与人的能动性。而人才如同创新发动机，驱动双良不断刷新行业纪录。

如今，双良集团技术创新的核心支撑是由博士后科研工作站、国家级企业技术中心和技术部组成的三级研发体系。博士后科研工作站负责企业技术储备工作的研发，与哈佛大学、清华大学等院校，以及中科院等科研单位合作，开展基础性课题研究。国家级企业技术中心集聚了数百名高级技术专家，负责产品研发、样机试验，从科研单位、国外引进技术，做产品的前期试制开发。生产技术部是企业最为基础的技术力量，承担着技术转化为成果的具体工作。

吴刚，本科毕业于上海交通大学力学专业。1998 年，他在双良锅炉公司开启了职业生涯。自 2005 年始，他先后担任海水淡化、换热器等多个项目的总经理。"这些项目不一定都能成功，我们也干砸过，但公司给了试错的机会，敢于让我们尝试。"后来，他担任集团低碳产业技术研究院院长。

他说，在三级研发体系的基础上，2015 年，双良集团又设立低碳产业技术研究院。该院服务于双良绿色低碳技术生态圈，围绕新产品、新技术的研发储备、产业转化，为用户提供碳服务。低碳设计院服务于集团大客户平台，整合内外部技术资源，围绕应用场景，为用户提供碳中和整体解决方案。

对于技术研发，公司实行有效的激励政策：第一、成功给重奖，失败不追究。第二、项目实行提成制。无论技改项目还是创新、研发项目，都与其自身收入相挂钩。第三、研发的所有费用都是优先保证的。

双良设有很多奖项，如特别贡献奖分为两等：一等是钻石功勋，一等是皇冠功勋。钻石功勋奖励金额是 20 万元，皇冠功勋奖励金额是 30 万元。颁奖现场奖励一斤重的金牌。从双良的导向上看，这不仅仅是金钱的问题，也是公司的最高荣誉。

低碳产业技术研究院也汇聚了北京大学、中科院等高校和科研学术机构的研究生。"我是这儿年纪最大，学历最低的。"吴刚知道，年轻员工只有在实践中才能不断成长，总会多给他们参与技术创新项目的机会。"我希望他们能建立完整的认知体系，成为复合型人才。"

双良凭借严密高效的研发体系，不断增强了企业核心竞争力。30 多年来，他们拟定了近 40 项国家及行业标准，形成了 1000 多项国家发明及核心技术专利。

2006 年，双良进军空冷设备生产领域。当时，这个行业市场份额的 90% 被国外两家公司占领。缪双大和他的科研团队花三年时间，研发出一种针对发电厂的节水产品——空冷岛。一座空冷岛的占地面积相当于一个足球场，其散热翅片充分利用空气来散热。当他们将这项技术推向市场时，却遭遇了客户要求提供两亿元质保金的附带要求。对方刁难的背后，其实是考量双良的胆量和魄力。缪双大当即"拍板"，开出保函。事实证明，这一冒险之举真正成为打破国际垄断的破冰之举：在国际市场上，空冷设备的设计费用从过去的 3000 多万元降到了 500 多万元。

三、利用余热变废为宝，为兰州治霾建立奇功

2013 年 12 月 21 日，《人民日报》头版头条发表《兰州掀掉雾霾"锅盖"》一文。文中写到："兰州市 2013 年优良天气已达 292 天，占全年天数 80%，成为空气质量达标城市。"同时，报道首次提及"引进双良余热利用技术"助推兰州拨霾见日生态逆转。双良作为兰州治霾的"幕后英雄"正式浮出水面，吸引了越来越多的北方雾霾重灾区城市的聚焦关注。

由于地处"两山夹一河"的高原狭长盆地，冬季无风，污染物很难消散，雾霾一直是兰州的"老大难"。随着双良 50 多个烟气余热回收装置改造工程项目同时开工，烟气余热深度利用技术成为兰州市实施"蓝天工程"的治霾"利器"，整个工程改造燃气锅炉吨位 2000 蒸吨，单个采暖季可减少燃气消耗 1459 万立方米，减少烟气 17507 万立方米，减少二氧化碳排放 37879 吨，回收冷凝水 16.2 万吨。

2014 年 8 月 8 日，国家环境保护部在兰州召开会议，总结、推广兰州市在大气污染治理方面取得的经验，来自 14 个城市的市长和环保部门负责人到会"取经"。因为除霾成绩杰出，2015 年 12 月 3 日—10 日，受巴黎气候大会相关主办方邀请，时任兰州市市长袁占亭率团参加巴黎气候大会系列活动，与国内外嘉宾分享了兰州大气污染治理的做法，以及低碳城市建设实践经验。

"事实上，我们溴化锂吸收式制冷技术最强的生命力和竞争力在于余热利用。"双良节能系统股份有限公司总经理刘振宇说，在大型中央空调产业如日中天之时，双良果断涉足节能环保领域，开拓发展新"蓝海"。

1995 年开始，双良将自己掌握的核心技术——真空换热应用到溴化锂吸收式热泵机组上，成功延伸了产品在余热利用市场的应用。例如，山西国电大同第二发电厂余热回收系统、中海油世界直燃型地尾水供热项目……目前，他们的余热利用系统，广泛应用于石油石化、钢铁冶炼、焦化、纺织化纤等九大行业，拥有三万多家用户。

目前，双良在全球成功投入营运 100 多个冷热电联供项目，提供 200 多套冷热电联供系统解决方案，包括北京会议中心、北京火车南站、北京中关村国际商城等多个特定场所，在分布式能源领域做出了突出贡献。

为彻底治理城市大气污染，他们利用工业企业余热、大型火电厂余热等，在不增加能耗的情况下，提供大面积集中供热，为西北工业城市节能减排、安全供热量身定制了一个个"样板工程"。这一自主创新的"基于吸收式换热的热电联产集中供热技术"被国家发改委列为国家重点节能推广目录（第二批）节能技术。目前，他们已在山西朔州和太原、内蒙古呼伦贝尔、甘肃兰州等城市成功运营了多个集中供热项目，已入网 3000 万平方米供暖面积，供暖规模达到两亿平方米以上。

2016 年 6 月 16 日，上海迪士尼度假区正式开园。该园采用了双良参与制定和建设的环保能源定制方案，一期工程采用了 5 台双良的烟气热水型溴化锂吸收式冷热水机组，项目总制冷量达到 19604kW，是当时国内第二大冷热电联供项目。该分布式能源的综合利用率达到 85% 以上，比传统供能模式效率提高了一倍；每年可节约标准煤两万吨，相当于每年少砍伐木材 4 万吨，可减少二氧化碳排放 7.5 万吨。

此外，双良在茅台酒厂的能源管理流程中，也起到了关键作用。原来，茅台酒的酿造工艺离不开蒸馏，而蒸馏需要热能。过去，茅台通过燃煤锅炉进行酒的蒸馏；但从 2012 年开始，茅台酒厂的燃煤锅炉全部换成了燃气锅炉。这些燃气锅炉大多是双良制造的，同时，双良还为茅台提供了冷却循环水利用提升改造，对保护赤水河生态起到了重要作用。

四、用"石墨烯光催化网"治理洱海水源

云南大理州的洱海是闻名遐迩的旅游胜地，而位于洱海源头的大理西湖，是其源头和主要补水源之一。

西湖原本水质很好，但由于当地大力发展经济作物，过量施肥，致使水体受到污染。同时，随着旅游业的发展，以及污水处理设施不完备，也造成部分生活污水进入湖区。这里虽然有芦苇、菱草、莲等植物群系，曾是"最美丽水鸟"紫水鸡的理想栖息地，但是，二十一世纪初，它濒于灭绝。自 2016 年开始，这里还出现了蓝藻，局部还发生水华。

2018 年 1 月 2 日，洱源县洱海保护治理"七大行动"指挥部收到了一份来自江苏双良环境科技有限公司的《石墨烯光催化水环境治理技术方案》，希望在西湖实施水质提升治理示范项目。县领导通过组织专家论证和实地调研后，表示同意。

双良的底气来自"石墨烯强化光催化氧化技术"。2016 年 12 月，这项技术通过了中国环境科学学会的国家级鉴定，技术成果整体上达到国内领先水平，其中在石墨烯强化光催化氧化网的制备与应用达到国际先进水平。

接着，双良环境公司委托具备 CMA 资质认证的第三方检测机构——云南方源科技有限公司在大理西湖治理区域进行现场采样，进行水体本底值检测。结果显示，西湖水质为劣 V 类。

2018 年 4 月，双良公司在西湖采用柔性围隔，分离出 11500 平方米的水域，共铺设光催化网 900 张。同时，在网下挂设一定比例的生物绳，有利于水中微生物的附着，以此进行生态协同来提升水质指标。双良光催化云南区域负责人高凡说："在阳光照射下，光催化网能快速增加水体溶解氧，摆脱水体的厌氧状态。

通过稳定持续的高级氧化还原反应，不断分解水体中的有毒有害有机物，实现水体自净化能力恢复。"

经过一个夏天的治理，除了试验区和对比区感官上的对比分明外，生态调查检测结果也显示，那些植物、浮游生物等都比治理之前丰富，印证了光催化技术的优良效果。

第三方检测机构也表示，试验区内，生态恢复、抑制蓝藻及各项水质指标均已经达到了预期效果，4月—8月无蓝藻水华现象，并有一定自洁净能力。

在洱源西湖示范区，双良环境公司经过"一年治理、一年维护"的实践，水体的水质指标和水生态都达到并超过设定的目标和考核指标。第三方生态调查报告显示：示范区内水质提升至III类水，未发生水华，蓝藻含量处于一个较低的比例；沉水植物生长茂盛，植被覆盖率大于80%，形成壮观的"水下森林"；水中虾、螺及鱼类成群，生物多样性丰富，平均香浓指数高出示范区外36.8%；示范区内的透明度，接近清澈见底状态。

2020年6月8日，洱源县西湖光催化技术介导高原湖泊生态系统转换实证研究评审会召开。专家组听取了双良环境科技有限公司有关光催化技术示范项目研究成果汇报。经过讨论后，专家组同意研究报告和第三方检测报告得出的结论，一致认为此项技术具有推广应用价值。

"苍山不墨千秋画，洱海无弦万古琴"。如今，每天早晨，成群的紫水鸡披着朝霞，出现在洱源西湖的水面上。

目前，双良公司为全国近200个项目提供黑臭水治理和水质提升服务。

五、为"国电双维"等电厂建起全钢结构间接空冷塔，竖起我国火电建设一座座丰碑

缪双大说，并不是所有产业都能够长治久安、经久不衰的，所以选好产业非常重要。双良为什么能越做越大？这与其产品息息相关。他们的定位非常明确，就是围绕节能减排、绿色环保，用心去做精、做细、做实。

早在2011年，双良节能就开始了对全钢结构间接空冷塔的技术研究。他们联合知名院所进行了钢结构塔的风工程研究，使用大型风洞完成了钢塔的刚性模型试验、弹性模型试验以及风振分析。该项研究工作为国内首创，并通过了国内风工程顶级专家团队进行的技术验证。

在双良节能的努力下，华能大坝电厂、陕能麟游电厂、蒙能锡林浩特热电厂、信友新疆奇台电厂……一座座钢塔相继拔地而起，引领一股新的风潮。

华能宁夏大坝四期发电有限公司副总经理吴建国说，他们 7 号机组间冷塔是国内首个全钢结构的间冷塔，投运以来，其性能、参数都优于设计要求，可以说是全钢结构间冷塔在我国火电企业应用的成功案例。这项全钢结构间冷塔，由双良节能系统股份有限公司为 EPC 总承包。2018 年 10 月，项目建成投运。

以往，混凝土浇筑而成的巨大的灰色冷却塔，成为火电企业重要的标识。但在大坝项目规划设计时，他们就在摸索，如何能够在创新中实现技术领先、资源节约。在项目规划设计阶段，他们经过调研评估，最终确定了全钢结构的工艺。

双良节能项目负责人金亚东说，与同类型的混凝土塔相比，钢结构塔可降低投资成本 7%；同时，钢塔的整体工期更短，施工高空作业人员不超过 15 人，隐患小，安全事故概率低。

获得项目总承包权后，双良节能给大坝电厂量身打造了符合项目要求的塔体。这座冷却塔结构形式，由"圆柱体＋锥体＋加强环＋展宽平台"4 个部分组成，其中塔高 170 米、圆柱体直径 84 米、底部直径 129 米。每层结构均由 36 个三角框架构成，整个塔体由 792 个采用高性能防腐的格构式三角搭建而成。施工中，双良高度重视，多位高层亲自带队，到现场协调问题，解决困难，确保工程质量管控到位。

这项全钢结构间冷塔的成功建成和顺利运行，被业内专家誉为我国火力发电行业的高科技工程、资源节约型工程、循环经济示范工程。

2021 年 12 月 27 日 22 点 38 分，由双良节能系统股份有限公司承建的国电双维电厂新建工程 4×1000MW 项目 1 号机组，顺利通过 168 小时满负荷试运行验收。这标志着首台钢结构间接空冷塔百万机组正式投入商业运营。

国电双维电厂新建工程是国家"西电东送""国家大气污染防治"和"煤电节能减排升级与改造行动计划"发展战略的重要项目之一。该项目钢结构间冷塔高 190.2 米，相当于 60 多层楼高，钢塔底部直径 148.7 米，相当于 2.5 个足球场。凭借该项目，双良全钢结构智能化间冷系统荣获第六届中国工业大奖项目奖及中国制造业单项冠军产品。

2022 年 8 月，由双良节能承建的上海庙电厂智能化全钢结构百万级间冷塔项目，顺利完成 4 号钢结构塔塔体封顶。至此，4 座钢塔主体结构已全部完成，标志着双良首个四塔共建项目取得关键性突破。

国家能源集团国电电力上海庙公司位于内蒙古自治区鄂尔多斯市鄂托克前旗上海庙能源化工基地，规划建设 4 台 100 万千瓦超超临界间接空冷火电机组，是上海庙至山东临沂 ±800 千伏特高压直流输电工程重点配套项目。

六、为新疆"新特能源"等企业提供多晶硅核心装备

在太阳能光伏领域，单晶硅和多晶硅发挥着巨大的作用。2021 年，中国多晶硅产量达到 49 万吨，占据全球的 77.3%。

双良新能源坚持多晶硅行业还原核心系统的研发，已经成为国内多晶硅行业的系统服务商，累计为 20 多家骨干企业提供 5000 多套设备，包括还原炉、精馏塔、双管板换热器、大型吸附设备等。

新疆新特能源股份有限公司就是双良新能源的客户之一。据双良新能源高级工程师王晓春介绍，从 2006 年为对方筹建第一条年产 1500 吨多晶硅生产线提供换热器开始，双良已经提供了总额高达数亿元的设备服务。其中，新特能源 2020 年投产的年产 3.6 万吨多晶硅生产线的还原炉，超过 60% 来自双良。

多晶硅行业的关键设备还原炉，由于其生产运行工况苛刻，在材料、结构、制作和表面处理方面有特殊要求，因此国际多晶硅技术和市场长期以来都被美、日、德三国的公司完全垄断。2005 年之前，我国多晶硅产能及产量全球占比都不到 0.5%。

我国虽然拥有丰富的二氧化硅资源，但是，由于技术原因，长期以来都要依赖进口满足国内市场对多晶硅的需求。当时，多晶硅的售价每吨超过 300 万元，每年国家为此至少要花费近 600 亿元！新特能源早期的还原炉，全部都是从欧美进口，价格特别高，而且是用美金签合同，汇率损失也很多；更苛刻的是，合同签完后要全款付清合同金额，但是交付期动辄六七个月。

当时，还原炉还只是 12 对棒。产品进口成本很高，一方面，需要从德国空

运过来；另一方面，国外的技术人员过来安装都是按天计费，一天两千美元。因此，国内行业都急需高质量的国产设备来替代。

新特能源在第二期多晶硅生产线开建时，便试用了双良新能源的新炉型36对棒还原炉。但是，刚开始，设备性能和产出的多晶硅品质一直不理想。生产线十几亿元资金的投入，让新特能源面临巨大压力，他们逼着双良新能源对零部件进行挨个排查。

作为多晶硅生产装备中的核心设备，还原炉主要由底盘、钟罩、供电系统、绝缘系统、供料系统、冷却系统等零部件集成，是每个多晶硅企业最为关注的设备。多晶硅出炉品质的好坏主要就体现在还原炉上，它的性能将影响到多晶硅产量、质量、成本、能耗等关键指标。

当时，双良新能源从炉子底盘上的每一个垫片的配件开始排查，查来查去，不知道问题出在哪里！经过多次不断排查，最后他们才发现，还原炉是没问题的，问题出在电气设备上。

然而，电气设备还是新特能源花高价从国外进口的。在这个项目上，双良倾注了很多人力物力，受了不少委屈。这让新特能源看到了他们严谨的技术作风和热情的服务态度。后来，新特能源陆续采购了双良的各种设备，包括还原炉、换热器、吸附柱和溴化锂制冷机等等。

这也表明，双良新能源长期对多晶硅的生产工艺研究，尤其在还原工艺系统方面，不断深入、持续创新，已完全具备了取代进口设备的能力。

目前，双良新能源已经形成一套完善的还原技术研发体系，研制的还原炉电耗低、纯度高、产量大，综合技术水平在业内处于领先水平。目前，双良生产的还原炉系列有72对棒、48对棒、40对棒、36对棒、24对棒、18对棒等。他们按照电子级多晶硅要求设计制造的24对棒还原炉，已经得到了成功应用，性能优于进口设备。

七、在包头建设单晶硅项目，实现50GW产能全部释放

缪双大说，双良不只是空调，它更是一份绿色使命。光伏产业是一个伟大的事业，也代表着双良未来的奋斗方向。他们要全力推动光伏产业链高效发展，为

早日实现"双碳"目标而不懈努力。

2021年3月15日，双良节能宣布，将在包头市稀土高新区分两期建设共40GW单晶硅项目。其中，一期项目总投资70亿元，建成后预计年产值为108亿元。

2021年6月29日，双良节能首根大尺寸单晶硅棒成功出炉，为包头基地量产奠定了坚实的基础。缪双大出席了首棒开炉仪式，与研发中心全体工作人员共同见证了这一历史性时刻。仪式在洁净敞亮的拉晶车间举行。通过全自动单晶炉设备拉制而出的单晶硅棒，形如一支圆柱状巨笔，银亮色的表面熠熠生辉。

据双良硅材料研发中心负责人介绍，拉制单晶硅棒是生产单晶硅片的关键性步骤，对生产设备和工艺有着严格的要求，需连续不间断地高温拉制才能"出炉"。双良硅材料的第一根单晶硅棒由3号炉拉制而成，总长5300MM，等径用时40余小时，总用时70余小时，一次成晶。

2022年3月14日，双良硅材料（包头）有限公司单晶二厂正式投产。这里配备了最先进的160型单晶炉1000多台，实现高起点规划、高品质产出。2022年6月，双良单晶硅项目一期20GW产能全面达产。2022年9月25日，单晶三厂举行投产仪式，10月底实现40GW产能全部释放。

2022年9月，双良节能又发布公告，称拟设立全资孙公司，建设年产50GW单晶硅拉晶项目，进一步提高单晶硅的产能规模，加强公司在单晶硅领域的竞争力。

与此同时，2022年，双良还投入建设20GW高效光伏组件项目。一期项目产能5GW，于5月8日正式开土动工，6月钢结构吊装，8月设备进厂，9月25日实现批量生产，历时140天，以当年签约、当年建设、当年投产的"双良速度"，展现出双良人不畏困难、勇于开拓的铁军精神。由此，双良将形成多晶硅还原炉、单晶硅片/棒、光伏组件产业链。

双良单晶硅制造车间以高起点、高标准、高要求设计规划，一方面配备业内先进的1600型直拉单晶炉，配套行业领先的截断机、开方机、开磨一体机等机加设备，并在各道工序设置严格的质量检测流程，电性能检验、氧碳检验、原辅材料检验等检测室均采用尖端检测设备，硅片品质处于行业领先水平；另一方面，双良依托自身在节能环保领域的技术积淀，全部采用节能环保设备，配合自主研发的闭式干湿联合节水消雾塔、水源热泵、冷水机组等，为单晶硅生产全面打造安全环保、节能高效的动力保障系统。

同时，双良依托旗下无锡混沌能源技术有限公司自主设计研发的集控指挥中心数字化平台，打造全数字化单晶硅数智工厂。信息技术核心层采用5G全光网技术，依托虚拟化集群技术，对生产制造过程的数据进行高质量、高效率管理；采用业内先进的拉晶集控技术，应用智能搬运机器人、六轴工业机器人、立体仓库等智能化设备，解决生产过程瓶颈问题。

2023年，随着三期50GW单晶硅项目落地，产能规模再创新高。

缪双大说："我们要清醒地认识到，我们是光伏行业的'新兵'，要发挥双良低碳研究院的优势，自主研发、自主创新，同时虚心向同行'老大哥'学习，快速提升经营管理水平，进一步提高操作技能。"

八、深耕海外市场，在节能环保上唱响"中国声音"

双良集团凭借独立承担和组织实施重大项目的能力，积极助推"中国智造"深耕全球市场，在节能环保国际市场唱响"中国声音"。目前，双良集团已与近300家世界500强企业开展合作，在50多个国家和地区销售溴化锂机组等产品，销售额以每年30%的幅度稳步增长，逐渐占据双良总销售额的"半壁江山"。

在开拓海外事业中，双良集团注重与海外知名企业进行技术合作。早在2009年，空冷行业的核心之一管束制造已基本转移至国内，比起向国外客户直接销售空冷岛整岛，双良人觉得不如先"打洋工"，为国外的竞争对手配套管束。经过三年的努力，双良成功地为德国克莱德贝尔格曼换热技术有限公司的5个直冷项目提供了单排管管束，管束换热性能达到甚至超过了客户预期。

2013年末，克莱德贝尔格曼公司遭遇了发展瓶颈。双良空冷看到了机遇，控股收购自己的合作伙伴，以"双良制造＋德国技术"为基础在欧洲建立平台，开拓国际市场。2014年10月20日，双良克莱德贝尔格曼有限公司在德国正式成立。强强合作带来的是丰厚的回报——"双良德国"与西门子签署了埃及新首都480万千瓦联合循环电厂项目4套直接空冷凝汽器和强制通风空冷水冷却器供货合同，合同总额为5357万欧元。该项目是目前世界最大的联合循环电站空冷项目之一。

2015年7月，又传捷报，他们与西门子签订了81台换热器供货合同。2015年，双良新能源装备有限公司又与德国SITEC公司签约，正式展开在多晶硅生产还原工艺及核心设备上的深度技术合作，开创了中国多晶硅行业"德国技术＋中国制造"先河，同时也让双良有机会与"工业4.0"的倡导者亲密接触，并大力提升双良多晶硅还原炉的市场竞争力。

2022年4月20日，双良化工新材料板块——江苏利士德化工有限公司喜获意大利"新型石墨聚苯乙烯产品"35个货柜大单。这是利士德从该国连续获得的第5个大单，累计接单138个货柜。目前，双良新型石墨聚苯乙烯已外销澳大利亚、阿尔巴尼亚、乌克兰、沙特、波兰、荷兰等国家，得到了国际高端市场普遍的认可与信赖。

此外，双良与全球间冷钢塔知名工程设计公司——匈牙利必宏工程有限公司强强联合，共同合作承接了一些重大项目。

这些年，双良集团除了开展上述国际合作外，还主动到国外承接工程、销售产品，生意做得风生水起。

在俄罗斯，双良借助当地丰富的油气资源，依托余热利用的技术优势，拿下了圣彼得堡国际机场冷热电三联供项目、俄罗斯最大石油化工企业之一BASHNEFT工艺冷却项目，在当地树立了良好的品牌形象，为进一步挖掘其市场潜力打下了坚实的基础。在巴基斯坦，双良经过十多年的经营，已牢牢坐稳了当地溴化锂吸收式机组市场的头把交椅，累计销量200多台，市场占有率超过50%，客户遍及商业、医疗、教育、纺织、金融、能源等多个行业。在意大利，双良一举拿下米兰国际机场三联供和沃达丰米兰总部项目，确立了不可撼动的地位。

中东，由于常年气候高温干燥，淡水资源贫乏，给了双良的进气冷却系统、空冷岛以及海水淡化系统施展拳脚的绝佳机会。双良通过建设两个重量级的电厂项目，提升了品牌影响力。双良已经在沙特、阿联酋成立合资公司，积极推动燃气电站进气冷却系统的节能改造，大幅提升燃气发电系统效率。目前，双良已从节能装备制造商升级为节能系统集成解决方案供应商，在中东地区试点集技术方案、工程设计、设备（材料）采购、施工安装、开机调试于一体的EPC交钥匙工程。

目前，双良集团在"走出去"战略中，正在向新能源、新材料、物联网、智能技术等新兴经济目标奋勇前行!

"胸怀天下,才能纵横全球。"在长江边出生长大的缪双大希望儿子缪文彬能"从长江走向大海",做国际市场的弄潮儿。

2000年7月,缪文彬毕业于南京大学信息管理系;2001年,留学美国西雅图城市大学攻读金融管理专业。2003年,双良空调里程碑式地在A股上市之时,他正在美国读MBA。2004年,他进入双良集团,从底层做起,成为了一名销售人员。2017年1月,他接任双良集团董事长。

如今的双良,已经初步走出了一条绿色化、智能化、国际化的转型升级新路。这对于二代掌舵人缪文彬来说,是一个向好的开始,也是巨大的责任。他所承担的不仅是接班,也经受着转型升级的考验。公众期待着,新董事长带领下的领导班底,能以更新更开阔的思维,更强大的抗压能力,引领双良在全球新一轮的工业转型大潮中完成华丽转身。

"去掉光环,从头干起!"缪文彬记住父亲的殷殷嘱咐,正奋斗在新时代的征程上!

勇攀"光通信"的"珠穆朗玛峰"

——通鼎集团有限公司董事局主席沈小平创业纪实

人物介绍

　　沈小平，1963 年 9 月生，江苏省苏州市吴江人，高级经济师。1981 年 11 月—1984 年 11 月，在中国人民解放军舟嵊要塞区十八团服役。1984 年 12 月—1987 年 6 月，在中共吴江市委党校工作。1987 年 7 月—1991 年，下海跑运输。1992 年—1998 年，在浙江南方通信电缆厂工作。1999 年，创办吴江市盛信通信电缆厂。2000 年，创办通鼎集团有限公司。2010 年，"通鼎互联"在深交所上市。

　　沈小平获得的主要荣誉：2009 年，获评"改革开放 30 年中国民营科技杰出贡献企业家"。2009 年，获评"全国优秀复员退伍军人"。2010 年，获得江苏省"五一劳动奖章"。2012 年，获评"中国十大科技创新人物"。2017 年，获评"中国电子信息行业卓越企业家"。2017、2018、2019 年，入选"中国十大慈善家"。2019 年 7 月，获评"全国模范退役军人"。2019 年，荣获"全国脱贫攻坚奉献奖"。2021 年 2 月，被授予"全国脱贫攻坚先进个人"称号。2021 年 9 月，被授予第十一届"中华慈善奖"捐赠个人称号。2023 年，获评"中国经济年度人物"。

　　2009 年 11 月 25 日，他作为全国优秀复员退伍军人，受到时任中共中央总书记胡锦涛同志的亲切会见。2021 年 2 月 25 日，他作为全国脱贫攻坚先进个人，受到中共中央总书记习近平的亲切会见。

　　沈小平曾经担任江苏省第十一届、第十二届人大代表，以及江苏省企业家联盟主席等职。

2018 年 12 月 9 日，以"新时代、新经济、新模式"为主题的"2018 中国经济高峰论坛暨中国经济影响力年度人物颁奖典礼"在北京隆重举行。江苏通鼎集团董事局主席沈小平喜获"2018 中国经济年度人物"。当时，典礼给他的颁奖词这样写道——

> 条条线缆纵横大江南北，上天入地成就通信辉煌；
>
> 改革开放金潮翻波腾浪，创新发展一路高歌领航；
>
> 功成名就依然阔步前行，扶贫助困追求崇高理想；
>
> 数以亿元资产慷慨解囊，燃起贫困人群希望之光。

时间倒回 1981 年底，18 岁的沈小平迈入千岛军营。在部队，他不仅练就了一身过硬的驾驶技术，更锤炼出不屈不挠、永不言败的军人作风。

1984 年底，他退役后，在新的人生坐标中不断超越。1999 年，他开始创办企业，凭借实干和担当，追寻产业报国的梦想。经过 20 多年的艰苦努力，通鼎集团从单一通信电缆生产商发展成为全球单体最大的光纤光缆产业基地，业务也从"一根缆"（单纯线缆制造领域）扩展到了"一张网"（5G 线缆、组网设备、无线专网、网络安全、大数据运营等领域），并成为国内外优秀的通信产业链全业务集成商、服务商。

目前，沈小平带领通鼎集团成为连续七年荣膺中国企业 500 强、连续十七年荣膺中国民营企业 500 强的光通信领域的领导者。

沈小平说："道德加舍得，方为大德。从我当兵第一天起，忠诚和奉献就融入了我的骨血。因此退役后，在办企业的同时，我立下誓言，慈善是我的第二份事业。"为此，20 多年来，通鼎集团每年会把 5%—10% 的利润捐向社会公益事业，累计投入资金超过 9 亿元，公益范围遍布全国 20 多个省（市、自治区）。

每一种职业，都有每一种职业的德行。军人的德行，表现在始终保持军人作风、始终为人民服务；企业家的德行，表现在提供优质产品、服务经济发展；慈善家的德行，表现在帮助困难群体摆脱困苦、推动社会文明进步。沈小平将"军人""企业家""慈善家"这三种职业精神与追求融为了一体，在时代浪潮中踏歌前行！

一、放弃了"铁饭碗"，下海跑运输

1984 年底，沈小平从舟嵊要塞区十八团退役，在中共吴江市委党校当起了驾驶员，端起了"铁饭碗"。

2021 年 2 月 25 日，沈小平在全国脱贫攻坚总结表彰大会上，获评"全国脱贫攻坚先进个人"

上世纪 80 年代末，改革开放风头正劲。沈小平辞职，花了 6000 元买下一辆旧卡车，从事个体运输。

当时，他的卡车主要跑两类货：一类是铜丝，一类是绢纺。他带着一人开，大多是晚上跑路。因为那时没有高速公路，都是等级差的路，跑到乡村还是土路，所以晚上跑，不用像白天一样开开停停，这样就省油。有时，他把车开到目的地时，货主已经下班，他为了防盗，就得在车上睡。

为了防止跑空车，他主动在各地寻找货源，依靠带货赚取差价。夏天，他把安徽的西瓜拉到浙江南浔的水果行出售；冬天，他把安徽的山芋粉，拉回吴江销售。别看一斤只赚几分钱，但是量特别大，收益也很好。

更赚钱的是往回带旧电缆。每次，沈小平只要把新电缆运到目的地，一定会问人家："新电缆来了，你们换下的旧电缆卖不卖？"有些厂家留下了也没什么用，看到这个年轻人车开得好，人也勤快，索性落个人情把旧电缆卖给他；有的还会说："我们正愁没地方搁呢！"沈小平把这些旧电缆拉上，转手卖给吴江、南浔一带的电缆厂。这些厂用火把电缆皮一烧，就有了生产新品的原料。

沈小平说，跑车的日子是非常辛苦的。他靠勇敢和机智排除了一个个险情。

一个冬日，滴水成冰。新林村毛线厂雇沈小平的车拉毛线到浙江的义乌。晚上，他买了两包"良友"烟、一大包茶叶就上路了。可是，在一段山路上坡时，他把油门踩到底，车却发着沉重的喘息声，怎么也跑不上去了。他凭经验判断，自己在刚刚经过的小县城里加了"注水油"。

当时，山路崎岖而狭窄，如果迎面有车辆开来，很容易发生碰撞事故。沈小平顾不了这些，下车，钻进车底，去放油箱里的油。果然，油中带水。这一下工作量要大了，他不仅要把油水放干净，还要把油泵里的空气打出来。油水顺着他的袖口，流进了袖管。不一会，他就感到手臂冻得生疼。看到油水总是滴不尽，他只好用嘴对着油管往外吸。一不小心，他吸入了好几口柴油。就这样，他趴在车底干了四十多分钟，才把问题处理好。

还有一次，沈小平从广西开车回来。当路过陡峭的山路时，他已连续开了十几个小时，实在困乏。他掏出辣椒，咬了一口，钻心的辣味差点让他流出眼泪，但是大脑清醒了许多。他踩了一下油门，瞪着双眼看着前方。突然，他感到轮子不对劲。一看，他吓了一跳，一只轮子在悬崖边塌陷！他跳上车，一点一点向后倒车，再边打方向盘，边向前行，再倒车……三把，把车调好。

1988 年，他组建团队，用 6 辆"解放"运送电缆。一年下来，赚了，他们每个参加的人都分了 12 万元。

【沈小平分享】

在外面跑运输那些年，我经常是处于有一顿没一顿、饥一顿饱一顿的状态。事实证明，吃得苦中苦，才能尝到甜上甜。

马克思有一句名言："在科学上没有平坦的大道，只有不畏劳苦沿着陡峭山路攀登的人，才有希望达到光辉的顶点。"苦难对于成功者来说，是一块垫脚石。逆流而上，才能找到水的源头。不怕山高，就怕腿软。所以，我觉得，年轻人在追求事业的道路上，要始终发扬不怕吃苦的精神。

二、当电缆销售员时，他一年创下 1.5 亿元的销售额

在国家改革开放政策的指引下，创新创业的浪潮汹涌澎湃。沈小平再也坐不住了——他不甘心做一辈子司机，他需要更大的创业舞台。上世纪 90 年代初期，沈小平在浙江南浔的南方通信电缆厂当供销员。

他为什么不在家乡吴江跑销售呢？原来，吴江当时有个不成文的规矩，所有的电缆厂，发货一定要让老供销员优先。这样，新供销员就可能遇到推迟交货的情况，这不仅影响自己的资金回流，而且，时间长了，自己的人品和信誉就会受到质疑，甚至会影响客源。

在推销电缆的日子里，沈小平跑了全国好多地方。有一趟，他在外边跑了45 天没回家。饿了，就在路边小店吃点馒头或者买碗方便面到旅社中泡泡。睡觉，都是住 7 元、10 元一宿的小旅社。一次，在河北省内丘县，沈小平哥俩到处找便宜的地方住，找来找去，找到铁路边的一个小旅社，房间的门都关不严。为了安全，沈小平就用一只破沙发顶到门后。结果，门是堵住了，但"轰隆隆、轰隆隆"的火车声，吵得他们一夜没睡着。后来，因为常年在外面奔波，他反倒学会了一种本领，不管车怎么颠簸，他都能在车上呼呼大睡。

有一次，他和堂哥到南通、滨海、青岛、烟台、大连等城市推销，去了二十多天。结果回到家一算，虽然挣了 3 万元，出差费却花了 5 万元！

沈小平说："后来，就一年比一年好了。"最终，他赢得了"销售大王"的名号：1994 年就进入前三位，销售额 300 万元。1996 年销售额达到 1.5 亿元，在浙江、江苏 2000 多名电缆销售员中排名第一，也是全国电缆行业的第一！

1998 年，南方通信电缆厂将他提拔为销售总经理。

【沈小平分享】

做销售工作没有什么捷径可走——首先要有目标：熟悉自己的产品、技术、质量，以及市场需求等情况，增强市场敏感度。入职后，我的想法是：三年后要进入公司前三名。其次要能吃苦：为了提高业绩，我经常吃着七毛钱的面条、睡着几块钱的大通铺，奔波在销售的最前线。再次要讲技巧：善于跟人打交道，主动地多接触一些客户，多花点心思，不厌其烦地与客户沟通。我坚信，只要一心一意地为客户考虑，真心真意地为客户着想，对方终究会被感动的。

有时候，事情是否能办成，首先取决于人的心理素质。比如，销售人员跟客户沟通时，第一次、第二次可能都会遇到挫折。而现在有的大学生、硕士生、博士生毕业做销售的，都比较腼腆，如果客户两次不搭理他们，他们就不愿再进行沟通了，这怎么跑市场呢？而我的想法是，越是这个时候，销售人员越不能气馁，要学会战胜自我，发扬我总结的"三不怕"精神，即：一不怕苦，二不怕累，三不怕"骂"，继续跟客户沟通。要跟客户说清楚我们企业是做什么产品的，以及产品的质量、升级换代达到了什么程度等问题，否则客户怎么了解我们的企业和产品呢？有了有效的沟通，客户才可能对产品产生需求。另外，还要设法请客户来企业参观考察，这样他们就会对企业的产品、质量、规模有更直观的感受，增强对企业、对产品的信心，进而购买产品。

一个成功的销售员身上，必须具备"四千四万"的奋斗精神，那就是：踏遍"千山万水"、吃尽"千辛万苦"、说尽"千言万语"、历经"千难万险"。

三、因办厂而合伙，因分钱而散伙

1999 年春节刚过，沈小平家里来了三个人。这些人，他都认识，但没有深入交往。来人甲很诚恳地说："我们几个凑了一点钱，想办一家电缆厂，但是，我们没有什么销路。早就听说你朋友多，销售路子广，咱们就齐心合力地干吧。"

沈小平说："电缆市场并没开放，你要办厂，厂子的资质、产品的价格，还有你厂子的服务，都要由国有器材公司评标，任谁说了也不算数。每天，有数不清的乡镇企业销售人员在国有公司那里使劲，什么招数都有。你要卖你的产品，可难了。"看到他们失望的神态，沈小平有些不忍心："这样吧，我先到河北去探探路子。等我回来，咱们再商量。你们看怎么样？"来人答应。

过了几天，沈小平在河北找到某器材公司领导，把办厂的想法和盘托出。这位领导笑了："我就知道你不是一个等闲之辈啊！那我得问问你，你销售做得这么好，为什么要办厂呢？"他说："搞销售可以富我一人，而办厂可以富裕一方。"领导听了很感动，站起来说："你放心，就冲你想让乡亲致富的这份心意，我一定在政策允许的条件下帮你！我信得过你的人品，不过真正进入市场还要看你最终拿出来的产品。"

"先人品，后产品！"这时，沈小平真正悟到了办企业、做销售的真谛。

就这样，沈小平等四个人每人出资50万元，共200万元，开始合资办厂。接下来，他们找厂房，买设备，招工人，跑销路……没日没夜地忙活起来。他们在八都镇租了一幢厂房，上了四条单线机，生产市话电缆。

这时，他们才发现，尽管200万元不是小钱，但这连购买设备都不够，场地租金、资金周转、原料购费、人员工资等等，算来算去还缺1000多万元。

沈小平向县农业银行提出贷款申请，对方要求用设备做抵押，最多也只能贷50万元。关键时刻，他没有掉链子——以市场行情不能再低的一分的利，借给厂里1000多万元，补足了开厂需要的所有资金。于是，工厂红红火火地开起来了。他们的分工是：沈小平任董事长并负责销售，一个人负责管理，一个人负责财务，还有一个外地人只出钱不负责具体事务。

一年以后，这个小小的电缆厂销售创出奇迹。仅沈小平一人，销售额就达1.8亿元！

年底，四个人开了一次会。合伙人甲说："我们赚了几千万，太难了，干脆分钱散伙，过个痛快年！"合伙人乙说："那不行。咱们刚赚了钱，把利润分了，厂子维持现状，接着干。"合伙人丙说："机会难得，我看利润少分点，增加两台机器，扩大生产规模，明年也许能挣更多的钱。"这些想法，沈小平都不同意。他斩钉截铁地说："我的意见是，不分配利润，全部投入扩大再生产，争取更大发展！"四种想法，各不相让。

道不同，不相为谋。在镇长的主持下，他们分道扬镳。

【沈小平分享】

上世纪 80 年代，流行"学好数理化，走遍天下都不怕"。在我看来，不管国有企业还是民营企业，学好市场化，也可以走遍天下都不怕。企业如果没有市场，其他做得再好也白搭。从这个角度说，做销售出身的人创办企业是有优势的。

我们这个地方的民营企业创始人，大多数都是跑销售出身的。首先，跑销售以后，一直到现在，我都对做市场特别有感觉；另外，通过跟客户打交道，不仅提升了我的心理素质，还培养了自己坚韧不拔的意志，这也是企业家必备的素质。

四、为了增加光缆生产项目资金，他借 23 本房产证去贷款

一次，沈小平出差到了北京。在泰尔认证中心的办公室里，他接到了家里的一个电话。电话中传出"滋滋啦啦"的噪音，一点也听不清楚。沈小平不觉提高了声音，大声嚷着。

接完了电话，中心主任告诉他："你为什么听不清电话呢？因为现在我们国家的电话线都是铜缆。然而，先进国家都已经改用光缆了。这是一种新型传输缆线，是用玻璃做的，信号传输损耗小。我看呀，以后我们国家一定会用光缆取代电缆的。"沈小平听了，吓了一跳。

人类应用光的历史，和人类的历史一样长，但将光应用到通信领域，则是近几十年的事。

1966 年，华裔科学家高锟博士与乔治·霍克汉姆共同发表了一篇题为《光频率介质纤维表面波导》的论文，开创性地提出，只要解决好玻璃纯度和成分等问题，就能够利用玻璃制作光学纤维，从而降低信号传送的损耗。1970 年，美国康宁公司研制出第一根符合实用技术要求的低损耗光纤。自此，光纤通信进入应用阶段。

1976 年，中国第一根光纤在湖北武汉诞生。1988 年，邮电部开始布局"八纵八横"光缆干线工程。然而，由于当时还未能掌握光纤行业最关键的上游预制棒技术，中国的光纤产业不得不依赖于进口。

沈小平通过查阅大量资料，对光缆的认识更深刻了。2003 年，他决定冒险，要规模化上光缆了！

增加光缆生产项目，资金缺口很大，公司需要去银行贷款600多万元。而当时，一位行长说，必须拿固定资产来做抵押，才能把钱贷给他们。

于是，沈小平召集亲戚朋友开会，向大家说明情况，请求他们支持。当场，有二十几人表示支持。沈小平受到很大鼓舞，他高声对大家说："滴水之恩，当涌泉相报。日后，我一定会加倍偿还大家！"

其实，这样去银行搞贷款，手续是很复杂的。不仅需要房产证、土地证等证明文件和房主及共同居住人同意的签字，按银行的要求，抵押的房屋还要拍照存档。

沈小平带着厂里的相关人员，一家一户地跑。虽然也遇到过变卦的，但是，最后总算借到了23本房产证。

经过两个多月的评估、审核，他们成功地从银行拿到了贷款，从而使企业的发展踏上了快车道。

公司运行以后，以市场为导向，深耕国家通信光电线缆行业。通鼎互联信息股份有限公司是通鼎集团旗下专业生产光电线缆以及产业链上下游配套产品的光电线缆业界优秀创新型企业，也是集产品的研发、生产、销售、服务于一体的现代化高新技术企业。公司于2010年10月在深交所成功上市（股票简称：通鼎互联，股票代码：002491）。

他注重先进设备和生产工艺的引进，从芬兰、奥地利、法国、德国、美国、日本等国家引进具有国际先进水平的多条光纤、光电缆生产设备和检测仪器；导入泰尔认证中心产品单项认证、特种电缆CCC认证、美国UL认证。这些措施，使公司成为中国移动、中国电信、中国联通三大运营商一级供应商和重要合作伙伴，获得铁道部、广电、总参、国电通信中心的进网许可证，产品覆盖全国各省、市、自治区，并远销海外。

在他的领航下，通鼎集团以魔幻般的速度，一跃成为中国"光通信"行业的"一匹黑马"——以2007年集团产值33亿多元的业绩，首次跻身中国企业500强。目前，拥有员工超过1.3万人。

【沈小平分享】

我办企业，信奉三个"心"——信心、决心和恒心，坚持三条原则——发展才是硬道理；世上无难事，只要肯登攀；科技创新是不竭动力。

创业的道路，从来都是竞争激烈的。我对困难和挑战有很强的承受力，甚至很享受这种破浪前进的挑战。这种自信从何而来？答案是，通过学习，把握战略。

我的案头放着《毛泽东选集》《孙子兵法》《三十六计》等一些军事战略题材的书，以及稻盛和夫的《活法》等管理类书籍。我放松下来的时候，会看军事、历史题材的电视连续剧，比如《亮剑》《历史转折中的邓小平》等。看的时候，我会投入进去，而且是看三五遍。当然，我注重研究作品的内涵，包括剧中人物的理念、思维方式、精神气质等，这对做企业有启示意义。

如果认为自己最高明，就不会进步。企业家一定要虚心，不管企业处于什么发展阶段，一定要有"三人行，必有我师"的心态。我们经常通过协会、商会等社会组织，到别的企业参观考察，取他人之长，补自己之短。另外，我本人还读过MBA，通过课堂上师生之间、企业家之间的交流，学到了其他场合学不到的东西。

做企业不进则退，哪个企业也不能说自己永远是最好的。所以，企业家要不断提升自我，不断奋斗，敢于创新，这样才能锻炼自己的思维能力、创造能力，才能把企业做得更健康。

五、精心打造通鼎集团创新型人才队伍

山西侯马电缆厂高厂长是享受国务院特殊津贴的专家，也是国内电缆研究及生产的权威之一。沈小平多次前往1000多公里外的侯马真诚力邀，终于让高厂长来到吴江，为通鼎集团的发展出力献策。

沈小平对人才总是充满着渴求。

有一次，厂里的一项技术需要请专家来攻关，他想到了北京的一位大学校长。他好不容易找到了校长室，一看校长在忙着，就在沙发上坐下慢慢等。不一会，有人敲门，来的是校长的老朋友，他们寒暄起来。沈小平起身平静地给他们倒上了茶水。校长和客人都好奇地看了他一眼，却谁也没问他是谁。客人走了，他依旧坐在沙发上静悄悄地等。校长下班时，看着沈小平问："你是谁？"这时，他才赶紧递上名片。校长被他的真诚所感动，答应了他的要求。

还有一次，沈小平到南京大学去找一位常务副校长帮忙。他如法炮制，也没

有打动这位副校长。下班了，他就跟在回家的副校长后面。副校长到家后，把他锁在门外。谁知，第二天早上，副校长出门时，就发现了他，不免感慨："有这样的诚心，何愁公司不能发展壮大呢？"

沈小平看得很清楚，全国有 80 多家生产光缆的大型企业，竞争相当激烈，谁在研发领域稍一落后，很快就会被挤出市场。而人才是企业发展的源头活水，他们能为企业带来先进的技术和管理。最优秀的人才、最核心的技术和最先进的设备是通鼎打造企业核心竞争力的三大法宝。

为了使企业的管理和创新能力不断提升，沈小平每当发现一位高素质的人才，总会想方设法让对方加入到通鼎集团的人才梯队，目前拥有高、中级职称的技术管理人员 1586 人。他对高级专家和高级技师关怀备至，使大家心甘情愿为通鼎的发展奉献自己的才能和智慧。

在车间生产一线，技术管理人员通过"金点子"贡献才智。通鼎光纤一车间质量部工程师孙舒杨在做光纤成品测试时，发现传统的剪断法测试要求高、耗时长，尝试将测试方法改为谱衰减模型，成功降低了光纤成品测试的时间成本。方法改进后，员工每天每班次可节约 20 个小时。特种电缆事业部技术部经理肖伟对废弃的特种电缆的成缆尼龙模具进行精加工，使其可以再次循环利用。这一"小改善"带来了新动能，大大降低了模具的损耗，也有效节省了生产成本。射频电缆技术员关志超提出，将容易磨损的尼龙材质的下凹模具换成钢制的模具，从而延长使用寿命。这一举措为射频事业部护套工序节省了不少物料成本。

通鼎集团建立健全人才的引进、选拔、培养、使用、考核、激励机制，对高智能型人才重点引进，对高技能型人才重点培养，给想干事的人机会，给能干事的人岗位，给干成事的人高薪，企业不仅汇聚了行业里知名的专家、资深学者，而且吸引众多高校毕业生前来创业发展，形成了一支结构合理、素质优良、精诚合作的创新型人才队伍。近年来，公司专科及以上员工比例以每年高于 5% 的增长速度持续上升。

【沈小平分享】

企业之间的竞争最终将发展为企业的创新能力和企业文化的竞争。决定企业的创新能力和文化的基本因素是人。

企业规模小的时候，完全靠我自己和家族的拼搏。做到一定规模的时候，就要把技术、人才和市场结合起来，企业才能向前发展。

如何充分发挥人才的作用？我们的做法是：第一，要用人才之长以补短。这个世界上几乎没有全才，要实现人才之间的能力互补。如果用人之短，就是一种人才浪费。第二，采取与人才工作业绩挂钩的激励手段，充分调动他们的积极性。第三，引导、教育人才。围绕企业的发展和市场的发展统一人才的思想，促使其为所在团队做贡献，确保步调一致。第四，团队领导要了解人才的想法，做到"求大同，存小异"。

我们采取"走出去""请进来"的形式拓宽工作视野。许多高层次、高智商专家的传经，使我们醍醐灌顶。我们经常要听取专家对国家经济形势所做的分析研究，看国家最近发生了什么、提倡什么、反对什么，并从中找出企业的机遇和可能面临的挑战；对机遇要善于把握，对挑战要敢于面对，增强创新的针对性和有效性。

六、善借外脑，建成院士工作站等 15 个科创平台

"大国重器的核心技术，买不来也讨不来，要靠自己攻关和突破"。这些年来，沈小平始终紧盯"高端产业和产业高端"，坚持创新引领。

2005 年，集团投资 2 亿元开发铁路电缆和城市轨道交通电缆等系列产品。从奥地利、法国、德国、美国、日本等国家购置了先进的设备，年生产能力达 100 万芯公里，是铁道部甲供物资合格供应商。集团是铁道部认定的铁路运输安全设备生产企业，产品获得了中国铁路产品认证中心 CRCC 证书。

在科技创新上，他重点打造创新平台。2011 年，通鼎集团成立国家级企业技术中心后，陆续建成院士工作站、国家级博士后科研工作站、国家级企业技术中心、安全网络技术中心、苏州市未来信息技术研究院等 15 个国家级、省市级科技创新平台，与南京大学、北京邮电大学、中国科学院上海技术物理研究所等 20 多所高校、研究所，在光纤传感、新材料应用、边缘计算、网络安全等方向，建立了"创新联盟"，形成技术攻关的协同效应和强大合力。

他从累计斥资 18 亿元攻克被外国人"卡脖子"的预制棒生产，到与南京大

学联合成立"大规模光子集成实验室",在芯片领域世界性难题方向取得了突破性进展。面对科技创新取得的丰硕成果,沈小平说:"我们只是离成功近了一点"。

通过产学研合作,"分布式光纤传感定位系统""第三代移动通信用射频同轴电缆"项目分别被列入国家火炬计划项目,"高精度耐用型光纤光栅温度检测系统"被列入国家创新基金项目。

通鼎集团与北京邮电大学合作开发的"分布式光纤传感定位系统",是顺应国家"光进铜退"战略的高新科技成果,此项目填补了国内空白,推动了中国科技的进步。他们的铁路查询应答数据电缆荣获了"2007第二届中国民营企业科技产品博览会科技创新成果金奖"。

目前,他们在技术上取得了很多突破,如光芯片、光模块、预制棒、光子集成应用等。截至2020年12月,通鼎集团已先后承担6项国家火炬计划项目,拥有专利技术1071项,牵头及参与标准起草123项。

【沈小平分享】

对于线缆企业而言,得先进技术者得天下,我们始终把科技视为第一生产力。

做强质量效益,就是创新赋能,着力突破关键核心技术。我们坚持"自主创新"和"借梯登高"双轮驱动,扎实推进重点领域的"卡脖子"技术攻关,抢占产业制高点。

我们通过打造技术合作平台,借用外脑,不断优化产业结构,紧盯具有市场前景的核心业务,做"人无我有、人有我优、人优我精"的产品,实现由生产制造型企业向研发生产型企业的转型。由此,我们通过"不求所有、但为我用"的柔性方式,吸纳、整合了一批国内外享有盛誉的专家和高级技术人才。

在产品更新换代中,我们与同行做比较,并在此基础上改进升级。如果有企业跟我们做同样的产品,我们会分析每一家产品,从结构到技术指标,进而到设备和人员的差异,看看人家的技术和产品比我们好在哪里。如果同行确实比我们做得好,我们就通过研发进一步提高产品质量,力争比他们做得更好。

我们涉足的领域,如通信设备、工业互联网、光芯片等,这些领域都需要芯片。但现在高端芯片是由美国掌控的,所以对有关我们的发展或多或少是有影响的。但凡事都有两面性,有压力才会有动力,有关国家对中国企业打压得越厉害,就越会逼着我们的国有企业、民营企业携手并进，加快研发突破的步伐。

七、把军人优秀基因融入企业文化血脉

沈小平珍藏了一个巴掌大的红本子，那泛黄的扉页上，写着两行刚劲有力的字："横眉冷对千夫指，俯首甘为孺子牛"。这是他刚进新兵连时，扬州籍老班长李祥明赠与他的笔记本。他视若珍宝："老班长的话，一直激励着我要像老黄牛那样，踏实肯干，多为他人着想，多为他人服务。"

2003 年，沈小平通过各种途径联系上了李祥明，邀请他到通鼎工作。当时的李祥明已经 45 岁，没技术、没管理经验，但他凭借着严谨果断的军人作风，很快适应了企业的工作，并从一线工人、车间主任走上了公司副总经理的岗位。

在沈小平富有传奇色彩的人生岁月中，拥有过很多职务和头衔，而他最珍视的，是退役军人的身份。

在通鼎，部队作风就是企业作风。为了把军人优秀的基因带到企业中来，不管有多忙，他每年都雷打不动到部队招聘退役军人。通鼎自 2005 年开始，建立退役军人服务组织。现在，有 750 多名退役军人活跃在集团的市场、销售、后勤等各个岗位上，将强大的战斗力转化为执行力。

2011 年，通鼎设立"退伍军人示范岗"。退伍军人通过亮标准、亮身份、亮承诺，比技能、比作风、比业绩的方式，有力提升了履职能力。目前，退役军人团队已经成为公司的一支"敢打硬仗、能打胜仗"的"铁军"。

2019 年 8 月，集团公司成立了退役军人"一站式"服务中心，出台退役军人需求清单、服务清单、活动清单这"三张清单"，和企业地图、工作地图、生活地图这"三张地图"，以及党、政、工、团等企业各种资源整合、多元化融入，为退役军人赋能。2019 年 12 月，通鼎集团被授予江苏省首批"优秀退役军人之家"称号。

2020 年 6 月，江西省突发洪灾。持续的强降雨，导致南昌、九江等城市通信中断，急需光缆保障抢险救灾。紧急时刻，江西省有关部门第一时间找到通鼎集团，希望他们能在最短时间内提供 8000 公里光缆。沈小平发出号令以后，退役军人一马当先。在他们的模范作用下，通鼎员工仅仅花了 5 天时间，就完成了

订单的生产、装车、发货，为抗洪抢险赢得了宝贵的时间。在汶川地震、玉树地震、雅安地震、湘赣洪灾中，通鼎集团的退役军人都是第一时间站出来，带头生产公司捐赠的光电线缆。

【沈小平分享】

绿色是军队的底色。绿色也是通鼎集团有限公司发展的本色，更是公司人才强企的基色。我们是一家有军味、爱军拥军的企业，始终将退役军人群体作为企业"高质量的发展，有温度的增长"中重要的一支生力军，以企聚人、搭建平台，使"最可爱的人"成长为"社会上最有用的人"。

通鼎集团努力解除退役军人后顾之忧，让退役军人充分感受到"企业的文化、家的幸福、军人的味道"。

退役军人的背后，是沉甸甸的社会责任。转业不转志，退役不褪色，是我们永远的誓言。不管是做人还是做企业，德行是第一位的，我要让军人品德在经营企业中延续。

退役军人在部队大熔炉里锻炼过，都非常踏实，有毅力，做事干脆利落，执行力强。同时，我对部队、对战友有着很深的感情，希望能通过双方的努力，为社会创造更高的价值。

这些年来，通鼎集团努力传承革命军人特别能吃苦、特别能战斗、特别能奉献、特别能团结、特别能忍耐的精神和品质。在创业中，我把退役军人作为最"铁"的朋友、最"棒"的知己、最"亲"的家人，让每一位退役军人融入"战斗军团"，成为"行家里手"，努力实现"人生精彩"。

八、打造"大通信+互联网"生态圈

沈小平带领企业从"一根缆"发展到"一张网"，使通鼎集团成为"中国光纤光缆最具竞争力企业"十强。

自2014年起，通鼎集团在稳定发展传统业务的同时，启动互联网转型战略，积极对外投资具有成长性特征的互联网企业，并围绕移动互联网进行一系列的外延式收购。瑞翼信息、通鼎宽带、杭州数云、南京安讯、小i机器人、南京云创存储、天智通达相继成为通鼎互联战略合作成员。他们通过对移动互联网的布局，投身移动互联网的浪潮，打造一条全产业链的移动互联网生态圈。

从一家生产电缆的小企业起步，到深度涉足宽带接入、大数据应用、信息安全等领域，沈小平带领通鼎集团沿着"数据"的走向发展业务，打破产业的边界，打造了通鼎集团"大通信＋互联网"的生态圈。经过二十多年的发展，通鼎集团已经从单一的产品供应商，发展成为集产品、解决方案为一体的全产业链、价值链集成商、平台和技术服务商。

通鼎集团聚焦安全领域的高新技术，将业务扩展至网络安全、公共安全等城市安全产品的研发、生产、销售以及服务，致力于为国家在城市安全治理、国防安全、维稳、防恐、治安等方面贡献力量。

目前，通鼎网络安全业务板块的产品和解决方案主要涵盖骨干网网络安全、公共安全和城市安全三大领域，具体产品包括 DPI 设备、IDC/ISP 信息安全管理系统、安全态势感知系统、WiFi/ 电子围栏、临侦设备、安检 / 环境 / 城市生命线等城市安全管控系统和各类安全服务等，主要服务于三大电信运营商、政府等客户。

【沈小平分享】

我对制造业进入新的发展时期有更加深刻的认识和判断：随着网络科技的快速发展，传统制造业已经迎来了转型升级发展的关键时期，谁转得早谁就会掌握更多主动权。

从国内市场看，国内新基建项目（如轨道交通、5G 建设）对光电线缆、网络设备等产品需求强劲，进而有力地拉动了对通鼎集团相关产品的需求；另外，信息网、能源网、交通网等市场形势也很好，同时云计算、大数据、物联网等技术产业的快速发展和传统产业数字化转型对我们企业光电线缆、网络设备、芯片模块、信息安全等产品和解决方案的需求量比往年高出 50%—60%。

九、"智能工厂"堪称全国行业"经典案例"

一直以来，沈小平非常注重生产条件的优化。

早在 2006 年，他果断决策，投资 6500 万元上马二期光缆工程，从奥地利、芬兰引进并带机、着色机和套束生产线，这些都是当时世界上最先进的光缆生产设备。投产以后，光缆的产能比以前翻了一番。

随着 5G 的成熟和商用，整个 ICT 产业在物联网、云计算、大数据、人工智能、智能家居、区块链等高新技术的引领下蓬勃发展。

沈小平高瞻远瞩，抢抓新机遇，采取"制造业 + 互联网"双轮驱动。他说，制造业是做加法，互联网大数据信息产业是做乘法。只有坚持"两条腿"走路，企业可持续发展的后劲才更足。

通鼎集团通过强化多层级技术平台建设，形成在 5G 以及下一代移动通信系统领域技术攻关的组织活力、协同能力和人才合力，构建"光电线缆、通信设备、网络安全、数据运营、工业互联网、光芯片"六大领域更具包容性、更加灵活、反应更加积极、可持续发展的产业生态网，构建竞合共赢的价值新生态。

在沈小平的大力推进下，公司按照"工厂智能化、管理信息化、制造精细化"的智能制造建设目标，通过自主创新和内部子公司的产业协同，构建起智能生产全价值链体系，为用户提供高质量、适用于各种应用场景的、全系列线缆产品的柔性定制化生产服务。目前，通鼎智能车间的智能化覆盖率为 90% 以上，车间用工减少 40%、生产效率提高 40%。

一项接一项荣誉，为通鼎创新发展做了见证。2017 年以来，公司 3 个智能制造项目先后入选工信部试点示范和新模式应用项目名录。"光棒智能工厂项目"入选江苏省智能工厂项目试点建设名单，成为江苏乃至中国线缆行业智能化建设的"经典案例"。

【沈小平分享】

进入新时代，互联网＋、科技创新、智能制造、大数据等技术、方向成为主流，国家频频出台相关指导意见、扶持政策，为产业发展铺就了条条快车道。

我认为，做实体经济不能因循守旧，要依托科技发展，大胆创新，否则就会落后，甚至被淘汰。强企，就是"具备全球竞争力的世界一流企业"。制造业的信息化提升，是争创世界一流企业的重要抓手。

我们以"大力发展数字经济，提升企业营运能力"为目标，深入推进工厂制造智能化，重塑企业内核。在制造业高质量发展中，我们将智能工厂理念注入企业产业升级全过程，通过企业自主创新和内部子公司的产业协同，构建起智能生产全价值链体系。

我们将智能工厂建设作为"创新提质、跑出主业加速度"的重要内容，在深化智能车间建设的基础上，推进全产业链设备技改项目和设备叠加项目；在实现公司设备自动化、网络化、智能化的基础上，加强人机互联和人员协同，在各单元之间建立起智能通道，打造公司一体化集控平台，实现效率和效能的双重提升。

十、抢占国际市场更大的话语权

通鼎集团一直将发展路径拓展到国际市场，支持"一带一路"沿线国家信息通信基础设施建设。他们在海外设立多个办事机构，产品已成功在俄罗斯、马来西亚、印度、泰国、墨西哥、巴基斯坦等 56 个国家应用和服务。

"从国际市场看，亚洲、非洲市场对我们的产品需求强劲。欧洲市场对FTTX、4G/5G 产品也有一定需求。"沈小平说，他从开始创业起，就将"争做国内同行业第一，挑战世界级知名企业"作为奋斗目标，并坚定不移地为之奋斗，带领企业走向更广阔的舞台。

目前，通鼎集团有 30%—40% 的资源在国外，未来还要在国外建设更多的工厂。他们发现非洲的通信基础设施相对落后，需要大量投资和建设。于是，他们与合作伙伴一起走向非洲，着手在那里建设光纤光缆厂、电力电缆厂，对非洲输出的不仅有技术、人才，还有施工能力等。

通鼎做出"完善一条产业链，打造一个产业圈"的战略布局："一条产业链"是指光电线缆全价值链。通鼎集团从光电缆起步，产品链上下延伸至光电材料、棒纤缆、机电设备、接入网设备、仪器仪表等全价值链，产业步入了国内领军企业行列。"一个生态圈"是指"同心共圆、开放包容"互联网生态圈。

沈小平说，当前中国仍是线缆"大国"而非"强国"。"大"体现在规模上，"强"体现在全球的话语权和引领作用上，国内企业正在技术上努力缩短与强国的差距。中国线缆市场的需求，随着政府在数字中国、宽带中国、互联网＋、4G/5G 建设上的持续升温，尤其随着新一轮信息技术革命和产业变革席卷全球，在未来仍是朝阳市场。通鼎集团正在加快"走出去"步伐，更多地参与国际市场竞争，在国际上争取更大的话语权。

【沈小平分享】

通鼎集团的名称是怎么来的呢？通鼎——通容天下、鼎立久远。它是集团立足当下，对企业未来的思考和谋划。"通"，就是聚焦信息通信行业主航道；"鼎"，代表诚信，企业用诚信镌刻企业未来；"容"，就是以宽容之心待人、包容之心谋事、从容之心谋远；"立"就是立德、立功、立言，就是企业要有德行、要建功立业、要有学问有智慧；"天下""久远"分别从空间、时间两个维度，表达了"做百年企业"的信心和决心。

火车跑得快，全靠车头带。如何让各位领导在通鼎走向国际舞台的进程中尽心尽职呢？我们的做法是：考核时，让员工评价领导。我们中层及以上领导的收入 70% 为基本工资，20% 与绩效挂钩，10% 与员工对领导的评价挂钩。员工评价领导的内容，就是看这个领导到底是不是完全为企业、为员工服务，在处理事情上能不能做到公平公正。比如，一个单位的领导，其下级中难免会有自己的亲戚、朋友、战友、同学，那么，这个领导处理问题时会不会有倾向性？能不能做到一视同仁？这就是下级对领导进行评价的重要内容。

过去先进不代表永远先进，先发优势并不等于领先态势，更不是领先定式。通鼎集团将继续走高质量兴业发展之路，强化顶层设计，坚持守正创新，赢取发展的广阔未来。

十一、把扶贫帮困融入毕生事业

2022 年 1 月 26 日，在吴江联星村敬老助老爱心善款发放仪式上，88 岁的顾长二老人紧紧握着沈小平的手，脸上洋溢着灿烂的笑容。他说："从 82 岁开始，我每年过年前都能拿到这笔助老慰问金，而且年龄大一岁，金额涨 100 元，已经从第一年的 1000 元涨到今年的 1700 元，谢谢你了！"为了让家乡联星村老人生活幸福安康，自 2016 年元月开始，沈小平在每年春节前，为村里 60 岁以上的老人送去爱心。联星村是个长寿村，村里 60 岁以上的老人有 600 多人。截至目前，他累计投入助老款 750 万元。

　　"考大学是我的梦想，当年高考落榜是我终生的遗憾。"身为农家子弟的沈小平深知，让贫困劳动力学知识、学技能是实现脱贫的关键。徐州、盐城等地是江苏省经济发展的短板，沈小平坚持与当地职业技术学校合作，通过提供资金、企业生产线和核心技术，按照"企业带动＋学校培训＋定向就业"的扶贫模式，建立实训基地，培养技术工人。他亲力亲为访贫问苦，与宿迁、宝应等经济薄弱地区的村委会建立联系，在捐资助学、技能扶贫、产业扶贫、就业扶贫等方向多维度深耕细作，奉献自己的力量。

　　在做大做强企业的同时，沈小平不忘初心，根植家乡，善播大地，带领通鼎集团在产业、创业、就业等领域持续开展扶贫工作。每年，通鼎集团都拿出企业利润的5%—10%，累计投入资金超9亿元，设立基金会和专项基金，形成扶贫帮困长效机制，常态化开展各类扶贫帮困、助学赈灾等社会公益活动，扶贫足迹遍布全国23个省，包括20个国家级贫困县、11个经济薄弱地区。他与通鼎集团先后八次获"中华慈善奖"。

　　在精准扶贫中，沈小平结合企业自身属性，依托产品"光纤到村入户"等便利条件，蹲点调研，制定扶贫规划，探寻扶贫重点，先后在江西、四川、云南、新疆等中西部9省（自治区）17个贫困县开展产业扶持、教育筑梦、安居房建设、抢险救灾项目，大力推动乡村振兴。

　　2020年8月，海南省白沙黎族自治县荣邦乡岭尾村党支部书记陈松冒着酷暑赶到吴江，为沈小平送上一篮村里自产的百香果。他紧握着沈小平的手，说："在您的帮助下，我们村种植的百香果产量已经达到20万斤，好多贫困户因此脱贫了。今后我们还要做大规模，让更多村民获益。"2019年初，通鼎集团与荣邦乡开展结对扶贫后，捐资改造岭尾村的路灯设施、开展村民技能培训；同时，他们还启动5年行动计划，累计投入205万元资金，促进岭尾村百香果产业发展、改善村级医疗卫生条件、进行水渠改造等强村富民工程，惠及1100多名贫困人口。

　　此外，在云南，他们支持绥江"托起希望"农业扶贫活动、认购绥江果蔬产品；支持勐海民族学校发展，捐资600万元用于国内名校与山区教育联盟。在重庆，出资68万元助力丰都县暨龙镇乌羊坝的通信建设，把公司的光缆拉到悬崖上的学校，为闭塞的山区儿童打开一扇看到世界的窗户；捐赠60万元助力合川区留守儿童精准扶智。在新疆，助力洛浦县、叶城县、疏勒县、阿克陶县等贫困县村所建设、安居房建设；将两家子公司落户于霍尔果斯等地，通过产业转移安置新疆各族就业人员 200 多人。

【沈小平分享】

在创办企业的时候，我曾立下誓言：慈善是自己的第二份事业和坚守的初心。在企业稳步发展的时候，通鼎集团将慈善捐赠、回馈社会作为自己的"乐享之责"。

我是从联星村走出来的。一个人走得再远，也不能忘记来时的路。现在有了钱，我就要先改变家乡面貌，带领乡亲们一起富起来。

从 1998 年为母校购置 30 多台电脑，建立吴江地区第一个乡村电教室，到 2008 年注资 1000 万元成立苏州第一项民企爱心基金，常态化开展各类社会公益活动，再到 2018 年，发起成立全国第一家地方性社会工作发展基金会，我一直在不断探索扶贫新模式。

为了关爱员工，我们通鼎集团建立了"三不让基金"：不让一位员工看不起病、不让一位员工子女上不起学、不让一位员工生活在贫困线之下，用更多扶贫实践传播和延续社会正能量。

新冠肺炎疫情肆虐期间，我们在行业中率先做出公司"不裁员、不减薪"的承诺。企业在积极推进复工复产的基础上，购置大量防疫物资送往灾区，用爱心为他们加油，履行了企业的社会责任担当。

企业创造财富的价值追求，在于回报社会。一名优秀的民营企业家，不仅是经济发展的"主力军"，更是勇扛社会责任的"脊梁骨"。

中国电动车行业的领军者

——雅迪集团控股有限公司董事局主席董经贵创业纪实

人物介绍

　　董经贵，1969年出生，安徽省金寨县人。毕业于哈尔滨工业大学，高级工商管理硕士。1989年—1993年，在中国人民解放军83128部队（181师）服役。1997年，创办无锡董氏车业有限公司。2001年，创办雅迪科技发展有限公司。2014年7月，创办雅迪集团控股有限公司。

　　董经贵掌舵的雅迪集团，不仅是全球电动两轮车行业的领跑者，也为全行业绿色转型发展提供了示范。在过去20多年里，雅迪累计销售电动车超过7000万台。2022年，雅迪年销量突破1400万台，连续第六年全球销量第一。目前，终端门店数量超过40000家，渠道覆盖率居行业首位。

　　2016年5月，雅迪在香港联交所成功上市，成为中国电动两轮车行业首家上市企业（股票代码：01585.HK）。

安徽金寨，人杰地灵。

处于大别山腹地的这方土地，曾是中国工农红军第四方面军的主要发源地，也是中国红军第一县。解放战争时期，这里是刘邓大军建立的重要后方基地。革命战争年代，全县先后有十万英雄儿女参军参战，许多人血洒疆场、为国捐躯。解放后被追认为革命烈士的有一万多人，占安徽省革命烈士总数的五分之一。在上世纪五六十年代授衔的中国人民解放军将军中，金寨籍就有 59 名，是排在湖北红安之后的第二大"将军县"。

红色浸润思想，爱国激发担当。

1989 年，董经贵从这里走出大山，赴中国人民解放军 181 师服役。1993年退役后，在无锡开始了艰难的创业生涯。2015 年初，董经贵为雅迪重新定位品牌——专心做更高端的电动车。2016 年 5 月，雅迪在香港联交所成功上市，成为中国电动两轮车行业首家上市企业（股票代码：01585.HK）。

如今，他亲手创办的雅迪科技集团有限公司，拥有天津、无锡、浙江、广东、重庆、安徽、越南等生产基地及一家工业设计技术中心。2020 年，雅迪成为全球首个年销量突破 1000 万台的电动车品牌。2022 年，雅迪年销量突破 1400 万台，实现营收 301.59 亿元。目前，产品出口 100 个国家和地区。

在长期、高额的研发投入下，雅迪拥有 6 家行业领先水准技术研发中心，以及行业内唯一拥有两大 CNAS 国家级企业实验室。在技术人才方面，雅迪集团已拥有 1000 多名研发人员、100 多名硕博人员，且研发人员学历远超行业平均水准。

董经贵将中国新能源产业带入了尖端技术领域。目前，雅迪在全球范围内已拥有 1800 多项专利。以雅迪冠能二代双倍质保系列产品所搭载的 TTFAR 2.0 增程系统为例，仅是配件之一的 TTFAR 石墨烯电池就取得了 36 项专利，填补了行业石墨烯技术应用的空白。诺贝尔物理学奖获得者、"石墨烯之父"安德烈·海姆称赞雅迪是"石墨烯技术的先驱者和全球领导者之一"。

一、他退伍后，先进入摩托车行业，后来又转型制造电动车

1993 年，董经贵从部队退伍后，应聘到江苏无锡捷达摩托车厂当驾驶员兼推销员。在那里，他学到了很多摩托车的相关知识。

1997 年初，董经贵与妻子钱静红一起在无锡钱桥镇开了一家小饭店。为了纪念香港回归，他们为小饭店取名"紫荆花"。店里只能摆下六张桌子，另外勉强隔出一间小包厢。他们虽然做的是家常菜，但食材新鲜，别有风味，再加上他们夫妇待人和气，所以店里生意兴隆。

在开饭店的过程中，董经贵结识了很多各行各业的朋友，其中就有一批做摩托车配件销售生意的。这些人生意做得不错，经常从蛇皮袋里拿出一捆捆的钱在桌上数。在交谈的过程中，董经贵夫妻意识到，随着摩托车越来越普及，这门生意肯定越来越好。于是，他们把经营才四个月的饭店卖了，拿着六七万元钱重新开了一家门店，经销摩托车配件。不久后，他发现经营整车更赚钱，就把配件店转让了。董经贵做了一阵子整车批发生意后，发现装配整车也不是什么难事，就找了一个废弃的舞台，铺上毯子，搞起了摩托车装配，边装边销。

1997 年，他们租了一间厂房，成立了无锡董氏车业有限公司，主要制造摩托车。2000 年，他们租了几千平方米的厂房，正式招了七名员工。在造车时，他每天不分昼夜，在工厂耐心琢磨，并选择品质最优的配件。慢慢地，他将生产的雅迪摩托车销往五个省。2001 年，董经贵将公司更名为雅迪科技集团有限公司。

随着摩托车保有量的持续攀升，环境污染问题也随之产生，机车尾气成为空气污染的最大因素。为此，禁摩令在全国多个大中型城市逐步推行，两轮电动车迎来了空前的发展机遇。2004 年，董经贵瞄准了风口，迅速决定全面转型进入电动车行业。接着，《道路交通安全法》颁布，正式明确将电动自行车纳入非机动车管理范畴。2005 年，雅迪及时将原来的摩托车产业关停。这一年，被视为中国电动车行业突飞猛进的时期。雅迪在拓展市场中，由于产品质量过硬，在消费者中积攒了良好的口碑，卖得很好。

2006 年，有这样一个故事，可以说明当时的情况。

安徽小伙许锋揣着1.2万元到江苏省如皋市开了第一家雅迪电动车门店。那时，如皋最多同时存在73家电动车品牌。初来时，他辛苦了四个月，只卖出了37台雅迪电动车。最后，通过努力，他拓展门店157家，覆盖如皋每一个乡镇。

一个冬日，晚上11点多，他接到一位车主打来的维修电话。由于时间太晚，来不及叫人，许峰和爱人直接开着小货车赶到现场，用棉被把电动车包起来抬上小货车，并将车主安全送回家。第二天一大早，许峰就带着维修师傅赶去，在车主出门前把车子修好。

2006年，雅迪开始谋划天津分公司，将电动车分成豪华型、简易型两个方向。天津基地建成后，改变了雅迪之前单一的产品线。

为什么要在北方建厂呢？董经贵这样解释："当时，天津是自行车产业的发展中心。在北方生产电动自行车，相当于承接了自行车的群体，对他们来说是升级消费。"

由于转型及时，并赶上了行业风口，雅迪电动车很快进入了高速上升期。当国内的两轮电动车行业还处在政策适应期的时候，雅迪已经开始谋求更大的竞争优势。到了2009年，雅迪从终端店面开始往品牌方面布局。

【董经贵分享】

小时候，我家里很穷，一直想着要出人头地，光宗耀祖。退伍以后，我硬着头皮创业，也不全是为了赚钱，而是为了用一件事来证明自己的能耐。所以，无论做什么生意，我都很注重品质，总想把质量做得比别人好一些，这样才能赢得社会的尊重。

对用户有益的就要坚持，哪怕付出多一点也值得。我们要打造更加高端、更优品质的电动车，满足消费者的需求，那是我们最幸福的事！

只要心中装着消费者，我们就没有风险。消费者就像我们的兄弟姐妹，就像我们的长辈和儿女。如果一切以消费者的需求为标准，那么，我们干事业一定是理直气壮、勇往直前、势不可挡！

一个想要做大做强的企业，不仅需要有文化格调、精神地标、价值积累，更要有"兼善天下"的情怀。企业如果做到像军人守护百姓一样善待消费者，那么在困难来临之际，消费者终究会与企业结成命运共同体，迎接更加美好的未来。

二、行业竞争激烈，他重新定位，走高端路线

2013 年，电动两轮车行业迎来井喷式增长，年产量为 3600 多万台。

这就导致了企业间的惨烈竞争，而怠于创新、疏于品质的国内企业最善使用的竞争"利器"莫过于降价促销。因此，电动车行业飞速发展之时，也是价格战狼烟四起之时。当时，市场上的电动车主打低端产品，厂家利润越来越薄，而劣质低价车带来的安全事故也不断发生。

然而，由于生产成本相对较高，雅迪即使质量相对较高，但相比于友商更低的价格，优势无法凸显，疲于应付。

2014 年，雅迪正在筹备港股上市，需要砍掉原有的三轮车、四轮车的项目；而电动两轮车的基地没少建，产品开发也做得不错，迟迟做不到第一，而最可怕的是"投资没有方向"。迷茫之中，董经贵说："都想象着未来会挣钱，其实大家心里都明白，打价格战永远没有明天和未来。"

2015 年初，董经贵求助了君智咨询。

君智提出，与同行相比，雅迪因为是做摩托车出身，加上供应商也是选用摩托车的配套体系，在设计和生产豪华电动车上有优势。咨询过后，雅迪决定重新定位品牌，专心做更高端的电动车。

然而，雅迪的这种想法遇到很大的阻力。许多高管、经销商都非常不满意，他们担心放弃低端客户后，高价卖不动货。但是，董经贵很坚定，他对高管们说："我认定这条路了！你们要认为搞不定，咱们就不搞了，宁肯关了。"看到他对转型态度坚决，高管们逐渐接受了这样的思路。

根据君智的建议，雅迪在产品方面做出了战略取舍，放弃三轮车及特种车业务，聚焦电动两轮车的中高端车型，同时提前布局高端智能产品，拓展全新消费人群；在店面运营方面，对终端门店物料及形象进行全面升级，在行业首家导入

五星级服务标准，提升消费者的购买及售后服务体验。在线下推广上，摒弃"降价、买赠、换购"等措施，导入模特展示、城市快闪、大学生骑行、试驾体验等高端品牌推广活动。

其实，最重要的事，是稳定供应商。

在聚焦高端产品之后，需要采用摩托车的零部件生产体系，而一部分供应商无法满足。例如，一些减震、急刹等零部件，过去用的是电动车的体系，调整过后，过去的设备需要全部更换成摩托车零部件生产设备。一些供应商担心订单受到影响，以及生产跟不上，举棋不定。

雅迪采取的方法是：先借钱帮供应商购买设备，并对一些生产设备确实跟不上，或是想法不同的供应商，逐渐放弃，重新选择。就这样，经过三四个月的时间，供应商方面基本稳定——每个配件，都有战略合作伙伴。供应商按照雅迪的要求，研发、制造配件，然后雅迪进行大批量的采购。

同时，终端渠道的改造，也在这个背景下展开。

过去，雅迪的店面相对陈旧。转型之后，他们对店面开始进行设计，装修焕新，实现从"路边地摊"到"Shopping Mall（购物中心）"的提升。

在组织活动中，相比其他电动车品牌的打折促销，雅迪调整为巡游、试驾等活动，让客户体验，并承诺：如果试驾完后发现不好，三天后退货。在售后服务上，雅迪还调整了原有的质保标准，进行 7×24 小时的免费服务。在激励机制方面，增加了终端导购员和营业员的提成。

事实证明，董经贵的选择是正确的。通过统一思想、广告传播、产品研发、终端升级等措施，雅迪实现更高端品牌战略全面落地。2016 年，雅迪集团在香港成功上市，成为中国电动车行业首家上市企业。获得资本助力后，雅迪发展形势一片大好，不断引领中国电动车行业走向高端、走向世界。

【董经贵分享】

2010 年以前，我们是摸着石头过河；2010 年之后，开始构建闭环；到 2015 年，落地第一个战略，实现了"2016 年在香港成功上市"的目标。我们逐渐确定了多品牌、全球化、全域人群的战略构想，接着通过事业部、合伙人制度等新机制去实现。

我们定位高端以后，许多人想不通：2014 年，雅迪的年产量已经达到了 270 万台，如果定位高端，就要放弃一部分低端客户。那时，电动两轮车行业的其他巨头还在不断做"888""999"的低价促销。供应商们判断，当时的市场主要需求是 1800 元到 2500 元的电动两轮车消费，高端产品的需求不会那么高。但是，这些想法是短视的。在关系企业生死存亡的关键时刻，必须拿出壮士断腕的勇气。

企业转型，最难的就是上下一致。我们统一"走高端路线"的思想以后，就紧锣密鼓地部署关于生产、产品、品牌、宣传和售后服务的转型，实现了华丽转身。

2017 年的一天，中央电视台《新闻联播》节目播出了题为《中国制造迈向中高端》的专题报道。我看了以后，很受启发。我们雅迪的定位就是"更高端的电动车"，也是中国中高端制造里的一分子，也要向全球价值链的中高端迈进。

三、瞄准科技前沿，把雅迪打造成"种植水果的人"

2021 年，雅迪集团的研发费用同比增加 39.4%，位居行业研发投入榜首。

他们始终坚持聚焦电动出行领域的核心技术创新，尤其在两轮电动车的核心问题——续航和动力上，不断深入探索，加大研发投入，努力拓展技术广度，突破行业边界。

电池是电动车的能量储备仓。雅迪研发的 TTFAR 石墨烯 3 代电池采用全新液控耐寒黑科技，其在容量提升的同时，更可直面 –20℃低温考验，有效解决了电动车在冬季续航不理想的问题。此外，该电池还可实现相同体积，能量密度提升约 25%—30%，所采用的复合超级导浆料技术，让电池可承受 20A 的充电电流，由此，面对传统两轮电动车充电慢、电池不经用的问题，可实现 1 小时快充 80%，续航 500 多公里，并支持 1300 次以上充放循环，比传统电池高出近 4 倍。可以说，寿命、充电、续航三大难题一次性解决。

基于此，作为行业内唯一经过 5 年市场检验的石墨烯电池，雅迪 TTFAR 石墨烯 3 代电池获得了诺贝尔物理学奖得主、被誉为"石墨烯之父"的安德烈·海姆教授的充分肯定，以全球领先的技术实力持续推动技术迭代。

董经贵在跟集团产品技术研究院高管开会时，常举这样一个例子：日本曾有企业说，中国的企业就像是一帮水果贩子，市场上需要什么水果，他们就去包装、贩卖什么水果，他们不是种水果的人。他语重心长地强调，雅迪要坚定地追求技术研发和创新，要把雅迪打造成"种植水果的人"，让中国的民族品牌在世界上占有重要一席。

20 多年来，在涉及未来的重点科技领域，董经贵与科研部门联手，超前谋划、大胆探索。在行业内，雅迪唯一拥有两个国家级实验室（CNAS）；还拥有六家技术研发中心及一家工业技术设计中心；已经与美国 lightning、日本松下、奥地利施华洛世奇等国际公司深度合作，不断整合全球资源。截至 2022 年 5 月，雅迪共拥有 1300 多项专利。

通过研发，雅迪高端化、全球化产品不断涌现。其中，雅迪 G5 采用其自主研发的 GTR3.0 高性能宽频动力电机，拥有 1200W 超高功率和最大 120N M 的强劲扭矩，开创了"高端智能锂电"类目。雅迪的产品通过 EN15194、CE、欧盟 E-MARK、3C 四大国际品质认证，单从技术差距和产品性能来看，雅迪高端产品已经可以与国际品牌比肩。

雅迪大功率轮边电机，是雅迪联合华侨大学、中科院电工研究所共同研发的，它解决了传统轮毂电机效率低、散热慢、故障率高等问题，创造性地将电机、控制器、减速箱集成为一体，采用了汽车级 can 通信，支持 OTA 升级、OBD 故障诊断等，电机最高效率超过 95%，最大功率达 6000W，极速可达 80km/h，极大地满足了消费者对续航和动力的需求。同时，雅迪还依托"人才和技术孵化"模式，为电动自行车行业的发展不断赋能。

为顺应互联网趋势，未来雅迪产品将会出现更多智能化应用场景和人机交互体验，让用户在实际体验过程中更全面、更深入地享受智能科技带给产品的独有魅力。用科技创新改变用户传统骑行方式，为用户提供更快捷、更智能、更安全的出行方案。

【董经贵分享】

最先进的技术，用钱是买不来的。钱只能买来设备，而买不来创新思维、创新技术。那些只引进、不研发，落伍了再靠引进的企业，是没有未来的。雅迪要坚持自主创新，坚持不断拥抱新技术，不断学习和自我革新，当好创新发展的探索者、组织者和引领者。

雅迪承载着我们朴素而美好的情怀。为消费者提供幸福感的产品和服务，值得我们拼尽全力！我们永远都要做那个"种水果的人"，而不是"卖水果的"。

"海淘族"倒逼"中国制造"升级，我们雅迪电动车一定要抓住机遇，专注于制造高品质的产品。在消费者买回家的一台雅迪电动车上，可能就汇集了400多项专利技术。

我们已经在全球范围内建立了科技创新的领先优势。雅迪无论研发投入，还是研发团队规模，均为行业第一。而在今后，雅迪还将继续扩大领先优势。

在用户追求美好出行愿望这件事上，我们一直在不断探索，始终站在科技创新和产品升级的前沿。我们通过核心技术创新，正在开创一个属于全球用户的绿色出行新时代！

四、引进 ERP 系统，推进企业管理规范化

董经贵说，企业最难的就是做全面，企业要做大做强，必须形成一个良性闭环。在这个闭环里，每一项都不能是短板。而雅迪拼搏的方法很简单，就是"找对标企业"。

雅迪 2016 年上市之前，组织公司高管到丰田公司参观学习。而且，雅迪副总裁王家中前后就去进修了四次。他看到，丰田车间的物料搬运就有多种方法，如悬链式、空中模式、AGV 模式、弹射式等；还看到，工人动手将二三十年前的老生产设备改造成当时领先的新设备，以及机器人操作……这些，都给了他极大的震撼。

雅迪高管们学成之后，吸收丰田精益生产的经验，改造生产线，组织员工培

训，生产效率得到了提高。

过去，中国的电动车行业中，一条生产线一天的产能是 400 台左右，需要五六十名工人。改造之后，八小时之内可以做到 800 台，而且人员也得到缩减。

以往，如果生产一千台电动车，就把一千台的物料都搬运到生产现场；而改造后，减少了大量投料。过去是，这个月生产多少，就把供应商的物料也堆到仓库；改造后，按节拍进行生产线投料。过去是，整个电动车行业用什么设备，雅迪就用什么；改造后，根据生产工艺的现场需求决定用什么样的设备，以及怎样对设备进行改造。

2009 年，全国电动车市场进入成熟期，行业内企业有 1000 多家，但具有 10 亿元规模以上的企业只有五六家，市场高度分散；以价格战引发的竞争非常惨烈，行业的总体利润在 1%—2%；再加上电动车行业产品的同质化高，所以企业品牌、渠道能力和供应链的协调运作能力都成为这个行业发展的关键。

当时，雅迪下设电动车高新技术研发中心和无锡、天津、广东、浙江 4 大生产基地，电动车年产能为 300 万台，也遇到了发展瓶颈：管理跨厂的供应链运作尚未找到合适的模式；企业内部每个部门的业务标准和硬件不统一，导致部门之间流程不顺畅。

那时，雅迪的信息系统还停留在初级的记账模式阶段，没有相对规范的业务流程，管控风险极大。比如，在库存方面，尽管雅迪本身有非常大的库房，但是不够用。库管员虽然每天进行两次报缺，但是依然会出现漏报和错报的情况，这就导致大量的库存和资金占用。另外，雅迪的车型有 200 种，零部件几万个，物料涉及到上亿的资金容量，导致运行困难。

2010 年，是雅迪做管理优化转型起步的一年。董经贵突破了行业惯例，引入 ERP 系统，不断推进企业管理规范化、标准化。这样，就建立了一个基于流程框架下的管理模式，重新梳理企业架构，将原来的因人设岗转变为因岗设人的新的管理模式。

当年底，雅迪 ERP 一期试点项目在浙江生产基地成功上线。该项目从销售、采购、物流、生产、财务 5 部分将业务流程真正做到了固化。通过 ERP 系统的运算、计算、统计分析，为管理层提供了数据支持和帮助，特别是在生产管理、采购管理、订单管理方面发挥了重要作用，工作效率提高了 10%—20%。

成功是最好的证明。2015 年下半年，电动车行业销量整体下滑 20% 的时候，雅迪全年销量同比增长近 20%，雅迪中高端车型的销量同比增幅 80%。2017 年，裕鑫、晟霸、金帅等电动车品牌纷纷倒闭，而雅迪整体销售收入增长了 17.8%，销量为 420 万台，在国内同行中遥遥领先。

【董经贵分享】

学习丰田以后，我们在质量管理、数字化管理、核心战略方面有了崭新的认识，提升了供应链的组织能力。供应链的档次和水平提升了，又进一步促进了工艺制造能力、成本管控能力的提高，从而实现盈利目标。

当初，虽说 ERP 的实施让雅迪跨过了手工操作时代，但在供应链管理上，雅迪还处于弱势地位。由于雅迪没有给供应商设定严格的送货周期，导致很多供应商存在不能按时供货的现象，这实际上是没有相关业务标准所导致的。为此，我们决定在 ERP 系统和相应的转型项目的带动下改善供应链管理的能力，采用按订单拉动式生产的方式，借鉴摩托车行业的流程，完全按照销售订单来交货。按照这种方式，不仅能调动供应商和经销商的主动性，还能解决旺季来临之前的供货不及时、不到位的状况，从而提高企业效率。

技术创新是一个企业发展的发动机，而 IT 的引导和创新是企业有效的支持工具。

五、以全球视野打造品牌效应

雅迪在打造"千城万店终端形象升级工程"后，到央视投放广告，成为电动车行业进军央视的突破者。2007 年、2008 年，雅迪连续两年作为行业代表被列入中国质量万里行"质量信誉跟踪产品"，以势不可挡的锐气引领行业潮流。

"好的广告是免费的！"这是董经贵的一句名言。他认为，好的广告能够快速帮助品牌抢占消费者心智，在拉动市场消费的同时，提高品牌附加值，抢占行业制高点。

2015 年初，雅迪重新定位，决定走高端路线。在内部，他们整合全球资源进行产品的设计和研发，让雅迪产品一直领先于同行。在外部，他们"以网络拓展和店面升级为核心"，投巨资进行智美终端建设，全力打造一流的终端店面形象，使之与更高端的战略匹配，为品牌营销奠定了坚实的基础。

同时，在广告投放上，他们聚焦央视、湖南卫视等主流频道高频次投放，塑造了雅迪成为高端电动车品类的代表。通过四个月，专业公司对行业市场调研显示：消费者对雅迪品牌的第一提及率为 93.6%。

接着，雅迪营销不断拓展全球视野，品牌影响力持续升级。

2019 年 3 月，雅迪再度大手笔签约《速度与激情》系列主演、好莱坞巨星范迪塞尔成为品牌形象大使。他在荧幕中表现的硬朗、速度、激情、充满正能量等形象，与雅迪的气质高度相符。双方的合作，再度深化了雅迪的全球化进程。

除了娱乐方面，雅迪还频频在体育领域发力。2020 年，雅迪再度牵手中国女排。"女排精神"，同样也是雅迪推进全球化进程中奋力拼搏的最佳注脚。

从 2018 年俄罗斯 FIFA 世界杯的万众瞩目，到 2019 年意大利米兰展的惊艳亮相；从 2020 年与欧洲最大的移动出行俱乐部"ADAC SE"的战略合作，再到 2021 年德国 XLETIX 挑战赛的热力来袭，无一不充分说明：在民族企业全球化发展的浪潮中，雅迪已从产品创新、销售布局以及品牌建设等多个方面进行了完整的全球化布局。

2020 年 8 月，宋健骑着雅迪 G6 电动车从云南大理出发，沿着西藏、青海、内蒙古、黑龙江等地市开始了环游中国的吉尼斯挑战之旅，最终历时 134 天，穿越 265 座城市，骑行 25547.4 公里，创造了全新的吉尼斯世界纪录。雅迪电动车的挑战路线，涵盖了高原、山区、戈壁滩、草原。这场残酷大考对于雅迪来说，更是检验核心技术的硬核手段。

2021 年，雅迪海外全新品牌定位"Electrify Your Life（让你的生活充满活力）"正式发布。这既是品牌的里程碑，也是新起点，标志着由雅迪领导的中国电动车行业已经成为民族制造企业的中坚力量，更是领跑全球的绿色产业。未来，雅迪将以民族企业的身份，不断夯实"中国智造"世界领先地位，持续引领行业升级迭代，继续推动全球电动车行业向更高维度跃进。

【董经贵分享】

我们大打品牌效应，从品牌价值、品牌内涵及品牌文化等多方面入手，系统地规划品牌战略。事实让我们认识到，一定要相信品牌的力量。品牌能否成功，定位和传播是关键。

无论是雅迪对"更高端战略"的坚持，还是对发展理念、营销方式的思考，都体现出雅迪在发展道路上大胆尝试、永不停步的态度。雅迪坚持"国际化、高端化、年轻化"的品牌理念，是保持行业领先地位的首要秘诀。

雅迪的全球化进程说明，在文化差异的背景下，产品才是品牌全球化的"通行证"。雅迪电动车的绿色、科技、环保等属性，更符合全球各地用户需求。这就意味着，雅迪电动车本身就具有强大的品牌传播效应。

对于走出国门的众多企业而言，品牌全球化面临的最大问题是"文化敏感度不够"。如何快速有效融合文化差异、提升情感共鸣，除了产品本土化设计等因素外，考验更多的是品牌和营销策略的把控力。

六、在越南建立生产基地，迈出全球化新步伐

2019 年 11 月下旬，雅迪电动车设在越南北江省光州工业园区的生产基地正式投产，年产能为 20 万台，开创了中国两轮电动车投资海外的先河。

越南的基础设施落后，公共汽车和地铁很少。这样，便宜、方便的摩托车就成为越南民众出行的首选。现在，越南人口接近 1 亿，摩托车保有量约为 4500 万台，并以每年 300 万台的速度增长，平均每两人就拥有 1 台摩托车。所以，越南是举世闻名的"摩托车王国"。

董经贵如此看重越南，有三大原因：第一，从 2021 年起，胡志明市全面"禁

摩"；未来，越南还将在更大范围内推行"禁摩令"。对雅迪来说，这是一个很好的发展机会——以越南基地为样板，辐射更多的东南亚国家。第二，"零关税"政策，可让雅迪的产品在东盟十国畅行无阻。第三，东盟十国所辖的 6 亿多人口，会给雅迪带来巨大的增量市场。

在越南基地的启动仪式上，董经贵说，雅迪将通过"立足越南，辐射全球"的方略，力争在全球市场"再造一个雅迪"。按照计划，雅迪未来几年将年产能提升到 50 万台。

在 2019 年底推出的雅迪 G5 上了越南热搜之后，2020 年越南雅迪再次推出新品，这是一款名为 BuyE 的全新产品，继续在越南的电动车市场掀起浪潮。雅迪 BuyE 配备了 LED 车灯、碟刹制动，可以蹚水半米深，一次充电可行驶 90 公里，价格是 2199 万越南盾，合约 6800 元人民币。

BuyE 采用两种驾驶模式：经济模式，以 45 公里时速作为最高速度行驶；而舒适模式以 55 公里时速的最高速度行驶。同时，BuyE 的百公里耗电量仅为 2.6 度，按照越南电价，只需 5000 越南盾，即 1.56 元人民币。

在越南市场，"本田"等日本摩托车品牌占有率拥有绝对优势。而中国摩托车品牌经历恶性价格战后，给越南民众留下"价低质劣"的印象。董经贵表示，雅迪不会在越南打价格战，坚持走"高端品牌"的路线。

2020 年，在疫情刚刚爆发之时，光洲工业园区成为重灾区。雅迪按照中国先进的抗疫经验，第一时间决定让工人居家隔离，保障生命安全。同时，提前布置生产，积极配合政府的防疫工作，捐献了大量的抗疫物资，得到了北江省电视台及北江日报的赞扬。

由于越南籍员工居家隔离，雅迪工厂的七名中籍员工担起重任。他们与政府沟通后，在厂区夜以继日地完成卸货和发货工作，有力地践行了奉献精神。

目前，雅迪越南基地正在朝着既定的目标迈进。

这些年，雅迪打造了完整的全球化供应链体系，包括松下、博世、拜耳、奇美、台达等巨头都成为雅迪的合作伙伴；同时，雅迪与专门研发高端电动两轮车的美国公司 LightningMotors 共同研发创新产品，未来可期。

雅迪自 2008 年开始，先后亮相菲律宾国际机电展、意大利米兰国际摩托车展 EICMA、美国拉斯维加斯 Interbike 展等，持续进军海外市场。2014 年，建立海外第一家雅迪专卖店。2019 年，在越南建厂、在德国建设运营中心。2021 年初，在欧洲瑞士、拉丁美洲巴拉圭等多个国家和地区开设了旗舰店。2022 年 6 月，雅迪携带全品类产品、全新能源技术登陆西班牙。如今，雅迪精耕细作的全球化布局正在不断开花结果。

董经贵说："真正的全球化战略构想是要突破行业的贸易导向，摆脱单一的产品输出，真正建立起既全球化又本土化的生产、经营和推广。这是雅迪全球化战略的升级，也是雅迪未来要走的全球化之路。"

【董经贵分享】

在经济全球化的当下，我们要实现行业第一品牌的目标，必须走国际化品牌的道路，这也是企业谋求持续发展的必然选择。我们越南生产基地针对的，不仅仅是越南市场，而意在撬动整个东南亚市场，成为雅迪推动全球化的重要腹地。

我们在越南建厂，实现了生产基地、供应链、经销商网络的垂直一体化经营。

过去，中国两轮电动车企业的全球化战略一直是"贸易模式"，即两轮电动车在国内生产，通过贸易公司销往海外。而雅迪在越南建立基地，将国内成熟的生产经验和生产线带到越南，让中国制造真正"走出去"。

我们不要穿新鞋走老路，也不要穿老鞋走新路，要不断重新认识，重新出发。我们既要胸怀梦想，也要脚踏实地。

【行业骄子 舍我其谁】

踏平坎坷成大道

——浙江高压开关厂有限公司董事长陶寿林创业纪实

人物介绍

陶寿林，1947 年 10 月生，浙江省绍兴市人。1954 年 9 月起，先后在东南湖小学、浔阳中心小学读书。1962 年 6 月，打铁学艺。1963 年，任陶堰宣传队队长、青年突击队队长。1968 年 3 月，在舟嵊要塞区岱山守备区第 15 团长涂东剑营营部指挥排服役。1971 年 2 月，退伍返乡。1972 年，任公社"五七"企业领导小组组长，创办修建队、电镀厂。1978 年 7 月，因仗义执言遭人陷害，被法院错判六年有期徒刑，在浙江省第三监狱服刑。1979 年 9 月，被无罪释放，结束了 18 个月的囹圄生活。1980 年起，在上虞道墟先后创办电器修理部、飞跃电器开关厂。1992 年，创办绍兴市电器开关厂、浙江开关厂绍兴分厂。1994 年，创办浙江高压开关厂有限公司。2008 年，创办浙江德通变压器有限公司。

陶寿林从 1991 年开始，连续担任八届上虞市政协委员。2019 年第四季度，入选"绍兴好人榜"。

陶寿林还是一位词作家。他创作的 40 多首歌词，被作曲家李昕、卞留念、尹相涛等谱曲，由歌唱家阎维文、刘和刚、吕薇、王庆爽、乌兰托娅等演唱。代表作有：《绍兴，我的故乡》《好日子天天过》《忘不了舟山岛》《老营房》等。作品《曹娥江畔我的家》荣获 2019 年"诗画浙江"全省旅游歌曲创作演唱大赛铜奖；《老战友再相会》被中宣部列入《人民军队忠于党》（1927—2017 年）500 首经典歌曲之中；《瓦片上的故乡》《娥江夜色美》分别被四川音乐学院、安徽师范大学音乐学院作为声乐考题。

朋友，你听过著名歌唱家吕继宏演唱的歌曲《忘不了舟山岛》吗？歌词写道：当年上了舟山岛，来到东海最前哨。风啸啸，浪滔滔，为国戍边正年少。第二故乡舟山岛，站岗巡逻打坑道。军爱民来民拥军，风吹浪打不动摇……忘不了云雾满山飘，忘不了海水绕海礁……

1968年

朋友，你听过著名歌唱家乌兰托娅演唱的歌曲《好日子天天过》吗？歌词写道：人生路上，有坎也有坡；先苦后甜，总会有因果。有过付出才能有收获。换来好日子，红红火火……一路走过，有对也有错；风里雨里，经历那么多。一生都为好日子辛苦，如今拥抱着幸福生活。汗水融进了岁月长河，把苦汁酿成甜甜的歌……

这些都是词作家陶寿林的作品。每一句，都是他对风雨坎坷人生的总结，折射了他博大宽广的胸怀！

陶寿林，一位音乐爱好者。他九岁会吹笛子，也能识简谱；十六岁那年，跟随绍兴新民绍剧团演出，曾经为大型绍剧《智取威虎山》《沙家浜》担任司鼓。

陶寿林，一位优秀的海防战士。他把自己的青春年华献给了祖国的海防事业，连年被评为"五好战士"。

陶寿林，一位成功的创业者。他从投入几百元、租房开设电器修理部起步，如今已经拥有两家公司——占地 140 多亩、厂房 4 万多平方米，资产数亿元。

可谁知道其中的艰难呢？他因仗义执言遭到陷害，被送进监狱 18 个月；因为忙于事业急着赶路，不幸发生车祸，两次与死神擦肩而过……是什么给了他坚强？给了他力量？

今天，让我们一起走进他跌宕起伏的创业世界。

一、退伍以后，他负责"夺煤"工作，还亲手创办 300 多人的建筑公司

1971 年 2 月，陶寿林退伍后，回到原籍绍兴陶堰——东方红人民公社。当时，公社党委讨论，要在退伍军人中选拔人才。他虽然是士兵退伍，但档案中有"陶寿林被列入部队提干对象"的记录，决定重点培养。于是，他听从公社安排，放弃了本来可以去浙江省水电厅工作的机会。

当时，伟大领袖毛主席发出了要扭转"北煤南运、南粮北调"状况的最高指示，煤炭实行计划分配制。而陶堰，几千年前是沼泽或者湖泊，泥煤都是来自一些芦苇和蓬蒿的沉积。看上去，有很明显的芦叶形状。有些地方还能挖出古代船板、兵器，甚至还能看到宝剑外壳的油漆印迹，用手去摸就变成了粉末。

公社决定在田地中开挖。陶寿林组织了十几个人，先去各大队了解泥煤分布情况，并查看泥煤的深度、面积、质量。调查得知，泥煤在土下两米左右，煤层有一米左右。为了防止农民乱挖破坏良田，他们划分范围，有计划有限量地挖掘。他们将挖出的泥煤运到绍兴煤球厂，与原煤按比例拌匀，做成蜂窝型煤饼，供居民使用。因此，有泥煤的生产队也就有了经济收入，农民当然开心。

第二年，公社任命陶寿林为"五七"企业领导小组组长。别看这个小组长，权力也不小，讲话很有分量。于是，他进驻了手工业联社。当时，这个联社，只是一个打铁店，制造铁锄等农具。他通过调查研究，提出了"成立修建队，到大

城市承揽工程"的建议。那时,农村有一大批手工业者,如泥水匠、木匠、石匠等。他们如果外出打工赚钱,先要和生产队签订合同,每月按约定交钱向生产队买粮食。因那个年代没有身份证,用人单位以及住旅馆都需要提供证明,所以他们出门前,要先到户口所在大队开证明,再到人民公社盖章。公社党委书记章渭炎说:"陶寿林提了一个好主意,放手干起来吧!"接着,公社召开了大队党支部书记会议,要求他们回去调查手工业者的情况(如各种技术专业、性别、年龄等),并发放了表格。

陶寿林看了上报的材料后,发现一些名气大的师傅都在省城杭州工作,就找到杭州市南山路80号(浙江美院)工地,召集大家开会,向他们宣布:公社要建立一支修建队,欢迎大家参加。其好处:一是修建队出面开介绍信联系业务,大家天天有工做;二是发挥每个人的特长,搞好专业分工;三是规范收费,防止有的生产队向他们乱要价。陶寿林的这些话,句句说到了他们的心坎上,个个表示愿意。很快,东方红人民公社修建队成立了。

几年下来,修建队通过努力,就扩大到300多人。为了适应工作需要,陶寿林把修建队改为建筑队,后来又改为建筑公司。省城一些大单位的业务,包括杭州饭店的工程,他们都能顺利地接下来。

陶寿林说,当年,他们队里的三位师傅获得了"农转非"指标,其中包括:泥水匠陆文兴、鲁张生,都是陶堰横旦村人,在杭州市烟糖公司工作;还有一名石匠徐宝根,是陶堰三联村人,在杭州电镀厂工作。他们在业主单位连续工作10年以上,业主单位根据政策申报后,杭州劳动部门同意。这三位师傅在家乡的有关调离手续,都是陶寿林帮助办理的。

二、他将目光瞄向了知青群体,整合资源创办农机厂、电镀厂

在上山下乡运动中,前来东方红人民公社插队的知识青年有3000多人。这些从学校出来的城镇待业青年,有的手不能提,肩不能挑,甚至连农村的田埂都不会走,有的甚至整天以泪洗面。个别家中条件好的,经常回城靠父母养着。而那时,陶堰只有一家十几人的毛毡厂、一家建材土窑厂、一家小玻璃瓶厂,难以安排这么多的知青就业。

看到这种情况，陶寿林经过分析，向党委提交了一份《关于整合知青资源创办农机厂的报告》，设想为绍兴农机厂做配套件。结果，党委一致通过，并任命他为工办主任，负责筹建工作。

在建造厂房时，陶寿林建议先把土窑改成轮窑，自己烧砖瓦，并推荐东南湖村的老支书丁老虎任轮窑厂厂长。在他的推动下，厂房很快就造好了。

可是，公社缺少资金，农机厂所需的车床、钻床、磨床等大型设备从哪里弄呢？陶寿林把希望寄托在知识青年身上。

在陶寿林的建议下，公社召开全体知识青年大会。他在会上讲述了创办农机厂的美好前景，以及从知青中挑选职工的消息。当时，绍兴钢铁厂职工的月薪是36元。东方红公社参考后，决定农机厂职工月薪是25元，入职两年升一级。听后，大家都想进厂。陶寿林当场发给每人一张表格，请大家填写父母等家人的工作单位、职务，三天后送工业办公室。

看完回收表，陶寿林发现，许多知青的父母都在工厂担任领导职务——那时上山下乡，领导首先要带头，其中有厂长、书记，也有业务科长等。这使他心中有了底——设备就从这些人当中落实！

第一批知识青年进厂后，陶寿林一个一个拜访了这些知青的父母，开门见山地说明来意，希望他们单位能够支持一些淘汰的旧设备。有些工厂被他的诚心所感动，马上召开党委会，启动了支援他们的程序。

功夫不负有心人。后来从各地运来的设备，都是性能很好的半新车床、钻床、冲床、磨床等。这些工厂还指派师傅前来免费指导，公社只负责安排吃住。

就这样，在陶寿林的操劳下，农机厂白手起家，顺利投产，并实现供销一条龙。章书记对他说："你是空手党，且成了大财主！"大家也都说他手段高明，是公社出色的"外交部长"。接着，农机厂办起来了，而且产供销一条龙。

走访中，陶寿林感到，杭州有很多的资源可挖掘，要不断寻找合作项目，尽量为家乡多做点好事。

一天，他到杭州电镀厂看望徐宝根。两人交谈中，他了解了电镀厂的生产过程、原材料的来路、加工哪些产品等。他曾经听说过，旧社会三只缸最赚钱——酿造缸（包括酒缸酱缸）、染缸（印染）、镀缸，于是请徐宝根把他们厂长约出来，由他请客双方谈谈。酒过三巡，他向厂长说明来意——为解决知青工作问题，想办电镀厂，希望给予关照。谁知，这位厂长非常直爽，说："我们厂也有知青下乡在你们公社，应该支持。"当时，陶寿林像捧了聚宝盆，回来后就兴致勃勃地向章书记做了汇报。

第二天，公社党委决定，因电镀厂用水较多，厂房就建在 104 国道的河道边。同时，考虑电镀厂废水排放较多，且含有稀硫酸和盐酸成分，他们挖掘了两个大池塘，以便今后倒入石灰进行酸碱中和。厂房建好以后，杭州电镀厂将换下的旧设备低价转让给他们，解了燃眉之急。

镀锌有两种，包括有毒镀锌和无毒镀锌：有毒镀锌材料用氰化钠，是剧毒品，要公安局审批，仓库要配两人专人保管；无毒镀锌用的是工业氯化铵材料，也要物资局审批，并不是随便就能买到。农业氯化铵是复合肥料，按农田分配，农村也十分紧缺。他慎重考虑，决定采用无毒镀锌工艺——如氯化铵能多审批一点，也可支援农业。虽然工业氯化铵比农用要贵，可农村缺肥时还是喜欢的。

电镀设备用的是可控硅调压，需要把交流电换成直流电。设备不够，怎么办？陶寿林想到了绍兴雪花电扇厂的高级电气工程师顾崇辉（他的两个弟弟在陶堰公社支农，其中一个在公社广播站工作）。陶寿林去绍兴向他求助。顾工程师当场答应，让陶寿林向杭州电镀厂再买两台旧设备，由他负责改装。在他的大力支持下，陶堰不仅增加了设备，还上马了镀铬工艺。当时，绍兴越光汽车配件厂做汽车灯具，有些知青的父母在这里工作。陶寿林通过他们与工厂挂上了钩，为对方电镀灯具配件。当时，有些请客吃饭的发票是不能报销的，他就用自己的工资支付。

通过努力，电镀厂第一年就获得了数万元利润，这在当时可是一笔大数字。那时，陶堰社办企业红红火火，成为绍兴的领头羊。

三、粉碎"四人帮"以后，他遭人陷害，身陷囹圄

1976 年 10 月，党中央一举粉碎"四人帮"，宣告"无产阶级文化大革命"结束。接着，一场清除"四人帮"流毒的运动迅速在全国各地展开。

当时，陶堰有些人捏造事实，恶意攻击领导。公社党委书记章渭炎是一位干事业的领导，性格直爽，能力很强。他来之前，陶堰还是一个落后的公社。陶寿

林回忆："为了摘去落后的帽子，章书记在工作上敢于碰硬，得罪了一些人。我退伍后留在陶堰，也想为家乡干一番事业。因工作关系，我和他接触比较多。特别是在晚饭后，我们经常在公路边散步交谈，关系比较密切。"

这时，有人污蔑章书记与"四人帮"有联系。这种今天看来完全是笑掉大牙的指控，当时却成了惩罚他的理由。1976 年底，章书记预感到自己被工作组列为斗争对象了，就对陶寿林说："你能力强、工作出色，也讲义气。我有一些私信想托你保管。"陶寿林满口答应，第二天就把信件拿来了。这些信，大多是知青上调后的感谢信。为了防止节外生枝，他把一部分信件烧了。

1977 年 3 月，陶寿林因为忙着筹备玻璃厂火灾后重建的事，要到上海玻璃研究所去一趟。一天，他向建筑公司写了借条，通过出纳借了 70 元现金，作为差旅费用。第二天，他刚到研究所门卫，对方一看他填表中的名字，就急忙说："你有份电报！"他一看，电报说：公社出严重事故速回。当时，他就纳闷：能出什么事？他打电话到公社，没人接；再打电话到陶堰邮政局，值班人员回话："是你和章渭炎的事。"于是，他就马上坐火车往回赶。陶寿林说："我回陶堰刚下车，就看到工作组的二十多人，每个人推着自行车，早早就来车站接我了。我一到公社，他们马上就把我隔离起来。当夜，他们就审问我，我什么都不说。"原来，此前，章书记已经被隔离了，关在皋埠区。他很老实，如实讲清了那些信件的下落。对此，陶寿林蒙在鼓里。

十多天来，他们多次要求陶寿林检举章渭炎，都没有得逞。后来，区里有个特派员拍起桌子，大声责骂。当时，陶寿林发火了，把一只茶杯摔在对方面前的地上。那人恶狠狠地说："你等着吧，有你好看！"第二天，陶寿林就被逮捕了。在看守所，他爱人给他送来牙刷、牙膏、糕点、衣服之类的生活用品。他说自己没有犯罪，让她放心。没想到，东方红公社有位领导来到看守所，开口就对陶寿林说："你是章渭炎的帮凶！"这句话又把陶寿林惹火了，他知道来人的老底，就当面毫不留情地揭穿了他。那人涨红着脸，大声说："你都到这个地步了，还这么嚣张！"

有一天，看守所的所长对陶寿林说："你别吵，你有出去的可能。"原来，公安局认为他够不上犯罪，充其量就是态度不好，要把他放出去。可是，案卷已送法院了。那个年代，法治基础遭到严重破坏，没有检察院的监督，法院直接宣判了。

1978年7月，陶堰广场召开公判大会，章渭炎被判三年有期徒刑，就地改造。陶寿林被认定的罪行，主要包括四项：一是窝藏、烧毁所谓的黑材料；二是贪污人民币70元；三是审查期间对提审员砸茶杯，态度恶劣；四是入团时，由浙江"四人帮"之一的张永生做介绍。最后，数罪并罚，他被判六年有期徒刑。

这里说明一下，所谓贪污人民币70元，其实是陶寿林打借条借的旅差费；还有，1964年，浙江美术学院的学生张永生在陶堰参加农村"四清运动"时，看到陶寿林工作积极，就介绍他入团。"文化大革命"时，张永生曾经担任浙江省革委会副主任。

陶寿林回忆，那个时候，他跌入了人生的低谷，彻夜难眠。

每当想到奶奶陆氏，他就心如刀割。自己三岁丧母，后来甚至想到了讨饭，是在她的呵护下不断成长。

没有想到，1972年农历十月初九，他还未来得及报答老人的大恩大德，奶奶却去世了。离世前，老人对陶寿林说："当年，你娘病逝前交代我把你管好，现在你长大了，不用我管了，要好好做人。"当时，他大哭一场，跪着发誓："奶奶，我没有让您享到清福，但我一定会给您争气！"他还亲手写下"勤俭一生、吃苦一世"的挽联，贴在奶奶灵柩前。

"奶奶啊！现在，我被人陷害，竟然成了罪犯，一家人跟着遭罪，您能理解我吗？"他太痛苦了。

同时，陶寿林也想到了部队。

那时，蒋介石叫嚣反攻大陆，海边常有国民党特务活动，也能看到不明信号弹发射。部队高度警惕、严阵以待！

1968年5月，岱山守备区司令员、著名战斗英雄张明来东剑营考察。他作为新兵代表，向首长敬礼，并做了思想汇报。张司令员握着他的手鼓励他，要活学活用毛泽东思想，做一名优秀的战士。他牢记司令员的话，刻苦训练，努力工作。

1969年春，他当上了通信班长。他以身作则，带领战士准确传授口令、开展架线训练、夜间站岗站哨。特别是在架线训练时，每人要背一只电话机、两卷绝缘铜芯线（15公斤），左手握住线架伸向胸前，右手快速收放，在山上来回跑。收线时向前小跑，要打起10多个线浪，线才不会纽住。同时，还要学会故障排除技能。这样，一年四季，风雨无阻。他曾连续三年被评为"五好战士"，并参加全师"活学活用毛泽东思想"积极分子代表大会。

他还想到，自己曾经教会安徽籍新兵周顺苟学会了写信、在澡堂锅炉爆炸后纵身跳到大溪沟救人、带领 15 名战士开发无人的东寨岛、用彩线绣成精美大气的"忠"字作品（包括毛主席画像和毛主席诗词《七绝·为李进同志题所摄庐山仙人洞照》……

"我曾经是一位光荣的战士，如今却成了阶下囚，天理何在？我要申诉！一定要申诉！"陶寿林下定决心。

四、把监狱当技校，他通过刻苦钻研，掌握了修理汽车电器、电动机的技能

1978 年 7 月，在绍兴看守所关了一个星期，陶寿林就被送到浙江省第三监狱（常山县球川镇红旗岗）。这里是偏僻的山区，犯人在常山红旗岗汽车修配厂（隶属启新机械厂）劳动改造。汽车修配厂内设工业队和农业队，工业队以政治犯为主，农业队以刑事犯为主。

陶寿林到的当晚，监狱开大会，指导员高声训话："今天，新来的一名犯人叫陶寿林，是绍兴地方'四人帮'的黑爪牙。大家要注意他的言行。"他一听，火冒三丈，站起来回应："指导员，你搞错了！我从部队回乡，没有参加过什么运动，怎么成了黑爪牙了？我又没罪的！"指导员大声说："到监狱来的都是犯人，你认为有错可以上诉。"

散会后，指导员把他叫到办公室，对他说："陶寿林，你有没有犯罪我不知道，但你来到监狱，就必须服从管理。你如果觉得判决有问题，可以上诉。你当过军人，也搞过工业，我们就把你分配到工业队。你刑期短，如果能学点东西，今后也有用。"

"指导员讲得很有道理！"陶寿林决心面对现实，沉淀下来。自己现在虽然是落毛凤凰，但总有一天要展翅飞翔。吃得苦中苦，方为人上人。

第二天，他被分配到汽车修配厂电器班。班里的三个犯人已服刑五六年了，还有三位留场师傅也都是快 60 岁的人了。

陶寿林只有高小文化，需要掌握那些物理的定律、运算公式方面的知识。于是，他就想方设法写信给家里，托同学陶志坚找在杭州工作的表姐，从新华书

店购买有关电机、电器维修等实用技术方面的书。家人把书寄来以后，他就如饥似渴地自学。班里有两位文化人，陶寿林看不懂的地方，就请教他们，他们也很耐心。

那时，监狱的生活很苦。就吃的来说，一颗包心菜，从开始能吃，一直要吃到中间开花；下半年，经常吃冬瓜、萝卜，很难看到一块肉。陶寿林回忆："我干的是技术活，吃的东西比别人要好点。"每星期，他负责放一次电影。电影放好，他把放映器材拆下，把线收回。干完工作后，他能吃上一碗肉丝面。那时候，有人请他安装小型黑白电视机天线、换电灯泡，之后会煮两个鸡蛋或者送西瓜、地瓜给他吃。他背的电工包里，往往放只大搪瓷杯。遇到有吃的，还装一些带回来与狱友一起分享。

那时，附近一些单位的汽车发生故障，以及农村生产队的手扶拖拉机、夜间照明用的发电机坏了，都拿到修理部。这给陶寿林提供了许多学习机会，使他的专业技术提高很快。

真是无巧不成书！有一天，张永生也到了监狱，原来他被判无期徒刑。张永生介绍陶寿林入团的事，此时已过去十多年，他们相互也不认识了。可是，命运却把他们送到同一座监狱，分到同一个房间，睡在同一块水泥板上。谈到过往，陶寿林对张永生说："我这次进监狱，还沾了你的光。"大家听后大笑。张永生在常山服刑一年，负责修补汽车坐垫。接着，他又被送到甘肃放羊，共服刑31年。他被释放后，陶寿林去看了他，还给了他两万元钱。

一年下来，陶寿林进步很快，对汽车电器、农用电动机的修理技术已很精通。

有段时间，他上班路过操场，总看到一辆进口的矿山自卸车停在那里。他就问队长："这车外表看还是新的，怎么不开走？"队长说："是江山水泥厂的，出厂没几天又来返修。听说是启动电机坏了，要重新装配。因为暂时没有配件，所以就放着。"一个星期天，陶寿林经请示后，抽空拿了工具，钻进车下把马达拆下来。好家伙！有七八十斤，他就把马达拉到修理车间。因为是进口货，他还是第一次遇到，于是他每拆一个零件就在纸上记下来，防止装不上去。等全部拆下后，他对每个零部件都做了检查，感觉没有坏，怎么就启动不起来呢？他通过细细分析，恍然大悟，原来装配工将离合片装反了。他纠正以后，车子一切正常。他还把车子启动，开着在操场上来回跑。第二天，用车单位赶紧把车开走了。不久，他们还送来锦旗表示感谢。

1979 年初夏，汽车修配厂准备生产海上航运船舶链条。5 月，陶寿林被派往开化第一监狱，去学习链条设备的安装和维修工作，同行的有 10 多人，学习时间为三个月。期间，有位工人操作失误，将一台日本进口自动焊接机中的变压器烧了。这台设备价格上百万元，当时没人敢修，怕搞得不好罪上加罪。后来，车间主任慕名找到了陶寿林。陶寿林一看，是台水冷却式浇注变压器，缺少修复的材料、技术。后来，他提出建议，用风冷式做一台试试。领导讨论同意后，他当夜设计，把功率算出来——变压器原本是 20kVA，他设计了 30kVA。因国产硅钢片质量差，体积和重量增大导致失败。通过连续十多天的苦战，他终于攻克了难关——试焊一次成功，并比原来的焊点更牢固、光滑。领导们亲自来车间检查，连声说："聪明人在监狱，只要走正道都是有用之才。"因为陶寿林是犯人，领导们不便与他握手，都点点头高兴地离开了。

历时三个月，他们学成后，回到常山。

那时，监狱实行六天工作制。再忙，陶寿林都要写申诉书，平均一两个月一封，用复写纸一式三份，直接寄到浙江省高级人民法院、绍兴地区中级人民法院，以及中央专门设立的案件督查小组（金华）。他都用挂号信寄出，因为，这样有回单，监狱是否寄出可以查。而且，监狱不能扣压超过 24 小时，否则犯人有权起诉。

终于，他等来了"无罪释放"的结论。

1979 年 9 月的一天，陶寿林携带一袋书，坐上了回家的火车，结束了 18 个月的囹圄生活。回家，是他心中一直的渴望！在蒙冤受屈的日日夜夜，他如笼中之鸟，望着天空有翅难飞，如今自由了。当他回到陶堰，马上成了当地一大新闻。

那天傍晚五点左右，许多村民早早地等在村口。陶寿林走近后，一位身体瘦弱的小女孩跑过来，叫了声："爸爸！"他一时认不出来了。她说："我是燕燕，6 岁了。"他拉着女儿的小手，眼眶湿润了。他到家后看到，爱人正在往锅里下米，儿子陶剑在灶下拉着风箱烧火，顿时心里酸酸的。他对亲人们说："我的冤屈已经彻底洗清，好日子就要开始了！"

值得一提的是，当年被判三年有期徒刑的老书记张渭炎，在当地一家电镀厂劳动改造，后被提前释放。他听说陶寿林出狱后，专门在绍兴同心楼饭店摆了一桌。席间，他再三表示道歉。而陶寿林说："我不怪您，我们做的事完全是对的！"

五、开设电器修理部，他掘到人生"第一桶金"

陶寿林回家以后，过去要好的朋友，都来看他。有人问他，是否还去公社工作？他说："再也不会去了！我在监狱学会了电器修理，准备自己干。"朋友们高兴地告诉他，杭州有个工地，房子造好了，因为没有电工，等着布放电线。电工的任务，就是在每个房间安装一只灯头和拉线开关，以及两只电风扇插座。

"这样的活，你愿不愿意干？"当陶寿林决定去干时，朋友们说："你原来是我们领导，现在去给我们打工，我们觉得有点不好意思。"他说："大丈夫能屈能伸！我连监狱都去过了，还怕什么？"就这样，他到五金商店，买了万用表、电烙铁、铁锤、钢锯、卷尺，并装入了电工包，很快就投入了工作。然而，这份工作不是天天有活干，空闲的日子多。做了几个月，就快过年了，他带着收入回家与亲人团聚，全家欢欢喜喜。

那时，为了听歌听戏听气象预报，家家户户都买了收音机，只是大小不同而已，"红灯牌"算是最好的。因那时220伏电压不稳定，导致收音机经常出现故障。

陶寿林在监狱里，曾经跟一位狱友学过无线电修理，虽然不是很精通，但一般的故障也能排除。村民听说他会修收音机，纷纷上门找他帮忙。春节期间，他家成了收音机修理部。当时，电路很少使用集成块，大多是单个元件组装，故障往往是电路元件坏了。他利用万用表按线路检查，如果是电阻损坏，换一只同样阻值的就可以了。杂音多最难修，主要是电容器老化，滤波不好。他在电工维修书籍中不断找办法，都免费尽力予以排除。

1980年春，开始分田到户，农民忙着备耕。陶寿林思来想去，决定创办一家电器修理部。

他爱人娘家在上虞道墟，水陆交通方便。他通过走访，看中了这里的村办企业——中心村五金厂附近地段，就找村干部协商租一间面积10平方米的废旧柴房，用作门面。对方开出条件：给他们安排一名学徒，每月工资25元。就这样，陶寿林在工商部门申请了营业执照，在五金厂大门边挂上"中心电器修理部"的牌子。

说干就干！他请了一名泥水匠，先做了一个土烘箱，接上温控仪。接着，他按照从监狱带来的常规电机绕线木模图纸，请三弟陶寿楠做了几台。他还买来一桶环氧清漆、几尺黄蜡布、青壳绝缘纸等辅助材料。这时，他手上只剩下100多元。

才过两天，村民就把一台四千瓦电动机、一台潜水泵抬上了门。陶寿林拆开电动机，只发现烧坏了几匝线圈，他先用千分卡量好，记下线规粗细；打开潜水泵一看，密封器坏了，进水，线圈没有烧坏。当天下午，他骑上那辆笨重的"海狮牌"自行车，就急急忙忙赶往20多公里外的绍兴，去买漆包线、潜水泵密封器、密封圈等材料。

当时，买一卷漆包线需要近千元，而且因电动机的大小不同而规格各异。于是，他只能修一台，马上去买一台的材料。

令陶寿林难忘的是，途经的积山白虎岭是一段狭小的毛石土路，而且很陡。他咬着牙，紧蹬脚踏，一口气冲上去。等到了绍兴买好一公斤漆包线等材料后，他又马不停蹄往回赶。晚上，他连夜加班——首先，在保证质量的前提下，用补修的办法，更换了烧坏的电动机线圈，节省了成本。其次，对潜水泵进行烘干后，换上新的密封器、密封圈。第一笔生意，他就赚了一百多元，而且换下来的废铜还可卖钱。

接着，他借用中心小学的油印机，印了100多张关于修理电动机、潜水泵的广告，然后到各村路口张贴。附近三个乡镇的用户，原来电机坏了，都要拿到东关镇去修，路远很不方便，后来干脆都去找陶寿林。

跟上次一样，白天，他骑着自行车，翻山越岭去绍兴买材料；晚上，加班加点维修。这样，人虽劳累，但苦中也甜。过了几个月，他就有钱买整桶漆包线了，再也不用天天去绍兴。至今，他还保留着那辆"伴随我风雨无阻翻山越岭"的自行车。这是他创业起步的见证。

到了"抢收抢种"的农忙时，烧坏电动机、潜水泵的情况越来越多。他一个人来不及修，就请刑满回家的一位杭州老师傅来帮忙，每月给对方发工资。半年后，这位老师傅因家事回杭州了，他又通过朋友，认识了绍兴雪花电扇厂的王焕章师傅夫妇。每到星期天，他们就来帮忙。后来，他在中心村又招了两名学徒。

到了农闲，维修业务就少了，他又想到生产点焊机。因为当地做土工仪器的厂家越来越多，每个厂都要几台点焊机，而且这种点焊机单价需要一万多元。

他在第一监狱学习时，做过一台干式变压器，虽然与点焊机的功率大小不同，但原理都是一样的。他看了别人买来的产品以后，自己进行设计改造，竟然一次成功，而且性能很好、价格又便宜，有家厂一下子就订了两台。

1980 年底，他就赚了数万元，成了远近闻名的"万元户"。这时，道墟供销社有一台日本东芝 21 寸彩色电视机，价格 1600 元，进货三个月无人问津。供销社主任问他要不要，他一看货好，就买下了。

1981 年，过完了元宵节，电器修理部又开工了。因为正是农闲的季节，业务相对比较少。有一天，中心五金厂的销售员到他修理部串门，说起厂里生产的土壤压力仪准确度不高，尽管单价只有三十多元，但用户依旧怨声不断。他一听就来了兴趣，设计出一款半自动式产品——在线圈磁场中，通过电容器释放。用户试用产品后，非常满意。虽然单价提高到八十多元，销路仍然很好。当时，负责销售的厂方给他每台提成 15 元，每个月都能卖掉几十台。

六、他将主攻产品定位为"电器开关"，实现创业的华丽转身

一天，陶寿林看到电线杆上挂着一只小木箱，里面装的就是一把陶瓷闸刀，下面是两个胶木插座，为脱粒机、抽水机提供电源。他想，开发、生产配电开关柜一定有市场。

在王焕章师傅的帮助下，他参观了绍兴雪花电扇厂的配电房，很受启发。回来以后，他立即着手制作开关柜。他根据王师傅提供的 80kVA 配电设备图纸、柜子尺寸，请来几位钣金师傅，先做三屏样品：一屏计量柜、一屏总闸刀柜、一屏分支柜。他们利用手工凿子、锉刀等工具，选择 4 号角钢做架子，外面包上 1.5 毫米厚的铁板。把外壳造好以后，他们在上面喷上油漆，看上去还挺漂亮。之后，他们把样品安装在中心五金厂。

即将"双抢"，上虞电力公司下乡检查安全用电。陶寿林给他们介绍了这套配电柜的特点：第一屏计量柜，平时上锁，可以防止偷电；通过计量后，到第二屏自动总闸刀柜；再到第三屏分支柜，实现分路操作，如有漏电、超负荷则自动跳闸。同时，电线杆上采用室外挂式铁箱，做到了安全可靠。那时，农村触电伤亡的事故常有发生，而电力公司对赔偿很是头疼。检查人员听了他的讲解后，对配电柜赞不绝口。不久，他们的产品开始走向市场。

为了成为内行，陶寿林虚心向王焕章师傅学习看图、绘制配电设备图纸等方法，还掌握了配电柜的工作原理和接线技能。

随着业务越来越繁忙，他感到，骑自行车翻山越岭太吃力，而且路上也浪费时间，就花了1000多元钱，买了一辆重庆牌70C摩托车。摩托车每小时能开六七十公里，办事效率提高了。

可是，到了冬天，太冷，骑摩托车就受罪了。那时还穷，他没买皮衣、皮手套，就叫爱人剪一块塑料布贴在衬衣上，冷风就钻不到胸部了。至于手脚，都用尼龙袋（塑料袋）套起来。到了目的地，他把尼龙袋轻轻解开，保管好，以备下次再用。

农忙期间，修理工作特别忙，他每天晚上都要加班到深夜。完工后，肚子饿了，就啃两只面包；口渴了，就喝一碗井水。夏天，天气经常闷热，水上漂满了死蚊虫。他就吹一口气，把死蚊虫吹出，一口面包一口凉水……

他说："虽说男儿有泪不轻弹，但有时夜里我也一个人偷偷落泪。不管怎样，为了生活，为了争一口气，我必须咬紧牙关，不能回头！"

1984年，政府要求各地开办社队企业，每个村都要有厂。中心村看上了陶寿林，希望他挑起开关厂的重担，连道墟镇蹲点领导也找他谈心。陶寿林说："我实在没兴趣。"可对方说："由村出面审批执照，你只要每年付一万元房租就行。至于工厂，由你自己管理，修理部还可以办。"看到对方开出这样的条件，他也就答应了。陶寿林把厂房设在村委会办公楼下，有九间，厂名为中心电器厂，生产配电开关柜。

陶寿林在村里招了10个员工，由王焕章师傅和爱人对他们进行业务培训。年轻人很勤奋，很快掌握了操作技能。同时，陶寿林一边向银行贷款支付材料费，一边亲自设计产品图纸（王焕章师傅审核）。产品出来后，电力公司来人验收，顺利通过。于是，就有了销售合同。

1986年底，陶寿林与村委会合作了三年，事业进入上升期。可是，这时村委会以提高房租为名，暗中操作，终止了与他的合作。他知道后气坏了：刚赚了点钱，他们就卸磨杀驴了，连1000多元奖金也不给，真是太绝情了。

天无绝人之路。很快，陶寿林把修理部关了，向上虞工商局申请注册私营企业——飞跃电器开关厂，厂址选在距离中心村不远的墟北村。他在那里租了塑料厂的一块空地，搭建了钢结构厂房。同时，他花了五六千元，又买了一辆"重庆牌"正三轮摩托车，方便去绍兴买材料。他另起炉灶后，只有一个大徒弟跟着，由于缺少员工，他又重新招了5个小青年。

因电力公司相信他，所以他的产品销售不成问题。同时，王焕章师傅也很给力，有空就来指导。通过两年的艰苦努力，他把工厂办得风生水起，而中心电器厂早已倒闭。一天，正当他为墟北厂房紧张而发愁时，中心村领导上门道歉，并邀请他回去。陶寿林不计前嫌，满口答应，在中心村挂上了自己"飞跃电器开关厂"的牌子。

七、因忙于事业急着赶路发生车祸，他两次与死神擦肩而过

陶寿林说："两次车祸，是我一生创业中最难忘的痛苦记忆。"

第一次车祸，发生在 1986 年。

1986 年上半年，他把摩托车换成日本铃木 125 型号，价格 3600 元。那时，这么好的摩托车，上虞是第一辆。

8 月的一天，他去上虞县城。当摩托车开到练塘村附近 104 国道的公路桥时，出事故了。

原本，水泥桥面是比较平的，可是那天村民在桥面一侧加工肥料——"猪粪拌河泥"，结束时没有冲洗干净，留下了事故隐患。陶寿林驾车通过时，看到此景，猛踩刹车。由于车速太快，人飞出去了，一头撞在路边的梧桐树上，导致左耳撕裂，衣服上全是血，陷入昏迷状态。干活的村民们看到后，马上拦住一辆运输石灰的货车。驾驶员把车停稳后，大家合力把他抬上车。颠簸中，他苏醒过来，一边用手按着耳朵，一边请求驾驶员把他送到绍兴市汽车站。到站后，驾驶员把他扶下车。他叫了一辆三轮车，直奔绍兴市人民医院。

在急救室，医生经检查判断，陶寿林的大半只左耳撕裂开了，很难复原；但是，如果不打麻药，治疗效果可能会好一些。他知道后，坚定地说："关羽刮骨疗伤都不怕，我也能忍！"他上了手术台后，护士让他嘴里咬一大块纱布，两名医生一左一右按住他。主刀医生先缝了一针，问他能不能坚持，他强忍撕心裂肺的疼痛，点了点头。就这样，一共缝了十八针，他痛得全身大汗淋漓。

这时，厂里也来人看他。手术完成后，医生说："不打麻药做手术，我们还是第一次！"当他们知道陶寿林当过兵后，竖起大拇指："难怪他有这么坚强！"

可是，下了手术台，他连脚也提不起来，只见右膝盖处的裤子全破了。他把

裤子脱下，才知膝盖下方有一大块肉翻开了。当医生用药水清洗时，痛得他从坐着的凳子上跳起来。医生用纱布包扎后，让他住进了病房。

过了三天，他出院了。回到家，他总感到膝盖伤疤有点痒，就把纱布掀开，轻轻拨开伤口缝隙，竟然看到还有一颗绿豆大的石子。至于耳朵，过了一个月拆线，慢慢好转了。

第二次车祸，发生在 1990 年。

话说到了 1989 年，上虞电力公司也想创办开关厂，公司经理沈煜想邀请陶寿林当厂长。陶寿林为了与他们搞好关系，提出条件："我可以帮你们把厂建设好，但我自己的厂不能关。"对方同意。于是，他每个工作日都到位于茅蓬的上虞电力公司开关厂上班，每月工资 80 元。晚上和星期天，他就拼命加班，管理自己的工厂。

为了上下班方便，陶寿林把原来的正三轮摩托车转让了，又买了一辆边三轮摩托车。没想到，一次大难，又差点把他的命都搭进去了。

1990 年的一个夏日，他开着边三轮摩托车去电力开关厂上班。路过东关时，他看到公司管三产的张德山站在路边等车，就让他搭个顺风车。当车开到曹娥三角站时，一名中年男子骑自行车突然横穿马路。他一个急刹，头磕在对方自行车的把手上。还好，他当时戴着头盔，否则脑袋就会撞碎。而对方，只是擦破一点皮。

当陶寿林把头盔摘下时，张德山大叫："阿寿，你的眼睛！"陶寿林用手去摸，当时，血流出来了，他只好用手轻轻地擦。他把车开到公司后，用自来水洗了一下，坐一会。这时，管三产的经理倪洪庆来了，劝他马上去附近的私人眼科诊所看看。他去了以后，老医生一看，长舒一口气说："还算幸运，没有伤到神经，否则麻烦大了。今后，可能视力会受到影响。"他拿了瓶眼药水，离开了。

后来，电力公司改为电力局，沈煜局长对他很好，希望他进入电力局的正式编制，为集体办厂。最终，陶寿林还是选择自己办厂。

八、与全国知名科研所合作，迈向创新快车道

通过几年的努力，他的公司规模不断扩大，成为上虞响当当的品牌。那些年，在上虞市人民政府召开的个私企业经济大会上，陶寿林的经验介绍常常赢得满堂

喝彩。1991 年，他当选上虞市政协委员。

1992 年，陶寿林准备大干一场。他在 104 国道边买了 12 亩土地，建起了厂房，企业升级为绍兴市电器开关厂。为了进一步扩大产品档次，他将原来生产的低压开关柜，升格为 10kV 至 35kV 中压开关设备。

当时，社会上都认为，国营企业正规可靠，而私营企业的产品质量是靠不住的。为了提高产品信誉，他想到了与国营企业联营，学习他们的技术，改造完善自己的产品；同时，利用他们的牌子对外联系业务，也名正言顺。于是，他与浙江开关老大、全国六大开关厂之一的浙江开关厂合作，挂牌"浙江开关厂绍兴分厂"。合作后，双方生产不同的产品，扩大了业务经营范围。那时，总厂两位退休的老师傅长期来上虞指导，有力地提升了技术队伍的业务能力。1994 年，浙江开关厂绍兴分厂被评为浙江省百强私营企业。

1994 年底，他增加注册资金，将厂名改为浙江高压开关厂，后来又更名为浙江高压开关厂有限公司。1995 年，该厂引进了符合国家标准的高档机械设备，并经当时的国家机械部、电力部批准，领取了生产许可证，与国营企业平起平坐。

1996 年，陶寿林又购买了 26 亩土地，扩建了厂房，生产从低压到中压（10kV 到 35kV）的开关柜。然而，几年过去了，企业年产值虽有七千万元，但由于老产品的生产厂家多，竞争激烈，利润很薄。为了改变现状，他决心开发新产品。

于是，他常去西安高压研究所，结识了前任所长李兆林、总工娄家法，后任所长郑军、总工元福兴等专家，希望购买他们的新产品图纸。1999 年，西高所刚开发出"ZW8-12"柱上真空断路器，他就第一个买下图纸。当时，零件图纸还不齐全，更没有样机，他向西高所保证："我愿意把自己的工厂作为你们新产品的开发基地，样机我们去做。如果在制造中发现什么问题，我们及时向你们所反映，你们再在图纸上修改和完善。"西高所听后非常高兴，同意了他的方案。因为开发新产品，既花时间又费精力，许多工厂都不愿做，可他的想法不同："如同练拳，我愿意做陪练。等主角的拳练好了，我这个陪练也有一定的基本功了。"在合作双方的共同努力下，"ZW8-12"柱上真空断路器在全国率先研制成功。试验合格后，顺利挂网运行。产品一上市，就受到用户青睐，订单不断。

2000 年，陶寿林又与北京电科院电力开关研究所合作，开发"ZW32-12"柱上真空断路器。当时，研究所还停留在图纸阶段。他看准了这款新产品的前景，在购图后提出，把自己的工厂作为研试单位，得到了电科院领导以及项目负责人王承玉硕士的同意。双方在共同开发样机中，针对暴露的问题，马上研究解决，很快就获得了成功。此断路器体积比"ZW8-12"小，重量轻，质量高，还在哈尔滨-45℃的严寒下做过冷冻试验。电科院领导说："陶老板与别的企业家思路完全不同，他不但懂技术，而且善于决策，敢冒风险，特别是对新产品研发非常感兴趣，很难得！"当年，全国很多厂家都从他的工厂购买配件。

从2002年到2010年，浙江高压开关厂有限公司连续开发六项新产品。2013年的产值，快速增长到1.7亿元。

新产品的高利润，让他尝到了科技的甜头。其中，两位技术骨干发挥了重要作用：第一位，是工程师周志东。这是他们公司自己培养出来的技术人员。第二位，是他们从国营企业聘请的退休机械工程师鲁仁桐。他有着执着的工匠精神，对产品质量精益求精。

2008年，陶寿林在开关厂附近购置20亩土地，创办浙江德通变压器有限公司，产品以环氧浇注干式变压器为主。

在电气行业多路发展的打算，他早在2005年就有了。当时，电力部门自己创办的开关厂不断扩大。虽然政府三令五申不能垄断，但是，等一阵风过后又回到老样子，这种顽疾无法根治。他想，电力部门没有变压器厂，自己就来填空。他考察了外地同行，了解了生产流程，并开工建设。同时，他一方面在同行中高薪招聘人才，另一方面花了几百万元购买高档设备。

2010年，浙江德通变压器有限公司投产以后，他将自己生产的环氧浇注干式变压器，以及原来生产的开关产品，进行捆绑式经营。这样跨业不跨行，与过去那种提篮小卖相比，一只篮子装的商品就多了，既卖"香烟"又卖"火柴"，销售员只需走进一扇门，联系一个人，送上一张名片，点燃一根香烟，就能推销多种产品。同时，对客户来说，也有更多的选择。结果，他们变压器公司第一年就实现产值2000万元。

九、慎重交班，让后代倾心传承自己未竟的事业

2010年10月，由于劳累过度，陶寿林生病了。经中医院检查发现，他左肺

一叶下方出现花生米那么大的一粒肿瘤。11 月，医生为他动了手术。在养病的半年里，他将企业交给儿子打理，还把变压器公司交由女婿管理，放手锻炼他们的才干。

2012 年初，陶寿林发现变压器公司厂房紧张，又购置了 18 亩土地，建造了由沈阳变压器研究所设计的当时全国最先进的屏蔽试验站，还添置了其他新设备。2019 年，公司产值超亿元。在谈到创办变压器项目的体会时，他感慨地说："在同一个行业上发展配套性产品，是一条捷径。因为，这样可以充分利用原有厂房、原有设备、原班技术人才的资源。"

2013 年，他想，自己年近古稀，应该进一步放手。

陶寿林的儿子 1973 年出生，取名陶剑。他解释，这个"剑"字，首先，是为纪念他当兵所在地——舟山市岱山县大长涂岛东剑；其次，剑又是古代军中利器，尽显英雄气概。他希望儿子长大后成为理想远大、知识丰富、开拓进取的好男儿。

陶剑不负众望，学习成绩一直名列前茅，于 1991 年考入浙江工业大学电气专业。陶剑的毕业论文就是关于 35kV 变电站设计的内容。毕业时，他本来可以进入电力系统工作的，但被父亲留在了自己的企业。

1992 年，陶寿林与浙江开关厂合作后，他派陶剑到杭州总厂学习了一年。陶剑通过多岗位锻炼和协助管理，进步很大。他创办的通源电力安装公司，小试牛刀，就取得了不凡的业绩。

陶寿林的女婿叫章权，他责任心强，忠厚老实，虽然是高中毕业生，但他勤奋好学，在生产管理上是一把好手。

一天，陶寿林把儿子叫到办公室，让他担任浙江高压开关厂有限公司总经理。账面上，当时兑款 1800 万元，应收应付抵扣后还有余款可收；车间还有半成品上千万元，再加上仓库配件 600 多万元，这些都是净利润。陶寿林说："我没有把债务压在儿子身上。因为是儿子接管，也不用清仓。我把开关厂的印章和财务章交给了他。我仍任董事长之职，不是不放心，主要是想为他们遮风挡雨，有什么大事由我去抵挡。"他还把变压器厂交给女婿管理。

今天，你如果走进他的企业，马上就能感受浓厚的部队氛围——墙上写着"企业是战场，工作是打仗""打铁还需自身硬""团结、紧张、严肃、活泼"等标语，还用号声提示员工上下班……

一天，陶寿林充满深情地对儿子、女婿说："我人生中的当兵路是走对了。部队的大熔炉，培养了我坚韧的意志，使我受益匪浅。我们做企业，要和部队带兵一样，任何时候都不能忘记思想政治工作。"这些年来，他始终把"团结一致，相互帮助"作为凝聚员工的座右铭。每月，他都雷打不动召开一次员工大会，统一大家的思想。遇到个别员工有情绪，他就及时找对方谈心交流，化解矛盾。

他说："这几年，我欣喜地看到，年轻人有自己的工作思路，有很多地方比我优秀。当然，办好企业很不容易，管人是最难的事。我相信，只要他们热爱自己的事业，拓宽思路、团结拼搏、脚踏实地，就一定能把企业做实做强。这也是我后半生的最大愿望！"

十、助人为乐暖人心，热心公益显担当

陶寿林致富不忘回报社会。这些年来，他捐款1000多万元，另外还造桥铺路、帮助贫困户等等。

早在1981年，他的电器维修部开张不久，经济拮据。一天深夜，他回家得知：邻居陶永堂患了胃癌（中期），因为贫困决定放弃治疗，准备把家中仅有的3000多元留给小儿子完婚。陶寿林想，陶永堂才五十多岁，又是家中顶梁柱，怎么能不治呢？第二天一早，他把准备买材料的5000元钱送去，并说："你快去做手术，钱不够由我负责！"于是，对方住进了医院，并在术后休养一年痊愈，又健康地生活了18年。在陶永堂休养期间，他又送去了3000元。

陶寿林说，自己也穷过，苦过，那滋味永远记得。有了能力，就应该帮助那些还穷还苦的人，这样心里才舒坦。2002年10月中旬，他在《绍兴晚报》上看到一条消息，标题是《新昌一位患绝症的妈妈通过本报表达最后心愿／我想把女儿托付给好心人家》。报道说：张爱华早早离婚，独自抚养当时才3个月大的女儿，如今孩子已经长到9岁。可天有不测风云，她被查出患了尿毒症，每月血透需要5000元。她在杭州住院期间，女儿一人在家吃了几个月的方便面。陶寿林看了报纸，眼眶湿润了，决定帮她一把。当他联系报社后，记者生硬地说："孩子早被人领走了！"他有点生气地说："谁说我要她孩子？我想问问那妇女的病能否治好。"

记者听了，态度马上来了个 180 度的大转弯，和气地说："对不起，我理解错了。据医生说，她只要换一个肾就能治好，主要是缺少医疗费。我们本想通过报道请求好心人帮助，结果很多人只想要她女儿。我以为您也是这样，所以态度不好，请谅解！"他向记者问清换肾的费用后，当即表示捐款 5 万元。几天后，张爱华在宁波一家医院做了手术。很快，她在重症监护室里给记者打电话，说她很高兴，并要记者转告对陶寿林的感谢。后来，他听说，换肾手术后两年内不能感冒，还要吃药控制病情，又拿出两万元请记者转给患者。第二年，张爱华通过记者了解到陶寿林的地址，给他寄来一包茶叶表示感谢。

遇到贫困学子，他总是乐意帮一把。1986 年，上虞春晖高级中学有 3 名学生成绩很好，但因家庭贫困面临辍学。他得知后，向校长表示，愿意资助他们完成学业。此后，他帮这 3 名学生支付了在校所交费用，同时在每学期开学时再给他们每人 1 万元。后来，他一直资助这些学生读完清华大学、浙江大学本科，以及北京大学、清华大学研究生。这些学生和家长都对他表示由衷的感谢。这些年，他资助过的家庭贫困的学生共有 20 多人。

令陶寿林感到欣慰的是，自己的善举改变了一位家住大山姑娘的命运。那是 2009 年 8 月的一天，他和几个朋友相约在茶室聊天时，朋友带来了一位姑娘。他看到这位姑娘的手机屏幕上，是一张自己的素描头像，就问了她一句："这头像画得真好，是谁画的？""我画的呀。"原来，这姑娘姓张，福建南平人，在上虞私人办的美术培训学校当老师。她说："我老家在大山里，家里很穷，只读过两年美术职业技校，就辍学出来打工。"他听了连声说太可惜，问她想不想再进美院培训。张姑娘说经济困难，无法再上学。他诚恳地对她说："只要你喜欢这门专业，我尽力帮助。"当场，他就用手机联系了熟悉的中国美术学院萧山分院的翁院长。翁院长听完推荐，说："10 月份招生，到时再联系。"他对张姑娘说："你如果能考进美院，那就太好了。"转眼到了 10 月，张姑娘通过高中文化笔试、面试，正式考入了中国美术学院大专班，一心只等两年后考本科。陶寿林信守诺言，从自己的银行卡里，把张姑娘第一年所需费用（包括她每月打工的 3000 多元工资）一次性转给了她。谁知，到了次年的 11 月份，他患了肺部肿瘤，前路未卜。住院前，他把公司的事交给儿子打理，后又想起了那位张姑娘，决不能让她半途而废，马上把之后两年的费用（包括工资）一次性汇给了她，并打电话叮嘱她好好学习。

后来，张姑娘通过努力又考进了本科。目前，她在福建泉州办了好几所培训学校，老家的亲戚都在学校帮忙。陶寿林手术后，身体也恢复了健康。

在家乡，陶寿林做的许多善事被传为美谈。

他老家东南湖村，河流环绕，形如小岛，村口的那座桥是交通要道。20世纪60年代，该桥改为水泥板面，桥面宽1.5米，没有栏杆，常有行人跌落河中。1992年，他捐资近10万元在原址重建了"积善桥"——仿古风格的石拱桥，桥面宽5米多，两边有石护栏、石狮子及人行道，中间行驶车辆，桥下通航船只，给村民的出行带来了极大的方便，村委会还在桥边立碑，碑文由书法家沈庭庵书写："慈航普度恩重千秋感陶公，积德行善福造万代泽后人"。

1997年，他参加了由浙江省工商局组织的百强私营企业负责人赴四川涪陵地区的考察。看到涪陵还很贫穷时，他向有关单位捐助10万元。2008年，四川汶川发生地震后，他考虑当地电力设施破坏严重，立即把十多台高压开关柜托运到灾区物资聚集地，接着将第2批二十多台柱上断路器捐献给灾区，还捐助现金30多万元，共计捐赠120万元。2008年10月，他出资35万元，购买了一辆多功能救护车，捐给了上虞中医院。2020年新冠疫情突袭，他还向该院疫病防控中心捐资12万元。2014年5月以来，陶寿林两次看望驻守舟山的老部队，还为部队团部添置25万元的文体器材，供官兵锻炼身体。此外，几十年来，他每年都到家乡的敬老院进行慰问，给老人们赠衣被、送食品、发红包。

十一、倾心创作歌词，才情迸发讴歌美好生活

"仰望军旗忆丰碑，领章帽徽藏珍贵。遥想当年守边关，青春报国人生美。老战友，再相会，道不尽那喜和悲。旅途何惧风和雨，心有天地爱相随……"陶寿林创作的《老战友再相会》歌词，句句写在战友的心中。此歌经空政文工团著名曲作家李昕谱曲后，由空政歌舞团著名男高音歌唱家刘和刚演唱，并被中宣部列为《人民军队忠于党》经典歌曲之中。

至今，陶寿林已经创作歌词40多首。为他歌词谱曲的作家有：李昕、尹相涛、印倩文、浮克……；演唱他作品的音乐人有：阎维文、吕继宏、刘和刚、阿鲁阿卓、王庆爽、乌兰托娅、乌兰图雅、吕薇、王昭璋、王莉、汤非、王丽达、汤子星、

周旋、龚爽……他说："每当欣赏中央电视台等媒体播放我的作品时，我的心里就非常开心！平时，只要网友在音乐软件中搜索我的名字，就能欣赏到我的作品。"

我问："您的音乐细胞是哪来的？"陶寿林回忆："1954 年，我 8 岁时跨入东南湖小学的大门。二年级就有音乐课了，读三年级时我就会识简谱，梦想着有一件乐器。"

机会终于来了！在他 10 岁那年，大舅舅带他去道墟的街道赶会市。逛着逛着，突然，嘈杂声中传来一阵悠扬的笛声。他循声望去，只见吹笛人背着一筐乐器，有二胡、唢呐、笛子等，边走边吹笛子，以招徕顾客。他被深深吸引。因为身无分文，他对二胡、唢呐这一类较贵的乐器不敢奢望，只想有一支便宜的笛子，于是就紧紧跟在吹笛人的身后。"大舅舅家里也很困难，但看我这么喜欢乐器，就给我买了一支短笛，花了 1 角 6 分钱。接到手上，我欣喜若狂。"因吹笛子要用芦苇芯的衣，当地很难找，他就用毛竹内薄薄的一层衣代替。为此，他祖母总是托同村篾匠金林师傅去别人家做工时带点回来。他对这支笛子爱不释手，不仅在放学路上吹、在放牛时吹，也在田埂地头吹、在豆棚里吹，甚至晚上还在河岸树下吹。这支竹笛，给他的童年带来了许多乐趣。

1963 年，绍兴县在陶堰公社进行社会主义教育运动试点。浙江大学、浙江美术学院等大专院校部分师生，浙江绍剧团、新民绍剧团等文艺单位的演职人员，都到陶堰来参加"社教"运动，经常到各自然村进行文艺表演。这年，陶寿林 16 岁。因喜爱文艺，他和剧团走得较近，与艺术家们很快建立了友好关系。在工作组的指导下，当地成立了宣传队，让他担任队长。此后，除"双抢"农忙外，无论是严冬还是酷暑，无论是刮风还是下雨，每天晚饭后，他都要组织宣传队员排练文艺节目。

当时，陶寿林拜新民绍剧团司鼓手陈顺泰为师。司鼓是乐队指挥，先要练习击鼓动作，熟读鼓谱和剧本，演员唱什么，拉什么调，敲什么锣，都须听司鼓指挥。一个司鼓手，须花两三年的苦功，才能上台演出。为能尽快掌握这门技艺，他每天一有空就背读鼓谱，最后仅用半年时间就随团登台演出了。当年，他们演出的节目有《血泪荡》《东海小哨兵》《林海雪原》(后改为《智取威虎山》)、《芦荡火种》(后改为《沙家浜》)等大型绍剧。1966 年 3 月，新民绍剧团领导认为他是个人才，想把他列入绍剧团编制。可是，他祖母是旧社会过来的人，封建的传统观念根深蒂固，认为"戏班子"名声不好，坚决不同意，他只好作罢。

谈到晚年为何创作歌词时，陶寿林说："自从 2010 年底我肺部动了手术后，总感觉体力不如以往，决定退下来。可是，人不能白活，总要做点事情。"一天晚上，电视播放的歌曲《家乡美》敲醒了他的音乐心房。他想，现在有时间了，要为自己的爱好而活。于是，他想创作一首歌颂家乡上虞的代表性歌词。

陶寿林说："歌词是一种独特的文学体裁，更是一种听觉艺术，有其自身的特点。虽然我有一定的文艺基础，但写歌词还得从头开始。"他开始翻阅资料，寻找上虞的特色和亮点。他想到了童年时代，跟随祖母到曹娥庙烧香；他想到了曹娥江的美丽传说……"曹娥江就是上虞的母亲河，我就以曹娥江为题，歌名定为《曹娥江畔我的家》。"接着，他不断收集上虞人的生活习俗，一稿二稿三稿，不知写了多少稿，又沉淀了半年，才写出了"河湖港汊捕鱼虾""越窑青瓷惊世界""唐诗足迹印古道""东山书院藏大智""白马深潭孕才华""鸿儒硕彦一代代"等精美句子。之后，他通过朋友找到了著名曲作家李昕。李昕看了他的歌词后非常惊讶，想不到一个上了年岁的农民企业家把歌词写得这么动情又贴切，而且画面感很强。经过相互沟通，李昕决定按照江南特色谱曲。

陶寿林回忆："那天，我赶到北京录音棚时，主唱、和声演员全部到场，乐队齐全。当总政歌舞团女高音独唱演员王庆爽唱完以后，现场响起了热烈的掌声。"MV 作品的户外实景，由上虞电视台丁桂君、李磊两位老师制作。2015 年，这首歌获评"美丽浙江"好歌曲优胜奖。从此，他的创作一发不可收拾，其中《瓦片上的故乡》《娥江夜色美》被四川音乐学院、安徽师范大学音乐学院作为声乐考题。

陶寿林对部队充满了感情，在他创作的歌曲中，既赞扬家乡美，也歌唱军旅情。其中，他以《老战友再相会》《喊声老战友》《忘不了舟山岛》等歌词，来纪念自己的从军生涯，并奉献给战友们："风啸啸，浪涛涛，为国戍边正年少。第二故乡舟山岛，站岗巡逻打坑道。军爱民来民拥军，风吹浪打不动摇……忘不了云雾满山飘，忘不了海水绕海礁……"这首歌，经曲作家李昕谱曲后，由海政文工团副团长、著名男高音歌唱家吕继宏演唱，在老兵中引起了热烈反响。

陶寿林经常自豪地说："我服役的舟嵊要塞区第 15 团驻扎岱山长涂岛，前身就是著名的铁道游击队。"虽然离开军营 50 多年了，但是，他对退伍时的情景仍然记忆犹新。1971年2月16日，在操场举行的退伍仪式上，在场所有指战员都举手向军旗敬礼，接着仪仗队迈开铿锵有力的脚步……"我凝视着那面褪色的老军旗——上面残存着炮火中留下的斑斑痕迹、累累弹孔，仿佛冲进了硝烟弥漫的战场，耳畔响起嘹亮的军号，与战友们高喊着冲向敌人阵地，鲜血染红了大地，染红了军旗。此时此刻，我们退伍战士都眼含热泪，心想真不该离开这支英雄的部队！"回乡以后，他每当想起在部队唱着《大刀进行曲》《打靶归来》《学习雷锋好榜样》等歌曲的场景，就禁不住热血沸腾！

这些年，他饱含深情，用一首首精美的歌词，讴歌了伟大的人民军队。他为纪念新四军成立八十周年创作的《思念战友》（尹相涛作曲），感情真挚，由中央军委政治工作部歌舞团男高音歌唱家阎维文演唱。他创作的《老营房》（李昕作曲）、《喊声老战友》（尹相涛作曲）等作品，句句感心动耳。

老骥伏枥志在千里，烈士暮年壮心不已。陶寿林至今笔耕不辍，他说："赶上了这个伟大的时代，我的创作永远没有休止符！"

劈波斩浪向远航

——江苏江阴澄港拖轮船务有限公司董事长窦正满创业纪实

人物介绍

      /

  窦正满，1960 年 12 月生，江苏省淮安市人。1978 年 10 月入伍，在国防科工委航天远洋测量船基地勤务船大队服役，历任艇长、作训参谋、航海业务长、教练船长（正团）等职。2004 年退役自主择业后，创办了江阴澄港拖轮船务有限公司。2014 年 10 月，获得瑞士维多利亚大学工商管理学博士学位。

  2012 年 5 月起，他担任无锡市第十五、十六、十七届人大代表，无锡市工商联副主席，淮安市洪泽区爱心助学基金会监事长、无锡分会会长。

  他在部队曾经荣立三等功，被国防科工委评为"岗位职务达标训练先进个人标兵"。2005 年，获评江苏省"优秀转业干部"。2011 年，获评"全国水路运输企业管理十大杰出人物"。2014 年 5 月，获"全国模范军队转业干部"荣誉称号。2015 年，被国务院军转办特聘担任"全国自主择业军队转业干部就业创业导师"。2015 年 9 月 3 日，受邀参加了北京"纪念抗日战争及世界反法西斯战争胜利 70周年"纪念活动和阅兵观礼。2017 年 9 月，获评淮安市"最具爱心慈善捐赠个人"。2018 年 3 月，获评江苏省"首届退役军人创业之星"（社会贡献奖）。2021 年 9月，获评"全国最美退役军人"。2022 年 8 月，获评江苏"最美退役军人"。

  2014 年 5 月 27 日，他在参加第六次全国军转表彰大会时，受到了中共中央总书记、国家主席、中央军委主席习近平的亲切会见。

　　每天一大早，江阴澄港拖轮船务有限公司董事长窦正满已经到岗，或是赶到作业现场，或是登上船舶……这位经过军队大熔炉锤炼的老兵，正在建功立业的新舞台上，书写着精彩的人生。

　　江阴——"锁航要塞，江海门户"。1978年10月，窦正满入伍来到国防科工委航天远洋测量船基地勤务船大队，就与江海、船舶结下了不解之缘。26年军旅生涯中，他驾驶过不同种类的陆军船艇，航迹遍布我国长江、沿海许多港口。由此，他对所到水域的水文、气象、港口情况烂熟于心，被同行称为"活江图""活海图"。

　　在部队时，他酷爱航海事业，在茫茫水面航行了40多万海里，相当于绕地球20圈。其间，他曾经参加过我国首次向太平洋发射运载火箭、潜地导弹、通信卫星等多项国家重大科研试验任务。

　　2004年，他退役时选择自主择业，创办江阴澄港拖轮船务有限公司，主要从事我国长江、沿海的超大型设备的拖带、运输，以及海洋工程的拖航、定位等业务。特别是，他带领团队积极参加重大国防工程建设，有效推动了军地协作。

　　经过19年的拼搏，他控股参股多家拖轮企业，拥有各型拖轮25艘，总功率超过13万马力，成为国内最大型的民营拖轮企业之一。其中体量最大的，为12000马力的三用工作拖轮。

　　他提倡优先聘用退役军人。在公司270多名员工中，有80多名退役军人。"海上作业操作性强，技术要求高。退役军人吃苦精神强，最适合这样的岗位。"他说，"正是部队培养了我吃苦耐劳、敢于拼搏、诚信待人的品格，才让我敢于不断创新创业，取得了今天的成就！"

　　2022年8月，中共江苏省委宣传部决定授予窦正满同志江苏"最美退役军人"荣誉称号，指出：窦正满自主创业、心系国防，积极履行社会责任，是拥军爱民的优秀企业家。他勇于担当、爱岗敬业，创新创业、回报社会，充分展示了转业不转志、退役不褪色的优秀品质和良好精神风貌，为广大退役军人树立了学习标杆，是践行社会主义核心价值观的先进典型。

一、自主择业后，他与另外三位战友买下一艘旧拖轮开始创业

　　至今，澄港拖轮公司仍然保留着一艘已经"退休"的小拖轮。它是窦正满带领战友开始艰难创业的见证。

2003年，上海市政府启动"一号工程"，建设东海大桥。这是一座连接上海市浦东新区南汇新城镇与浙江省嵊泗县洋山镇的跨海通道，全长32.5公里。对于这个上海国际航运中心深水港的重点工程，海域浪大流急，难题很多。有一天，承建方上海建工集团、上海港务工程公司慕名找到还在部队的窦正满，商讨工程船舶的调遣、防台防风等问题。他制定了一整套应急方案，确保了现场作业船舶的安全。

"在部队，我与窦总曾经在一个办公室工作；转到地方，又一起创业，共同相处了30多年。"澄港拖轮公司副总经理车国清说，在部队，"窦教练"的名气很大。有一次，他指挥船艇从福建返航时，突遇大雾弥漫，能见度不足百米。他仅凭雷达和磁罗经，航行了200多海里，把船稳稳地靠上了舟山的码头。从此，他有了一个"窦大胆"的绰号。这种大胆不是莽撞，而是基于精湛的航海技术，以及熟悉国内沿海水文、气象条件的自信。

到了2004年5月，窦正满退出现役。上海复兴船务公司的领导对他高超的指挥能力非常欣赏，急忙找到他，请他转业后到那里去开创事业。而他却有自己的想法："我想自己闯闯。"此前，他就决定放弃稳定的公务员岗位安置，选择自主择业。

此时，上海复兴船务公司正要处置一艘1670马力的旧拖轮。窦正满说："你们要是想帮我，就把这艘老龄船卖给我吧。"最后，复兴船务公司几位领导一商量，答应了他的要求，开出的价格是61.8万元。

窦正满谈到自己的创业史，深有感触："创业之初，我拿出自己的全部积蓄和转业补助金，与另外三位战友买下一艘1670马力的二手旧拖轮，创办了江阴澄港拖轮船务有限公司。随后又购进了一艘980马力的拖轮，总共投入资金不到100万元。"

至今，窦正满仍然对江苏扬子江船业集团董事长任元林等人充满了感激。他说："买船钱不够，我就跑到扬子江船业去借。我用自己的拖轮驾驶技术跟他们协商，只要他们愿意帮我一把，我承诺今后会一直为他们提供优惠服务，并确保拖运安全！"最终，他凭借多年从事拖轮业务的丰富经验和良好的业界口碑，使对方成了他的"天使投资人"。

任元林说："我通过接触了解到，窦正满业务非常精湛，办事非常敬业，靠得住。为帮他购买拖船和其他装备，我们一共借给他4000万元。这在十多年前，不是一个小数目。他们发展起来了，对我们双方都有好处。"

在国有大企业占据绝对市场份额的水上运输行业，一家刚成立的民营企业想要承接业务，困难可想而知。但是，澄港拖轮公司副总经理车国清说："窦总带领我们，满怀激情，用敬业和诚信开辟通道！"

除了"买马"，窦正满也加紧"招兵"。他充满感恩地说，创业之初，一批信任他、肯跟着打拼吃苦的老战友，无论从行动还是精神上都给了他莫大的支持。"那时，资金、技术、人才的缺乏几乎令我们寸步难行。正是靠着团结一心，并肩战斗，公司才战胜一个又一个困难。"

起步时，公司只有5名员工。他们既要找业务，又要完成承接的拖带任务。只要有机会，他们不分白天黑夜、酷暑严寒，如约拜访客户。一年多，他们大部分时间都在外奔波，跑遍了我国沿海的主要港口。为接到一笔业务，他们不知要流多少汗、磨多少嘴皮子，"一天跑两三百公里是常有的事。"

如果接到了业务，窦正满还要带领团队一起去完成。海上作业，经常会遇到大风浪，还可能发生各种险情。至今，他仍然坚持重要任务尽量亲临现场的习惯。

2005年春节前，上海一家企业急着要将江苏张家港的两台集装箱桥吊，通过海上拖带运往天津。他们找了一些单位，没有人愿意接单。最后，他们找到了窦正满。

拖轮按时起航！当窦正满指挥拖轮航行至山东青岛外海时，意外遇上了寒潮，海水打上甲板随即结冰。超10级大风带来滔天巨浪，拖轮左右摇摆超过27度，很多船员因严重晕船呕吐不止，顶风前行的拖船节节后退。"最危险的是，当时船后方就是一座小岛。如果任凭倒退，就有可能触礁。"窦正满回忆，当时他亲自掌舵，通过"Z"字形的航行避浪，咬牙坚持，硬是撑过了近30个小时，这才有惊无险地安全闯关，在春节前一天按时将桥吊交给客户。客户高兴地说："你们退役军人就是不一样，战斗力特别强！"

就是这样，他们靠着一单单业务积累的口碑与信任，逐渐打开了市场。

后来，扬子江船业集团成了他们的铁杆客户。

2018年4月25日，扬子江船业为工银租赁、招商轮船建造的40万吨超大型矿砂船第二批次两船同时出坞。这是扬子江船业制造的最大的超级巨轮。

如何把两艘巨轮从船坞移至长江，是一个技术难度很高的精细活，需要总指挥具备丰富的操纵经验。窦正满指挥六艘大马力全回转拖轮，根据巨轮的出坞计划，随时调整每艘拖轮的推力，推动巨轮前后左右移动。他说："这需要指挥多人协同完成，必须胆大心细。船坞中，两艘巨轮中间只有15米，我们的船宽11米。在操纵空间很小的情况下，我们还不能把巨轮的油漆蹭掉。巨轮靠码头时，受水流及风向的影响，一个小小的晃动就可能发生碰撞事故。我们通过谨慎地操纵，避免了这种现象的发生。"

二、在国家大型水上工程建设中大显身手

2004年底，上海海事局有关部门的领导找到窦正满："我们要用拖轮把大型方形沉箱从江南造船厂运到100多海里外的东海大桥主桥墩建设现场，希望你来指挥拖航与定位。"这个方形沉箱长80米、宽60多米、高30多米，体积巨大，在运输中漂浮不定；同时，拖航作业需要经过黄浦江内河、长江口和东海三种水域，而且黄浦江航道狭窄、长江口布满浅滩，船舶来往频繁，给拖轮的操纵造成了很大难度。他们急需一位专业能力出众的指挥员来指挥。上海海事局通航部门通过反复考虑，最终做出了上述选择。

接受任务后，窦正满决定采用四艘大回转拖轮进行拖航，并制订了一整套拖航方案及安全保障措施。

那天，寒风阵阵。窦正满头戴安全帽，手持对讲机，双脚跨立在指挥平台上。"各号注意，各号注意！船队即将出发。"伴随着他响亮有力的声音，巨型沉箱在四艘大功率全回转拖轮的牵引下顺利起航。

在浩渺的大海上定位一个沉箱，难度极大；而对于窦正满来说，操作自如。一天时间，他指挥大家将那个庞然大物牢牢固定在指定位置，精确无误。

窦正满认为："诚信是军人创业最宝贵的资源，一定要倍加珍惜；同时，我们的金字招牌就是技术过硬，这些都是合作方最看中的。"

这些年来，澄港拖轮公司曾参加过洋山深水港、东海大桥、杭州湾大桥、苏通大桥、南京长江二桥、润扬大桥等多项国家大型水上工程建设，以及集装箱桥

吊驳运和各种水上工程船舶的拖带运输任务。每次，他都亲临一线，担任大型拖航和水上工程定位任务的总指挥。由于完成任务出色，打造了品牌效应，订单像雪片一样飞来。

同时，他们还与中海油、中交集团、中铁大桥局、上海基础工程公司、上海航道局、振华港机、扬子江造船、中船澄西等多家国内大型知名企业和多个港口建立了长期的业务关系，业务遍及中国沿海及长江下游许多港口。

"新祥生"浮船坞是我国北部湾地区迄今为止唯一一座万吨级浮船坞，长273.2米，宽51.3米。它的落户，开启了北部湾地区装备制造业、海洋产业大型船舶修造篇章的新纪元。

2016年3月，中国船舶工业集团招标，将"新祥生"10万吨级浮船坞由上海拖到广西钦州。在交通运输部下属的广州打捞局、烟台打捞局等多家国有公司一起参与投标的情况下，最后澄港拖轮公司以绝对的优势胜出。6月23日上午，由澄港公司"澄港拖6001"全回转拖轮担任主拖的编队从上海起航。编队穿越台湾海峡、琼州海峡及北部湾水域，拖航全程1200海里，历时11天顺利抵达广西钦州港，创造了公司历史上的多项第一，赢得了有关部门和同行的赞誉。

2019年9月25日，福建平潭海峡公铁大桥完成全部桥梁合龙工程，并全线贯通。建造这座大桥，也有澄港拖轮公司做出的重要贡献。

这座大桥全长16.34公里，其中跨海段超过11公里。大桥上层为双向六车道高速公路，已于2020年10月开通试运营；下层为双线铁路。

2012年，窦正满得知平潭海峡公铁大桥即将开建时，经过实地考察、论证、协商，与中铁大桥局签订了合作协议。

大桥所处位置是世界三大风暴潮海域之一，风大浪高水深涌急，海底地质条件复杂，有效作业时间少，工程建设面临的技术挑战和施工风险远超国内已建或在建的其他跨海桥梁。中铁大桥局平潭海峡公铁两用大桥项目总工王东辉介绍："在架梁阶段，我们改变过去钢桁梁现场安装的方式，改为在工厂整体制造总拼钢桁梁，现场进行海上浮吊整孔架设。"由于海上吊装受风浪影响摆动大，精确就位难度也很大，中铁大桥局耗资数亿元打造了国内起重量最大、起升高度最高的双臂架起重船——"大桥海鸥号"。

窦正满说，施工期间，他们的两艘拖轮经常要穿越岛礁区、渔网区、养殖区，给航行安全造成了很大影响。他们凭借高超的专业技能，闯过了一道道险关。

2019 年 5 月，澄港拖轮公司担任"大桥海鸥号"的保障任务。窦正满说，"大桥海鸥号"前面安装了两个扒杆，撑起四个吊勾，它的最大起吊重量为 3600 吨。大桥的钢箱就是靠"大桥海鸥号"一节一节地吊上去安装的。"大桥海鸥号"本身是没有航行动力的。"我们两艘拖轮配合，给它装上几条腿，保证它可以机动，可以移位。哪里需要，我们就把它拖到哪里把位定好，让它开始工作，直到任务的完成。"

窦正满把作业安全看得比盈利更重要。"无论多大的单子，我都会根据经验预估出海风险。如果风险大，我宁愿不做这单也不会贸然派船。"窦正满说，公司开办以来，没有出过一起人员伤亡等重大事故。

这些年来，澄港拖轮公司精心组织，圆满完成了对扬子江船业集团、新荣船厂、新世纪船厂、中船澄西船厂等新造船舶进出坞作业，以及离靠泊、拖带、护航等任务，并始终做到安全第一、服务至上、万无一失。

同时，澄港公司的拖带业务还涉及南海围填工程、中国东海春晓油气田运输等业务。

三、化危机为转机，努力拓展新的发展空间

窦正满认为，创办企业，选项很重要。只有努力把强项做强，才能得心应手地发挥自己的长处。因为人生就像下棋，一步失误全盘皆输。而且不同的是，人生有时还不如下棋，也许输了都没有重来一局的机会。

随着业务的不断增加，澄港拖轮公司不断添置新装备。2004 年底，他们贷款购买了两艘 2640 马力的沿海救助拖轮，开始从事海上大型拖带业务。2006 年起，他们边生产边发展，又陆续添置了 7 艘从日本进口的大马力全回转式港作拖轮，开始与江阴、张家港、如皋、上海、曹妃甸等港口进行合作，从事海轮靠离泊业务。

可是，2008 年，亚洲出现金融危机，航运业一度持续低迷，造船业不景气，船厂有的关门，有的降低造价；再加上同行的恶性竞争，严重影响了澄港拖轮公司的业务。

危机危机，危中有机。窦正满分析形势，主动出击。他们下决心淘汰老的旧

船，建造大功率、功能强的新船。他们用赚来的利润，结合借贷、抵押等多种方式，融资购买拖轮，增加了拖轮数量。

2009 年，窦正满根据中海油市场需求，又与他人合伙投资建造了一艘 12000 吨的自航甲板驳船和一艘 6600 马力的三用工作拖轮，专为中海油海洋石油平台工程服务，将触角延伸到海洋工程。2015 年 10 月，可承担海上大型拖带任务的"全回转消拖两用船"建成试航成功，并在远海拖运中披挂上阵。2016 年 8 月 1 日，他们又在东营港新建两艘"大功率全回转拖轮"。

与此同时，窦正满加速人才的引进和培养，不断壮大团队的技术实力。目前，公司的执证船长已有近 40 人。

在他的培养下，谭逸平从普通船员走上了船长和总指挥长的岗位。2016 年 8 月 20 日，是谭逸平难忘的日子。那天，澄港拖船公司应斐济国的一家船舶公司邀请，从江阴市扬子江造船厂将新建造的一艘 20 万吨散货船拖带到 20 公里外的靖江市工业园码头停泊。担任总指挥长的谭逸平，指挥"澄港拖 20"等五艘全回转拖轮作业。在 42 名船员的共同努力下，他们通过 4 个多小时的拖带，圆满地完成了任务。那天，谭逸平高兴地说："我曾在长驳、中泰、振华港机等公司工作过，还下过岗。直到走进澄港拖轮公司，我才感到人生走对了方向。"

针对本港业务饱和、竞争激烈的新情况，窦正满着眼长远发展，积极谋求与沿海新建港口开展战略合作，开辟新的市场。在浙江舟山，他们与中海油联手开展港口拖轮业务，仅一条船就创造年利润近千万元。他们还与江苏太仓港合作，揽入上海港的许多拖带业务。

同时，窦正满大胆调整战略，充分发挥公司在技术和人才方面的优势，积极拓展海上拖带业务和海洋工程服务。2015 年，公司参与南海重大国防工程建设项目施工，取得了良好的经济和社会效益。

2017 年开始，水运业市场又出现了一段时间的低迷。澄港拖轮公司又一次把目光投向了新装备的改善。

2017 年 11 月 10 日，他们的"翎航拖 9"下水首航青岛。当时，窦正满高兴地说："在众多船舶中，它个头不算大，却有 6000 马力，可以说是全国港口中马力最强的，可以拖动 15 万吨的船舶。"

潮起潮落，不管公司遇到再大的困难，窦正满始终关心着员工的切身利益。

2008 年全球金融风暴，澄港拖轮公司经营形势也很严峻。但是，窦正满在公司内宣布不裁员、不减薪，坚持与全体员工一起共渡难关。同时，公司还出台了一系列股权激励措施，让员工共同分享发展成果，进一步激发了企业的经营活力。

他说："2017 年，公司效益不好，我们把员工的待遇反而提高了。虽然增加的薪水幅度不是太大，但是员工心里高兴。我个人少拿点，可以让员工多拿点。"

2020 年初，新冠疫情突袭而来。它虽然导致了企业的业务量下降，但是员工的收入还是得到了保障。公司员工张晓栋回忆："新冠疫情初期，我们武汉籍的船员不能到岗上班。按照有关规定，在家只领取基本工资。但到了年底，我们发现，扣除的部分，公司又给我们悄悄地补上了。"员工曹鹏也说："只要窦总在，没有克服不了的困难。跟着他干，我们觉得心里特别踏实，特别有盼头！"

四、不断学习深造，努力塑造崭新的自我

从军人变成商人，是一次角色的跨越。

"我刚从部队转到地方创办企业时，越来越感到短板明显，缺少许多方面的知识和经验，包括人才管理、财务管理、团队建设、市场营销、投资融资等都要从头学起。"窦正满说，"我还认为，办好一家企业，老总的思维和理念非常重要，能够决定一个企业的成败。我不断走出去学习，努力站在大师的肩膀上，利用他们的知识和头脑来分析问题，科学规划公司的未来！"于是，他决心把挑战当机遇，加强学习深造，与时俱进，用知识的力量推动事业发展。

他首先参加了清华大学 MBA 总裁班的学习。课堂上，著名教授、实战派专家以解决问题为导向，传授经营管理思想、优秀管理方法。他说，通过学习，使自己在"有视野、善决策、能领导、会经营"方面收获很大，为企业未来的创新管理奠定了基础。

"年过不惑再学习，需要更多的精力和坚强的毅力。"接着，他参加了瑞士维多利亚大学 MBA、DBA 的学习。学习期间，他如饥似渴地听课、考察、思考，撰写了六万多字的博士论文，并在答辩中一次通过。2014 年 10 月，他获得了工商管理学博士学位。

2014 年 8 月，窦正满加入了英国牛津大学中国国际金融 5 班的学习。一年后，他顺利结业。在牛津金融的课堂上，教授的点拨、同学间的思维碰撞，引发了他对企业发展模式的另一种思考：实体经济不能孤立于市场经济之外，中国经济发展超脱不了世界产业转移的趋势。站在"大师"的肩膀上，窦正满看清了企业从何而来，现在在哪，将倚靠什么走向新的辉煌。

2015 年 9 月，窦正满又开始了哈佛大学"CEO"的学习。从"哈佛大学的历史"到"创新课程"，窦正满看到了美国的经济和每一项创新是如何影响世界和传播全球的，从更宽的视野提升战略思维和经营管理思路；在企业发展的关键时刻，准确地把握机遇，制定正确的战略并付诸实施，推动企业稳健发展。

特别的选择，开启不一样的篇章。

窦正满运用学到的现代管理理念和系统，在公司建立了一套科学规范的经营管理机制。他回忆，开始创办企业时，由于船舶属于动产装备，他想贷款又无条件抵押、担保，陷入资金筹备难的窘境；同时，他对公司的资金管理、运作、整合、理财等方面也缺乏经验。通过系统学习后，他掌握了国际化的企业运管、市场营销、投资融资等专业知识，并在运用中得心应手。

同时，他在人才管理上，本着以人为本的原则，拓宽用人渠道，不断引进高素质的专业人才，强化和提升了公司的管理水平。这些年，他们除了吸纳部队航海、轮机等专业的退役军人外，还到航海院校招聘优秀毕业生，并引进一些具有多年航运业务经验的专业人才。目前，该公司已拥有 100 多名专业素质过硬的人才。同时，公司每年为新入职员工进行专业培训，还拿出专款鼓励员工通过学习取得各类技术证书。

还有，在安全生产方面，他们制定了科学、严格的操作规程，以及安全责任追究制；要求重大任务来临后，分管领导必须亲自参与和审核计划，并到一线组织指挥，以防各种事故的发生。

"学习如同登山，耗时费力，需要吃苦受累。只有踏踏实实走好每一步，才能攀到最高峰。正是靠着这种热情和精神，我才一步一步地坚持了下来。而每次求学归来，都是一个崭新的自我。"在公司员工大会上，窦正满这样表达自己的感受。

担任无锡市新华商智商会会长后，窦正满把"强化学习"作为商会的首要事务。每月组织的读书会活动，会员们都精心备课，精彩分享；微信线上论坛活动，每周一讲，内容涵盖经营管理、法律实务、文化传播等诸多领域，深受大家的欢迎。

澄港拖轮公司的合作伙伴——江苏奥德盛海洋装备服务有限公司的总经理周佳超说："窦总非常注重学习，不仅到国内的高校去学，还到国外的高校去学。他经常说，只有不断地学习，才能与时俱进。他是我们年轻管理者学习的榜样。我觉得，他通过学习，各方面的素质都很高。他不仅航海业务很强，而且带出了一个讲信用、素质高、执行力强的队伍。我们平时用他们的拖轮，非常放心。特别是双方约好时间后，他们从来没有迟到过。"

五、弘扬部队作风，打造老兵的家园

作为一名军转干部，窦正满深知军人退役再就业的艰难与困惑。这些年，他一直把辛苦创办的企业，作为关心帮扶战友的平台。目前，在澄港拖轮公司270多名员工中，有13名自主择业军转干部和70多名退伍战士。他说："我和这些战友都是一起从大风大浪中拼过来的。无论什么时候，他们都是我最信得过的人。"

在澄港拖轮公司，中高层管理干部主要是自主择业军转干部。特别是团以上退役军官更是公司运营的栋梁。

华西船务有限公司总经理陈智敏说："为了让我们这些退役军人尽快转换角色，窦总不仅亲自带教，还组织大家到专业院校接受培训，学习专业知识和岗位技能。"在窦正满的引导下，他们将军队的优良传统和作风注入公司管理，使企业形成了积极向上、拼搏创新的企业文化。在大家的心中，窦正满就是一位"值得学习和信赖的老大哥"。

他说，这些战友专业水平高、熟悉军事化管理、执行力强，在公司的管理岗位上发挥了很大作用。军人作风，铸就每一次使命必达。这是公司走向成功的重要保证。

"军队培养了我，时代成就了我，我会把感恩图报、回馈军队和社会作为首要的责任和义务。"这段话，窦正满在许多场合做报告时都讲过，每次都会赢得热烈的掌声。

2015年，窦正满受聘担任"全国自主择业军转干部就业创业导师"。作为

导师组成员，他积极参与自主择业军转干部就业创业的政策和理论研究及项目论证。对自主择业军转干部的咨询，无论工作多忙，都会抽时间与他们耐心交流，悉心指导。每次举办自主择业军转干部培训活动，无论在哪里，他再忙也会抽时间参加。他还经常主动召集自主择业的军转干部座谈，了解工作情况，听取意见建议，并及时与政府管理部门沟通交流，充当政府与自主择业军转干部之间的桥梁。

2016 年 7 月，在广东东莞举办的军转干部培训班上，窦正满与大家交流分享经验时，认识了团职军官戴举明。戴举明的老家在苏北，确定转业后一度有些困惑：回老家吧，经济条件不太好，收入不理想；自主择业吧，人地生疏，怕干不好。他根据戴举明干过军务的经历、能力及专长，邀请对方到自己的公司工作。戴举明担任山东东营分公司安全总监后，工作扎扎实实，很有成效。

2016 年，江苏省人社厅授予澄港拖轮公司"江苏省自主择业军队转业干部就业创业示范基地"称号。

另外值得一提的是，窦正满一直以实际行动支持军队和国防建设。例如，澄港拖轮公司与部队定期开展航道水文、轮机设备等方面的技术合作交流，还为部队学员提供拖轮编队、大型船舶靠离码头的训练机会，有效推动军民融合发展。

2019 年 4 月，中国卫星海上测控部所属"远望 2 号"退出航天测量船序列，转赠江阴市人民政府，用于国防和爱国主义教育。测量船的管理不仅要求高、专业性强，责任重大，而且需要投入大量的精力却没有经济效益。窦正满主动请缨后，江阴市政府委托他们进行守护。

"这是一件对国防建设意义深远的好事，贴钱也要做好。"窦正满将"远望 2 号"拖到政府指定的泊位，并组织 10 名政治素质高、业务突出的退役老兵组成守护小组，承担起管理任务。如今，退役的"远望 2 号"已成为远近闻名的国防和爱国主义教育基地。

六、在突发险情的关键时刻，他总是挺身救援

"抢险救灾，我们时刻准备着！"窦正满说，是军旅生涯成就他的海上经验。当突发险情降临时，他必须全力以赴救援。十多年来，澄港拖轮公司在长江救起

的落水人员有 100 多名，救援行动不计其数，挽救了国家和军队的大量财产损失。

长江江阴段素有"黄金水道"之称，水上运输繁忙，火灾、沉船等事故也时有发生。为了开展救援，澄港拖轮公司与江阴市口岸管理局签署了《江阴港水上消防搜救合作协议》，义务承担江阴港、靖江港的应急抢险、消防搜救任务。在水上发生如船舶起火、碰撞、翻沉、人员落水等应急事故时，他们根据海事部门的通知紧急施救；在恶劣气象条件下，如台风、暴雨等，搜救队伍及其拖轮根据要求，在相关水域内布防，24 小时待命。

这些年来，在窦正满的带领下，澄港拖轮公司的员工和船只越来越频繁地出现在"水上救助"的现场。

每年夏秋台风季节，他们随时准备应对各种险情。2012 年 8 月，"海葵"台风肆虐长江江阴水域，11 级台风不断造成船舶翻沉、人员和集装箱落水。面对突如其来的灾情，窦正满指挥公司的拖船和有经验的船长投入一线救援，成功救起 4 名落水船员，成功化解"晨光 268"等 12 艘船舶走锚断锚的险情。

窦正满说，澄港拖轮公司配备了多艘消拖两用船。其中一艘"澄港拖 10"船，在建造时就考虑到水上应急消防搜救的特点，增大了消防泡沫舱的舱容，以满足执行水上消防任务的需求。一天凌晨，停泊在远洋航天测控基地码头上的一艘测量船，被天津某公司一艘载有 3 万多吨煤炭的运输船撞击，引起大火，并越烧越旺。窦正满接到海事部门请求救援的消息后，迅速带领公司的几艘消防拖轮赶往现场，并指挥救助。经过 5 个多小时的紧张扑救，他们终于将大火扑灭。

2015 年 1 月 15 日 15 时多，在长江江苏靖江段，"皖神舟 67"拖轮第一次试航遭遇翻沉，轮上 25 人全部落水，23 人被"倒扣"在船舱里。而倒扣在江中的轮船，慢慢下沉，在江中漂流了三四公里才停下来。海事部门实施临时交通管制措施，组织救援力量对事发水域上下游 20 公里水域进行拉网式搜救。窦正满闻讯后，迅速就近调集 5 艘拖轮赶赴事发水域。在现场，他与救援指挥人员一起制定方案，实施救援。在江苏省水上搜救中心的指挥下，成功地救起了两名落水人员，救援投入的直接成本近百万元。李趁标是马来西亚船东的助理，他说："船舶在进行 360 度的全回转试验时，不幸发生事故。当时，我和钳工郭健明站在二层甲板上，被甩入水中，后来被拖船救起。"

窦正满永远不会忘记"东方之星"号翻沉事故的救援场面。2015 年 6 月 1 日晚，重庆东方轮船公司所属"东方之星"号客轮由南京开往重庆途中，在湖北省荆州市监利县长江大马洲水道翻沉，造成 442 人死亡。这是一起由突发罕见的强对流天气——飑线伴有下击暴流带来的强风暴雨袭击导致的特别重大灾难性事件。在救援中，海军潜水兵张恒银、官东冒着生命危险，多次潜入浑浊的江底救援，彰显了军队对人民的深情大爱。窦正满说："危难时刻，我们退役军人也必须挺身而出。只要有一线希望，我们就值得冒着生命危险去赶赴。"

这些年来，不管是在长江作业，还是海上拖航，凡是发现有遇险船舶，他们每一个人、每一艘船都能做到第一时间报警、第一时间组织施救，从来不讲价钱。

2011 年 8 月 6 日晚上 10 点多钟，浙江省舟山市岱山县长涂港内一艘"航工半潜驳 2 号"工程船在台风"梅花"中走锚进水沉没，当时船上有 7 名船员。接到舟山海事局的救援信息后，在当地海域避风的"澄港拖 1009"号立即投入救助，迎战惊涛骇浪，成功转移救助 4 名船员。

这些年，澄港拖轮公司先后多次被评为江阴水上搜救先进单位。

七、做公益达人，从不放过任何一个给别人带去帮助的机会

2022 年 9 月，江苏理工学院新生李祥在给窦正满的感谢信中写道："窦伯伯，我在江苏省洪泽中等专业学校读书时，是您的资助让我燃起了对学习的信心，让我发奋努力。今后，我会向您学习，努力提升自己，帮助更多的人。"

"贫困需要关爱，人间需要真情。如果社会是一艘船，关爱就是茫茫大海中的一盏明灯。"窦正满不仅经常这样教育员工，自己也身体力行，坚持回馈社会。

他对资助教育投入了特别的热情。2011 年，他在读清华大学 MBA 总裁班时，担任班长。一天，有位同学对他说："班长，我们河南省固始县洪埠乡黄港小学在建时，因为资金短缺面临停工，可能烂尾。"窦正满一听，马上召集几个班委商量，大家决定开车去看看。他说："到了现场一看，我很心痛，学校建了一半就停工了，学生挤在破旧的村委会办公室上课。"他带头捐了 10 万元，另外决定资助 7 名贫困学生每人每年 2000 元，直到完成初中学业。同学们也纷纷慷慨解囊，大家一起为黄港小学捐献了近百万元。

窦正满说，做慈善是真心真诚的，要从自己做起，从身边做起。十多年来，

许多受助学生考上大学本科、研究生，彻底改变了命运。

2016 年，他牵头成立了"洪泽县爱心助学基金会无锡分会"。他担任首任会长后，捐了 5 万元，并结对资助多名贫困学生。

2017 年，他出资 20 万元成立助学基金，资助在淮安市洪泽湖高级中学就读的贫困学生；2021 年 7 月 1 日，建党百年，党龄 39 年的窦正满给自己过了一个最有意义的生日。他拿出自己积攒的 100 万元，捐赠给自己的母校——淮安市洪泽区朱坝中学，用于改善教学条件和支持学校的发展。

为母校捐款的那天晚上，窦正满记忆犹新："我 92 岁的老母亲迎在家门口，对我竖起了大拇指，说我做得好。"正是这样优良的家风，指引着窦正满在公益路上越走越远。

"我做公益是家风的一种传承。每年回家，老母亲都会让我陪着她到一些贫困的家庭走走。对一些患了重大疾病，或者生活特别困难的家庭，她总是让我给一些资助。"每年，窦正满都会带着家人去敬老院陪同孤寡老人吃年夜饭，还给老人送去慰问金和礼品。2017 年 10 月，他给家乡的养老机构捐赠 10 万元。"我想把这种慈善传承下去！"

十多年前，他的家乡淮安市朱坝街道马棚村有一条泥土路，雨天泥泞不堪，晴天尘土飞扬，人和车很难通行。村干部想修这条路，但苦于没有资金。他得知消息后，爽快地出资 24 万元，铺好了这条长四公里的"向阳路"，解决了村里三个小组 4000 多位村民的"出行难"问题。2021 年，他受聘担任马棚村第一党支部书记后，积极为当地的党组织建设出谋划策。2022 年 2 月，他又捐资 20 多万元，为村里的道路安装 166 盏太阳能路灯。村民们都说："以后走夜路更方便了。"

在危难关头，窦正满总是挺身而出。2020 年新冠疫情爆发以来，他在公司组织捐款 15 万元支持江阴市的疫情防控；同时还多方筹措物资，支援各地的抗疫。2022 年 4 月，在江阴市疫情防控最吃紧的时刻，他主动带领公司的党员、职工积极支援澄江路社区的核酸检测等防疫工作。

展望未来，窦正满说："我一定要让澄港拖轮公司成为一家幸福的企业，带领大家一起致富，不能让一个人掉队。"

远眺澄江，风帆正满。"老船长"击楫奋进，新航道，再远航！

吹尽狂沙始到金

——宁波宝丰工量具有限公司董事长黄高明创业纪实

人物介绍

　　黄高明，1962 年 7 月生，浙江省余姚市人。1980 年 11 月—1985 年 10 月，在第 60 军 181 师 541 团一营一连服役。1985 年 11 月，在余姚市余姚镇下木桥村担任治保主任；1987 年，担任下木桥村党支部委员、村民委员会主任。1990 年，在余姚万里卷尺厂工作；1992 年，在宁波阳光卷尺有限公司工作。1995 年 6 月，创办余姚恒丰工量具厂；2000 年 6 月，创办宁波宝丰工量具有限公司；2005 年 9 月，创办宁波捷丰机械有限公司。1995 年 11 月—2000 年 3 月，任余姚镇下木桥村党支部书记；2000 年 4 月—2007 年 6 月，任凤山街道剑江村党总支书记；2007 年 7 月—2020 年 12 月，任剑江村党委书记。2021 年 1 月—2022 年 8 月，任剑江村党委第一书记。

　　黄高明于 1985 年 7 月，被中国人民解放军第 541 团评为"优秀共产党员"；2004 月 9 月，中国人民武装警察 8721 部队授予他"虎团骄子"光荣称号。2001 年—2013 年，多次获评"余姚市优秀共产党员""余姚市先进生产工作者""余姚市外向型经济先进个人"。2002 年，获评"余姚市先进退伍军人"。2009 年，获评"宁波市农村基层组织'先锋工程'建设优秀党组织书记"。2009 年、2012 年，分别获评"余姚市十佳村（社区）党组织书记"。2019 年，获评"余姚市最美退役军人"。2022 年，获评"余姚市最美退役军人创业者"。2023 年 7 月，获评了"宁波市最美退役军人"。

　　黄高明于 2002 年起，先后当选余姚市第十四届、十五届、十七届、十八届人民代表大会代表，并担任十七届、十八届人大财经委员会委员；先后当选余姚市第十四次党代会代表、宁波市第十二次党代会代表。

余姚，是一片神奇的土地。河姆渡遗址大量文物的发现，证明早在六七千年以前，长江下游已经有了比较进步的原始文化，它和黄河流域一样，都是中华民族古老文明的发祥地。

在这里，退役军人黄高明永葆军人的初心本色，在创业的道路上冲锋陷阵，书写了自己的人生辉煌！

1995 年，他和爱人租了三间房，招了六个人，借了两万元，办起了钢卷尺厂。通过 20 多年的艰苦奋斗，目前，他创办的宁波宝丰工量具有限公司、宁波捷丰机械有限公司占地 6.6 万平方米，厂房建筑面积 7 万多平方米，拥有员工 500 多人。其中，2021 年，公司的总产值突破 2.5 亿元，在全国钢卷尺行业中名列前茅，产品销往世界各地。

"部队的淬炼，对我的影响非常大！"黄高明在总结自己的创业体会时说，"特别是李成勋，他当过我们连的政工首长。他政治坚定、一身正气、方法灵活，让我十分仰慕。他的教育和鼓励，不断校正我的人生航向，使我懂得了许多革命道理，并有所作为。我退伍后，不论他在无锡，还是在新疆工作，我们一直保持着联系。"

在市场经济大潮中，创业从来都不是一帆风顺的。在这个过程中，黄高明既兴奋过、自豪过，也苦闷过、彷徨过、流泪过，甚至打算放弃过。但是，他说："我是经过军营锻造的人，只能选择坚强！不管事业遇到什么沟沟坎坎，一定要凭借智慧跨过去，而且无往不胜！"

1994 年、2004 年，他先后两次作为特邀嘉宾，参加中国人民解放军第 541 团成立 50 周年、60 周年庆祝大会。2004 年 9 月，中国人民武装警察 8721 部队授予他"虎团骄子"光荣称号。

走进宝丰公司办公楼一楼大厅，墙上挂着一幅巨大"虎"字的墨宝，呈现了虎虎生威的锐气和豪情！今天，让我们一起来分享他的创业故事。

一、军队这座大熔炉，把他锤炼得更加成熟和坚强

1977 年夏天，16 岁的黄高明初中毕业了。

那时，余姚的村办厂红红火火，本村的厂主要生产收音机里的电子元件——中频变压器（俗称中周）。生产队长知道他的情况后，让他当记工员；大队领导

还培养他当团支部书记。而当时，他最想到村办厂去工作。1980年底，征兵工作开始了。他从小就向往军营，这是一个难得的锻炼自己的机会！

本来，他是独子，在家是"顶梁柱"，那时不用去当兵的。可是，为了到外面闯一闯世界，他向大队干部拍胸脯："我老爸体质很好，能干重活。我可以离开几年，到部队锻炼锻炼！"

黄高明（左）与战友合影

黄高明服役的541团，前身为八路军129师385旅所属部队。1944年9月5日，豫西抗日游击支队在河南林县郭家园成立，541团为支队第35团。在豫西抗战中，该团敢打硬拼，被豫西人民誉为"老虎团"。1949年3月起，该团先后编入中国人民解放军第61军、第60军、第1集团军、武警部队。该团经历了抗日战争、解放战争和抗美援朝战争的洗礼，先后参加战役战斗650余次，歼敌、俘敌6.3万余人。这个战斗集体涌现了"城头堡垒""登城先锋""飞跃突破""剿匪模范""开路先锋"等英雄群体，以及1300多名功臣和先进个人。

1980年底，初入部队，在太湖岸边的无锡军嶂训练场，黄高明投弹只能投15米，枪法也不准，军事素质很差。新兵训练一结束，他被分到一连炊事班。干了八个月，他要求下到班排。至今，他还记得："当时，李成勋刚到连队担任副指导员。他的教育，让我浑身充满了挑战困难的干劲！"为了不拖连队后腿，他拼命补差，经常练到晚上十一二点。后来，他投弹投到了 45 米；打靶也百步穿杨，特别是 100 米胸环靶（满环 50 环）射击，不管是卧姿、跪姿，还是立姿，他的成绩都是 48 环以上；五公里越野，他每次都是全连第一个到达终点。1983 年初，连队根据他的表现，任命他担任一排二班班长。1983 年 9 月，一连代表全团参加了第 60 军军事大比武，并获总分第一名，还荣立集体一等功。1984 年 2 月，他光荣地加入了中国共产党。

黄高明回忆，1983 年，在一次训练中，有位城市兵产生了怕苦怕累的思想。时任指导员李成勋鼓励他去解开战友心中的"疙瘩"，并教授了方法。从此，黄高明每当发现他人有思想情绪，就主动进行疏导，化解了许多矛盾。久而久之，他成为"连队思想政治工作标兵"。

年轻人谁没有梦想呢？他也希望能当上干部，追求更美满的生活。由于文化水平有限，很难跨过这道门槛。他又想，如果能转个志愿兵，也是一个很好的选择。

他的同乡战友小施，在通信连服役。1984 年 8 月，小施考上军校以后专门来找他。当时，他正在持枪站岗。小施晃晃悠悠走来后，得意扬扬地说："我考上了军校。"这不是明明在显摆吗？他心里堵得慌，暗暗立下奋斗的誓言。1985 年 10 月，指导员李成勋找到他："我到上面打听了，今年没有转改志愿兵的名额，你怎么打算呢？"他说："没关系，我回老家去，同样可以干一番事业！"

后来，部队出台了"在特别优秀的班长中提拔干部"的新政策，全团每年总有几个名额。他退伍以后，有几名优秀的战友陆续提干。他说："假如那个时候没有退伍，我还是有希望的。"不过，在他的心中，理想之火一直在熊熊燃烧。

我在采访宝丰公司行政副总经理钟鸣时，他说："2000 年 12 月，我到 181 师 541 团一连服役。这里，曾经是黄总当兵时战斗的连队。他退伍后，经常回连队看看，并于 2002 年前先后给我们送了 20 台空调、48 台电脑。"2003 年 4 月的一天，指导员告诉钟鸣："明天，黄高明老班长又要回连队看看，我们要做好欢迎工作。"那次，黄高明给连队送来了一台 50 英寸的等离子电视机，价格五万多元。这在当时，算是一笔不小的巨款。钟鸣记得，电视机上还贴着 10 个绿色的大字——"难忘绿军装，回报老连队"。其他连队的官兵知道了，都非常羡慕一连。

钟鸣回忆，2005 年 12 月，他准备退伍。五年兵当下来，他一直表现很好，入了党，还被评为优秀班长。因为是城市户口，他原准备回老家——安徽铜陵，等待政府安置。恰巧这时，黄高明又来到部队，想在退伍兵中为公司挑选后备干部。钟鸣说："当时，我觉得，黄总的军旅情怀这么浓烈，这家企业一定是个干事业的好地方，就参加了面试，结果与几位战友如愿以偿。"2005 年 12 月 12 日，他正式到余姚报到。那天晚上九点多了，黄高明还在公司的门口等着他们。

目前，宝丰公司吸纳退伍军人 40 多人。他们成了工厂勇挑重担的重要力量。

二、广州之行，让他深刻体会了销售的艰辛和挑战

1985 年 10 月，黄高明退伍回乡。在双河乡、下木桥村两级领导的热心安排下，1986 年初，他担任村里的治保主任；1987 年，被村民推选为村主任。

黄高明说："那时，我更想挑战自我——到企业去干！学习一些技术和本领，闯出一片新的天地。"1989 年初，他辞了职。

在余姚第一批个体从业者中，史总的名气比较大。他领取的工商执照，证号排在第 50 位。一开始，他创办了一家制笔厂，生意兴隆；后来，又创办了余姚万里卷尺厂、宁波阳光卷尺有限公司。

1990 年初，黄高明应聘到余姚万里卷尺厂工作。史总看他当过兵、干过村主任，具备管理能力，就让他负责采购卷尺配件以及其他原材料。一年后，厂里让他转行搞销售，主要任务是：到各地跑客户，推销钢卷尺。

1990 年，改革开放的春风已经吹遍祖国大地，南方经济更加活跃。黄高明把推销的第一站选在了广州。他回忆："当时，坐火车，从杭州到广州要经历 32 个小时的颠簸，而且买不到座位票。"上车以后，人挤人，他就在过道边上站着。站久了，实在太困，他干脆在旅客座位下的地面垫一张报纸，就躺下了。等到了广州，他的腿脚都肿了。

为了节省开支，过夜时，他住进了十多人一间的大通铺。晚上，旅客进进出出，十分嘈杂，让人难以入眠。

第二天一大早，他就起床，跑到广州一条五金街，沿街寻找售卖钢卷尺的门店。

找了好几家，但规模都很小，他觉得与对方做生意的可能性不大，也就马上离开了。到了八点半，他终于找到了一家宽敞的门店：分上下两层，底下有几个柜台，摆放着钢卷尺、扳手、螺丝刀等工具；上面是办公室。

"请问，你们老板在哪里？"售货员回答："在楼上。"黄高明迫不及待地跑了上去。一看，老板 40 岁左右，正在跟客人谈笑风生喝早茶。他拿出样品，主动介绍："我是浙江余姚万里卷尺厂的销售人员，是来推销钢卷尺的。"老板瞟了他一眼，看他穿得土里土气，不屑一顾地说："我们已经有了固定的供应商。我现在很忙，正在与客人谈生意，你还是下去吧。"

"好，先不打搅。"黄高明转身下楼。他想，这家门店规模大，品种齐全，肯定有生意好做，不能轻易离开。于是，他在一楼对着柜台，东看看，西看看，一直在那里等着。

一个多小时后，他又上去了。一看，他们还是谈得很起劲，只好又折回。他想，对方本来是有供货渠道的，自己硬要"楔"进去，肯定是很难的。这时，他给自己鼓劲：当过兵的人，没有克服不了的困难！没有拿不下的"山头"！于是，他决定再耐心地等等，一会儿看看店里的商品，一会儿与售货员交流交流。

到了 12 点半，有位售货员被他的坚持感动了，跑上去告诉老板："我看，余姚的一位推销员比较老实敦厚，他已经在楼下等了一个上午的时间，您还是见见吧！"这时，黄高明才有了与老板交流的机会。原来，老板叫劳健斌。

劳老板告诉他："我们的供应商是广东揭阳卷尺厂。这个厂的产品质量是靠得住的，而且他们量大，随时可以供货。"他拿出自己三米长的钢卷尺，并操作了一下，表示产品质量是有保证的。劳老板说："你们的产品一把卖三块多，有点贵。我们现在备货很多，一时也卖不完，要么你下次再来看看。"既然说到这个份上了，他只好离开。走之前，他们相互交换了名片。

回来以后，黄高明三天两头打电话到广州，与劳老板套近乎，还给对方邮寄了一些余姚当地的土特产。他反复说："我当过兵，想出来闯一闯，希望您给我一次机会。"两个月过去了，劳老板回复："要么我们试着为你们代销，货款要等我们卖掉了再付。这样，你觉得怎么样？行不行？"他请示厂长以后，厂长同意发货，一共有两万把钢卷尺。没想到，不到一个月，这批货就卖完了。有了这个先例，他们的合作越来越好。劳老板看他很实在，提醒他："小黄，我们既然做生意了，你们一定要保证质量。"

劳老板在全国五金机电行业很有名气。他们熟悉了以后，劳老板多次通过展览会向朋友介绍他："这是余姚万里卷尺厂的业务经理小黄，以后请各位多多关照。"就这样，劳老板为他介绍了十多家客户，包括广东、山东、天津等地的；其中，广东的就有六家，每家的年销售额是七八万元。后来，他成了万里卷尺厂的主要销售员，年销售额接近200万元，占全厂总额的20%。

1992年初，黄高明担任宁波阳光卷尺有限公司副总经理。

黄高明在回忆自己的创业经历时说："我入门搞销售时，劳总对我帮助很大。2000年11月，广东省工商联五金机电商会成立，他担任会长。有一次，他在上海开会，还顺便到我公司来了一趟。"

值得一提的是，经历了这个过程后，黄高明有了一个体会："凡是来我厂推销业务的，我从不以貌取人。不管他穿得光鲜还是破旧，我都热情接待，首先为客人倒一杯茶。"

三、1995年，他和爱人租了三间房，招了六个人，借了两万元，办起了卷尺厂

黄高明说："穷则思变。每个人都有自己的梦想，我也有自己的野心！"

在企业里，经过采购、销售等岗位的摔打，他感到，如果自己创办公司，效率一定更高、活力一定更足。于是，1995年6月8日，他横下一条心，创办余姚恒丰工量具厂。

这时，老单位有人听说黄高明自己办厂的消息后，就想，他的客户资源那么多，如果直接拿去为己所用，将给他们带来一定的影响。

可是，黄高明在离职时，胸怀坦荡。他把自己掌握的全国各地的20多家重要客户的资料全部移交给了万里卷尺厂，并表示："我在此工作期间，公司给我工资，给我报销旅差费，所以这些珍贵的资料应该归公司所有。我承诺：两年内，我绝对不会来挖墙脚。"

为了遵守职业道德，他在开发产品、市场销售方面，选择了新的方向：当时，老厂做的是电镀钢卷尺，而他做的是涂脂钢卷尺；老厂主要做国内销售，而他要把产品销到海外。

　　白手起家，最难的是缺钱。1985 年 10 月，他从部队退伍回乡后，借钱造了三间房子，还有 6000 元没有还清。此时，他与爱人一起，请了六名工人，租了三间房子，不仅设备无着落，而且缺少流动资金。

　　怎么办？这个时候，他想到了一位在银行工作的朋友 C，就抱着试试看的心理请对方帮忙贷点款。C 来他工厂一看，房子是租借的，除了几张破桌子，到处空荡荡的，根本没有什么值钱的设备。于是，C 无奈地对他说："就你现在这个情况，我是帮不上你；就是我同意了，行长也不会同意。"他说："听你这么分析，我也能够理解。"后来，还是他的邻居帮他借了两万元，作为启动资金。这时，他的欠债总额为 2.6 万元。

　　"首先要找外贸公司，解决产品出口销路。"当时，重庆高新技术发展有限公司采购卷尺的数量比较大。黄高明找到他们的业务经理 F："我们认识这么长时间了，关系一直很好。现在，我自己要做钢卷尺，希望你在业务上能够关照关照。"F 说："我有言在先，如果你的产品质量好，可以做；质量不好，绝对不能做。""不好不要钱，请你支持我一下！"

　　接着，黄高明到处采购卷尺配件以及其他原材料。在慈溪，他找到施老板购买一万只尺壳。"施总，我现在没有钱给你，能不能先赊账？就一个月，到了马上还！""都是朋友，我相信你。"当时，卷尺配件包括弹簧等十几种。他就这样，如法炮制，结果一共欠了六万多元。

　　当然，也有不给面子的。有一次，他到慈溪一家公司去买原材料。当时，钱不够，他也想赊点账。可对方死活不依，坚持："不拿足现钱，是不能出货的。"最后，还是一位老战友出手，帮助解了围。

　　紧紧张张中，一万只卷尺终于做成了。黄高明向 F 交货时，千叮咛万嘱咐："请你尽快把货款打给我。我采购的配件都是欠账的，你不给我，我就乱套了！"F 果然讲信义，马上就回了款："我是存心要帮你忙的，就是借也要借给你！"

　　慢慢地，质量问题还是暴露出来了。有些配件供应商认为，黄高明开的是新厂，产品质量要求不高，而且又总是赊账，就把那些质量一般的配件给他，甚至以次充好，造成产品质量不够稳定。而外贸公司对新厂提供的产品，要求更加苛刻。有一次，因为质量不达标，外贸公司给他做了扣钱处理。为此，黄高明痛定思痛，决定要不断购买设备，自己生产零件。

钱从哪里借？1995年夏日，黄高明找到舜江城市合作银行的陆主任。寒暄之后，他切入正题："我想借三万元。"陆主任开始不动声色，后来皱皱眉头，问："你有担保吗？""有！""那好，按规矩办！"转身，黄高明就去找做棉纺的陈老板："请您给我帮帮忙，做个担保。""多少？""三万""要这么多干吗？""开厂急用。我退伍以后盖了三间房子，三万是值的。""你如果还不了，我还能叫你不住吗？""我写保证书。""那就别写了。不过，我只能给你担保三个月。"事后，黄高明经常提起这一幕："当时，他真是雪中送炭。我是非常感激他的！"

借了三万元，他马上买来热处理设备，自己做起了弹簧；接着，又开始生产尺条、制动……慢慢地，产品有了质量保证。

为什么要做出口产品呢？黄高明说："当时，我是这样想的：一是国内三角债比较多，讨回货款比较难；二是政府通过补贴等措施，大力发展外向型经济；三是海外市场利润空间更大。"

出口，说起来容易，做起来难。那时，国有企业才有出口权，私营企业是没有资格的。于是，他寻找国有外贸公司，委托对方与外商进行交易。

有一个星期五，黄高明在申报一批货物商检时，商检员D还没有来得及验货，就到了下班时间。但这批货，下周一上午就要拉走。他怕耽误了，就给D打了个电话。D说："我正在外地，很晚才能回来。"他希望能当面把出口面临的困难解释清楚，请求对方加班，就打听了D所居小区的地址，和妹妹一起赶到对方必经之地等待。当时正值酷暑，天气热得人透不过气来，他俩仍然坚持在那儿。一直等到12点，D才匆匆忙忙走来。当看到他俩时，D很感动，说："对不起！对不起！明天周六我去加班，一定把你们这个事情弄好。"

四、走进广交会，在全球市场寻找商机

1995年秋，他第一次到广州参加广交会（中国进出口商品交易会）。

那时的展位，都是由国家外贸部统一分配给各个省份的国有企业。一个标准展位，面积是9平方米（3米×3米）。像他们这样出口量小的私营企业，是望尘莫及的。

　　广交会开幕时，黄高明到了现场。他逛着逛着，发现新疆乌鲁木齐有一家公司的展位是空着的，就与他们商量，能不能租下三分之一（1米×3米）。对方同意了。从此到2001年，他每年参加广交会，都是通过这种方法获得展位的。

　　有了自己的小展位，黄高明在产品架上挂着几把自己生产的钢卷尺样品，在桌子上摆着自己的名片，并安排专人接待上门寻货的国企外贸人员。发现有意向的，就用笔记本记录下来。

　　而那些天，一开馆，他就背着背包一家一家地拜访各地外贸公司的展位，与对方交流，索要名片。等广交会结束时，他收到了100多张名片。回来之后，他慢慢梳理信息，再一家一家登门拜访。他说："那时，名片上蕴藏着商机。别人能赐一张，那是最开心的事情。如果没有客户的名片，连他们的大门都进不了。"

　　现在做出口，工厂跟外贸公司是平等的。可是，在国有企业改制以前，这是不可想象的。黄高明说："那时，在国有企业外贸人员眼里，我们工厂是求着他们做生意的。当时，为了拿到订单，工厂之间竞争激烈。我们只有耐下心来，谨小慎微地跟他们打交道。"

　　那时，在广交会举行期间，国营企业的外贸员是很忙的。白天，他们在展位与来访的外商交流，接订单；晚上，要根据当天订单的情况来找工厂。许多工厂为了抢订单，趋之若鹜。工厂事先打听好外贸公司人员下榻的宾馆，晚上赶到一楼大厅等待"面试"通知，轮流上去谈判。

　　黄高明白天忙好以后，晚上又要带人与外贸公司的人员见面，每天忙到晚上十一二点。为了赢得对方的好感，他经常当服务员给对方送快餐。有时，他明明跟外贸公司联系好了见面时间，然而，对方经常失约。没办法，他们只好第二天再去联系。

　　黄高明至今记得，他做的外贸第一单，是通过杭州巨星外贸公司完成的。

　　起先，他在广交会上认识了江苏国泰外贸公司的业务员。有一次，他去张家港拜访国泰回来时，在长途汽车上认识了杭州巨星公司的业务员W。他跟着W去了杭州大厦四楼，见到了巨星公司仇总。当时，仇总专业经营中高档手工具外贸业务。双方谈妥以后，业务来往频繁，巨星公司当年就为他出口钢卷尺八十万元。从此至今，杭州巨星、江苏国泰、江西五矿、陕西西美等外贸企业都成了他的合作伙伴，并把他的产品销售到北美、南美、欧洲、中东等地。

1997 年，国家放开了外贸政策，私营企业也可以自营进出口业务。当年秋，黄高明在广交会上买了一个展位，直接开始接触老外。其中叙利亚一位客商看中了他们的产品，就来余姚考察，最后双方签下了订单。接着，他们又与巴西、中国台湾等地的客商进行了合作。通过努力，他的生意越做越顺：1995 年，销售额为 105 万元；1996 年，销售额为 309 万元；1997 年，销售额为 509 万元。这一年，他终于盖起了自己的崭新厂房。

做外贸，一定要打通语言关。他最初参加广交会时，经常在场馆进口看到，许多大学生举着"提供翻译服务"的牌子。其中，有懂英语、俄语、法语、德语等各种语言的人。黄高明在需要的时候，有时请他们服务半天，有时请他们服务一天，付劳务费。等回到余姚以后，他再请熟悉外贸的朋友打理后续业务。

这种办法，可以临时应付，但终究要改变。1996 年，他让小舅子黄建华担任外贸业务员。1998 年，他在浙江省对外经济贸易学校招了两位外语专业的毕业生，安排她们担任业务员。紧接着，公司成立了外贸部，一人跑外贸公司，一人跑自营进出口业务。从此，外贸工作走向了正轨。目前，公司有 20 名大学生，英语都是六级到八级，能够熟练地进行涉外交流。

宝丰销售总监王依芬，是 2001 年 7 月从浙江省对外经济贸易学校毕业后入职的。她说："当时，宝丰等制造型企业都在做外贸。我学的是外贸英语，还蛮热门。"2001 年秋，她跟着黄高明等人坐绿皮火车，行驶 30 多个小时，到广州参加广交会。她说："那时年轻，觉得挺新鲜。广交会展馆里，我们与其他单位共享一个标准展位。我们的面积是 3 平方米（1 米 × 3 米），而且 3 米的那一边是靠墙的，里面连桌椅都摆不下。"

她回忆，那半个月，他们的工作强度很大，每天早晨六点钟从宾馆出发，坐大巴赶到展览馆，全程站着。他们几个不是等着外商上门，而是眼观六路、耳听八方，看到外商，主动出击招揽，推销自己的钢卷尺。每天中餐，要等到下午两三点才能拿上饭盒。"黄总把自己当成了普通业务员，比我们还要忙。我们与外商达成初步意向以后，口头约定晚上在他们下榻的宾馆见面。当时，与外商的通信联络不像现在这样方便，只能提前去等。交流结束，等我们回到自己住的宾馆，已经是次日凌晨一两点了。一天下来，虽然全身都累散了架，但是起床以后，我们又满血复活，奔向展馆。"

2002 年开始，公司的出口额上去了，参加广交会的展位申请等事宜由余姚外贸部门代为办理。这时，交通条件也得到很大改善，他们参加广交会也坐上卧铺了。

五、与世界 500 强企业合作，提升制造实力

2005 年，宝丰公司开始给美国史丹利做配套。

史丹利于 1869 年开始生产五金配件。经过 100 多年的发展，如今已成为业务覆盖全球的主营五金、工具、安防和门类产品的跨国集团公司，是世界500 强企业。

黄高明说："我们与世界一流的采购商合作，只能成功，不能失败，原地踏步也是退步。"行业中，企业面对的材料质量、价格都是差不多的，要想在竞争中获胜，就必须在内部管理上下功夫。

他们与外商的合作，是通过广交会认识的。每年的这个时候，外商都会来此寻找商机，采集有关的信息。黄高明说："这些大公司，不会轻易与别人做生意的。结识了好几年以后，他们发现我们发展得很好，才主动与我们联系。"

美国史丹利的要求很高。当双方达成合作意向后，他们就来中国验厂，把宝丰公司生产情况摸得仔仔细细，如：在尊重人权方面，工厂规定上班时间多长？是否经常加班？加班工资多少？在安全方面，消防工作做得如何？在产能等方面，目前有多少设备？假如设备坏了，工厂怎么应急？资金链会不会断裂？原材料是不是都能买到？在账目方面，近五年财务报表显示是否正常？工厂是否按章纳税？还有多少发展空间？等等。合作以后，史丹利每年都要验厂，并根据宝丰公司的运行情况，提供产品模具，一年给几千万元的订单。

史丹利非常注重知识产权的保护。合作前，他们要与宝丰公司签订保密协议，然后根据订单性质，提供生产钢卷尺的标准和要求。宝丰公司从原材料进来，到生产、出货，一条龙都是他们自己完成。黄高明说："根据保密协议，我们不能向外界泄露有关内容，也不能自行在市场上销售这种产品，只能全部卖给对方。"

这些年来，宝丰公司的海外合作客户，除了美国史丹利，还有德国欧倍德（OBI）、法国家乐福、英国翠丰、巴西 VOMBER 等等。

黄高明说："我们曾经认为自己做的产品已经很好了，那时是无知者无畏啊！与外商合作以后，我们才知道自己的差距是多么大！如果我们还是'闭门造车'，不知还要摸索多长时间才能赶上世界一流标准。"例如，钢卷尺的挺直度，他们原来做的产品只能挺到 1.5 米到 1.8 米，而外商最高可以挺到 2.5 米；关于钢卷尺的弧度，深了装不进去，浅了挺不远；再如油漆的厚度，厚了成本升高，薄了又覆盖不住钢带。这些，外商都是有标准的，可当时他们没有掌握这个标准。合作中，他们虚心向对方学习，倒逼自己不断进步。

为了密切相互关系，黄高明每年都要去海外各家客户的总部拜访。他说："按照对等原则，对方都是总裁出来接待。为了表示礼貌和热情，我们双方都是打领带、穿西装，皮鞋也擦得锃亮。约好的见面时间，大家都一分不差到场。"见了面，他会讲一些客套话："感谢您对我们的支持。如果在合作中你们发现什么问题，请及时提出来，我们努力改进。"谈来谈去，对方的唯一要求，就是希望他们按照标准把产品做好。之后，总裁礼节性地请他们吃一顿饭。具体的技术问题，留给双方的工程师去交流。

黄高明说："我们的产品只要做得符合质量标准，也能遵守交货时间，他们也很守规矩，放款也很快。"合作中，他们在技术上遇到瓶颈了，对方也会鼎力相助，会派工程师前来指导。有一次，为了解决技术难题，外企的一位工程师在他们厂里住了一个多月。

"我们公司的重心，就是跟国际接轨。"黄高明说，世界 500 强企业的工作标准高于我们，所以我们不仅要学习他们的专业技术，还要学习他们的办事风格。钢卷尺行业是劳动密集型的产业，附加值比较低，利润空间小。他们在海外客户的指导下，通过技术改造，使企业发展进入了快车道。譬如，在材料利用率方面，别人是 80%，他们要做到 90% 以上；在生产工序上，以前有 30 多道，他们在保证质量的前提下，通过改进缩短成了 15 道。

宝丰公司既然能够做出世界上一流的钢卷尺，为什么不在国外去创牌呢？黄高明回答：一、在国外注册商标，每年都要交纳价格不菲的注册费用，而且还有进场费、运营费等。二、在海外单打独斗，开辟自己的销售渠道目前还很难。不过，近些年，他们的产品在国内的销量越来越多，使用的牌子就叫"宝丰"。

六、在失败的教训中成长，追求专心、专业、专注

在余姚，有一句俗语：只看到和尚吃馒头，没看到和尚受戒。其意思是：只看到别人风光的一面，没有看到痛苦的一面。黄高明说："创业是要花学费的，酸甜苦辣才是真正的人生。我接触过的老板，100% 都在身处逆境时掉过眼泪。到哪里去诉苦呢？只有自己扛着！"

目前，宝丰公司每天生产十万把钢卷尺，中高端的产品都有。

他们的钢卷尺主业能够得到今天的稳健发展，也是从教训中不断总结获得的。

早在 1995 年 10 月，黄高明办厂才四个月。他与海南的一家外贸公司合作时，被骗了 15 万元。后来，这家企业倒闭了，货款打了水漂。这笔钱对刚刚起步的小厂来说，是多么重要啊！

雪上加霜的是，1998 年，又碰到了亚洲金融危机，外贸订单锐减。做出口，遇到了前所未有的困难，怎么办？黄高明硬着头皮，开始做内销，他带头一家一家地登门拜访客户。通过努力，他度过了人生最困难的一段时期。1999 年开始，出口市场转暖。2000 年，出口形势好转，他们的员工增加到 200 多人，全年销售 3000 万元。

这时，又出现了波折——他们的产品质量出了问题。中国台湾的宋老板在巴西开了一家外贸公司。黄高明与他有生意往来。2001 年，黄高明为他发了两个货柜的钢卷尺。对方在做 2%—3% 的抽检时，发现有个别弹簧损坏的情况，于是把样品寄了回来，还附有现场拍摄的视频。这批卷尺的货值是 60 万元，对方希望部分索赔。

"我们为自己的产品出错感到十分内疚。既然问题出现了，我们决不推诿，甘愿承担 60 万元的全部损失！我们还要认真反思，找出问题原因和解决办法。"黄高明知道消息后，马上回话。他说，"这是我们的老客户，一年做 300 万元的生意，是信得过的。"货物如果退回，既要通关，又要退税，还要增加运输费，很麻烦，于是，他委托对方就地销毁。这一回复，让宋老板非常感动。后来，他们成了铁杆朋友，至今仍然保持生意往来。

2013 年，他的生意有了起色，逐渐有了一些积蓄。可是，因为替人担保，被银行从账户中划走了上千万元。

2014年，苏北的一个县来余姚招商。黄高明觉得那里的营商环境比较好，自己也想向外拓展，就去买了100亩土地，造了三万多平方米的厂房，采购、安装了一些设备。结果，生产了两年时间，出现了一些问题。这个项目，他2020年才转让完毕。他总结教训时说，主要原因是：那里形成不了产业链。做卷尺，需要配套，如模具、运输、招工等；同时，做模具也需要车床等设备以及技术人员。这就推高了创业成本。而宁波，在上世纪60年代，就有钢卷尺产业了。经过几十年的发展，产业链已经非常成熟。还有，早年，余姚国有企业基础比较好，培养了一批业务员、技术员，公司招聘人员也方便。

宝丰公司曾经想做工具系列，也没有成功。2009年，他们相继开发螺丝刀、水平仪、工具箱。黄高明说，当初，他想得简单：同类工具，设备共享，一套班子，多个品种。事实证明，这是行不通的：不同的产品，设计理念、工艺、技术也不一样。

像中国的大型外贸公司，他们经营的工具类产品种类繁多，甚至有两千个品种，年产值是几百亿元。他们在做外贸中，有些也是接受国外订单，打别人的牌子。如美国史丹利要采购30亿元的上千种产品，钢卷尺只是其中之一。史丹利不可能直接去采购一种产品，而是通过中国的外贸公司把所有品种组合了以后，打包出售给他们。为了尝试工贸一体化，黄高明还尝试创办过工量具外贸公司。他投入一定资金，采购了1000多个品种。除了仓储成本外，等产品抛出去了，两个月以后才能回款。这样，利润稍微控制不当，就会亏本。开了四五年，他也就放弃了。

2005年9月，黄高明与朋友K合资创办了宁波捷丰机械有限公司，生产铁路机车车辆配件、汽车配件等产品。K占股60%，并负责企业的管理和经营。黄高明占股40%。出于对K的信任，加上工作忙，黄高明很少过问捷丰的事务。没想到，这家公司经营十年后，竟然亏了几千万元。2015年，黄高明收购了对方的股份，变成了独资经营。很快，企业就扭亏为盈，并一直保持了稳健发展。

黄高明说："隔行如隔山，水深自不知。我走的这些弯路，都是教训。我今后创业的指导思想就是六个字：专心、专业、专注。"

七、注重技术创新，实现"机器换人"

在卷尺塑料外壳生产车间，吴松涛主任说，原来，注塑机在生产时，先做出

ABS 的塑壳，然后在外面包一层 PPR 这种手感非常好的软塑料。但是，两次工艺，都是人工合成，存在间隙，而且一天只能生产 2000 只。2020 年，他们启用机械手、双色模项目后，产品一次成型、密封，产能也得到了很大提高，一天可做 6000 只，效率提高了三倍。

这是宝丰公司进行技术创新的一个缩影。

对制造业而言，设备的技术水平是决定产品质量的基础。而建设一条完整的钢卷尺生产线，需要的设备有高速裁剪机、热处理炉、涂罩机、印字机、冲零机、注塑机、装尺设备等。同时，生产卷尺的机械都是非标的，用量很少，市场上根本没有购买整机的地方。

"有条件要上，没有条件就大胆尝试，创造条件也要上！"黄高明说，一路走来，他们就是靠引进部件进行设备组装，或者不断摸索，进行技术改造来完善生产线的。宝丰员工在最高峰时有 700 多人。通过"机器换人"，减少了 200 多人。

建厂初期，他们使用的设备是从重庆等市场上购买，或者是自己粗放式加工的。与外商合作以后，宝丰公司不断淘汰了一些旧设备，补充一些新设备。

宋杰，毕业于浙江机电学院，专业是机电一体化。2006 年，他来到宝丰工作，如今担任公司的总经理，主要负责技术、设备、模具、开发、质量等方面的工作。他说："我们公司一直在自主研发、制造生产设备，许多图纸都是自己画的，促进了更新换代。现在，已经是第三代了。"

宋杰说，他对技术创新的理解，主要受到两个人的深刻影响。"一位是黄董事长，他是掌握企业方向的，眼光长远。在技术创新的投入方面，他不惜任何代价，还花重金从韩国、中国台湾等地引进先进的专利技术。这几年，宝丰把年销售额的 10% 左右都投了进去。另一位是中国台湾退休的廖姓高级工程师。在全球卷尺制造行业，中国台湾的工艺水平处于领先地位。2008 年，宝丰把他引进，委以技术副总的重担。当时，我在公司技术部工作，跟廖总接触较多。他的设计理念、自制设备，对我的启发很大。他凭借丰富的工作经验，对我们厂的老式设备提升拿出了一揽子解决思路。在他的指导下，我们通过改造，使设备总体跃上了一个新台阶。"

自 2008 年起，宝丰公司注重收集行业信息，一旦发现市场上有先进的生产设备，就马上引进投用；同时，加强设备的研发、制造、更新力度。

172

其实，每个国际品牌的模具都是不一样的，他们各自有各自的标准。如果为欧洲客商提供产品，宝丰公司就按欧洲的标准进行生产，以此类推。所以，他们日常使用的模具有几千套。至于模具开发，他们每年都要投入五六百万元。像热处理设备，他们已经更换了四代，把老设备都报废了。还有，他们按照外商提供的标准，选择优质的原材料。这样，通过技术加工，大大提升了产品的档次。

我在采访时，生产副总黄旭峰说，卷尺上有四只紧固件，最初靠手工拧螺丝，后来用气钻一颗颗拧。当市场上出现自动锁螺丝机后，他们马上大量换新，取消了这个工序的手工操作，生产效率提高了两倍以上。

2022年4月，他们在中国卷尺行业，首次利用喷墨打印机，将卷尺尺带的印刷改为喷墨。2022年7月，他们对装配生产线进行安装、调试，并于8月试车成功。

提到"机器换人"的具体成果，行政副总钟鸣说，做钢卷尺是传统行业，人员密集，员工劳动强度大。这项工作不仅减少了人员配置，也减轻了劳动强度。就拿水平尺来说，以前生产线上需要7人操作。尺子上的每一个孔洞都是人力操作冲床冲的。2021年，宝丰公司投入资金，对这条生产线进行了改造。2022年4月，投入生产后，只要把原材料加进去，激光自动切割完成。这道工序改造后，只要一个人负责加料、捡料就够了。而且，过去需要人工贴商标，现在也是自动完成。关于装配流水线的技术改造，第一条还在研发中。每条线的人员标配是8人，若技改成功，23条流水线的操作工可减少一半。

更重要的是，2021年10月，他们与中国计量大学签订了校企合作协议，双方针对工厂遇到的技术难题，进行联合攻关，共享研究成果。过去的卷尺检测仪，是用肉眼去辨别的，难保精准。为此，双方共同开展了关于"卷尺的精度测量"课题的研发。现在用光学原理研制的新型检测仪，只要光束一照，马上就能完成检测，而且精度也很高。目前，这个项目，已经通过了有关机构的发明鉴定，还享受了余姚市政府的有关补贴。

在信息化建设中，他们引进了EPR管理。钢卷尺主要由外壳、尺条、制动、尺钩、提带、尺簧、防摔保护套、贴标等八个部件构成，各种型号的零件成千上万。以前派单找配件，都要靠人工到仓库里去找，工作效率较低；而现在有了数据库，自动化程度高，只要在电脑里输入就能轻松完成。而且，缺货前，系统都会根据"设定数量"用红灯提示。

目前，宝丰已经通过国家高新技术企业、世界名牌企业认证。

八、告别"家族制"，用现代理念重塑干部形象

按照常理，自己当了老板，在公司里帮亲戚安排个工作可是"小菜一碟"。可黄高明是怎么做的呢？

他在家里排行老大，下面有四个妹妹。他说："在起步阶段，我的四个妹妹带着家人跟着我一起打拼，分别在采购、车间、食堂等岗位上工作，非常辛苦。她们是企业发展的功臣，我永远铭记在心。"可是，2006 年，当企业规模越来越大时，他看到了"家族制"的弊端。

黄高明有个妹妹曾经在厂里的食堂工作。有一天中午，大家都在排队打饭。有位领导要求给他多加点菜，他妹妹说："每人一餐一票，都要一视同仁，不能多加！"这位领导很不高兴，找到黄高明数落了此事。

黄高明想："我妹妹也是按照规定执行，不能说她错了。关键是，如果换成其他人卖菜，也许这位领导不会发那么大的火。"说到底，在有些领导眼里，老板的亲戚有一种高高在上的优越感，而老板更相信自己的亲戚，这就会产生误会。

由此，他陷入了沉思："公司管理人员在工作中对我的亲戚会不会给予特别照顾呢？他们发现我的亲戚违反公司制度时，会不会睁一眼闭一眼呢？他们是不是怀疑我的亲戚经常在我面前打他们的小报告呢？……"

为了支持干部放手管理，黄高明首先找妹妹们谈心："为了大家更好地发展，请你们带头辞职，我全力支持你们到外面去当老板。"理解也罢，不理解也罢，她们看到哥哥的决心已定，只好带着家人相继离厂。

接着，黄高明为四个妹妹、两个舅子一家一家找项目，并给予资金支持。后来，他们每家买了七八亩土地，盖上厂房，生产工具类产品：大妹妹家庭做胶水，二妹妹家庭做塑料件，三妹妹家庭做包装，小妹妹家庭做皮卷尺，大舅子家庭做礼盒，小舅子家庭做美工刀……

黄高明说："当他们遇到困难了，我会主动出点子想办法。广交会上，我在展位上展示自己的产品时，也顺带为他们的产品寻找买家；当获知外贸公司'打包'产品时，我也给他们提供信息；如果我需要他们的产品，就按照市场价格优先购买……"几年下来，他们都成了小老板，年销售额在300万元—1000万元之间。一直以来，这六个家庭都很开心，不仅对他没有半点意见，反而非常理解他、尊重他。他说："这是一举两得、两全其美的好事。"

目前，在他所有的亲戚里，只有小舅子黄建华在公司担任销售部副总经理。黄高明解释说："他1996年就来公司当销售员，业务能力很强，每年销售业绩在三四千万元；而且，他为人厚道，低调处事，与大家相处融洽。我确实很需要他，但对他要求严格，从来没有给予额外照顾。"销售总监王依芬也说："黄建华副总是我的领导。他工作认真，做人实诚。跟在他后面，我学到了很多经验。"

这种告别"家族制"的做法，当时在公司上下引起了强烈的震动。行政副总钟鸣说："大家认为，董事长站得高，看得远，这不仅有利于公司的健康发展，而且这样操作不失亲情，堪称完美。他有这个决心，公司就大有希望。"

火车跑得快，全靠头来带。黄高明在此基础上，更加注重干部队伍建设，用科学管理打造企业。

第一，用制度来规范干部的履职行为。

他说："没有规矩，不成方圆。干部的认真履职，是通过考核制度来保证的。"为此，宝丰公司对中层以上干部设计了一套科学的考核体系，项目包括自己执掌的生产效率、劳动纪律、人员流失、环境卫生等。譬如，对销售副总的考核：在绩效方面，要求每年销售基数为1.2亿元，奖惩分明。在收款方面，期限两个月；如果超过时间，个人要承担银行利息，并对坏账索赔10%。对生产副总的考核：质量品级率达到90%以上、员工流失率控制在3%以内，以及设备完好率达到90%以上，等等。他还提到，怎样做到公平公正，时刻检验着干部的规矩意识。他举例，以前，装一把钢卷尺三分钱，有的好装，有的难装。在分配工作的时候，就需要干部公平拿捏。

第二，培养干部的宽阔胸怀。

人非圣贤，孰能无过？他说，胸襟宽阔一些，看问题就会更加全面、精准。例如，他在工作中知错就改，就给大家做出了示范。企业在核算工资成本时，通常来说，一线工人参照产品比例是 9%—10%。一次，他审查考核表时，发现人力资源部把其中一项定为 12%，认为成本太高，要减下来。可是后来，这个活劳动强度较大，因为是计件工资，没人愿意干。他发现自己想法错了以后，没有一意孤行，而是立即改正。生产副总黄旭峰深有体会地说："我们董事长做事心胸坦荡。我们公司的中层以上管理人员，跟着他都有十年以上了。他的人格魅力，令我们十分钦佩。"

第三，强化干部在岗培训，为高质量发展"强筋健骨"。

2022 年 7 月 10 日，"金蓝盟"在宝丰公司的第二期培训正式启动。培训的内容，包括企业的信息化、智能化、数据化、流程规范化。在此后的半年中，"金蓝盟"的老师分批多次对相关部门人员进行面对面授课，组织现场实操，并进行改进和优化。此前，2021 年 4 月，双方达成第一期培训协议，并取得预计效果。

黄高明说："现在，我们已经步入了数字化时代，管理人员必须与时俱进，用相关的知识来武装头脑，成为职场上的行家里手。"为此，这些年，宝丰探索了一条"请进来、走出去"的培训新路子。关于"请进来"，2008 年 9 月，他们从台湾一家卷尺厂高薪引进了李姓生产副总。四年中，李副总发挥自己的管理、技术特长，在计划、生产、质量等管理方面大胆创新，为公司带来了许多新的理念和做法。此外，宝丰公司还与"金蓝盟"等咨询机构合作，寻求智力加持。关于"走出去"，他们安排班组长以上管理人员参加台湾健峰（余姚基地）、上海汇聚组织的培训。车间主任吴松涛说："我已经外出参加了六次培训。每次回来后，按照要求，我都要当一回老师，同大家一起分享培训成果。"

此外，宝丰公司为了鼓励干部不断充电，还规定，车间主任以上干部自学大学本科并拿到毕业证书的，所有费用由公司报销。为了培养干部良好的语言表达能力，黄高明还把会议作为演讲的舞台，鼓励大家在发言时站起来大胆讲。

九、回首过去，展望未来

2022 年 8 月，黄高明退休，正式离开村干部的工作岗位。

这一生，他在村里当了 29 年的基层党组织书记。在他的带领下，4000 多人的剑江村融入了城乡一体，村集体经济在银行存款超过一亿元，每年可用收入 1000 多万元；村辖企业不断发展壮大，每年销售额超过 20 亿元。该村曾经获评"国家级防灾减灾示范村""浙江省民主法治示范村""浙江省卫生村""宁波市文明村"；2020 年入选浙江第二批省级农村引领型社区（村）。同时，剑江村党委还获评"余姚市五星级党组织"。

我在采访中，宝丰公司总经理宋杰回忆："2013 年，余姚发大水，我们厂区的水漫到胸口，底层的机器、金属件被水浸泡了六天。关键时刻，我们董事长每天起早贪黑忙着村里的事情，没有来车间看一眼，彰显了舍小家顾大家的高尚情怀！"

2013 年 10 月 7 日，受台风"菲特"影响，余姚市过程雨量达到 561 毫米，遭遇超百年最严重的水灾，成了一片"孤岛"。余姚 70% 以上城区受淹，主城区城市交通瘫痪。因为进水导致部分变电所、水厂、通信设备不能正常工作，城区积水于 10 月 12 日才退去。其间，黄高明带领全村的党员干部奋战在抗洪救灾第一线，从洪水中转移受困群众，把身患急病的居民及时送医，设法筹措、发放救灾物资，让受灾群众的基本生活得到保障。

在宝丰公司，当大水涌进时，全厂员工急忙把厂房底层的物资抢运到高层。可是来不及，还是有一些机器和材料被水浸泡，导致报废。为此，工厂停产了 20 多天，积极开展自救。

黄高明作为村里的领头雁，以实际行动，赢得了村民的敬重和拥护。余姚市有关部门根据有关文件规定和他的工作成绩，让他享受事业单位退休待遇。

同时，他坚守初心，不断引领企业攀登新的高峰——宝丰公司成为国内钢卷尺制造标准起草单位之一，拥有发明、实用新型及外观专利 135 项；先后获评"国家高新技术企业""浙江省品字标单位""浙江著名商标""宁波市工人先锋号单位"等荣誉。

这其中，蕴藏着一种向上向善的力量。在采访中，许多宝丰人都在向我述说黄高明的善举。

在员工的待遇标准上，黄高明要求，确保不落后于同行业或者余姚地区平均水平。2008 年之前，宝丰食堂为员工供应实惠的饭菜，由员工自己掏钱购买饭菜票进行消费，公司予以补贴。2008 年，黄高明在干部会上充满深情地说："我们公司的外地人不少，大家出门在外打工赚钱非常不容易，应该千方百计减少他们的消费支出。"于是，公司每天为员工提供中午、晚上两顿免费工作餐。

早在 2003 年，公司还在厂里为员工提供 100 多套免费宿舍，每套 30 多平方米，住两至三人。其中，夫妻房有 60 多套。除了配好床铺、衣柜外，后来又都装上了空调，员工可以拎包入住。

车间主任吴松涛说："黄总对待员工像对待亲人一样，非常热心。特别是外地员工的孩子上学遇到困难，他都设法联系学校予以解决。我的户口在牟山，儿子在这里上不了高中。他知道了，比我们还急，跑了好几趟，最后我儿子上了阳明中学。"

2022 年初，由于新冠疫情的影响，外贸企业的订单有所减少。为了减轻压力，有的企业把员工当"包袱"干脆进行裁员。这时，黄高明在公司中层以上干部会议上坚定地说："每个员工的背后，都有一个家庭。企业再艰难，也不能让我们的员工失去工作。大家只要齐心协力，就一定能够渡过难关。再说，困难是暂时的，如果现在裁员，到了秋天订单多了，再找熟练工就会很难。"后来，公司调整计划，减少加班，协调班次，一步一步地解决了难题。销售总监王依芬回忆："当时听了他的话，大家心里都感到非常温暖。他不是那种功利型的企业老总，他想得最多的是社会责任。我们跟着他，境界也在不断升华。"果然，宝丰公司闯过了难关。2022 年上半年，钢卷尺的销量同比增长 18%，机车配件同比增长 15%，呈现了强劲的发展势头。

谈起这些过往，黄高明说："我一直在思考如何做人，最后想出了六个字：一、忘得快。过去自己曾经给别人的帮助，要忘得越快越好，忘得越多越好；二、记得牢。得到过别人的帮助，一定要牢牢记在心里，永远保持一份感恩的心。"

"现在，我迎来了自己的第二次创业。我知道，做好两家制造企业是很辛苦的。别看一些老板白天开豪车风风光光，晚上也许忙得睡不好觉呢！"黄高明说，"我父母都是地地道道的农民。年轻的时候，父亲养过猪，母亲在窑厂搬过砖头，养育我和四个妹妹，我们都经历过以前生活的困境。宝丰能有今天的进步，离不开政府在政策、土地、融资等方面的支持。欣逢盛世，我更要感恩伟大的时代！我没有退路，必须集中精力把企业办得更好。2022 年，我们的销售额又增加了 5000 万元；力争在 2025 年达到 4.5 亿元。"

明朝，余姚出了一位杰出的思想家——王阳明。黄高明说，王阳明提出的"知行合一"的理论给他很大启发。2025 年，宝丰将迎来创办三十周年。"我把创业当成一种乐趣，重新定位，争创一流，努力实践，做到以'知'促'行'、以'行'促'知'、知行合一。"

让破产的集体企业浴火重生

——湖北江荆消防科技股份有限公司董事长王晋富创业纪实

人物介绍

　　王晋富，1963年3月生，浙江省江山市人。1981年10月，在中国人民解放军上海警备区船运大队服役。1984年11月退役后，在国有企业江山变压器厂当驾驶员。1993年3月，在江山市公安局交警大队汽车驾驶员培训站工作。2000年2月，到上海从事消防器材销售和维修工作。2003年1月，与朋友一道收购湖北江陵消防器材厂。2005年6月，创办湖北江荆消防科技股份有限公司。2015年春，创办江山富仙孜家庭农场。

　　王晋富曾经获评"湖北省'十五'技术改造先进工作者""荆州市荣誉市民""荆州市优秀政协委员""荆州市慈善明星""荆州市优秀中国特色社会主义事业建设者""荆州市积极支持党建工作企业家""江山市消防产业发展拓荒牛"。

　　2008年，他被推选为湖北省第十一届人民代表大会代表。

　　江荆公司曾经获评"全国实施卓越绩效模式先进企业""中国消防协会生产经营型AAA信用企业""湖北省第三批专精特新'小巨人'企业""湖北省支柱产业细分领域隐形冠军科技小巨人""湖北省知识产权示范企业""湖北省守合同重信用企业""湖北省劳动关系和谐企业""湖北省文明单位""湖北省十大创新企业"。

江山如此多娇，引无数英雄竞折腰！

在浙闽赣三省交界处，有一个县域曾被一代君王命名为"江山"，沿用至今。这里有世界自然遗产江郎山、黄巢起义遗址仙霞关、文化飞地廿八都、江南毛氏发祥地清漾、钱江源头之一江山港……这些神奇的自然和人文景观如一颗颗明珠，镶嵌在江山大地上，熠熠生辉。

上世纪 80 年代，从"打铜修锁"到"修水枪"，再到推销、维修消防器材，承包消防工程……江山消防应急产业从小到大、从弱到强，实现了全面腾飞。目前，江山消防企业在全国设立 3000 多个经营网点，销售额占全国消防市场 60% 以上，从业人员有 3 万多人，取得了消防器材营销的网络覆盖面、销售量、从业人数的三项全国第一。

亲帮亲、邻带邻、友引友，一批批江山人就这样走出家门，经营消防器材生意，走上致富之路。今天要说的主人公王晋富，也是这样起步的。

2003 年 1 月，王晋富与朋友一道收购湖北江陵消防器材厂。经过艰苦努力，他创办的江荆消防科技股份有限公司跻身国家高新技术企业行列，是目前全国品种最多、规格最全、生产能力最强的灭火器生产企业之一。

2016 年，他们的"江荆"商标在全国消防行业获得了唯一的中国驰名商标认证。他们的消防产品荣获"国家质量银质奖""全国用户满意产品"荣誉称号；目前已在石油、石化、通信、电力、银行、航空、高铁、公用事业、学校、部队、工矿等行业和领域得到广泛应用。2022 年，销售额为两亿元。

在王晋富的脑海里，深深地印刻着火灾的无情：1987 年 5 月 6 日，我国大兴安岭地区发生新中国成立以来最严重的一次特大森林火灾。经过 28 个昼夜的奋力扑救，才全部熄灭。大火中，丧生 211 人，烧伤 266 人，受灾居民 5 万余人；造成直接经济损失 5 亿多元、间接损失 69.13 亿元。2019 年 4 月 15 日（当地时间），巴黎的标志性建筑——历经 800 多年的巴黎圣母院在熊熊大火中燃烧，大量艺术珍品被吞噬……

"我在 2008 年，曾经被推选为湖北省第十一届人民代表大会代表。根据当时的统计，户口在异地的人大代表，只有我一个，比较特别。在荣誉面前，我认真履职。"王晋富说，能让破产的集体消防企业展现勃勃生机，是自己一生的骄傲和自豪！

一、在上海蹬三轮车，冒着严寒酷暑为消防器材厂推销产品

上世纪 90 年代末，退伍战士王晋富认识了一些在外地推销消防器材的江山本地朋友。

1999 年 12 月，他们在江山一家酒店聚餐时，朋友们动员他："王大哥，我们干这个活，做起来比较简单，一年最起码有十万元收入。你如果出来自己干，我们支持你！"通过慎重考虑，他决定还是到外面闯一闯，就向交警大队辞了职。

2000 年 2 月，王晋富前往曾经服役的第二故乡——上海。1981 年 10 月，他在中国人民解放军上海警备区船运大队服役，一直干满四年。在部队里，他吃苦耐劳，不但把身体练得很棒，而且获得了《船艇机电兵技术能手》证书，还掌握了潜水、驾驶等多项专业技能。

在浦东，他与三个熟悉的老乡租了一套房子，每天为消防设备生产厂推销灭火器。他说："一具灭火器，出厂价是 40 元，我们以市场价 55 元至 60 元不等卖出，从中可以赚到一二十元差价。"

王晋富说："我们代理销售的厂家很多。客户需要哪一家的，我们就销售哪一家的。"当时，他们合作比较多的单位，主要有三家：一家是他们老家的江山消防设备有限公司，另外两家是上海本地的海申、青浦消防设备有限公司。他特别提到，"海申"是海军和地方合作创办的品牌。"舰艇上配备的损管器材中，有一部分就是用于消防。我以前当过水兵，跟他们联系以后，有很多共同的话题，生意自然做得很顺。"

至于找客户，那就是"扫街"。不管是老工厂、新公司，还是政府有关部门，肯定要配灭火器。他们就每家每户上门推销，虽然遇到"白眼"是常有的事，但为了挣钱，他们并不在乎，而且乐此不疲。遇到哪里突然出现一座新的办公大楼，他们就会非常开心，锁定这里的消防业务。同时，他们还有另外一个赚钱项目——老客户购置的灭火器，满两年就要做检查。他们对漏气的零件进行维修，对失效的药粉重新装填……

"最苦的还是送货！"王晋富回忆，不论严寒还是酷暑，不管刮风还是下雨，他经常骑着二手三轮车去送货，每次装载 100 支灭火器，有 500 公斤左右。他从浦东骑向浦西，一趟就是一二十公里，有时屁股都磨烂了。有一个夏日，他在骄

阳下骑了两个多小时，终于把货送到客户的工厂门口，此时全身大汗淋漓。而客户验货后，要求他把灭火器搬上六楼的仓库。那厂房没有电梯，他就扛着灭火器上楼，一趟又一趟地搬。等回到了自己的宿舍，他都要累瘫了。

类似这样的苦，吃了多少回，他数也数不清。每天晚上收工，他匆匆忙忙把肚子整饱，洗掉一身臭汗，倒床就开始酣睡。等到第二天，又一切照旧。

辛苦终有回报。一年下来，他的产品销量令同行赞叹——卖出了一万多具灭火器，净赚了 20 多万元。他说："以前，在单位上班，年薪也就两三万元。现在有了这份收入，再苦再累也是值得的。"

2002 年初，工友们对王晋富说："两年干下来，你的销量那么大，还不如自己办个消防器材厂。那样，你还可以赚更多的钱。"他想，这一思路虽然是对的，但创办消防器材厂跟创办一般的企业不一样，不是想办就能办的。

二、千里迢迢赶到湖北，接手破产的江陵消防器材厂

2002 年初夏，王晋富听一位客户说："湖北省荆州市江陵消防器材厂是一家乡镇集体企业，由于经营不善，已经倒闭，你想不想接手？"机会稍纵即逝，非常难得，他心动了。他打听到厂长齐尚春的联系方式后，就用手机马上联系。那边，齐厂长爽快地说："情况是真实的，你能过来我们当面谈一谈吗？""好的！"接着，齐厂长立即向江陵县委做了汇报。

王晋富回忆，第一次，他坐火车到武汉，又乘大巴到荆州，晚上八点才到江陵县。"见面一看，我受宠若惊，书记、县长、齐厂长都在那里等着。"这家工厂创办于 1979 年，占地只有十几亩，厂房面积 7000 平方米。那时，工厂已经停产两年，没有产品在市场上销售，成为当地的累赘。王晋富说："他们一听我是浙江江山人，就说很有信心。因为，他们知道，江山是消防之乡。在全国各地的消防推销员中，江山人占了一半。交谈中，他们很热情，愿意按照招商引资的优惠政策把我引过去。"

通过这次探路摸底，他认为，凭借自己的管理能力和两年多来从事消防器材销售、维修的经验，完全有信心令这家老企业起死回生。"我也请他们把历史遗留问题，如债务、员工分流等全部处理妥当，并做好工厂的资产评估、清算。"

184

最后，双方达成合作意向。

第二次到江陵，王晋富是开车过去的。他说："江陵是个农业县，工厂很少。他们做善后工作很细致，没有出一点乱子。我们双方只见两次面就谈成了。"

2003年1月，他与几个朋友一道出资接手以后，通过了解、分析，首先把原厂分管生产的副厂长、技术科长请来，让他们负责新员工的招聘。

"他们都是本地人，对员工都很熟悉——谁表现好、谁的技术过硬、谁的年纪较轻，就把他们应聘过来。招人，不需要我们担心的。"他说，原来厂里有360多人，他们从中招了70多人。技术人员进厂后，马上对老旧设备进行检测、维修。很快，机器的轰鸣声响起，工厂恢复了正常生产。虽然这时厂里的人数还不到以前的五分之一，但工作效率是以前的三倍。

2003年2月，正当王晋富迫不及待准备大干一场时，没想到中华大地一场"非典"疫情突然来袭，企业停工停产、市场疲软、资金短缺……各种问题接踵而来。他说："我们才开张不久，就遇到这么大的困难，让人焦头烂额。不过，我很快镇定下来，一项一项地把问题解决。"

停了四个月后，终于恢复生产。一开工，订单增多，他们加紧生产，抓紧出货。2003年底，销售形势一片大好。

那时，江荆公司实行计件工资制，员工一天能赚30元，他们觉得很高很高了。"有时，人手少，我经常在一线忙，一会儿跑去装车，一会儿跑去卸车，什么都干。"

2004年，工厂逐渐走向正轨，业绩蒸蒸日上。但同时，又带来了新的问题——现有的生产场地太小，无法满足生产需要。当年秋天，王晋富主持召开股东会，提议扩建新的生产基地。没想到，其他的股东都不同意。他们有小富即安的思想，认为能挣钱就可以了，没必要把挣来的钱再投到扩大建设中去。但是，他认为，既然干事业，就要做长远打算，这一关必须要过。协商不成，其他的股东要求撤资。无奈之下，王晋富只好咬着牙同意。这样，他又一次面临资金困难。最后，还是他凭借多年的信誉，很快从亲朋好友那里筹集到了200万元。

2005年8月，在江陵县人民政府的支持下，他们占地30亩的消防器材生产基地建成投入使用。由此，他创办的湖北江荆消防科技股份有限公司跨入了快速发展的新阶段。

2012 年 1 月，随着生产规模的进一步扩大，王晋富卖掉了旧厂，又在江陵县经济开发区城东工业园买了 140 亩土地，建设了一个新的消防园区。

三、注重技术创新，千方百计提高产品质量

2005 年，江荆公司开始做品牌。

总经理叶辉军说："王董事长在事业上是一个追求完美的人，他把产品质量看成企业的生命，注重细节，努力创牌。"

提高产品质量，他们的第一步棋是不断提升设备档次，改造生产线。

2005 年 8 月，他们建设新厂时，把老厂 30% 的性能良好的设备搬来，其他的老旧设备都被淘汰了；同时，又增加了大量的半自动化生产线，包括焊接、卷圆、喷涂等。这在当时的行业内，算是一流的。王晋富说："我们的很多生产设备，与生产电视机、电冰箱的设备是一样的。一般的厂家，是舍不得这样做的。"例如，在消防器材的表面处理上，他们不用油漆，而是采用塑粉，就像电视机、冰箱的外壳那样。

公司在技改中，经过反复研讨，多次尝试，把车床上的螺纹旋进全部改装成气缸驱动、把气密处人工起降改成气动起降、把手工计时改成机械计时、把环焊处的三道工序合并成一道工序，这不仅大大提高了生产效率，而且使产品质量更上一层楼。

如今，在江荆公司表面涂装生产线上，一具具灭火器通过机器涂油、酸洗、清洗、磷化后，传导到下一工段。该公司副总经理江世华说，这是行业当中的首条现代化涂装线。2005 年第一次搬迁，他们采用悬吊工件，将喷涂生产线与烘干线合并一起，并增加了塑粉的自动回收装置。这时的涂装线，前处理和涂装工序分开进行，效率较低，生产线日处理量仅在 1000 具左右。2012 年，公司引进了纳米陶化技术，通过技术改造实现生产线的全自动化，不仅节约了人工成本，也提高了生产效率。原先，他们两个工段的生产工人有 14 人，现在减少了一半，生产效率提高到班产 7500 具。

为了率先垂范，叶辉军带领技术人员进行大量的试验，解决了灭火剂的灌装、灭火器组装充气等技术难题，使之实现了自动化；还自制了脚圈专用焊机、

186

脚圈与瓶体套合专机，大大降低了员工的体能消耗，减少了工件的周转时间。

此外，2018年，江荆扩建了新型541混合气体灭火系统、七氟丙烷气体灭火系统，以及环保水剂药剂生产线，实现企业技改超越式发展。2019年，江荆还新增一条水基型灭火器灌装线和气体灭火设备专用生产线，进一步提高了生产效益，增加了产品种类。

第二步棋，强化员工的质量意识。

总经理叶辉军说："有时，我们觉得某个产品已经做得可以了，但王董事长看了，还是不满意。他比客户的要求还要高，还要挑剔，久而久之造成了大家的品牌意识都非常强。"

江荆公司创建初期，王晋富总是亲力亲为，他常常到车间一线去，一边指导，一边带头干。他决定要办的事，从来不搞虎头蛇尾，做到抓铁有痕、踏石留印。许多老员工都记得，有一次，他到车间检查时，看到一具灭火器有点瑕疵，拿起来就砸了，还发了一通火："质量是生命啊！质量搞不好，就是砸自己的锅！"

于是，他们提出了"匠心铸江荆"的口号。新员工进厂，要接受厂里一个月的技术培训，然后实行以老带新。经过三个月的试用期后，对合格者正式录用。

为了强化责任，他们生产的灭火器，每一具都有编号，是谁做的一目了然。出了质量问题，就一道工序一道工序地追查下去。慢慢地，员工的精品意识增强了，后来也就变成了习惯。

王晋富说，做好企业，不是靠哪一个人能干好的，要靠全体员工的共同努力。大家的品牌意识强了，才能使企业在激烈的市场竞争中立于不败之地。

第三步棋，不搞东张西望，沿着品牌之路坚定前行。

令他们忧虑的是，由于市场监管不严，导致伪劣灭火器充斥市场。

最常见的干粉灭火剂，由无机盐和少量的添加剂，经干燥、粉碎、混合而成微细固体粉末组成。国家标准是，灭火组分含量达到90%。许多厂家的产品达不到这个标准。

就灭火组分含量而言，江荆消防公司生产的90%含量的干粉，每吨是6000多元；而有的企业含量只有50%，价格3000多元。更有甚者，根本没有什么含量，干脆使用花石粉或者石灰粉。这样，江荆公司就失去了价格竞争优势。如四公斤的一具灭火器，他们卖50多元，其他厂商只卖30多元。

2012 年，中央电视台在"3·15"晚会上，对 5 家企业生产假冒伪劣灭火器事件进行曝光，毫不留情地指出：东顺公司在国家消防产品质量信息网站上申报的灭火器磷酸二氢铵含量是 50%，公司产品标签上标注也是 50%。然而，在实际生产中，他们却将灭火器里有效灭火成分磷酸二氢铵，由 50% 暗地里改换成 20%。这样一来，每具灭火器成本降了三四元。同时，还把钢板厚度从 1.15 毫米降到 1.1 毫米……

王晋富说："以上这种现象，至今还没有完全根治。打假治劣，期待实施壮士断腕、刮骨疗毒般的整治。"

对采购商来说，便宜是一个重要选项。他举例，新办一家企业，按照规定，要在厂里配备 1000 具灭火器。有人消防意识不强，认为灭火器就是"聋子的耳朵"，放在企业就是装装样子的，也没人真正监管，还不如买低价的，这样可以省下一笔钱。

王晋富说："如果市场监管严的话，我们的企业一定会发展得更快。许多客户都说我们的产品是真的好，就是价格高了。而我们认为，品牌产品就是要实打实。因为创牌不易，所以在任何时候，我们都不会随波逐流，一定要坚守质量底线，相信能笑到最后！"

他们当年接手时，老厂只生产 6 种产品，现在有 150 多种。

四、擅长用人，努力打造学习型企业

王晋富说："总经理叶辉军，是 2003 年初跟着我到江荆消防厂打拼的。我知道自己的文化底子薄，看到他很聪明，我就把管理重担一步一步地压在他身上，鼓励他努力学习，引领企业不断创新。他勤奋刻苦，不负众望，考取了高级经济师，不仅管理企业经验丰富，而且在全国消防行业也很有名气。"

2010 年 1 月，叶辉军参加了华中科技大学管理学院 EDP 中心 EMBA 总裁研修班学习。EDP 中心关注中国经济的国际化发展与企业管理研究的理论前沿，针对中部地区企业家发展现状，致力于培养把握国际市场脉搏和领导一流企业能力的本土化商界精英。在三年的学习期间，他每个月赶去学习两天。

叶辉军说，在高校，大师巨擘是导师，商海精英是同窗。通过学习，打破了自己的一些传统思维模式，活跃了自己的思维创新。

后来，他又陆续参加武汉大学、浙江大学、上海交大、复旦大学、厦门大学、中山大学、南京大学研修班的学习，时间一般是半个月，或者一周。他说："学习中，教授会讲一些案例，也会教一些工具。我针对自己企业的实际情况，进行举一反三，回来进行应用，对提升管理能力大有裨益。原来，我们习惯用人来管，后来就善于用现代制度来管。同时，也提升了自己对企业的战略思考。"这样，在借助外脑的引领下，江荆公司不断呈现新的气象：

——按照执掌要求，强化管理责任。在行业内，他们率先实行"产品追溯"。他们把每一件产品都打上标号，顺着这个标号可以追溯到原材料厂家，也可以找到是哪道工序出错、是哪位工人生产的。出厂检验时，一旦出了问题，就可以查清楚。这样，质量管理就变成了生产管理。同时，江荆公司将工厂分区，划分4个生产车间、1个配件仓库和1个高规格产品仓库，便于各个区域落实精益生产、规范作业。

——加强技术创新，增强企业核心竞争力。2017年12月，荆州市首次命名创建"湖北江荆消防科技股份有限公司——叶辉军劳模创新工作室"。自2011年以来，公司共获得了3项发明专利和40多项实用新型专利。例如，2020年10月，江荆新产品FFB-ACT3-DLZY等三款悬挂式干粉灭火装置成功通过试验。它是电力行业最佳的自动灭火设备之一。2019年12月，他们设计制造了一款专业适用的消防机器人，可以代替消防救援人员进入高危、有毒、缺氧、易爆等危险灾害事故现场进行探测、救援、灭火。

——引进了ERP管理系统，提高了工作效率。2018年，ERP管理系统运行后，员工的计件工资都是自动生成，没有人为结算的因素。每个车间每月的用电量、用水量也是通过系统进行考核。同时，这个ERP管理系统支持很多办公软件，都可以通过企业微信办理，流程走得非常快捷。目前，他们正在通过ERP管理系统，整合与顾客、供应商的资源。客户如果想及时了解他们企业的情况，只要进入江荆的公众号，就可以看到所有的工艺流程、生产过程、检测报告，减少企业与用户之间的沟通成本。下一步，他们还瞄准了智能化生产。

——开设消防检测中心，进一步完善服务功能。原来，消防器材检测中心都设在北京、天津、上海。用户如要检测，只能到那里去。他们申报这个项目后，得到了公安部应急救援局的批准。2021年11月，江荆的这一项目通过了检验检测机构资质认定现场评审。2022 年上半年，项目开始运行，实施权威检测。

——把江荆运营中心打造成公司对外形象的窗口。该中心自 2019 年在武汉市创建以来，依托江荆消防制造基地的优势，整合城市人才、环境等资源，延伸产业链。目前，他们的服务项目已经涵盖了对外产品营销、灭火器材检修、消防工程施工等方面，发展势头强劲。

叶辉军特别提到，在武汉大学，他学的是国学，其中包括《易经》《道德经》等课目。看上去，这似乎与办企业关联度不强，而他说："通过学习，我了解了国学的博大精深，使自己对企业文化有了新的认识。譬如，原来，遇到下属对自己的态度不好，会想不通。但学了国学以后，就会查找自身原因，调整好心情，寻找沟通的新钥匙。做生意时，发现老客户不来拿货了，可能会讨厌他。但学了国学以后，反而变得大度，会尊重对方的选择。对那些使坏的竞争对手，可能心存怨恨。但学了国学以后，还会感谢他，因为他对我们的帮助最大，是推动我们不断进步的'磨刀石'。没有他的竞争，我们可能会变得一塌糊涂。尊重他，我们就会找差距，迎头赶上，不断地优化自己。"

王晋富说："当老板，主要任务是把戏台搭好，让大家尽情地表演。我在用人中，注重激发大家的潜质。"

除了为高管提供各种培训机会外，江荆公司也十分注重员工素质的提高。叶辉军说："我们鼓励员工不停地学习。员工学历如果是大专，公司免费提供学习机会，想办法让他们升到本科。员工报名后，我们办公室专门联系有关机构，与武汉、重庆、成都的一些高校对接，让学员参加网课学习。员工没有注册工程师的职称，公司买书给他们看，让他们学习考这个证。如果拿到了，公司每月奖励 300 元。"

顺便提一笔。采访中，我还了解到，王晋富乐于教育帮困。十多年来，他按照小学生 4000 元/年/人、中学生 8000 元/年/人、大学生 25000 元/年/人的标准，共结对资助了 16 名贫困学生。其中，最早的 4 名学生从小学开始受助，如今已经大学或研究生毕业。这些学生毕业后，曾经想到江荆公司来工作以回报"好心的王叔叔"，都被王晋富婉言谢绝了："我给你们提供资助，但不想让你们有心理负担。我希望你们能和普通孩子一样工作和生活。如果真想回报我，就好好工作，好好生活，今后在力所能及的情况下也去帮助他人。"

五、根据市场形势变化，努力创新销售模式

王晋富说："我们是做品牌的，在销售方面有很多创新。最早，我们也是传统做法，以代理商为主。当网络经济高歌猛进的时候，我们在行业里率先发展电商。现在，又走企业渠道，关注企业内部集中采购平台，通过投标的方式进行销售。目前，对国内市场来说，我们的生产趋于饱和。"

原来，他们以代理商为主，在每座大城市仅找一家，负责对外销售、检修服务。江荆公司按照当地的经济发展情况，每年给代理商下达销售考核指标。他说："例如，杭州经济比较发达，消防设备需求量较大，我们分析评估后，把年销量定在 300 万元，最少的也不能低于 150 万元。如果年底代理商完不成目标，来年就没有机会再做了。"

随着网络时代的到来，江荆公司淡化了代理人的销售模式，于 2013 年开始，抢抓了电商的"头口水"。目前，公司已入驻京东、淘宝、拼多多、抖音等 200 多个电商平台，线上年销售额为五千万元，位列同行前列。

杨尚虎，江荆运营中心负责人。他说："我们深耕电商领域多年，针对 B 端企业客户和 C 端个人客户不同的需求，采用差异化竞争，不断打造企业的电商品牌。"

2015 年 2 月，他入职公司网络部以后，发现许多消防生产厂家都在聪慧消防网、阿里巴巴批发网上做灭火器材批发。因为江荆一直在做品牌，产品质量高，也是全网最高价，销量难以提高。于是，他向公司建议，那些购买批发产品的单位，如房地产开发公司都是冲着价格便宜去的，江荆公司没有优势。他说："但是，我们可以做 C 端，直接面向消费者。"理由是，全民的消防意识在不断提高，家里、车上都会用到消防器材。如果花 50 元或 80 元买一具灭火器放着，也会更加安心。这些想法，得到了公司领导的大力支持。

"当时，江荆的互联网思维是超前的，品牌已经在京东直营店崭露头角。加大 C 端销售力度，是我们团队共同努力的方向。"他说，很快，公司成立了电商部，后来发展到 8 人。从 2015 年开始，他们陆续把淘宝、天猫店铺，以及京东的旗舰店搞得红红火火；接着，他们的苏宁直营店也顺利运行。

那时，消防行业在京东直营店，只有"江荆"等三个品牌。每天，江荆公

司发给店铺的货就有一两百单。杨尚虎回忆，刚开始，他们去找快递公司发货时，对方都说，灭火器是压力容器，按照规定不能接收。他们只好委托县里的一个小转运公司把货拉到荆州，然后再找物流公司发往全国各地。这样，运行时间很长。"看到我们这里有长期固定的生意了，当地的邮政、中通、韵达都主动跟自己上面的领导沟通，最后他们都向我们表示，可以发货。"

2017 年、2018 年，江荆公司的线上交易额每年能做到五千万元。杨尚虎说："其中，京东直营店，我们发的货，他们转手卖出去。一年下来，我们的产品在他们的平台交易额是 4000 多万元，销量在消防行业排名第一。那两年，京东每年从我们这里拿货就拿走了 2000 多万元。我们在北京设了一个分公司，专门与京东合作，一直做到现在。"那时，特别是中国铁塔、中国联通、中国电信的采购都从京东上走，所以拉高了销量。"苏宁直营店一年从我们这里拿货 1000 多万元。我们的天猫、京东店铺，一年分别也能销售 500 多万元。"

然而，在 2019 年下半年，情况出现了逆转。

京东有一项制度：为了防止采销团队在某个板块工作时间太长滋生腐败，每隔三五年进行板块互换。此前，京东直营把江荆产品作为车用灭火器划在"安全自驾"板块。2019 年下半年，新的采销团队为了尽快出成绩，把原来的板块改为"灭火器"这个名称，把权限的门槛放得很低。同时，其他的消防厂家也注意到了这个市场。这个"闸门"一开，进来的灭火器品牌有二三十种，鱼目混珠，价格开始乱了。杨尚虎说："我们卖 100 元，他们卖 80 元；我们卖 90 元，他们卖 70 元。他们的质量差，价格总是比我们卖得低。然而，很多顾客不知其中原因，往往选择低价。这样，我们的销量下滑了很多。"

为了扭转这一状况，杨尚虎带领团队，按照公司"打造消防重点单位的优选品牌"的产品定位，把主要工作从做 C 端店铺转移到做企业 B 端，重点走企业渠道，对接铁路、石化、能源、物业、电网等大型国有企业内部集中采购平台。同时，关注有关单位的招标采购灭火器材的信息，注重把握价格体系，做好投标工作。

2021 年 7 月，江荆公司投标后，通过一系列审核，正式成为华能集团供应商。华能集团是经国务院批准成立的国有重要骨干企业，主营业务为：电源开发、投资、建设、经营和管理等。江荆公司就是这样，凭借品牌实力，赢得了客户的青睐，2022 年上半年的中标率为 70%。

六、关爱员工，努力打造和谐企业

2020 年 1 月 23 日，因为发生新冠疫情，武汉被迫封城。

"火神山、雷神山医院建设急需大量灭火器，你们现在还接单生产吗？" 1 月 27 日晚，王晋富接到湖北省消防总队的求助后，几乎没有多想一秒，便一口答应了下来。放下手机，他才想起来，现在疫情形势严峻，员工都已经放假回家。"这时，我也犯了难，这种时候把工人召集起来确实比较困难。但一想，是支援抗疫急需，人命关天，必须尽最大努力！"于是，他与总经理协商后，分别挨个联系一线员工。大家得知消息后，纷纷表示马上可以复工。次日，便有 20 名员工赶回企业加班加点。

1 月 29 日下午，员工们完成了 500 具 3 升手提式水基灭火器、500 具 4 公斤手提式干粉灭火器的生产。接着，王晋富立即联系车辆，将这批价值 13 万余元的灭火器运往 270 公里外的火神山、雷神山医院施工现场。

后来，他了解到武汉在建的"方舱医院"还缺一批消防器材，就继续带领员工赶制出 6500 具的 3 升手提式水基型灭火器，以成本价出售给方舱医院。当疫情蔓延到荆州，他又在第一时间向荆州隔离区捐赠了 1000 具灭火器。

2020 年 6 月，江荆公司受到了武汉市消防救援支队的表彰。同时，他们还获得了武汉市红十字会颁发的荣誉证书。

在江荆公司，员工对企业的深厚感情，来自于企业对员工的关爱。

首先，他们为员工做好事业规划，提供发挥才智的舞台。

杨尚虎是 2015 年 2 月进厂的。原来，他在大学里学的专业是数控编程。2014 年毕业后，他到浙江杭州一家公司工作，搞互联网，接触了阿里巴巴。当时，支付宝，以及淘宝、天猫等特别火，他对其中的交易方式非常熟悉。

来到江荆公司时，叶辉军总经理对他说："你很年轻，应该学习新的东西。我们现在正在组建江荆公司网络销售团队，你搞过互联网，有没有兴趣做电商？""好！"于是，他到了网络部。通过几年的努力，他为公司创新销售方式做出了积极的贡献，被提拔为江荆运营中心负责人。

现在，公司的中层干部都是 30 多岁的大学生，他们在工作岗位上充满着朝气和活力。

同时，江荆公司注重通过竞赛等形式，开展员工技术创新活动；年底，公司还要开展优秀员工的评比。这些活动既培养了员工爱岗敬业的精神，又提高了员工的专业技能。公司的技术班长齐娅在公司的培养教育下，曾经参与了7项实用新型专利的研发，并在环缝焊接的关键位置，研究出M型底圈的最佳焊接时间及电流电压，降低了焊接的成本和难度。2013年，她荣获"江陵县企业优秀女职工"称号；2021年5月，她又荣获"江陵工匠"称号。

其次，他们善于听取员工的想法，尊重员工的选择。

"企业最大的资产是人。"王晋富说，他最得意的是，公司的许多规章制度，不是自上而下由董事长、总经理或者高管集体制定，而是自下而上由员工完成的。

他说："办厂之初，如何建立科学合理的厂规厂纪？众人拾材火焰高！我们的办法是：充分发扬民主，请员工提出建议。"接着，针对"上班迟到应该怎么处理？""产品质量没有达标该如何处罚？""自己做的灭火器报废了该赔多少？""车间摆放凌乱该如何纠正？"等问题，请员工一项一项写出来。公司每录用一条，奖励一百元。由于内容来自一线员工，所以当规定出台后，大家都觉得可以接受。他说，如果是自上而下制定，可能考虑不够周全，员工会有抵触情绪。后来，在执行的问题上，不管谁违反了相应条款，他们坚决按照规定处理，员工一点意见也没有。

江荆公司对员工奖金实行计件管理。随着设备更新等技改原因，他们必须优化公司的工资标准，确保企业的健康发展。叶辉军总经理说："这就需要员工的理解。例如，在老设备运行条件下，生产量不大，员工做一具灭火器，公司给一元钱。可是新设备运行后，生产量大大提高，企业通过测算只能给八毛钱。而从工作时间来算，大家的收入都有所增加。可是，有极少数员工只看见少了两毛钱，认为不能接受，甚至选择离职。怎么办？我们只能解释，如果还执行一元钱的标准，公司就无法生存。如果员工一定要走，我们也会换位思考，尊重他的选择。"当离职的老员工再回来时，他们马上给对方恢复原来的岗位，使其享受原来的工资标准，而且没有试用期。

再次，他们关注员工所求，保障员工的收益和福利。

员工入职以后，江荆公司100%与他们签订劳动合同，并按照劳动法律、法规及时调整工资标准，为每一位员工缴纳社会保险，工资准时足额发放。同时，公司还定期组织员工旅游、体检,在传统节日发放生活用品,在高温作业期间发放防暑降温用品,每年为员工提供生日福利……因此,公司员工队伍稳定。

许多员工觉得,在江荆公司工作,相对来说待遇好,福利也高。叶辉军说:"以前,员工到了退休年龄仍然不愿离职。我们想,既然年龄到杠了,就应该让他们享受晚年生活;再说,现在招的都是年轻的大学生,他们学习能力强。如果把老员工都留下来,占着岗位,年轻人就没有机会了。于是,我们做出了一项规定:除了重要岗位的技术骨干以外,一律不返聘。"

江荆公司与退休员工保持了良好的关系。每年,公司都会在端午等节日慰问退休员工,也经常邀请他们来公司看一看,座谈座谈,或者给他们提供一些外出旅游的机会。他们对公司充满了感情。叶辉军说:"一家企业的口碑如何,领导自己说了不算,员工说好那才是真正的好。有时候,我们的订单很多,实在忙不过来,只要说一声,那些已经退休的老员工都会跑过来帮忙。"

杨尚虎说:"我们王董事长在浙江老家经营一座农场。每当水果收获的季节,他都把水果运过来作为福利送给我们员工分享。我们吃在嘴里,甜在心里。"

2015 年春天,王晋富投资 3000 多万元在江山市上余镇塘岭二村创办了绿色无污染的生态基地——江山富仙孜家庭农场,主要种植经营各种优质水果、城镇绿化苗木、中草药等,同时开发观光采摘游项目。这家农场,既是带动周边农户走上致富之路的载体,也是让江荆员工齿颊生香的美味产地。

"禹划九州,始有荆州。"荆州是荆楚文化的根脉所在,历史厚重、文化灿烂。在这块土地上扎根的江荆消防,将抓住机遇,干在实处,奋力谱写高质量发展的崭新篇章。

扬帆商海写传奇

——宁波市阿六（冷链）食品有限公司董事长施新岳创业纪实

人物介绍

施新岳，1963 年 3 月生，浙江省慈溪市人，厦门大学马克思主义学院干部物流专业结业。1982 年 10 月入伍，在舟嵊要塞区司令部侦察队、要塞区船运大队服役。1985 年 11 月退役后，在国营企业慈溪动力机厂工作。1991 年辞职经商，创办慈溪市水产品批发中心。1992 年，创办慈溪市新城水产食品有限公司。1994 年，创办宁波市阿六（冷链）食品有限公司。2020 年 11 月，创办阿六供应链管理（浙江）有限公司。

施新岳于 2014 年被评为"品牌宁波"冷链物流行业杰出人物，2015 年被国家国防文化研究会授予"百佳军旅英模人物"，2018 年被评为"品牌宁波"冷链物流行业杰出人物。2021 年 9 月被评为慈溪市最美退役军人。2022 年 8 月，获评"慈溪市最美双拥人物"。

2019 年 11 月 1 日，施新岳作为驻守舟山第二故乡的退役军人代表，受邀出席了世界舟山人大会。

施新岳现任宁波冷链物流分会会长、慈溪市冷链行业协会会长、慈溪市退役军人就业创业导师、宁波市传承红色基因工作委员会主任。

施新岳对摄影一往情深。

1980年底，他开始工作后，就成了摄影"发烧友"，而且四十多年从未"退烧"。他拍摄的照片不计其数，至今家里还保存着当初买的第一架"海鸥"牌照相机。他经常说："年纪大了，很怀旧。我搬过几次家，当年制作的许多底片和照片都找不到了，真是太可惜了！"

在长期的摄影实践中，他懂得，聚焦的学问太深奥。只有掌握娴熟，才能灵活运用——如：怎样让主体清晰？怎样让背景虚化？怎样让画面增添动感？怎样控制照相机的景深？

他把摄影中的聚焦原理成功地运用在选择主业上，演绎了宁波海水产行业余慈地区冷链物流业开创者的一段传奇。

他是一位有魅力、有魄力的人。创业路上，他的主营业务，从设立水产批发中心开始，相继介入土建小冷库仓储、制冰、生鲜超市、食品加工、国际贸易，以及后来投资超亿元建设大型冷库，为客户提供冷冻食品仓储和物流等服务，努力追赶市场的潮头！

施新岳的父亲施尧灿，1947年加入华东野战军六纵队，参加过济南战役、淮海战役，以及围歼黄百韬兵团和蚌埠以北的阻援作战。1949年2月，部队改编为24军。他担任24军运输队骑兵组组长，又参加了渡江战役、舟山群岛战役，为革命的胜利驰骋疆场、浴血奋战。直到1952年，才因病回乡工作。

1982年底，他接过父辈的枪，投身了保卫海防的神圣事业。

"是人民军队把我锻炼得更加坚强！"施新岳说，生意场上，要有"稳、准、狠"的敏感和魄力。具备以快求变的能力，就能在瞬息万变的市场风浪中站稳脚跟！

目前，宁波市阿六（冷链）食品有限公司是浙江省宁波市余慈地区规模较大的集冷冻食品仓储、配送、代购代销代加工服务，以及冷库出租于一体的冷链物流企业，冷库仓储总量达到5.8万立方米，每天平均吞吐量为200吨左右，跻身中国冷链物流50强企业。

一、他带着相机奔赴军营，坚持摄影创作，拍摄了大量的海岛风光和沸腾的军旅生活画面

1982 年 10 月，施新岳入伍。

谈起直接原因，他说："我有个表姐夫，曾经在舟山庙子湖守备连当过指导员。他说，部队是培养坚强意志的地方，劝我到那里去锻炼。我深信不疑。"

在舟嵊要塞区侦察队工作不久，施新岳被调到船运大队。他无论担任炊事员、给养员，还是航海兵，业余时间总是拿着一台海鸥 4B 照相机坚持摄影创作。

这种相机是 1963 年由上海照相机厂生产并投放市场，前期为上海牌，后期改名为海鸥牌。海鸥相机属于当时国内最高配置的照相机，20 世纪 60 年代中期

到 70 年代曾经专门特供政府有关部门和记者使用，后来投放市场。

那时，海鸥 4B 照相机单价为 120 元，相当于一名工人 4 个月的工资，所以个人拥有照相机还是很稀罕的事。整个大队，只有他一架。他不仅会拍照，还会操作暗房工艺。白天，他手把手地教战友如何安装胶卷、如何根据光线亮度调整光圈和速度、如何构图取景……晚上，他将设在船艇中层的海图作业室窗户紧闭，拉上窗帘，作为暗房。在冲洗胶卷时，他先将显影粉、定影粉分别放入不同的白色塑料盘里，分别加 250 毫升清水搅拌均匀，再用温度计测试。当水温稳定在 18℃时，关灯。在黑暗中，他从相机里取出胶卷，先显影 6 分钟。战友在船舱外面看手表，时间一到，敲窗户，他马上将胶卷放入清水中漂洗，然后再放入定影液中。10 分钟后，再放入清水里漂洗、晾干。

他是增辉照相馆（位于舟山定海人民路）的常客，经常在这里购买黑白胶卷、显影粉、定影粉，以及其他摄影器材。暗房里，他打开红灯，拿底片在曝光箱上操作，就可以印出照片了。有时，他突发奇想，还把"海里成长"等汉字印在一张张照片上。慢慢地，在他的指导下，一些战友也学会了。

至今，每当提起那张"把救生圈当作前景拍摄船艇雄姿"的照片时，他都津津乐道。

说起施新岳如何爱上摄影的，还有一段故事呢！

他的父母养育了八个子女，他有两个姐姐，在兄弟中最小，排行老六。1980 年底，他有个哥哥申请到吉林支边，家里少了一个劳动力。正好，一家街道小五金装配厂招人，每月工资 17 元。高二只读了半年的他，看中了这份工作，就急急忙忙上班了。

在工厂做工时，施新岳的活不重，业余时间还多。他脑子活络，善于接触新事物，看准了照相可以赚外快，就勇于大胆尝试。

领着他走进摄影之门的，是他的好朋友杨少军。当年，杨少军的父母都在慈溪越剧团工作，父亲是拉主胡的。他们对施新岳都非常友好。

杨少军喜欢摄影，水平也很高。在杨少军的指导下，施新岳买了一架"海鸥"牌双镜头 120 相机，还动手制作了一只印照片的曝光箱。他刻苦学习摄影知识，掌握了基本的操作技能：如取景，采取黄金分割、三角形构图；如拍摄，采取俯视、平视、仰视等角度；如用光，采取正面光、侧面光、背景光等方法……

慈溪曾经有"浙江棉仓""百里棉乡"之称。1970年初，慈溪第一家上规模的国营企业慈溪棉纺织厂（慈一棉）正式投产，员工2000多人；1980年又开始筹建慈溪第二棉纺织厂，后来慈二棉的员工超过3000人。还有慈溪绣花厂等等。这些工厂的女青年多，她们又爱美，所以特别喜欢照相。每逢节假日，施新岳都喜欢往那里跑。

当年，施新岳为工厂的青年员工拍照时，承诺过几天给他们送照片和底片，规格是6厘米×6厘米。如果要两张照片，收对方0.4元；如果要三张照片，收0.6元。

那时，相机都是机械的，不像现在的数码全自动，而且可以即时观察效果。拍照时，他要根据阴晴雨雾的不同天气，调节不同的光圈和速度，以控制曝光量。同时，从事暗房工艺时，如果曝光量过度，照片就发黑；如果曝光量不足，照片就发白。施新岳给客户送照片时，对方如果觉得不太满意，他就打打折安慰一下。总之，不想拿走自己照片的人是没有的。

在部队的三年服役期间，施新岳共为官兵拍摄留念照6000多幅。

二、他退伍后，在慈溪动力机厂干到第六年时，决定辞职创业

施新岳从部队退伍后，于1986年被安排到慈溪动力机厂工作。

这家工厂是国家机械电子工业部的重点企业，是全国最早（1966年）设计、制造小功率风冷柴油机的专业厂之一，名优产品是"三环"牌柴油机，年产量5万台，销往国内外。

当时，慈溪动力机厂有700多人（后来发展到2000多人）。施新岳入厂后，在经营科工作，协助他人采购、销售，月收入150元左右。

没干几个月，他想学技术，就主动申请到车间。在师父的指导下，他努力学习车床、铣床、刨床技术。由于动手能力强，他很快在业务上就能独当一面。

干到1991年，虽然月收入增加到300多元，但是他有更大的梦想，决定辞职自己去创业。这时，领导、亲戚、朋友都劝他说，动力机厂是国营企业，是铁饭碗，除了收入高，福利好，还有房子住。许多人挤尖了脑袋想都进不了！

说起房子，当时的动力机厂规定，离公司五里路以外可以分配住房，以内

安排住集体宿舍。

当时，施新岳家里有七间房，父母一间，六个兄弟各一间。1987年，为了结婚，他咬咬牙，在慈溪市中心买了一套最早的商品房，80.6平方米，售价2.04万元。买房时，他还借了一万元的外债。

为了还债，他在自己商品房下面的一楼车棚安装了一台小五金车床，还请担任慈溪电力公司外线队队长的哥哥为车棚拉了一条电线，并装上了电表。他利用工作之外的时间接私活，为他人加工铜螺丝，每天能赚三四元。

一言既出，驷马难追。最终，施新岳成为慈溪动力机厂第一个停薪留职的员工。在三年合同期里，他每月必须向单位上交100元。

1993年，他写了一份辞职报告，彻底与原来的单位脱钩。

慈溪动力机厂创始人、第一任厂长龚生达，是施新岳的忘年交。当年，施新岳提出辞职时，他觉得施新岳专业技术很好，转行有些可惜，曾经亲自挽留过。后来，他俩经常见面交流。晚年，龚厂长甚至在病床上，还惦记着施新岳。他经常说："阿六是从我们公司出去的，是我们的光荣！"

三、面对骗子的无赖，他到上海盯着，软磨硬泡把损失夺了回来

施新岳说："人生最困难的时候，就是我最冷静的时候。不管压力有多大，我都要以更大的勇气排除万难，取得最后的胜利。这是我的强项。到上海讨要骗款一事，就是例证，一辈子都忘不掉！"

1989年，施新岳跟一个朋友合开了小型纺织厂，专门生产羊毛衫。那时，不需要自己为产品找销路，义乌小商品市场的小贩会上门来收。

最早，他们也赚了一些钱。当年，施新岳所在的小区只有两个人买了手机。他买的是一部"二哥大"，价格3万多元，相当于买了一套大房子。为了防止信号断断续续，他还在五层的楼顶上竖起了一根天线。另外，他花3.15万元购买的本田王摩托车，也是当时的豪车。

后来，他们碰到了一个骗子，创业计划被彻底打乱了。

这个骗子就是上海幸福服装厂的老总。当这家街道工厂将要倒闭时，有人向他们介绍："幸福服装厂是做羊毛衫的，技术力量强，效益很好。你们如果

愿意跟他们合作，一定能赚更多的钱。"实际上，施新岳也是精明的，他与合作伙伴商量时，对方说："介绍人是我的朋友，我们很要好的，你就放心吧！"这么一说，他也就放松了警惕。接着，他们决定与幸福服装厂联营。按照对方要求，他们投资了三万元，其中施新岳拿出了借来的两万元。

没想到，这是骗子的圈套。那位老总把钱拿去了以后，不是用于发展工厂，而是补发了拖欠员工的工资。施新岳发现问题后，不断催讨，可对方总是敷衍。换成一般人，可能认为没有希望了，还是自认倒霉放弃吧！可是，施新岳坚信，对骗子的仁慈就是姑息养奸！他等不及啊，就跑到上海找老总要钱。

这位老总35岁左右，戴着一副眼镜，看上去文质彬彬的样子。施新岳说："我整天跟着他：他上班，我就跟他到单位。他办公，我喝茶。他晚上回家，我也到他家里去谈。夜深了，我就在附近找个宾馆住。每天就这样，我在他家和工厂之间跟着。那时，钱要不回来，我根本没有心思上班，只能盯着他！我不骂他，也不打他，就是软磨硬泡一定把钱要回来！"

就这样僵持十多天以后，这位老总觉得再也赖不下去了，就向施新岳诉苦："要钱，真的没有。现在，我们公司还库存一些女式呢子服，你看用来抵债怎么样？"施新岳想想，叹叹气，也只能这样了。谈判的结果是，厂方拿出了总价格2.6万元的衣服。施新岳在上海雇了一辆货车，把衣服全部拉回了慈溪。

他说："这些衣服，家里穿不完，送亲戚也送不完。那时，一听哪里有商品展销会，哪怕是地点在乡镇，我也马上用货车把衣服拉到现场贱卖。"经过一段时间的努力，他终于把衣服卖出去了。他说，最终，两万元是收回来了，但是花了大量的时间和精力。

四、在慈溪繁华的闹市开设水产批发中心，开启新的创业之路

1991年，施新岳的家住在慈溪市中心地带，附近有一个农业批发市场。

每天早晨，他都要起早锻炼身体。一天，他跑步时，一位熟悉的小老板喊他过去，还送他一袋带鱼。他问这位小老板："你水产批发干得怎么样？"对方说："你来亲自看看吧。"

第二天凌晨，施新岳去了现场后，看到水产批发摊位生意兴隆，人流熙熙

攘攘，一片繁忙的景象。

　　这里，小老板每天夜里十二点前进场准备，次日一点开张，直到早晨六点左右才结束交易。小老板对他说："我们批发部人手少，忙不过来！你很灵光，又肯吃苦，能不能早点来这里帮帮忙？反正你上班要等到七点半才出发，不耽误……"施新岳想，在这里加班，每天有几十元收入，还可以带点鱼货回家，就当场答应了。

　　干水产批发这行，组织鱼货是一项重要工作。施新岳想，他在舟山当过兵，熟悉那里的一切，包括那里的大海、那里的朋友，或许有机会。于是，他通过舟山的朋友，辗转找到海洋渔业公司的工作人员，了解舟山的水产市场；还向几位渔老大询问他们做生意的方法，并邀请他们来慈溪水产批发市场考察。对方来了以后，果真马上就看中了这里。

　　随着一批批舟山海鲜的入场，小老板给了施新岳一点介绍费。看着慈溪农批市场的水产交易购销两旺，施新岳想，如果自己转入这行，一定能干出更大的事业。于是，他说干就干，在农批市场租了摊位，买来一张桌子、一台磅秤，马上开张。怕忙不过来，他还请了熟人李先生给自己帮忙。

　　施新岳说："渔民的货来了，我只是提供代销平台，不要本钱。我作价把海鲜卖给小贩后，拿3%的提成（管理费）。如果当天卖了十万元的货，我拿3000元。"

　　子时一点，水产批发中心开始迎客。顿时，人声鼎沸，来自四面八方的小贩排着长长的队伍，摩肩接踵，鱼贯而入。

　　他们选好鱼货以后，施新岳就扯开嗓门："绍兴某某某，带鱼80斤，单价5元；小黄鱼60斤，单价9元……""慈溪某某某……""余姚某某某……"一旁的会计们马上轮番记录、算账、收款。小贩付款后，马上离开，急匆匆地赶到自己卖菜的摊位。如果实在来不及付账的，就等第二天补上。

　　早晨六点多，水产批发才停止营业。每天如此，他夜里休息不好，只能白天补觉。

　　为了方便舟山渔民把捕来的海鲜快捷地运到慈溪，他把白峰码头、郭巨码头作为中转站。每当渔船一到，码头老板就安排人员将船上的海鲜装上货车，再由驾驶员开到慈溪。

施新岳接到鱼货以后，按照每车 100 元的运输价格付给码头老板。在当年，这个价格还算是高的，码头老板很高兴，双方一直合作得很愉快。

五、他将企业注册日选择了"双 11"，表达自己"要要要赚钱"的理想

1994 年 11 月 11 日，他注册成立慈溪市阿六水产食品有限公司。

说起这个"双 11"，施新岳说，四个"1"才能连号。那时，工商人员办理事项时是用手书写完成的，不像现在可以上网"最多跑一次"。那天，他对工商人员说："今天，你们无论如何也要帮我把这个企业注册下来，到明天就失去了意义！"他用这四个"1"，就是表达自己"要要要赚钱"的理想。没想到，后来，马云的阿里巴巴也钟情这个"双 11"。

那些供货的渔民和买货的小贩，施新岳都能叫得出姓名。在批发中心工作的18 年（1991—2008）中，他认识的渔民和小贩至少有两万人！

如果当天渔民的海鲜卖不掉，该怎么办呢？施新岳说，我们不能耽误渔民返回生产，会尽快想办法解决。通常，他马上联系几位慈溪本地的小贩，给他们分任务，你五箱，他八箱……分解压力。最后，他不忘补上一句："如果赚了，是你们的；如果亏了，你们记好账报过来，我明天补上！"他的承诺，就代表着信誉，大家都把他当作亲人一样，心里都很感动和踏实。

他的魄力和魅力，赢得了大家的尊敬。从十几岁的少年到七八十岁的老人，一见到他，老远就亲切地喊："阿六，阿六！"

2009 年，施新岳抽身管理冷链物流，把水产批发的业务交给一位老总去经营。目前那里有员工 20 人。

18 年搞批发，没有睡过一次安稳觉，施新岳是怎么坚持的呢？他说，酒是个好东西，它不仅能够支撑身体的疲惫，还是坦诚交友的工具。

老底子，他是在部队打好的。在船艇工作期间，他曾经被推荐到宁波华侨饭店厨师培训班学习。接着，他做了四个月的饭，买了两个月的菜。平时，船上烧菜用于调味的老酒，被他偷喝了不少。

干了两年，他做生意就赚了 50 多万元。他不敢把钱存到银行，而是放在床铺底下。

六、为了考察海鲜的产地、品种、质量，他踏遍了舟山群岛的每一座渔村

为了进一步了解舟山海产的特点，精准组织货源，施新岳考察了定海、普陀、岱山、嵊泗的渔村。他说："凡是有渔民的小岛，我都上去过。"因此，他对舟山的海产分布、特色了如指掌：嵊泗出产石斑鱼、鲳鱼、螃蟹、海蜇、虾米（黄龙岛）、淡菜（枸杞岛），岱山出产大黄鱼、扇贝，普陀出产硬皮虾（庙子湖岛）、虾皮（蚂蚁岛）、乌贼、马鲛鱼、鳗鱼、海带，定海出产带鱼、鲳鱼等。

一次，他到普陀区鲁家峙小岛考察，渔业大队的领导告诉他："我们捕来的海鲜，都指望你阿六帮我们卖个好价钱。你的名字在我们渔民中家喻户晓！"

每年十月，他都要去蚂蚁岛收虾皮。那时，"农忙"时节开始了，几十家虾皮加工厂机器全开。

蚂蚁岛素有"虾皮之乡"之称，加工虾皮已有200多年历史。施新岳说："他们大力发展虾皮（饭虾）围捕、加工业，是浙江省最大的虾皮市场，出产的虾皮以壳薄软透明、味道鲜美而远近闻名。"

施新岳一有机会，就跟当地的一些经纪人共同交流，他们一起猜拳喝酒、大块吃肉。说到激动的时候，他拿出军人的豪爽，向对方拍胸脯，大声邀请："希望你们把虾皮卖到我这里来！"往往，很多人都被他的魅力所折服。

在普陀区的庙子湖岛，施新岳看到，海水湛蓝湛蓝，成百上千艘渔船在海里飘着，船尾方向用锚固定，船首有一条条像手臂一样粗的缆绳拴在岸边的石墩上。有的渔船之间，用一块木板搭着，供人员来往。渔民们穿着肥大的灯笼裤，从船舱里将鱼货提上来，装筐，过秤，再卸到岸上。岸上的人们挑担的，拉车的，扎堆在一起，将鱼货装上。在这座岛上，施新岳还看到，渔民正在把捕上的鱼虾撒在海边的礁石上晾晒，就像农民在地上晒稻谷一样。晚上，他和渔业大队的领导在一起海钓，他保证："请你们把这些海鲜运到慈溪来，我一定帮你们卖个好价钱！"对方也是见过世面的人，就喜欢他的爽快和真诚！

施新岳说："岱山县衢山镇有个岛斗岙。舟山的大黄鱼，多产自这里。"

"绝顶登临极目望，衢山港里聚渔航。月华皎皎潮初上，星火萤萤夜未央。"这是清代文人陈文份看到岛斗岙樯桅林立、渔火相映十里的情景后，创作的诗词《衢港渔灯》。

施新岳在考察中了解到，岛斗岙渔民对大黄鱼汛期有个特殊的叫法，叫作"洋生"。每年的农历四月至六月，正值春夏之交，岱衢洋海水温度适宜，海潮湍急，饵料充沛，加之多泥沙质，滩涂广阔，成群结队的大黄鱼等鲑类洄游至此。当地渔民还告诉他，大黄鱼旺发时，晚上岛斗岙外的山上能听到黄鱼"咕、咕咕，咕、咕咕咕……"的叫声。

洋生一到，渔船千帆汇集于此。夜晚，施新岳极目远眺，月色朦胧之中，渔灯万点，映红海港；近看，渔船在海边穿梭，这边帆篷还没收起，那边樯桅又集聚而来。码头边人影穿流，吆喝声此起彼伏，这里彻夜无眠。

在考察中，他与一个个客户商谈，凭借自己的真诚赢得了对方的信任。慢慢地，岛斗岙的大黄鱼"游"到了慈溪。

"我对嵊泗的黄龙岛情有独钟。"他说，那是一个好地方！这里有闻名遐迩的金钩虾米、鲜美的虾干、鲜甜嫩滑的虾蛄。

"小小黄龙脚踏江浙两省"——原来，这座小岛自清光绪元年（1875）起，北港属江苏省崇明县，南港属浙江省定海厅。1951年，北港并入黄龙乡，归属嵊泗县，从此结束长达76年分属两省的历史。

渔业是黄龙乡的基础（支柱）产业，全乡拥有各类渔船200多艘，开展帆式涨网、近洋涨网、海底串、蟹笼、单拖等多种作业。同时，当地许多渔民还进行远洋鱿钓。

施新岳在考察中，将这些信息全部储存在脑海里。有了这些，他同船老大就有了共同的话题，也有利于后来的合作。

施新岳还了解到，台州人善于在海里捕捉螃蟹，这是他们世世代代的传统。每年9月，那里的渔民就带着全家，开船到嵊泗列岛租下房子，以便到长江口一带捕蟹，然后在上海、宁波出售。这项活计，他们要干到临近过年才匆匆忙忙赶回老家。施新岳与他们交上朋友后，他们的螃蟹也出现在了慈溪阿六的水产批发中心。

七、他最早把泥螺做成瓶装罐头出售，后来被市场大量仿效

施新岳很早就关注了泥螺，梦想把它精心包装推向市场。

慈溪龙山的黄泥螺，是公认的全国最好吃的泥螺。原因在哪里呢？关键是杭

州湾滩涂的油性重，所以它也叫油泥螺。它的名气大，主要跟虞洽卿有关。

一个虞洽卿，半部民国史。虞洽卿（1867—1945），慈溪市龙山镇山下村人。十岁，他到海涂拾泥螺、蛤蜊；十五岁到上海后，他当学徒，学算盘，学书法，学英文，当跑街，当买办。在上海滩摸爬滚打60多年，他游走于洋人、劳工、资本家、政治家以及黑社会帮派之间，开办房地产公司和银行，成为煊赫一时的商界巨贾，与黄金荣、杜月笙同是上海闻人。

因为他喜欢吃家乡的黄泥螺，所以当年在上海生活的宁波人也对黄泥螺情有独钟。而且，这个群体是很大的，占了当时上海总人口的三分之一。

黄泥螺既然是一道美味，所以自1993年开始，施新岳就一直在思考怎么把它推向市场。"有一次，我在上海考察时发现，食品监督部门对泥螺的限制非常严格，散装的泥螺是绝对不允许在市场上销售的。所以，如何销售黄泥螺？我一直没有想出最好的办法。"

当年，慈溪有家企业叫徐龙鳗业，老总叫徐其明，被外界称为世界"鳗鱼大王"。施新岳说："他是我的同龄人。我是慈溪海水产的老大，他是慈溪淡水产的老大，我们关系比较密切。"

丹东位于鸭绿江出海口，附近的淡水和海水交界处盛产鳗鱼苗。1993年，徐其明到丹东购买鳗鱼苗时，顺便收购了180桶大泥螺，每桶有100斤。他原本认为销路不错的，但是回到宁波以后，只卖掉了二三十桶。

于是，徐其明找到施新岳，说："阿六，这个东西你帮我卖卖好吗？"施新岳答应了。拿来一看，好家伙！这泥螺像鹌鹑蛋那么大，粒粒饱满。他放入老酒、白糖、大蒜、味精等佐料，搅拌均匀，腌制，一瓶装10粒，做成罐头出售。很快，就在宁波地区销售一空。

虽然这次是销售成功了，但是把泥螺当作重要项目来开发，施新岳还是有点担心，主要原因有两个方面：一是如何确定口味。有人喜欢吃甜，有人喜欢吃咸，这个度很难把握。再说，在宁波最擅长做咸水产的，非上虞人莫属。他们做的咸海蜇、咸螃蟹、咸鳓鱼、咸泥螺，最受市场欢迎。二是难过市场检测关。特别是在上海，很难获得那张食品卫生监督许可证。一旦被查封，对企业的打击将是毁灭性的。所以，他为了稳妥，迟迟没有主推这项产品。

后来，他采取瓶装罐头的做法，被上海一家食品公司仿效，使泥螺最终走进了超市。原来成本两三百元一桶的泥螺，通过这种形式出售，可以卖到两三千元。

后来，宁波有人专门跑到江苏东部，承包黄海的滩涂，用于养殖泥螺。

八、建起宁波市第一家冷链物流配送中心，事业发展步入快车道

1995 年，随着大量鱼货的涌入，800 平方米的水产批发超市每天人头攒动。有时，海鲜当天难以卖完，就需要冷藏起来，否则会腐烂。于是，施新岳花了 61 万元，在批发部附近买下了一家乡镇联合体的小工厂（占地三亩），其中 11 万元是向银行借贷。之后，他把破旧的房子拆掉，建造了宁波市第一座 500 吨的私营土建冷库，以及一座一天可以生产 10 吨冰块的制冰厂。

为什么要建制冰厂呢？那时，夏季市场对冰块的需求量激增，特别是饭店酒家，经常会遇到停电，他们除了要用冰块冷冻鱼肉外，也为客人在包厢消费时降温。

当时，一只四十斤的冰块售价 6 元，一般需要六七个小时才能完成冰冻过程。开业后，他们生产的冰块供不应求。客户每天都在厂外排起了长队，慢慢等待。有的客户等不及，干脆要求等价购买制冰不到五小时的空心冰块。

接着，他的水产批发生意越来越兴旺，场地很快就不够用了。于是，他又买下三间门面房。多的时候，像开渔节后 20 天左右，他每天可以赚两三万元，相当于当时可以在慈溪买套房子。

为了适应形势发展需要，1995 年，他又买了七间店面房（800 平方米），搞起了宁波市第一家冷链物流配送中心，一天要做 30 多车的海鲜批发。那时，海鲜的来源地不仅包括浙江的舟山、台州、温州，还包括江苏的启东、如东，以及福建、广东等省市的沿海地区。这里的小贩来自杭州、金华、绍兴、嘉兴等地。施新岳自豪地说："那年，我才 32 岁，就把慈溪打造成了海产品的重要中转站。这个市场就是我搞起来的，一直深耕到现在！"

当时，在慈溪最大的菜市场对面，有一家信用社，因为合并要卖房子。他知道后，就把那里的房子买下来了。之后，他开起了海产品批发配送中心。施新岳说："随着生意的扩大，客户停车遇到了很大的麻烦，我只好把它卖掉了。"

批发现场，收钱都用竹鱼筐装，每天都收到十几筐人民币，绝大多数是十元的纸币。那时，市场上买不到点钞机，要等罢市以后，由十几个人用手清点。

他还善于发现生意中的利润点。1995 年，光是小小的竹鱼筐，他一年就赚了 20 万元。那些年，塑料箱是渔民捕鱼的"饭碗"，用于装运海鲜。当鱼货在批发部完成交易后，渔民将塑料箱的海鲜倒入阿六公司备好的竹鱼筐。

阿六公司的竹鱼筐，是圆柱形，洞眼有鸡蛋那么大。小贩买走海鲜的同时，带走竹鱼筐并付款。

这些竹鱼筐，是桃花岛的客户从玉环县购买的，进货单价为 0.8 元，送到阿六公司的单价是 1.2 元。阿六公司卖给小贩的单价是 3 元。施新岳说："那时，一天交易 30 车鱼货，需要多少只筐啊！"

仅是这样做，那还是不够的！为了减少浪费，他每十天就派人到菜场去回收一次竹鱼筐，购买单价为一元。他说："只要没坏，就要重复使用！"

慈溪逍林镇是国内电子接插件的主要生产基地。有一次，市领导对一些老板说："你们要在提高经济效益上下功夫，像浒山阿六那样赚得多！"

2004 年，他创建了宁波地区第一家生鲜配送中心。

九、多年来，他们一家三口过了春节，就冒着狂风恶浪，舟车劳顿，上小岛渔村看望生意上的伙伴

施新岳认为，做人讲人品，做生意讲技巧。能让别人乐意地把钱放进自己的口袋，不仅要讲能力，还要讲感情讲诚信。

1995 年之后的那几年，每逢春节放假，水产批发市场休市，施新岳的爱人罗老师也在度寒假，所以全家相对空闲。于是，他们夫妻就带着才几岁的女儿冒着狂风恶浪，舟车劳顿，上小岛渔村看望生意上的伙伴，增进相互间的友谊和感情。

罗老师说："那时候，海上交通不发达，渔民信息也很闭塞。阿六是个热心人，在水产行业威信很高。遇到不公的事，他发起火来很多人都怕。他许多生意上的伙伴都来我们家里吃饭，一拨一拨的。我们用最好的酒菜招待他们。因为他们处处感受到了我们的真诚，所以对我们也特别好。"

他们上岛看望的这些朋友，主要包括三类人：一是渔业大队的大队长、党支部书记，二是说话算数威信高的船老大，三是能力实力都很强的经纪人。

施新岳回忆说："每一次，我们全家都是乘坐客轮先到大岛的客运码头，然

后渔民用小木船把我们接到小岛。"

有一次，他们前往嵊泗县黄龙乡峙岙村。这个村处在半山腰，小船靠上黄龙的水泥码头后，他们沿着两米宽弯弯曲曲、高低不平的山路上行。这里，看不到一辆自行车，身边是渔民拉着板车来来去去运海鲜。到了以后，他们看看渔民们的家庭摆设，了解对方的生活状况，同渔民交流生意、生活等方面的话题。

闻讯后，渔民们纷纷赶来欢迎他们，请他们吃饭。但由于时间紧张，多数难以排上。那年头，渔民家里还没有冰箱，他们热情地把晒干的虾蛄拿来，让客人剥着吃。

热情的渔民还带着他们一家游览了黄龙岛这座典型的海岛历史文化村落。全村屋舍依陡而建，叠屋重楼，满眼石境。沿途石屋、石墙、石阶、石板路、石码头，有"东海石村"之誉。该村的元宝山景区，还有"东海第一奇石"。

晚上，他们住在一个朋友家。这个朋友是独子，他父亲是老实的渔民，母亲曾在供销社工作，老婆非常贤惠，大家在一起交流到深夜。

施新岳说："第二天早晨六点，我就被高音喇叭吵醒了！"原来，这是乡广播站开始播音了。

海岛的气象预报是很有特色的："今天偏北风5—6级，阵风7级，浪高2米……"收听气象是渔民的习惯，他们要依靠这些信息，判定出海和返回的时机。

还有一次，他们一家三口前往普陀区蚂蚁岛看望客户。在沈家门客运码头，他们踏上了小木船。机舱上一根铁管子做成的烟囱便"突突突"地冒出一股股青烟，小船上弥漫着浓浓的柴油味道。出港以后，小木船便在大风浪中颠簸，除了施新岳和三名船员外，其他人全部晕船了，吐得一塌糊涂。那时的码头，可不像现在这样平平整整的，他们必须走过钉着横木条的跳板，才能上去。遇到跳板不能放的，只能随着潮水的涌动一跃而上。罗老师也说，这段辛苦的经历，至今还记得。

上了蚂蚁岛，他们住在朋友金良的家里，像走亲戚似的。金良的家门口就是大海，他在海边放了十几只装有诱饵的网笼，用于抓螃蟹。隔段时间去拉网，每次必有收获，十分有趣。

这座小岛曾经有着光荣的历史：1958年9月，蚂蚁岛建立起全国第一个人民公社。它以艰苦创业的精神名扬全国，成为渔业战线的一面旗帜，那句"把蚂蚁岛人民公社的红旗插遍全国渔区"的号召，让小岛在上世纪五六十年代名噪一时。

施新岳一家在参观蚂蚁岛人民公社旧址时了解到，当地渔民的创业故事曾被人民日报以《第一个人民公社》为题进行长篇报道：300 多名妇女夜以继日搓草绳换钱打造了大渔船；无论白天黑夜，她们候潮跳入深可及腰的海水中，用双手筑起了"三八海塘"……他认为，蚂蚁敢啃硬骨头，折射的是一种韧劲，是一种精神，与自己创业的想法非常吻合。

他还特别提到，蚂蚁岛实行了全国独一无二的殡葬制度，把死者全部安葬在隔水相望的小蚂蚁岛。生于大蚂蚁，死葬小蚂蚁，成为了当地的风俗。

施新岳说："通过近距离的接触，我们从心底感受到了渔民的淳朴和善良，更加激发了我努力帮助他们致富的热情。"

十、他善于借助媒体的力量，事半功倍为自己理想助力

2008 年，他在宁波慈溪绿色农产品加工基地（崇寿镇）买了 30 亩土地，建造了 2.5 万吨冷链物流冷库。这是当时浙江省较大的冷库之一。

施新岳说："下这个决心，是需要魄力的。首期造房已经拿出了全部几千万元的家底，而购买设备、建造冷库的投入超亿，是一笔很大的数字。经过反复的思想斗争，我决定向银行申请贷款。"

起初，货源不足，到处拉业务费时费力。为了尽快让冷库"吃饱"，他找到舟山日报社，在报上连续刊登了一个月的广告，其内容是："我们阿六公司在慈溪建成 2.5 万吨大型冷库一座，为客户提供冷冻食品仓储、物流配送服务。同时，我们拥有完整的水产加工流水线，有 200 名员工，也期望以其他方式与客户合作。本公司实力雄厚，欢迎洽谈！"

当时，舟山的大型冷库很少，许多渔业大队捕上海鲜后，正愁销路。他们看到广告以后，纷纷派业务员带着鳗鱼鲞、虾干等礼物上门找施新岳合作。连舟山海洋渔业有限公司、浙江兴业集团有限公司等大型企业也希望跟他一起做生意。

回忆这段人生经历，施新岳还为自己当初去找报社帮忙而叫好："如果我一个人跑市场，那要跑到什么时候啊？也许几个月都搞不定！当时，流行一句话：一杯茶、一张报成了许多人上班的必备。这说明报纸的信息传播广而快，社会影响力很大。登报，不仅帮助我解决了难题，而且进一步扩大了我们阿六公司在舟

山的知名度。"

他说:"慈溪的公交车广告,也是我第一个做的。"当时的广告语就是:买水产,找阿六!

有一年临近春节,施新岳在慈溪客运中心附近的一座大型超市的墙体正面上方做了一个很大的广告牌。络绎不绝的旅客一下车,就能看到广告,一些单位给员工送福利,甚至有的外地人,也来购买阿六的产品。

早些年,每当慈溪杨梅节到来时,他就刊登广告:"阿六水产,慈溪杨梅,两全其美!"许多人到上海、杭州等地走亲访友,不仅带杨梅,还带阿六水产大礼包。他说:"一般来说,十天可以做 50 万元的生意。"

现在,市场上有各式各样的海鲜大礼包。而施新岳说:"这个创意,最早还是我搞起来的。"2000 年春节前,为了扩大产品的销售,他想,做海鲜大礼包,可以满足顾客的个性化需求。于是,他在水产超市的货架上放置黄鱼、鲳鱼、对虾、带鱼、鳗鱼、墨鱼、螃蟹、虾皮、紫菜等产品。顾客在购买时,可以根据自己需要的品种和价位进行选择,然后装入包装盒。这种销售形式,通过《慈溪日报》、慈溪电视台等媒体报道以后,不仅得到了顾客的认可,还成为许多单位为员工发放福利的首选产品。

十一、他开展食品加工业务,实现与种养殖户的双赢

"我一直在奋斗!"施新岳说,2011 年,他开展食品加工业务。

当时,时兴养殖南美白对虾。在宁波,杭州湾(慈溪)海涂、象山大目涂、宁海海边滩涂都有大规模养殖。这些地方每年只能收获一二茬,在慈溪阿六水产批发中心都有销售。

2007 年,南美白对虾养殖成为慈溪渔业的一大支柱产业。2010 年高峰时期,白对虾养殖面积近 5 万亩,年产量为 1.5 万吨,年产值超过 4 亿元。1000 多名养殖户,主要分布在庵东、新浦、附海、观海卫、龙山等镇。2013 年开始,虾塘面积逐年锐减。

那些年，施新岳曾经下到杭州湾的虾塘里，帮助养殖户收获。

他有一位黄岩的朋友，在广东湛江经营白对虾生意。这位朋友用三辆集卡载着装有白对虾的泡沫箱，长途贩运到慈溪阿六水产批发中心：一辆联系捕捞船交易，一辆在途中跑运输，还有一辆停在慈溪卖货，循环作业。广东的冬季，气温偏暖，一年可以收获三茬白对虾。

施新岳收来白对虾以后，进行加工，一年的加工量是 2000 吨。那时，收购价是六七元一斤。然后，他们把处理好的冻品卖到北方市场。

后来，北方的老板也聪明了，叫他们代收购、代加工。相对来说，他们的风险也小了，收入也比较固定：代收购费，是每斤 0.2 元，另外还收加工费。

当时，他们采购了一些设备，如，操作分级机，按照客户的要求设定好各种参数，就可以在流水线上完成。例如，同样是一斤虾，有的客户需要 10 只装，有的需要 20 只装，有的需要 30 只装等等；同样是一个规格，有的客户需要 500 斤，有的需要 800 斤，有的需要 1000 斤等等。不管客户有什么样的要求，机器都实现了自动分拣。

值得一提的是，他发现员工有的勤快、有的偷懒时，就把最勤快的员工放在流水线的前端。这样做，线上的产品不等人，后端没有偷懒的机会。

白对虾的分拣等处理，全部在流水线上完成。之后，他们把新鲜的食品放入 -40℃ 左右的气温下速冻。等食品冻硬了，再包装好，放入冷库。

2012 年，他们建造了全省最大的蔬菜加工生产线，一小时可以加工六吨。这些蔬菜的品种，包括绿花菜（西兰花）、藕、蚕豆、毛豆等几十种。

为了寻找理想的蔬菜产地，施新岳在全国跑了很多地方。他看中了苏北的蚕豆，每逢收获的季节，他要求农民把新鲜的蚕豆剥好，30 斤装一袋，再密封。他把这些蚕豆运回慈溪加工好了以后，与台湾、福建等地的客商合作，远销日本等国家。

他说："我在收购的过程中，对待客户的态度是不一样的。"像在杭州湾收白对虾时，他看到一对老夫妻挑着担子，走起来非常吃力，就很同情，每斤给他多一两毛钱。可是，有的人投机取巧，送货时，把大的白对虾放在上面，把小的藏在底下，以次充好，企图蒙混过关卖个好价钱。"对这样的人，我是不会优惠的，反而要较真。你要卖就诚心，你不卖就拉倒，我也不稀罕！"

为了跑市场，他们曾经到过江苏、安徽、江西等省的一些贫困地区，希望能带动当地村民致富。他看到，有的地方，农民连磅秤都没见过，感叹农民辛苦一辈子，确实不容易。为了赚钱，农民开拖拉机把蔬菜送到回收点。

海通集团主要生产速冻蔬菜、脱水蔬菜、果蔬罐头、浓缩果汁、调理果蔬、保鲜蔬菜、腌渍果蔬等七大类二百多个品种的"卡侬之"系列食品，产品主要销往日本、美国等地。每年到了收获季节，阿六公司急海通之所急，精心提供蔬菜加工、冷冻仓储等服务。

十二、坚守食品冷链物流主业，为市场提供安全的产品

施新岳说："全国做水产的大老板，许多人我都很熟悉。"北京西南郊水产市场、天津水产批发市场，以及全国各地的水产市场，如果需要海鲜，他都可以发货，因为冷库发挥了重要作用。

以往没有冷藏车，运输过程中，他只好用棉被把海鲜包裹着。自从有了冷藏车，一切都变得简单了。

当销售冰块不赚钱时，施新岳脑子活、反应快，马上停业转型，重点锁定冷链食品仓储物流，又跑在了别人的前面。

2019年，他发现建造冷库的效益远高于食品加工后，果断地卖掉了生产线的设备，将车间改造成了冷库。

新冠肺炎疫情的爆发，是第二次世界大战结束以来最严重的全球公共卫生突发事件。宁波市卫生健康委员会组织相关专家进行评审，明确进口冷链食品新冠肺炎核酸检测机构和预防性全面消毒单位。

2020年夏，宁波市通过考核评估，首批将阿六食品有限公司作为慈溪市对进口冷链食品做核酸和消杀的第三方集中监管仓、外省流入浙江省的进口冷链食品核酸检测站，为广大冷链食品客户提供一站式服务。

2023 年 7 月，宁波市阿六（冷链）食品有限公司的抖音"云仓"开始运行。

"要把企业做好，是没有清闲日子好过的。如果不创新，就会被市场淘汰。以前，我是做前置仓的。新冠疫情期间，我通过冷静思考，决定介入电商。"施新岳认为，随着人们对互联网技术依赖度的增加，电子商务也渐渐地成为人们生活中的主要交易方式之一。同时，也因为电商业务不断扩展，物流配送成为电商企业必须关注的重点。建立"云仓"可以最大限度地"切入"市场需求。于是，他与做海鲜生意的抖音卖家合作，由卖家开抖音卖货，然后下单。阿六冷链负责组织货源、储存、包装、发货。"例如，在北京的抖音卖家出售舟山带鱼时，货并不在北京。而是我把从舟山收购来的带鱼，储存在慈溪的仓库里。他们下单后，我根据客户需要把货选择好、包装好，然后一件一件地交给快递公司投送。这样，所有的网友不论身处何地，都能买到货价相同的带鱼。实践中，冷链 B2B（企业对企业）不太好做，但冷链 B2C（企业对个人）生意火爆。"

目前，阿六冷链已经与几十家抖音卖家合作。开拓这项业务，他们有自己独特的优势：一是设备优势。目前，冷库仓储总量达到 5.8 万立方米，货架、搬运设备齐全。二是组织货源优势，拥有采购价廉物美海鲜的渠道。施新岳说："做了'云仓'，货从四面八方来，又运到东南西北去。"三是与合作商交易的筹码优势。施新岳说，他们根据投送的距离、速度、价格等因素，选择中通、顺丰、申通、京东等快递公司。"别人发货，快递公司一般优惠八九折；而我因为数量大，能拿下 4 折左右，给我的客户优惠到六七折。在江浙沪地区，京东快递相对比较便宜。"此外，采购快递用的泡沫箱（1 号—5 号）、纸箱、冰袋等物品，也因量大而变得更便宜。

"云仓"运行以来，不断带动了阿六冷链的业务量，目前每天有 10 辆集装箱进出。他说："优质服务是我们的信条。哪怕只是一瓶泥螺，我们也照样认真打包、寄出，发往全国各地。我们一天的快递量是几万票，哪怕一票只能赚两块钱，收益也是可观的。"

"干这一行，要求越来越高了。我把公司的广告语提炼为：冷的温度，热的服务。同时，我还将这句话喷涂在迷彩底色的企业外墙上，突出自己的经营理念。"施新岳表示，他将继续努力，勇于承担社会责任，为市场提供质高价廉的冷链食品。

退伍不褪色，商海竞风流。

关于摄影爱好，施新岳至今一直保持着。闲暇时光，他经常投入创作。我们祝愿他对未来事业的"聚焦"越来越准！

追逐瑰丽的光华

——宁波德普光电科技有限公司总经理闻国强创业纪实

人物介绍

　　闻国强，1963 年 11 月出生，浙江省慈溪市人。1982 年 10 月，在舟嵊要塞区萧山梅林湾农场服役。1983 年 11 月，在要塞区守备六师炮兵教导队集训。1984 年 9 月，任守备六师 120 炮连班长。1985 年，任守备六旅 100 炮连班长。1987 年 1 月 1 日，退伍。1987 年 1 月起，先后担任慈溪市龙山镇筋竹村电工、村经济合作社社长、村党支部书记等职。1995 年，在粉末涂料行业打拼。1997 年 8 月，创办了慈溪市远大塑粉有限公司。2001 年，创办宁波德普光电科技有限公司，先后专业生产落地灯、三防日光灯、三防 LED 灯等高档灯具，主要向欧美等国家和地区出口。

　　闻国强在部队荣立三等功 1 次；自 2012 年以来，宁波德普光电科技有限公司连年被评为慈溪市"出口龙头企业"和"百强企业"。

爱迪生是公认的电灯发明者。1879 年 10 月，他成功制成了以碳化纤维作为灯丝的白炽灯泡。随后，电灯在美国被普遍使用。期间，他不断改进技术，最终确定以钨丝作为灯丝，被称为"钨丝灯"。

爱迪生的成功，是因为他除了有一颗好奇的心、一种亲自试验的本能，还有他具有超乎常人的艰苦工作的无穷精力和果敢精神。

此后的 140 多年来，许多探索者对"能将电转化为光"的人造照明用具进行了研究，推出了包括家居照明、商业照明、工业照明、道路照明、景观照明、特种照明等现代灯具；种类从最早的白炽灯泡，发展到荧光灯，再到后来的节能灯、卤素灯、卤钨灯、气体放电灯和 LED 灯，大大推动了人类文明的进步。

在推进这项事业的进程中，宁波德普光电科技有限公司总经理闻国强做出了重要贡献。在他的带领下，公司在全国率先研制并推出了"三防 LED 灯"，远销欧美等 50 多个国家和地区；而且 2021 年产值超过三亿元，名列全国前三位。

回顾在灯具行业创业的历程，闻国强感慨地说，在四年的军旅生涯中，他通过部队这座大熔炉的锤炼，培养了"任凭征途有艰险，越是艰险越向前"的坚强性格，这正是他成就事业的法宝。

一、1995 年，他开启创业路，在粉末涂料行业打拼

上世纪 90 年代初，我国粉末涂料行业的科研和生产十分活跃。

当时，退伍战士闻国强担任家乡慈溪市龙山镇筋竹村的村干部。1995 年，他在工作中接触粉末涂料后，发现这种产品具有优异的附着力、防腐蚀性和柔韧性，而且应用范围广泛，包括日用品、汽车、建筑、家具、机械等领域，具有良好的发展前景。于是，他决定在这个行业施展拳脚。

一次，闻国强到杭州，找中法合资浙江金鹰塑粉厂买涂料。这是国内最早生产涂料粉末的企业之一，产品非常走销，供不应求。之前，他买涂料时，与这家公司一位搞技术的大学毕业生熟悉了。这次，他们交流时，闻国强提出，自己想买生产设备在老家生产。"这种生产设备需要进口，很贵的。"对方向他透露，国营海宁有色金属压延厂就从英国购买了一套 APV 设备，花了近 300 万元人民币。不过，这个厂效益不好。"你不妨与厂方谈谈，看看是否可以承包车间。"

  闻国强知道消息后，立即赶到海宁。一谈，压延厂同意他的想法，双方还商定：承包费一年 12 万元，承包期两年。接着，他又向杭州的金鹰塑粉厂买来技术配方，还聘请了浙江大学的两位教授担任厂里的技术顾问。

  有了人才和设备，车间马上就开工了。他生产的粉末涂料，受到了市场的欢迎。他回忆："那时，一吨产品可以赚五六千元。但是，由于设备太小，一天最多只能做一吨，产量不高。"

  1997 年 6 月，海宁的这家企业倒闭了。这时，闻国强决定在老家筋竹村创办粉末涂料厂。解除合同时，他与压延厂商谈，终于以 210 万元的价格买下了这台进口 APV 设备，并用车拉回。这时，市场上出现了山东烟台生产的 APV设备，虽然它没有进口设备好，但是便宜。他仅仅花了 30 万元，就买来了一台。1997 年 8 月，闻国强在家乡创办了慈溪市远大塑粉有限公司，为当地企业生产取暖器、电风扇、灯具提供服务。这些产品的表面，都要他们用粉末涂料来处理。

工厂开起来以后，生意火爆，到 1997 年底，公司的销售收入超过 6000 万元。

虽然赚了一些钱，但是，他并没有小富即安的思想："这时，投资粉末涂料的人越来越多，竞争激烈，产品价格趋跌。我觉得这个产业做不大，想做到一亿元的年产值非常困难，所以一直在寻找新事业的突破口。"

2000 年，他从配套企业中了解到，灯具生意好做，来钱更快。其中，他的亲戚——宁波远东照明有限公司的老板黄彭新更是鼓励他："这个项目前景蛮好，赶快加入吧！"远东照明于 1991 年创办，当时员工有 600 多人，事业发展如日中天。

他想，自己退伍以后，第一份工作就是在村里当电工，参加过相关知识的培训，对灯具的电路、电器是精通的。于是，他决定转行做灯具，把之前的粉末涂料厂作为配套车间。

二、2001 年夏，他专门制造高档落地灯，出口欧洲

2001 年夏，闻国强向银行贷款，新建了 3000 平方米的灯具厂房。

一开始做灯具，他就将产品定位为出口产品。于是，他跑到慈溪本地的外贸公司接单，对方给他的订单都是出口欧洲的高档落地灯。在欧洲，这种灯很流行，家家户户都需要，有的一个房间就要好几盏，用量很大。当然，这种灯做起来工艺比较复杂，涉及到电器、五金件等技术；工艺上，需要对金属材料进行机械拉伸，做出各种形状；需要的零配件多，甚至一盏灯就有 70 多个。同时，许多灯还是可移动式，如，高度两米的灯具，放在 15 度的斜坡上，也不能倒下。

闻国强说："当年，员工很容易招到。"他在工厂大门口的外墙张贴招聘启事，工资是一天 13 元。很快，一传十，十传百，上门应聘的年轻人把大门围得水泄不通，特别是安徽、四川来这里打工的人特别多。他计划招 150 人，没想到，一个小时来了 400 多人。"20 多年过去了，有些一直在这里工作的员工，现在都四五十岁了。"他感叹，变化真快，现在的普通操作工，一小时都能拿到二三十元。

可是，引进技术人才就没有这么简单了。灯具专家必须要懂工艺，不仅能设计产品，还要把产品做出来。闻国强说："当时，我通过多方打听得知，做

高档灯具，上海的技术比较成熟。于是，我就托了行业内的一些朋友帮忙找技术人员。"最后，他锁定了工程师温艾奇。

我在采访时，遇到了温艾奇，他已是德普公司技术部的工程师。他说："2001年，我在上海青浦三江照明公司搞技术，设计、制造落地灯、台灯等装饰灯具，还负责了一个五金车间的工作。那年夏天，闻总开车把我一家三口从上海接过来。那时，我才二十多岁。"

温艾奇来了以后，发现这里是农村，周围到处都是农田。他回忆："我感觉非常偏僻，条件很差，环境根本没法跟上海比。我之所以留了下来，是认定闻总这个人，他有思路、有激情、有魄力。"至今，他还记得闻国强当时说的话："我们的厂是新建的，一张白纸好绘最新最美的图画。在这里干，你有多大本事，我就为你搭建多大的舞台。"

做出口生意，关键程序是这样的：如果国际专业机构对所有配件都测试合格了，德普公司把它们装好，再去申请 CE GS CCC 认证。如果通过了，他们严格按照 ISO9001 标准组织生产。

入职后，温艾奇迅速投入到紧张的设计工作中。通过三个月的努力，他设计出了几十种落地灯。接着，开模具、做样品，紧锣密鼓。2002 年，闻国强带领技术、管理人员一道研究讨论工作方案，并参与零件制造、整体装配等工序的指导，使高档落地灯受到了海外客户的青睐，其中一次就向欧洲出口灯具17 个货柜。

2002 年，公司产值达到了 6000 万元。

三、2003 年，他用活本地资源，转型开发三防日光灯

可是，到了 2003 年初，宁波德普光电科技有限公司的发展遇到了瓶颈。实践让闻国强感到，决不能再做高档落地灯了，原因：一是本地电镀水平低。而高档落地灯表面要求非常光滑，对电镀技术要求很高。最早，他们把半成品送到慈溪、余姚的工厂去做，但质量都达不到要求。后来，他们只能舍近求远，把产品运到江苏昆山的台资电镀厂加工。这样处理，效果虽然很好，但是运输成本很高。二是本地供应链缺失。例如，高档落地灯的许多螺纹，细细长长，

要求是英制、美制，而不是公制的，这种螺纹在当地根本买不到。还有灯罩玻璃，要跑到长兴去买。

通过慎重调研，闻国强决定转产做三防日光灯。那时，全球的标准统一为T5、T8两种，连灯管的长度都是一样的。工厂唯一可变的，就是根据自己的审美眼光，来设计灯具的外形。所以，做这种灯具，全球市场竞争更加激烈。然而，在慈溪做这种灯，却有得天独厚的条件：一是余姚有中国塑料城，获取原料比较便宜、方便。二是本地范市有模具城，开发模具速度快、质量高。

落地灯主要靠拉伸五金、表面处理、组合电器，成本相对较低。温工程师说："对三防日光灯来说，开一款模具，少说也要上百万元；其中有一年，我们开发了几个系列的产品，光开发模具就投入了上千万元。投资大，固然有一定风险，但是，闻总认准的事，哪怕遇到再大的困难，也要一直往前闯！"

这里所说的"三防"，除了防爆以外，还有防水、防尘。为此，他们采用的底罩是PC或者ABS，灯罩是PS PC亚克力；内部使用喷塑铁板，做一个电器板；然后加密封圈、密封条等。这种结构，确保了水和灰尘都不能进去。

如何找到客户呢？闻国强说，刚起步时，他们的产品主要是通过外贸公司出口的。后来，他们的渠道越来越多：一是主动出击，通过广交会，以及到欧美等国家参加展会，设摊展示自己的产品，吸引客户。他说，每次到海外参展，都要支出100多万元。二是海外客户主动找上门。国外知名的灯具企业在广州、上海、北京等地都设有办事处，他们经过多年的了解和跟踪，对国内有哪几家重点生产厂、产量如何、质量如何都是很清楚的。一旦需要，他们直接找来。他们外贸部负责与国外公司直接对接，根据客户订单的品种、款式、技术参数、数量、交货时间，以及发来的图片，进行审验，看看工艺是否符合要求、结构是否合理，并提出改进意见，等确定之后发到车间组织生产。三是主动向外商推销自己的研究成果，供对方选择。目前，他们与海外30多家外商建立了业务联系。

有一次，欧洲商家给他们发了一张图片，要求比照着生产。温艾奇回忆："我们审验后，认为不符合欧盟的安规标准。标准对外形虽然没有严格限制，但对用电要求是严格的。我们提出质疑后，老外说，他们觉得这样好看，照着做没关系的。我不死心，又提出了改进建议，但是对方还是不愿接受。最后，我干脆把相关安规标准截图发给他，请他好好领会。终于，老外妥协了，还为我的敬业精神点赞。"这些年，他们出口的产品，100% 都是符合要求的。"许多工厂认为，做订单，老外叫我怎么做，我就怎么做，反正结果是你花钱。我认为，做事情不能盲目，如果错了，要么成了废品，要么是退回，都会造成浪费。我们是在遵守国际安规的前提下，尽量满足客户的要求。"

他们出口产品的保质期为五年，也就是说，灯具售出五年内，如果坏了，就要赔付。为此，闻国强狠抓产品质量，要求注塑、精工、喷塑、采购、装配等部门密切协作，保证产品零缺陷。有一次，新员工在为电器板上的一个小零件喷漆时，喷得不够均匀。检测人员发现这点小瑕疵后，要求这一批次全部返工。这时，也有人不以为然地说："这个小零件装在里面，外面也看不到，何必大惊小怪呢？"闻国强知道后，坚定地说："我们一定要把产品质量放在首位，严格按照标准去做，一切让客户满意，决不能让客户挑出一点点瑕疵！"

按照当时的习惯，他们在产品出口四个月以后，才能收到货款。所以，为了确保货款安全，他们都是跟海外大公司合作的。那几年，出口量不断攀升：2003 年，产值超过 1.5 亿元；2004 年之后，每年产值都超过了两亿元。

在宁波德普光电科技有限公司等龙头企业的带动下，2005 年开始，慈溪龙山灯具的块状经济蓬勃发展，社会化协作更加专业，慢慢集聚了 20 多家灯具配件厂。目前，这些企业生产的各种零件，涵盖了 LED 灯具所需的方方面面，吸引了全国各地的灯具企业前来采购。

四、2012 年，他抓住机遇，率先开发三防 LED 灯

2010 年广州亚运会的照明工程、世博会的"低碳"，带动了 LED 灯在我国的发展。LED 产业是高新技术产业，而 LED 灯是其中最具代表性的产品，它改变了传统照明设备的市场格局。

紧接着，为了抑制温室效应，全世界都行动起来，采取措施进行节能减排，这为灯具业向 LED 的转型创造了机遇。这时，在我国照明电器产品出口中，LED 产品有较大幅度增长，主要产品为 LED 球泡，以及 MR16、PAR 灯等。

2012 年，闻国强看准了 LED 产业。他带领技术人员经过认真调研，决定

用 LED 灯代替日光灯，做出了全国第一只三防 LED 灯，外形与三防日光灯几乎难以分辨。其间，他们做了六个月的老化试验，以及 20 多万次的开关试验，结果完全符合设计要求。事实证明，这是一次非常成功的转型。

采访中，闻国强拿来一盏三防 LED 灯为我做了现场演示。

他卸掉底部灯罩，一通电，一排芯片瞬间发出耀眼的光芒，真是太亮了，特别刺眼。他说："我们在灯罩上做了一些特殊的处理，在保持亮度的同时，使光线变得柔和。"他介绍，三防 LED 灯的特点：一是亮度高。他们做的 15 瓦的三防灯，比 36 瓦的日光灯还要亮。二是经久耐用。日光灯如果一直亮着，半年就要更换；而芯片整天亮着，十年也不会坏，高科技就这么牛。三是节能。早期，日光灯安装电感镇流器，造成功耗大于 50%。这样，1 度电真正用于照明的还不到 0.5 度，其余都损耗了。后来，电子镇流器取代了电感镇流器，节能效果虽然明显，但是还有很大的进步空间。而三防 LED 灯，能够节能 50%。这种灯出口后，广泛应用于地下室、车库、工厂车间等空间开阔地方的照明。

至于三防 LED 灯的芯片，他们早期购买来的，每只 0.2 瓦；现在，每只 0.5 瓦。如果生产 50 瓦的三防灯，就要安上 100 只小芯片。闻国强说："我们根据客户的需要进行配搭，配多了成本就会提高，配少了会影响亮度。"早期，芯片很贵，一盏灯需要 200 多元的芯片，而现在只要十几元。我在车间看到，随着机器发出"哒哒哒哒"的声响，一只只芯片被牢固地装上了灯架。至于灯具外壳的颜色，他们把塑料和颜料买来，通过专用设备搅拌调好就行了。

他们按照欧美的标准，做出了三四十种产品，然后向上海莱茵技术有限公司（TUV）申请 GS、CE 认证（欧盟），以及 UL 认证（北美）等等。对方接到申请后，指派工作人员来他们厂进行厂检，同时公司还要把产品送到上海去测试。等全部合格后，他们才能拿到认证证书。温艾奇工程师记得，他们把产品推向欧洲客户时，对方了解他们的创意，非常高兴，马上进了一大批货。很快，三防 LED 灯就在全球畅销开来。那时，物以稀为贵，一只灯要卖六七百元，而现在只能卖 100 多元。

说起国际认证，他们一年要花几百万元。我在采访的当天，莱茵公司在不通知的情况下，派人进行突击检查，进行现场监督。温艾奇说，这也叫飞行检查，有时候一月一次，主要看德普公司的产品是否符合标准，然后提出宝贵意见，以便持续改进。

2012年，德普公司交税突破1000万元，成为慈溪市"出口龙头企业"和"百强企业"。2017年，公司出口额超过3亿元，企业员工也增加到300多人。

我在包装车间看到，一批发往美国合作商的包装箱被封存了起来。闻国强解释："本来，我们对美国的出口还是很有竞争力的，但是，随着美国对中国发起的贸易战，我们出口的LED三防灯也被加以25%的关税。这样，对美国销售商来说，进口一亿美元产品，就要比以前多出了2500万美元，这个数值是惊人的。所以，大部分美商跑到东南亚等地去进货了，我们的订单锐减。困难是暂时的，我们对未来充满信心！"

在检测车间，几百盏脱罩LED灯摆放在铁架上，发出耀眼的光芒。在这里，每盏灯都要亮灯四个小时以上。车间主任时绍永说："这是产品出口前的最后检测环节，能够找出虚焊等原因导致的残次品。这些年来，虽然残次的概率非常小，但是我们一点也不能马虎。一旦发现，立即做报废处理。"

五、加强与100多家外协厂的沟通和合作

闻国强说，这些年来，他们研发、出口的三防LED灯一共有100多种款式，而组装一盏三防LED灯，又需要100多种零件。这些零件各式各样，长的、短的、圆的、方的、大的、小的都有，外形不同，结构也不同，而且还在不断变化。

其实，德普公司完全能够生产包括驱动器在内的所有零件，但考虑社会分工越来越细，封闭自产反而成本高，不划算，所以发展了100多家外协工厂。他说："专门工厂的生产，能够创造规模效益。这就如同到市场上买鱼，买一条和买一筐，价钱肯定是不一样的。除了外壳等大件是我们自己做的以外，也有一部分零件是向外厂采购。"

对于这些外协厂家，德普公司是怎样与他们合作的呢？这就涉及到综合考评体系。

在寻找供应商方面，许多企业采用招标的形式，让供应商投标；也有通过召开供应商大会的形式，扩大行业影响力。但是，温艾奇说："这种方法看似管用，其实很难筛选最佳的合作伙伴，我们企业从来不这样做。我们是瞪大眼

睛从行业协会、专业媒体、客户群体中，盯牢行业市场信息，不断把有实力的，哪怕是有潜在实力的客户，都纳入自己的视野。一有发现，闻总就亲自开车带着我们技术人员去考察。毫不夸张地说，我们对自己的各个供应商的产品质量、价格，以及市场表现了解得一清二楚。"为了考察驱动器中的一个部件，他们曾经跑遍广州、深圳、南京、上海等城市，不辞劳苦，摸清情况。

温艾奇工程师说，每个厂家都有自己的独门秘籍，例如，同是生产驱动器，有的外形更美观，有的功能更强大。他们甄别供应商时，除了"打破砂锅问到底"以外，还要对产品进行现场测试、检验，甚至还把产品带回工厂做破坏性实验，并在此基础上做评估。一般来说，每个零件，他们都确定两三家供应商。"如果发现某家产品有问题，我们能马上有新品替换。在平时，都给他们供货的机会。"同时，他们考察协作产品，不仅仅看价格高低，还要考虑生产能力。闻国强说："假如我一次要采购二十万个零件，对方要有能力及时供应。"

灯具出口以后，如果供应商的零件出现质量问题，是要承担责任的。闻国强说，他们生产的三防 LED 灯遍及世界许多地方，可是，有几次投诉都发生在美国，这是为什么？他分析，这与环境有关系，比如装在空间比较小的地方，散热不好，温度偏高，久而久之就坏了；还有，美国用电器使用的电压通常是110伏到350伏。有一次，美国客人给他们打电话说："你们做的灯，我们才点了一个多月就出了故障。如果你们来帮我们换好，我们就不投诉了。"可是，远隔重洋，他们怎么去换呢？没办法，只好请美商把坏的灯具退回。那一次，他们赔灯只有几万元，而工钱赔了30多万元。接着，他们查清问题出在哪里，然后，再找相关供应商索赔。

六、加大研发力度，追求领先一步

闻国强对市场有极强的敏感性。温艾奇说："闻总的眼光独到，很有魄力。在技术研发方面，他只要看中一款产品，哪怕投入几百万，也丝毫不含糊。他经常跟技术人员一道研讨，为我们的工作指明了方向，还鼓励我们大胆创新。"

例如，TOP 这一款三防 LED 灯，有八个品种的灯罩要开模具，投入上百万元。他们设计好交给外协的模具厂，开模、试模总共需要大约半年的时间；之后，他们还要做认证，再推荐给客户；客户相中了，马上组织生产。所以，一个新的产品从研发到推向市场，一般需要一年左右的时间。当"上一款"产品研发好了，技术人员又要绞尽脑汁地研发"下一款"。

2015 年 6 月，德普公司成功申请了"一种三防 LED 灯灯罩"的专利。闻国强说："我们肉眼看 LED 光亮时，太刺眼了。为了使灯光变得柔和，我们发明了磨砂灯罩——根据灯罩结构的变化，通过不断调整，优化磨砂和线条。"十几年来，他们获得了 20 多项专利。

可是，接踵而来的是同行企业疯狂的仿冒侵权。有一次，他们到国家专利局投诉，最后经过北京第一中级人民法院判决，他们获赔 20 多万元。类似这样，从 2005 年以来，他们打赢了多场官司，但每次自己也要花掉几十万元的成本，而且耗费了大量宝贵的时间，累得心力交瘁。闻国强说："越是有人仿冒我们，我们越是要加快研发速度，不断推陈出新，始终走在前面，别人只能偷偷地跟在我们后面炒冷饭。"

写到这里，顺便一提的是，闻国强说，他在市场上打拼这么多年，绝大多数的合作伙伴都是诚信的，失信的只有江西 EJL 公司。"这家公司欠我 1000 万元，至今还没有追回。"

他们开发的许多产品出口后，卖了好几年还很火。当然，也有例外的。有一年，他们开发了三款产品，可是推出后三年多无人问津。温艾奇说："当时，我很后悔，觉得这套模具是白开了，浪费了这么多钱。没想到，不经意间，外商突然看中了这三款产品，使其瞬间又火起来了。"今年的订单产品，有一部分还是三年前研发、开模的。

在注塑机车间，我看见，员工们正在一排注塑机旁，将原料倒入设备，一只只灯具外壳鱼贯而出。闻国强拿起一只外壳放在地上，用脚使劲地踩踏。他一踩之后，外壳凹了下去；当他一抬脚，凹部马上恢复过来。我说："产品的韧性太高了"。他说："我们通过研发，在产品中使用了新材料，效果就是不一样。"

为了追求新的流行款式，闻国强带领技术人员通过参加展会、现场考察，了解市场信息。温艾奇回忆，通过学习研究，他的心中不断涌现很多创意。"看到好的创意，我眼睛一看就默默地记下来，回来马上设计草图，通过 3D 打印观察效果。"

他们开发的 LED 三防灯，具有调节功能：管理人员可以通过手机控制灯具的开关，还可以选择颜色、亮度。为了确保灯具在突遇停电等情况下的应急照明，他们按照客户要求，一般将总数的 10% 的灯具添加感应功能。出货前，他们把特制的感应灯标上批号，专门装箱。

还有一个电磁兼容性——EMC 的问题。如，收音机发出"滋滋啦啦"的声音，说明 EMC 数据没有达到要求。他们生产的三防 LED 灯也达到了 EMC 规定的标准。在灯具附近打电话时，不会受到杂音的干扰，声音清晰。

平凡的灯光，被赋予了"太阳"的使命。

如今，宁波德普光电科技有限公司正在演绎新的精彩！

让太平猴魁飘香万里

——安徽黄山市猴坑茶业有限公司董事长方继凡创业纪实

人物介绍

　　方继凡，1965年1月生，安徽省黄山市人。1982年10月—1986年1月，在舟嵊要塞区司令部警卫连服役。1987年—1988年，在黄山区汽车运输公司工作。1992年，创办黄山市新明猴村茶场。2005年，担任黄山市新明乡猴坑村村委会主任。2006年，注册成立了黄山市猴坑茶业有限公司。2008年，担任新明乡猴坑村党总支书记。2009年7月，获中央广播电视大学大专学历。2012年12月，任第四批国家级非物质文化遗产项目绿茶制作技艺（太平猴魁）代表性传承人。

　　方继凡所获荣誉：全国科普带头人、中国十大农村带头人物、中国杰出军旅华商、第十届全国创业之星、全国模范退役军人、杰出中华茶人、中国制茶大师、中国茶产业发展先进个人；安徽省优秀共产党员、安徽省劳动模范、安徽省农村优秀人才、安徽省农村致富带头人、江淮工匠、安徽省茶产业十大杰出人物、黄山市首届道德模范。

　　方继凡曾被推选为安徽省第九次、第十次党代会代表，黄山市第六届人大代表。担任世界华商联合会理事、全国"村长"论坛组委会执行委员、安徽省村社发展促进会会长、安徽省茶叶行业协会副会长、安徽省徽茶文化研究会副会长、安徽省非物质文化遗产研究会理事、黄山市茶叶行业协会副会长、黄山区茶业协会会长。

五岳归来不看山，黄山归来不看岳。历来，黄山以"奇松、怪石、云海、温泉"冠绝天下。

在举世闻名的黄山脚下，山窝窝里藏着一个叫作"猴坑"的小山村，灵秀的山川造就了这里的名茶"太平猴魁"。

光绪二十六年（1900 年），茶农王魁成挑选一芽二叶，精制成茶，成为"猴魁"前身。

1915 年，茶商方南山携太平猴魁参加巴拿马万国博览会，获一等金奖。1955 年，太平猴魁又被中国茶叶公司评为"中国十大名茶"之一。

2000 年后，方南山的第五代传人方继凡回到家乡猴坑创业，立志振兴太平猴魁。如今，他创办的猴坑公司先后投资建成猴坑、猴岗、颜家、东坑、汪王岭、颜家岭六大太平猴魁生产基地，以及乌石桃源黄山毛峰机械化生产基地和箬坑红旗祁门红茶生产基地，拥有茶园 2000 多亩；已成为生产、加工、经营太平猴魁系列茶的重点龙头企业，是黄山地区徽茶的一张名片。2022 年，猴坑公司的销售额已达 1.2 亿元，部分产品出口至欧洲、日本等地。

同时，他带领村民脱贫致富。如今，全村茶园面积 5400 亩，年产茶 14 万斤，产值超 8000 万元。茶农人均年收入 3.4 万元以上，其中核心区茶农人均年收入超过 20 万元。

太平猴魁曾被选为"国礼茶"。

"部队就是我的大学，教给了我战胜困难的信心和力量！"方继凡在谈到自己的创业经历时，总是会说，在部队的磨砺，是他一辈子享用不尽的财富。

一、历经一番酸甜苦辣之后，他专注于太平猴魁茶产业

在追逐梦想的道路上，方继凡经历过一次又一次惨痛的失败。

1986 年，他退伍回乡后，在黄山区汽车运输公司修理汽车。两年后，他觉得这份工作平淡、单调，决定辞职创业。

他办过饲料加工厂，因为货款收不回来，失败；办养鸡场，鸡养得很好但没有销路，又失败；办农业技术服务部，因项目定位不准，还是失败。

方继凡依然记得："养鸡的时候，赶上除夕，大家都回去了，我一人睡在鸡

棚里值班。躺在床上，周围的鸡屎味都不在乎了，满脑子想的都是怎么赚钱当老板。"然而，等小鸡长大了，又卖不掉，他天天杀鸡吃。"现在，我看到鸡汤，一口都不想喝，那时候吃得太多了。"

1989 年夏天，方继凡去青阳县讨要货款，因无钱投店，只好在当地五保户家蹭住。

一次次的失败，给他带来了巨额债务。"最惨的时候，我欠了几十万元，被几个讨债人盯着。那时，我就有一个信念：从哪里跌倒，就从哪里爬起；就算是倒，也要往前倒！"方继凡回忆，为了尽快还债，他拼命地工作，曾连续五个春节没有回家。

即便窘迫至此，他也从未丧失创业的信念："我想当企业家，我就是企业家。不管暂时有多少困难，我始终相信自己会成功，会干成一番大事。"

卖鱼，卖水果，开渔具店……方继凡不断总结经验和教训，一次次爬起来重新战斗，生意终于渐有起色。到 2000 年，他连本带利还清了债务，事业蒸蒸日上。

在铜陵工作期间，方继凡偶尔会带点家乡的茶叶过去。晚上，一个人的时候，看着茶叶在沸水中翻滚沉浮，他终有所悟："靠山吃山，靠水吃水。百年前，徽商靠着拼搏和吃苦耐劳而天下闻名。我的家乡有太平猴魁这样的名茶，茶树就是潜力无穷的'绿色黄金'啊！我为何不花点心思，把它推销出去呢？"这样，一方面能改变自己的生活现状，同时也可以为大山深处的茶农寻找一线生机。

说干就干。方继凡把自家太平猴魁专卖店开在太平县（现黄山区）茶叶公司对面。他说："这不是挑衅，我是借茶叶公司的名气，分得一杯羹。"这种置之死地而后生的经营策略，很快就打开了销售局面。"现在，茶叶公司反而要从我这儿分得生意做了。"

通过分析，他决定将全部精力专注于太平猴魁茶产业。这条布满荆棘的路上，蕴藏着更大的成功，但也需要更加过人的胆识和谋略。

二、专家点醒梦中人，他决定走品牌之路

太平猴魁原产地，在安徽省黄山市黄山区猴坑村。这里处于北纬 30 度黄金产茶线上，年均气温 14℃—15℃，年降水 1650 毫米—2000 毫米，无霜期 220 天—

230 天，相对湿度 80% 以上，森林覆盖率达 95% 以上。茶园周围山峦叠嶂，云雾缭绕，茶树枝头透出茁壮的叶芽。独特的生长环境，造就了太平猴魁独一无二的清香品质。

百年以来，方家的制茶技艺一代代传承，一直传到了方继凡手中。他说："古法工艺制作出的太平猴魁，干茶形如刀剑，白毫隐伏，色泽苍绿，泡在玻璃杯中，叶影水光，形色美观。头泡香高，二泡味浓，三泡四泡幽香犹存。"

1992 年，方继凡创办黄山市新明猴村茶场，开始经营家乡的太平猴魁。他想，要推介就去大地方，于是带着 120 斤太平猴魁去了上海、北京。他用的是最原始的推销方式，骑着自行车在大街上售卖。然而，由于太平猴魁品质高、产量低，长期局限于"贡茶"角色，"养在深闺人未识"，市场认知度较低。方继凡说："大家熟悉的都是小叶子茶，比如碧螺春这样的。许多顾客第一次看到猴魁这种大叶子茶后，都说以前从来没见过，有的还以为是梅干菜。"也有人看到太平猴魁扁平挺直的芽叶后，摇头说："好茶哪有这么粗笨的芽叶？"为了脱手，他不得不把用高价买来的新上市的好茶贱卖出去。最惨的一次是，他以二百元一斤的价格买来猴魁，再以十元一斤低价处理。多次碰壁而归后，他感到，再这样做下去，太平猴魁只有死路一条。

山重水复疑无路，柳暗花明又一村。在方继凡陷入迷茫时，安徽农业大学茶学专家王镇恒教授一针见血地指出："猴魁要走品牌发展之路。"真是一语点醒梦中人！方继凡说："经过高人点拨，我一下子茅塞顿开。"

猴坑是太平猴魁核心原产地。2001 年，方继凡不惜花费重金，从商标持有人手中将"猴坑"商标赎买回来，成为"猴坑"牌太平猴魁商标的合法持有者。

"按你的思路干，要么做大，要么输得比我还惨。"村里一位经营茶叶的前辈善意提醒。可方继凡说："一件事有五成把握，就应该去试试。非要等到有十成把握，就人人都会做了。做好猴魁，我有六成把握。"

三、打出宣传"组合拳"，使太平猴魁声名鹊起

方继凡说，只有在黄山区生产的茶，才能叫太平猴魁。在等级方面，它分成极品、特级、一级、二级、三级。太平猴魁的独特性：一、它的品种是黄山大叶种；

二、它的土壤是风化岩石的乌沙土；三、它的气候独特。猴坑最好的茶叶是在海拔 500 米—700 米的区间，半阴半阳，每天的日照低于 40%，基本上在云雾中生长，在云雾中采摘。它的颜色是墨绿色。

每年谷雨前后，他们都要举行太平猴魁开园仪式，在茶王树边进行茶王庆，宣布正宗的太平猴魁走入市场。

如何让太平猴魁走出山沟呢？方继凡在宣传上面动足了脑筋。

2002 年，他携带太平猴魁参加了中国芜湖国际茶博会，荣获茶博会金奖，并以每斤 7 万元的价格拍卖成功。就是在这次茶博会上，他果断拿出 100 斤优质猴魁，举办了一场万人免费品茶活动，一下子就迷住了各方茶客，从此声名鹊起。

在 2003 年黄山国际旅游节上，方继凡用一辆中巴车，将价值 20 万元的优质猴魁拉到活动现场，免费提供品茶。

2007 年，在俄罗斯开展"中国年"活动时，"猴坑"牌太平猴魁被选为"国礼茶"。2009 年，在方继凡的倡导下，太平猴魁制作技艺连环画《猴坑传奇》顺利出版，有力地宣传了非遗。同年，在中国山东济南第五届国际茶博览会上，太平猴魁以 100 克 20 万元的高价拍卖成功。2015 年，"猴坑"牌太平猴魁亮相意大利米兰世博会，被誉为"影响世界代表中国"的茶品牌。同年 6 月，在北京国际茶业展览会上，"猴坑"牌太平猴魁茶获"特别金奖"。

2016 年初，为迎接"猴年"到来，猴坑公司和中国集邮总公司共同推出《丙申年》特种邮票暨《金猴归来、大魁呈祥》猴票茶文化藏品，实现了中国生肖文化、邮票文化和"太平猴魁"茶文化的完美融合。

一系列声势浩大的宣传活动，使太平猴魁的市场认知度大为提升。

同时，他们还投资兴建太平猴魁茶文化楼（博物馆），总面积 2160 平方米，主要用途是：展示太平猴魁制作技艺，弘扬太平猴魁茶文化，传承、保护非物质文化遗产。

精明的宣传战略带来了丰厚回报：方继凡在茶叶市场站稳了脚跟，太平猴魁产量和价格连年攀升，行情气势如虹。

通过这些努力，太平猴魁被业界公推为"茶王"，除了享誉全国，还走出国门，成为中华文化的载体，向世界传播着中国的故事。

"还是常言说得好，风光在险峰。待到雨过天晴时，捷报化彩虹。来也匆匆，去也匆匆，就这样风雨兼程。"方继凡说，"我喜欢《风雨兼程》这首歌，它是我的座右铭。"猴魁传人，终于因这片生于深山的"神奇树叶"而大放异彩。

四、按照产业化模式运作，保证太平猴魁的纯正性

方继凡曾经被称为"萝卜村长"。

"萝卜不值钱，用老百姓的话讲，就是不值钱的村长！"2005年，猴坑村"两委"换届选举，正在上海经营茶叶生意的方继凡被村民投票选举为村主任。眼见他的茶叶生意兴旺，村民们盼望他也能带动全村致富。方继凡下定决心要大干一场，摘掉"萝卜"这顶"帽"。由于工作出色，三年后，他又当选为村党总支书记。

方继凡意识到，尽管茶叶的名气做出来了，但是品质不能有任何下降，不然就只能成为一闪而过的流星。为此，2006年，他注册成立了黄山市猴坑茶业有限公司，在猴坑村按照现代农业企业和茶叶产业化模式运作。每年茶叶开园采摘时，他都派专业人员到农户家中现场指导、传授技术，保证和提高太平猴魁的品质。后来，在他的推动下，村里先后成立了茶叶协会、茶叶专业合作社和双坑茶叶专业合作社，使茶产业化得到长足发展。

为了维护太平猴魁茶品牌声誉，他精心策划了"对太平猴魁核心产区的保护工作"。他代表猴坑村"两委"，本着"地域大保护，核心小保护"的原则，与村民和派出所分别签定了《村民公约》和《警民共建协议》，禁止任何人将外地的鲜叶和干茶运往本地进行加工销售，保证了太平猴魁的纯正性。

作为太平猴魁非物质文化遗产传承人，方继凡对太平猴魁的制作、培育有着丰富的经验和精深的造诣。一直以来，他按照祖先的传统技艺手法，坚持鲜叶的"四拣八不要"、炭火锅式杀青、竹制烘笼足干等核心技艺，确保了猴魁的传统品质。

"制作太平猴魁茶需要摊放、杀青、理条、烘焙等十多道工序。"方继凡说，其中杀青和理条步骤极为关键，杀青时要选用平口深底铁锅，锅体温度控制在150℃—180℃，每锅投叶量约50克，用手轻轻翻炒，边炒边抖。理条又叫捏尖，将猴魁的一芽两叶用手捏成条索并理直，一枝枝平伏在筛网上，茶叶不相互折叠、不弯曲、不黏靠；力度适中，既不能破坏猴魁的茶汁，又要保证

其条索紧结不散。

"制茶的过程中没有护具，制茶人要忍受炭火的高温。这非常考验工匠的手上功夫。"方继凡说，一个制茶班子 10 人，每人每天仅能制出一斤左右的干茶，一斤太平猴魁干茶需要鲜叶约 1800 根。

"制茶是个技术活，特别是烘茶这一步，老一辈制茶工手上磨有老茧，抵得住高温，而年轻人没有这样的手上功夫，往往导致茶叶质量参差不齐。"于是，他大力创新，改良制茶工艺，实现茶叶质量标准化。

同时，为了稳住价格，猴坑公司与茶农签订协议，吃进核心原产地所有产量，集中销售，改变了茶农分散面对市场的不利地位，避免优质猴魁的价格被打压。

雄视明清商界数百年的徽商，素以乡谊观念强烈而著称。作为新时代徽商，方继凡身上同样有着鲜明的乡土印记。

五、打造"中国名茶生态第一村"

方继凡当上村干部以后，办的第一件大事就是做规划。猴坑公司掏钱，请专业机构设计了几套新徽派民居方案。以后村民自建住房，按照规划统一风格。

2006 年，在一场全国性的乡村建设会议上，方继凡与华西村老书记吴仁宝坐在一起，这让他找到了追赶的方向。华西村号称"天下第一村"，方继凡的目标，则是打造"中国名茶生态第一村"。

要实现这个目标，必须保护好环境、做强茶产业、完善村庄基础设施。其中最大的挑战，是妥善化解基础设施建设中的矛盾。

猴坑村地处大山深处，以往出去没有旱路，只能乘船走水路。茶农刘宗华说："以前，我们这里很闭塞，到黄山城区办事，水路要经过 40 多分钟。茶叶，只能一点点挑出去卖。"

要想富，先修路。可是，修路要平整土地、拆除障碍，肯定要触及一些人的利益，方继凡就挨家挨户去做工作。有一次，他在一位村民家中苦口婆心做工作到深夜，最终对方说："方书记，我服你。"然后，这位村民起身到厨房下了两碗面条，他们一起吃了起来。方继凡说，他感觉那一碗面条比任何山珍海味都好吃。

为了给大家鼓劲，方继凡个人拿出 50 万元用于修路启动资金。通过努力，当地先后建成了猴村道路、三合公路等交通工程，新修建了多条村组机耕道路。此外，他用了 3 个月时间，组织拆除了村里的旱厕，修建了新式厕所。在他的倡导和推动下，村里推掉了一个小山丘，建成了宽敞明亮的猴坑村广场。

"猴坑"名称的源起，是一个美丽动人的灵猴报恩传说。千百年来，当地乡民代代相传，在故事中寄托着人与自然和谐相处的美好愿望。因此，他带领村民在广场上建起了"金猴招福"的雕塑。

2013 年 4 月，方继凡赴上海找规划专家商议开发猴坑村的旅游业，不料在高速公路突遇车祸。他受了重伤：肋骨断了 6 根；左腿多处骨折，接上短了半寸，每到阴雨天都疼痛难忍。当时，幸亏救治及时，他才捡回一条命。回到村里休养时，他不顾伤病，很快就投入了工作。

屋漏偏逢连夜雨。2013 年 6 月，黄山区遭遇罕见山洪。在洪水来临前一夜，方继凡躺在担架上让人抬着，指挥村民撤退。次日泥石流冲来，全村一片狼藉，但没有一人伤亡。灾后，方继凡又组织村干部、党员组成抢险队，开展抗灾自救。

现在，走进猴坑村，映入眼帘的是：雕塑"金猴招福"与白墙黛瓦、绿水青山相映成趣。这个村，已经成为集旅游观光为一体的美丽乡村建设示范村。

方继凡说："我们这里，除了有茶园，还有三门滩、神仙洞、太平湖、蓝溪河等旅游资源，等以后开发出来，一定会更加美丽！"

六、让利茶农，带动村民共同致富

太平猴魁的身价，2001 年每公斤是 200 多元，如今均价为 1000 多元，核心产区的极品干茶每公斤高达 1.2 万元。

方继凡说，2006 年，他创办公司时，年销售额不到 100 万元，而 2021 年已达 1.2 亿元，纳税超过 600 万元。如今，他在合肥设立营销中心，在北京设立办事处，在山东设立分公司，与山西大企业进行品牌茶合作，自营专卖店和销售网点遍布全国各大中小城市，并有部分产品出口海外。

让利茶农、共同致富，是方继凡的理想和追求。他通过"公司 + 农户 + 合作社"等形式，促进了猴坑村茶产业的长足发展。猴坑公司不仅在茶树病虫害防治、肥料供应、茶叶制作等方面为茶农提供技术支持，更在茶叶滞销时以兜底价收购，保障茶农利益。

"兜底收购滞销茶叶，茶农才能不受损失；茶农不受损失，行情才能稳，公司经营形势才能好。"在方继凡看来，猴坑公司的发展，有赖于猴坑村茶产业的发展，有赖于全村茶农的共同发展。

这种"大家好，才是真的好"的大局观，也体现在猴坑村名的变动中。猴坑行政村原名"三合村"，"猴坑"原指猴魁核心产区猴村村民组周边的一小块地方。在方继凡的推动下，"猴坑"成为整个行政村的名称。从此，全村茶农都能共享这一品牌红利。

俗话说，同行是冤家。可是，同为茶叶经营户的猴坑村民李明却并不这么觉得。他说："我创办了一个自己的猴魁品牌，与方总是竞争对手，然而方总不仅没有打压我，反倒经常过来帮我解决问题。"

由于地处偏僻，交通不便，创业初期的李明同样遇到了产品滞销的难题。"方总知道后，主动安排我参加各种展销会，帮助我走出困境。当得知我创业初期缺少本钱，他支付了所有展出费用，以及来回车费。我一分钱也没花。"

对此，方继凡这样解释："短时间内，是有一部分客户流失，但从长远来看，我们面临的是同一个开放的大市场。等市场运作成熟后，每个从业者都是受益者。能把大家一起带动起来，是我一直奋斗的目标。"

这些年，从推销茶叶的方式上就能看到猴坑村翻天覆地的变化——以前是茶农挑着担子坐船出去推销茶叶，很辛苦而且挣不到什么钱；现在销路打开了，很多人坐在家里通过网络就可以给客户发货。

2013年开始，茶叶市场行情低迷——"卖不出去、卖不上价"困扰着当地茶农。为了帮茶农拓宽销路，稳定茶叶价格，方继凡决定发展电商。他以市场价收购茶农的茶叶，几乎不加价在网上销售。猴坑公司电商负责人唐健起初对方继凡的做法十分不解："电商的平台费和包装、物流等成本，完全由公司贴钱。这种情况下，猴坑公司每卖1000万元就要亏损250万元。"而方继凡有自己坚持的理由："亏本也要做。因为，我是全村的带头人，而不仅仅是个老板！"

2015年，茶叶市场迎来又一波低潮，猴坑全村共有近五千斤茶叶滞销。茶农姜健康家里也有两百斤茶叶卖不出去，全家人急得像热锅上的蚂蚁。方继凡得知情况后，当即安排猴坑公司收购组赶往村里，以比市场价每斤高出一百元的价格收购茶农的茶叶，成功保护了原产地猴魁价格的稳定。

"方书记用自己公司的钱贴补我们茶农，帮我家挽回了两万多元的损失。"对方继凡兜底收购的举动，姜健康十分感激。

七、在奔向小康的路上，决不能让一人贫困

"不让一个贫困户掉队，不让一个脱贫户返贫！"这是方继凡在脱贫攻坚工作中做出的承诺。

幼时的艰辛生活，给方继凡留下了很深的印象。从他记事起，父母亲一辈子在茶园操劳，一家人就以几亩茶园为生。平时晚上睡觉，他们兄弟 6 人就挤在一张床铺上。床上根本没有褥子，铺的是稻草，上面再铺条床单。他说："就是这稻草还是借来的，是我父亲用扁担从几十里外的亲戚那里挑来的。"那时，他的梦想就是能顿顿吃上红烧肉。1982 年，17 岁的方继凡无意中看到了征兵信息，他决定去试试。可是，他连一件像样的衣服都没有，只好向做泥瓦匠的姐夫借了件衣服去面试。他向带兵的军人表达了自己对"走出大山"的渴望和对军营的向往。可能是他饱含深情的讲述起了作用，最后如愿以偿。

这些艰苦的生活经历，让他对群众脱贫充满了责任感和紧迫感。

他以猴坑公司为依托，推行"公司＋能人党员＋农户"的结对帮扶模式，选派公司技术骨干对贫困户在良种推广、茶园管理、茶叶制作等方面统一帮扶，并配发有机肥料等。同时，他的公司与贫困户签订茶叶订购协议，以高于市场 10% 的价格，兜底收购建档立卡贫困户的茶叶，使他们的茶叶收入每年都有增加。

在猴坑中潭村民组，方继凡有个贫困户"干妈"叶仙芝。提起他，老人激动地说："方书记每个月都要来看我。有一次，我摔了一跤，他赶紧叫人把我送到医院，还特意到医院来看我，又给我带钱。"当时，中潭村民组还不通公路，从村委会往来一次至少需要一个半小时，但每个月无论多忙，他都要坚持定期看望老人。

此外，每年，方继凡都要拿出一二十万元用于村公益事业，帮扶贫困群众。在他的倡导下，猴坑村自 2011 年起设立党员互助基金，由村里党员和能人自

愿捐款，用于帮扶困难村民。目前。互助基金已累计帮扶 100 多次。

乡亲们对方继凡的信赖，在 2018 年 8 月村"两委"换届选举中得到充分体现——1250 余张选票，方继凡得了 1240 张。换届选举前，孤寡老人叶秀华身体已快不行了，但撑着一口气说："一定要把方书记选上了再走。"选举当日，老人如愿投了方继凡一票，5 天后便溘然长逝。猴坑村委会依照老人的嘱咐，将老人一生省吃俭用积攒下来的 3.3 万元，捐入猴坑村互助基金。

闯出团餐行业新天地

——宁波市江徽美食餐饮有限公司总经理江中民创业纪实

人物介绍

        江中民，1964年10月生，安徽省潜山市人，大学本科学历。1984年10月入伍，在舟嵊要塞区十八团洛阳营海防三连服役。1985年5月起，先后在要塞区定海东门外、东门里招待所从事烹饪工作。1988年6月起，在要塞区宁波招待所工作。1995年起，在华东饭店工作。2004年，从华东饭店常务副总经理（正营级）岗位上转业，自主择业创办宁波市江徽美食餐饮有限公司。2014年，创办江徽现代农庄。2017年，创办宁波市鼎新鲜菜篮子配送有限公司。

        江中民于2009年，获评"浙江省优秀军队转业干部"。2012年，获评"中国烹饪大师"。2018年，获评"改革开放40年浙江省餐饮业卓越企业家"。2019年，获评"宁波首届最美退役军人"。2019年，获评浙江省"团餐发展功勋人物"。2020年，获评"全国团餐优秀总经理"。2021年，获评宁波"港城工匠"。

        江中民于2003年任宁波市餐饮业与烹饪协会副秘书长。2006年，任宁波市城市职业技术学院旅游学院兼职教授。2012年，任安庆市餐饮行业协会副会长。2015年，被国务院军转办特聘担任"全国自主择业军队转业干部就业创业导师"。2019年，任宁波市安庆商会会长。

　　2004年，江中民从部队正营职务转业时，决定放弃政府安置，选择自主择业的道路。当部队首长知道他的决定时，都有些担心。其中，时任舟嵊要塞区司令员施中苏关切地问他："你作为一个农民的孩子，在部队提干是多么不容易啊，你就这么放弃行政编制吗？"他回答："首长，我想好了。一个人只有对他将要

献身的事业有透彻的了解，有明确的认识，才能在任何时候都为之努力奋斗，既不会因工作顺利而懈怠，也不会因遇到困难或挫折而退却！我的理想，就是做食堂管理专家。"首长见他态度坚决，看得长远，也就高兴地说："那我们就等着你的好消息吧！"

　　当时，江中民的底气来自三个方面：一是自己对烹饪的热爱，并练就了一手高超的厨艺；二是他曾经担任军地两用人才的教员，为部队培养了两百多名炊事员，这些战友就是他潜在的合作伙伴。三是食堂管理的改进空间很大。他说，很多食堂门口都写着"食堂重地，闲人免进。"其实是里面脏乱差，其他人不能进。

246

至于菜肴质量，更有待提升。

就这样，2004年1月29日，他成功注册了宁波市江徽美食餐饮有限公司。他要把食堂管理作为事业来做，当成一种引导行业健康发展的责任担当。

目前，江徽的主营业务主要包括四个方面：一、宁波市江徽美食餐饮有限公司已托管经营浙江、安徽、江苏三省的70多家学校、医院等企事业单位的食堂，每天服务10多万人；同时，就地经营超市30多家。二、宁波市鼎新鲜菜篮子配送有限公司拥有2500平方米的大型采购加工配送中心，向近百家企事业单位配送食品原材料。三、江徽现代农庄（位于安徽潜山）占地30亩，集旅游观光、就餐住宿为一体，成为当地婚庆的首选地。四、江徽宁波种养殖基地在海曙经营100多亩土地，实现原材料从农田到餐桌的有效对接。

这些年来，江徽通过艰苦创业，跻身"中国团餐百强企业"行列，拥有员工1000多名。

2013年10月30日，全国餐饮操作过程监督座谈会在宁波召开。会议推广了江徽公司在宁波经贸学校打造"透明厨房"示范项目的先进经验。

江中民凭借良好的军人素质，在团餐行业奋力打拼，闯出了一片新的天地。他的创业事迹，先后被安徽卫视、宁波电视台，以及《宁波日报》《钱江晚报》《宁波晚报》《东南商报》《安庆日报》等新闻媒体报道。

一、一条大蛇让他走上从厨路

"日落西山红霞飞，战士打靶把营归！把营归！"1985年初夏的一个傍晚，东海前哨，完成野外训练科目的海防三连官兵唱着《打靶归来》兴致勃勃地返回军营。突然，有条一米多长的乌梢蛇横躺在狭窄的山路上，挡住了大家的去路。前面的战士突然发现后，大声喊叫，谁也不敢上前驱赶。只见新兵江中民从队伍中一个箭步冲上去，用手卡住蛇的"七寸"，将之活活抓了起来，并带回连队。

炊事班的五名战士，平时无论是大锅菜还是小锅菜，都烧得喷喷香；然而，看着这条蛇，个个却傻了眼。无奈，江中民又自告奋勇，在附近的空地上挖了一台野炊灶，架起行军锅，忙碌了起来。

江中民出生在安徽省潜山县源潭镇叶典村。村里人朴实、勤劳、能干的品质，在他幼小的心灵里烙上了深深的印迹。剥蛇皮、烧蛇汤，这些对他来说并不是件难事。他干了两个小时以后，一大锅蛇汤就端到了餐桌之上。大家美滋滋地享受了一番。

无巧不成书。一个星期后，连队在新战士中挑选炊事员。消息刚一传出，大家不约而同地想到了江中民。摊到这种事，有的人求之不得：既不用整天在训练场上摸爬滚打，还可以学到一门好手艺。可是，江中民的心里，却像打翻了五味瓶一般。

上年冬天，部队来征兵。在镇食品站工作了近两年的江中民毅然辞去工作，第一个到武装部报了名，并顺利通过体检、政审等"关卡"，如愿以偿地穿上了绿军装，并带着自己的梦想，来到舟山群岛"洛阳营"。

这个营的前身，是中国人民解放军华东野战军第3纵队第8师第23团第1营。该营于1945年组建，参加过600余次战斗。在宿北、鲁南、泰安等战役中，骁勇善战，以攻坚著称，先后涌现出"首先突入枣庄的第一连""团结模范连""爆破模范排""陈金合班"等19个英雄集体，以及张明、陈金合等近百名战斗英雄。1948年3月，该营在洛阳战役中担负进攻洛阳城东门的任务。11日19时攻城开始，营长张明带伤坚持指挥，全营3个连队紧密配合，连续突破18道工事障碍，炸开2道城门，首先攻入城内，对战役的胜利起到重大作用。同年7月7日，中国共产党华东野战军前线委员会授予他们"洛阳营"荣誉称号。

在接受营史教育中，江中民认定：当兵就应该操枪弄炮，在训练场上流血流汗，练就一身精湛武艺。他那时身体瘦弱，为了增强体质，每天天不亮就独自悄悄起床，在操场上练长跑。中午休息时间，他抓紧做俯卧撑、仰卧起坐，锻炼臂力和腹肌。几个月后，他的各项军事训练成绩在全团新兵中名列前茅，被连队评为"训练标兵"。最令他难以忘怀的是：在部队组织的"跳木马"比赛中，他以舒展、稳健的动作获得了优秀，连长李红兴奋地把他抱了起来……这是多么光荣啊！

当炊事员，整天围着锅台转，有什么出息？熄灯号吹过已有半个小时，训练累了一天的战友们进入了梦乡。江中民丝毫没有倦意，躺在床上辗转反侧；后来，他干脆穿上衣服，走进了指导员的房间。指导员说："革命军人是块砖，哪里需要哪里搬。当炊事员也是连队建设的需要……烧饭做菜也是革命工作。只要用心去干，同样会有出息！"

灯不拨不亮，理不讲不明。指导员语重心长的教诲，给了江中民无穷的动力。第二天清早，他就把铺盖搬到了炊事班，从此迈开了厨艺人生的第一步。

二、一套黑衣见证师生深情

在江中民的衣柜里，珍藏着一套黑衣。每当想起它，他对恩师金次凡的思念之情便会油然而生……

1987年6月，他在温州举办的浙江省中级烹调技术培训班上认识了金老师。金老师为人谦虚，治学严谨，是一位厨艺高超、厨德盖人的大师。一次，金老师在培训课上示范了一道拿手菜——"翡翠鱼珠"。由于当时天气较热，选择的鱼不是特别新鲜，烹饪过程中盐也没放准，鱼珠起了泡。在场的学生看了之后都说好，唯有江中民如实地说："这道菜没有做好！"正当大家指责江中民不知天高地厚时，金老师却纠正说："小江说得对！求学来不得半点虚假。这道菜，今天确实没做好，明天重新做！"果然，第二天，金老师又重新做了一次，非常成功。从此，他们结成了忘年交。

1994年4月13日，金老师不幸患病去世。噩耗传来，江中民悲痛万分，在难以请假的情况下，他买来一套黑衣穿上，向恩师的遗像三鞠躬，深情地表达了哀思。

江中民在连队担任炊事员后，很快进入了状态。不久，连队推荐他到要塞区东门外招待所参加业务培训。最后考核时，江中民得了第一名。所长看他工作踏实、勤奋好学，就破例把他留了下来。

舟嵊要塞区招待所从东门外搬到东门里以后，他跟着厨师长夏振涛工作。夏振涛厨艺精湛，多次在军地比赛中摘取桂冠，并荣立过二等功。夏师傅喜欢江中民的勤奋，总是把自己学到的、看到的作品，不仅从理论上分析给他听，而且还经常与他一起研究如何烹饪，一起上灶制作。

"蚝油牛肉"是一道传统的广东名菜，也是当时东门里的一道招牌菜。做好这道菜，要具备扎实的基本功，如肉片的处理、上浆等工艺，制作非常考究。夏师傅每次做这道菜的时候，他总是在一旁仔细观看。几次之后，他心想，也不过如此嘛。一次，夏师傅外出，一位老顾客照旧又点了这道菜，江中民便掌勺做了。可一端到餐桌上，客人却发现牛肉咬不动，味道也没以前纯正，服务员只好换了下来。夏振涛回来知道这件事后，重新把存入冰箱的这盘菜拿出来，与他一起订正。原来，他切牛肉时刀法不对，调料的比例也有偏差。找出其中的原因后，夏师傅让他重新再做，并在一旁亲自指导，直到他熟练掌握为止。

"罗师傅是研究烹饪理论的专家。"提起军中名厨罗玉桂，江中民娓娓道来。杭州的华北饭店是当时部队最好的招待所之一，经常接待来自全国各地的贵宾。厨师长罗玉桂曾在第二届全国烹饪技术大赛上获得六项奖牌。罗师傅不仅对淮扬菜有着深厚的造诣，而且对其他菜系都有广泛研究，并努力融会贯通。江中民跟随其后，不仅学到了手艺，更使他深刻领悟到，要想在烹饪上有所创新，必须博采众长。几年以后，他针对顾客的不同口味，都能巧妙把握。

江中民虽然在吴士昌那里没有学过一招一式，但获得了不少无私的帮助。吴士昌时任舟山市饮食服务公司经理。1985年底，舟山市组织等级厨师考核，江中民在96位考生中得了总分第一，并成为舟山市最年轻的一位国家二级厨师。一时间，他成了厨界小名人。吴士昌非常喜欢这个年轻的小伙子，经常介绍一些名师、名店，让江中民前去学习。

三、独创"南瓜饼"一炮打响

一招鲜，吃遍天。上世纪90年代，江中民独创的南瓜饼，曾经风靡华东的餐饮市场。

1990年6月的一天中午，南京军区的一位首长准备下榻华东饭店。时任华东饭店餐饮部经理的江中民，根据首长的饮食习惯，便去市场购回了上乘的南瓜，蒸了满满两大盘，恭候首长光临。谁知首长临时改变了行程，晚上才到。江中民犯了难：这两大盘南瓜扔掉可惜，下次热了再吃，口味肯定不佳。突然，他脑海灵机一动，干脆做成南瓜饼！

于是，他先将那两盘剩南瓜去掉硬皮，放入容器里捣成糊状，又加入少许淀粉、白糖、食油等辅料进行搅拌，然后入锅烹制。十几分钟后，色泽金黄、口感香软的南瓜饼就这样新鲜出炉了。晚上，首长吃着南瓜饼时，竖起大拇指，连声说好。

首长这么一赞扬，令江中民受宠若惊，他下决心研究研究南瓜。他查找资料后发现，原来南瓜具有独特的养生功效：一、南瓜在各类蔬菜中含钴量最高，对降低血糖有特殊的疗效。二、南瓜能消除致癌物质亚硝胺的突变作用。三、南瓜中含有丰富的锌，是人体生长发育的重要物质。四、南瓜所含果胶还可以保护胃肠道黏膜。五、南瓜含有丰富的维生素和钙、磷等成分，是健胃消食的高手，能增强人体免疫功能，延缓衰老。

为了把南瓜饼做成华东饭店的一道招牌食品，江中民在后厨反复研究、制作，乐此不疲。他感到，辅料多少对南瓜饼的口感影响很大，譬如淀粉加多了，蒸出来的南瓜饼就会发硬发僵；如果淀粉放少了，南瓜饼就会瘫软变形，影响外观美感。为此，江中民还买了一杆秤，每次加入辅料都过秤定量。

经过一个多月试验，他才逐渐摸索出控制火候的技巧，使南瓜饼始终保持色、香、味俱佳。一时间，南瓜饼成了华东饭店的抢手货，许多顾客就是冲着南瓜饼前来消费的。

一传十，十传百，宁波天天配送中心的李经理慕名前来讨教后，开始成批生产，向宁波市场推广。接着，上海、南京、厦门等地的许多同行也络绎不绝前来取经，把生意做得风生水起。

江中民创办江徽公司以后，针对原来南瓜饼品种过于单一的状况，及时更新换代，研制出诸如豆沙馅、枣泥馅、椰蓉馅、香芋馅等十几种口味不同、风格迥异的南瓜饼系列食品，极大地满足了市场不同消费群体的需求。

江中民常说："只有善于琢磨，才能把事情做专做好。"2003年5月，在华东饭店会议厅，50多位宁波名厨认真聆听了江中民关于成功制作南瓜饼的精彩演讲，并报以热烈的掌声。江中民的厚积薄发，是他长期善于分析的结果。在读初三时，他患上了疥疮，由于当时医疗条件有限，他在床上躺了两个月。为了打发时间，他借来了《钢铁是怎样炼成的》《红楼梦》《三国演义》等名著，并逐渐喜欢上了阅读。他喜欢思考，平时碰到什么问题，总喜欢在心里多问几个"为什么"，并养成了随时记录的好习惯。有时半夜躺在床上想到什么问题，他都会爬起来把它记下来。

多年来，他博览群书，不仅订阅了《中国烹饪》《中国食品》等多种专业杂志，还准备了剪贴本，看到好的文章便剪下保存起来。

四、获得中国烹饪界最高荣誉

在餐饮行业，获得"中国烹饪大师"称号是许多专业人士梦寐以求的。2003年底，北京的一位行业权威专家了解江中民的厨艺以及他对餐饮行业所做的贡献后，准备破格推荐他申报这一头衔。江中民知情后，不想走这一捷径，婉言谢绝。他说，荣誉是诱人的，但要脚踏实地去争取，不能有半点浮躁。

翻开江中民的履历可以发现，他的荣誉都是用汗水和心血换来的。

1999年10月1日，杭州西子湖畔正进行着一场万众瞩目的第四届全国烹饪技术大赛。上千名烹坛高手，个个身怀绝技，他们要在这里进行一场龙争虎斗。比赛中，江中民展露了深厚的功底和高超的技艺，令在场的评委和参赛选手刮目相看。他的热菜"芙蓉海底松""花丛"和冷拼"归"等作品分获铜牌。后来，"芙蓉海底松""归"还被选入《浙菜精品》一书。

江中民的作品融色、美、味、鲜于一体，评委们在现场打分时众口一词：眼见生津。特别是作品"归"以其精巧的构思，寓意深刻：比赛那年，适逢祖国五十华诞、澳门即将回归祖国。这对每个中华儿女来说都可谓是"普天同贺国庆日，神州共庆回归时。"作为一名共和国的军官更是荣耀无比。为了表达心中的喜悦之情，他精心设计了"归"这一作品。其中的太阳，象征着伟大的中国共产党，长城代表中国人民解放军，荷花和燕子的组合象征澳门回到祖国母亲怀抱，画面栩栩如生。

干炊事员后，为了尽快胜任职责，江中民处处留心向身边的老战士学习，很快掌握了一些烹调的基础知识。但他没有满足，如饥似渴地学习着烹饪知识，并刻苦钻研。

随着技艺的长进，江中民迷上了冷拼。有一次，他受《中国拼盘》一书的启发，利用两个小时的午休时间精心设计，拼摆了一个"丹凤朝阳"冷盘。许多专家看了之后，都赞不绝口："这小伙子有出息！这冷盘像风景画一样，真是巧夺天工啊！"

为了使冷盘艺术更加多彩和完美，江中民如痴如醉。白天，他经常跑到大自然里，去看那些飘逸的云彩、艳丽的花草、飞翔的小鸟、游动的鱼儿……晚上熄灯后，为了不影响他人休息，他躲进工具间，打着手电筒练习雕刻。

一次，在上街的路上，他看见几盆金鱼，立即凑了上去，痴情地盯着悠闲弄姿、嬉水狂欢的鱼儿。看着看着，他竟情不自禁地把手伸了进去，抓起一尾火红色的金鱼放在手上，细细地瞧了起来。原来，他前几天刚摆过拼盘"荷花金鱼"，总觉得太死板，直直的身子不但不能传神地突出金鱼活灵活现的姿态，而且毫无立体感可言。看到这里千变万化的金鱼，他领悟出了一些技巧。

江中民凭着一股韧劲和对厨艺的不懈追求，于 2012 年 4 月，成功获得"中国烹饪大师"称号。

五、实行餐厅股份制

2004 年，江中民转业时，决定选择自主择业。消息传出，许多亲朋好友都想不通，劝他当公务员，捧着"铁饭碗"收入稳定，身份又体面；而且，创业有一定风险，就不要瞎折腾了。可是，他认为，在部队这些年，储备了一定的餐饮知识，也培养过许多厨师徒弟，这是自己的特长和优势。他不想过"温水煮青蛙"的生活，要通过拼搏"杀出一条血路"，实现人生的最大价值！

这时，有几位老板找他一起经营大酒店，都被他婉言谢绝了。他经过市场考察，发现了自己的商机："很多单位的食堂由于是内部运营，菜肴品种单调，味道一般，卫生也不理想。如果我能做专这一块，市场前景一定美好。"他还给自己的创业确定了三项原则：合作共赢、"微"利是"途"、无商不"艰"。

很快，经过联系，他在宁波中学承包了第一家食堂。当时的员工，都是他之前的徒弟，工资是一口价。随着这家餐厅示范效应的呈现，邀请他托管食堂的单位越来越多。

财聚人散，财散人聚。江中民深谙这则中国古训。为了凝聚人才，他自 2006 年 5 月开始，在公司实行餐厅股份制。当时，担任江徽下属各家餐厅的经理、厨师长有 20 多人。公司每当承包一家单位的食堂后，江中民就这样来安排股份：餐厅经理占 20%、厨师长占 10%，他个人只占 70%。年终，各个餐厅独立核算，利润按照占有股份的比例进行分红。

"火车跑得快，全靠车头带。"江中民说，如果对每家食堂都事必躬亲，他确实没有这个精力，企业也很难做大。"我当时想，实行股份制，可以更好地强化经理的责任意识，发挥他们的主观能动性，大家同心同德在一起创业。"

2014年，江徽托管的餐厅发展到30多家，员工队伍有600多人。其中，餐厅的前台领班、业务主管、品质保管等一大批骨干脱颖而出。江中民为了发挥这些骨干的作用，决定给予他们股份激励。于是，分红比例完善为：餐厅经理占20%、厨师长占10%、其他骨干占10%，江中民个人占60%。

2018年，江徽公司的业务发展很快，横跨了浙江、安徽、江苏的七座城市。为了适应形势发展需要，江徽设立了行政团队，除总部设立人力资源、菜点研发、品质经营等部室外，还增设区域经理职位。至于股份分配，又有了新的完善：餐厅经理占20%、厨师长占10%、其他骨干占10%、行政团队占30%，江中民个人只占30%。

这种经营方式，使公司许多骨干都变成了"股东老板"，大大激发了他们的工作积极性和创造性。江徽驻浙江商业技师学院餐厅经理程书国说，如果纯粹为老板打工，经理很容易慢慢地滋长惰性。而实行餐厅股份这样的机制后，经理在对公司负责的同时，也是在给自己干，所以更不会马虎。他上任以后，在经营管理上精打细算，带领团队通过创新菜肴品种、增加小炒、开发砂锅等风味，提高了经济效益。江徽公司经营管理部经理胡庆林，工作兢兢业业。为了解决"众口难调"的问题，他通过召开膳管会、问卷调查、食堂开放日等形式，认真听取顾客意见，摸清消费群体的饮食习惯和口味，做到适销对路。在确定菜品后，还要盘算菜品的搭配。在技术操作层面，他积极与餐厅经理协商，不断改进。为了追求口感、质感，他还要求将大锅菜"中锅化"，或者大锅菜"小锅炒"。这样，虽然工作量增大了，但是菜肴味道变好了。他还要求做到分时段出菜，保证色香味形，同时做好保温工作。

为了加强对各个餐厅的针对性指导，江徽公司推出措施：一是利用每月的星期六，分别召开经理、厨师长、品质保管员等参加的例会，除业务培训外，还集中研究解决存在问题；二是行政团队按照有关细则，每月对各个餐厅进行一次全面考核。这样，企业骨干上下一心拓市场、攻难关，运作顺畅，越来越多的人才奔向江徽。江徽公司驻宁波鄞江中学餐厅经理柯顺红说："我们非常欢迎公司来检查、指导。他们查找问题，就是帮助我改正不足，使我不断进步、提高。"

更难得的是，企业还为一些暂时缺钱的技术人才垫付参股本钱。

餐厅股份制的实行，给江徽带来了新的气象：许多"父与子""夫与妻""兄与弟"都双双当上餐厅经理，每人年薪超过十万元。

六、从"羊"的传说想到创办美食网

2004 年，江中民转业时，立即创办了甬城第一家餐饮类专业网站——宁波美食网。经过一年的运行，该网站点击率在全国同类网站中名列前茅，跻身宁波市十二大"优秀信息服务业网站"之列。

每当谈起这个网站，江中民总会讲起关于"羊"的传说——

南方人在北方的餐馆聚餐，桌上的许多菜都快吃完了，唯独一盘羊肉没人动筷。老板上前这样推销："羊"可是个好东西啊！在它的底下加上"大"，就变成了"美"，谁不喜欢美丽？在它的上面加上"君"，就变成了"羣（群）"，拥有一群羊不是很好吗？在它的左边加上"鱼"，就变成了"鲜"，新鲜的美味当然受欢迎！在它的右边加上"戎"，就变成了"羢"，对寒冷期较长的北方来说，羢衣可是保暖的佳品！说着，说着，这盘羊肉就被大家狼吞虎咽了。

当时，宁波被列为全国电子商务试点城市。2004 年初，时任国家信息部信息化推进司长季金奎与江中民交流后，建议他创办宁波美食网。当年 6 月 18 日，该网站正式开通。

2005 年 3 月 6 日，宁波美食网被评为宁波市 2004 年度优秀信息服务业网站。中国烹饪协会名誉会长姜习考察宁波时，还亲笔为宁波美食网写下了"继承河姆饮食文化，引领三江饮食潮流"的赞语。

宁波美食网汇聚了餐饮、食品、信息、网络等领域的专家高手，在网站开辟了"美食动态""市场信息""产业精英""创业资讯""我要搜店"等 30 多个栏目，并在论坛中开出了"我的新作"等十多个栏目。网站内容丰富多彩，贴近市场，视觉冲击力强，为网友提供了一个赏心悦目的浏览空间。

为弘扬宁波饮食文化，时任宁波市餐饮业与烹饪协会副秘书长江中民，将宁波美食网与《美味》杂志有效对接。《美味》杂志是由浙江饮食文化研究会主办、中国美味文化传播（香港）中心出版的一本反映中国餐饮文化的专业类月刊。江中民担任《美味》宁波版的主编，他撰写的《宁波菜"走出去"的背后》《实施

品牌战略，弘扬饮食文化》《宁波餐饮管理透视》《花色拼盘的制作》《浙江菜发展之研究》《宁波餐饮之现状与对策》等论文，对宁波菜的发展起到了很好的舆论引导作用。同时，江中民还组织了"宁波菜研究座谈会""厨师长联谊会"等活动，并经常被企业、学校邀请去为大家讲课，传授专业技能和管理知识，现场解答对方提出的疑难问题。这些付出，通过《美味》和宁波美食网的报道，在社会上起了很好的反响。

为了方便网友查找消费信息，宁波美食网后来倾心打造了核心栏目——"我要搜店"。那时，网站的业务员们充满了激情，地毯式地挨家挨户收集文字信息和照片，之后编辑把这些内容上传到网站。在电脑旁，网友只要在网站地址栏输入关键词，就能找到自己心仪的消费酒店——网页上显示店家的地址、交通提示、消费类别、人均消费额等信息。同时，网站还策划了很多商业活动，加强了店家与顾客的沟通和联系。

随着信息化的加速发展，网站的有些功能渐渐被客户端（APP）、微信、抖音等新的专业信息平台取代。江中民说："创办宁波美食网的这段经历，让我懂得了网络信息化的重要性。面对新形势，我们船小好掉头，积极转型。"他们推出了江徽公司的网站，向社会展示企业形象。令他们没有想到的是，一些企事业单位通过这个网站找到江徽，邀请他们承包自己的食堂。同时，网站也为厨师加盟、征询建议等方面开辟了一条通道。另外，他们加大企业内部信息化建设，新平台为公司的网上办公等提供了更有力的技术支撑。

2017年1月，宁波《东南商报》通过支付宝口碑餐饮人气榜，开展对本市"2016年哪家快餐最受欢迎？"的调查，结果江徽餐饮排名第二，仅次于肯德基。这也从一个侧面反映了江徽信息化建设方面的成果。

七、向老外展示中华美食的魅力

去年11月4日，江徽公司在镇海龙赛中学为德国斯维尔特综合中学的30名师生提供了周到的餐饮服务。斯维尔特综合中学校长就餐后，高兴地说："OK！这些美食都很精致，太好吃了。"

自2006年以来，江徽公司已承担了6所业主学校30多次国际交流活动的接待任务，师生来自美国、德国、日本、新加坡等国家和地区。江中民经常告诫员工，我们要把服务理念上升到展示中国餐饮文化的高度，努力把工作做得尽善尽美，让外国友人满意。

江徽公司烹饪比赛现场

在龙赛中学与德国斯维尔特综合中学师生交流会的餐饮保障中，江中民充分考虑到西方人的饮食特点，结合中式烹调技艺，从中华八大菜系中选取一些传统特色明显且适合西方口味的佳肴，如四川麻婆豆腐、淮扬大煮干丝、北京烤鸭、广东盐煮鸡等，借用切、片、剁、剞等刀工技法，和炸、熘、爆、炒等烹饪技艺，以及酸、甜、麻、辣等多种口味，让外国友人切实体会到了中华饮食文化的博大精深。

2012年11月3日，日本上田市中学生访华团一行30人来宁波外国语学校访问。吃完了江徽公司精心制作的美食后，上田市教委学校教育处处长仓岛义彦说："形状很美，味道很香！"2013年12月7日，江徽公司在效实中学完成接待新加坡华侨中学的师生后，亲历了就餐过程的国家教育部的一位领导，对他们的工作也给予了很高的评价，称"这是一家了不起的学校食堂！"

"要做，就把目标瞄向最好！"江中民认为，食堂和其他餐饮不一样，人员相对固定，如果菜肴不变，顾客吃过几餐就觉得没味了；再说，美食创新不只是大型酒店的专利，食堂也应该有所作为。

早在2006年，江徽就在全市率先推行"常组织、常整顿、常清洁、常规范、常自律"的"五常法"管理。随着满意度的不断提高，宁波中学有位学生给宁波《东南商报》投稿说："我们学校的江徽食堂可以和五星级酒店PK"。宁波市教育局、卫生局还向全市推广了江徽食堂管理的经验。

2009年12月，全国卫生监督工作现场会在宁波召开。与会代表参观江徽管理的宁波中学食堂时，江中民详细介绍了"五常法"管理带来的"六个"新气象，即：工作环境整洁了，工作效率提高了，卫生死角不见了，过期食品杜绝了，员工素质提高了，食品安全保障了。结束时，大家报以热烈的掌声，都认为江徽不愧是食堂管理专家。一位西藏代表还情不自禁地说："扎西德勒！"

关于研发新菜，江徽的做法：一是组织到位。他们设立了新菜研发部，由公司总经理助理负责。研发部成员由各个餐厅的厨师长组成，建有专门的微信群。新菜研发部职能，主要是研发计划的制定、烹饪项目的实施，以及对入选新菜的推广。一般情况下，每周推出三道新菜。每月，新菜研发部都要召开一次面对面的分析会，总结经验和教训。二是分派任务。根据各个餐厅的分布状况、季节转换等因素，每月下达研发新菜的任务和要求，由每位厨师长具体抓落实。三是核算成本。牢记"用消费量说话"的导向，根据顾客的消费水平、需求寻找食材，进行选料，推出快捷的大众价格的菜肴。四是进行推广。通过新菜研发部微信群，对各个餐厅上传的菜肴照片以及文字说明进行评比，进而向大家推广。

八、打造透明厨房

在 2013 年 10 月 30 日召开的全国餐饮操作过程监督座谈会上，宁波经贸学校食堂作为全国餐饮单位的 "透明厨房" 标杆，供与会者参观学习。江中民说，这是他们公司与校方联手精心打造的示范项目。

每到开饭时间，大厅的屏幕里，12 个画面实时播放食堂各个区域的操作过程。师生排队打饭，就能观看厨房实况直播，感受全方位无死角视频监控。

"为了建设透明厨房项目，我们在厨房各功能区域安装了 12 个摄像头，实施 24 小时监控，全部操作一览无遗。" 学校总务处主任助理章有国说，这些摄像头分别安装于配菜间、蒸饭间、售菜间、面点房、洗消间、主食仓库、副食仓库、粗加工间等 10 个操作间。

江徽员工在配菜间，首先是清洗菜品，再经过加工后，运至厨房操作间。他们说，自己工作的全过程都被摄像头记录着，所以个个都一丝不苟地按规范操作。设备办公室，是透明厨房的监控室，可以通过电脑操控对厨房实施全面监控。初始，显示屏上出现 "主菜单" "多画面" "开始轮巡" "开启录像" "全天回放" 等板块。再点击 "多画面" 后，出现 "4—16" 的选择，当鼠标指针停留在 "12" 时，显示屏上出现 12 个摄像头同时传来的画面。点开 "全天回放" 功能，还可以寻找之前 14 天任何时段的画面。

"只为成功想办法，不为失败找理由。" 江中民说，为了加速推行规范化管理，他们早在 2009 年就开始与校方一起探索透明厨房建设方案。目前，公司在许多单位已经完成透明厨房项目。在实施过程中，他们结合公司多年 A 级单位管理经验，严格按照五常法管理和量化分级管理要求操作。

宁波经贸学校的师生有 3000 多名。启动透明厨房项目后，学校与鄞州区食药局实行网上远程监控，师生都可以登入学校网站随时查看食堂的加工流程，真正实现立体全方位监控，成为宁波市透明厨房建设的典范。

事实上，实行 24 小时监控，记录了包括食品原材料的进货、储存、加工处理等过程，杜绝了员工操作不戴口罩、垃圾桶盖子没盖好之类的不规范情况。

章有国说："以前上级派人来检查食堂，我的心总是悬在嗓子眼上，即便我们严格执行规范操作，也总是怕某个环节会出疏漏。而现在，有江徽公司的积极主动参与，所有视频录像一清二楚，相当于每天都有 12 双眼睛在监督检查厨房，不怕做不好了。"

有一次，江中民见到另一所受托学校的李校长，就对他说："我们已经承包贵校食堂十多年了，能请你们吃顿饭交流交流吗？"校长使劲地摆摆手，说："那就不必了！要说感谢，我们学校还要感谢你！你们江徽经营的食堂，花色品种多，卫生、安全又实惠，让我们少操心，把主要精力都放在教学工作上。"

目前，江徽正在探索"智能厨房"建设。鄞州中学江徽餐厅，正在运行饭菜售卖智能平台系统：由公司提供一周菜谱，学生在班级终端或在家里上网都可以订餐。开饭时，他们就在档口刷脸取食。"智能厨房"项目是全时段网络监控，将厨房所有要素和电器集成，以物联网、人工智能和云计算的形式实施厨政管理。在智能食堂就餐场景中，可支持"智能档口、智能自选餐、智能自助餐、线上预订餐"等多种便捷的选餐方式，极大地缩减了就餐的排队时间。

九、"借锅炒菜"保障万人就餐

2014 年 9 月 15 日，是宁波卫生职业技术学院新生报到的日子。上午八九点，学院已经人头攒动，来自全国各地的新生，在家长的陪护下，陆续到达学校办理报到手续。这天，江徽驻该校的食堂购入了比平时更多的菜品。正当大厨忙着炒菜时，突然发现火熄灭了。原来，通到学校的一条天然气管道因施工不慎被挖破，而且预计 11 点之前难以恢复。

该校当日有新生 2000 多名，老生 6000 多名，另外，还有教师、职工和送子女上大学的家长，就餐人数超过万人。蒸饭可以通过电器解决，最大的麻烦是炒菜。如果不能按时供餐，将严重影响学校的管理秩序。

"一定要想办法让大家吃上中饭。"江中民接到告急电话后，立即按照江徽质量管理体系认证的要求，启动了应急处理方案：指示公司驻宁波医药高等专科学校、宁波中学、宁波大学园区图书馆等就近的几家江徽餐厅马上行动，给予援助。这几家餐厅密切配合，保证了中餐的正常供应。

江徽成功化解万人就餐困境的事迹，被《宁波晚报》重点报道。

江中民经常说："像我们这样的餐饮企业，想塑造一个品牌很难，想毁掉一个品牌只在顷刻之间。我们在市场的大风浪中航行，要行稳致远，必须走专业化道路。"

2009 年，江中民找到中国质量认证中心，希望对方为江徽办理 ISO9001 质量管理体系认证，可是对方回答，他们在许多行业都做过认证，但是还没有食堂的先例。江中民说："那就从我们江徽开始吧！"在他的统筹下，中国质量认证中心的工作团队与江徽公司共同努力，使江徽于 2014 年 8 月 14 日获得了认证证书。

接着，他们又引进 ISO22000 食品安全管理体系、ISO14000 环境管理体系、OHSAS18000 职业健康安全管理体系、HACCP 管理体系等 12 个项目的认证。同时，他们制定的职责、检查、监督、评价等各项管理规定有十多万字，使企业做到"五个统一"，即：统一管理、统一采购、统一配送、统一加工、统一销售，以规范化管理保证食品整个过程的安全。

为了提高企业的应急管理能力，江中民十分注重团餐的规范化建设。在机构设置上，江徽总部设立了经营管理、品质保障、教育培训、采购加工、网络信息等部门，对各托管食堂进行管理。同时，还开通全国免费热线，与外界沟通。

江徽还在公司全面导入了 5H 管理模式。其模式的内容：一是时时整合：整顿清洁食堂现场环境，布局合理，安全使用设备设施。二是时时定位：所有物品有名有家，放置合理，高效节约，合理使用。三是时时自律：激励员工爱岗敬业、相互配合、提高自我素质。四是时时创新：建立鼓励创新的机制，与员工共同打造学习型企业。五是时时数字：数字为先，日日盘存；进存销账，必入系统；总结分析，管控成本；数据核算，绩效考核。

十、延伸前端产业链

清晨，江徽的"菜篮子"货车从宁波海曙区石碶街道联丰村综合楼 888 号的冷库出发，将食品原材料配送到各家客户。目前，江徽的十几名驾驶员每天都是这样忙碌着。他们在宁波配送的单位有 70 多家。

江中民在实践中体会到，江徽餐饮必须依托一个能够快速覆盖各种食品运输、储存、分拨配送等物流环节的高效冷链物流系统。2017 年初，他投资 750 万元建设了 2500 平方米的大型采购加工配送中心。这是一座现代化的冷链物流配送中心，拥有急冻库、冷冻库 408 平方米，低温加工区 568 平方米，常温仓储区 400

平方米，食品快速检测室 48 平方米，以及半成品加工区等。公司还建立了针对各个网点的网络化产品配送体系。

为了完善产品服务体系，江徽配送的产品涵盖了各类食材，特别是在农产品、肉类、鲜活类、冻品、预包装食品、海鲜类方面已经形成了全面的特有采购体系。江徽蔬菜农药残留检测中心，对每一批次蔬菜原料进行抽样检测，对采购的原料索证齐全，切实从源头抓好食品卫生工作。在信息化支撑方面，江徽自主开发了网上 ERP 管理系统和江徽协同办公平台，为公司的原材料采购、网上办公、接收建议等提供了方便。

为了延伸前端产业链，江中民于 2014 年投资 3000 万元，在安徽天柱山脚下创建了江徽农庄。

"江徽农庄的服务水准，绝对够得上四星级！"宁波新友帮印务有限公司总经理陶代友表示。最近，他带领 50 名员工到安庆地区考察时，把位于潜山市吴塘村的江徽农庄作为住宿和开会地点。在这里，他们住着舒适的房间，吃着精品菜肴，而且价格低廉，最后满意而归。不仅他们竖起大拇指点了赞，就连宁波鄞州餐饮协会考察团考察以后，也有这样的感慨。

江徽农庄集餐饮、住宿、商务休闲和会议接待为一体，有近 40 个标准间，3 个功能齐全的会议室，能容纳 500 人同时就餐。同时，农庄栽种 80 多种玫瑰花，花开时节，满园春色；加上百余种常规苗木和几十种名贵苗木，是游客放松心情的好去处，更是理想的婚纱拍摄基地和婚宴场所。

重要的是，江徽公司以此农庄为依托，建设了专属蔬菜生产基地、专属采摘基地、专属蔬菜加工配送中心、专属家禽家畜养殖基地，保证了菜品的纯天然、纯绿色。江徽还采取"公司＋农户"的形式，在周边打造生态原材料基地。大量的农产品通过这里，输送到公司经营的大众食堂。

2018 年，江徽公司与宁波洛兹现代农业开发有限公司签订了江徽餐饮现代农业基地项目租赁合作。洛兹农业公司成立于 2009 年 5 月，注册资金 300 万元，先后投入 760 多万元，建成了 100 多亩的特色蔬菜精品园。已有高规格标准钢管大棚 30000 多平方米，以及合理、科学的喷滴、灌溉设施和机械设备。

江徽接手后，编制了基地的建设规划。他们根据时节的变化，运用大数据分析，及时、科学地种植叶菜类蔬菜、瓜果等数十个品种，以及产量情况，使新鲜的原材料无缝对接、迅速快捷地进入江徽食堂的餐桌。

十一、为驻沪某部抗疫提供后勤保障

这是驻沪某部队于 2022 年 8 月 15 日给宁波市江徽美食餐饮有限公司发来的感谢信——

"这个春夏，上海市打了一场硬仗。2022 年 4 月至 6 月，面对突如其来的新冠肺炎疫情，在贵司跨区保供支援下，我部副食得以稳定供应。在此，我部向你们致以崇高的敬意和衷心的感谢！

"关键时刻，贵司挺身而出，全过程参与疫情防控食材保供任务，以实际行动践行'奉献、友爱、互助、进步'的服务精神。感谢你们的担当和卓越的专业水平。你们不畏困难、不分昼夜、忘我奋战的身影，我们将永远牢记……"

2022 年 4 月，上海疫情防控进入关键阶段。驻沪某部队通过宁波地区推荐优质采购供应商平台，向宁波市江徽美食餐饮有限公司下达第一批主副食品采购订单。此订单总量为两百多吨，有两百多种各类商品，并要求两天内启动运输计划，分三条线路送到上海的几十个灶位点。

受疫情影响，江徽公司在宁波的主副食品配送任务本来就很重，江中民总经理接受上述订单后，亲自动员，号召大家："这次任务虽然时间紧、利润低、压力大，但部队官兵正眼巴巴地等待我们把货送到。这是部队对我们的信任，我们一定要把这次应急供货当成一项政治任务对待，周密计划，精心组织，不折不扣地完成！"在他的指挥协调下，公司抽调骨干充实采购部的力量，进行了密切分工，使信息对接、人员调度、物资采购、包装加工、数据审核、表单优化、标签确认等工作有条不紊地展开。

4 月 21 日晚，上海某部队给江徽发来汇总统计文件，订单包括调料、干货、饮料、禽蛋等九个品类，有 2000 多个分项格。江中民安排工作人员通宵作业，一项一项地梳理，对计划进行逐项分类、分批、分灶点分解。22 日清晨，采购部全体员工按照分解汇总后的采购计划，马上组织备货。

采购中，他们还克服了许多意想不到的困难。例如，第一批订单要求订购 500 箱（每箱 22 公斤）禽蛋，品类包括鲜鸡蛋、净鸡蛋、土鸡蛋、皮蛋、咸蛋、

咸蛋黄等。他们在宁波地区难以找到对应的货源，于是费尽周折，终于同金华市诸暨仁财禽蛋合作社取得了联系，采购了符合标准的"仙旦岩"牌产品。他们在寻找酱料时，由于李锦记产地上海疫情防控原因，工厂停产一个多月，造成宁波地区的拌面酱、锦珍生抽、香辣酱、辣椒油的缺货。江徽从温州市，以及安徽、福建两省调货，物流总价超过了货品总价。

一时间，江徽的供应商纷纷运来货物，仓库里呈现一片繁忙的景象。同时，采购部全体员工紧急行动，加班加点，完成200多种副食品的分装，并按照要求给每件货物贴上对应的配送标签。

4月23日18时半，当一号线司机开着17.5米长的大货车驶入江徽后，江中民立即组织人员对货车内外进行消杀。接着，员工一起动手，有的核对标签，有的现场打包，有的进行接力搬运。直到24日凌晨3点30分，大家才将30多吨主副食品装上货车。4月24日24时，二号线车辆到达，员工装车忙碌到25日凌晨4时发车。4月26日18时，三号线第一辆9.6米大车装货。22时半，第二辆17.5米大车装货。23时，第一辆大车因超载无法上高速，回头卸货4.6吨再出发。第二辆大车于27日凌晨4点发车……

就这样，订单不断追加，江徽员工坚持通宵作业，圆满地完成了任务。

十二、把江徽员工当亲人

江中民说："员工是企业的基础。只有设身处地关爱他们，才能激发他们对企业的认同感和归属感。"

首先，他通过以老带新、比武竞赛等途径，千方百计提高员工的岗位技能，并给予更多的发展机会。"我愿意做一位根雕师，把员工雕琢成器。你有多大能力，我就给你多大舞台！"

江徽公司总经理助理董青春说："我是江总一步步带出来的。现在能有这样施展才华的舞台，我很高兴！"1995年，他17岁那年，在江中民的引导下，从安徽老家来宁波学厨艺。刚开始，他在华东饭店给江中民打下手时，有空就练切菜，琢磨着怎么运刀如飞，把土豆切得薄如纸片，把萝卜、番茄变成一朵花。后来，因为刀功好，他被推荐参加宁波电视台举办的切菜比赛，得了三等奖。1999年，在江中民的指导下，董青春考取了国家特级厨师，并先后到江北金丰宾馆、慈溪大酒店担任厨师长，在宁波厨界的名气越来越大。江中民创办江徽公司后，董青春马上加盟。

"按照客户需要经营。"董青春怀着一颗感恩的心，努力工作。他相继担任过江徽公司几家企业食堂的经理。他通过对客户进行调查，不断制订计划，及时对菜品进行调整。他注重经营细节：哪家企业的外地人多，口味就偏重一点，辣菜多一点；哪家企业要三班倒，就增加一餐夜宵，让车间员工吃饱肚子；哪位员工过生日，就由食堂操办生日宴席。他的管理艺术，让大家非常佩服。

目前，公司拥有中国烹饪大师 2 名、浙江烹饪大师 6 名、高级技师 10 多名，以及各类技术管理人员 300 多名，厨师的持证率达 80% 以上。

在江徽公司的 1000 多名员工中，绝大多数家住外地。江中民认为，他们远离家乡，外出打工不容易。他先后创建了"江徽餐饮交流 QQ 群""江徽餐饮微信群"，哪个员工遇到了困难，他都主动问明情况，帮助解决。

2011 年前后的那几年，火车网上购票还没有实行。员工春运想从宁波回家，只能去现场购票。江徽公司驻宁波卫生职业技术学院食堂的经理李正好说："那时，火车站每天人山人海，一票难求。我家在遥远的陕西，但每年春节前都能按时到家，这都多亏了江总为我买到了票。"为了让员工与家人团聚，江中民除安排大巴专车接送华东地区几个省的员工外，还与其他公司领导一起，每天凌晨 4 点就起床直奔火车站，为家住山西、云南、四川、贵州、黑龙江等偏远省份的员工排队买票。由于一人一次限购两张，他们多次排队续买，每天回到家里都是深夜了。

2006 年 9 月，一位姓嫩的小伙来到宁波中学江徽餐厅。江中民在检查工作时，发现他说话时童声稚嫩，经过详细询问后，才知道他只有 15 岁。原来，小嫩因家境不好，失学了，要打工赚钱，而且身份证也丢了。"怎能接收童工呢？"随即，江中民拿出 1000 元给他，并亲自到火车站为他买好票，把他送上回家的列车，还叮嘱他重返学堂。

这些年，遇到员工家庭成员身患恶疾、遇到灾难，江中民知情后，总是及时送去精神安慰，并带头发动捐款。2011 年 8 月，潜山一中食堂员工黄灿红的儿子被诊断得了骨髓瘤。孩子治病需要很多钱，超出了黄师傅家庭的经济承受能力。在江中民的号召下，江徽员工踊跃献爱心。当黄师傅接过 2.1 万余元爱心款时，激动万分。2021年6月,江徽公司上下为身患癌症的采购部员工胡磊捐款4.7万元。

为了培养未来员工,2012年5月,江中民拿出首笔善款24万元,在位于安徽岳西的安庆市大别山科技学校冠名创办"江徽烹饪班",期望职高学生走出大山。2018年4月,在江中民的牵线搭桥下,"江徽烹饪班"学生职高毕业后,可以直接升往浙江商业技师学院的烹饪(中式烹调)、旅游与酒店管理两个专业学习,获得大专学历。目前,从"江徽烹饪班"毕业的学生有360人。

展望未来,江中民充满自信。

福兮祸所伏,祸兮福所依。江中民说,创业路上一定会遇到各种各样的挫折,而挫折是让弱者逃跑的噩梦,是让勇者前进的号角!因此,福至,不可欣喜若狂、忘乎所以;祸临,不要悲观失望,放平心态,坦然面对。相信冬去春来,最终都是阳光明媚。

面对未来的挑战,江中民提出了"四个四"的企业发展理念:一、年轻员工"四成":成长、成才、成功、成就。二、技术员工"四专":专心、专注、专业、专家。三、管理骨干"四敢":敢想、敢说、敢干、敢担。四、行政高层"四共":共创、共管、共赢、共享。目前,江徽正在这些理念的指引下,阔步走向未来。

"商脉"里流淌着红色基因

——福建中驰生态农业综合开发有限公司总经理林华彪创业纪实

人物介绍

　　林华彪，1969 年 7 月出生，福建省东山县人。1987 年 10 月—1990 年 12 月，在舟嵊守备区水线维护大队服役。1991 年 6 月，在东山县香港东方之宝有限公司担任保安工作。1994 年 9 月，在上海东方之宝有限公司浙江区域从事销售工作，后来担任公司销售部经理。1997 年底，在上海伊诺特玩具有限公司担任销售部经理，进驻义乌市国际商贸城。2006 年 7 月，创办东山县伊诺特玩具有限公司。2010 年，投资东山县正源水产，涉足水产养殖业。2013 年 10 月，创办福建中驰生态农业综合开发有限公司，涉足旅游业。

　　2023 年，林华彪获评福建省漳州市"最美退役军人"光荣称号。

　　　　　所有的日子——

　　　　　像潮水，流过你的心海！

　　　　　日月星辰是你的标点符号，

　　　　　而你也把自己逼到了大海的悬崖。

　　　　　风雨吹进你的心窗，

　　　　　你用微笑回报沧桑和寂寥，

　　　　　用晶莹回答所有的目光……

　　这是福建省作家协会会员、东山县作家协会副主席许海钦的诗作《生命的动词》中的句子。其中抒发的情感，折射了林华彪艰苦创业的心路历程！

　　林华彪出生于福建省漳州市东山县樟塘镇港西村。从部队退伍后，他当过保安，推销过化妆品，经营过玩具，从事过海水养殖，走出了一条闪光的创业之路。致富之后，他在港西村投资建设"中驰生态山庄"，将1953年东山保卫战的牛犊山战斗遗址全部精心地保留了下来。

　　2013年，林华彪规划投资3.4亿元，在港西村建设"中驰生态山庄"项目。2016年，被列为福建省重点旅游项目。目前，已经投入2.5亿元，建成了红色旅游景区、碉堡观赏台，以及野战营地等50多处主要景点和游乐配套设施；其中，东山保卫战纪念馆被东山县委、县政府列为谷文昌精神现场教学体验基地。

　　港西村，曾经被列为东山县八个市级建档立卡贫困村，是政府致力扶贫攻坚的对象。2018年初，林华彪计划投资3800万元，依托"中驰生态山庄"建设景村融合的乡村红色旅游示范项目。目前，他已投入600万元。在各级政府的努力下，港西村打造了30多处景点，成了全省远近闻名的"网红"打卡地：2021年接待游客57万人次，旅游收入3300万元，被福建省农业农村厅授予"福建省美丽休闲乡村"荣誉称号。

　　截至2023年底，他的各种公益捐款，累计超过500万元。

　　要问这些巨额投资从何而来？如何使用？带着这些问题，我于2023年冬到东山进行了采访，今天，让我们一同走进林华彪的内心世界，了解他带着苦涩的青葱岁月、艰辛的商海创业、浓浓的桑梓情怀……

一、离乡背井，凭借军人敢打必胜的信念，拼出事业新辉煌

1990 年 11 月，林华彪从部队退伍后，回到家乡。1991 年 6 月，他在东山县香港东方之宝有限公司当保安，每月工资 125 元。

这家香港人投资的企业，于 1990 年 3 月 10 日注册，注册资金 1000 万港元，主要生产洗发精、珍珠膏、沐浴露等系列化妆品。林华彪说："厂里的领导和技术骨干都是上海派来的，他们对我很好。"

林华彪当时想，当保安一天只上 8 小时班，有许多空余时间，尽量为企业多做点事情。那时，上海来的领导们要应酬，经常要到外面的饭店吃饭。于是，他给领导们提了一个建议："我在部队学的厨艺还不错。以后厂里有招待，如果由我来买菜做饭，你们肯定比在外面吃得干净卫生、经济实惠。"领导们听了，认为有理。接下来，一有任务，他就乐滋滋地跑去下厨。东山岛的海鲜很多，他想方设法烹饪出各种花样，大家吃得津津有味。另外，他看到厂里的花花草草需要修剪，就利用休息时间主动去打理，而且不多要一分钱工资。公司董事张荣良看在眼里，觉得这个当过兵的小伙很勤快，脑子也转得快。

那时的东山，交通极为不便，特别是每到晚上，公交车都停运了，又没有出租车。为了多赚点钱，他经常利用休息时间开着摩的拉客。其行驶范围在东山城郊几个乡镇，每趟 10 公里上下，收取 5 元至 10 元不等。如果运气好的话，一个晚上能赚到 50 元至 80 元。他回忆："那时，道路坑坑洼洼，而且路灯很少，我老婆林岭香非常担心我的安全。特别是，她怀着身孕时，还每天等到深夜我回到家后，才能安心睡觉。"

同时，他还为公司推销过洗发精。生产洗发精时，每一批次都有超产的部分，很容易浪费。同时，他发现，理发店的洗发精都是品牌产品，用量很大，而且店里废旧的瓶子堆得满地都是。他想，这样既造成浪费，又因增加了包装费，而推高了产品价格。如果用塑料大桶来装，一定会降低成本。于是，他就跟领导提出，可以把厂里散装的洗发精卖给理发店。得到同意后，他找来塑料大桶，每桶装十斤洗发精，然后开着摩的去兜售。

一开始，他挨家挨户去推销时，对方因为不了解产品，所以很难接受。他耐心地告诉客户："这种洗发精，是我们本地生产的，质量有保证，而且价格比其他的牌子低很多。"在对方将信将疑时，他又说："我把产品先放这里，你们慢慢试用。如果好的话，就继续用。用完了，你们打电话给我，再结账。"对方经过试用，觉得价廉物美，相互之间的关系就建立起来了。到最后，东山县城所有理发店的洗发精业务都被他拿下了。

谈到"为何这么拼？"的话题时，林华彪哽咽地说："我1990年底退伍回家之后，大妹妹在一家餐饮店当服务员，她长得很漂亮，唱歌也很好听，工资每月100元。不幸的是，她患上了白血病。"本来她应该多休息的，可治病需要用钱，她只好白天上班，晚上到家还要织羊毛衫，靠这些手工活赚钱。由于太劳累，她的病情发作，被送进了医院。他说："那时，我退伍回来刚参加工作，没有多少钱，家里也很困难。我大妹妹很想活，求我救救她，让我把她的项链、戒指卖掉，筹钱治病。可是，医生说要转到上海大医院，可能要花几十万还不能保证治愈。这笔钱，那时对我们来说简直就是天文数字，我们只好把她拉回家。在她最后的时光，我开着摩的带她看了很多风景。"离世之前，她把项链挂在最好的朋友林岭香的脖子上，并告诉对方："你就给我当嫂子吧！"林华彪说："我和老婆遵从了她的遗愿，先结婚后恋爱。"其实，他虽然与爱人是一个村的，但是他大了四岁，又曾经在部队服役，对她并不熟悉。"从此，我也下定决心，一定要学会赚钱，干一番事业！"

可是，好景不长。1993年底，东山县香港东方之宝有限公司停产，迁往上海，由张荣良担任总经理。

在爱人的支持下，林华彪接受了张总的盛情邀请，于1994年9月1日带着400元车费，赶到上海东方之宝有限公司。很快，他与另外6名业务员一起，被分配到杭州，负责在浙江省推销"东方之宝"系列化妆品，每人每月的工资是500元。他念念不忘地说："当年，为了开拓全国各地的市场，公司招聘了26名业务员。其中，25名是大学毕业生，只有我是初中生，文凭比他们低了一大截。"

林华彪刚到杭州时，就主动与国营商场打交道，可是对方已经有了固定的进货渠道，也不知道他们的产品质量到底怎么样，所以对上门推销很反感，都是爱答不理的。第一个月，他跑了浙江省所有的县（市、区），一笔生意也没有做成。

他回忆："那是我人生中最艰难的一段时光。我离开家的时候，爱人虽然怀孕七个月，大肚子，还要干农活、家务，可是她全力支持我离开东山。我也发誓，出门在外要多赚点钱，让老婆、孩子今后能过上更幸福的日子。"第二个月，他的销售第一单终于在台州市路桥批发市场成交。他说："那里，个体经济发达。我找到一家个体户，表示愿意铺货一万元，卖完产品再收款，对方同意。卖了一段时间后，销量还不错。"接着，他在杭州市解放路国营百货商店如法炮制，一年销售了200万元。后来，他们的产品市场不断扩大。

1995年到宁波以后，他在鄞县长丰二村找了一个歇脚的地方。每天，他都跑到新江厦商城、城隍庙、三江超市等商家推销产品。为了跑业务，大热天，他也不停地找客户商谈，经常累得汗流浃背。那时，他很节省。每次出门时，他都泡好一大杯绿茶随身携带。渴了，几下就喝完了。有一天，他在街上匆匆地行走，口渴得很，而带的茶水喝光了。"为了省下两元钱，我舍不得买一瓶矿泉水，回来后喉咙干得发痛。"另外，出门跑业务，路况又不熟，叫辆三轮车比较方便。然而，他总是一边问路，一边靠两条腿步行，这样每次可以省下两三元车费。

有一天，他跑到新江厦商城，跟经理软磨硬泡，最后双方达成协议：商城同意"东方之宝"铺货，等化妆品全部卖完后结账。结果，产品销得挺快。随着销量的不断增加，商场对他也比较信任，决定按月结账。接着，他就按照这个营销方式，一家一家地铺货，最终将产品打入了30多家单位，"东方之宝"的牌子受到了消费者的青睐。

因为要跨城发展业务，他从宁波出发，在杭州、温州、台州、金华、嘉兴等地连轴转。为了提高工作效率，他都把乘坐火车、汽车等交通工具的时间安排在晚上。那时路况很差，一乘就是十多个小时。白天，他总是马不停蹄地找客户商谈。年底论业绩，他是最好的，销售额超过2000万元。

年终盘点时，张总经理问他："小林，其他人都报告有坏账收不回，有的几万元，有的几十万元，你怎么没有？""我把坏账控制得比较好，只有8000多元。""你快把单子填上来，可以充账的。""不用了，我的失误怎能让公司来承担呢？我已经用自己的钱垫好了。"其实，之前，有的销售员就悄悄地告诉他："如果坏账5万元，就报10万元，还可以从中赚一笔。"可是，他说："领导把任务交给我管，是对我莫大的信任，我绝对不能这样做！"

1996 年初，其他业务员已经相继离开，他被公司提拔为上海总部销售部的经理。当年，他为公司创出了销售 8000 万元的业绩，自己也赚得盆满钵满。更令人佩服的是，他在上海工作期间，经常利用休息时间把厨房、卫生间打扫得干干净净。这些又脏又累的活，他一干就是两年。

1997 年底，上海东方之宝有限公司决定转产。张荣良总经理将林华彪调到自己创办的另一家企业——上海伊诺特玩具有限公司，并让他担任销售部经理。于是，林华彪进驻义乌市国际商贸城，负责销售公司自主研发、生产的球类、充气玩具产品。他管理的门店只有三个人，每天忙着与客商洽谈、接单、寄单；管理的仓库有 1000 多平方米，员工十多人。

刚开始，公司为了保险起见，要求顾客进货时用现金结清，一年下来，销售额只有两三千万元。林华彪认为，这种销售方式过于保守，虽然公司没有欠账，但是顾客拿货不多，售买双方缺少信任感，失去了一些扩大效益的机会。1998 年，为了打破这一局面，他建议：一、将价格上调 0.005%，作为风险金；二、加大铺货力度，抢占更多市场。

公司采纳他的建议后，门店每天接待几十位甚至几百位中外客商；仓库里，每天拉货的车辆进进出出，忙得不亦乐乎。他说："那时候，白天搞推销，晚上还要记账。"代理商多了，销量大增，返单额度越来越大。同时，代理商也按照这种方式去铺货，形成了良性循环。他说："当时跟我一起做生意的代理商都发财了。"推行这种营销方式的当年，伊诺特的销售额超过一亿元。同时，一年算下来，公司积累的风险金有 50 万元，而坏账只有 3.6 万元。

怎样才能把生意做得更好呢？他的体会是：一、产品质量必须过硬。二、对客户必须有一个合理的判断。经过交谈、考察，判断一个客户值不值得去开发，能不能赊账。三、自己必须诚实守信。一开始，国内的客户比较多，到了 2000 年，国外客户逐渐多了起来。其中，当年最多的订单来自俄罗斯，一次就有 2000 万元。

2001 年以来，他们在全国除台湾、西藏以外的省(市、自治区)政府所在城市，以及香港、澳门等地设立专卖店。他说："代理商希望，一座城市只设一个专卖店，以便他们轻松赚钱。这样，公司对价格、销量、回款较难控制。我有个小窍门，就是在每座城市设两三家专卖店，让他们相互竞争，在薄利多销中抢占市场。事实证明，这样操作成效很好。"

二、在东山创办玩具厂，并闯入海水养殖业，带动当地群众致富

"人生可比是海上的波浪，有时起有时落……三分天注定，七分靠打拼，爱拼才会赢……"这首广受中国民众甚至海外华人喜爱的闽南语流行歌曲，成为鼓励林华彪努力向上的号角。

2006 年 7 月，在张荣良总经理的鼎力支持下，林华彪投资 2000 多万元，在家乡创办东山县伊诺特玩具有限公司，经营范围包括玩具、工艺礼品、运动休闲用品加工，带动近千名员工就业，最高年营业额为一亿元左右，产品畅销世界 50 多个国家和地区。

目前，林华彪为了事业两地奔波，一般每月在东山住 20 天，其余时间在义乌市国际商贸城，把生意做得红红火火。

2019 年，张荣良总经理从上海来东山考察了三天。他对林华彪说："小林，你悟性很高，真的很了不起，现在做玩具的规模比我还大了！"

东山：向海图强、深蓝掘金。作为排在平潭之后的福建省第二大海岛县，东山立足资源优势，重点发展海洋水产等产业。目前，海水养殖年产量超过 33 万吨。

从捕鱼到"牧鱼"，从浅海到深海——2010 年，林华彪看准了东山县积极推动海洋牧场成为"渔业良田""蓝色粮仓"的形势，建设海水养殖基地 100 多亩，并与人合作，果断介入对虾养殖，以及鲍鱼、石斑鱼、海马的育苗，围绕"鲜活水产"做文章。

他说："我的祖先来到港西村落户后，搭鸭棚，养鸭子，摸索出了让鸭子生双黄蛋的诀窍，最后赚钱了。先辈们不断教育后代，要么好好读书，要么好好种田。一个人只有掌握了技术，才能强大。我选择创业项目时，在技术支撑、市场开拓等方面都是经过深思熟虑的。"

那天上午，林华彪开车带我来到养殖基地。一下车，我看见，大门前有一条十米多宽的沟渠，海水清澈见底。附近的白鹭数也数不清，有的在空中轻盈地盘旋，有的在水旁专心地觅食。林华彪说，最早，这里是海滩，涨潮时被海水淹没，

久而久之，礁石上面附着许多贝壳，水产也很丰富。自从建了海岸堤坝以后，沟渠的海水由碳闸控制。这海水，非常环保，是他们养殖基地的"源头"活水。

我走进去看到，一方方养殖塘规则排开。在虾塘边，他介绍："最早，我们是养对虾。从外面引进虾苗后，在虾塘里养殖，密度不高。通过不断摸索和总结，积累了丰富的经验。现在，是我舅舅在负责管理，他按时按量换水、投喂海藻之类的饵料。"一年下来，对虾的产量超过 6000 斤，重的每只二两左右，每斤能卖 200 元左右。

东山县是"中国鲍鱼种苗之乡"，林华彪在这个行业已经"深耕"了十多年。他说，东山的地理条件非常优越，全国的鲍鱼苗 70% 左右都出自这里。他带我来到鲍鱼种苗池时，其合伙人林美发正在现场劳作。林美发介绍："我 2004 年开始进入这个行业，2010 年来这里创业。早期鲍鱼苗的产量比较少，所以很贵，每粒售价为 1.1 元。后来，由于进行规模化养殖，价格就掉下来了。尽管现在单价只有几毛钱，但是我们每年培育 1000 多万粒，还是有利可图的。"林美发用细绳从海水里提起四脚砖后，我看到，那砖的背面"粘"着密密麻麻的种苗。林美发说，冬天，正是东山鲍鱼的"生育"高峰。这里冬季海水的温度特别有利于鲍鱼苗的生长。例如，它适宜 16°C—22°C 的海水水温，而东山的冬季水温正好是 16°C—18°C。可是，广东沿海水温超过 22°C，夏季更热；福建莆田的冬季水温低，才 10°C 左右。他们的鱼苗主要销售到福建中、北部的连江、罗源、霞浦、宁德、莆田等地。这些地方的鲍鱼养殖产量，占全国的 70% 以上。

走近石斑鱼苗的养殖塘边，可见"咕噜噜"的气泡不断从水底冒出，一条条体型饱满的石斑鱼苗在水中游动，见到人靠近便迅速围上来。这里海水清冽，培育的石斑鱼不仅成活率高，少有病害，而且个头大、肉质鲜美。我问："为什么要培育这么多海产品种呢？"林华彪解释："做育苗，出苗那段时间是最忙的时候。这样做，也是为了错开出苗时间，便于安排人工。如鲍鱼，每年十月份开始培育，第二年的三四月出苗；而石斑鱼苗，每年六七月是出苗旺季。"

最后，我们来到东山县规模最大的海马养殖基地，面前的展板上写着：昇蓝水产养殖（东山）有限公司成立于 2022 年 8 月，致力打造集海马种苗繁育、技术培训、种苗驯化、改良、种苗基因测序研究于一体的综合性海马产业推广及海马生物科技开发的产、学、研基地。公司与中国水产科学研究院东海研究所和广东海洋大学专家团队共建了海马研发创新中心。

"仅仅是我自己发达了，还是远远不够的。"林华彪要让"小海马"撬动产业振兴"大格局"。他说，海马是地球上唯一一种由雄性生育后代的动物。用它制成的名贵中药，具有强身健体的功效。于是，他创办了东山县最大的海马养殖场。"2023年1月，我们花了30万元，从韩国、日本陆续引进了线纹海马、膨腹海马两个品种的种马，共2000多尾，并在基地建设了海水处理中心。如今，海马的儿子、孙子都有了。"看，一个个海水养殖塑料大盆里，海马在水中直立着，靠扇动翅膀悠闲地游来游去。现场养殖专家林润光先生透露，目前，他们孵化的海马有60多万尾，计划在2024年底把产量提高到1000万尾。

林华彪表示，他们已经与北京同仁堂、华润三九等知名企业签订了海马销售协议。下一步，他们公司计划采用"公司＋农户＋合作社"的合作模式，将带动周边上千农户实现规模化养殖，使农户收入大幅度增加。

三、回报家乡，在"英雄山"打造"红色景区"

乡愁，是骨子里一份不可割舍的爱。

林华彪出身于一个家境贫寒的农民家庭，他的父亲林玉宝是位老共产党员，曾任村主任十多年。林华彪小时候，父亲经常给他讲述发生在家门口的战斗故事。

林华彪说："上学时，学校经常组织我们上牛犊山慰问驻军和举行联欢活动，聆听当年战斗英雄的故事。那时，我就想，今后如果有钱了，一定要保护好军事设施。这些年，通过耳濡目染，红色传统潜移默化地融入了我的血脉，激发了我奋进的正能量。"他还将自己的独生子送往军营，保家卫国。

牛犊山这些独特的红色资源，是国防教育的重要素材。以前，因为缺少人力、规划和资金，它只能"待字闺中"。2013年10月，林华彪决定投资3.4亿元，发掘牛犊山红色资源，建设占地面积近千亩的"中驰生态山庄"旅游项目。规划时，他明确表示，对当年东山保卫战的遗址、战道、堡垒、防空洞等，要保留原貌，让更多前来海岛旅游的客人接受爱国主义教育。

万事开头难。当时，在东山建设这么大的一个省级重点项目，涉及征地、报批、筹资等问题，而远在1000多公里外的浙江义乌的生意也离不开他。"再难也要干！"他开自驾车往返，不论寒冬酷暑，经常起早贪黑地忙碌，使一个个难题迎刃而解。

早年大种水果时，乡亲们在牛犊山的山坡面栽下了部分龙眼荔枝，后来却成为无人理睬的野树；山坳中，水源处，山岭上，一片荒芜；山上，有些村民"废物利用"，将其作为放牧牲畜之地……创业初期，他和妻子林岭香吃住在山上，一遍遍地踏看，那一草一木、一砖一瓦都倾注了他们的心血。

当时，牛犊山遗存的战地坑道、堡垒以及各类作战室虽然还在，但历经岁月的侵蚀，很多面临倒塌、损坏等危险。他们请专家设计方案，用心加以修复。

功夫不负有心人。2019 年，林华彪夫妻通过六年的努力，完成了"中驰生态山庄"第一期 2.5 亿元的投资，陆续建成了红色旅游景区、百亩花海体验区、瀑布广场、碉堡观赏台，以及索桥、玻璃栈道、野战营地等 50 多处主要景点和游乐配套设施。同时，他还购置一批已经退役的飞机、坦克、火箭、大炮等装备"现场助威"。

虽然已是冬天，但是我放眼望去，中驰山庄如同大型植物园：那一片片的桉树林，灰白色的树干笔直，高 20 多米，像一排排挺拔的擎天柱。林华彪说："桉树被誉为造纸业的绿色黄金。其木材有很高的纤维素含量，是制作人民币所需的重要原材料之一，树叶还可以做风油精等产品。这些桉树，是几十年前村民种下的，砍了好几茬。为了保留山庄这些树木，我向村民赔付了 2000 多万元。"那梯田花台上，成片的三角梅、月季、茶花、风铃木竞相开放，形成了花的海洋。火龙果园，绿意葱茏，生机盎然。

其中，林华彪投资 500 多万元，将一个面积 1500 多平方米的大型废弃采石坑，改造成东山保卫战纪念馆。他说："这座采石坑，是上世纪六七十年代村民为了建房筑坝而开采的。现在，保护生态是高压线。我们用假山、爬藤绿植进行修复和美化。"

纪念馆共分为"东山保卫战始末""谷文昌与东山保卫战""战地群英精神永存""英雄海岛再谱新章"等四个部分，采用遗存实物、雕塑、沙盘、照片、油画，并结合文字说明的方式进行布展，以此来回顾历史事件始末，再现英雄群体风采。

东山历史文化研究学者黄石麟，是该展览馆的主要策展人。他说："东山保卫战已经过去 60 多年了，图片征集工作异常困难。"为了能够尽可能地还原那段历史，他曾 6 次前往台湾，收集当时战地记者拍摄的照片，还从福州、上海和东山当地收集了一些老照片。目前，馆内所呈现的珍贵老照片数量有 230 多张，还有枪、炮等支前物资 60 余件。

黄石麟介绍，将东山保卫战纪念馆选址在中驰生态山庄真是再适当不过了。"这些遗迹可以成为展馆的延伸和拓展，让参观者实地体验和感受。"

我们参观时，在安徽灵璧籍"黄继光式的英雄"张学栋的画像前，林华彪说："我们要教育后代，现在国家的强大是来之不易的，是这些先烈用鲜血和生命换来的。"

纪念馆展示的谷文昌的战斗事迹，令很多参观者感动。谷文昌（1915—1981），河南林州人。1944 年加入中国共产党。在抗日战争和解放战争时期，他立下了卓越功勋。1950 年，他随大军南下，加入了解放福建的战斗。解放后，他带领东山县人民抗击敌人、治理风沙，用自己的言行赢得了老百姓的信任和敬仰。

纪念馆有文字介绍：解放前夕，撤退台湾的国民党军从东山掳走 4792 名青壮年，这些壮丁的家属们因此背上了"敌伪家属"的黑锅。解放后，对这一群体的身份认定，是一个极为敏感的问题。谷文昌冒着政治风险，向县工委建议将"敌伪家属"改为"兵灾家属"，政治上不歧视，困难户给予救济，孤寡老人由乡村照顾。一项德政，十万民心。在东山保卫战中，这些"兵灾家属"，义无反顾地站在共产党一边，踊跃支前，救助解放军伤员，为东山保卫战的胜利做出了突出贡献。

"谷书记心里装着人民，从不计较个人得失，是我们学习的榜样！"林华彪说，每逢清明、春节等尊老敬宗的传统节日，当地群众"先祭谷公，后祭祖宗"，带着朴素的感情进行缅怀。

2019 年，随着谷文昌干部学院正式开班，东山县委、县政府全力推进建设谷文昌精神现场教学体验专线，把中驰战地文化园列入教育点名单。林华彪根据谷文昌精神教育内涵，又重新设置场景、划分功能区、规划路线等。有时，他还当起宣讲员，向广大游客宣传战地文化，追忆过去激情燃烧的峥嵘岁月。

参观了东山保卫战纪念馆后，泉州医学高等专科学校教工党支部陈书记激动地说："我了解了战斗背景和经过，对革命先烈充满了崇敬。我们要传承红色基因，不忘初心，用自己的实际行动为教育事业做出更大的贡献。"

中驰山庄作为退役军人创业基地，成立了专业的教官队伍，布置了专业的训练场地，设定专业的培训项目，开展全县新兵役前训练、民兵训练、学生拓展训练。

目前，牛犄山景区安排就业的管理人员、清洁工、绿化人员等100多人。其中，在管理岗位，招聘了30余名退役军人和大学生入职；在清洁绿化岗位，吸纳当地贫困户员工25人，人均月工资都在3000元以上。村民林某发家中上有年老的父母，下有两个正在上学的孩子。四年前，他的妻子不幸遭遇车祸卧床不起，家庭因祸致贫。林华彪知悉后，将林某发安排到景区打工，每月有3500元固定收入。他感激地说："在家门口打工既有钱赚，又方便照顾一家老小，日子好过多了！"现在，这里已经成为带动当地群众就业创业的一大平台，先后成为福建省巾帼示范基地、漳州市休闲农业示范基地、漳州市精准扶贫基地和东山县"双拥"共建示范基地。

2019年，中驰山庄开放后，一直不收门票，还在正门附近建有大型免费停车场。每逢节假日，前来旅游的客人摩肩接踵，日最高接待游客近万人次。

最近，中驰山庄牛犄山防空掩体提升项目摆上议事日程。该项目位于樟塘镇、西埔镇、杏陈镇三镇交界处的牛犄山主峰，占地总面积30亩。该工事遗址是1953年东山保卫战的核心战区，系我军的指挥中心。那天，林华彪带我参观了12座碉堡之后，又游览了牛犄山装备（物资）运输海防路。这条路始建于20世纪50年代，全长50米，宽6米，主要用于军事装备及物资运输，路面由大块花岗岩铺成，可以承受大型载重车辆甚至是坦克通过，是解放后东山最早，且功能完好的海防路。向前经过战壕沟之后，就是战地指挥所旧址。其工事都是钢筋混凝土结构，洞内呈"T字形"，三个洞口，每个洞口都有防毒防火防烟三道门；洞内全长约280米，最宽处4.5米，有军械库、弹药库、明碉暗堡、战壕、地道等战地工事，于1961年5月1日竣工。这时，我在洞口发现一副对联，上联是"勇士镇海保边境"，下联是"英雄善战立功勋"，横批是"国安民富"。林华彪说，类似这样的对联还有几副。今后，他们计划将牛犄山地下指挥所等闲置的军事设施打造成国防军事教育基地和新的旅游景点。

林华彪说，他将努力把中驰山庄打造成一个AAAA级乡村旅游景区，丰富东山岛的旅游产业内容，让游客来了既能体验沙滩玩水、海上冲浪，也能享受上山赏花的乐趣，更能感受昔日战地的英气雄魂。

四、助力乡村振兴，让"石头村"逆袭成为文旅"网红"

港西村，曾经被称为：家住"奥地利"（凹地里），出门踩石砾，港西母猪背"石拒"（章鱼）的落后村。林华彪解释说，港西村的地势低于海平面，因此，村民被称为"海底人"，意为穷人。"我在村里收藏的石磨上，还残存着吸附的牡蛎化石。"为了防止海水倒灌，先祖们修建了防护堤坝。但遇到大潮汛时，海水还是冲进了村庄，章鱼"黏"在石头上。当散养的母猪用鼻子拱到章鱼时，被章鱼"黏"住，甩也甩不掉，只好求助主人。

港西村因为山多、石料好，因而成为东山县一个专事采石的"石头村"。改革开放之初，能够搞一辆冒着黑烟的手扶拖拉机，载石头贩运四乡八里，则是富裕人家的生财之道。林华彪说："分田到户时，我父母种着薄地，养育着我们四个儿女。我父亲担任村委会主任时，还要时常去为他人打工，扛条石，干累活，挣辛苦钱。"

樟塘镇党委书记朱义兴说，借助乡贤之力助推乡村振兴，是实现"产业兴旺、生态宜居、乡风文明、治理有效、生活富裕"的有效途径。"林华彪等乡贤的鼎力支持，使得港西村如今成为全县乡村振兴的一个示范、一处旅游热点、一项文旅产业。"目前，这个景村融合的旅游区，一跃成为乡村旅游"网红"打卡点，吸引着全国各地的游客。

2018年初，为实现港西村"村美民富"目标，林华彪投资3800万元，依托"中驰生态山庄"建设景村融合的乡村红色旅游示范项目。他说，随着乡村振兴战略的兴起，村两委一班人通过议事感到，港西村有着500多年的历史，不乏人文景观和自然风光，应该把那些穷的"堵点"活血化瘀，将其畅达为旅游"热点"。如何将这个文旅项目做得出彩，并形成一个产业链条，他们历经了一番"自我评估"和"自行掂量"，决定实施"村企联姻"的计划。林华彪说："我义不容辞，愿意为家乡的美好未来尽一份力量！"

从项目萌发、拆迁理赔，到整体规划、项目审批，有一系列的工作要落实。村镇县各级都倾注了一番心血。

　　林华彪首先拿出 400 万元的启动资金后，各级政府也给予了大力支持，村里开始了"腾笼换鸟"行动：一是号召村民们征迁了猪棚、厕所、荒地、危房；二是铺道路、建凉亭、修缮古建筑；三是对村里的巷道进行了旅游线路规划，实施硬化、绿化、美化等改造与提升……一幅幅"三字经""跳火堆""纺纱线""插秧田"等壁画，一棵棵参天的古树，以及一座座现代的雕塑相映成趣，叙说着历史的沧桑、时代的元素、文明的韵味、耕读的情调。

　　随着港西村的整村开发，已形成了 3 条环村游的观光线路。游客身临其境，尽情享受。

　　那天阳光明媚，林华彪领着我来到"太湖石"镂空的雕塑旁，顺着彩虹路行走。"粉红色房子""妙笔生花""仙泉大井""陶斋学堂""斗门泾""旧码头""番仔房""家风家训馆""三界公园""榕生园""石岩庵""林太师公庙""采石坑音乐广场"等 30 多处景点，记载着丰富的人文历史、描摹了闽南乡村风情、展现出乡村振兴的画卷。

　　林华彪说，他们村里的"仙泉大井"具有历史传奇。祖先在开基建村时，就开挖了这口深达 20 多米的大井。把它整合成旅游景点后，这里被辟为爱国主义教育基地。

　　这口大井为何被称为"仙泉"？因为这里地处村中陡坡较高的位置，且靠近海滩，以前每逢涨潮时，海水淹到井边，令人称奇的是井水依然保持甘甜清淡，且 500 多年来，井水从来没有干涸。上世纪三四十年代，为了躲避日军的多次袭击，村民们以这口大井为中枢，在井中离洞口 5 米多的地方挖了东西南北四个地道洞口，与村中十几条地道互通，为全村 800 多位村民的生命安全提供保障，因此被称为"救命井"。

　　到了上世纪五六十年代，这口井成了"支前井""拥军井"。1953 年东山保卫战打响后，时任东山县长谷文昌带领支前群众，冒着枪林弹雨，两天中从这口古井提水 3000 多桶，供我方队伍饮用。上世纪 60 年代初，东山岛出现了历史上罕见的大旱灾，连续 200 多天没有下过一场透雨。而港西村和附近山头进驻的解放军有 1500 多人，天天备战。可是，全村只有这口古井，饮水一时出现了困难。村里马上组织民兵打了 8 口水井，但新挖的井水不是咸就是涩。当地群众自愿将清淡的古井水让给解放军，自己却饮用新挖的咸、涩水，以实际行动谱写了一曲"甘泉送亲人，军民鱼水情"的赞歌。

当地百姓还把这口井称为"思源井"。过去，港西村有不少乡亲为了谋生，被迫离乡去南洋当苦力和移居中国台湾，至今高雄、澎湖等地都有港西人集居的港西乡、港西街等。1950年5月东山解放前夕，全村又有109人被抓壮丁去了台湾。多年来，每当海外侨胞和台胞携带子孙后代返乡寻根访祖，按照当地传统习俗，游子首先要到这里"观井"，再用这口"仙泉"水洗脸，并饮上一碗井水，寓意喝了故乡水，永远不忘根；然后，用"仙泉"水洗去风尘，洗去烦恼，洗出平安吉祥。当他们准备返回时，又会装上一瓶古井水带回家中煮饭，祈愿家人吃了能健健康康。

接着，我们来到红砖瓦、燕尾脊的陶斋学堂。据传，这是港西村第七世先祖"六股公"于乾隆年间，以文化人育栋梁而倡议"不建祠堂建学堂"，至今流传两百年的一笔"兴庠序"遗产。林华彪说，经过修缮和整理以后，这里一改年久失修的残旧面貌，并保留了原有前后连座、中央及前庭为天井的格局风貌，还配套有农耕文化走廊、工夫茶馆、矿石标本馆、钱币馆等项目，俨然一个乡村小型博物馆。

这里的先生堂、读书屋、小课桌，一间间，一件件，都重现当年。走进陶斋书屋，眼前犹如呈现：一班农村娃，手里捧着圣贤书，跟随着先生，声音琅琅……抚摸着那一只只条形的案桌，那一段乡土的韵味、耕读的情调、厚重的历史，无不镌刻在那一页页时光的简牍里。他说："让更多的人读到更多的书，比做其他事情更有价值。"

走进港西家风家训馆，天井两侧布置的园林小景观清新雅致，正中间的"忠孝"二字格外醒目，与新时代廉洁文化建设内容不谋而合。馆内设计围绕"礼"为主线，以生动精辟的格言、典故、事迹，深入诠释了港西十训、崇文尚学传统、知情重义美德等主要内容。

林华彪说，他们在景点开发方面不断精雕细琢，近期还打算将过去废弃的采石坑打造成公园。可以预见，未来的港西村一定会更加美丽。

这些年，端午节赛龙舟已成为港西村的一张名片。比赛中，偌大的龙舟池周围，观众密密麻麻，池中划桨声、锣鼓声、呐喊声交织一起，构成一幅场面壮观、催人奋进的浓郁风情画。他说："这些年，我一直在赞助这个传统的项目，感觉很有意义！"

承接中驰山庄客源分流，港西古村落也同时热门起来。现在村里景区务工，可安置本村贫困户30多人，人均月工资有2200多元。临近中午，饭店、民宿、旅馆、食杂店、旅游品店等40多家商铺，人来人往，生意兴隆。年近四旬的农家乐饭店老板林阿平，原先在县城一家酒店当厨师，现在回村里自己开饭店，收入颇丰。他感激地说："创办旅游项目，给村里带来了旺旺的人气、财气，港西村越变越富美了！"

林华彪说："我投建的景村融合旅游区不收一分门票，不图回收成本，只是依靠场地出租、引进项目收取租金等收入，作为景区管理人员、清洁工人的工资，以及水、电等费用开支。"按预测，正常年份可以维持收支平衡。可前几年，因疫情关系虽有亏损，但他无怨无悔。

此外，林华彪还与乡贤林峰先生一起出资300万元，建设港西村孝善园。该园包括一堂一院：一堂是指长者食堂，建筑面积300平方米，设有食堂餐厅、厨房、仓库等。2023年12月24日，港西村长者食堂揭牌开火，为老人提供免费午餐。那天中午，100多位老人端着不锈钢餐盘陆续走进餐厅，一荤两素一汤一饭冒着腾腾的热气。大家吃着美味，聊着家常，脸上洋溢着幸福的笑容。他们都说，这样的生活，以前做梦也想不到，真是享清福了。林华彪说，港西村有2200多人，其中200多名70周岁以上的老人每天都可以来这里就餐。"这些老人以前都很苦很苦，现在子女大多在外面工作，他们经常吃剩菜剩饭，我们过意不去。虽然长者食堂的伙食费一年下来需要几十万元，但一定要资助下去！"一院是指老人幸福院，建筑面积550平方米，依托老人协会、理事会，以老党员之家为核心管理力量，在户内设有卫生所、老人休息室、电教室、纸花手工室、图书阅览室、书画室、乒乓球室、娱乐室；在户外操场设有篮球场、门球场、体育健身器材、潮剧戏台等。

目前，港西村附近海岸正在规划建造大型游艇码头和跨海大桥。港西人建设美丽家园的理想，正在渐入佳境！

林华彪对未来充满的自信，正如诗人许海钦在作品《渴望》中抒发的那样——

当你什么时候想看海，

海就会到你身边，

用属于我们的音符，

在心海弹起一阵阵激荡的涛响……

【独具匠心 风雨兼程】

永远保持冲锋的姿态

——宁波精特数控机床有限公司董事长蒋善坤创业纪实

288

人物介绍

　　蒋善坤，1955年生，浙江省宁海县人。1976年12月—1979年1月17日，在舟嵊要塞区守备十八团二营四连服役，历任战士、班长。1979年1月18日，奔向对越自卫反击战广西前线。1979年1月20日—1981年1月，担任广西军区独立师一团三营炮连二班（82迫击炮）二炮手。其中，1979年3月5日，参加了"夺取高巴岭6、7号高地"的战斗。1981年2月—1984年，在宁海县长街镇务农。1985年春—1988年底，在贵州省独山县创业。1988年底，在福建省福州市从事雕刻工作。2004年—2008年11月，在宁海县机床制造行业工作。2008年12月，创办宁波精特一帆数控制造有限公司。2010年，创办宁波精特数控机床有限公司。

　　1979年3月5日，蒋善坤在"夺取高巴岭6、7号高地"的战斗中，火线入党。2019年，被评为宁海县首届"最美退役军人"。

虽然从未进过学堂，但是，他创造了不平凡的人生。

这，就是宁海人蒋善坤。

1976年底，他怀揣着保卫祖国的理想，前往舟山群岛，在守备十八团二营四连服役。国防施工中，哪里任务最艰巨，哪里就有他的身影；武装泅渡中，他在东海搏击风浪，练就了"水中蛟龙"的硬功夫；训练场上，他弹无虚发、指挥灵活，一年多就当上了重机枪班的班长。

1979年1月，他听从祖国召唤，请战奔赴南疆前线，担任广西军区独立师一团三营炮连二班（82迫击炮）二炮手。

蒋善坤（左）参加战前训练

1979年2月17日早上6点40分，广西、云南东西两线500公里的中越边境线上，我军万炮齐吼，自卫反击保卫边疆的战斗打响了。3月5日，蒋善坤所在营参加了著名的争夺高巴岭6、7号高地的战斗。

作战期间，蒋善坤勇敢顽强：当驮着炮弹的战马滑入水库时，他迅速纵身跳入水中，协助战马上岸；当敌人在高巴岭疯狂阻击时，他和战友把一发发怒吼的炮弹射向敌阵，炸得敌人血肉横飞；当步话机里传来前面步兵子弹告急时，他立即扛着弹药箱，冒着枪林弹雨第一个冲了上去……在炮连，他是战斗中唯一火线入党的战士。

1981年初，他退伍返乡后，发扬敢打敢拼的军人作风，积极投身创新创业。1985年，他在贵州承包橘园；1988年，他到福州学习雕刻。2008年，他在家乡创办了集数控机床研发、生产、销售为一体的高科技企业。在与德国、日本等世界一流企业的合作中，他们还推出五轴联动数控机床与高速数控机床，成为大众汽车等著名跨国公司供应商的抢手货。

走进蒋善坤的办公室，我看到，两座一米多高的炮弹模型十分显眼，底座上写着"中国人民解放军——战必用我，用我必胜"。旁边的镜框里，镶嵌着一幅他与连队战友的合影，上面题字："对越自卫反击战——高巴岭战斗的炮兵"。

那段难忘的战斗虽然已经过去40多年了，但是，每当端详这幅照片，蒋善坤就会心潮澎湃。当年，他和战友们不怕牺牲、前赴后继与敌人拼杀，用青春和热血谱写了一曲气壮山河的胜利之歌。他说："能为祖国的尊严和荣誉而战，是我人生中最光彩的历史，我一直感到非常骄傲和自豪！那血与火的洗礼，凝聚成了取之不尽、用之不竭的宝贵精神财富，激励我在创业路上永远向前！"

一、1985年，他从家乡带着七位村民到贵州承包橘园，两年都成了"万元户"。他的创业事迹，被《浙江日报》刊登

1981年初，蒋善坤退伍回到宁海长街后，准备到南京创业。碰巧，大队正在准备筹建纺织厂，想让他参与管理，所以他留下了。由于这个厂迟迟没有办起来，他在等待中什么活都干，比如打方块（石头）、做糕饼、卖棒冰、种田等。

1985年春，他决定到贵州去创业。

当时，他有个朋友叫阮友良，是长街有名的裁缝，在贵州省独山县下司镇做衣服，收入不错。两人在家乡见面后，他问阮友良："我也想去贵州赚钱，不知道干什么好。""我看，那边理发店的门口经常有人排队，生意应该不错，你可以去试试。"因为他不会理发，就找到一位理发师，动员对方与他一起到贵州去发展。理发师同意后，他卖了一头猪，用拿到的 60 元买了两人的车票。临行前，他们还到村里开了外出创业的证明。

接着，他们在下司镇开了一家理发店。那位理发师负责理发，蒋善坤负责给顾客洗头，赚点生活费。

1985 年 9 月的一天，有位顾客对蒋善坤说："你们浙江的橘子是母的，可以结果。而我们从温州引进的蜜橘苗是公的，不会结果。"蒋善坤觉得好笑，就说："我们宁海就有很多人种橘子，下司比我们那里的纬度还低，气温偏暖，怎么可能不结果呢！""如果不信，我可以带你去看看！"

于是，蒋善坤跟着这位顾客走了 15 里路，来到新同村拉庄组。他发现，这里果然有 200 多亩橘园，5000 多株橘树都有一人多高，布满了七个山头，树间还栽种了一些板蓝根。

通过调查了解，他得出了结论：橘树不结果的原因，是当地村民缺少科学种养知识，把树种下以后，没有认真打理。由于管理没有跟上，该修剪时不修剪、该施肥时不施肥，而且当橘树开出白色的花瓣后，会有虫子糟蹋淡黄的花蕊，他们也没及时灭虫。

蒋善坤想，如果把这里的橘子种出果来，一年最少可以赚到 6000 元，不仅是一条生财之路，也能为当地带来收益。于是，他有了承包橘园的想法。通过与新同村沟通，对方同意发包，开出的承包费是一年 2000 元。当时，物价很低，每斤猪肉还卖不到一元。这 2000 元的承包费，可以说是一笔巨款。

有了这个主意，他马上回到家乡，找到了长街的种橘能手胡永杰。胡师傅被他说动了心，决心放弃自己家种植的小橘园，到贵州担任技术指导。为了凑足承包费，他反复找人协商，最后拉了 12 人（其中有丰于欢等 4 位下司人）入伙。合同期为三年。

接手后，蒋善坤担任园长，他一门心思带领大家加强橘园管理。不管春夏秋冬，他们每天起早贪黑在山上干活。在施肥时，他们尽量选择杂草、垃圾肥、腐熟有机肥等。在整形修剪时，依据树体生长特性，使果树枝干分布合理，树冠通风透光，树体健康稳定。蒋善坤回忆："那里离我曾经当过兵的广西很近。有一次，橘子树遇到了虫害，我跑到昆明去买农药，最后用草甘膦灭虫。"

在他们的精心养护下，200多亩橘园焕发了生机。到了金秋十月，橘园飘香，果实挂满了枝头。由于橘子品质很好，经常有人上门收购，转销到独山县、凯里市的市场。同时，他们也得到了丰厚的回报。1986年12月4日，《浙江日报》在第二版刊登了图片新闻，说明写道：宁海县长街青年农民蒋善坤等八人，当年在贵州收获橘子4.5万公斤，人均获得纯收入3000多元。

1987年底，他们每人分到了1.2万元，跨入了"万元户"的行列。《黔南日报》也报道了浙商蒋善坤带头创业致富的事迹。他们种出的蜜橘味甜汁多、皮薄无籽，非常畅销。承包到1988年底，合同到期，他才离开。

我在采访新同村村民李孙荣时，他说："我还记得蒋善坤。我老婆韦开凤是乡村医生，他们身体不好，就来我家的医务室看病。他们还经常来我家买柴火。他待人很真诚，我们玩得很好！"

后来，虽然橘子树龄老了，村民把树砍了当柴烧，但是"科学种橘能赚钱"的想法在村民心中扎下了根。目前，这里的橘树种植面积有七千亩左右，已经发展成了远近闻名的一方产业。

【蒋善坤分享】

艰难困苦，玉汝于成。因为创业，我离家远行前往贵州。一路上，我想到了奔赴战场的点滴，那激情燃烧的岁月让我豪情万丈。

1979年1月，当知道南疆有战事以后，我递交了请战书，报名参加对越自卫反击战。当时，我告诉连队首长，自己在三兄弟中排行老大，万一有什么事，还有两个弟弟照顾父母，做好了一切准备。

参战期间，我们虽然每分每秒都面临着生与死的考验，但是，大家都有这样的决心："宁愿向前一步死，决不后退半步生！"

在越南十万大山，山高林密，我们在行军时无路可循。我们脚穿防刺鞋，高一脚低一脚地在陡峭的山边行走。正逢雨季，湿度很大，山蚂蟥顺着裤口钻入，有时连扎紧裤口也防不胜防。为了便于隐藏，我们只能在晚上行军，一不小心就可能摔下悬崖。为了防止掉队，大家在左臂上系条白毛巾。吃的方面，除了自己背的炒米，没有其他食物。在阵地，白天打仗，修工事，全身都被汗水、雨水湿透，慢慢被自身体温烘干，后来干了又湿，湿了又干，如此反复。睡觉时，就把雨衣往身上一裹，席地而卧，或是睡在泥泞潮湿的猫耳洞。有时冻得难受，大家只好互相搂抱取暖。最令人发怵的是，我们要经常背负一身装备。自进入阵地到撤出阵地的十几天里，我们既没有洗脸、洗脚，也没有刷过牙。

二、 1988 年底，他跟着弟弟到福州学习模具雕刻。这位没进过学堂的人做出的产品，令客户惊叹："这太不可思议了！"

1988 年底，蒋善坤到福建省福州市，跟着弟弟蒋晓学习模具雕刻。

制造仿型的手工雕刻机，是宁海长街的传统产业。从 1974 年造出第一台雕刻机开始，公社经常派人带着机器到外地从事机械刻字。旺盛而稳定的需求，激活了当地雕刻机的生产，雕刻技工的队伍不断壮大。到 2007 年，长街有一万多名农民从事该行业，他们活跃在全国各地。

早期，他的堂弟蒋善银跟着姐夫学会了雕刻。蒋晓高中毕业后，到贵州橘园劳动了一段时间。1988 年夏天，蒋晓跑到福州跟着蒋善银学习雕刻，而且收入可观。于是，他动员哥哥也来学习这门技术。

他们的店面设在福州市区。每天，都有许多客户把木、铜等模具材料送来，请他们雕刻各种图案和文字，他们讲好价钱就埋头干活。有时，客户来活太多，他们每天加班加点连轴转。

蒋善坤说："我没有上过学堂，文化基础太差；而且干这一行，要求非常精细，我当时的压力是很大的。但是，既然这样选择了，就只能硬着头皮往前冲！"

最早，他雕刻的模具是简单的鞋模，内容涉及汉字、阿拉伯数字、外文字母等，同时还包括空心体。如，旅游鞋上的字符和图案，都来自于雕刻后的鞋模。

通过由简到繁的磨炼，蒋善坤的技术长进很快，能熟练雕刻的字体包括楷体、宋体、草体、篆体等。后来，银行人员带着公安机关的证明，来到店里请他刻章，他尽力提供服务，不仅为对方雕刻钢印、公章，还雕刻了一些三角形、椭圆形的内部印章。

蒋善坤说："每当想到这段经历，我就非常感恩部队。当兵时，训练比较紧张，我总是利用休息时间通过翻阅字典来识字。遇到难题了，就向战友请教。通过努力，报纸上的文章，我慢慢都能看懂了。"他还说："我爱人是长街高中毕业的，她对我的事业帮助很大！"

雕刻中，蒋善坤经常会遇到"把汉字放大、缩小多倍"的情况。这在现在看来，是很容易处理的——只要使用复印机将原件进行放大、缩小，然后把复印件贴在板上沿着边线刻出就行了。可是，那时这个技术还没有普及，工作起来就难了。他通常把上海出版社出版的字帖作为蓝本，自己手工一笔一画临摹出来，而且要做到"肉眼看不出破绽"。稍有闪失，前功尽弃。

2000年，他在福州市仓山区注册了善坤模具加工店，主要经营模具雕刻。由于市场信誉好，顾客盈门。

在蒋善坤的印象中，最难雕刻的是海外订单。其中，日本客商每年都请他雕刻有关佛事的大大小小的印章。他说："日商提供的雕刻图文，歪歪扭扭，我一个也不认识，就尽量比照着去临摹。没有想到，他们看了成品后，非常满意。"

许多客户对蒋善坤雕刻出来的产品赞不绝口，有的还请他为店名、匾额题字。当他们知道蒋善坤没进过学堂时，都惊讶地说："这太不可思议了！"

【蒋善坤分享】

部队的武装泅渡，让我进一步懂得了这个道理：只要功夫深，铁棒磨成针。

1978年，舟嵊要塞区计划举行万米武装泅渡汇报表演，选中了我们四连。这是一个新的课题。训练前，连队对每个人的水性进行摸底，分为"300米—500米""50米—100米"和"秤砣"三个组训练。训练中，第一步，在岸上练习划水抬头呼吸、收腿翻掌蹬腿；第二步，趴在长板凳上练习手脚协调；第三步，两人结对在海里轮流用手抬住对方胸部反复练习；第四步，徒手蛙泳并排成队列；第五步，负重20公斤武器、装备训练。那年，我们在普陀山海域训练了两个多月。每次，我们都在海水中浸泡五六个小时，如果没有吃苦精神是难以坚持的。最终，我们四连通过努力，高标准地完成了任务。

三、在"翻新机床"的创业项目中失败后，以更大的勇气迎接新的挑战

2004年，蒋善坤回到宁海，在机床制造行业工作。2008年12月，他开始自己创业。

他发现，许多工厂把淘汰的机床当废品处理，就萌发了一个创意：自己会造机床，更会修机床。如果把旧机床收购过来，进行修理、翻新，一台的成本也就3万元，而且可以继续使用六年左右。每台按照一年两万元的价格出租，六年可以收取租金12万元。如果翻新100台，一年就可以收取租金200万元。

当时，不少人想做雕刻生意，但买不起十多万元的新机床。当得知蒋善坤可以租给他们时，非常开心，急着跑来商谈。陆陆续续，蒋善坤出租了10台。

正当他等着收取租金时，不断传来坏消息：有的人家里没钱，租了机床又不会赚钱，很快就产生了债务，连他的机床租金也付不起了。最后，他只收取了六台机床的租金，另外四台被人以5万元的单价卖掉，他血本无归。

蒋善坤说："发生这样的结果，是我当初没有想到的。这项创业计划，其实也很难掌控。如果打官司，他们还是拿不出钱，我在时间和精力上也耗不起。所以，只有打落牙齿往自己肚子里咽。"2009年4月，他另谋出路。

精特公司的电工主管张华杰，跟着他一起打拼了18年。谈起当年的创业情景，张华杰记忆犹新："蒋总把困难当作前进的垫脚石，不是在失败中消沉，而是以更大的勇气迎接新的挑战！"

2009年夏天，蒋善坤在许多朋友的鼓励下，决定自己制造数控机床。象山县翻砂厂的老板C与他打了多年交道，认为他很厚道、信誉好。这时，老板C找到他说："机床的主体是生铁铸件。你如果开公司，我可以为你提供原材料，货款可以赊账。"当然，也有人取笑说："如果随便一个人都能造数控，那卖菜的人都没有了。"

说干就干。他在宁海县金山一路15号，注册了宁波精特一帆数控制造有限公司。他回忆："说起来真是笑话。当时，我手头上只有5万元，压力很大。"那时，生产一台小型数控机床的成本需要13万元，其中买系统需要3万元，买电机也要4万元。为了启动项目，他向关系好的一位钳工师傅借了5万元，向一位电工师傅借了6万元。这样，他手上有了16万元。

蒋善坤租下厂房，年租金为10万元。好说歹说，房东答应分期缓交。

公司运行后，他从老板C那里进货，等造好机床并卖出以后，再慢慢还款。最多的时候，他欠了300万元的铸件货款。他说："我们需要什么原材料，只要说一声，供应商都会把货发过来，欠款以后再结算。"

很快，他造好了一台机床，卖到了福州市仓山区。收回货款以后，他又造了两台。

【蒋善坤分享】

在追求事业的道路上，不可能一帆风顺。面对难题，我们要大胆尝试，哪怕只有1%的希望，也要拿出100%的力气争取。

在越南的崇山峻岭中，我们营的机枪连在通过一道山沟的时候，一匹驮着82无后坐力炮的骡马栽进了山谷。眼看着马摔死，却无能为力，大家的心情像失去战友一样难过。

我们炮连在水库边上行军时，一匹疲惫的战马突然两条后腿滑入水中。驭手使劲拉着马的缰绳，驮着炮的战马高高地昂着头，身体不断下沉。

我发现后，立即放下肩上的炮架，纵身跳了下去。原本认为水库边上的水是很浅的，其实很深，我沉了下去，脚都触不到底。我马上钻出水面，游到马尾，企图把它往上推。谁知，马一脚踢到我的肚子，"哗"的一声，跳上了岸。而我被马踢入了十多米的水底。大家非常焦急，都为我捏了一把汗。

我在舟山部队是游泳健将。当我游出水面以后，战友们非常高兴，纷纷竖起大拇指。连长贺延林当场给我口头嘉奖，号召大家学习我的勇敢精神。

四、与台商合作生产研磨机，把生意做得风生水起

无巧不成书。蒋善坤说："人生一路走来，不断有碰巧，如果抓住了就是机遇。"2009年的一个夏日，他到福州出差。当他在大街上行走时，突然有位女性跟他打招呼："师父，您来福州，怎么不到我家里去坐坐啊？"他一看，对方是他雕刻时带的徒弟的爱人。

于是，他走进了徒弟的家里。当时，台商A和弟弟也在那里。他们与蒋善坤的徒弟有雕刻生意上的往来。台商A当着蒋善坤的面，把他的徒弟赞扬一番，接着问他在干什么。蒋善坤说："我在做数控机床。"台商A很吃惊，以为他在开玩笑，就说："如果你能造出来，我们来帮你销售。""你打算卖到哪里？""这个你不要问，我们台商企业都需要的。"

为了让他们相信，蒋善坤直接把他们带到宁海的工厂。当看到新造的机床以后，台商 A 问每台成本是多少。他说："13 万元。""你能不能先发一台机床到福州，给我们试用。如果性能良好，我付 16 万元货款。"蒋善坤同意。

当时的苹果手机，是触摸屏。富士康为他们加工各种部件，其中制造玻璃镜面需要研磨机进行加工。

台商 A 在富士康有熟人，正想利用这台机床试制研磨机，打算成功以后提供给富士康。可是，这一试，竟然试了一年。蒋善坤说："台商 A 研发成功后，才付了我 16 万元。"可这一年中，他因为资金周转不开，还借了高利贷。

2010 年夏，台商 A 提出，要跟蒋善坤合作生产研磨机：台商 A 出技术，产品贴上他们的"精业数控"商标；蒋善坤负责代加工。双方谈妥后，他一口气做了 16 台。台商 A 每台付他 3 万元的成本费和加工费之后，马上转手，再以每台 16 万元的售价卖给上海的富士康工厂。

接着，蒋善坤又造了 60 台，对方只付了 80 万元，欠他 100 万元。他用台商 A 付的 80 万元，又陆续造了 94 台卖给对方，货款是 282 万元。可是，台商 A 只打来 180 万元。

那一年，他制造了 170 台，纯利润有 300 多万元。而台商 A 赚了 2000 多万元，过上了开豪车、住别墅的生活。

那几年，生意很红火。他俩合作中，蒋善坤一共造了 300 台。最后算下来，台商 A 欠了他 180 万元。

后来，台商 A 为了赚取更多的利润，在江西创办研磨机生产厂。由于管理不善，工厂倒闭了，连员工工资都发不出来。之后，他返回台湾生活。

蒋善坤说："那些年，我们企业的流动资金一直很紧张，过得非常艰难。"就拿房租来说吧，房东看他生意可以，希望年年涨价。可是，涨多了，他也吃不消。为了降低成本，他的工厂六年搬了 5 次，分散在宁海县金山一路、越溪乡下盘村两地。

之前，他主要生产研磨机，只销售到富士康。如今，这条线断了，他另辟蹊径，研制数控机床，开拓新的市场。

2015 年，长街镇的一位副书记与蒋善坤相识后，问："你是我们镇岳井村人，为什么不把数控企业注册过来呢？"他说："我也想来啊！可我到镇里问了好几次，回答是没有土地了。""现在政府正在搞招商引资，我回去问问情况。"没过几天，这位副书记给他打来电话："蒋总，长街镇工业开发区还有 20 亩空地，请您考虑考虑。"真是谢天谢地！他马上行动，2016 年就在那里建起了 8000 多平方米的厂房，还办好了注册，并很快顺利投产。

2017 年，台商 A 听说他建了新厂房后，根本不相信，还亲自来看了一下。蒋善坤回忆："当时，我们交流了两个多小时，但谁也没提那 180 万元欠款的事。"台商 A 起身离开以后，双方再也没有联系过。那个背影，他永远忘不掉。

蒋善坤说："我总是在想，人要讲良心。如果没有他的拉动，我也发展不了这么快。损失了这笔钱，我还是心甘情愿的。"

【蒋善坤分享】

战斗的胜利，离不开发挥团队优势、互相协作。

1979 年 3 月 5 日，攻打高巴岭的战斗打响。高巴岭是越南平辽县与广西东兴县峒中边界关口以东的一个重要制高点，主峰海拔 1060 米，共有大小山头 30 余座。其中由北向南交错排列 5 个较突出的山峰，编为 3—7 号高地。当时，越军在这里构筑轻型土木质发射点和 A 型掩蔽部，以堑壕、交通壕相连接，构成半环形的野战防御阵地；以迫击炮、轻机枪、重机枪、高射机枪、火箭筒等火器纵深梯次配置，形成高射、中近射及斜射、侧射相结合的交叉火网，在阵地前山谷和树林等便于接近的地段和边境线，还设置了防步兵绊雷、定向地雷、竹签、铁刺等障碍物。

3 月 5 日，从中午到下午，七连四次进攻受挫，有一个重要原因：高巴岭山高雾大，整个山头一直被雾笼罩，我军的炮击难以达到预期效果。我们在明处，敌人在暗处，所以吃亏。眼看着快到下午五点了，团参谋梁柏林急得跺脚。战斗白热化，就是比意志，比韧劲，看谁更顽强。在这关键时刻，梁参谋挺身而出，抓起一支冲锋枪，飞快地跑向阵地前沿。他召集连排长简要分析战况，指出一定要避免扎堆集群冲锋，冷静运用单兵战术，利用地形地物等等。当重新调整战术部署后，他们三人一组，交替掩护，成品字形进攻。恰好这时，山头云开雾散，我们炮兵大显神威，一发发炮弹炸得山崩地裂，在敌群中开花。七连指战员喊杀声震耳欲聋，以摧枯拉朽之势席卷6号高地。（战斗中，越军一颗罪恶的子弹击穿了梁柏林的咽喉，他献出30岁的年轻生命。战后，他被追记一等功）

五、瞄准世界先进水平，不断攀登新的高峰

蒋善坤常说，自我满足是成功的敌人，如果不求创新，往往就会被市场淘汰。只有敢拼敢闯，不断向高端产品冲击，才能提高产品附加值。

2009年7月，台商A拿来了生产研磨机的书面方案。精特公司电工主管张华杰说："以前我们没有做过。这时要把图纸上的设计变成产品现货，难度还是不小的。那时，蒋总带着我们研发小组不分昼夜，冥思苦想，解决了一个个难题。"经过15天的研发，终于造出了第一台研磨机。

我在加工车间采访时看到，工人们正在忙着加工一台五轴联动的数控机床。在这里，员工把铸件毛坯先进行粗铣、精铣，然后刮削、刷漆。

蒋善坤说，提高数控机床的硬件质量，需要高精度的加工母机（数控龙门）。然而，建厂初期，公司没有能力制造加工母机，又买不起。所以，机床硬件的加工环节，主要依赖手工。那时平整度差距较大，有的甚至差了十几丝（一丝是0.01毫米）。工作时，员工对照检测的误差值，站着用铲刀一丝一丝地刮平，劳动强度很大。

他们通过不断努力，成功研制了自己的加工母机。精特公司钳工主管张武平是2009年入职的，他说，刚开始，他们制造的产品体积比较小：长2米、宽1.5米、高2米；后来，随着他们对加工母机的不断改进，身长达到了9米，可加工5米长的机床，保证了产品的精度。现在，设备好了，产品误差也就一两丝，工人们只要稍微铲刮、研磨一下就可以了，工作量大大减少。

在装配部，员工完成装线、通电、调试、检测等工序以后，机床就可以运行起来了。电工主管张华杰对数控机床的系统调试、使用、装配都非常熟练。他说："蒋总对事业很专注，也很会创新。"一路走来，蒋善坤对钳工、维修、装配等技术非常精通。从最早制造研磨机、雕铣机，到现在制造龙门，他带领研发团队不断攀登新的高峰。

龙门，原来是两条导轨。为了加强稳定性，2015年，他决定做成四条导轨，使机头主体加工时不仅能满足产品精度、结构刚性的要求，还能满足重切削加工工艺的要求。

在全球经济一体化发展的今天，蒋善坤善于向专家学习，不断培养了自己的战略眼光。他瞄准数控机床的顶尖技术，主动与德国、日本以及中国台湾地区的先进企业合作，采用国际先进技术和零部件。同时，他还注重加强与国内同行之间的相互学习。他说："我们制造业，开卷有益。如果过分地强调保护所谓的商业机密，就会导致同行不相往来，甚至成为冤家，这是自我封闭的表现。我始终持开放态度，别人学了我的优点，我也学到了别人的优点，是双赢的结果。我们追求的是不断创新、超越自我，使自己永远处于不败之地。"通过艰苦努力，他们制造的数控产品在全国市场上站稳了脚跟。目前，大众汽车等世界著名企业的有些产品零件，就是精特数控机床生产出来的。

【蒋善坤分享】

我在制造数控机床时，将导轨由原来的两条换成了四条，以增强产品的稳定性，提高产品的保险系数。这让我想起了高巴岭战斗"一只手表"的故事。

1979年3月5日，担任主攻任务的三营七连，以40人组成突击排打头阵，由副连长王家政和二排长陈达聪带队。在行进过程中，王副连长不慎扭伤了脚，不能行走。关键时刻，连队指定陈排长带领突击排继续往前进攻。陈排长受命后，做好了牺牲的思想准备，将120元买到的珍贵的"上海牌"手表作为遗物交给王副连长，让他转交给亲人。可是，王副连长严肃地命令："这么贵重的物品，还是你自己带着。你一定要活着回来！"他只好将手表装进香烟盒，一起放在上衣右边的口袋里。

当陈排长带队冲到越军阵地前沿的下方时，雾霾很大，能见度仅有20米，难以看清越军的具体位置。由于双方短兵相接，我方无法施展炮火援助。为了呼唤火力，陈达聪发射了两枚信号弹，报告突击排所在的地点，这也暴露了他所处的位置。当他迅速向旁边的一块较大的岩石闪过去，打算更近距离观察敌情时，越军用冲锋枪朝这边猛烈扫射。其中，有发子弹被手表阻挡了一下，穿透手表底部钢壳，弹头击伤右胸浅表处，流出了鲜血。香烟盒里，最后还剩七支香烟。

正是因为这块手表的特殊，中国人民革命军事博物馆珍藏了它，另为陈达聪赠送了一块新的"上海牌"手表。

六、在产品销售中，把诚信当作"杀手锏"

精特公司在东北、华北、华东等地区都建立了销售门市，把产品销售到全国各地，最远的销售到了新疆和东北三省。蒋善坤的弟弟蒋晓常住沈阳，负责东北三省的产品销售工作。

他们在自己营销的基础上，通过参加展会、委托国宏公司等渠道销售。这几年，他们还利用抖音平台发布产品信息，被精准推送到数控机床的用户，取得了意想不到的收获。

在车间里，我看到，他们为客户订制的数控机床即将交付，一台卖40多万元，一台卖70多万元。蒋善坤说，他们制造的数控机床，便宜的要20万元，贵的超过100万元。这价位不是一个小数目，客户有购买意向后，为了慎重起见，都要来厂里现场考察，看产品的核心系统是否先进、加工的精度是否满足要求、使用材料的质量是否得到保证、结构设计是否合理、性价比是否合算、售后服务是否贴心，等等。蒋善坤说："客户来考察时，我们把数控机床的外壳卸掉，让他们看仔细。他们有问，我们必答。他们都是内行人，我们的质量如何，他们心里是清楚的。"由于精特数控定位准确、价廉物美、口碑很好，上门的客户90%以上都会选择他们的产品。

客户购买机床时，如果是一次性付清账款的，可以稍微便宜点。有的客户缺少资金，一般按揭50%左右。在行业里，对分期贷款买机床的，交货前出售方都要在机床的程序里输入运行期限。到期未付款的，机床自动停机不能使用。每次遇到这样的情况，客户来诉苦时，蒋善坤问明原因后，总是宽限，马上为对方解码。

另外，蒋善坤非常重视售后服务。当数控机床卖出以后，公司的技术人员马上上门，到客户那里去安装、调试。他们承诺，质量保修期为一年；超过一年的，收取成本费。

他们推出全国统一服务热线：0574—65231337。平时，一旦接到客户求助，他们都想客户之所想，及时上门解决问题。电工主管张华杰说，他的团队技术过硬，判断、解决问题的能力强。只要一到，就能"手到病除"。有一次，辽宁省大连市的一位客户反映，他们使用精特数控机床后，做出来的产品加工精度不够，而且变形了。张华杰乘飞机到了现场后，发现他们车间的地基没有打牢，造成地面下沉，从而影响了产品质量。他拿出整改方案后，客户按照要求立即返工，并做好了地基。之后，张华杰带领技术人员再次上门校正，终于解决了问题。

值得一提的是：精特公司市场反应敏锐，如果发现客户有特殊要求，他们都能做到迅速反应。2000年初，当新冠疫情在武汉肆虐时，因为市场急需口罩，所以制造熔喷布的模具也很紧俏。他们迅速嗅到了市场的商机，很快就研发出了样机，并加班加点组织生产。最后，他们所有的产品都被一抢而空。

【蒋善坤分享】

我们与供应商、客户都是命运共同体。在与他们的往来中，为了实现共赢，我是愿意多付出一些。

在舟山老部队服役时，我被十八团四连党支部批准为党员发展对象。在高巴岭战斗前夜，我又一次向党组织提出了入党申请，决心在战火中接受考验。

1979年3月5日，当战斗打得最激烈的时候，前面步兵通过步话机传来消息说，子弹快没有了；而民兵运来的子弹，都堆在炮阵地上。这时，敌人的子弹在我们身边"啪""啪"作响，我们炮兵暂时在隐蔽。站着，就等于为敌人树了一个活靶子，随时都有牺牲的危险。事不宜迟，我什么也不顾了，背起一箱弹药就朝前面拼命冲。这时，其他战士也向我学，背着弹药箱跟了上来。

战斗间隙，指导员王德瑞非常兴奋，他当众宣布："蒋善坤同志打仗脑子灵活，非常勇敢，特批准他火线加入中国共产党！"

高巴岭战斗结束以后，连队为我报请了三等战功。这是每个指战员梦寐以求的啊！我还参加了全师举行的立功授奖表彰大会。当时，现场气氛非常热烈，部队文工团还进行了演出。回到连队，我看到有的战友表现突出却没有获得荣誉，就把三等功证章让了出来。

对越自卫反击战结束以后，南京陆军学校来南疆前线作战部队招生。我们连队的多名军事骨干被录取，后来都当上了军官。当时，我军事等方面的表现都很突出，就是因为达不到初中文化程度，被挡在军校门外。我虽然觉得失去这次机会确实有些遗憾，但能够理解政策、服从大局。

七、他把员工当作自己的亲人，营造家庭氛围

蒋善坤说："我们公司许多员工的年龄跟我的儿子差不多，我习惯把他们当作自己的孩子一样对待。"

现在，精特公司的员工，大多是十年以上的老员工。说到其中的原因时，电工主管张华杰说："蒋总重视员工工资和福利的提高。他通过创新提高产品的附加值，为提高员工的工资创造了条件。"当员工遇到生活困难，如买房、买车以及家庭急需用钱时，他都毫不犹豫地出借。有几年，流动资金非常紧张，而他哪怕借钱也要给员工发工资，从不拖欠。

精特公司钳工主管张武平，老家在江西省乐平市众埠镇。2011 年 11 月下旬，张武平请假回家结婚。当蒋善坤知道小张的结婚日期定在腊月初九后，表示要参加。张武平想，两地相距 600 多公里，自己坐车回家也需要 9 个多小时，担心他途中太累，可他坚持要去。小张只好告诉他地址，并提示在高速"乐平南出口"下。

腊月初八上午九点，蒋善坤开着自己的宝马车，带着几名员工就上路了。那时的导航，没有现在这么便捷，加上道路不熟，他们在高速上找不到"乐平南出口"，一直开到深夜才摸到目的地。

第二天，他的宝马车成了婚车。婚礼上，小张的亲朋好友都高兴地说："老板这么远跑过来，这份祝福太珍贵了，真是令人感动！"

张武平说："我爱人也在公司工作，担任文员、记账。"他们有两个小孩，大的上小学，小的上幼儿园；早上八点要送到，下午四点要去接，这与上班时间发生了冲突。小张说："我的父亲去世了，母亲在老家帮我弟弟带孩子，我们接送孩子成了难题。"在蒋善坤的关照下，张武平爱人的上班时间是弹性的，随时可以去接送孩子。

小张踏实、肯干。他告诉我："老板对我们关怀备至，我应该加倍回报企业。我年轻，干活不怕苦。累了，睡一觉起来，精力又很充沛。"

蒋善坤在员工面前从来不摆架子，和蔼可亲。特别是，当员工犯错了，他从不粗暴地批评，总是设身处地站在员工的立场，把问题解决妥当。

2018 年的一天，有名员工用吊车吊装大理石检测仪时，因为操作不慎，把它摔得四分五裂。这件长条形的检测工具，长 4 米、宽 15 厘米。经过研磨，它的平整度很好，还装上了表盘、卡尺等工具。每当机床造好了，就要检测导轨是否平整和笔直，以及设备的加工精度如何。如果仅靠肉眼，是很难准确判断的，需要把大理石检测仪放在机床上的两条导轨中间进行检测。

蒋善坤知道后，急切地问："人砸到没有？""没有。"他松了一口气，丝毫没有责怪："那就好！"发生了这样的事，纯粹是员工操作失误：如果准备工作再充分一些，吊装时仔细一点，是不会出问题的。而且，有的工厂规定，员工违规操作造成损失的，要按照总价的比例进行赔偿。当时，那位吊装手非常后悔，也很自责，表示愿意赔偿。可蒋善坤说："石头很脆，你也不是故意的，今后注意安全就好了。"接着，公司花了两万元买来了新品。之后，他还与大家一起商量，如何避免这种情况的发生。

蒋善坤还说："部队常说，伙食搞好了，思想问题也少了，能顶半个指导员。"采访那天，我看到，员工餐包括鱼、肉、素菜，还有一汤，大家吃得津津有味。

【蒋善坤分享】

战友战友，亲如兄弟！革命的友谊，在连队这个集体中凝成。企业有了这样的氛围，也是战斗力的表现。

十八团有个杭州籍战友叫张坤松。他对我开玩笑："我们一起参加自卫反击战。我们两个的名字里都有一个'坤'，是要死掉一个'坤'的。"我说，你不要乱讲。后来，他到炊事班后，还对我说："我是不会死了。你到炮连，要到第一线，有危险。"有一次，他给我们送饭。我们这里距离敌方阵地只有三四百米。当云雾散去的时候，可以肉眼看清越南阵地上的情况。当时，我们连队指战员在隐蔽的地方吃饭，越军发现了张坤松在走动，就用苏联制造的机枪打过来。他中弹倒下了，嘴巴里全是血，被马上送去抢救。路上，血块堵在他的喉咙里，透不过气来。危险时刻，是一位女民兵用手把血块抠出来，救了他一命。他的身体恢复以后，很想找到这位女民兵当面致谢，可是一直没找到。

敌方在 6 号高地用高射机枪打平射，其中 3 发子弹击中了我的身嵊战友周高义的小腹部。他在牺牲前，用微弱的声音对班长说："我不行了……你们别管我了……冲上去……狠狠打击敌人!"战友们看着他圆睁着的双眼,感觉他还有很多话想说,泪忍不住夺眶而出。

七连战士李予勋在战斗中,身上4处受伤。指导员叫人把他抬下去,可他说什么也不肯。直到指导员下命令,他才不得不服从。离开阵地时,他嘱咐战友们:"你们要守住阵地,要注意连首长的安全。"路上,他多次陷入昏迷。每当醒来,他都让战友不要管他,快去消灭敌人。

八、未来任重道远,整理行装再出发

蒋善坤说,以机床行业为支撑的装备制造业,是国家建设现代化经济体系的基石。进入21世纪后,我国机床工业获得了进一步发展。近年来,我国每年的市场规模超过3000亿元,占全球市场的三分之一,超越德国和日本,跃居世界第一位。

"在我国,数控机床技术真正成熟和快速普及是从本世纪开始的,但系统的短板依然存在。我正好赶上了这个干事业的年代。"风风雨雨十多年,蒋善坤一直把制造数控机床作为自己的主攻方向。他说:"我虽然非常热爱这项事业,但是年纪慢慢大了,需要有人来继承。2016年,我让儿子蒋鑫森从宁海建设局(事业单位)辞职,接替我的工作。年轻人,脑子灵光,他进步很快。"

我在采访蒋鑫森总经理时,他列举数据进行分析,对中国机床行业的痛点和前景有着清醒的认识。

2008年,在全球十大数控机床企业营收规模排名中,冠军是德国通快(25.3亿美元),亚军是日本山崎马扎克(21.6亿美元),季军是德国吉德曼(21.4亿美元)。其后,是日本大隈、日本天田(AMADA)、美国MAG、日本森精机、中国沈阳机床、日本捷太格特、中国大连机床。前十名榜单里,两家德国企业,五家日本企业,一家美国企业,两家中国企业。

2021年,全球的十大数控机床企业排名,变成了:日本的山崎马扎克以52.8亿美元排名第一,德国通快公司以42.4亿美元排名第二,德日合资公司德玛吉森精机以38.2亿美元排名第三;其后分别为马格、天田、大隈、牧野、格劳博、哈斯、埃马克。前十名榜单中,无一中国企业上榜。

蒋鑫森说，在这个大环境下，中国机床的核心系统想要达到或者超过世界先进水平，仍然有一段相当长的路要走。他们目前"卡脖子"的主要是系统，海外企业凭借系统输出，利润甚至超过了400%。"我们做数控机床，渴望支持国产品牌，总希望国内的系统能够早日胜出，真正享受技术红利。"在制造数控机床的产业链条中，他们决心做好做精属于自己的那一"链"。

现在，数控机床的档次以轴数为标准，三轴以下为低档，三至五轴为中高档，五轴以上为高档（目前最高是七轴）。面临"逆水行舟，不进则退"的形势，精特公司最新推出五轴联动数控机床与高速数控机床，期望实现更高的提升和突破。

新的目标下，他们正在加速迈进！

【蒋善坤分享】

在面临危险和挫折的关键时刻，有一种力量让我无所畏惧！

40多年过去了，七连指导员韦炎辉的喊声总是在我的耳际回响。

1979年3月5日中午12点，进攻高巴岭6、7号高地的战斗正式打响，七连指导员韦炎辉冲在最前面。越军的子弹打穿了他的右边腋窝和右手食指；随后其腹部左右两侧又被子弹击中，肠断两截。他倒在地上，仍然不肯下火线，忍着剧痛高喊："同志们，党和人民考验我们的时候到了，一定要消灭敌人，坚持到胜利！"他生命垂危时，舌头内缩，幸亏军医急中生智用钩拉住舌头，避免舌头后坠导致窒息。经过紧急抢救，挽回了他的生命。战后，他被广州军区授予"战斗模范"称号。

在高巴岭战斗中，全营指战员不畏艰难险阻，不怕流血牺牲，涌现许多可歌可泣的英雄壮举。据统计：全营共牺牲26人、受伤42人，歼敌140余名，缴获步谈机2部、步枪10支、冲锋枪24支、重机枪2挺、60迫击炮1门、火箭筒8具及一批弹药物资。

2019年，我曾经到防城烈士陵园看望牺牲的26位战友。在烈士墓前，我泪湿眼眶：我的战友，我的兄弟啊！每当想起你们英勇牺牲的场景，我就思绪万千、彻夜难眠！祖国和人民永远不会忘记你们！我们这些从战场上摸爬滚打过来的人，更懂得生命的意义，必须永远奋勇前行！

"井冈奈李王"

——江西省井冈山市龟边杉树专业合作社法定代表人 郑晓云创业纪实

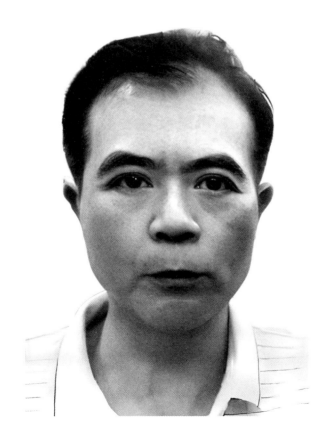

人物介绍

　　郑晓云，1962 年 5 月生，江西省井冈山市人。1978 年 12 月—1982 年 12 月，在中国人民解放军舟嵊要塞区守备六师服役，任通信员、文书等职。1986 年，在江西省宁冈县供销合作总社土产日杂公司任管理员。1987 年，在宁冈景宁瓷厂工作，先后任办公室主任、副厂长、供销科长等职。1989 年，在宁冈县保安公司从事内勤工作。1991 年，在宁冈会师瓷厂工作（1998 年，实行股份制改革，更名为宁冈县恒华陶瓷有限公司），任销售部部长。2000 年 5 月，原井冈山市与原宁冈县合并组建新的井冈山市，企业更名为井冈山市恒华陶瓷有限公司，先后任二公司副经理、三公司经理等职。2014 年 12 月，任井冈山市龟边杉树专业合作社法定代表人。2022 年 4 月，任睦村乡奈李产业协会秘书长兼营销部部长。

　　1990 年，他被江西省公安专科学校评为"优秀学员"。1996 年，被宁冈会师瓷厂评为先进生产工作者；2006 年，被井冈山市恒华陶瓷有限公司评为先进生产工作者。2022 年 8 月 1 日，在井冈山市举办的"桃李飘香·乡约井冈"乡村旅游季奈李节上，被评为"井冈奈李王"第一名。

井冈山，地处湘赣边界罗霄山脉中段，古有"郴衡湘赣之交，千里罗霄之腹"之称。

20世纪20年代末，毛泽东、朱德等老一辈无产阶级革命家率领中国工农红军来到这里，开展了艰苦卓绝的井冈山斗争，创建了中国第一个农村革命根据地，点燃了中国革命的星星之火，开辟了"农村包围城市，武装夺取政权"的革命道路，中国革命从这里走向胜利。从此，井冈山被誉为"中国革命的摇篮"和"中华人民共和国的奠基石"。

新中国成立后，中国共产党带领人民持续向贫困宣战。经过改革开放以来的努力，成功地走出了一条中国特色的扶贫开发道路。我国脱贫攻坚战胜利的星火从井冈山席卷神州大地——2017年2月，井冈山在全国率先脱贫，成为我国贫困退出机制建立后首个"摘帽"的贫困县。井冈山农村居民人均可支配收入已从2017年的9606元，增至2022年的16000元。

如今，踏上这片红土地，你会看到，昔日的贫困山乡，到处呈现一派生机勃勃的振兴图景。

近年来，为加快革命老区共同富裕先行区建设，井冈山高质量发展"茶竹果"富民产业，打造"井冈奈李"等绿色有机农产品品牌，逐步形成产业遍地开花、农民就地致富的产业格局，加快乡村振兴进程。其中，全市种植奈李10000多亩，投产面积5000多亩，产量超过200万斤。

郑晓云是中国人民解放军舟嵊要塞区的退伍战士。2014年12月，他担任井冈山市睦村乡龟边杉树专业合作社法定代表人以后，带领村民一起创业。如今，他们在500亩山地上种下的杉树，到处郁郁葱葱、笔直挺拔。同时，他个人在50多亩田里种植的1000多棵奈李，已经成为致富的"摇钱树"。

2022年8月1日，井冈山市举办以"桃李飘香·乡约井冈"为主题的乡村旅游季奈李节，一篮篮硕大的奈李果陆续呈现在评比现场。在台下观众的欢呼声和电视直播镜头的见证中，郑晓云获得了"井冈奈李王"第一名。

"看前程，激情满怀！"他正在家乡的土地上书写创业致富的新篇章。

一、在企业临近退休时，他看到老家山地荒芜，决心带动村民致富

1982年12月，郑晓云从部队退伍返乡时，老家睦村公社龟边村有30多户人家。

他回忆说："那时，在农村，什么赚钱就干什么。尽管辛勤劳作，但日子还是过得非常清苦。"

1986 年 7 月，一个偶然的机会，他离开村子，进入了江西省宁冈县供销合作总社土产日杂公司家属工厂，从事竹制品生产加工。他干了两个月篾工后，管理员出现空缺，好几个人争抢这个职位。这时，供销总社的人事股长说："你们不要争了，我看看你们档案里的填表，谁的资格老、谁的字写得好、谁的文字写得通顺就用谁。"结果，他意外地当上了管理员。

之后，郑晓云又相继在宁冈景宁瓷厂、宁冈县保安公司、宁冈会师瓷厂（宁冈县恒华陶瓷有限公司）等单位工作。

2010 年，他在老家看到，龟边村变成了留守村，好多人搬走了，原来 30 栋房子剩下 14 栋，只留下三户十几个人，缺少了往日的喧闹。他到山上逛逛发现，因为没有人去护理和采摘，郁郁葱葱的油茶都荒废了。他感叹，家乡不仅山荒了，地荒了，而且田也荒了，有些心痛。接着，他陆续联系了在外工作的国家干部、企业精英等十多人，并进行商谈。大家一合计，都想为改变家乡面貌做点贡献。在这些乡贤的热情感召下，2013 年，政府把破败的村道修成了水泥路。

2014 年，郑晓云临近退休。他希望把村民小组的山和田整合起来，创办合作社，搞林业开发。当时，在搞股份制时，全村 30 多户（180 人）参加，一亩山算一股，一亩田算一股，投资 500 元算一股，最后总计 1700 多股。其中，收拢山地的面积 500 亩、农田 50 多亩，还有现金 63 万元。当时，这种做法还在本地引起了不小的轰动。

接着，他们在 500 亩山上栽种了杉树。因为杉树树干端直、不生虫，是最好的建筑材料之一。在当地，做楼板和木门都用杉树。

还有 50 多亩田，该种什么呢？大家意见不统一：有的说种植果树可以赚钱；也有的说种植果树，管理难度太大，风险也大。如果种植油茶，销售不是问题，但产量、收益不高。最后，他们把农田平整好了以后，干脆也种上了杉树。一年过后，山上的杉树长势喜人，让大家看到了希望。然而，田里的杉树因为经常积水而生长缓慢，且死亡过半。

2016 年，50 多亩农田半死不活地荒在那里。郑晓云说："如果这样任其下去，就违背了我们的初衷。"于是，他以"向合作社承包"的形式拿下了这块地，打算种植果树——奈李。

他说，敢于尝试，往往就抓住了成功的机会。在景宁瓷厂的工作经历，令他至今难以忘怀。

1987 年，他在景宁瓷厂搞供销。当时，煤炭是计划经济，他们用的是江西省乐平矿务局的煤炭。上级下达的煤炭指标经常不够用，严重影响了企业的正常生产。

有一次，他到近邻的湖南炎陵县农机公司购买离心输送泵。刚出大门，他发现一辆小卡车装着煤炭，就跑上去问司机："师傅，你这是什么煤炭？""不就是煤炭吗？"他说："煤炭分两种，烧砖瓦的叫无烟煤，我们烧陶瓷的叫有烟煤。而且，在有烟煤中，热量达到 6000 大卡，我们才能使用，烧出的瓷碗、瓷盘雪白透亮。如果达不到这个标准，烧出的瓷器可能是黑不溜秋的。"

看到对方一脸迷茫，他接着问："多少钱一吨？""190 元。"他觉得，这个价比计划煤炭便宜多了，就向师傅要了姓名、电话号码，说："王师傅，如果需要，我到时联系你。"

回来以后，他把这个情况向厂长做了汇报，建议拉一车过来试试。厂长听完，说："行！"一天下午 13 时，王师傅从湖南省资兴市的煤矿拉来一车煤炭。过磅以后，工人把煤炭卸到车间开烧。谁知，火焰特别高，比他们原来用的还好。到了下午 17 时，炉膛仍然被烧得通红。这说明，此煤的热卡远远超过了他们的标准。为了让王师傅满意，厂长立马按每吨 200 元的价格付款。郑晓云说："厂长，您给多了。"厂长说："人家开出的价格比我们以前用的低多了，确实物有所值。这么好的煤炭，这么低的价格，我们还要继续合作下去。"后来，当地的一些国营企业也转而购买资兴的煤炭，并沿用了 20 多年。郑晓云说："把资兴的优质煤炭引进井冈山地区，我是立了一功的！"

再说奈李，它属落叶小乔木，俗称"奈"；外形像桃、果肉似李，故又俗称"歪嘴李"和"桃形李"。奈李原产福建浦城、古田一带。上世纪 70 年代末，睦村公社将其引进。

目前，树龄 40 年的奈李仍然结出丰硕的果实。郑晓云说："我们这里属于亚热带季风气候，夏热冬温，雨量充沛，光照充足，而且土壤富含硒等微量元素，所以种植的奈李肉质更细腻、果汁更香甜。同时，这个品种果形好看，果实较大，最大的超过四两，通常的也有二三两。只要管理得法，"七颗一斤"是很容易达到的。

奈李是一种喜欢阳光、肥土、水足的果树。其栽种方法，可用实生、移植和嫁接三种，适应河滩沙洲、缓坡山地，以及房前屋后种植。采摘期，一般是从 7 月 20 日开始、8 月 15 日结束。

而且，当地流传这样一句话：宁冈的奈李看睦村（乡），睦村的奈李看龟边（村）。郑晓云说："我是龟边人，我相信，我们村的奈李比其他地方种植的好吃。"本着这个信念，他决定进行尝试。

二、战友的鼓励，使他更加坚定了种植奈李的决心

郑晓云说："我有个同乡战友叫李茂华，他是一位致富能手。曾经，我们在同一个连队当兵，退伍后难得见面。2016 年 10 月 19 日，我们一起到芜湖看望战友。路上，他谈起了种植奈李的经历。"

李茂华退伍后，一直生活在农村。他家附近有一条小河，河边有他的几亩土地。当初，每年涨水都把这块土地冲得七零八落。他不服气，拿出"人定胜天"的干劲，从远处拉来石头，砌起了护坡，解决了水患。1999 年，他在这块土地上种植几十棵奈李。一开始，他并没有当回事，放任奈李自由生长。后来，有一棵竟然长得特别棒。每年到了采摘期，这棵树果实累累。他采摘后，拿到街上能卖 200 多元。

"是这棵树唤起我心中的希望！"李茂华说，在当时的农村，赚 200 元也是不容易的。除了这棵树以外，其他的奈李树也能带来 200 多元的收入。

2010 年，李茂华到一家瓷厂上班，每月三千多元。瓷厂实行三班倒，第一班是早上八点钟开始，每个班次八小时。干了几个月，他吃不消了：一上夜班，头就痛得不得了，赚来的工资还不够买药。正感迷茫时，他到湖南炎陵走亲戚，亲戚对他说，他们种的奈李赚多少多少钱、黄桃赚多少多少钱、冬瓜梨赚多少多少钱，一年可以赚十一二万元。他思考后，干脆辞了职，一心一意种植奈李。当年冬天，他在十亩地上种植了 200 多棵果树。如今，他每年收果一万多斤，能挣八万多元。

郑晓云听完，说："我已经动手在平整土地了，也打算种植奈李。在种植技

术方面，我不懂，还像个小学生，今后还请老战友多指导。""好啊，好啊，不要紧的！我懂一些，你有什么问题，尽管来问我。我将毫无保留地教你。"

郑晓云说："李茂华战友的鼓励，更加坚定了我种植奈李的决心。这是我后半生的事业！"

在人生的道路上，难免会遇到各种各样的困难。而对勇敢者来说，困难只是前进的垫脚石。工作中，郑晓云就是这样一路走来的。

1987 年，乡镇企业景宁瓷厂招聘办公室主任。郑晓云应聘成功。该厂主要生产瓷碗和瓷盘。

第一天上班后，厂长王来喜交给郑晓云一项任务："你从会计那里借 2000 块钱，到河南长葛日杂公司出趟差，处理合同纠纷，把我们的三万元货款收回来。"原来，对方从他们厂购买一个集装箱的瓷碗和瓷盘后，发现有不少损耗，就拒绝将货款通过银行托收过来，要求瓷厂派人过去处理。

临走前，王厂长还嘱咐他："1000 元以内，你随便处理；如果搞不定，就打个电话回来，再说。"

郑晓云到了长葛以后，在客户的仓库里看到，瓷器是本厂用草绳简易包装的，还有景宁的商标。有不少瓷碗、瓷盘上面，出现了大小不一的缺口。日杂公司强调，原来是一元的碗，破了只值一毛钱，大打折扣了。

郑晓云说："我们之间是合作关系，应该互惠互利。集装箱运输损耗，主要出现在我们上车、你们卸车这两个环节，所以双方都有责任，损耗应该由双方承担。这次纠纷，如果双方都非常计较，今后就会因小失大，无法继续合作赚钱。"对方认为他把事情说得透亮、坦诚，表示十分理解。最后，大家把破损的部分集中起来，分类处理。结果，郑晓云花了 500 元就把事情摆平了。他还没有回到厂里，货款已经打到了他们单位的银行账户。

"你不要当办公室主任了，马上当副厂长！"厂长听了郑晓云的汇报，一拍大腿："没想到，你的能力还真行，把问题处理得特别好。按我的预想，几千元都解决不了，而且厂里没人愿意去。"那个年代，好多人没有出过远门，怕解决不了问题。他说："我当兵时，经常坐火车、汽车。通过部队的锻炼，有能力处理问题，而且胆子也很大。"

做陶瓷，有成型作业车间、烧成作业车间。郑晓云当了副厂长以后，负责后面这个车间的工作。不久，他按照计划带领员工到湖南醴陵去学习烧炼。

醴陵的陶瓷是世界釉下五彩瓷的原产地、中国"国瓷""红官窑"的所在地。这里的陶瓷产业已有两千多年的历史，是全国三大"瓷都"之一。原本，郑晓云要带人学习两个月的，可是，在到的第 15 天，厂长打来电话让他马上回去。

"是不是我带班没带好？是不是有人在背后打了我的小报告？"他说，作为农村人，很需要这份工作。谁知，厂长见到他时，非常高兴地说："你不要当副厂长了，还有一个岗位更适合你，更值得你去挑战——接着，他成了厂里的供销科长。从此，仓库一有货，就被他卖掉了。他说："大家感到我这人与其他人不一样。每次一发货，货款马上就能回笼，从来没有出现拖欠的问题。"

回头再来说说他种奈李的事。

在龟边村，种植果树的时间，在春节前、后各一个月内。多数人选择正月种植，因为这时雨水充沛，种下的果苗不需要人工浇水。

2017 年 2 月，郑晓云找到本地的奈李嫁接户，按照每株 10 元的价格，从苗圃里买了 1000 多株果苗。他栽下小苗以后，不断地精心培育。

"我是干实事的，从来不搞空对空放大炮。"他家住在龙市镇，距离果园有 15 公里。他经常早晨驾车去干活，晚上天黑了才回家。他爱人心疼地说："老头，你每天回来时，一身泥巴一身汗，农民不像农民，工人不像工人，还花了这么多的汽油费，值得吗？"他笑笑："还是这样生活充实，很值得！"也有人问他："你一个人在偏僻的果园干到晚上，难道不怕吗？"他说："老家的鬼都是熟面孔，有啥好怕的！"

每次往返途中，他都要路过战友李茂华的家门口。他们两人经常就奈李的种植、修剪、施肥、打药、质保等话题，进行深入探讨。他看到，李茂华经常将垃圾、秸秆、稻草、菜叶进行发酵，等它们腐烂变质后作为有机肥。他很受启发，也学着做了起来。

三、他勤于学习和思考，不断摸索种植经验，种出了一流的果园

为了熟练掌握种植技术，郑晓云勤于学习：一是请教当地的"土专家"。他说："其中一位是我的姑夫。他从事果树种植 30 多年，有着丰富的实践经验。

在我的邀请下，姑夫亲自来到我的果园，手把手地教我整理树形，教我如何施肥等等。这让我少走了一些弯路。" 二是向网络请教。他经常通过"百度"来查找有关果树种植知识。有一天，他手机屏幕突然蹦出了"唐朝老师果园种植大讲堂"。点击进去后，他越看越喜欢，就花了 198 元报名参加唐朝老师的线上培训，系统地学习果业技术管理知识。他说："唐朝老师家住河南省，他面对的是全国各地的学员，讲解的内容带有普遍性。我注意吸收他的授课精华，触类旁通，因地制宜。"此外，他还在网上参加了赣南柑橘种植专业的技能培训。三是协会互动。2022 年 4 月，睦村乡成立了奈李产业协会。协会设立技术部、销售部、品质部，吸纳责任心强、有一定产量的种植大户参加，目前有 14 名会员。郑晓云被推选为协会秘书长兼销售部部长。协会通过组织参观等活动，加强与外地果品种植基地的横向联络、取经。同时，会员们通过相互研讨交流，取长补短。

"产品代表人品。要么不干，要干就要干好。"这是郑晓云的座右铭。

上世纪 90 年代，井冈山地区陶瓷厂家很多。当时，等级把关不严是行业里存在的一个突出问题。每一次出窑后，工人按照"矮子里拔将军"的原则，为瓷器定级。这样，如果出窑的产品很棒，当然应该把级别定高；然而，当出窑的产品较差时，往往出现以次充好的情况。

他记得，在恒华瓷厂工作期间，他曾经与董事长发生了激烈的争论。当时，他们生产的瓷盘质量过不了关，放在桌上就转圈，好像鞭打后的陀螺。他问董事长："这样的盘子，怎么还能打上正品呢？"董事长说："我们只能做到这个水平！""做不出来，只能打成次品，价格降下一半。""那我们就要亏死了。""要做，只能这样定价；要么就不要做。""再怎么逼，他们也做不出来啊。""那就马上停产，把不合格产品封存起来！"最后，董事长采纳了他的建议，进行了整改。

郑晓云说，提高果树管理质量，重点要做好"土肥水、病虫害"这六个字。

俗话说，果树一枝花，全靠肥当家。他说，肥料施得合适，树就长得好；特别是挂果以后，施肥更有讲究。

他除了施一些农家肥外，还采用购买来的商品有机肥。这种肥料，井冈山本地专门有正规的工厂生产，包装好了以后在市场上销售。

通常，在施肥的时机和落点上，有人为了节省劳力，匆匆在下雨前撒肥，让肥料溶解后渗入树干底部附近的土壤。但是，郑晓云认为，这样做，会有一部分肥效被蒸发，或者流淌，降低了肥料的使用效率。

他说，果树的滴水线（树冠最外延对应的地面）在哪里，根系就会生长到哪里。在滴水线下面施肥，一般采取点施、抽沟等方法。他总是把有机肥与适量的化肥相结合，通过沟式、坑式埋在土壤里。

同时，郑晓云根据杂草的生长情况，一年要进行三四次的除草。他说，果园里保留适量杂草，也是有好处的，它可以遮阳保湿，防止土壤板结。但是，杂草如果长得太多太高了，就会与果树争肥、遮挡果树光照。果树如果离开光合作用，就难以生长，或者生长缓慢。所以，他用割草机或者镰刀，只将多余的杂草割除。

下面，再来说说奈李枝条的修剪。这是一项技术活，一般在冬天进行。

郑晓云听唐朝老师在网课上讲，通常采用"主干形"的树形：一根主干上有七根枝条，具有高产优势。而他通过分析，决定因地制宜采用"开心形"的树形：一个主干、三个主枝，并保持主枝仰角在45度左右；其特点是：树冠大、主枝开张数量少，枝条下垂结果，光照好、产量高、品质优。

春天发芽以后，奈李的一根枝条可以生长两三米。郑晓云说："我不能让它自由生长，而是将果树矮化。如果果树长得太高了，以后采摘果实就麻烦了。为什么呢？因为在农村干活，面临日晒雨淋、蚊虫叮咬，年轻人不喜欢，都跑到城市去打工了，留下的都是老龄人口，借梯爬高行动不便。所以，我尽量把树枝控制在1.8米以下，这样成人伸手都能摘到。等果龄十年以后，我打算再让树枝的高度增加70厘米，踩着凳子就可以采摘。"

种植果树，打药是一个绕不开的话题。

通常，从果树开花到采摘之前，一般20天左右打一次药。这样保证果树不会长虫，促进树叶的光合作用。现在的农药，高效低毒。井冈山地区使用的"敌杀死"，一般三天后便无农药残留。根据郑晓云摸索的经验，不要等见到虫的时候才打，那时候已经晚了，要有适当的提前量。

他说："许多消费者一听打药，就认为不是绿色生态的果品，这是认识误区。我们使用的农药，不是过去那种含有剧毒的六六粉、敌敌畏、1605之类。随着科学技术的发展，果树农药的档次大大提升，而且检测手段更加先进、严格，完全能够确保食用安全。"有一次，他听到有人说"黄桃套袋里面还有药"时，马上告诉对方："这种纸袋，一只才六分钱，厂家还会拿钱买农药放进去吗？再说，纸袋一套就是几个月，药效哪有这么长呢？"

付出总有回报。郑晓云的果园，在整个睦村乡来说，管理水平是一流的。他六年前种下的1000多棵奈李树，2023年产量为10000多斤。其中，结果最多的一棵收获了100多斤，按照单价8元算，卖出了800多元。他说："我种的奈李，树龄较短，属于中幼树。如果树龄到了10年，一棵可结果200斤左右；如果树龄到了15年，一棵可结果300斤左右。那时，总产量会有很大的提高，超过三十万斤。"

2022年8月1日，在井冈山市举办以"桃李飘香·乡约井冈"为主题的乡村旅游季奈李节上，奈李比赛综合考评指标包括：一、果面长得是漂亮还是难看。二、果形是正常还是畸形。三、果重是大还是小。四、果肉是鲜美还是腐烂。五、甜度是强还是弱。这次比赛，通过仪器测试、专家考评，郑晓云获得了第一名。其中，最重的一只奈李，也是他培育的，有4.5两。

为了掌握其他品种的种植规律，除奈李之外，郑晓云还试种了多个品种：金橘在元旦前后上市；早熟桃在端午节前后上市；黄桃在七月中旬上市；晚熟桃（冬桃）、冬瓜梨在国庆节前后上市。

四、探索新的销售方式，立志把"睦村奈李"销往全国

郑晓云在瓷器销售市场经历了20多年的摸爬滚打，把生意做得风生水起，客户遍及全国20多个省（市、自治区）。

许多人都问过他这个问题："你做生意，一不喝酒，二不抽烟，三不陪人打牌，客户凭什么那么信任你？"他说："我靠的就是一份真诚，想客户所想，急客户所急。我对人，从来不掺和半点虚假。搞销售，经常要跟钱打交道。哪怕一分钱，我也铁板一块，不贪不占！"

他还说："产品质量是企业的生命，等级过得硬是最大的面子，再加上我个人的面子，就容易通过了。"所以，他强调，首要的，是制定过硬的产品质量检测标准，以及抓好落实；其次是做好服务。"我经常想，我们的客户也是凭借产品卖钱的。一朝被蛇咬，十年怕井绳。如果我们把客户坑了一次，他一定会对我们提高警惕，以后做生意就难了。"

采访中，他给我讲述了这样一个故事。

1998年，宁冈会师瓷厂改为股份制企业——宁冈县恒华陶瓷有限公司。1999年成立二公司，郑晓云担任副经理。2002年成立三公司，总共只有五个人，他担任经理，下面还有副经理、会计、出纳、发货员。三公司成立以后，总公司要求他们发展新客户，拿1.5%的业务提成。当时，每月的产值才30多万元，他们的业务提成只有4500元，平均每人拿900元。他说："当时，经理不好当，压力很大，我亲自跑销售。"

通过朋友介绍，郑晓云联系了四川万州的老板骆世全。他在电话中说："我们三公司刚成立，正在开拓业务，请您帮帮我。"骆老板犹豫了一下，表示："听了你的讲话，感觉你很有修养。我当过知青，能体会到你们的难处，也愿意帮助你们。""那好，我永远不会忘记你的！"很快，骆老板就发来了货值十万元的瓷器订单。郑晓云说："我们生产的同一款瓷器，出窑批次不同，花色、等级也有细微区别。如果我们做出来了，你不要，那就麻烦了。为了避免口说无凭，按照我们公司的规定，需要您先打五万元定金。"谁知，骆老板不能接受："我们还没有交往过，这定金也太多了。我看你也不像是骗子，我最多只能给你打两万。这两万如果被你们骗了，算我眼睛瞎了，自认倒霉。"为了拿下这笔订单，郑晓云想来想去也没有其他办法，只好赌一把。

接收两万元定金后，恒华公司立即组织生产。出货后，郑晓云亲自把20多吨的瓷器押到湖南省湘潭县易俗河镇的湘江码头。骆老板当场验货后，非常满意，马上组织装船。郑晓云在回忆这段经历时说："在易俗河，我与骆老板是第一次见面，相互留下了美好的印象。因为信任，我们双方的生意一直做到我退休为止。现在想来，当时没有收足定金，我也承担了极大的风险！"

如今卖奈李，不比卖陶瓷，由于采摘期只有25个左右的高温日，如果不及时卖掉，就会霉烂、变质、虫蛀。传统的销售渠道，就是本地的农产品交易市场。

八仙过海，各显神通。郑晓云的人脉资源丰富，每当采摘季来临，许多亲朋好友通过微信圈、微信群帮他推广。那段时间，来自微信的求购信息络绎不绝。

采访中，郑晓云提到，有位陆先生听说他种的奈李很棒，一天早晨八点加了他的微信，要求订 20 件（200 斤），单价是每斤 8 元，一共 1600 元。到了十点，陆先生又改变了想法："老板，我担心不对胃口，先搞两件可不可以？""可以。"其实，这个时候，郑晓云已经采摘十多件了，就耐着性子："你人来不来？""来！""那好！你来了以后，眼见为实，尝尝就知道了，谁也骗不了你。你感觉行就买，不行就不买，没关系的。"

下午两点，陆先生开车来到果园，尝了尝奈李，高兴地说："真是太好吃了，200 斤不够，我要 400 斤！"郑晓云马上通过手机找人帮忙采摘。刚忙完第一单，没想到有家单位也打电话来，急需 200 斤，并让他赶快送去。他和村民们一直忙到晚上六点，才完成第二单。采摘过程中，对方嫌他们动作太慢，心里很不舒服，还发了牢骚。郑晓云不断解释："事出有因，请多多谅解。"

郑晓云说："做生意就是这样，客户是上帝。在交流中，我如果也向他们发脾气，刺激他们，这 600 斤销售肯定泡汤。"

令他最为开心的是，2022 年 7 月，广州市湖南商会通过微信订购了一批奈李。四位在穗老将军品尝以后，给予了很高的评价。

作为睦村乡奈李产业协会的秘书长兼销售部部长，郑晓云考虑最多的还是果农的整体利益，他说："奈李销售难导致丰产不丰收的问题，一直困扰着果农。为此，睦村乡政府实行保价销售。"如果没有保价销售，奈李好卖时皆大欢喜；如果不好卖，大家就斗得头破血流——本来一斤的价格是 8 元，有人降到 5 元，有人甚至降到两三元。反正如果卖不出去，就烂在树上了。政府提出保价，就是希望大家不要把价格搞乱了，在合力拓展市场中，让农户切实获得良好收益。2022 年夏，睦村乡出产奈李 30 多万斤。协会按照保价销售的原则，尽量让散户先卖，然后再卖大户的。

"我们希望把奈李销往全国。"郑晓云在谈到未来的销售举措时，信心满满地说：一是走电商路线，与专业公司合作，通过淘宝、京东等平台，以及抖音、微信、公众号等平台进行销售。二是在网上开展"认种一棵奈李树"的项目。按客人的意愿，将认种的果树取上名字，如"姐妹树""战友树""同心树"等等，并建立"云端邮箱"。只要客人在手机上轻轻一点，就可以观赏到认种那棵树的生长、施肥、开花、结果、成熟、采摘的全过程。三是向果品深加工企业供货。奈李既可鲜食，又可加工成果脯、罐头、蜜饯，深受人们的喜爱。如，广东潮州做蜜饯的企业就比较多，目前拉他们过来办厂有一定难度。"因为我们的奈李有季节性，而且品种比较单一。工厂最好是一年四季生产，最大限度地节省成本。但是，我们可以给他们输送原料，存在合作的可能性。"四是运用科技手段延长采摘期。五是提高冷冻储存水平。

五、做好示范，为乡村振兴贡献才智

"我想问问，把奈李苗种下去，几年才能挂果呢？"郑晓云接到电话，马上回复："这取决于管理工作做得怎么样。如果管理得好，三年试果，四年挂果，五年小盛产，六年大丰产……"

冷不丁，有人跑到郑晓云的果园，开口就问："我的奈李树患了黑心病怎么办？……"

类似这样，询问奈李嫁接、育苗、种植、修剪、施肥、打药、质保、销售等问题的电话，他每天都会接到几十个。不管谁来问，他都放下手上的活，耐心地进行解答。

他说："能帮别人科学掌握种植管理方法，是一种幸福和快乐。奉献社会，一直是我的家风。我父亲对人非常实在，崇尚忠厚传家。搞大集体那个年代，吃饭都成了问题，而我父亲经常接济别人。他还说，客人来得多，说明家风好。"

2021 年，睦村乡制订了奈李产业五年发展规划，力争"十四五"期间新增种植面积达到 8000 亩，改造提升 2000 多亩，最终实现万亩产业规模。该乡还从标准建园扩园、培育新型市场主体、建立科研示范基地、推进绿色食品认证、申报国家地理标志、产业链条延伸等方面入手，加快奈李产业发展，使其成为老百姓眼中的"致富树""发财树"。为此，他们出台了一些激励政策，如，按每棵30 元奖补，发动群众利用屋边、路边、塘边、河边等地发展庭院经济；针对个体种植户的销售难问题，出台保价销售等。

郑晓云在向村民宣传上述规划和措施的同时，经常给农村六十岁以上的村民算这样一笔账："你们如果想在外面打工，工矿企业不收，甚至连保安也干不了。如果在家种上 50 棵奈李树，按照每棵结果 60 斤算，一年就能收获 3000 斤。再按照单价 8 元计算，能卖到 2.4 万元。每年有这个收入，日子过得就舒坦多了。"

许多村民听了，恍然大悟，并付诸行动。他说："我就是想用种植奈李的办法，带动村民致富，提高他们的收入。"

目前，在龟边村，奈李"土专家"越来越多，形成了一条龙的系统化管理；抬望眼，到处都是长势旺盛的奈李树。每到收获季节，奈李的枝头挂满了丰硕的果实。龟边村追求"李树成荫、李花成景、李果成金"的美好愿景正在加速实现。

另外，农忙期间，最多时，郑晓云雇了十几个人来果园干活。他说："村里的一些贫困户、身体好的老人没有退休工资，他们在我这里干干歇歇，每人每月也能轻松挣到 1000 多元。"

采访中，郑晓云还提到："特殊的经历，让我对法律问题有了更深的认识。"

事情还得从 2002 年的一起车祸说起。陈师傅是辽宁沈阳人。有一次，他开着大挂车来恒华公司拉回瓷碗和瓷盘。返程前，郑晓云给他画好了路线图，让他把车开到永新县以后再上高速。这样虽然弯了一点距离，但是道路通畅，比较安全。谁知，他刚出厂门就问路人："我想尽快上高速，走哪条路最近？"路人顺势指了一条，他只听了个大概，就一个劲地往前开。鬼使神差，他竟然开到井冈山黄洋界那条路！

"过了黄洋界，险处不须看。"这条路，哪是开挂车的地方！陈师傅在过三道弯时，不幸翻车，四轮朝天。他自己受重伤，还撞死了一个人。

郑晓云知情后，立即组织力量把车祸现场的瓷器拉回厂里，并进行分拣：对打碎的，做废品处理；对缺口的，做降低等级处理；对完好的，继续出售。他们按照沈阳客户的要求，重新组织货源，不折不扣地履行了合同的义务。

他说："多亏当年学过一些法律知识，处理问题才得心应手。"1989 年，他在宁冈县保安公司工作期间，被推荐到江西省公安专科学校培训，系统学习了法律常识、案件处理、心理学、擒拿格斗、监控技术等课程，获得了法律专业的结业证书。

这时，为了让肇事司机承担损失，郑晓云一方面专门安排两人到现场看管车子，防止有人以车辆检测、修理为名把车子开走；另一方面向法院提起了诉讼保全。最后，问题得到了圆满解决。

在发展"奈李"的事业中，关于股份合作、扭转土地、购买肥料、销售果品等环节，都会涉及法律问题。郑晓云说："我们必须认真对待，把可能出现的纠纷消灭在萌芽状态，确保奈李产业的良性发展。"

　　"不及梨英软，应惭梅萼红。西园有千叶，淡伫更纤秾。"苏轼笔下的李花是如此清新高雅。郑晓云说，今后，他打算把自己的果园打造成示范基地，有一分热发一分光，带动更多的乡亲走上致富之路。

一路豪歌向天涯

——欧洲华商叶龙标创业纪实

人物介绍

　　叶龙标，1962 年 6 月生，浙江省青田县人。1979 年 10 月—1983 年 10 月，在第 60 军 181 师 541 团 3 营服役。1983 年 12 月，考入青田县林业局，任林业技术员。1984 年 10 月—1987 年 8 月，在青田县山口区油竹乡任专武干事、人武部长。1987 年 9 月—1989 年 7 月，在中国共产党丽水地区委员会党校学习。1989 年 10 月，任山口乡党委第一副书记、武装部长。1990 年 3 月，任海口乡乡长。1992 年撤乡并镇后，任仁庄乡党委副书记。1995 年，辞职下海，前往乌克兰敖德萨创业。2003 年，加入斯洛伐克国籍。2004 年，到立陶宛创业。2005 年，先后到斯洛伐克、匈牙利创业。2006 年至今，在波兰创业。

　　叶龙标，1995 年担任乌克兰浙江商会名誉会长，2006 年担任波兰浙江商会名誉会长。

　　1982 年夏，电影《牧马人》上映。影片讲述的是：许灵均（朱时茂扮演）被打成"右派"，来到西北牧场劳动，得到当地牧民的关怀照料，并与农村姑娘

李秀芝（丛珊扮演）结成连理的爱情故事。

　　其中，有这样一个情节：李秀芝观看苏联影片《列宁在 1918》后，把列宁的警卫员瓦西里对妻子说的一句话写进了日记。当许灵均看了以后，夫妻俩异口同声地念道："面包会有的，一切都会有的！"

　　这句话，也成了我与战友叶龙标当时的座右铭。

　　那时，我们都在中国人民解放军第 60 军 181 师 541 团 3 营部通信排服役。他是老兵睡下铺，我是新兵睡上铺。

　　叶龙标的家乡在"华侨之乡"——浙江省青田县。

　　青田有 300 多年的华侨史，它始于明末，成形于晚清，在民国时期发展壮大，

一度旅居欧洲达 3 万人，分布于 42 个国家。现在，则更为兴盛，旅居世界各地的青田人达到了 23 万，分布于 120 多个国家与地区，并在海外组建了 160 多个社团，被誉为"凡有华人的地方就有青田人"。而在青田本土的 42 万常住人口中，侨眷、侨属占了 20 万。

上世纪 90 年代初，国家致力于发展社会主义市场经济，出台政策鼓励干部下海。叶龙标辞职后，毅然陆续带着 100 多位亲戚朋友直奔乌克兰敖德萨"淘金"，开启了欧洲创业的艰难历程。

一、为了检验自己的创业能力，他抓住机会小试牛刀

1983 年 12 月，叶龙标退伍才两个月，青田县林业局招录林业技术员，考试科目有：政治、语文、数学。包括应届高中毕业生在内，有三四百人参加考试。他的文化底子还可以，最终考了并列第二名，被顺利录用。

1984 年 4 月，青田县人武部举行招收"聘用专武干部"考试。当时，这项工作由地方负责。报考条件：党员、高中毕业、在部队当过班长。

叶龙标参加考试之后，县人武部政工科长对他说："你是个人才啊！我不能告诉你考了第几名，只能说在前五。"结果，他没有被录用，原因：一是林业局婉拒人武部前去考察，二是人武部倾向于招收没有工作的人。

当时，金学明是县委常委、人武部长。他告诉叶龙标说："你考试考得很好，各方面都很突出。这次是以地方为主招的，所以没有办法，今后要由部队来招。人武干部的大门始终是向你敞开的，你要有信心，不要气馁！"

果然，好消息如约而至。

1984 年 8 月，浙江省统一招收人武部专武干部，报考对象主要是上次聘用的人员。这次考试，也可以说是他们中大多数人员的一次转正考试。青田县人武部直接通知叶龙标参加，结果他如愿以偿。10 月，他步入了行政单位公务员的行列。办完录用手续以后，他到青田县山口区油竹乡担任专武干事。后来，他当上了乡人武部部长。

1987 年 9 月，他考入中国共产党丽水地区委员会党校，学习经济管理专业。那时，期中考试的成绩占 20%，期末考试的成绩占 80%。考试科目是一门一门过

的，对他来说还比较轻松。1989 年 7 月，他顺利地拿到了大专毕业证书。

叶龙标在丽水党校学习的假期里，大妹夫的一句话，引起了他的深思。

他大妹夫会修钟表，在当地收入还算不错。有一天，他大妹夫说："如果能到大上海做生意，一定能开阔视野，赚到更多的钱！"这时，叶龙标对上海并不熟悉，两眼一抹黑，但转眼又想：老部队机枪三连的连长徐茂松转业后，在上海工商系统工作，干脆找他出出主意。

"欢迎你们来这里发展！"当他带着大妹夫来到上海时，徐连长非常热情地接待。交流中，徐连长向他们介绍了有关地段店面租金的大致情况，以及注册个体经营户的手续和自己需要提供的材料。很快，他大妹夫就依法依规把修理钟表的店面开起来了。慢慢地，生意一天天好了起来。受此启发，叶龙标想去更广阔的天地发展。

叶龙标打上了青田石的主意。青田石质地温润、色彩斑斓、花纹奇特、硬度适中，与巴林石、寿山石、昌化石并称为中国"四大名石"，历史可以上溯到一千多年前的六朝（222—589）时期。新中国成立以来，青田石雕以独特精湛的工艺，被外交部定为国礼。1972 年时任美国总统尼克松访华时，中方就以青田石雕馈赠。

为了锻炼自己的能力，他想外出搞推销，检验一下自己的能力到底如何。于是，他就向当地的石雕大师赊账，拿了 50 多公斤的大大小小的印章石，前往外地做了几趟生意。

第一趟，叶龙标把目标选在成都。

当时，交通非常不便，他提着两只装着印章石的聚乙烯编织袋，从老家坐大巴车到上海。当时的道路弯弯曲曲、高低不平，大多是砂石路面，而且很窄，车在路上要开十七八个小时。

他到了上海火车站以后，看到车站大厅人山人海，买票的队伍排得很长很长。特别是售票窗口，人挤得像贴在墙上一样。他看到，前面排队的人都是把钱扔进窗口，然后售票员将票扔出来。他印象很深的一幕是：有位旅客买完车票急急忙忙跑了以后，地面落下一张"上海—贵阳"的车票。大家看了，唏嘘不已，也没有办法送还。

终于，他买到了一张前往成都的火车票。接着，他提着两袋"宝贝"，在车厢里找到了自己的座位。放好行李，他与邻座打了一个招呼，原来，对方是《四川经济报》的一位记者。一路上，为了打发时间，他们漫无边际地聊着聊着，聊了很多话题。经过60多个小时的颠簸，他们终于到了成都。这时，叶龙标腰酸背痛，身体发起了高烧。

这位记者是个热心肠，帮他提着一只编织袋，带着他沿街找旅馆。记者看他病得不轻，建议他到医院去就诊。他说，再坚持坚持。晚上，他送走记者，到附近的药店买了退烧药。到了旅馆，他吃下药后，倒头就睡着了。

第二天，他不敢耽搁，拖着疲惫的身体，急急忙忙去找买家——雕刻印章的店面、宾馆一楼出售纪念品的商家。找着找着，他最后在人民西路找到了一家规模比较大的店面。开店的老人与他交流以后，看他远道而来，而且货真价实，对他特别信任，就把他带去的货全部买下了。临别时，他们相互还留下了联系方式。

那次成都之行，他赚了4000多元，这在当时可是一笔巨款啊！那个年代，上班族的工资都很低：他1983年工作的时候，每月工资才40多元；1987年在党校读书时，每月不到100元。后来，他又给四川成都那位老板邮寄了几次货。

第二趟，他前往的目的地是徐州、北京。

一天，他在《中国青年报》上看到一条消息：徐州铁路医院有位书法家H，名气很大，作品获了全国大奖。于是，他就给书法家H写信，介绍了青田的印章石。书法家H回信说："我们很投缘。"

叶龙标和朋友一起，带着印章石赶到了徐州。书法家H看到货品以后，非常满意，除自己买了一些以外，还帮他们推销了一部分。另外，书法家H还建议他们到北京歌剧舞剧院，找另一位书法家G帮忙。他们到了北京以后，按照书法家G的指点，在北海公园附近的一家店里卖完了印章石。

这些年来，在不断折腾中，他有了一些资金的积累。后来，他到山口乡盖了一套房子，1995年卖了25万元。这笔钱，成了后来他出国发展的启动资金。

二、他飞往乌克兰，考察市场行情，为今后出国创业探路

上世纪90年代初，国家致力于发展社会主义市场经济，出台政策鼓励干部下海。那是个全民经商的时代，致富的欲望使人们积极投身市场的怀抱。

叶龙标想，下海经商办企业，还可以停薪留职，对自己来说是天大的好事。

同时，家庭的状况，也激发了他的创业欲望。他父母共生了五个子女，他排行老二，上面有个哥哥，下面还有一个弟弟、两个妹妹。叶龙标回忆："1990年，我父亲去世。他劳碌一生，没有享到多少福。在临终前，他拉着我的手嘱咐我，要照顾好这个大家庭，特别是要关心家族中晚辈们的前途。他们如果遇到困难，要及时帮一把。"那时，全家除了他在当干部、一个妹妹在厂里上班以外，其他人都在农村种地，日子过得紧巴巴的。

他哥哥的儿子初中毕业后，只有十六岁，不想读书了。叶龙标说："我哥哥就让他来找我，要我给他安排个工作。他们的想法是很单纯的，可我却犯难了：我能利用职权走后门吗？万万不能！"这时，他想，自己如果到外面去闯一闯，也许能闯出一条路来，可以带动家族成员的致富。

叶龙标说："本来，我想安排大妹夫先出国去闯一闯的，可是他父亲有点担心。"他干事情从不优柔寡断，于是，决定破釜沉舟，自己先闯。

1994年，他第一次出国，选择的目标是乌克兰。因为，乌克兰是中国通往欧洲的跳板。

"乌克兰"一词最早见于《罗斯史记》（1187年），意为"边陲之地"。1654年，乌克兰与俄罗斯正式合并。1991年8月24日，乌克兰宣布独立。其国土面积为60.37万平方公里，人口为4200多万；是世界上第三大粮食出口国，有着"欧洲粮仓"的美誉；重工业在工业中占据主要地位。1992年1月4日，中乌两国建立大使级外交关系。

那时，北京人A专门做"代办出国手续"的生意。叶龙标与他的相识，纯属偶然。1990年之前，在国内办理出国护照，手续比较繁杂。当时，叶龙标是乡镇干部，经常有熟人找上门，请他帮助办理。他有求必应，一个一个地帮对方找人，结果大家都顺利地拿到了护照。

这些人持护照到北京等待签证时，正是北京人A把大家的护照集中起来，统一到大使馆去办理，自己收取劳务费。久而久之，他发现，签证的人群中，来自浙江青田的人比较多，就问他们是找谁办理护照的，这些人就说出了叶龙标的名字。有一次，北京人A跑到青田找叶龙标，希望跟他交个朋友，请他把更多想出国的人，都直接推荐给自己。就这样，一来二往，他们熟悉了。

叶龙标的护照，也是北京朋友 A 帮他办好的。

1994年5月，他和一位朋友赶到北京，准备飞往乌克兰基辅，为今后创业探路。在北京朋友 A 的帮助下，他们上午去办签证，下午就办好了。

这是叶龙标第一次乘飞机远行，单程机票是 600 美元；回来，是从乌克兰基辅飞到天津。

他们到了乌克兰基辅以后，北京朋友 A 联系好了接待 E。接待 E 把他们安顿在一个老外的家里以后，去外地旅游了，由 E 的亲戚陪着他们。他俩在一个陌生的环境，由于语言不通，突然感到很不方便。

第二天早晨，他们到楼下买菜时，顺便把大面额的 1000 美元换成乌克兰币。没想到，这一幕被黑帮盯上了。

叶龙标先回到住处后，同伴跑到公园电话亭往家里打电话。这时，歹徒突然出现，把他同伴打伤了，而且还抢了钱。

那时，叶龙标会一点简单的俄语单词，他找到了来自武汉的留学生，请他们帮助把伤者送到医院治疗。通过他们，叶龙标又认识了一些住在俄罗斯、乌克兰的青田老乡。这些同乡对他说："你们下次来了，就给我们打电话，我们到机场去接。"

那时，苏联刚刚解体，乌克兰的基础设施虽然很好，但是生活物资严重短缺，老百姓的生活非常艰苦，社会比较动荡，绑架、抢劫时有发生。

叶龙标找留学生当翻译，在乌克兰考察当地的市场行情和创业环境。他发现，中国在乌克兰做生意的都是国有企业，对个人经商而言，还是一片处女地。如果在那里做贸易，前景一定很好。通过分析，他还觉得，乌克兰港口城市敖德萨有全国最大的批发市场——七公里市场，经济相对活跃，同时便于海运，就决定今后来这里创业。

三、辞职下海，他毅然陆续带着100多位亲戚朋友直奔乌克兰敖德萨"淘金"

"人生难免会有许多遗憾。当机会来了，应该好好把握，抓住不放！"这是叶龙标的信念。

1980 年 6 月，叶龙标还在部队。当时，全师为挑选保送军校的机要专业学员组织了统一考试。他在连队表现很好，被推荐参加考试。当时，他们团有九人参加，结果他的成绩最好。之后，师机要参谋直接告诉他，让他准备去武汉的一所军校上学。可是，他在连队等了半年多，也没有任何消息。

"这是怎么回事？"后来，他打听到，是政审这一关未过。当时，组织上发函到他家乡调查有关情况，可是没有按时等来回复。

落榜这件事，对他的打击可想而知！后来，他还想再考军校，但是年龄超了。

1981 年 2 月，叶龙标被调到三营部通信排工作。他至今还记得，八连连长张华法回家过年返回部队后，对他说："我怎么一探亲，你就跑了？"1981 年 10 月，他随部队调防，驻扎在安徽省滁州市珠龙镇丁王村。1982 年 2 月，他接替毛禹忠战友，到机枪三连当文书。1983 年夏天，他们部队参加了重大演习任务。由于表现突出，他于当年 8 月入党。1983 年 10 月，他在部队干满四年后，退伍了。

在部队这几年，虽然有遗憾，但经过军营的锻炼，他练就了顽强拼搏的意志和品格。

从乌克兰考察回来以后，叶龙标还是担任仁庄乡的党委副书记。

之前，这里有一座废旧的蜡石矿，一直无人问津。他看乡里没有收入，就鼓励妹妹等几个人一起承包做陶瓷，双方按照法律和政策的有关规定，签订了合同。运行之后，效益较好。这时，他听到风声，有人说他间接侵犯公家利益，赚了很多钱。

叶龙标在干部会上明确地说："我还打算干半年，就出国创业。如果有人认为我违法乱纪，随时可以拿出证据向上级举报我。今后，我就是走了，也要走得干净、清白！"结果，谣言不攻自破。

1995 年，叶龙标找到县委组织部申请退职，准备"下海"经商。组织部在劝留无果后，答复：首先不必退职，看今后的发展情况怎么样，如果不好，还可以再回来。

叶龙标的很多同学、战友对他出国的选择也很不理解。他们一见到他，都劝他："论职务，你在我们中间是最高的，来之不易啊！何况还有进步的空间，千万不要随随便便革了自己的命。"他想，既然要出去，就要破釜沉舟，把自己的后路断掉，一直往前冲。

组织上终于口头同意。两年以后，他才正式办理手续。

1995 年，他带着大妹夫等五人去乌克兰。这一次，有熟人在飞机场迎接，还给他们安排好食宿，配有翻译。

这次去乌克兰，他们直奔敖德萨七公里市场。这里的中国留学生很多，大多是学习计算机专业。他们在留学生的帮助下，办理各种经营手续，并在批发市场租下了摊位。其中，山东有位留学生 B，学俄语的，帮他们做了许多事情。

他们在市场上看到一种鞋子——布面、胶底，类似解放鞋，零售价是每双 10 美元—20 美元。他们觉得有利可图，就决定在这里搞批发，让当地商贩拿着他们的货，再进行零售。

接着，叶龙标叫大妹夫和一个伙伴回家组织货源。他俩回国后，在温州发现这种布胶鞋的出厂价只要 5 元人民币，就与厂方谈妥了两个货柜产品，货值 50 万人民币。他们现场组织货物装箱，然后由集卡运到北仑港，再通过海运抵达乌克兰，途中花了两个月的时间。

货物到达敖德萨以后，他们的批发价是每双两三美元。当时，美元对人民币的汇率是 8.6；如果他们在国内退税后，与外贸公司结算是 9.3。

当时，这批货，他们尽管卖得很慢——持续了一个多月才卖完，但也赚了一大笔。从中，他们也慢慢找到了一些经营的门道。

叶龙标说，刚去的时候，是很艰难的：没有手机，更没有微信；打电话回家都是国际长途，每分钟要花 20 多元人民币。同时，双方传递资料，要通过传真机，也比较麻烦。1996 年，他们才慢慢用上了手机。

一次接货的经历，令叶龙标至今难忘。那个夏日，他跟大妹夫一起到海关提货。等到下午三点多钟，对方提出，提货需要海关人员验箱，当天休息没人搬运，提不了。他们想，如果货物积压在这里，就需要交堆场保管费。为了省钱，他们决定自己搬。放在码头堆场上的这个集装箱，里面装了 800 多个小箱的书包；一小箱有 20 只，重量 50 多斤。他们把书包从集装箱里卸下来接受验箱，然后再搬到货车上拉走。炎炎烈日下，他们穿着背心、短裤，热得汗流浃背。他们紧张地干了一个多小时，才把活儿干完。这时，人都累瘫了。

叶龙标说："到了 1996 年，跟着我来乌克兰做生意的亲戚和朋友超过了 100 人。"按照他们青田话来说，这个圈子叫"窝里鸡群"。

这时，他的布局更加关注群体的发展和市场的商机。

刚来的时候，货物海运有时甚至需要三个月，时间太长了。后来，他们选择了马士基集团承运，最快可以缩短到 35 天左右。有时，他们根据航班变化，把货物运到德国的汉堡等港口城市。

1998 年，他手头上有货值千万元人民币的产品，流动资金有 200 多万元人民币。那时候，丽水的房子，100 平方米才六七万元人民币。当时，青田的一位朋友找到他，希望能够合作在丽水开发房地产。当时，他想，如果干的话，手上没有另外的流动资金，生意操作不起来，只好作罢。

四、凭借军人的胆识和气质，他与黑帮斗智斗勇，赢得了同乡的尊敬

1996 年底，一些华商发现敖德萨七公里市场生意兴隆，从罗马尼亚等国蜂拥而至，市场上变得很热闹。商户中，大多数是赚钱的，亏钱的人很少。很快，这里发展成为黑海沿岸北部最大的批发市场。在灰色经济比重较大的乌克兰，这里一直是当地警察骚扰、黑帮绑架的重点场所。很多绑架案都是当地人跟华人联手，黑帮勒索金额从几万美元到几十万美元不等。赎金的支付方式，有的黑帮竟然大胆要求直接汇到他们在中国的银行账号。

叶龙标也遇到了，经历真是险象环生。

有一次，叶龙标老家的一位亲戚来乌克兰基辅做生意，刚下飞机就被黑帮绑架了。绑匪把他的亲戚押着看管起来，打电话给他，让他拿赎金领人。

既然要领人，就要与对方谈判，一般的生意人是非常害怕的。处理这样的问题，一般是走两条路，一是乖乖拿赎金捞人，二是拿刀枪等武器火拼。

叶龙标很镇定，对自己还比较自信，认为有能力解决问题。他的做法：一是整合资源，摸清底数。与认识的北京朋友 A、乌克兰当地从事执法的熟人、中国留学生联系，请他们通过各种渠道出面获取黑帮的信息，并沟通协调。二是拿出血性，敢于亮剑。谈判中，自己付出代价小的，视情化解；代价大的，决不妥协。后来，他与几个帮派的老大都打过交道。

这次，有人劝他不要去，花钱消灾。可是，他爽快地答应去谈判。到了基辅的中国饭店，他嘱咐几个人在外面，让他们带着刀枪等武器，伺机行动。他带着一个朋友前去交涉。绑匪事前对他有所了解，这时看他胆子很大，气势夺人，只好放行，也算是给他一个面子。

叶龙标说："我处理问题的能力，是在担任青田乡镇干部的岗位上历练出来

的。"特别是与两位领导的接触，使他印象深刻。

1990 年春，他在海口乡当乡长。有一次，地委书记来考察时指示，要尽快把海口乡建成丽水地区最有特色的工业镇。

"书记，我有不同的想法。"叶龙标如实地汇报，海口乡工业基础薄弱，马上直接建设工业镇尚不成熟。这个地方，位于瓯江边上，有渡口和码头，四通八达，交通便利；老百姓经商历史悠久，商业意识比较强，市场氛围也比较浓。如果我们先发展商业，然后再带动工业，这样效果会更好。

现在想起当年的情景，叶龙标不免感慨："那时，自己是初生牛犊不怕虎。一个小小的乡长，距离地委书记，级别相差多少啊？竟敢这样说话！"

可是，地委书记听了，不仅没有批评他，还觉得他的想法也有一定道理。

叶龙标说，当时的县委书记吕志春，是他一辈子最佩服的人。吕书记工作大胆，勇于负责，雷厉风行，从农村生产队长干起，当过乡长，一步步走上更高的领导岗位，后来调到地区担任副专员。

当年，叶龙标离开山口乡的时候，吕书记鼓励他："你到海口乡，要好好干上两年，改变那里的落后面貌。"

吕书记对他的办事能力是比较满意的。吕书记下基层比较关注水利，经常要看看山塘水库，发现问题及时解决。有一次，他向书记汇报建桥工作时，重点说清楚为什么建桥、投资多少、工期多长、如何组织等等。吕书记听了，很满意，对他说："有的人汇报工作婆婆妈妈，甚至把当地的人口数量精确到个位，这有什么意思？我要想了解这个信息，查查很方便。我下来，是想听你们汇报目前在干的主要工作是什么、遇到什么困难需要解决、今后的工作思路等。你工作务实，所以汇报工作都能说到点子上。"

有一次，在丽水地区招待所，吕书记碰到叶龙标，就问："你来这里干什么？"他说："我带着几个人，在争取一个公路项目，但目前束手无策。"吕书记二话没说，马上带着他们找到公路局的一个处长，帮助反映情况，使问题得到了解决。

1992 年，青田实行撤乡并镇，有的四个乡合并成一个乡，乡镇干部降职调动比较频繁，许多乡长变成了副乡长或者办公室主任。他当了仁庄乡党委副书记。

话题再回到乌克兰。一波未平，一波又起。每一次化解险情，都惊天动地！

有一次，他们青田同乡的行李被一群黑帮抢走。谁知，没过几天，黑帮五人带着武器，大摇大摆地把东西送来，并敲起了竹杠。叶龙标带了七人前去谈判。"拿5万美金来吧，否则看着办！""我们挣点钱也不容易，你们也太黑了！"当双方吵到白热化时，黑帮凶相毕露，开始挥刀砍人。在这千钧一发之际，叶龙标发出号令："兄弟们，今天我们不弄死他，他就要弄死我们，拼了！"听了这话，青田同乡奋起反抗。经过一番生死搏斗，黑帮知道自己劣迹斑斑，甚至负案在身，在这么强悍的对手面前难占便宜，只好逃之夭夭。叶龙标说："至今，我手上还有当时搏斗留下的刀疤。"

许多人都问叶龙标："平时，看你斯斯文文的，关键时刻当领导的魄力就显示出来了，处理棘手问题比较果断，凶起来还挺可怕的！"

接着，叶龙标他们做好了再战的准备，并在市场上买来了用于防身的刀和枪。这种强烈反抗，终于把黑帮镇住了。没过几天，黑帮的头目在意大利给他打来电话："这个事情就过去了，以后双方井水不犯河水。"他的回话掷地有声："我们出国是来做生意的，不是来打打杀杀的。以前，我们无冤无仇；今后要是跨错了一步，前面就是万丈深渊，给人生留下难以洗涮的污点。如果你们继续伤天害理不收敛，我们决不妥协！当然，我们希望你们不要这样玩命，好好做人。"

摆平这些事，有时是要花钱的。叶龙标感到，出门在外难，如果小钱能解决的，也不能太计较。令他难忘的是，有一天，一位中国老人拿着一万美元给他，对他说："老大，我能力有限，也帮不上同乡多少忙。解决问题，不能老是靠你出钱。"他说："你把钱拿回去，我目前还能够应付。"

乌克兰第二大城市哈尔科夫，紧邻顿涅茨克和卢甘斯克，重工业发达，是T34坦克的诞生地。叶龙标把侄儿安排在这里做生意。

一次，黑帮瞄上了他的侄儿，将其货物拉走了一车，并声称拿钱赎回。那时，他侄儿才十八九岁，非常害怕。然而，叶龙标很淡定。有了以前的经验和教训，他如法炮制，先找各种关系疏通。

第二天，他坐了500多公里的火车赶过去。黑帮听说他只带了一个人过去，认为他的胆子太大了。那个挑头的知情后，想躲到基辅。得知消息后，他打电话让基辅的熟人在火车站接。可那个挑头的害怕了，在基辅的前一站下了车，双方没有碰面。

在哈尔科夫，他俩与黑帮人员见了面。对方看他这个架势，自知理亏，当面做了道歉。黑帮分子不但没有提钱的事，还设宴为他接风，并说："您来了，货马上送还！"

每次遇到黑帮的袭扰，叶龙标就组织人员与他们斗智斗勇。许多回合下来，他们都占了上风，由此他在同乡的圈子里也有了一定的知名度。很多人问他："你多次单刀赴会，是哪来的底气？"他说："他们干的事是非法的，见不得阳光，正义在我这一边。还有，不管是混社会还是做生意，都会讲道理。只要道理在握，就有底气，还害怕什么？"

有一次，叶龙标回家乡。在温州机场候机时，遇到一位青田的朋友。这位朋友问身边的儿子："叶叔叔，你认识不认识？"他俩相视一笑——早在乌克兰，就在一起斗黑帮呢！还有一次，他在墨西哥的一家中餐馆吃饭，与两位朋友不期而遇。言谈中，朋友对他带头斗黑帮的勇气表示钦佩。他笑了："这个地球真小，没想到这件事竟然传到了北美！"

在乌克兰，同乡们都推选叶龙标当浙江商会的会长。他告诉大家："同胞遇到困难，我肯定帮忙。但是，因为精力有限，我唯恐难以尽责，所以会长我不能当。如果你们一定让我当的话，我只能离开这里。"后来，大家只好请他当名誉会长。

五、他辗转立陶宛、斯洛伐克、匈牙利创业，练就了极强的生存能力

叶龙标带来的亲戚、朋友，都是规规矩矩做生意的人。而在乌克兰敖德萨，社会动荡，经商环境复杂恶劣，特别是黑帮实在太嚣张了，公开行凶、勒索钱财。每一天，大家都胆战心惊，甚至担心哪一天就会遇到。长期这样下去，生意还怎么做呢？

叶龙标想，人生哪有一帆风顺的呢？既然难题来了，躲又躲不过，那就另谋出路。或许，通往未来的道路，充满了光明和希望！

想当年，1989年4月，他被组织任命为山口乡党委第一副书记、武装部长。7月，他从丽水党校毕业后到任。才干了三个月，组织上又要调他到船寮区海口乡当乡长。

知道这个消息，山口乡的七名常委，绝大多数不想让他走，大家向县委反映情况，说他现在负责了集资建校等几个项目，涉及单位的矛盾和问题较多，需要他去协调。他也想留在山口乡，因为家在这里。可是，他还是接到了县委组织部叫他去谈话的通知。组织部长把调令交给他，说："海口乡这个领导班子已经烂了，病入膏肓，需要一个能力强的人去掌舵。组织上认为，你的能力强，去了以后肯定能扭转当前的局面！"没办法，个人服从组织。他只好表示，回家准备一下，三天之内去海口乡报到。

第三天，叶龙标搭便车到海口乡政府时，这里正在召开全乡干部大会。县、区领导出席会议。他进入会场后，悄悄地坐在后排，聚精会神地听着。旁边的干部看他是生脸，觉得莫名其妙，仿佛在问：这个人是谁啊？怎么跑到这里来了？

会议开着开着，区委副书记突然发现了叶龙标，马上让他去主席台就座。他说："我想先静静地听听，了解了解情况。"这时，与会人员才知道他是新来的乡长。

海口乡人际关系比较复杂，面临的矛盾和困难也比较多。他花了很多的心思，做了大量卓有成效的工作。

在国外，这时，难题又摆在了叶龙标的面前。

2000年，他拿到了斯洛伐克的签证。他考虑，应该组织家族成员大迁移，把他们送到欧洲其他国家发展。接着，在他的安排下，大家分别去了斯洛伐克、西班牙、比利时、法国、荷兰等国家。

当年，他把大妹夫和侄儿安排到斯洛伐克，并发了五个集装箱的货物，让他们到那里去创业。慢慢地，他的家族成员都离开了乌克兰，他一人殿后。

2003年，叶龙标加入了斯洛伐克国籍。斯洛伐克的国土面积为49037平方公里，人口有500多万。1993年1月，斯洛伐克与捷克和平分离，成为独立主权国家。2004年3月加入北约，2004年5月1日加入欧盟。斯洛伐克是一个发达的资本主义国家，2009年1月加入欧元区。

其实，从内心来说，他是不想加入的，一直犹豫不决。但是，有位朋友劝他："按照斯洛伐克的有关政策，像我们这个情况，是最后一批申报。如果不办的话，政策刹车，怕是今后没有机会了。"他想，在欧洲做生意，经常到各个国家到处跑，办理居留、签证、交税等事项的手续很是麻烦。为了方便、省钱，他最后还是决定申请了。

2004 年，叶龙标正式决定撤离乌克兰，前往立陶宛创业。

立陶宛,国名源于波兰语,意为"多雨水的国家"。国土面积为 6.53 万平方公里；总人口有 200 多万人，华侨华人不到 300 人，而且大多是温州籍。优势产业，包括生物技术、激光等。

叶龙标看中的是，这个国家说俄语，面积小，比较安静。立陶宛首都在维尔纽斯，货物海运一般通过拉脱维亚的港口里加。当时，他有一个温州朋友在国内做生意，对方的表弟 K 在立陶宛创业。在温州朋友的安排下，他到了维尔纽斯。K 热情地把他接到了家。第二天一大早，K 就急急忙忙外出忙碌了。他早上起来，不知道吃的东西在哪里，也不会烧煮，一天下来，肚子饿得咕咕叫。等到晚上，K 才回来。发现这个情况后，K 十分歉意地说："一忙，我竟然把您给忘掉了，真是太不应该！"

在 K 的指导下，叶龙标在这里了解市场行情，找了场地，建厂，请翻译，开张。可时间不长，他就决定离开这里，原因是货物提箱价格变化非常快、非常大，让人难以把握。

一次，叶龙标在国内订了三个集装箱的棉衣、鞋子。货物到达边界口岸以后，海关上午通知他：三个货柜的提箱价格是 2.4 万美元（单价是 0.8 万美元）。等他到达现场办理拉货手续时，对方突然说涨到了 4.5 万美元（单价是 1.5 万美元）。如果提箱，白白损失了 2.1 万美元。无奈，他通过询问、比对，了解到匈牙利的提箱单价比较低，是 0.8 万美元，就毫不犹豫地改签，把货物转运到匈牙利。接着，他自己也马上乘飞机赶到那里。意外的是，在匈牙利提货时，他碰到了好几位青田朋友。他们交流以后，都认为，做生意还是要多动动脑子。

叶龙标在欧洲，练就了极强的生存能力：虽然只会讲几句俄语，但不管是到世界的哪个角落，哪怕是到南美，心里也很踏实。因为，他有个秘籍：不管遇到什么语言障碍，只要打个"的士"，就能找到中国人，或许也能找到青田人。这时，一切事情都变得简单、方便了。

2005 年起，他先后到斯洛伐克、匈牙利，做家用产品批发生意。

在斯洛伐克，他经常光顾中国人开的饭店。这里的厨师有 100 多人，他们刚来打工时，每人每月收入一般是 1000 欧元左右，年收入大约 10 万元人民币；随着工龄的延长，有的甚至年薪超过 20 万元人民币。

后来，在乌克兰创业的一位朋友告诉他："您走了以后，特别是 2006 年、2007 年，我们的生意是最好的。"

六、他定居波兰以后，在华沙开了一家日用品批发商场，还与家族成员一起开了 60 多家超市

2006 年，叶龙标第一次到波兰。

波兰共和国国土面积为 32.26 万平方公里，人口有 3800 多万；于 1999 年加入北约，2003 年加入欧盟。如今，波兰以"建有 600 多家各类科技博物馆"而闻名。

中国人非常熟悉的波兰名人有三位：一是现代天文学的创始人哥白尼。他创立的日心说，在世界近代科学的发展上具有划时代的意义。二是居里夫人（法籍波兰人）。她是唯一两次获得诺贝尔奖的女性，为人类揭开原子的奥秘做出了巨大贡献。三是伟大作曲家、钢琴家肖邦。华沙举办的五年一度的肖邦国际钢琴大赛，吸引着全世界的优秀选手角逐，成为国际音乐界的顶级盛事。

叶龙标说："那时的波兰，没有一条高速公路。开车出行，都是走窄窄的公路，限速 90 码。"现在可不一样了，高速公路很多，环境也很好。

叶龙标第一次踏入华沙时，出租车司机把他带到最大的批发市场。他转了一圈，发现都是越南人，没有看到中国人，就问司机："有没有比这个地方更大的批发市场？"通过一番对话、比画，司机才知道他去的地方是波兰的"中国中心"。司机把车子开到那里以后，问他要 300 多美元车费，叶龙标觉得这可能是黑车，有宰客的嫌疑，就不慌不忙地对司机说："你先等着我，我的朋友在楼上，我去看他在不在，等下再付钱。"黑车司机怕"我的朋友"来了，戳穿自己的花招，立即对他表示："算了算了，就收 100 美元吧。"其实，坑蒙拐骗国外也经常会遇到。后来，他了解到，按照司机接送他的路线测算，最多 30 美元。

叶龙标上楼后，遇到了三位中国的同胞。他们在这里花了 1000 万美元，买下了国营广州玉海公司的海外资产，合伙办公司创业。他们带他买电话卡，引导他食宿，非常热情。两天以后，在他们的引荐下，他又见到了一些青田的老乡。通过交流，叶龙标决定在这里租店面、开公司。从此以后，不管遇到什么困难，都能找到朋友帮忙，随叫随到。

他刚到时，感觉中国人不多，波兰的"中国市场基地"只有两栋楼房，一大半都空着。但令他惊奇的是，很快，2—6号楼一下子冒出了很多同胞，摊位瞬间就满了。

首先，他把落脚点找好。当时，他在人流量比较大的地段，租了一个面积只有150平方米的店面，从事家庭用品的批发，里面放置了许多样品。为了吸引顾客，他起早贪黑组织货源，尽量做到品种齐全。

在波兰，叶龙标的思路比较清晰，把外贸生意做得如鱼得水，事业稳中求进。

后来，他到处找信息，想买地购房，但找不到。直到2008年，他们发现卖地的广告挂出来了，就花了100多万美元，买了6000平方米的仓库地皮。之后，他们用砖头盖了两层带电梯的房子。

叶龙标与三个大股东、一个小股东合资创办了波兰起点百货。他们除了拥有6000多平方米的仓库外，还有6000多平方米的批发店面。店面里，主要是摆设货物样品，员工有27人。

叶龙标在创业的过程中，十分关心每一个家族成员的发展，为他们开店出谋划策、借钱垫资。在他的影响下，大家互帮互助，都拥有一份致富的事业。

现在，他与他的家族成员在波兰各地，总共开了60多家名为"中国大商场"的超市，每家超市的面积在1000多平方米。他们卖的商品都是家庭用品，除了大的电器如冰箱、电视机，以及食品外，其他的都在做，包括锅碗瓢盆、衣服鞋袜、文具玩具等等，95%的商品从中国进口。

平时，他一般中午出门，到各个超市去看一看。发现问题，及时解决。

2011年，他们迎来利好。当年3月，首趟中欧班列从重庆发出开往德国杜伊斯堡。

以前，中欧贸易往来传统的运输方式，主要依赖海运和空运，运输时间和运输费用一直是难以协调和解决的现实问题。中欧班列按照固定车次、线路等条件开行，以其综合性价比、时效等优势，成为他们生意人的首选。

青田的朋友都夸他："你在波兰创业，总是不慌不忙的，办事特别冷静，处理问题恰到好处，我们很佩服。"

叶龙标的大儿子在乡下开了一家面积1000多平方米的超市，有人看他店面生意好，就想找房东在隔壁开一家。好心的朋友劝他打电话给对方，或者是给点小费摆平，避免恶性竞争。他说："这个电话我不能打，对方如果给面子，你就不用打；如果不给面子，打了也没用。我做人做事都有自己的原则。"这个事，后来对方也不了了之。

在波兰，讲波兰语。他大儿子讲得很好，可他不是太懂。因为他经常光顾外国人的餐厅，对吃的方面的语言稍微懂得多一些。

叶龙标跟当地人接触比较多的，主要是超市的经理和店员，以及驾驶员，他们相处得很好。其中，有位超市的女经理还邀请他和家人去她家做客。

女经理们向叶龙标汇报工作时，总是在手机上通过翻译软件，将波兰语翻译成中文，然后发到他微信。叶龙标与当地员工面对面交流时，员工一般通过他讲的几个单词，以及口型，就知道他要表达的意思。遇到重要的事情，他把自己的想法告诉翻译，由翻译转述，与员工好好沟通。

他说："我对待员工的态度非常平和，就是批评也要考虑对方能不能接受，一定要给足面子。"另外，他给员工的待遇，在当地看也是很高的：超市经理每月能拿到 8000 元以上，一般员工有 6000 元以上。与他共事，员工感到非常温暖。

有家店，叶龙标准备转让给别人。没想到，六名外籍员工听说后，都向他表示："我们相信您。您的店，氛围很好，我们愿意跟着您干。您转店，我们就不干了。"不管他怎么劝，都没用。

他说，在国外做生意，一定要了解当地的风俗。有一次，一位男员工在超市门口打扫卫生。他侄儿发现地上有果皮，不经意用脚踢了一下。这时，男员工就不高兴了，认为是侮辱了他。后来，通过耐心解释，双方才冰释前嫌。

在华沙开超市，租房 1000 平方米，一年的租金相当于 60 万元人民币。他们交上押金以后，每个月付租金 5 万元人民币。开一家店，流动资金需要 300 万元人民币左右。

叶龙标说，中国人勤劳、智慧，出国创业视野更加开阔，会陡增许多机会。2017 年，他在波兰首都华沙市郊考察，发现了成片成片的苹果园，那果实饱满甜脆、芳香四溢、价格低廉；而且苹果园也可以买卖，概算得知：30 万元人民币能买 9 亩，并且还可以加盖别墅。他曾经心动过，梦想打造一座苹果种植基地，把产品卖到世界各地。接着，因为经营连锁超市，他也就没有深耕这个行业。后来，他了解到，类似这样的农地，欧洲许多国家都有。同时，他在考察南美洲的智利、秘鲁、哥伦比亚等国家时，发现中国产品、华人餐馆在当地很受欢迎，在那里做跨国生意一定有利可图。叶龙标说："我的眼光是很准的，只是没有这个精力。"

想当年，叶龙标带着家族成员奔欧洲创业，现在他们个个都干得不错，家庭都富裕了。家乡许多人都对他说："你把他们都带出来了，精神可贵，勇气可嘉！"叶龙标说，这是他最大的欣慰。"我的老母亲还在丽水青田。无论走到哪里，青田永远是我的根。"

七、在俄乌战争中，他全力以赴为陷入困境的同胞排忧解难

"待到山花烂漫时，她在丛中笑。"叶龙标对毛泽东主席的诗词《卜算子·咏梅》情有独钟。为了创造更加美好的未来，他一直在努力探索、实践。

在波兰，各种民间组织如商会、同乡会很多。青田的侨胞们对他都很尊重，在筹备同乡商会时，大家首先推选叶龙标当会长。可他非常低调，表示，自己会全力支持商会工作，会长还是让年轻人来当。大家说："在经商的老乡中，您的文化程度高，以前又当过干部，德高望重，大家拥护。您当了，可以给我们助助阵；您不当，我们缺少凝聚力。"在大家的盛情邀请下，经过反复沟通，他只好答应担任波兰浙江商会名誉会长。同时，他有言在先：平时，一不参加活动，二不参加饭局。

前几年，疫情比较严重，持续时间长，活动变得少了。2021年6月，商会搞了一次"华人华侨支持冬奥会"的活动，他受邀去了。在活动中，大家安排他坐在主席位子。他说："我一抛头露面，就占了年轻会长的地方，这样不好。像我们这样的老人家，还是在幕后比较好。"

当时，尽管新冠疫情肆虐，他仍然奔波在公益路上。

自2022年2月24日俄乌战争爆发后，波兰浙江商会救援总部及8个边境救援服务部迅速开展工作，志愿者都是24小时待命，加班加点应答旅乌侨胞及留学生的咨询，全力以赴地奔赴边境口岸、边境火车站、难民营等地把他们接到服务部，给他们安排可口的饭菜、舒适的住处，还开展义诊，让他们感受到祖国大家庭的温暖。

叶龙标经营的大型超市成了同胞躲避乌克兰战火的"温馨港湾"

叶龙标说："从乌克兰过来躲避战火的同胞，除留学生以外，绝大部分都是来做跨国生意的。他们常年漂泊在外，十分不易，我对他们的处境感同身受，能帮一把就尽量帮一把！"他经常跑到边境协助同胞撤离，还在自己经营的6000多平方米的批发市场里，陆续为600多名同胞撑起临时落脚地。

其中，一对山东夫妻在逃难中，辗转来到波兰，受到了叶龙标的热情招待。他俩经商的货物在乌克兰，当战火稍有停歇，他俩只好回去了。不久，他俩还抽空给叶龙标写了一封感谢信——

睿智仁爱的叶老板：

您好！我们怀着感恩的心念叨着您。这次逃难中，得到您和老板娘的殷切关照，真是我俩人生中的一大幸运！你们无微不至的关怀让我俩终生难忘！

我觉得，您功成名就之后，为人更慷慨，心胸更豁达，是我们学习的榜样。尤其是您高屋建瓴的创业眼光、志存高远的处世理念、乐于助人的道德情操，不仅受到同行们的尊重，也值得我俩终身景仰！

通过几天接触，我不但了解您的事业，还了解了您的为人，并从中悟出了许多做人的道理。您在国外创业初期，遇到了难以想象的各种波折和困境，都显得十分淡定，灵活处之；对复杂的人、棘手的事，都是您靠个人智慧迎刃而解，并取得了意想不到效果。在您的身上，体现了审时度势的能力和洒脱豪迈的魄力。您的成功诠释了厚德载物、德行天下的意义……

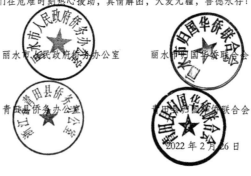

致 谢 函

波兰浙江商会名誉会长叶龙标：

鉴于当前乌克兰安全局势，你们密切联系在乌丽籍侨胞，关注侨胞安危，稳定侨胞情绪，展现了守望相助的温暖和力量。你们一方面叮嘱在乌丽籍侨胞进行全面登记，另一方面即刻联系边境的酒店、中餐馆，积极筹备安排来自乌克兰的丽籍侨胞相关工作。

危难时刻，鼎力相助。你们的行动闪耀着强烈的责任担当！你们的行动阐述着赤子至诚！你们的行动感动鼓舞着全球丽水人！

在此，谨向你们表示衷心感谢并致以崇高敬意！感谢你们在危难时刻热心援助，真情解困，大爱无疆，善德永存！

丽水市人民政府侨务办公室　　丽水市归国华侨联合会

青田县侨务办公室　　青田县归国华侨联合会

2022 年 2 月 26 日

叶龙标收到的家乡发来的致谢函

2022 年 4 月 15 日，中国驻波兰使馆组织召开旅波华侨华人座谈会。中国驻波兰大使孙霖江对侨团商会协助撤离在乌克兰的中国公民表示衷心感谢，勉励大家继续关心支持中波关系发展，为实现中华民族伟大复兴积极贡献力量。

记得有一次，我与叶龙标在丽水东方文廷酒店交流时，看到墙匾上写着这段话，非常符合当时的心境：平台再好，你不参与，也成就不了你的梦想；舞台再大，你不表演，永远也成不了主角。让更多的人认识你、了解你，你的人生将变得不一样。没有人会直接给你荣华富贵，只有送你机会和平台。现在这个时代，什么都不缺，缺的只有像鹰一样的眼光、像狼一样的精神、像熊一样的胆量、像豹一样的速度。平台、商机、机遇，抓住就是你人生的财富。

弯道超车——叶龙标赢在了转折点！

彩虹总在风雨后

——浙江国冶建设项目管理有限公司董事长张吕通创业纪实

人物介绍

张吕通，1961年生，浙江省临海市人。1979年12月，在第12军服役。1981年9月至1983年7月，在中国人民解放军后勤工程学院学习。1983年8月至1984年9月，在浙江省军区后勤部营房处工作。1984年10月至1987年12月，在浙江省军区宁波第99医院院务处工作。1988年1月至1997年8月，在舟嵊要塞区第113医院院务处工作。1997年9月至2002年12月，在宁波市住房和城乡建设委员会下属宁波市建筑设计研究院工作。2003年1月，在冶金部宁波勘察研究院宁勘工程监理中心工作；2008年5月，宁勘工程监理中心改制后，更名为浙江国冶建设项目管理有限公司，任总经理。2020年4月，与朋友一起创办浙江宁波全过程工程咨询管理（集团）有限公司，任董事长。

张吕通所监理的项目获奖情况：一、江苏省常熟市尚湖中央花园工程获江苏省建设工程"扬子杯"奖。二、宁波万盛商务大厦工程获浙江省建设工程"钱江杯"奖。三、慈溪市横河镇政府办公楼工程、宁波市江北区庄桥街道办公楼工程、宁波军分区镇海民兵训练中心工程、宁波市鄞州区社会福利中心工程、宁海县得力集团总部基地项目，获宁波市建设工程"甬江杯"奖。四、舟山市北蝉综合信息用房项目获舟山市建设工程"海山杯"奖。

张吕通这样总结自己的人生经历——插过秧，做过匠，扛过枪，当过长，从过商。其中的三次"折腾"，让他的人生更加绚丽多彩：

1979 年 12 月，他放弃了令人羡慕的小学教师岗位，毅然远离家乡，投笔从戎——这是第一次"折腾"。

2003 年 1 月，他从"按部就班，收入丰厚"的事业单位宁波市建筑设计研究院，跳槽到"经营困难，人心涣散，连工资都发不出"的冶金部宁波勘察研究院奉献才智——这是第二次"折腾"。

2007 年底，他放弃公务员或机关事业单位的待遇，参与事业单位改制买断工龄，勇敢投身市场经济的大潮，开始自我创业——这是第三次"折腾"。

从部队转业到地方的 20 多年，1000 多个监理项目在他的手上圆满收官。

在工程建设领域，找项目难，做项目也难，必须与形形色色的人打交道，极易产生权钱交易。他闯过来了——通过廉洁自律，实现了"常在河边走，就是不湿鞋"的诺言。

这是怎么做到的呢？

张吕通忘不了重庆这片英雄的土地。上世纪 80 年代初，他在那里上军校时，参观过渣滓洞、白公馆等著名的红色教育景点，被"红岩精神"深深浸染。他说："这让我领悟了信仰的力量，也让我立下誓言：做人做事一定要有自己的原则和定力。"

一、考上军校，与工程结缘，并促成军地合作房地产开发

1978 年 9 月，张吕通高中毕业后，在临海市上盘镇的一所小学担任民办教师，一个月有 20 多元的工资。在当时的农村同龄人眼中，他找到了一份令人羡慕的职业。

1979 年 10 月，人武部征兵，他跃跃欲试。"看了《林海雪原》以后，杨子荣的光辉形象刻在心中。由此，我非常向往军营。"他回忆，"我 14 岁那年，父亲去世，母亲撑起了这个家。她不想让我去，还找我姑姑等人来做我的思想工作，她们的理由：一是教师工作稳定，二是对越自卫反击战充满危险。"结果，他一意孤行，前往第 12 军某团的驻地——徐州。

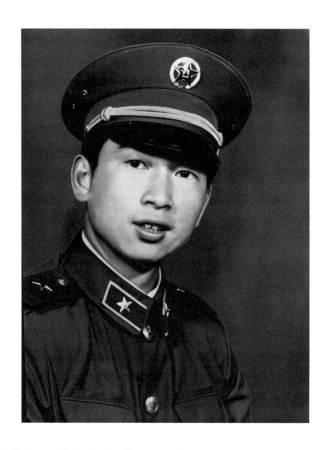

　　新兵连结束后，他被分到二营五连。当时，五连正在安徽省全椒县的荒草圩军垦农场执行生产任务。张吕通想，自己在老家农村都没有种田，却跑到部队来干这种活，心里有些落差。他准备当三年兵，入党，然后回家继续教书。指导员看了他的档案以后，发现他文化成绩很好，就三天两头鼓励他："今后，士兵不能直接提干了，都必须经过军校毕业。你要积极报考，为连队争光！"

　　"我觉得，考军校高不可攀！但还是想试一试。"他说，为了抓住这一难得的机会，他努力地复习着。1981年6月初的一天，团里发来电报，让他到徐州参加为期两个月的文化复习班。"当我打着背包赶去时，傻了，其他学员已经学了一个月，自己心里拔凉拔凉的。"

　　7月，考试以后，他感觉考得不够理想，希望渺茫。回到营里，教导员怕他想不开，还专门找他谈话："成功的路千万条，任何时候都不能泄气！"其实，他本人对自己的前途并不悲观。

8月底的一天，他从田里耘草回来，正在河边清洗着腿上的泥巴，指导员手里拿着《入学通知书》冲过来，"喜讯！张吕通考上了。"接着，他赶到重庆，走进中国人民解放军后勤工程学院的大门，学习专业是营房建设与营产管理。

1983年7月，他军校毕业后，被分配到浙江省军区营房处工作。1984年10月，调至浙江省军区宁波第99医院院务处，担任营房助理员。1987年12月，因部队整编，第99医院与舟山定海第113医院合并，成立了舟嵊要塞区第113医院。

他在工作期间，规划建设了门诊大楼、住院大楼、药械综合楼、中心食堂及多幢家属住宅楼等多项工程。那时，营房助理员的权力很大，经手的资金也多，仅每年的营房维修经费就有上百万元。他手下的一名志愿兵经常讲："张助理，您太老实了。跟在您后面，占不到公家的一点便宜。"他说："歪门邪道不能干，这样睡觉踏实。"

1991年，军队出台政策，鼓励军地合作建房，合作方式是：部队出土地，地方出资金，等房子建好以后，一方一半。第113医院有土地，希望能尽快找到合作伙伴。

张吕通向熟悉的房地产老总介绍这项政策后，引起了对方的兴趣。于是，他把军地双方拉到一起后，一拍即合。他详细做好项目计划，上报南京军区后勤部，并很快得到批准。就这样，他促成了中山首府等三块土地的房产开发。第113医院从中获得了近10万平方米房产及上千万元资金。后来，医院还拿出一部分收入，购置了浙江省首台医用电子直线加速器等高端医疗设备。

二、转业到宁波市建筑设计研究院工作，从事工程监理

1997年8月，张吕通从文职九级（技术副团）的岗位转业，被分配到宁波市住房和城乡建设委员会下属的宁波市建筑设计研究院工作。该院是自收自支的事业单位，项目来不及做，赚钱又不用上交。张吕通说："临近年末，许多单位领导愁着没钱给员工发奖金，而我们单位愁的是钱花不出去。"当时，许多人都

说他："你是老鼠掉进米缸了！"

1998 年 5 月，宁波市建筑设计研究院勘察分院的院长、副院长退休，张吕通被任命为勘察分院副院长兼勘察分院党支部书记。他说："勘察，对我来说不是很合适。我在部队是搞工程全过程管理咨询的，从项目规划策划开始，到打报告立项向上级要钱，再到最后房子建好交钥匙，全过程都得管。在这整个过程中，勘察只是这链条上小小的一环，我觉得许多知识浪费了。"同时，他还面临勘察过程中的安全生产风险：当时，勘探野外作业主要是外来民工操作，经常出事故，有的手指断了，有的脚扭伤了，有的喝醉了酒打架……每当接到这样的电话，他都要及时处理，忙得焦头烂额。

1998 年秋，宁波某大型企业要扩建新厂区，工期短，工程量大。他们为了赶工期，很快把勘探设备运到现场，夜以继日进行钻探。张吕通说："一天凌晨3 点多钟，电话铃声把我从梦中唤醒。原来，有位民工的手指被机械压断了三根。我马上要求管理人员把伤者送往医院，并立即赶到现场处理。"还有一次，一位民工在外面喝醉酒了，找不到回家的路，打电话让工友去接，但始终说不清地址。张吕通说："他躺在草坪上等待时，误将一棵大树当作攻击他的人，一边骂骂咧咧，一边用力爬起来挥动双拳出击，结果双手皮开肉绽。最后，还是警察把他送到工棚。"

1999 年底，他找到建筑设计院院长，倾诉自己的苦恼，表示不擅长处理这些事务。院长说："现在搞设计收入挺高的，一年有二三十万元。小青年玩电脑很溜的，你能行吗？你还是回去好好想想吧！"

张吕通思来想去，觉得如果能在建筑设计院下面的监理公司工作，更能发挥本人的专业特长。同时，监理公司的党员已编入他所在的党支部。于是，他跑去向院领导汇报。很快，院里任命他担任监理公司副总经理，兼勘察分院党支部书记。

到岗以后，张吕通开始调查研究。他与员工们打成一片，听取大家的想法，寻找公司的发展思路。一天，他对范总经理说："全院有 200 多人，而我们公司才 11 个人，力量太单薄了，并且别的同行企业都在发展，这样下去，我们终究会被市场淘汰的。外面的一些监理公司条件远不如我们，都发展到几十号，甚至上百号人了，规模越来越大。我们有宁波最大设计院的优质资源撑腰，不愁没有项目业务，理应抓住机遇，发挥优势，加快发展。"

　　监理公司自1996年成立以来，一直由范总经理在负责。他的管理水平挺高，处理问题冷静老练，方法比较高明。其名言是："没出事时胆子不要大，出了事后胆子不要小"。张吕通说："工程出事故了，领导到了现场一般都是板着脸训人骂人，而他不是这样。"有一年，他们监理的浙江万里学院在建工程发生了一起安全事故：脚手架坍塌，造成人员重伤。接到电话，张吕通跟着范总赶到现场。范总见项目负责人、总监等人垂头丧气，个个耷拉个脑袋，一边忙着给他们递烟，一边安慰大家："你们辛苦了，你们辛苦了！"这让他们颇感意外。然后，范总耐心地询问事故经过，最后通过分析拿出处理方案，让大家抓紧解决。因为范总讲话很有分寸，大家都非常乐意配合，很快就圆满地解决了问题。张吕通说："出了事情，大家心情都不好，如果再去骂一通，效果肯定不好，甚至有的人还会撂挑子。老总的处理方法，让我学了一招。"

　　当年，范总根据员工收入测算工作量，每年的营业额只有七八十万元。听了张吕通的建议，他说："张书记，如果我们把监理公司做大了，搞好了，我们两人的位子也就没有了——岗位一吃香，上面领导肯定会塞人过来挤掉我们。"张吕通说："有一种可能：如果效益好了，我们把钱捞到自己的口袋，那位子肯定难保。否则，我们还怕什么？"

　　在一次全院举办的事业发展研讨会上，张吕通把自己的观点和盘托出，院领导听后频频点头。不久，院领导研究决定，加快监理公司发展，并指定张吕通负责策划和引进人才等事宜。

　　2000年初，张吕通在各大建设工程人才网上发布招聘广告，招聘工程师的条件：一是拥有国家注册监理工程师证书，二是具有中级及以上职称。他说："当时，宁波这个行业，国家注册监理工程师担任项目总监的，年薪是4万元；如果到我们公司，能拿到5万元。"

　　当年，监理公司发展到40多人，项目照样来不及做，业务仍很饱满。这个昔日的全院"贫困户"，年产值超过了400万元，受到了院里的表扬。在年终总结大会上，范总终于走上了主席台领奖。会后，他深有体会地说："张书记，你做得对。"张吕通说："我当初说得没错吧，有作为才有地位。"对方点点头。

　　张吕通说："目前，这家监理公司也就五六十人。而且，他们现在的总工、主要骨干人员都是我那时招进来的。"

三、他受冶金部宁波勘察研究院之邀，跳槽到监理中心

2002 年 10 月，冶金部宁波勘察研究院张院长经人推荐找到张吕通，希望能碰面一起聊聊。

上世纪 80 年代中后期，国家决定加大宁波北仑港及周边开发建设力度。造深水码头，建大型钢厂，都需要大型勘测、设计等技术服务，而宁波当时还没有这个条件。最终，这项工作由国家冶金部直属的成都勘察研究院承担。后来，这支队伍留了下来，国家冶金部在宁波组建了直属央企——冶金部宁波勘察研究院。1998 年 3 月，冶金部撤销，冶金部宁波勘察研究院划归北京首钢集团。

1995 年初，全国开始推行建设监理制。国家冶金部为分散在全国各地的院所直接特批成立一个工程监理中心，而且是甲级资质。1996 年初，宁波的监理中心成立，对外注册为冶金部宁勘工程监理中心（国冶公司前身）。当时宁波还没有甲级单位，只有乙级。后来冶金部宁波勘察研究院认为自己没有人才，能力不足，不具备甲级条件，特意跑到北京要求将资质降成乙级。

从 1999 年开始，宁勘监理中心由于经营不善，开始走下坡路。到了 2002 年底，6 名工程师的工资都难以保障，濒临倒闭。按照规定，乙级资质须有 15 名监理工程师。这时，浙江省建设厅通知他们资质年检通不过，要吊销资质证书。

面对这一情况，张院长非常着急。他想，资质证书是承揽工程项目的必要"装备"，而自己是新上任的，如果被吊销了该怎么交代啊！于是，他跑到行业主管部门——宁波市住建委，向科技设计处钱处长讨教。钱处长说："宁波建筑设计院有个张吕通，他是部队转业的，你跟他聊聊，或许能想到办法。"

于是，张院长拨通了张吕通的手机，在做了自我介绍以后，说："张工，我们能不能抽空聊一聊？""可以啊。"两人见面以后，张院长畅谈了自己的宏伟蓝图，希望张吕通能够加入团队："两边都是事业单位，我可以把你商调过来。你来这里，享受中层待遇，可以施展才华，还有房子分。""让我想想。"

张吕通感到，张院长富有开拓精神，如果去了，自己有信心扭转局势。但是，所有的亲朋好友都劝他："你现在的单位，条件那么好，不要再折腾了！"纠

结之中，张院长又找他"喝茶"。这次，张院长开门见山："我们全院有 200
多人，马上要改制。如果你来，就让你担任监理中心主任。"张吕通提了一个
条件："让我把这个中心搞起来，您得给我特殊政策。""什么特殊政策？""让
我承包经营，我给单位交管理费。""可以！"最后谈妥，管理费是一年 3 万元。

2003 年 1 月，张吕通去了以后，马上找了八位合作伙伴。他首先从网上招
揽贤才，很快就把监理乙级资质保住了。到年底，监理中心发展到 80 多人。

之前，宁勘监理中心是承包给外省人 A。他在宁波没有什么路子，拿来的
项目都是别人不要做的、赚不到钱的烂项目，营销额很低。为了降低成本，他
在老家叫来那些农村年纪大的泥水匠、木匠担任现场监理，导致恶性循环。

因为赚不到钱，他们就动歪脑筋：一是敲施工单位的竹杠。按照规定，施
工单位做完工程后，拿钱都要监理公司签字、盖章。如果施工单位不给好处，
他们找理由拒绝；二是敲业主的竹杠。让业主增加监理费，如果不办，就拒绝
提供有关工程资料。为此，宁波市多个县（市）区的住建部门都接到关于他们
的投诉。宁勘监理中心这块牌子，就是这样被他们做"砸"了。

张吕通接手以后，院里与 A 商定，解除以前双方签订的承包合同，A 不再
承揽新的项目，同时必须把自己正在监理的项目做完。

张吕通至今还记得这样一件事：A 为镇海澥浦一栋厂房建造提供监理服务
时，要起了无赖。当工程做了一半时，现场总监对老板说："监理费太低，我
们做不下去了，要加价。"老板要求按照合同办事。他们要不到钱，就想方设
法把工程压着。工厂老板四处投诉，张院长叫张吕通去处理。当他赶到镇海建
设交通局质监站时，对方训斥："你们这个监理公司搞什么名堂？知不知道，
这叫违法乱纪！这样干，你们还不如关门算了！"在处理这些投诉中，他更加
认识到监理的责任多么重要！

四、拒绝行贿，守住法律底线

十八大以前，在建设行业，有些人为了搞到项目，忙着行贿，不惜铤而走险。
张吕通说："我把监理当成事业来做，与人交往严格守住法纪底线。常在河边走，
就是不湿鞋！"

2006年初，SM市的一个同行H找到张吕通说："我跟踪了国企W的工程项目，投资5亿元。如果我拿您单位的资质去投标，大家合作干，您能给我什么好处？"张吕通说："SM市距离宁波比较远，你信息灵通好把握。如果拿来项目后，我按照行规给你10%的业务费。"H同意。结果，他们如愿中标了其中的一个标段，监理工作很快就展开了。

这个项目，由国企W的副总经理G、后勤部长Q负责。开建以后，张吕通多次去现场查看，并与他们在一起聚餐，听取他们对监理工作的意见，双方相处融洽。

工程过半时，国企W按照合同约定给监理公司打来了首笔监理款。张吕通也向H支付了首笔10%的业务费。

谁知，奇葩的事情发生了。一天早晨，张吕通接到后勤部长Q打来的电话："张总，您什么时候来一趟，我们见个面。"他问有什么急事，对方称要当面谈。事不宜迟，他马上开车往那里赶。晚上8点，他们在一家酒店的大厅里见面时，Q递来一张银行卡。张吕通说："您这是什么意思啊？"Q说："这是H送来的，我就认你！"张吕通想，这里人来人往，推来推去不好意思，就先收了下来。Q临走时，还丢下一句话："张总，你回去叫财务把卡刷一下！"道别以后，他马上联系H问个究竟，可对方关机。这时，副总经理G也打来电话找他退卡。

他回到单位以后，马上让财务验卡，一查，两卡的信息分别显示：某日上午打进6000元，下午提取了3000元，卡里还剩3000元。他丈二和尚摸不着头脑，立即通过其他方式寻找H，问明原委。两人通话后，H解释："这两位领导很贪的。他们在交往中发现您的原则性很强，就在我面前嘀咕，要我表示表示。为了搞好关系，我原本打算送6000元的，后来一想：数额大了，万一出事，吃不了兜着走，就减了一半。""哦，原来如此！请你马上打住。要想人不知，除非己莫为。凡是索贿的人，一般都有案底的，随时有可能被人供出来。我们做工程的，任何时候都要保持清醒的头脑和处事定力，守住底线，确保对方平安。如果送点小钱把他们弄去坐牢，大家的名声都毁了！"

后来，这个项目结束以后，国企W的副总经理G、后勤部长Q都因为巨额受贿被判刑。张吕通说："检察机关查明，在与该工程关联的30多个大大小小的单位中，我们是唯一没有行贿的单位！"当时，他俩之所以没有收取H送的银行卡，其实是嫌数目太小了。其间，就连推销洁具的一位老板，也给他俩分别送了 2 万多元。

在国冶公司，涌现了许多廉洁自律的好员工。曹景东就是其中的一位。他在监理一个投资额 300 万元的项目时，拒绝施工老板行贿，赢得了良好的声誉。

这个项目，要建一个污水处理池和一条道路。他反复交代包工头不要偷工减料，对方口头爽快应许，但关键时刻总是背着他半夜施工。关于污水处理池，设计要求采用直径 16 毫米的钢筋扎笼浇筑混凝土，每根间距是 15 厘米。而包工头用的是 12 毫米钢筋，每根间距为 20 厘米。关于那条道路，设计要求用石子、黄沙、塘渣作为垫层，而包工头干脆用渣土糊弄。

工程建好了以后，老曹觉得有猫腻，就把项目业主和包工头找来，并当场问包工头："你在施工中到底有没有偷工减料？"包工头拍胸脯："没有！""那就现场开挖，如果你没有问题，恢复原状所需费用由我来出！"结果，偷工减料的问题被暴露出来。他经过核算，要扣除包工头 60 万元。这个包工头急了，连忙给他送红包。老曹义正词严地说："你的脑子真是进水了！我向慈善事业捐款都捐了 100 多万元，还会受贿？"

五、创业遇阻，步入人生低谷

2003 年 1 月，张吕通承包监理中心后，马上找了八位合作伙伴。他希望按照参股的形式，把大家的力量凝聚起来：他的股份为 36%，合作伙伴 F 的股份为 28%，其他七人分摊 36% 的股份。结果，股东们都希望企业加快发展，四处寻找人才，到了年底发展到 80 多人。

张吕通说："2004 年，我步入了创业的低谷。"当时承揽的项目不多，加上监理的回报本身就很慢的，监理中心出现了债务。为了给员工发工资，他向亲朋好友借了几十万元巨款。

F 在另外一家设计单位上班，同时挂着监理中心副总的头衔。他每月从监理中心领取副总的工资；同时，他如果拿来项目，还有业务提成。过了一年后，有的股东对此有意见，认为 F 平时不来上班，凭什么还领工资；再说他接的几个项目，投资又不大，还提成，这样不合理。

张吕通出面跟 F 谈："能不能这样？现在中心财务困难，你副总的工资就别拿了。如果你有项目进来，业务费可以拿高一点。"没想到，F 当场翻脸，说："那不行！这样我不变成业务员了？"后来，监理中心就出现了内讧。

一个夏日，张吕通从外面办事回来在办公室打开电脑，突然看到了 GJ 公司大楼工程监理招标的公告。这项工程投资 5000 万元，是单体一幢大楼。他找到一位与 GJ 公司关系密切的朋友，跟对方谈起了这个项目，对方表示："这个项目能不能由我自己来做呢？如果合作拿到你们监理公司，我愿意交管理费。"他把这件事告诉 F 时，F 说："这个项目是公开招标的，怎么变成别人的项目了？"F 怀疑他与外人串通，牟取私利。

当时监理中心亏得一塌糊涂。张吕通想，他与 F 之间已经缺乏信任，很难合作下去了。于是，他提出退股计划：一、将各个股东进来时交的 20 万元全部返还。二、他个人拿出 20 万元作为退股补贴，按照实际出资比例发给股东。大家一商量，都表示愿意接受，合股之事就这样走到了尽头。张吕通说："这件事，虽然了结了，但是对我个人的打击还是很大的。"

当初，张吕通进宁波勘察设计院时，张院长对他说："今后公司如果改制，你可以拿去。"

他承包时，内部虽然亏损，但表面上还是风风光光。这给院领导造成了错觉，他们认为监理生意好做，于是改变了主意。当真正改制时，他们提出院里要控股，让张吕通个人参股。看到领导出尔反尔，他表示，如果这样，自己就不参加了。

2007 年，院里把他的承包权收回，自己经营。结果那一年，他们只拿到了二个小项目，垫资 15 万元，最后还亏损 10 多万元。直到这时，他们才知道，监理工作并非那么容易。

2008 年 5 月的一天，有位同事突然告诉张吕通："我们院里正在和一个外面从事监理工作的人在谈合股，对方 60% 控股，我们院里占 40%。院长已经把公章和有关材料交给对方，就差合同还没有签字盖章。"

张吕通听后，急匆匆地去找张院长。弄清原委后，他气愤地对院长说："当初，监理中心的资质都要被省里吊销了，是我来了以后采取措施才保住的，没有功劳也有苦劳。为了搞活监理业务，这几年，我倾注了多少心血和感情啊！你把我从其他单位叫过来，现在就这样对待我吗？不管怎么样，我是院里的正式职工，如果实行股份合作，你也应该事先征求我的意见！"

他这么一说，张院长认识到自己考虑问题不够周全，转而道了歉，还问他："如果合股，你占 60%，院方占 40%，你觉得怎么样？""可以！"

宁波市住建委科技设计处的钱处长知情后，也打电话给张院长："依我看，你们院里又没有项目支援，股份占 30% 差不多了。"最后，双方是三七开达成协议。

接着，张吕通拿到 4.8 万元，买断了工龄。接受改制后，他将企业更名为浙江国冶建设项目管理有限公司。为了增加投标分量和市场竞争力，他成功地申请了甲级监理资质。

六、生意往来，一纸证明诺千金

2006 年，在台州市，他们做了一个大型花园式住宅区项目的监理。这个项目，号称当地最大的房地产开发楼盘，由宁波 YY 房产子公司建造。

YY 房产子公司的总经理 Z 擅自修改规划，在小区里多造了两栋房子。这引起了所有购房者的强烈不满，投诉不断。同时，YY 房产子公司欠下口头承诺的监理费 200 多万元。本来，国冶公司是有办法拿到这笔钱的——对方在办理房产证时，需要他们在申请材料上盖章。如果对方不给钱，他们就不盖章，这样可以逼着对方履约。

这时，他们有个顾问发话了："钱我会去拿过来，你们先把章盖上。我与总经理 Z 的关系那么好，我打包票。"

谁知，YY 房产子公司把房产证办好了以后，以监理不到位导致工程质量有问题等为由，拒不付账。最终，他们碍于没有书面承诺，慢慢放弃了对 200 多万元的追讨。

张吕通说："这件事让我明白，生意场上不能过分相信口头承诺，一定要有书面的证明材料。"

2012 年的一天，张吕通从同行 P 那里得知消息：CF 房产公司将在 CZ 县开发 TL 广场，正在寻找监理公司。P 让他一起去投标，或许还有合作机会。张吕通发现监理费只有 180 万元，太低了，也没有十分重视，就当作陪一次标。谁知，开标以后，他竟然意外中标。P 向他祝贺时，他说："你如果想做，交我管理费，也可以拿去。"P 觉得，本来费用就低，再交管理费就亏了，干脆放弃。这样，他决定自己干下去。

一开始，工程进展顺利。可是，快扫尾时，施工单位出了一起亡人事故。

按照规定，如果电梯没有装好，门前应该封起来。然而，那个冬日，天色渐渐暗了下来，一名木匠在五楼装玻璃后，准备下来。这时，预留的电梯口门洞大开，露出亮光。木匠朝着亮光走去，不慎掉入洞口摔了下去，并当场死亡。

深夜，总监通过电话向张吕通报告了事故的情况，并强调："张总，施工单位不听我们关于做好安全工作的监理意见，这次出事了，他们愿意赔偿木匠家属130 万元，双方私下已经摆平了。"过了两天，CZ 县安监局网站发出信息：TL 广场发生亡人事故，业主和施工单位要马上停工接受调查。

这时，CF 房产公司与商户约定的交房时间越来越近。如果不能按时交房，将要赔偿违约金。房产公司找到张吕通说："安监局那边的事，我已经搞定了。他们很理解我们，让我们关起大门尽快施工，希望监理能够认真配合。"张吕通怀疑他们是骗人的，斩钉截铁地说："这是明显违反规定的，安监局有书面意见吗？""没有书面的，是口头表示的。""那不行！"CF 房产公司在万般无奈的情况下，托了很多人说情，甚至还动用了黑道，而张吕通始终理直气壮，未予理睬。

过了一段时间，房产公司又来找张吕通，坚称："安监局已经向有关单位发了电子函件，请通融通融。"他想，安监局处理事故要走程序，一时解决不了，而房产公司急着交房，于是，他决定去找住建部门下面的某质监站打听情况。这个质监站的副站长查看电脑后，说："我们内部确实收到了电子函件。安监局同意，边施工边调查。"这个结果，让张吕通心里有了底。

双方见面后，CF 房产公司老总拍着胸脯对张吕通说："张总，请相信我的表态，这件事的前前后后跟您的公司没有半毛钱关系，我都能搞定。只要你放行，哪怕遇到再大的损失，我负责赔偿！""那您出份承诺书，并签字盖章。"CF 房产公司老总心急如焚，马上同意。

2013 年 11 月，项目结束时，安监局通报也来了，结果浙江国冶建设项目管理有限公司"榜上有名"。怎么赔？张吕通拿着承诺书，找到 CF 房产公司讨说法，对方让施工单位赔了 20 万元。

七、抓住关键，踢好"临门一脚"

2006 年的一天，在张吕通的办公室里，他的战友带着小伙子 B 来了。B 说："我联系到 PT 市的一个公路改建项目，监理费有 1000 多万元。我想与你们公司合作做，我交管理费承包，你们监督指导。""可以，我们一定全力给予支持和配合。"

哪知道，B 拿项目的本事蛮大，但管理能力不行，施工现场一片混乱，业主单位——交通局反应比较强烈。张吕通知情后，马上派驻技术力量。

当时，负责两个标段施工的包工头 C、D 都是混社会的，自称是"黑道上的人"。他们施工时，非常野蛮，质量一塌糊涂，根本不听项目总监的指导。当总监对劣质工程拒绝签字时，他们就动手打人，气焰非常嚣张。而且，交通部门的一位分管副局长脾气很大，总监去接洽时，被他骂得狗血喷头。

碰到这样的"烫手山芋"，该怎么办呢？张吕通感到非常无奈。正在这时，包工头 C 打电话给他："张总，我有事要与你当面商量。"与其说是商量，倒不如说是出难题。次日中午，张吕通赶到 PT 市后，给 C 打了个电话。C 说："我正好准备跟朋友一起吃饭，你快来，我们等你。""好的。"一袋烟工夫，当张吕通赶到酒店包厢时，坐在主宾位上的 E 老板马上起身相迎，还与他紧紧握手。他也借机向 E 老板嘘寒问暖，显得关系非常亲密。当时，包工头 C、D 都看傻了。

真是踏破铁鞋无觅处，得来全不费工夫。张吕通说："这个受到 C、D 最敬重的 E 老板，跟我很早就认识，我们还合作过工程项目，关系一直很好。"自从 E 老板出现以后，包工头 C、D 对他毕恭毕敬，再也不敢刁难了。

干这一行，张吕通与朋友聚餐联络感情是常有的事，最累的是喝酒。他说："特别是十八大以前，有时一天晚上要赶三场，夜宵吃到下半夜。"

2008 年，他听说一家房产公司准备在宁波大榭投资开发花园式住宅区后，就托人约房产公司老板见面交流。那天中午，在宁波一家饭店，老板带了一个包工头来了。他们喝的酒是五粮液（52 度）。当张吕通喝下四两以后，包工头突然跳了出来——拿来两只大玻璃杯，每杯倒了半斤酒，再让服务员拿来两只生鸡蛋，分别打碎倒在酒里，然后扯开嗓门："张总，感情深，一口闷！"他本不想理睬，可是老板发话了："张总，你这一杯如果下去，项目就定了！"他估摸，自己已经喝得差不多了，如果把这杯酒喝下去，肯定要醉；不过，还可以撑半个小时。

于是，他一口干！那包工头喝下不到五分钟，马上现场直播——呕吐不止。张吕通离开酒桌后，出门直接打车回家了。他说："本来说好，让我老婆开车来接的。可是，她左等等，右等等，快到下午2点了，人怎么还没下来？手机也联系不上。她看到酒店关门，匆匆忙忙赶回家，才发现我正在呼呼大睡。"

这个项目真的被张吕通拿到了。后来，他得知，老板之前已经与他人谈得差不多了，只是合同未签。老板看他喝酒这么爽气，不便收回自己的承诺，也就给他做了。

还有一次，他为了与业主沟通，在宁波一家大酒店请客。当时，喝的是红酒，大家觉得玻璃杯太小不过瘾，就干脆用醒酒器喝。那场，他喝了三瓶多，当场醉了，连买单都稀里糊涂了。接着，他连续一个星期都很难受，整天无精打采。

2008年，台资企业宁波中银电子科技有限公司在梅墟建造厂房时，对监理公司要求很苛刻：一、要求监理人员每天8点必须赶到五环大厦参加他们的早会，然后再奔到十多里外的施工现场，费时费力。二、对重要的施工环节（如打桩），要求全程录像，以便留存备查。

当时，在国内监理行业没有这样做的。总监气愤地说："这个项目工程量大，而价格又不高，还要求这么多，干脆别做了！"但是，张吕通说："我们双方已经签订了合同，再改也麻烦。台商提出这样的要求，说明他们不懂大陆的法规、政策。我们当然不能让他们随便牵着鼻子走，要发挥自己熟悉法律规范的优势，依法监理。"

当时，他们发现，设计单位在为台企设计图纸时过于保守。张吕通说："我们根据车间及大楼的高度，对其中的四个桩基做了深度优化，让对方打得浅一些，结果省了几十万元。"同时，他们还按照住建委文件规定，对施工现场的管理提出了新的方案，台企看了，非常佩服。

原来，台资企业提出，打桩时，不仅要全过程摄像，还要及时传到他们的网络平台。为了减少不必要的人力物力投入，他们提出，法律上没有这样的规定，建议将摄像改为拍照——在桩管焊接时，对四个面进行拍照留存。他们这一连串的举措，令台商非常满意。后来，台商干脆一切听从总监的安排。张吕通说："工程结束后，他们为了表示感谢，还专门请我们公司的相关人员聚餐，并点名要我必须参加。"

国冶公司是万科房产公司首选的合作伙伴。万科在工地上的管理是一流的，是全国房地产行业学习的行业标杆，有着严格的操作流程。特别是，他们在项目完工时，都要委托第三方对工程进行评估，并根据评估报告决定管理人员的奖金。

万科对国冶比较认可。2019 年以来，万科在宁波开发的楼盘，80% 是国冶在监理的。目前，双方在镇海、北仑、奉化、台州及金华等地都有项目在合作。

八、善待他人，广交朋友，拥有更多的市场资源和信息渠道

国冶公司原来有一位四川广元籍总监 T，因为家庭需要照顾，只好离职。辞行时，T 对张吕通说："张总，我很敬佩您。如果我老家那边有项目，您愿不愿意跟我合作？""只要项目合适，当然可以。"T 回去以后，非常关注当地的工程项目。2016 年夏，T 得知成都将建地铁 8 号线一期工程时，及时把项目信息告诉了他。这个项目总投资 100 多亿元，全长 29.1 千米，全部为地下线，共设 25 座车站。通过投标，最后被他成功拿下了一个标段 20 多亿元。2020 年 12 月 18 日，一期工程开通运营。

无独有偶。目前，张吕通在重庆做的文旅康养项目，号称重庆市的重点工程，总投资超过百亿元。他监理的是首期投资 5000 万元的标段。说起牵线人，还有一段往事。

2021 年 10 月的一个晚上，朋友金总打来电话，"张总，您到重庆来一趟吧，这里有一个大项目。""我接触了几个西部的项目，多是缺资金，我有点怕，是不是忽悠啊？""我怎么会骗您呢？您明天下午两点前务必赶到，跟我们的刘总裁见个面！"这时，他一了解，宁波飞重庆的航班已经没有了。第二天，他从杭州走，于下午一点多提前赶到重庆。金总带他见了刘总裁，一聊，感觉很好。刘总裁又把他带到董事长办公室，双方当场就敲定了投资 5000 万元的工程标段。

金总是绍兴人。2013 年 9 月，金总和他师父找张吕通，说他们对绍兴市场比较熟悉，能否参股一起经营国冶监理公司。三人谈妥了股份：张吕通占 60%、金总占 30%、金总师父占 10%。

结果，公司运行两年半，他们没有拿到什么业务。金总和师父退出股份时，管理成本分摊加起来有 100 多万元。因为他们觉得亏空太多拿不出钱，最后由张吕通从中协调给予解决。那位师父感激地说："小金啊，张总这个人绝对靠谱。这件事情，一般人是不会这么帮忙的！"金总也不好意思地说："张总，我会记着这件事。今后如果有机会，我一定会报答您。"

金总擅长做交通公路建设工程。当华东地区做得差不多时，他跑到青海、四川、重庆等西部地区发展。

在重庆这个建设项目中，金总是施工的总包工头。一天晚上，业主单位的刘总裁在检查工作后，对监理很不满意，就提出："谁有好的监理公司，请帮我推荐。"金总说："我有，宁波国冶绝对可靠！"

据测算，这个项目如能做完三期工程，张吕通可以赚到几百万元。他说："这件事，让我悟到：有时吃点小亏，可能后面会有更大的便宜等着。如果太精明，斤斤计较，就会失去很多朋友，也就等于失去很多机会和市场。"

2021年4月，西安地铁开启投资建设。朋友U牵线后，张吕通赶了过去。当时董事长很忙，为了沟通方便，他在宾馆里一住就是好几天。一次，早晨八点，U就带着他赶到董事长的办公室门口排队，一直等到下午两点，双方才见面达成协议。

上海有个世博园，西安有个花博园，四川有家企业也想在酒乡QL打造一个酒博园。张吕通跑到现场一看，围墙圈着很大的一片土地，几台挖土机在挖，立项的文件也有，就相信了。

朋友L、V告诉他，这个项目投资200亿元，监理分三个标段：80亿元、70亿元、50亿元。谁拿一个标段，要交100万元意向金。

两位朋友带他去见了开发商的董事长。双方坐下来谈了以后，董事长同意他做一个50亿元的标段，并当场签了合同。当时他想，这个标段完成了以后，监理费是3750万元，而成本最多2000万元，可以净赚1000多万元，这下发大财了。

第二天喝茶时，董事长对他们三人说："你们这事搞得我很为难！另外两个标段的监理公司都交了100万元的意向金，你们一分也没交，我们公司的股东、高管意见很大。"

朋友L说："那要交多少？""要么你们交个20万元意思意思？"他当时想，合同都已经签了，而且利润这么高，这个20万元的意向金一定要交，哪怕打水漂也值得，以此表示诚意。这时，朋友V出面阻拦："董事长，张总如果是四川人，可以交；但他是外地人，不能交！"就是 V 的这句话，为他省下了 20 万元，因为这个项目始终没有启动。如果交了，就是"肉包子打狗"。

后来，一个知情的同学告诉他："这个项目是真的，老板也是真的，操作的来龙去脉是这样的：老板与当地有关单位在一起策划这个项目，由老板去操盘，说好听的是招商，说难听的是空手套白狼！如果有人投资，他就启动项目；如果套不到钱，项目也就无法启动。而前期这些活动经费，就让你们这些急于拿项目的单位出来。你监理公司一个标段要交 100 万元，施工的更不得了，要交 500 万元，甚至 1000 万元。如果项目不启动，倒霉的就是你们这些人，他们是不会亏本的。"张吕通说："我当时根本不知道，还有这么多名堂。"

这些年干下来，他总结，项目在谈时，凡是对方先要他们交钱的，100% 都没有好结果。

九、保持廉洁自律，杜绝"吃拿卡要"陋习

对于国税的一次处罚，张吕通永远不会忘记。他说："这给我上了一堂生动的法律教育课。我们要保持企业健康发展，遵守法规是前提。"

2009 年，张吕通到成都出差时，宁波市国税局突然跑到国冶公司随机抽查，查看财务人员电脑，拿走了全部账目。一周后，他们反馈："你们有虚开小轿车租赁费发票的违法行为。"

与其他行业比，他们给员工发的工资太高了。如果实打实记账，员工要交很高的个人所得税。当时，财税允许企业这样做：员工的私家车，允许公司租用，私车公用，可以开租赁公司的发票做账进成本。

国税局在抽查中发现，三年中，他们的汽车租赁费发票共有 200 多万元，存在虚开的现象。张吕通说："我当时根本不了解财税的有关规定。国税人员在审查账目时，以为我是老板，开着几百万的奔驰，一年 20 万元租赁费也很正常。可是，当他们发现我开的车是凯美瑞时，就判断我虚开了发票。"国税提出：虚开的 200 万元不能进成本，要拿出来作为利润，除了交 25% 的所得税外，还将给予 0.5 倍—5 倍的罚款。

最后，国税通过他们提交的情况说明以及认错态度，在发票认定上核减了一

部分，并从轻处罚，让他们补交了 30 多万元的税款。

"这个教训太深刻了！"由此，张吕通想，我们搞监理的，与施工单位是管理与被管理的关系，所以必须坚决反对伸手向对方"吃拿卡要"。他说："经常有人托我向施工单位推荐使用建筑新材料等，但是我从来不做。"

他在招聘总监时，发现有一位应聘者老赵来自广东，觉得好奇。张吕通说："他讲述的经历，对我触动很大。"

老赵原来供职于湖北某县交通局，后来下海前往广东打工，担任一个公路项目的监理。当时，监理公司发给他的工资很低，每月只有 2000 元；而施工单位每月发他 6000 元。当一个公路项目完成以后，施工单位与业主拉好关系，增加 1500 万元的造价，让他签字。老赵想，这完全是子虚乌有，一旦暴露，严重违法，坚决不签。后来，施工单位打电话给监理公司老总，共同给他施压，他仍然拒签。施工方扬言要动用黑社会来修理他，他一听，惹不起，干脆连夜跑了。

为了防止监理中的不法行为，他在内部管理上严格要求，对"吃拿卡要"性质恶劣的总监，不讲情面，一律开除。

有一年，杭州铁路分局在宁波投资建设一个住宅小区。他们中标以后，派去了总监 K。K 去了以后，以家里经济困难为由，向施工老板借了两万元，而对方答应也很爽快。

一次，施工老板在一次饭局中喝多了，说自己如何如何乐于助人，帮助别人解决困难，并列举了借给总监 K 两万元现金的事。张吕通听到消息后，非常生气。第二天一大早，他就把 K 叫到办公室问话。K 解释说："我确实是向他借的，我会还的。"他吼道："作为总监，全世界的人都可以借，唯独不能向他借！你马上写个辞职报告吧，我这里，你是待不下去了！"

还有一位分公司的总监 N，也犯过类似错误。他监理的一个项目，由于工程调整，投资额增加了 500 万元。总监 N 对包工头说："项目增加了不少工作量，我要求分到新增利润的一半，否则我不给你签字。"施工老板向国冶公司投诉后，张吕通根本不敢相信：总监哪有这么大的胆子？他马上责令分公司经理处理，这时，施工老板拿出手机，放出了现场录音。

事实查清后，他马上下令把这位总监辞退了。他说："对这种违法乱纪的事，我们发现一起，处理一起，决不姑息、迁就！"

每逢招人，张吕通在签订合同时，都要求对方承诺——不得向施工单位"吃拿卡要"，而且言明：一经发现，双倍处罚，予以辞退。

十、标书制作无小事，细节决定成败

千里之堤，溃于蚁穴。关键之处，慎之又慎。

当年，张吕通非常看好投资两亿多元的宁波某体育馆建设项目，一直在盯着。如果能拿下监理业务，利润将近200万元。可是，由于办公室人员在做标书时粗心大意，结果，与这个项目擦肩而过。

当时，招标文件要求：商标和技术标分开包装，在投标时分成两个包。他们办公室人员忽视了这个细节，竟然把两个标合在一起，包成了一个包。当这个包送到招标单位后，马上被专家鉴定为废标。失误之后，无法补救。

还有一次，他们与同行合作投标，参与宁波地铁的一个建设项目。招标文件指出，投标书一定要在自己的电脑里，通过专有软件打印，使每一页都带有水墨印。投标前，他们双方通过商量，认为要修改报价。于是，就从标书中抽出一张纸进行修改。由于时间紧，标书制作人忽视了上述细节，就近在街头小店里打印了一张，放进去装订成册。结果，偏偏就是因为这一张纸没有水墨印，又被鉴定为废标。

2006年，AK市要建一个训练基地。朋友M带着张吕通去见项目主管单位的局长。见面以后，他谈起这个项目时，局长就说："项目在我们这里建设，就按当地的规矩办：由我们当地组织招标、当地企业投标。"他们局下面有一个监理公司，垄断了当地的业务市场，外地的企业根本进不了。"局长，今天请你不要打官腔！"M觉得这样操作不合法，就据理力争："你们这是地方保护主义！这个项目，如果你们不公正操作，我们就向上反映。"没想到，这一招，竟然把局长给镇住了。真是高手在民间啊！后来，通过公正招标、评标，他获得了这个项目的监理权。

DH县要造某局大楼，张吕通听说后非常高兴，或许可以拿到监理项目做做，因为他的战友J在市某局担任要职。他托J打听一下项目的情况，对方回复："我跟R局长联系过，确实有这个项目，你们直接去找他问问清楚吧。"他很开心，觉得希望很大，就带着资料跑到DH县某局。他敲开R局长办公室的大门后，R

把他挡在门外："你是谁啊？"他说："我是 J 的战友，他让我来找您。听说你们要盖新大楼，我想向您汇报一下。"R 突然说："我们的招标是公平公正的，一切按程序办，而且是专家评标。再说，你也不要让 J 领导为难。"这时，我突然傻站在那里，非常尴尬，觉得这下没戏了。R 接着说："你今天无须向我汇报，如果真有实力的话，你就把标书做好，征服评委。"听 R 这么说，他又有了信心：之所以找 R，不就是担心他们照顾其他关系户吗？

于是，他回来以后，认认真真地做好标书，特别是在监理措施方面，围绕项目特点做了一些细节处理。结果，他没有花一分钱，通过正当渠道中了这个标。

十一、两场官司，正义迟到但没有缺席

张吕通说："建设领域陷阱多，需要练就一双火眼金睛。前些年，我也呛过水。"例如，武夷山的通用机场号称投资 25 亿元，他跟踪了一段时间。后来，三个股东中的一个拿不出钱，散伙了。期间，他交的 5 万元定金不知道向谁索要。同样，厦门石狮通用机场号称投资 50 亿元，后来项目没有启动，他交的 10 万元定金也不知去向，泡汤了。

他说："额度小的，实在是没有精力去追讨；额度大的，还是不能放弃！这些年来，没有人来起诉我，都是我在起诉别人。"

2007 年 8 月，某市房产公司即将开发一个体量很大的项目，住房都在 20 多层，整个工程分三个标段。

房产公司选择国冶公司担任第三标段项目监理，监理费 320 万元。"能吃到这块肥肉，我们当时还挺高兴。"张吕通说，"当看到工期只有 16 个月时，我认为太短了，根本无法完成。"

房产公司老总说："市领导紧盯着这个项目，我们绝对不会耽误工期。"他说："我凭借多年的监理经验判断，时间太紧了，这个合同难以执行。如果签了，后遗症很多。"房产公司老总问："你说怎么办？""您如果一定要这么干，那合同增加一条：按中标价的标准每延期一月，增加监理费 20 万元。"最后，双方商定：延期两个月免费，之后每超过一个月，增加延期监理费 20 万元。

最后，这个项目竟然做了 36 个月，相当于延期了 20 个月。2010 年 9 月，按

照合同结算账目后，房产公司还欠监理费 200 多万元。

　　张吕通回忆："竣工后办手续，房产公司要让我盖章。这时，我提出要结清监理费。"房产公司老总说："外面还欠我几个亿，我哪有钱给你？""你不给钱，这个字不能签！"经过一番口舌，房产公司老总说："我三天之内给你 100 万元，剩下的年底再给！""太少了。""先给 150 万总行了吧？"

　　张吕通叫办公室的工作人员办好监理手续，并盖好章送给房产公司。当工作人员走出大门后，他一想，不对，万一对方要赖怎么办？口说无凭啊！于是，他打电话让工作人员马上回来。他按照对方的口吻，起草了一份承诺书，上面写了三条：一、三天内付 150 万元。二、余款在今年 12 月 31 日前付清。三、如果违约，双倍支付。接着，他和办公室的工作人员一起前往房产公司。房产公司老总看了承诺书以后，生气地说："你还要求双倍还款，你是土匪啊！""我的本意并不是要赚你的黑钱，是促使你信守承诺，按时足额兑现！你如果不签的话，我就走人。"对方看他较真，只好签字盖章。

　　谁知，第三天下午，房产公司打来电话："张总，实在对不起！办事员和老总的字都签了，审计通不过，卡住了。"张吕通说："我一听就是借口！审计如果不同意，前面的延期监理费是怎么支付给我的呢？"

　　为了追款，张吕通在一年的时间里，上门找了六次，对方都以各种理由拒绝付款。他想，这下，只有打官司了。因为对方经常推脱说："工程延期，监理也有责任。"他担心久拖不决，同时对自己能不能完全打赢心里没底，于是就向一位法官战友咨询。战友看到他提交的承诺书以后，信心满满地说，这不是监理合同纠纷，而是欠债不还的问题。他起诉后，一审法院马上判他胜诉。对方不服，上诉中院仍败诉，后一直上诉到省高级人民法院，最后还是落了一个"维持原判"的结果。

　　在法院执行中，对方虽然把 200 多万元的监理费交了，但拒绝支付 100 多万元的逾期利息。"你这么不诚信，我一定要给你一个教训，必须一分不少地拿回自己的钱！"在他百折不挠的努力下，对方慑于法律威严，不得不履行了义务。

　　值得一提的是，这个项目另外两标段的两家监理单位也同样被延期了 20 个月，由于他们维权意识淡薄，没有拿到一分钱的逾期监理费。

　　2011 年，四川的一位中介人 Y 给张吕通打来电话："我们乐山有一个建设项目，

370

下个月就要开工，监理费有 700 多万元。请你过来看看。"双方见面以后商定：如果拿下这个项目，Y 提取业务费 100 万元。

在与建设单位签订监理合同后的第三天，张吕通按照 Y 的要求，分两次向 Y 汇款 30 万元业务费。可没想到的是，等了两年，这个项目最后还是泡汤了。他说："我请 Y 把 30 万元退回来，她始终置之不理。我想到了打官司。"他先后在成都、宁波询问了八位律师。大家都说，Y 实际上是中间咨询的角色，既然监理合同已经签订了，他的任务也就完成了，这个官司打不赢。既然这样，他自认倒霉。

有心栽花花不开，无心插柳柳成荫。有一次，张吕通去成都时途经重庆跟几位同学在一起吃饭时，无意中提到此事。其中一位同学说："我认识一位律师，他曾经当过法官，后来辞职下海，在当地名气很大，要不要试一试？"在同学的介绍下，张吕通跟律师 S 见了面。双方商定，这个案子由 S 来打，他支付 5000 元旅差费。如果官司打赢了，他将到账的 20% 支付给 S，作为律师费。如果官司打输了，两讫。

回到宁波后，他想起了一张纸条。当初，他与中介人 Y 喝茶谈合作时，Y 拿出一张纸条给他看，并说："我与建设单位的老总签订了一份协议，给了他 30 万元。"不知 Y 是有意还是无意，把条子放在茶桌上提前走了。他离开时，顺手把条子收起。

"这个条子有用吗？"他把这个细节告诉了律师 S。S 说："非常有用！"

张吕通说："当时，我并没有抱多大希望。然而，这位律师非常用心，采取了智取的办法。"S 在代理上诉时，要求解除与建设单位的监理合同，同时把中介人 Y 作为第三方。

在法庭调解环节，S 指出："我方给中介人 Y 30 万元。Y 说，他把钱给了建设单位老总。"建设单位老总当场反驳："我没有与中介人 Y 签过任何协议，也没有拿过 Y 一分钱。"这时，Y 的律师发现情况不妙，这样指证下去，Y 有诈骗犯罪的嫌疑，于是当场表示，愿意私下和解。最终，Y 吐出了这笔不该贪的钱。

搏击潮头养海参

——山东烟台乾源海水养殖有限公司总经理邴歧升创业纪实

人物介绍

　　郇歧升，1961 年 7 月生，山东省莱西市人。1980 年 11 月入伍，在中国人民解放军内长山要塞区船运大队服役。1982 年 9 月—1984 年 7 月，在济南陆军学校通信专业学习。1984 年 7 月，在内长山要塞区后勤部工作。1986 年 8 月，在内长山要塞区船运大队工作。2002 年从后勤处长岗位转业，选择自主择业。2003 年，创办蓬莱市乾元水产养殖公司。2006 年，创办烟台乾源海水养殖有限公司。

　　他通过二十年的艰苦奋斗，走出了一条成功之路。如今，他的海区养参面积达 1.2 万亩，年产海参 10 万斤。他靠诚信积累了 300 多家客户。

　　我的故乡蓬莱是个偎山抱海的古城，城不大，风景却别致。特别是城北丹崖山峭壁上那座凌空欲飞的蓬莱阁，更有气势。你倚在阁上，一望那海天茫茫、空明澄碧的景色，真可以把你的五脏六腑都洗得干干净净。这还不足为奇，最奇的是海上偶然间出现的幻景，叫海市……

　　读了杨朔的散文《海市蜃楼》，让我知道了蓬莱。他通过赞美海市，满怀激情地讴歌了人们创造的美好的现实生活。

　　2002 年，42 岁的郗歧升从工作了 22 年的军营转业到地方，选择自主择业的安置方式，在山东省烟台市蓬莱区从事大海捞"金"，拓出了海参养殖一片天。

　　作为"海产八珍"之首，"烟台海参"以其不含胆固醇、可以提高人体免疫力而被视为滋补强身的珍品。提起蓬莱长岛海参，清代政治家、文学家纪晓岚在《长岛海参馆记》中盛赞："海参如阶，亦有品级。自秦汉始，长岛产参为历朝贡品，谓之上品，民间鲜得一尝。"如今，这一珍贵食材随着养殖技术的提高和面积的扩大，也能"飞入寻常百姓家"。

　　烟台市在北纬 38 度附近，光照充足、浅湾密布、波流平缓，是海参栖息繁衍的原生态良场。目前，该市整合海参育苗、养殖、加工、贸易、规范管理、科学服务、品牌推广以及专业研究等资源，已经形成了海参产业集群优势。据 2022 年底统计，全市出苗量超过 250 亿头，是全国最大的海参苗种繁育基地；海参养殖面积 58.9 万亩，底播增殖养成占 90%；海参产量 2.63 万吨，约占全国 15%。

　　郗歧升在创业前期，要资金没资金，要技术没技术，算得上"一穷二白"。创业过程中，他曾经遭遇过多次失败，甚至到了"上无片瓦、下无立锥之地"的窘境。但是，他凭借军人永不言败的精神，努力拼搏，终于获得了成功。如今，他的海区养参面积达 1.2 万亩，年产海参 10 万斤。他靠诚信积累了 300 多家客户。每年 4 月底至 6 月 21 日，散户蜂拥而至，成了一道特别的风景。

　　谈到创业体会时，他说："部队培养的吃苦精神和务实作风是我一生的宝贵财富，这将激励我继续奋斗下去！"

一、听完老教授的一堂课，他摩拳擦掌，决定养殖海参

　　2002 年 7 月，郗歧升从中国人民解放军内长山要塞区船运大队后勤处长的岗位上转业。大队政委对他非常关心，特意跑到烟台公路局为他落实了接收单位。当时，他认真学习了军队转业干部有关安置政策。通过反复琢磨，他认为自主择业有两大好处：一是国家的保障政策比较完备，每月都能领到退役金；二是自己如果找到机会，还可以创业。消息传出，亲朋好友都反对："你如果到行政事业单位去工作，多风光啊！要是自主择业，今后连个单位都没有，成了无业游民，说起来多难听。"可是，不管别人怎么劝，他也没有回头。

"要么，我们开个饭店吧！"他想，自己的人缘比较好，这是一个不错的选择。可是，他爱人马上把他怼了回去："你还是算了吧！我在饭店里干过两三年，起早贪黑受苦受累不说，签字赊账的钱不好要啊！"

2002年底，邴歧升参加同学聚会时，一个在烟台大学当教授的老同学建议："你有空可以来我们大学参加海洋经济专题培训，说不定能对你有所启发。"老同学无意间的这句话，引起了他的兴趣。从那以后，他每周都要跑到烟台听课。

2003年2月的一天，邴歧升参加了一个海参育苗与养殖的讲座。负责讲课的中科院青岛海洋研究所的老教授，讲授了有关海参的营养价值和养殖技术。教授意味深长地说："随着人们生活水平的提高，大家一定会寻求更好的保健品来保养身体。而海参有'海底黄金''百补之王'的美誉，营养丰富，又取自天然，就像一座金山，等待着人们去挖掘。"特别是，教授说起这个行业的发展走势时，在黑板上画了一条快速增长的斜线。这个动作在邴歧升的心里，瞬间激起了巨大的波澜。

说干就干，邴歧升雷厉风行。这时，他爱人阻拦说："隔行如隔山。咱们对海参养殖一窍不通，养这个能挣着钱吗？"这样的担忧，也曾在他的心头无数次闪过，但是不尝试就放弃不是老邴的性格，行不行只有试过了才知道。他说："当时，蓬莱的海参育苗刚刚起步。我最后说服了爱人，决定在这个行业里闯一闯！"

不干不知道，一干才体会到哪有想象得那么简单！

邴歧升既没有急于买种参，也没有急于建养殖场，而是想去育苗厂打工。当时，许多认识他的人都不理解，甚至有人还挖苦嘲笑；而他只能无奈地摇摇头——因为他深知，创业不能打无准备之仗，既然自己不懂海参殖技术，学到手艺才是当务之急。

当时，他爱人的一个熟人在威海市乳山搞海参养殖。他拨通对方电话以后，做了自我介绍，然后说："我想跟着你后面学三个月，算是给你免费打工，只要你管我吃住就行了！"对方同意后，他于3月初跑到了300多里外的乳山海边养殖场。

海参育苗大棚里，昏暗、闷热、潮湿，即使什么都不干，都会闷出一身汗。他每天做又脏又累的体力活，来来回回搬运饲料，清理卫生。一天干下来，筋疲力尽，连说话的力气都没有了。为了实现自己的梦想，他只能咬咬牙坚持。

干了一个多月，郇歧升回了一趟家。爱人看了，都不敢认他了。原来，干净整洁的老郇留起了长发，胡茬扎手，脸晒黑了，手上也长出了厚厚的茧子，大冷天里裹着一件又脏又臭的军大衣。看到这些，他爱人心疼不已，劝他放弃："就算现在啥也不干，你的退役金也够全家吃喝了，你为什么非得跟自己过不去呢？"可他憨憨一笑，还是要坚持。

海参养殖对于海水水质的要求比较高。他说，建设育苗水池，通常选择没有淡水、污水流入的海边。在大棚的池里，有水管连接大海获取海水，还设有供氧装置。

那时培育海参苗，由于技术不成熟，加上设备简陋，每年四月底、五月初这个时间才能育苗。他说："不像现在，有先进的技术和设备，一年可以培育两季。"

在养殖厂，郇歧升了解到，海参在苗种选育上，通常选择体长大于20厘米、体重大于250克、活力强、无损伤的亲参，在人工干预下繁殖。而海参卵是从培育亲参的企业那里买来的。等到海参繁殖时，将参母一斤一个地放进池中，经过受精，慢慢地，海参宝宝爬满了网片不断生长。四个月后，厂家把海参苗出售给当地的养殖户。

其中，购买海参卵是一个重要环节。亲参的企业准备好一个量杯、两根吸管、一点碘和一台显微镜后，由专业人员用一根吸管对着装有海参卵的量杯进行吹气，再用另一根吸管吸取一毫升的水。卖方将带有海参卵的水放入微量的碘，海参卵便会在水中固定，通过显微镜便能观察到一毫升水里的海参卵的数量。这样，便能根据客户采购卵的数量，计算出需要抽出多少含卵水就可以了。

因为育苗室的水温要保持在15℃—18℃，所以厂家还建设了锅炉房，以便冬天为海参供暖。

经过了三个多月的学习，郇歧升了解了海参育苗的程序和方法，这让他成竹在胸。

二、顶着巨大压力，呕心沥血办起育苗场，取得可观收益

当时，建一座海参育苗厂，投资额度比较大。而在银行贷款，需要担保或者抵押。对于这种项目，一不小心便满盘皆输，这让不少人望而却步。

这时，邴歧升听到一个好消息：有位老板在蓬莱的海边建起了一座养殖厂，因为另有发展，突然想转让。事不宜迟，他跑去侦查了一番。原来，这家小厂占地面积只有 4 亩，里面建有塑料大棚工作间、育苗池。池中可以容纳 500 立方米水体，有管道与大海连接，抽放海水非常方便。

"规模小、投资少，挺合适。"他看中了以后，与对方来来回回谈了很多次，最后以 28 万元成交。

邴歧升说："当时，村里的租地费是每年每亩 150 元，我一下付清了 30 年的租金，共 1.8 万元。再加上自己增添设备也要花钱，几项累加起来，总共支出 30 多万元。"那时，他的转业费只有三万多元，自主择业只是多拿了两万元，剩下的全是借款。

"2003 年 7 月 23 日，是我永远记住的日子。"邴歧升说，那一天，他正式创办蓬莱市乾元水产养殖公司。"当时，厂里条件非常简陋，我和爱人搬进去，吃住都在那里。为了省钱，我只请了小舅子一人来帮忙。"

这一年，等他把养殖厂打理完毕后，已到 8 月，错过了购买参卵育苗的时机，只好在别人那里买来海参小苗继续养殖。一斤苗有三五千个，售价 1300 元左右。那次，他买了 100 多斤，花了十多万元。

"虽说之前给别人打工的时候学到了不少知识，但是单枪匹马自己育种又是另一回事。"他说，养殖海参技术要求高，一旦失误，损失很大，甚至血本无归。于是，他经常到新华书店买专业书籍和教学光盘来看。那时，技术员很吃香，他也聘请了一位，有问题就向对方请教。

他说："为什么海参的营养价值高呢？因为它吃海藻之类，再加上其他营养成分，所以饲料由专业人员加工生产，售价比较贵。"

从此，他天天泡在育苗大棚里，过起了既是老板又是伙计的日子。每天早上天不亮，他就起床忙开了。一个大棚，通常需要六个人照看；而他的大棚里，因为人少，工作量翻倍。

辛勤的汗水，换来了丰硕的劳动成果。虽然他们工厂规模太小，产量很低，但是干了三个多月，到了 11 月份，他把培育的苗都卖出去以后，付给技术员劳务费 4 万元，净赚了 10 万元。这个结果，令他信心大增。

初尝成功的喜悦之后，郏歧升迫不及待地准备扩大规模。2004 年，他在工厂旁边，又租借了五亩苞米地。这时，每亩的年租金变成了 200 元。租用 30 年，他一次性支付了三万元。

但很快，他就遇到了一个巨大的麻烦——资金缺口。按照计划，这次的投资大约需要花费 70 多万元，这对郏歧升来说是一个天文数字。那时候，一个月的退役金只有两千多元，怎么才能凑齐呢？他与妻子商量之后，又走了一步险棋——将自己唯一的一套住房抵押给了银行。这也就意味着，如果投资失败，他们将无家可归。

此时，该借的地方都借了，还差 5 万元，郏歧升急得团团转。为了从银行贷到这笔款，他在走投无路之际，抱着试试看的心理，找到了蓬莱市人社局军转服务处，说明自己遇到的实际困难，希望组织能够帮助渡过难关。服务处的一位科长了解具体情况后，马上给他开好工资收入证明，并帮忙联系了银行。很快，郏歧升就拿到了 5 万元贷款。如今，说起这件事，他还念念不忘："当时我整个人都快要垮掉了。这笔钱，真是雪中送炭啊！在我最需要的时候，组织非常给力！"

郏歧升顶着巨大的压力，完成了养殖基地的扩建。这时，工厂占地达到 9 亩，水体扩大到 1200 立方米。

这年 4 月育苗，他们的劳动强度进一步加大，可人手并没有增加。他们每天裹着脏兮兮的面包服，穿着大水靴，穿梭在育苗大棚的每个角落。渴了、饿了，他们就随便对付一下；困了，就在大棚里眯一会儿，一刻也不放松地盯着这些育种的海参。

海参属于体外受精的动物。所谓人工育苗，就是通过人工干预增加卵子的受精率，从而提高成活率。海参排卵和排精是在晚上进行的，所以，他为了防止出现意外，经常彻夜难眠，精心地看管。

其实，对他来说，体力上的劳累也许还不算什么，精神上承受的巨大压力常常让他喘不过气来——要保证育苗大棚的正常运转，煤、水、电、饲料等各个方面都需要资金支撑，多的时候一天就要支出几千元甚至上万元。而银行贷来的资金也在不断减少，这意味着资金链一旦断掉，所有的努力都将化作泡影。一下子，邴歧升似乎苍老了很多。

功夫不负有心人。这一年，养海参，他收益更加可观，赚了 30 多万元。

三、贸然决定培育虾夷扇贝苗，造成巨额亏损

杨朔在《海市蜃楼》中写道——

立冬小雪，正是渔民拉干贝的季节。渔船都扬起白帆，往来拉网，仿佛是成群结队翩翩飞舞的白蝴蝶。干贝、鲍鱼、海参一类东西，本来是极珍贵的海味。你到渔业生产队去，人家留你吃饭，除了鲅鱼子、燕儿鱼丸子而外，如果端出雪白鲜嫩的新干贝，或者是刚出海的鲍鱼，你一点不用大惊小怪，以为是大摆筵席，其实平常。

捕捞这些海产却是很费力气的。哪儿有悬崖陡壁，海水又深，哪儿才盛产干贝、鲍鱼等。我去参观过一次"碰"鲍鱼的。干这行的渔民都是中年人，水性好，经验多，每人带一把小铲，一个葫芦，葫芦下面系着一张小网。趁落潮的时候，水比较浅，渔民戴好水镜，先在水里四处游着，透过水镜望着海底。一发现鲍鱼，便丢下葫芦钻进水底下去。鲍鱼也是个怪玩意儿，只有半面壳，附在礁石上，要是你一铲子铲不下来，砸烂它的壳，再也休想拿得下来。

冬天，是烟台扇贝的收获季节。你如果到了东口码头，就处处可见"割丁工"熟练地割着扇贝丁，翻飞的手指和割刀让人眼花缭乱，成为码头上的一道别样的风景。

世界上产出的扇贝有 60 多种，中国占了一半，可以养殖的扇贝有海湾扇贝、虾夷扇贝和栉孔扇贝等。

到了 2004 年秋末，邴歧升农闲没事干，决定培育虾夷扇贝苗，卖给养殖户。他说，主要原因：一、这与海参育苗的时间错开了，二者不冲突，而且设备、水体可以共享；第二，养殖这种贝类，一个苗的价格是一分多，很挣钱。"既然市场需求这么大，如果能卖三五亿个苗，不就来钱了？"

养殖虾夷扇贝，投资需要五十多万元。他把养海参赚的钱放进去，还是远

远不够。于是，他挨个去找亲朋好友，能借的都借了。在他的努力下，这个项目如期启动。

虾夷扇贝属于冷水性贝类，5℃—20℃是最适合它生长的水温。在低于5℃水温的条件下，生长缓慢；0℃以下停止生长。它不耐高温，当水温高于23℃时活动能力减弱或停止活动，并逐渐死亡。它对盐度的适应范围小，最适合生长的盐度是25‰—33‰。它耐干露能力差，在气温28℃时，壳高2cm的贝苗，露空16小时会全部死亡。

在大棚海水池里育苗时，他按照虾夷扇贝的生活习性，按时分苗，掌握放养密度，加强日常管理。虾夷扇贝为滤食性贝类，杂食性，摄食细小的浮游植物和浮游动物、细菌以及有机碎屑等。他千方百计寻找这样的饵料。

通过努力，他获得了丰收，虾夷扇贝苗个个像黄豆那么大。但令他没想到的是，许多人跟他有同样想法，只看到赚钱，一哄而上。等虾夷贝苗上市时，市场供大于求，卖成了"白菜价"——原来的一个苗值一分多，变成了一个苗卖几厘，到最后几乎是白给。

这样，他投入的成本几乎赔光。他说："大家一看到有钱赚，就仓促上阵，盲目大量投入，失败后钱都打水漂了。这样做，是对整个行业的扼杀。"

那时候，50万元可不是一个小数目啊！他说："我爱人在精神上受到了很大打击，在床上躺了好几天，不吃不喝，也不说话。我心里虽然非常内疚，但还是耐心地劝她，我们在哪里失败就从哪里爬起来，从头再来，任何时候都不能灰心丧气！"

2005年，到了海参育苗时节，养殖户也多了起来。最后，售价每斤只有几百元了。他说："在这样的状况下，我还挣了30多万元，弥补了一下之前的损失。"

到了秋末，他决定再闯一闯，继续培育虾夷扇贝苗。他说："当时，许多人因为亏损过，表示放弃。我想，这也许正是自己的商机，商战也需要出其不意。再说，我对上次的失败一直很不服气。"

没想到，这次不但不挣钱，反而赔得更惨——80多万元！当然，这次损失虽然很大，但他们的心理承受能力比以前强大了。

军人的个性，就是愈挫愈勇，路在脚下。他说："当兵的人，没有吃不了的苦，没有受不了的委屈。我已经把一切都押上了，没有退路，只能一直往前走，期望东山再起。我始终相信部队流行的一句话：办法总比困难多，再难攻的堡垒也要攻下来！"

"我爱人吃的苦太多了。"采访中，邴歧升在表示歉意时说："我们的亲朋好友出了不少力。在我最窘迫的时候，他们雪中送炭给予支持。我一辈子也不会忘记他们，特别是我爱人的娘家亲戚！"

今后的路该怎么走？逆境之时，他暗暗立下誓言：那就让养殖海参来弥补吧！

四、将海参养殖地点从陆地大池移至"海洋牧场"

早在 2004 年，邴歧升在距离蓬莱城 50 多里的刘家沟镇朱家庄村，承包了一片临岸海区，面积 1000 多亩，用于放养海参苗。这里多是海平面下 4 米—6 米的海床，阳光充足、海藻较多，特别适合海参的生长。合同中，养殖海区的范围用经纬度划定。

投苗，分别在每年的春、秋两个季节。

当小小的海参苗在育苗车间长到一定标准时，邴歧升就会把它们投放到"海洋牧场"中继续生长。海参苗在自然海域中生长 4 年左右，个体达到 200 克左右，这时进行回捕。他说："养殖时，我们把海参苗放进海底就行了。海参在海底的活动半径只有 15 米左右，不用担心它们会跑掉。现在，随着科学的发展，除了八月育苗有困难，其他时间都能育出苗来。"

为了下海方便，需要小船。他去买了红松、槐树等木料，烘干，然后请当地的渔民造了两条小船。接着，凭借养殖证，到当地海洋与渔业水产局办理养殖渔船证书。

在大海里，管理海参是个技术活。现场，由技术人员跟踪管理。"自从有了海区，我就配备了年轻的潜水员。他们经常潜到海底去看看海参长势情况，发现问题及时解决。到了收获季节，他们负责捕捞海参。"出海作业时，他们在小船上装上柴油机，以便带动空压机，将氧气通过管子放到海里，供潜水员呼吸。

他说："我把承包费交给朱家庄村以后，邻村也想争吃这块肥肉，与朱家庄发生海区争议，甚至打了起来。这样，那个邻村每天安排村民站岗，一旦发现我们公司的员工来了，就上前阻拦，不让我们的小船下海作业。就这样，一折腾就是四五年，真叫人崩溃啊！"直到 2009 年，烟台市有关部门出面协调，明确了两个村的海区划界，解决了双方的纠纷，他才安下心来养海参。

接着，他向当地海洋与渔业水产局租下了 1.1 万亩的远海海区，使养殖面积扩大到 1.2 万亩。自从有了这一大片海区，他从银行贷款就变得很方便了：凭借海区承包合同，可以贷款上百万元。

2009 年，他买下了 30 亩地，建设高效农业基地，进一步扩大海参育苗规模。他还投资 1000 多万元建造育苗池，水体达到 1.5 万立方米，其中池深为 1.2 米—1.8 米。2012 年，建成投产。

"安源 1 号"品种生长周期长、个体大、刺长壮、肉肥厚，是上品刺参中的精品。他从安源种业买来亲参的卵自己培育。海参苗的培育周期，夏季需要 4 个月，冬季需要 6 个月。

为了提高海参育苗放归大海的成活率，他在大棚催生、孵化之后，增加了围塘圈养环节。他在海边建一个大围塘，中间吊着一个个网箱，培育海参手捡苗，其他空间还可以套养基围虾。等海参苗在围塘圈养一年后，适应环境了，再把它们捞起来投送到大海里去。他说："我每年向大海里投苗两万斤左右，成活率达到 85%，这是一个很高的比例。"

就这样，每年，他都放苗，就像滚雪球一样，"海洋牧场"的海参"越滚越多"。

随着养殖范围的扩大，他的小木船也在一条一条地不断增加，目前已经有了十条。他说，现在，有关部门管紧了，要求渔船总功率不能超过养殖海区规定的核定总功率。

海参苗投下去时有大有小，有的长得快，有的长得慢。他说："2005 年霜降以后，有的长到三四两，我就开始捕获了。第一批卖了 6 万元。那时便宜，从水里捞起的鲜活海参每斤才 45 元。"

海参每年两次休眠，分冬眠和夏眠，这时它们不吃不喝。每年 4 月初到 6 月21 日夏至前，它们全部在外面活动。到了夏至，又立马见不到了——它们趴在石头缝里休眠。"海参吃海里的藻类。在大海放养，我从来不投饲料。"他说，海上有潮汐变化，涨潮时，海面像发洪水一样升高；落潮时，海面又呼呼下沉，所以海底经常是暗流涌动。如果投料，不知被急流卷到什么地方，使用效率很低。

郏歧升说，底播养殖没有人工干预，最接近海参自然生长环境。海参在自然的水域中自行摄食，其营养价值更高。在口感方面，底播海参相比棚养海参更有嚼劲。

五、科学施策，诚信经营，致富之路越走越宽

2011 年，乾源公司有了三名党员。邰歧升说："当时，我想，我们每一名党员都不能游离了组织，就向刘家沟镇党委提出申请，成立了党支部。在抓好组织生活方面，我在部队学了几招，充分发挥了党支部的战斗堡垒作用和党员的先锋模范作用。"从此，企业的发展思路越来越清晰，管理越来越正规，经济效益也越来越好。

"三个臭皮匠，顶个诸葛亮。"2012 年，邰歧升在支部讨论研究后，做出了一个大胆的决定：筹钱买了 200 多万元的石头，直接投放到海参养殖区里。

消息一出，许多人都议论纷纷，难以理解："拿这笔巨款干什么不好，偏要买石头扔到海里，要打水漂了。"面对质疑，他没有急于去解释，因为他明白，这些石头都是宝贝，能够给自己带来更多的财富。

由于海参的独特栖息习性，在冬夏两季休眠期，它们总会找安全隐蔽的石头缝栖息。往海中投放石头，就等于给海参盖出更多的房子，让它们安稳地住下来，大大提高了养殖效益。另外，大量的石头也为其他海洋生物提供了良好的生活环境，丰富的生态系统为海参提供了更多的食物。这样一来，海参在数量和质量上都有了很大的提高。从长远的收益来看，邰歧升"种下了一棵棵摇钱树"。

如今，海中投石这项技术的优势已经逐渐显现，从投苗后的留苗情况来看，被投进大海的海参苗都乖乖地待在了原地。这些年下来，出产的成品海参会比传统的养殖方式增长一倍左右。他说："我是用买石头的钱来换卖海参的钱。一斤石头能值几个钱？可是一斤海参就值钱了。我现在是一次投资终身受益啊！"

同时，他按照卫生许可等法律法规的要求，建设了鲜活海参加工车间，为顾客提供包装产品。

伴随 2012 年开始的高端消费受限，加上福建、广东大批"北参南养"，导致海参价格一路走低，育苗、养殖、加工等全产业链出现下行。他说："那年末，我在大棚里培育越冬苗，计划第二年春天出售。最后，价格太便宜了，三斤苗才

卖 100 元。"同时，海参价格也从原来每斤 120 元跌到了 40 元。当时，很多养殖户坚持不下去了，只能被迫转行。这样的情况，一直持续到 2016 年底。

2017 年，随着海参消费群体渐渐增多，市场开始回暖。从此，他的海参养殖事业一直保持着良好的发展势头，年产量为 10 万斤。

据烟台市海参协会发布的消息，近几年，野生鲜参每斤约 120 元、潮间带鲜参约 90 元、北方池养鲜参约 80 元、南方海参约 60 元；以 24 斤加工一斤干参计算，可知每斤纯淡干海参成本价格分别为 3360 元、2160 元、1920 元、1440 元。海参市场正在不断净化。

目前，乾源公司有 8 名固定员工。收获季节，临时工最多有 40 多人。

2018 年，烟台市水产研究所成功注册了"烟台海参"地理标志商标。乾源公司通过申请，获得了合法使用权。

收获海参，本来是一年两季。春季，在 4 月底至 6 月 21 日。可是冬季霜降以后，烟台北面海域受北方冷空气影响太大，海参产量极低，也给海底捕捞作业带来很多困难。所以，在烟台，春季捕捞海参是一年的重头戏。

郝歧升说："每到春末，我这片海域，一般需要三四个潜水员。他们下海作业，捞的海参越多，赚的钱也越多。一般情况下，每人每天能赚到 6000 元左右，一月能赚到一二十万元。"

关于销售，这几年，乾源公司的海参向 6 家公司固定供货；同时，有 300 多家散户在他们这里购买鲜活的海参，拿回去自己加工、出售。他说："我的客户为什么这么多？因为我很诚信，除了价格公道外，从不以次充好欺骗别人。收获时节，散客每天哗哗地到这边进货。因为客户太多，我们来不及供应，他们就排队等着。"公司为了不让他们饿着肚子，每天中午为大家提供饭菜。他还经常嘱咐厨师："他们是客户，也是我的亲人，你们要把伙食调节得更好，让大家吃得满意。"

谈起网上流传"在海参养殖池中放敌敌畏""有人给海参喂避孕药催肥"的信息时，郝歧升说："我感到很可笑，这是不懂才说的外行话，根本不可信！其实，海参是很娇贵的，我们一点都不敢疏忽。我们育苗所用的饲料，都是专业厂家生产的。如果质量有一点问题，参苗就会死亡。所以，养殖环节是非常正规的。"

现在，郝歧升成功了。经常有人劝他，用不着那么拼命，现在就算什么也不干，这么多的资产也够全家好吃好喝一辈子。可他并不这么认为："如果我想过安逸的生活，当初就不会选择这个完全陌生的行业。咱是当兵的人，吃苦受累都不怕，人得活出点精气神来！"

采访后，邴歧升通过微信给我发来一段杨绛语录：一个人的成长，必定是从撕心裂肺的痛苦中淬炼而来，从精益求精的磨练中锻造而来。人生其实是很公平的。在哪里付出，就在哪里得到；在哪里打磨，就在哪里闪耀。你把时间花在哪里，你的成就就在哪里。时间不负有心人。等你埋头走了很长的路，抬头时就可看见满天星辰。

这段话，正是对他创业经历的最好诠释。

"小衣架"拓开"大市场"

——绍兴市柯桥区盈丰竹木制品厂厂长宋建敏创业纪实

人物介绍

  宋建敏，1963年5月生，浙江省绍兴市人。1981年10月—1984年10月，在舟嵊要塞区守备第五师二营服役。1984年12月，在绍兴市柯桥区王化乡办起了第一家五交化商店。1994年9月，创办了绍兴市柯桥区盈丰竹木制品厂。

  宋建敏于2020年，被绍兴市柯桥区评为"最美退役军人"。2021年底，被评为第四季度"柯桥好人"。

  宋建敏于2018年10月，在绍兴市柯桥区平水镇宋家店自然村建起"军人之家"驿站。至今，已经累计投入400万元。驿站为全国各地的退役军人免费提供住宿、参观，以及厨房、餐厅等服务，接待人数超过10000人。目前，该驿站已经被评为全国"示范型"、全省"枫桥式"退役军人服务站。

　　绍兴柯桥，素有"东方威尼斯"之美称，是中国著名的水乡、桥乡、酒乡、书法之乡、戏曲之乡和名士之乡。战友宋建敏就是在这片土地上创业成功的。

　　宋建敏是那种瞄准目标积极奋斗的人。当年在部队，他非常珍惜来之不易的沸腾生活。刚入军营，津贴费每月只有七元，他花了五元买了一本《新华字典》。入伍期间，他利用空余时间一字不漏地抄写了三遍。

宋建敏（左一）与战友们在一起

　　宋建敏说："我当的是炮兵，测距、计算是一项技术活。日复一日的枯燥训练，培养了我的韧性和耐力。是部队的大熔炉培养了我，所以，我对社会一直充满了感恩。"

　　宋建敏出生于大山深处的平水镇王化村宋家店自然村。从 1994 年开始，他依托当地丰富的毛竹资源，创办了盈丰竹木制品厂，致力开发裤架、牙签和竹筷等三大系列的生活用小竹制品，既带动了当地竹农的致富，更满足了城乡居民的生活必需。

2007年，盈丰竹木制品厂生产的"益鹤牌"衣架等竹制品，拥有70多家代理商，向大半个中国的3.6万家大中型超市供货，成为年收购加工毛竹300万公斤、年产值800万元的绍兴市农业龙头企业。

2018年，他调整了创业思路，将竹木半成品的生产转移到安徽省青阳县。绍兴平水原厂在接受集卡运来的半成品后，再进行组装、出货。

义乌中华日杂用品销售有限公司经理王中华说："我在国际商贸城设有摊位，每天接待来自世界各地的客商。我把宋建敏生产的衣架等产品，卖到全国各地，以及欧洲、南美洲等地。"

在谈到创业经历时，宋建敏说："我们的产品，主要是人工做的，虽然赚的是辛苦钱，但是，在打拼过程中培育的奋斗精神成为我的一笔宝贵财富！"

一、打起家乡"绿林竹海"的主意，开启创业梦想

1984年10月，他退役回到家乡后，发现山路仍然崎岖，交通闭塞，老百姓买一只灯泡、一颗螺丝、一桶油漆，都要跑到25里外的平水镇，而且途中仅有一段马路可以搭乘公交车，一天只有两班。于是，宋建敏向亲戚借了3000元钱，在当时的王化乡政府所在地附近开了第一家五交化商店。

1994年，宋建敏已经在商场历练了十年，有了更高的梦想。眼看着家乡满山遍野的毛竹很少有人问津，许多烂在山上，他想，如果把它做成衣架、筷子、牙签等产品，家家户户都要用，一定有销路。于是，他决定挖掘和利用这些毛竹资源，实现创业梦想，为村民带来经济收益。

1994年9月13日，他在平水镇新桥村租了五间房子，开始了创业之路。

"就地取材虽然容易，但是，要做得美观、实用，技术问题怎么解决呢？"我问了以后，他回答说："我们祖祖辈辈生活在山里，手工做做简单的竹木产品，村民都会。只不过，很少有人会想到把它变成商品，销往大城市。"

在他们宋家店村，就拿宋国军一家来说吧，他们被当地村民称为"竹椅世家"。做一把竹椅，要先挑选竹材，用竹管锯出椅脚与椅肚的竹段；再将椅脚和椅肚连接处以高温火烤，拗弯成90°；接着做椅面，先在椅肚和椅脚上打洞撑入支架，加上边条并用暗榫固定，接着编入细竹条来完成竹椅框架，再进行细节上的榫接

或竹篾编制，最后进行磨光、清洗才算完成。宋建敏说，像宋国军这样做竹椅的手艺人，现在已越来越少见，如果有年轻人愿意传承就更好了。

　　1994年，盈丰竹木制品厂开张的时候，厂里只有十几个人，都是亲戚朋友。宋建敏带着员工把产品做出来以后，自己用摩托车带货，在绍兴地区一家一家地跑超市，费尽口舌进行推销。功夫不负有心人，慢慢地，局面就这样打开了。第一年，他创下16万元的销售额。

　　产量上去了以后，当地超市"撑不下"了，他把销售范围扩展到宁波、金华、杭州等地。

　　"我的两辆旧摩托车，有人要出2000元回收，我都没有同意，那可是无价之宝啊！"宋建敏说，一开始，他用的那辆是上海产"幸福"牌摩托车；1989年，他花了2.86万元买了一辆日本"本田王"摩托车。当年，他就是骑着这些摩托车，把100多斤的产品送到各个超市，有时一天要跑200多公里。"有一天，北风呼啸，天寒地冻，我驾着摩托向诸暨送货，虽然戴着头盔、护套，全副武装，但是，以60公里/小时的高速在公路上飞奔，全身还是瑟瑟发抖。许多熟悉我的人都说，像我这样能吃苦的人，很少很少！我大女儿在鲁迅中学读高二时，写了一篇题目为《我的爸爸》的作文，叙述了我创业的艰辛。语文老师在课堂上念了以后，同学们都被感动了，很多人用手蒙着脸哭了。"

　　义乌中华日杂用品销售有限公司经理王中华说："我与宋建敏合作做生意快30年了。最初，我家办厂，主要生产金属衣架。记得，有一天早晨七点多钟，宋建敏骑着摩托车早早地找到我家。我们两家相距140公里左右，那时道路难走，他骑了三个多小时。他向我订购了大量的衣架上的金属挂钩。"

　　2000年，他在平水镇买了十亩土地，造起了6000多平方米的厂房。2001年，他买了一辆面包车，出行更方便了。

二、让老百姓的深山竹林变成"绿色富矿"

　　竹木加工的主要材料是毛竹，其来源主要是工厂周边的王化、平江、同康、稽东等村的农户。早期，这些毛竹是通过手扶拖拉机从山上运过来的。后来，有了汽车，运输更加方便。

老百姓卖的竹子越多，收入就越多。我在采访时，看到平水镇农办提供的《2004年工作总结》，文中提到："今年每公斤的收购价比去年提高了0.12元。平水镇有3.5万亩竹林，按照每亩出产1500公斤毛竹计算，今年竹农总共增收630万元。同康村的一位孙姓竹农说，他有竹林16亩，今年卖竹子比去年多挣2800多元。"

宋建敏回忆，1995年，他的收购价是每公斤0.34元，到2005年最高时涨到0.76元。"我做的是精品，收的毛竹质量要好一些，如，只要50公斤以上的、竹龄在四五年的。竹农拉来一车有两三万公斤，过秤后，我马上把现金付给他们。"

平水毛竹为何能价格上涨？主要是这里的竹制品加工厂多了。自从盈丰竹木制品厂率先落户后，有力地推动了平水镇的山岙经济发展。2004年，全镇已有5家竹制品加工厂，使竹子成了抢手货，价格也水涨船高。同时，随着平水竹木产品名声在外，富阳、余杭等地的竹制品加工厂也纷纷跑到这里来采购质量上乘、价格实惠的竹子，有的还与本地竹农签订了长期订购合同。

竹制品企业给平水竹农带来了经济效益，那么竹制品厂会不会因为成本增加而影响效益呢？宋建敏认为，他们的竹制品在市场上很吃香，虽然竹子价格上涨一些，但成品价格也会提高。

三、在上海站稳脚跟以后，把产品销往国内外

2002年，他到上海大润发、易初莲花、欧尚等大型超市去推销时，超市工作人员说："你的产品没有商标，也没有条形码，怎么能进超市呢？"他不死心，又走访了四五家超市，可是好说歹说都没用，对方的回答都是一样的。

他下决心补齐短板。到家以后，他借了5万元钱，做好商标的设计、申报，并办好条形码有关事宜。他测算，如果自己直接向上海的各大超市供货，配送费用很大。正当犯愁时，上海方玉实业有限公司的方总经理匆匆找上门，希望能独家代理。双方合作的当年，上海的销售额做到了300多万元。

说起双方认识的过程，颇具戏剧性。宋建敏的大姑姑住在上海杨浦新村某个单元的三楼，方总住在五楼。有一天，方总正好到宋建敏大姑姑家里串门，他看到裤架后眼前一亮："这个做得太精致了，您是哪里弄来的？""是我侄儿做的。""他在什么地方？""绍兴。"方总要了地址，第二天就赶到绍兴。经过交流，他们

双方确定了合作关系。宋建敏清楚地记得："方总代理了我的五种产品。"当年，盈丰竹木制品厂卖给方总的单价是：4夹竹裤架1.16元、8夹竹裤架1.45元、8夹竹被架1.75元、12只竹夹1.05元、19夹多用架3.5元。

宋建敏说："在开拓市场中，先期都是我自己面对面跑。后来，为了提高效率，我通过参展的形式寻找商机。"

2005年以来，他参加了全国各地举办"农业博览会""农副产品大联展"等活动，展示自己的产品，发名片寻找代理商。因产品价廉物美，他摊位上的产品不仅卖得火，而且物色到了许多合作伙伴。最多时，他拥有70多家代理商。

2007年，盈丰竹木制品厂的产品远销西安、哈尔滨等地。宋建敏说："我还通过广东金榕竹品有限公司，将产品一个集装箱一个集装箱地销售到澳门。那里出售的产品单价是我出厂价的五六倍。"

2007年、2008年，盈丰竹木制品厂的发展迎来巅峰时期：厂里有七八十人，产品根本来不及做；销售人员每天忙着发货。那两年，年产值在800万元左右。

宋建敏回忆："2010年，超市对进入的产品收取进场费。同是一个产品的条码，上海收3万元，杭州收0.6万元。我的产品利润很薄，要进去的话，需要20多个条码，实在难以承受。而有实力的代理商，手头有几百种产品，他们跟超市谈，可以获得更大的优惠。"

于是，他改变了策略，一是与杭州联华华商集团有限公司合作，利用对方旗下的1000多家超市进行销售；二是在义乌小商品市场，委托了两家摊位代理销售。在来自五湖四海的采购商的挑选中，他的产品一直保持热销。

四、用心琢磨提升自己的品牌

别看裤架、牙签、竹筷这些小商品很简单，但在宋建敏眼里，要赢得消费者的喜爱并不是容易的事，于是他挖空心思设计，并获得了三项国家实用新型专利。他说，他设计的衣架由于在日常生活中实用，受到顾客欢迎。"一开始的时候，我们生产的都是普通裤架，易于模仿，没有竞争力。但是随着自己的专利产品打入市场后，销路进一步打开。"

采访中，他向我展示了"多夹衣架"的专利证书。这项专利的申请日是2003

年3月2日。多夹衣架的构成,包括主撑杆、挂钩、绳子、夹子及平行撑杆,平行撑杆分别与交叉的二主撑杆平行设置,主撑杆之间、平行撑杆之间及主撑杆与平行撑杆之间的交叉点采用活动连接。他说,本款产品具有结构紧凑合理、占用空间小、经济实惠等特点。

他设计的塑竹裤架由挂钩、定位套、连接绳、夹子、二根塑竹杆组成,塑竹杆由塑壳、竹片和塞头构成,塑壳套在竹片上,塞头固定在塑壳两端,连接绳穿过穿绳孔一端与塑竹杆连接,另一端与夹子连接。他说,这项专利通过塑竹组合,制成塑竹杆,兼顾了两者之优点,既美观、容易清洗、能防蛀防霉,又有一定强度,是裤架的换代产品。

"我的许多裤架产品,设计灵感都是从生活中来的。"宋建敏说,比如,他觉得平时晾晒袜子太占用空间,然后设计出了19个夹子的多用伸缩竹裤架;他在晾晒被单时发现裤架夹子太小,于是设计出承重能力更好的专用被单夹;他在晾晒衣服时发现衣架会造成衣服肩部变形,就设计出了能保持衣服版型的晾晒架……

一根牙签,也显示了他的智慧。

有位江苏客商在市场发现盈丰竹木公司生产的颜色带青的牙签,十分钟情。他说,因为这是使用头层竹材制作,更加坚固,用劲剔牙都不会轻易折断。宋建敏解释:"顾客喜欢的产品,往往就是最实用的产品。"一开始,他也打算用普通竹材制作牙签,但是在使用中发现,这样的牙签在剔牙时一用力,不但牙签头很容易折断,而且经常会出现次品牙签。为此,他按照竹材的不同层次进行牙签制作试验,发现用头层竹材制作的最为耐用,而且还带有竹香。这种牙签打入市场以后,厂里的订单就多了。

宋建敏说,他们的"益鹤牌"商标,成为绍兴市著名商标和品牌产品。虽然他们开发的产品一投放市场很快就会被山寨,但自己喝到了"头口水",同时客户也更相信自己的品牌。

五、把"诚信"二字牢牢记在心中

宋建敏说:"通过十多年的诚信相处,我跟王老板不仅成了事业的伙伴,还成了亲密的兄弟!"

家住江苏省常熟市的王振方开了一家弹簧厂。2003 年，他在上海超市看到"益鹤牌"裤架后，找到宋建敏说："我的扭力弹簧，是用碳级钢做的。你用我的产品，质量就会上一个台阶。"宋建敏之前用的弹簧是用铁做的，通过考察，他认定王老板做弹簧确实技高一筹，就马上采用了，直至现在。

创业初期，盈丰竹木公司都是手工制作产品。为了提高效率，宋建敏琢磨，如果用机械代替手工该多好啊！于是，他精心构思了关于竹架机、钻孔机的设计。王老板根据他的想法，不断摸索，最终制造成功，并生产了 5 台竹架机、5 台钻孔机，其中钻孔机一次可钻 3 孔或者 5 孔。目前，这些机械，市场上无处可买。

宋建敏说："我们的口号是：益鹤拓市场，诚信待客户。"他还把这句话当作标语，写在工厂墙上的醒目处，以便员工对照。

杭州华商集团销售部经理孙健说："宋建敏经常为我们代理商着想。我们刚刚合作时，他按照绍兴超市的收货标准给我们送来了首批货物。但是，他做的条码、商标、包装等与我们的要求不相吻合。他知道后，二话没说，就把货拉回去重新处理。而且，他还为我们提供了详细的质检报告。我们手头上掌握了许多供应商，关于竹木产品，我们比较来比较去，还是觉得他的东西价廉物美。"

这些年来，关于购买毛竹的材料费、支付人员工资，他都及时兑现，从来不拖欠一分钱。

为了优化销售渠道，他对回款不及时等信誉不好的代理商，一家一家地淘汰，从原来的 70 多家，减少到 30 多家。

2022 年初，上虞发现新冠疫情，外地来上虞的密切接触者都被隔离起来。为了便于他们晾衣，政府给他们每人配备三只裤架。一时，超市告急。在这个节骨眼上，他组织员工加班加点生产，保质保量补货。他说："最多的一次，我送去了近四万元的货。自始至终，我没提高一分钱的价。"

"手一抖，多按了一个零。"这是赵本山春晚小品里的搞笑情节。2018 年 3 月 14 日，早上 7 点多，宋建敏手机响起了提示音，原来是杭州东升小商品市场的一位客户通过微信转账打来了一批裤架的货款。"一开始我也没留意，直到后来看微信钱包，才发现不对头。"他说，前一天晚上，他微信账户的金额是一万零点，但眼前显示的却是近两万元，多出了一大笔，当时就意识到对方多打钱了。他赶紧给杭州的客户去了电话，"这时他还没发现，一个劲说'不会错不会错'，以为是我少钱了，直到我把微信截图发过去，他才恍然大悟。"很快，这位杭州客户的微信里收到了绍兴转回的 9000 元钱款。

而其实，这已经不是宋建敏第一次退款了。他经营竹木制品厂 20 多年来，多次碰到客户错打钱款的事情。2014 年，一个江苏客户打来 4000 多元的货款时，结果转来了 4 万多元，"也是多了一个零"。更多的一次，他的账户里整整多了 7 万多元，且对方都还没意识到自己打错钱了，他都是第一时间告知并退还的。

六、2018 年，到安徽青阳创办分厂

平水镇位于绍兴市的水源保护地，产业发展有着严苛的环保要求。2018 年初夏，当地政府认为，这些竹木制品厂传统的粗加工模式，不符合环保要求，进行严厉整治。

宋建敏回忆，当时，他正好收购了一批新鲜的毛竹，如果不及时加工，等毛竹干了，就会影响产品质量。于是，他找到有关部门，希望把这批产品加工完成，但未能如愿。有关部门对十多家竹木厂、家具厂做出了罚款 1 万元、3 万元不等的处罚；同时，还对这些工厂采取断电、封门的措施。为了寻找新的出路，当地竹木制品公司不得不付出巨额运输成本，远赴丽水，甚至外省的福建、安徽等地采购毛竹初加工产品。

宋建敏说："那时，我感到非常无奈。一气之下，真想关掉算了！何况两个女儿，一个在上海传媒行业工作，一个在杭州医疗系统工作，她们都有自己的事业，我还没有选好接班人。"

可是，代理商得知消息后，纷纷劝他："您的产品这么好，我们跟着沾光。你如果突然不做了，我们到哪里去赚钱呢？"宋建敏说："很巧，这时，我的朋友盛守灿、何立贵说，他们老家——安徽省青阳县的毛竹质量很好，希望我去发展。"2018 年 6 月，他去考察了三次，觉得条件蛮好，决定在那里创办两个协作分厂，盛守灿厂长做竹片，何立贵厂长做竹夹，分别生产半成品。2018 年 8 月，他花了九牛二虎之力，把原厂的 10 台机械设备全部运到 460 多公里外的青阳。很快，青阳分厂招聘 46 名员工，马上运转了起来。这几年，竹片的年产量为 100 多万片，竹夹的年产量为 300 多万只。他们在那里做出半成品后，用卡车拉到平

水工厂进行组装。我在采访盛守灿、何立贵时，他们都说："宋厂长是个爽快人，对产品质量要求极高，我们相处得非常愉快。"

生态红线不容突破，但并非不要发展。平水镇对竹木工厂进行整治后，家家户户的毛竹一下子无处可卖，收入下降。"这么好的竹木厂，硬是逼着他们开不下去，我们的毛竹卖给谁呢？"百姓的呼声，引起了柯桥区政府的重视。2019年，有一位领导找到宋建敏，称他们盈丰竹木制品厂在促进平水竹农增收方面功劳最大，建议他把设备从外地搬回来重新开张，并表示，政府将要出台政策，对竹木工厂进行"共同富裕信贷扶持"，还对收购的毛竹给予价格补贴。

这次，宋建敏婉言谢绝了。他说："您的关心，令我非常感动。但是要再搬回来，我的困难比较多：一是搬厂要耗费许多资金和精力，我是快60的人了，经不起折腾。二是老厂6000多平方米的厂房，我已经把一大半租给了他人，总不能违反合同。再说，如果我搬回来，哪一天上面又认为我违反环保政策，那可如何是好啊！"

后来，有关部门通过招商，引进了"年产2万吨竹基纤维材料加工项目"，预计可带动平水等绍兴南部三镇2万户竹农的竹林开发，并新增1500多人就业。

七、精心呵护，帮助困难群体就业创收

2016年4月，宋建敏在一次绍兴籍战友聚会中，得知退役军人陶炳炎生活处境十分艰难。原来，有一次，他这位素不相识的战友在修理房顶时，不慎摔落在地，致残，孤苦伶仃地单独生活。宋建敏记挂在心，带着接济款寻到了位于陶堰街道的陶炳炎家。看到对方还有简单劳动能力，宋建敏与家人商量后，决定接陶炳炎来自己厂里组装产品，挣钱改善生活。陶炳炎听到消息后，激动万分。在厂里，他为陶炳炎安排一些轻便的工作。平时，他对陶炳炎关怀备至，一直照顾到这位战友去世。

2020年8月初，宋建敏看到《绍兴晚报》呼吁爱心企业给越城区北海街道"长城残疾人之家"派活的报道后，当即决定前去帮忙。

"长城残疾人之家"因为合办单位退出后，工疗人员没了收入。8月13日，在记者的牵线下，宋建敏随车带去了大批工具和材料前往现场。在他的指导下，

工疗人员在长方形的工作台前学习竹木衣夹的拼装。接着，一枚枚完整的竹木夹子就从他们手里诞生了。

"其实很简单，只要把弹簧放在钉子上，再把半片竹木夹子卡在弹簧上，最后卡另外半片就可以了。""长城残疾人之家"的负责人胡金娟说，这样的手工活，机构里50多名工疗人员每个人都可以上手做，虽然大家手脚不快，但都是他们自己用劳动赚的钱，这种幸福感是金钱不能衡量的。

"我会做竹木衣夹了！"工疗人员王力开心地说。大家学得很快，仅仅半个小时下来，都掌握方法了。

宋建敏说，其实他们并不缺乏劳动力，这些产品在厂里就能加工。他每个星期把产品运去加工，来回要开36公里路，产品还要搬上搬下，目的就是为了照顾这些残疾人，让他们体会到依靠自己赚钱的快乐。同时，他还自掏腰包，邀请"残疾人之家"的成员来宋家店游玩，感受美丽乡村的新变化。

绍兴千客隆超市业务经理葛月玲对我说："宋建敏朴实善良，乐于助人，多次向我们单位那些遇到困难的员工捐款。其中，我有一位同事的女儿患突发性脑瘤，要做手术，他送货时知道消息后，主动捐了款。"

八、自建"军人之家"驿站，打造精神家园

在绍兴市柯桥区平水镇宋家店自然村，有一座闻名遐迩的"军人之家"驿站。这是宋建敏自2018年10月以来，累计投入400万元建成的。驿站为全国各地的退役军人免费提供住宿、参观，以及厨房、餐厅等服务，接待人数超过10000人。

2024年3月1日，我驱车来到这里时，映入眼帘的是：三栋营房的外墙被涂上了迷彩，大红标语"提高警惕，保卫祖国""若有战，召必回""丹心碧血军人志，浩气雄风将士心"格外醒目。

"你怎么会想到在这里创建军人驿站呢？"前来迎接的宋建敏战友回答我说，一日战友，一世兄弟。他一直有一个心愿，要为1981年10月一起入伍的舟嵊要塞区绍兴战友们建一个"军人之家"，方便战友联络沟通，共同追忆那充满青春气息的当年。"我们入伍时才十八九岁，为祖国守卫海疆，现在已经是六十岁左右的人了，头发花白。建这个驿站，就是为了记住这份难舍的战友情。"

宋建敏首先带我来到"军人之家"接待室。他介绍说，这栋房子建在自家宅基地上，占地面积 100 多平方米，分为上下两层。"起初，大厅主要用来聚餐、唱歌、喝茶等，可容纳近百人；二楼建有 4 个房间，全部按照宾馆客房设计，卫生、洗浴设施一应俱全，可同时供 9 人住宿。"他在大厅里设立展柜，陈列了一些在部队用过的领章、帽徽、粮票、水杯等军旅老物件，充满了时代印记；同时设计了长 6 米、宽 2 米的"当兵岁月，青春无悔"背景板，贴在墙上，展示了战友们的戎照 500 多幅，道出了曾经苦乐与共的岁月。

接着，我们来到第二栋营房——会议室。进门一看，墙上悬挂了领袖画像、开国元帅画像，以及 10 位全军挂像英模画像；中间摆放了桌椅，供 20 人开会时使用。

这两栋房子建成后，2019 年 10 月 2 日，"军人之家"有了宋建敏战友们的第一次聚会，从江苏、安徽、山东以及浙江各地来了 80 多人。许多是离别后的首次见面，大家激动地流泪、拥抱。那天，从舟山赶来的李建会和大家一起烧大灶饭，品当地日铸茶，体验农耕文化，扮挑夫、抬年猪，尽情享受乡间的野趣、相聚的喜悦。他说："这里是老兵们温暖的港湾。我们在这里回首峥嵘的军旅生涯，真的好开心。下次来绍兴，我要把这里当作自己的家。"没想到，此后，全国各地也有许多退役军人慕名而来。

我们出门向右看去，前方是第三栋的三层楼房。宋建敏说，以前的房子不够用了，他从村里租下 1300 多平方米闲置的房屋，打造了一座"炮连营房"，通过一层的通道，可以进入宋家店文化礼堂（家宴中心）和非遗馆。"这两个项目的改造，是从 2023 年 12 月开始的，用了两个多月时间。其间，我每天凌晨四点就起床，开摩托车采购装修材料，一共跑了近 4000 公里，厂里的事情也很少顾上。"

我们走上"炮连营房"二楼后，宋建敏介绍，二层、三层的设置是一样的，每层 250 平方米，6 个房间，每间安放 6 个铺位，这栋房子能住 72 人。加上接待室，总共能安排 81 人同时住宿。我看见，1.5 米宽的走廊内，每个房间门口都有标识标牌，墙壁上悬挂了反映部队作战、训练、生活的照片。走进房间，墙上挂着一套 1965 式陆军军服，以及武装带；桌子上摆放着茶杯等生活用品；还设有单独的卫生间。再看那钢质高低床，都漆上了草绿色。铺板上垫着褥子和床单，被子被叠得像豆腐块那样方方正正。

顺着一楼通道进去，就是面积 700 多平方米的宋家店文化礼堂（家宴中心），里面摆满了桌椅，能够容纳 350 人开会或就餐；顶部悬着无数的彩旗。靠近南墙建有舞台，并安装了投影大屏，其他三面墙张贴了图片。宋建敏说："平时，我把礼堂免费提供给村民使用。龙年正月，这里喜事连连，光电费我就贴了不少。以后，战友们来这里聚会，我免费提供厨房（含锅碗瓢盆、油盐酱醋）、就餐场地。他们可以自己带菜自己烧，也可以委托驿站安排村民代劳，按照标准收取餐费。"礼堂内，他还投资打造了一个高标准的农耕文化非遗馆。

宋建敏说，战友们来了，可以免费参观一些景点，如宋家店非遗馆和宋氏祠堂、岭下党史馆、茶号、古村等，还可以体验一些当地民俗。

这一路走来，宋建敏也收获了许多感动：老部队教导员王国寿送来了自己创作的书画作品，还为驿站设计了标识标牌，挑选张贴的画像、图片。战友裘志军送来了 1949 年 10 月 1 日、2 日的《人民日报》丝绸版报纸。海宁的战友张富强免费提供了自己工厂生产的价值 8000 多元的灯具、开关。绍兴的战友赵松清经过多方联系，帮助采购了衣被等一些军需品……

目前，宋家店"军人之家"已经被评为全国"示范型"、全省"枫桥式"退役军人服务站。

"建敏是个好人，善良、厚道。"在村里采访，村民们提到这个人高马大的铁血男儿，个个竖起了大拇指。我还了解到，宋建敏 90 岁的父亲宋汉校一直以来热心乡土文化传播事业，老人自费 80 余万元操持修建了宋氏祠堂。

宋建敏说："也许是祖宗传下的精神，我们村出了一些为国家抛头颅、洒热血的爱国志士——参与南昌起义的宋子俊，解放战争中身先士卒的宋仲玉，著名革命家、社会活动家宋紫佩……村风相传，目前村里退役、现役军人已有近百名。"步入祠堂，我们来到村史馆，四面墙上陈列着乡贤的光辉印记。望着先贤们的肖像，宋建敏感慨地说，要让"军人之家"驿站成为战友们的精神家园！

"眼镜王国"追梦人

——北京光明视力有限公司创始人黄宣虎创业纪实

人物介绍

　　黄宣虎，1967 年生，浙江省瑞安市人。1986 年 11 月—1990 年 11 月，在中国人民解放军舟嵊要塞区船运大队服役。1990 年底，到河北唐山创业，销售烤箱。1991 年，到北京后，先后从事灯具、马海毛毛衣、眼镜等行业的经营。1999 年底，他与三个朋友合伙，在寸土寸金的北京市王府井商业步行街开设中高档眼镜专卖店，迎来创业新篇章。

　　2000 年，他成为北京眼镜行业钛架焊接第一人。2003 年 3 月，北京发现非典。他出售的防护镜被《北京娱乐信报》率先报道后，搜狐等十多家知名新闻网站迅速转载，引发市场热销。北京首钢、中国工商银行、山西大同煤矿等许多大中型企业率先纷纷大量订货。当年，他总共出售了两万多只防护镜，无一涨价。这种"绝不发国难财"的做法，赢得了社会的尊敬和赞誉。2004 年高峰时，他在北京独资、合资创办了 7 家眼镜专卖店。现在，其王府井旗舰店成为中国眼镜市场的一座风向标。

　　黄宣虎在部队服役时，很喜欢与战友下象棋。在棋局中，他悟出了人生的哲理——只要小卒过河，往往就能定乾坤。从部队退伍后，他辗转跑到北京创业，在"眼镜王国"追求着"逾越河界"的灿烂，并一步一个脚印，踏踏实实地向着理想进发。

　　当他谈完自己的奋斗经历后，我突然想到一本书——《把信送给加西亚》。

　　该书描述的是：美西战争爆发时，美国总统麦金莱要尽快与古巴岛的起义军首领加西亚将军取得联系。陆军中尉安德鲁·罗文接受任务后，立刻出发了。历经千辛万苦，他从敌人的包围中逃出，顺利地完成了任务。他克服困难的勇气和不屈不挠的精神，感染了许多读者。

黄宣虎正是安德鲁·罗文这样的人。在北京，他从路边摆摊，到租赁商场柜台，再到王府井商业步行街开专卖店，每一步都需要勇气，每一次都是人生的飞跃！

经济学家钟朋荣曾将"温州人精神"概括为四句话：白手起家、艰苦奋斗的创业精神；不等不靠、依靠自己的自主精神；闯荡天下、四海为家的开拓精神；敢于创新、善于创新的创造精神。

黄宣虎的创业历程，就是一个很好的例证。

一、退伍后，他放弃政府安排工作，只身到北方创业，销售烤箱、卖灯具、经营马海毛毛衣

1990 年底，黄宣虎退伍了。因为入伍前，他是温州瑞安市的城镇户口，所以回家以后就等待政府安排工作。

这时，老家的几个朋友在河北唐山销售食品机械，主要产品是烤箱等厨房用品。知道黄宣虎退伍的消息后，他们三天两头打电话劝他入伙，并说："你刚回乡，没钱，只要你愿意跟我们一起干，我们不用你交钱，直接给你股份。"

对于做烤箱，他并不陌生。当兵以前，他自己家里就是一个做烤箱的小作坊。牌子是自己取的，叫"飞云江"。他还曾经到洛阳、郑州、石家庄等地推销过自己的烤箱。

朋友一次又一次的电话催促，激起了他创业的念头。最后，他决定到唐山去，跟他们一起干。

因为他们老家当时鞋厂比较多，产品外形美观，款式多样。他想，如果带些鞋子去卖，说不定还可以赚取路费。于是，他随身托运 100 双运动鞋，从金华坐上绿皮火车，直奔唐山。

黄宣虎在唐山找到一家商场，委托他们代销这些鞋子。没想到，鞋子卖出不久，马上就接到了投诉。原来，顾客穿着这种运动鞋长时间浸泡在雪水里，导致鞋子开胶，没有办法穿。他只好想办法解决，用 502 胶水将开裂的缝隙粘合，再补点差价。接着，他与商场沟通，干脆降价销售。遇到买鞋的人，就明确地告知："这鞋子有可能会开胶，买一双鞋就送一瓶胶。"结果，鞋子是全部卖掉了，但只是保了本，没有赚到钱。

他加入了朋友们的行列，一起销售食品机械。

当时，他们生产的烤箱与现在的微波炉外形相似，只是非常简陋：外壳用铁皮密封，底部用红外管加热，可以做蛋糕、饼干等食品。

那时，他们几个人合作很愉快，一度生意兴隆。后来，由于年轻管理经验不足，店铺倒闭了。

虽然他们含泪各奔东西，但相互没有埋怨，发展了纯洁的友谊。至今，大家还是很好的朋友。

黄宣虎决定到北京，去投奔姐姐。

早在1988年，他姐姐、姐夫到北京西城区"西单劝业场"发展。此地位于西单北大街十字路口，非常繁华。他们租了金城灯饰公司西单灯具店的两个柜台卖眼镜，生意一直很稳定。

1991年春末，他到了北京。学做一年眼镜生意后，姐姐、姐夫一商量，建议他卖灯具。因为，他们知道，这家灯具商场生意火爆，许多灯具品种还很紧俏，经常卖得断货。

当时，还没有听说温州人在北京做灯具生意，他决定试一试。接着，他与商场主管进行了沟通，结果对方同意他拉来灯具，由他们进行代销。

那时，温州的灯具产业已经形成规模。他联系了温州"矮凳桥"灯具市场，并与他们达成了合作协议。没想到，因为在运输上缺少经验，第一笔买卖就做砸了。

1992年4月，灯具生产厂决定用十吨大卡车向他供货。他们把他订购的5万多元的各款灯具搬上卡车货箱，装得满满当当。接着，用大块帆布盖上，再用麻绳和竹竿固定。卡车从温州出发以后，因为很多时间走的是国道，开不快，中途走了十多天。更要命的是，那段时间阴雨绵绵，雨水渗透帆布后，把灯具的包装纸盒也打湿了。货到了北京后，他打开一看，真是惨不忍睹，不仅卖相难看，而且有的灯管遇水后开裂。他只好又向厂家购买新的包装纸箱和灯具配件，以便对瑕疵的部分重新组装。

接受教训后，他就改用集装箱运输：由温州集卡送到金华，再通过火车运到北京。自此以后，灯具装货时是什么样，卸货时就是什么样。

收到灯具以后，黄宣虎在北京找了三家分销商代销，承诺给他们25%左右的利润提成，每月底结算。

刚开始，他仓库的灯具都是请货车拉给分销商。很快，为了省钱，他蹬起了三轮车亲自送货。那时，长安街是允许三轮车通行的。特别是夏天，他蹬三轮车穿过树多阴凉的使馆区时，非常惬意。累了，他就在小摊上买一瓶"七喜"可乐，喝上一口，感觉很爽！

可是，蹬车七个月以后，冬天到了。有一天，寒风呼啸，还下起了大雪。他从朝阳区劲松桥东出发，急急忙忙蹬车，用90分钟赶了11公里，把货送到西单劝业场灯具店。这时，他的手和脸都被冻得又红又肿。可是，他发现，当地人怎么没事呢？原来，他们都在车把上套着自己缝制的厚厚的保暖棉套。他弄不到这玩意，只好请他们来接活儿。

费劲的事情，还包括新款灯具的组装和吊挂。由于产品外观设计不断翻新，每当新货到来的时候，他对照图纸，将各种零件进行合成，花了很大力气。同时，为了展示新产品吸引顾客，他经常要与商场沟通，把挂在房顶上别人家的老式旧品拆下来，然后挂上自己的样品。在这个过程中，一有不慎，就可能碰碎灯具，所以必须十分小心。

他想转行时，还剩下三个仓库的灯具，只好用3000块钱一次性处理掉了。后来，接盘人用货车拉走了三车。

后来，黄宣虎做起了服装生意。

雅宝路市场离外国使馆很近，经常有外籍客商光顾。特别是，苏联1991年正式解体后，俄罗斯等独立国家联合体（独联体）国家轻工业产品缺乏，许多商人来到我国进口产品。之后，也来了一些朝鲜、蒙古、波兰、利比亚等国家的客商。

既然想好了，那就找店面吧！通过不断寻找，他在雅宝路市场看中了一家。与房东交流时，对方提出年租金要30多万元。他想，做生意还需要流动资金，没有40万元是难以开张的。

正当他举棋不定时，遇到了两位福建的生意人。他们通过商谈，一拍即合：每人出资十几万元，将福建的马海毛毛衣贩过来销售，货源由福建的合伙人负责组织。那时，他每天早上骑着自行车赶到店里，开门迎接外商的到来。

接着，他们将样品挂在店里。如果外商看中了，他们一个电话，就有人送货上门。随着生意越做越顺，利润也高，他们每周分一次钱。

可是，好景不长。店面租期快到了，福建的合伙人突然对他说，这个店的租金会越来越高，他们不想开了，打算另谋发展。黄宣虎本想继续经营，无奈资金缺口大，只好放弃。

黄宣虎说："后来，一个偶然的机会，我发现他俩还在原地经营马海毛毛衣。原来，他们觉得这钱好赚，就算计了我，私下找房东签订了租房协议。"对这种不讲诚信的人，他不屑一顾，从此再无联系。

二、审时度势，他决定在温州人熟悉的眼镜市场打拼

1993 年，黄宣虎转行做国际贸易，在北京雅宝路卖眼镜。

黄宣虎说："说起做贸易，我不能不提一位叫三哥的瑞安老乡。当年，他在北京雅宝路市场上摆摊卖服装。"因为温州人卖眼镜的比较多，三哥就顺带捎几副太阳镜放在服装的包装箱上试卖。谁知，当天就卖掉了。接着，三哥进了一批太阳镜，镜片颜色各异，有黑色、灰色、茶色、绿色、蓝色、黄色等。很快，又被外商买走。后来，三哥干脆批发眼镜，外商有的一次购买三五百副，有的甚至购买上千副，生意马上火起来了。

俗话说，没有不透风的墙。三哥的大量进货，引起了同乡跟风，黄宣虎也是其中之一。他在雅宝路边租了一个铁皮房摊位，面积不到 5 平方米。他在竖立的钢丝网上面，挂着各式各样的眼镜，招揽客人购买。

这种眼镜，他是从北京的专业批发市场进货的，产地主要是广州、丹阳、温州。他姐姐是做眼镜零售的，产品质量好，价钱贵；而他批发的眼镜，价位相对比较低。

当时，黄宣虎与外国客商做生意时，都以美元作为交易货币。因为那时银行还没有对公民个人开通外币兑换业务，大家都是在黑市上进行——专门有人来收美元，一美元能换人民币 11 元—12.2 元。当时，他从批发市场购进眼镜的单价不超过人民币 10 元，所以他经常跟外商讨价还价，出售单价一般不低于 1 美元，否则就赚不到钱。

刚开始，做生意最大的障碍是语言不通。为此，他花了很多心思，除了跟

着别人学习简单的俄语对话外，还买了《汉俄小词典》自学，才慢慢适应下来。现在他还能记住："兹德拉斯维接！（您好！你们好！）""多不来无特拉！（早安！早晨好！）""斯吧C吧！（谢谢！）""聂杂什道！（不客气！）""巴惹俄斯达！（请！）"……

1994年，随着眼镜在外贸市场中不断走俏，入行的人越来越多，导致竞相压价。他看这样下去钱也难赚，想另谋出路。

当时，北京朝阳区劲松东口街道两边，许多背包客从广州带来眼镜搞批发。他们进货通常乘坐火车，如果被乘警查到，就认定为走私，还要面临罚没。

他与另外两位温州朋友一拍即合，决定安下心来，走品牌路线，合伙租柜台卖眼镜。

为了找到理想的地方，他们不断访店——满大街转悠：一是到各个商场去看，找位置好的柜台。如果觉得满意，就去找经理商量。二是如果发现哪个地块正在举行商场奠基仪式，他们就去打听商场归哪个部门管，然后顺藤摸瓜找负责人商谈。最后，他们在崇文区花市商场（后来改为金伦大厦）找到了一个店铺，营业面积只有50平方米。

1994年12月18日，他们的眼镜柜台正式开业。

当时，日本野尻是中国眼镜市场上的高档品牌。如果哪家眼镜店没有这个品牌，就说明没有档次。他们决定与日本野尻合作。日本野尻很讲究质量，镜架的强度很高，每一个焊点垂吊40公斤，可能会变形，但不开焊、不开裂。当时，最贵的一款眼镜是钛合金架子，每副零售价是880元。而市场上，一般的眼镜单价在100元上下。那时，上班族的月收入也就1000元左右。

可惜，在中国经营十几年后，日本野尻品牌倒闭了。其原因，一是它的质量做得太牢了。顾客反映，戴了十年八年也坏不了；同时，戴久了，顾客对自己的眼镜越来越有感情，不会轻易换掉。二是款式缺少变化。因为，当时，有的品牌款式不断推陈出新。而日本野尻不模仿别人，坚持自己一贯朴素的风格，然而许多顾客认为太老气了。

后来，他们又与上海莱明、深圳中信等公司合作。他们店里，特别是上海莱明的太阳镜"蓝色沸点"卖得很火。那时，店里挂着彩旗，广告语就是："蓝色沸点，把太阳摘下来！"

慢慢地，他们在这个行业稳定下来：首先以配镜为主，其次以成品为辅。成品一般包括太阳镜和老花镜，顾客拿着就能用。

一直干到 2003 年 3 月 16 日，他们被迫中断营业。当时，金伦大厦由于管理不善，被私人租走了。承包人对他们说："商场要重新装修，合同没有到期的，请你们先离开。等商场装修好了以后，你们再回来。有入场费押金条的，先退押金。"

偏偏这时，他们发现，自己 12.8 万元的押金条不知放哪里了，就找承包人协商，可对方说："有条子过来，我给你；没有，没法给你。"无奈，他们就白白损失了这笔钱，这在当时可是一笔巨款！因为那时，上班族的每月工资也就 2000 元左右。

金伦大厦后来变成了小商品市场，对摊位要价更高，场地位置也不好，他们就没有进去了。

三、1999 年底，他与三个朋友合伙把眼镜店开到寸土寸金的王府井步行街上

1999 年，北京市王府井商业地块被改造成了步行街，规划长度为 650 米。政府有关部门招标时，对经营项目审查很严：对同一行业，尽可能避免重复经营；优先考虑经营"中华老字号"和国内外著名品牌的商户入驻。

因为是黄金地段，尽管门面的租金很高，但各方生意人趋之若鹜，使尽浑身解数跑去争抢。

黄宣虎与三位朋友商量，决定合伙投标。他们承诺，开了眼镜店以后，走中高档路线，经营中外名牌眼镜，引导市场消费新潮流。

幸运的是，他们中标了，租下了一个实用面积只有 55 平方米的门店。

1999 年 12 月 28 日，王府井步行街正式开街。同时，他们北京光明视力眼镜有限公司的店面正式开张。那天，顾客人山人海，像潮水一样涌了进来。

一开始，他们经营中国生产的优质眼镜品牌，如广州的"骏峰"、深圳的"中信"、上海的"尚视佳"、北京的"日权"等。紧接着，知名的国际品牌商陆续上门，主动找他们合作。

那时，国际品牌商很看重店面的位置。黄宣虎说："如果哪家店面不在闹市重要位置，花钱去找他们进货，他们都不跟你合作。可是，我们王府井步行街的位置太好了，所以他们来了。"其中，这些公司包括意大利的"霞飞诺""陆逊梯卡"、法国的"卡地亚"等等。这家店，一直开到现在。

2004年，高峰的时候，黄宣虎独资、与人合资共开了7家眼镜专卖店。

其中，他与四位合伙人不断发展连锁店，开了六家店：1999年开了两家，2000年开了两家，2001年开一家，2004年又开了一家。

黄宣虎说："这些年来，许多人问我，你们四人合作这么久，真是不简单，有什么奥秘呢？我说，是以诚相待。"

其实，这些门店，平时都是黄宣虎在管理。另外三人还有另外的事业，有的干汽车销售，有的开商场，有的经营金属门窗方面的生意，都是眼镜店的"甩手掌柜"。他经常与门面的店长进行业务沟通，分析眼镜市场变化以及应对策略，做好配货的后勤保障，掌握每日财务状况，把工作安排得井井有条。他说："不管是赔了还是赚了，我每月向各位股东报个数。"

原来，他们准备开更多连锁店的，后来由于盲目扩张，导致战线太长，效益下滑，最后规模有所收缩。但是，不管怎样，大家没有相互埋怨，而是相互鼓励。

在经营的过程中，黄宣虎尽量抓好品质和服务的提升，尽量满足顾客的合理要求。

蛮不讲理的顾客，他们也碰到过。比如有位顾客来到店里，说买的眼镜有质量问题。他说："我一看，就知道，这款式是三年前买的，实际上已经过了质保期。可是，他坚持说自己没有戴过。不可能啊！我在这行干了这么多年，一看就清楚。"他断定对方是要免费更换的，就耐心地进行解释，按照对方的要求进行协商，最终化解了矛盾。

每个店的定位是不一样的，有时同行经常来店里侦查品牌、款式、型号、价格、装修风格等信息。他说："互相学习没关系，但行业潜规则是，不能拿纸和笔来抄写，不准照相。"对某种单一产品，有时顾客通过多家比较，最后比商家还了解。

关于单价，他们卖的上乘眼镜镜架是4万多元、镜片1万多元，一副就是6万多元；大众消费每副在1000元以下，大多在500元至700元之间。

黄宣虎说："那些年，王海打假，声势很大。我们这里从来不卖假货，假货投诉率为零。"

在创业的过程中，他投资免不了要借款，月息是 2%，也就是说：借一万元，每月偿还的利息是 200 元，一年就是 2400 元。而且，只有向知根知底的熟人开口才能借到。到了 2003 年底，他把自己欠下的几十万元债全部还清了。

"做生意，陷阱很多，要注意防身！"黄宣虎说，1999 年，他曾经遇到过一个骗子。那人找到他们，点名要采购水晶眼镜，数量很多，有几千副，单价 800 元。他们听了，十分高兴，双方约好当晚在昆仑饭店见面。当时，他们三个人去谈的，对方一直在打电话，不切入正题。过了一会，那人说老板在某夜总会等着。他们打车到了大堂后，那人叫他们去包厢里面坐着谈。他们说："对不起，里面消费太高，我们不会进。"那人只好说："我去叫老板出来谈。"他们说："那可以。"最后，他们等了两个多小时，那人也没出来。后来，他们想，这是骗人去消费的把戏。

四、2003 年发生非典，他出售的防护镜被媒体报道后热销，而他承诺："不发国难财！"

2003 年 3 月 16 日，黄宣虎看到金伦大厦隔壁的北京崇文门同仁堂正在招商，就与一位朋友合伙在那里开了一家面积 26 平方米的眼镜店，并由他爱人负责管理。

过了没几天，北京发现非典。他在访店时发现，有些眼镜店推出了一款防非典眼镜。其实，就是风镜，商家改名只是希望热卖有一个噱头。他感觉，这种叫法是不严谨的。

当时，天气开始转暖。走在路上，不时会有漫天飞舞的柳絮飘来。他想，风镜可以防柳絮、防风沙、防唾沫，不妨也参加试卖。于是，他从广州进来了一批风镜，放在北京同仁堂等五家与人合伙开的眼镜店里销售，每店放两盒（24 副）。每副进价是 8 元，他零售价是 16 元。为了避开"防非典眼镜"的叫法，他特意取名为"防护镜"。摆上柜台后，过去了十多天，也没卖掉几副。

4 月 23 日，《北京娱乐信报》的记者王巍以顾客的身份暗访，走进了这家店。他指着风镜开口就问："这是防非典眼镜吗？"黄宣虎爱人觉得问话比较敏感，就说："是防护镜"。记者说："不少眼镜店都标明是防非典眼镜，跟你这个是一模一样的。"他爱人说："我们卖的就是防护镜，不能夸大用途。"不知何时，记者在现场拍下了照片。

谁知第二天，报纸刊登了题为《抗击"非典"武装到眼睛》的图片。画面上，黄宣虎爱人左手拿着防护镜向记者介绍情况；图片下面的文字说明写着：昨日，北京市场上出现了抗非典防护镜。经了解，该产品和一般的风镜别无两样，不过它可以减少细菌、病毒从眼部传播的机会。图为崇文门同仁堂药店开始销售防非典防护眼镜。信报记者王巍报道。

黄宣虎说："我正在外面访店时，接到老婆打来的电话。她告诉我见报的大致内容以后，我吓坏了：怎么又偏偏与抗非典扯在了一起，这下完了！"

他的担心，不是没有依据的。干他们这一行，必须诚信经营、谨小慎微：产品授权证书齐不齐，工商可以查你；质量标准执行得怎么样？质监可以查你；有没有侵犯顾客的合法权益？消费者协会可以查你……他认为，这一批风镜是低端产品，跟路边摊的货差不多，没有质检报告，多多少少存在标签不合格等问题。这次被报纸曝光，是摊上大事了！将面临巨额罚款等处理。

接着，黄宣虎马上告诉爱人，赶紧把所有的防护镜收起来，藏好，不卖了，并嘱咐她："千万不要胡说八道。"

谁知，报纸这么一登，搜狐等十多家知名新闻网站迅速转载。因为图片说明中提到"同仁堂有售"的消息，顿时，同仁堂集团的电话被打爆了。第一批要求预订防护镜的大中型企业，包括北京首钢、中国工商银行、山西大同煤矿等等，每家都要购买几千副。

正当黄宣虎急得焦头烂额时，同仁堂集团的一位副总急急忙忙打来电话："小黄，为了防非典，许多单位要订购你们出售的防护镜，你要赶紧去组织货源！"黄宣虎说："这个产品真能抗非典啊？"对方说："人的眼结膜同口腔黏膜、鼻腔黏膜一样，极易被空气中的病原微生物所侵入，戴上一副风镜护眼就更为安全了。你要抓紧准备，全力以赴满足客户的要求！""好，我抓紧办！"

黄宣虎说："这两次通话，让我经历了冰火两重天！我马上与各地的供应商联系。"接着，从广州、丹阳、温州等货源地纷纷向他发来一批批风镜。

那段时间，他天天在卖防护镜。同仁堂门口，市民排起了长队；许多单位一开口，不管什么款式，就要买上千副。由于供货单位生产能力有限、储备不足，加上各个关口、卡点检查耽误时间，出现了供不应求的现象，他只好减半或者以更少的数量供应。

他说："这种风镜，以前是没人要的。当它突然热销时，供应商开始提价。"由于成本增加，很多眼镜店也不断涨价。同仁堂集团的一位副总告诉他："小黄，我们要全力支持抗非典。你们要和同仁堂一样，不能涨价，不该赚的钱不能赚！"

黄宣虎知道，同仁堂是中国最硬老字号，的确做了很多有骨气的事。1987年，甲肝病毒肆虐，全国30万人被感染，上海各医院的肝炎门诊被蜂拥而来的患者挤爆了。这年过年，同仁堂制药二厂的员工都没有回家，利用9天时间，生产出180万袋板蓝根。本来可以趁此机会大捞一笔，但同仁堂坚决不涨价，导致每卖出一包板蓝根亏损7厘钱，总共亏损17万元。1995年，同仁堂的一款名叫偏瘫复原丸的产品突然卖爆了。当时，同仁堂制药厂领导非常警觉。经过调查发现，原来是一些经销商在媒体上大肆炒作偏瘫复原丸的疗效。同仁堂立刻召开新闻发布会，揭露虚假广告，呼吁对症使用偏瘫复原丸。

黄宣虎坚定地表示："我是退伍军人，这个时候，还是拎得清的。发国难财的事情，我绝对不会干！"虽然市场的需求量很大，但是，生产厂家库存少，很难组织货源，经常卖到脱销状态。当年，他在同仁堂药店里，总共出售了两万多只防护镜。整个过程中，他一直没涨价。

这里还要提一笔的是：2003年非典期间，药材采购价格成倍疯涨，北京同仁堂61家门店坚持不加价、不停售，满足了北京市抗非典药物1/3的需求，卖出198万服饮片和100多万瓶代煎液，结果又亏了600万元。

通过这件事，黄宣虎深有体会地说："我们与同仁堂携手抗击非典的经历，永远值得回味！"

五、他成为北京眼镜行业钛架焊接第一人

在经营中，黄宣虎渐渐感到：如果要善待顾客，就要设法解决镜架的修理难题。上世纪90年代，国产眼镜一副也就六七十元，坏了，很多人就去换新的，不会想到去修。但后来不一样了，有钛架眼镜，有镶着珠宝的眼镜，有个性化定制的眼镜，最贵的能卖到 300 多万元。类似这样的眼镜坏了，顾客肯定要想办法

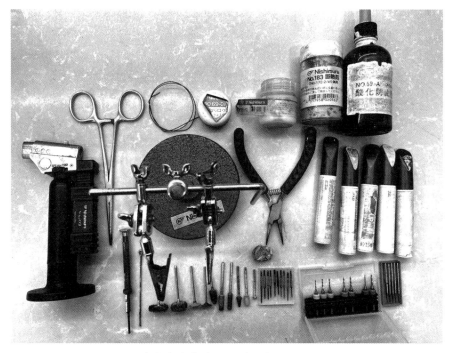

黄宣虎当年修理眼镜钛架的工具

修理。于是，顾客只能找零售商，零售商再去找批发商，批发商只能找工厂，而工厂是之前按照批发商订好的款式和尺寸来生产的。比如说，厂家生产一款 300只，交付了就算买卖完成。这就导致了眼镜维修困难。

　　1999 年，黄宣虎有一副眼镜钛架坏了，无法送修，有些懊恼。那时，很少有人去研究焊接。他小时候动手能力比较强，这时就想捣鼓捣鼓，看看能不能自己解决，后来甚至迷上了这一行。

　　每年，全国都有四次眼镜国际博览会，一般是 2 月在上海，6 月在广州，9月在北京，12 月在香港。一次博览会上，他在日资企业大连三幸公司的一本宣传目录上看到，对方出售眼镜焊接机以及配件，就花了 3000 多元买了下来。其中，配件还包括钳子、螺丝刀、镊子，每把的价格分别是 300 元、100 元、120 元，

是国内同款工具的十倍以上。当时国内像温州、丹阳、上海的修理工具是很简单的，而且容易损坏。

钛，不能在空气中焊接。它一遇空气就发黑，焊不住，只能在惰性气体中完成。2000 年，他买来设备以后，每天琢磨，终于掌握了这门技术。操作时，他先在损坏处抹上空气断绝膏，像是涂了一层油脂。这样，用明火焊接时，一点燃加温，空气就自动绝缘。他说："钛既然不能直接焊接，可以采用这种转移焊接的方法。"

通过努力，黄宣虎成为北京业界钛焊第一人。许多人慕名找上门，请他焊接眼镜钛架。

白主任在一家大型医院眼科工作。他对眼镜非常讲究。有一次，他来王府井步行街买眼镜。在跟黄宣虎交流时，他说自己有一副很好的眼镜，可是钛架坏了，他找了很多地方，没人能修。黄宣虎说："远在天边，近在眼前。我就能修！"他很诧异："你能修？""能！"他把脱焊的镜架拿来后，黄宣虎三下五除二就焊好了。他仔细看了看，非常满意，认为黄宣虎非常专业。后来，遇到亲戚朋友配镜，他就推荐大家去王府井，款式等让黄宣虎来挑。在白主任的沟通下，他所在医院还租给黄宣虎一间房子作为配镜门店，以方便患者配镜。

修理中，他了解到，外国产品在韧性、电镀、纹路等方面比较精细。就拿眼镜架的螺丝来说吧——国产与进口之间，是不配套的。有的虽然能凑合用，但结合不紧密，不知什么时候就会掉落。国产的小螺丝，十元可以买一大包；而买进口的，十元还买不到一只。

黄宣虎说，他曾经对日本野尻的眼镜进行钛焊，才知道它的钛纯度是很高的。他焊接的眼镜，按照含钛量分为三种，第一是纯钛，以前标 100% 纯钛；2000 年以后，国家禁止这样标，就如同黄金，纯度再高，也不能是纯金。这种价格相当高。第二是半钛。镜腿、镜框分别采用钛和其他合金材料生产。第三是 B 钛，指钛加入了其他成分，价格最便宜。

"我家里的这套焊接设备，已经放了十几年了！当年放弃了这个主业，现在想起来，还是觉得有些遗憾！"黄宣虎说，他曾经问开店的同行："修理有没有市场？"大家都说没有："你配一副高档眼镜，怎么也得赚几百块吧？修一副能赚多少钱呢？"最后，他只能继续"坐店模式"。

不过，因为喜欢，他结交了两位知己。

第一位朋友叫刘乃国，他曾经在一家企业维修部工作，负责修理眼镜。

后来，他决定在眼镜维修这个行业里干一番事业。通过淘宝等网络平台，他找到了一款国产的修理焊机，花了十万元买下。他的技术很好，试用了以后得心应手。过了两年，他又花了30万元，从德国进口一台带激光的高档焊接机。后来，中国制造的同款机器，售价也要八九万元。

黄宣虎说："他起步时，我建议他，在北京挨个去眼镜店发名片，有活就接下来，修好了以后送过去。"而刘乃国很聪明，走了另外一条路线，直接找眼镜批发商，并告诉他们："我能维修高档眼镜，有业务请与我联系。"他开的价格很高，实行存款优惠：客户先存一万元，打六折；如果存八千，打七折。现在，他焊接一个钛架要收160元。

他在写字楼里，租了一间六七平方米的办公室，放一张桌子就能干活，这样成本很小。

黄宣虎说："在他的面前，我的工艺和设备太落后了。我们经常在一起深入交流，一直保持着生意上的合作。"

还有一位师傅，叫刘家琪。年轻时，他是眼镜生产厂的技术人员，手工修理眼镜架。后来，他在北京市朝阳区眼镜城市场开了一家小工厂。只要顾客需要，无论什么款式，他都会做。他最自豪的是，为影视演员打磨古老式的眼镜。

他修理时，主要工具是普通的焊接设备，采用塑料等板材。他得知黄宣虎攻克钛焊技术时，高兴地说："这个技术，我研究了40年也没有攻破，你真了不起！"佩服之余，他想收黄宣虎当徒弟，把自己的技术都传授下去。

黄宣虎说："当年，我去他修理店的时候，他总是让我多聊一会儿。由于工作忙，我没有拜师，辜负了他的好意。老人现在70多岁了，正在家里安享晚年。"

在修理工具上，黄宣虎见证：从开始的手工，到半自动机器，再到全自动机器，一步一步走向成熟。

六、随着网络技术的发展，传统的经营方式面临挑战，他在变化中坚守

2000年春节，武汉发生新冠肺炎疫情。黄宣虎本想采购一批护目镜支援武汉的，但是邮路受阻，只好作罢。

他说："我们做眼镜生意，传统做法是：把货进到自己的仓库，然后根据客户的订单再发货。现在不同了，像这样大数额的采购，一般是客户从网上直接下单，发货单位直接将产品快递给用户，这是最快捷的。"当时，他费了很多精力组织了一批护目镜，投放北京的市场，其中的货物进价与运费一样贵。

因为有了网购，传统眼镜的实体店受到了一定的冲击。

近些年，有的顾客为了省钱，找到当地店家验光，以后再去网购。个别店家缺少职业道德，为了对付这些只验光不买镜的顾客，装模作样验光之后，给对方提供假数据。黄宣虎说，顾客戴上眼镜之后，如果不舒服，有两种情况：一种是数据正确，眼睛适应一下就可以了；如果数据是假的，那就要损伤眼睛了。

同时，所有的仪器，哪怕再先进，检查之后，还是要靠人工来做结论。黄宣虎说："因为仪器是根据大数据做出的诊断设置，这就像医生看病一样，这检查那检查，最后还是专家通过综合研判，拿出治疗方案。"验光时，仪器给的度数不一定就是最合适的。实践中，60%到70%是可以的，剩下的就与实际情况有误差。他说："顾客来验光时，我都根据平时日常积累的经验，以及他们的具体情况，对度数进行加加减减地调节。"

买一本书、一件衣服，网购很廉价。但对配镜来说，他建议，还是要到实体店去购买更加靠谱。

另外，网上销售，为材质监管也增加了难度。

黄宣虎说："干了这么多年，我见证了许多镜架的材质，种类有黄金、塑料、牛角、钻石、珠宝、水晶等等。"关于镜片的材质，他也是从玻璃发展到树脂的见证人。现在做玻璃镜片的很少，德国蔡司在坚持，一副两三千元。国内的树脂镜片，最早是从韩国引进的。

现在，随着人们生活水平的不断提高，顾客对镜架材质的要求也越来越个性化。而材质监管，包括检查是否含辐射成分、是否有国家保护动物材料等。

汉乐府《孔雀东南飞》有诗云："足下蹑丝履，头上玳瑁光。"诗中提到的玳瑁，自古就被视为祥瑞、有灵气之物，也是历代富人的饰物之材。用玳瑁制成的镜架，一般都是纯手工研制而成。它的色彩不仅契合美学上的需求，还满足了佩戴时的舒适度需要。而且，戴着玳瑁镜架，不会因为出汗而滑落，同时硬度也高，不会出现变形、褪色等问题，所以是眼镜行业最为珍贵的镜架材料之一，当然价格也会相对比较贵。

后来，随着玳瑁被列入国家二级重点保护野生动物名录，玳瑁镜架也被禁止销售。可是，有人在网上非法交易，这样查处难度极大。

"2005 年前后，是做眼镜生意的黄金期，钱比较好赚。后来，干这一行的人多了，利润就薄了。特别是网络的发展，实体店难上加难。"黄宣虎说，不过，挑战也是机遇，坚守才会成功！

点"铝"成金

——山东晟宏铝业有限公司总经理丛干忠创业纪实

人物介绍

　　丛干忠，1971 年 4 月生，山东省平阴县人。1989 年 3 月入伍，在舟嵊要塞区船运大队服役。1992 年 11 月，退伍返乡。1992 年 12 月至 2006 年，在山东省平阴铝厂工作（期间，2004 年铝厂破产，于 2006 年被山东肥矿集团收购）。2007 年，从事铝材经营。2008 年，创办济南忠发铝业有限公司。2019 年 4 月，创办山东晟宏铝业有限公司。

　　十多年来，他带领企业抢占机遇，稳定发展，生产的优质铝型材和铝线热销全国、远销海外。

薄如蝉翼的铝箔、连绵不绝的铝线、五彩缤纷的铝板……这些精致、卓越的产品，出自山东省平阴县退役军人丛干忠之手。

山东是一片铝业沃土：电解铝、氧化铝产量位居全国第一，铝材产量也名列前茅。在铝产业集群中，企业千舟竞帆开启银色旅程，实现华丽变身。

2008 年以来，丛干忠相继创办了济南忠发铝业有限公司、山东晟宏铝业有限公司，在铝业舞台上施展着自己的抱负。

铝，是人们在生产生活中最常接触的金属之一，也是生命周期最长的绿色金属。它在航空航天、建筑、交运、电力、通信、包装、机械制造、耐用消费品等许多领域都有广泛应用，是国民经济发展的重要战略资源。

在铝业大戏磅礴上演中，他正在扮好自己的角色。

一、退伍以后，他走进了平阴铝厂。由于工作出色，他从普通员工干到工段长

1992 年 11 月，丛干忠从部队退伍返乡。在六叔的推荐下，他在山东省平阴铝厂找到了工作。上班第一天，看到厂区写的"自力更生，艰苦奋斗，顽强拼搏，抢先争优，干事创业"20 字企业精神，他暗暗下定决心，一定要干出名堂来。

平阴铝厂始建于 1966 年。1992 年，平阴铝厂已经发展成为一家融铝冶炼、加工为一体的国有大型企业，也是山东省主要的有色金属工业基地，隶属省冶金工业总公司。国道 105 线、220 线和泰聊公路从厂前通过，距湖屯火车站仅 10 公里，大宗原材料和产品运输十分便利。该厂职工有 2500 多人，其中各类专业人员 460 多人，固定资产 2.5 亿元；主要工艺装备有：35KV、110KV 供电线路和变电整流设备，以及 60KA 侧插自焙铝电解槽、800 吨挤压机、铝板轧机、日本产轧辊磨床、十模拉丝机、绞线机等。

而位于聊城的山东信发铝电集团有限公司是全国最大的电解铝生产基地，距离他们工厂只有 30 多公里。铝厂购买原材料，有地域优势。

"当时，这家铝厂员工的工资比其单位要相对高一些。"丛干忠非常珍惜这来之不易的机会，他说："我小时候是一个苦人，3 岁时，母亲就不在了，13 岁时又失去了父亲。"

丛干忠父母养育了四个子女：老大是哥哥，比他大十岁。他还有两个姐姐。

父亲去世后，他的家庭条件变得更差，生活陷入困境。因此，他连初二还没有读完，就只好辍学了。而家庭发生这些变故以后，他的性格变得越来越内向，很少说话。

在他的心目中，六叔是个德高望重的好心人。"当时，我六叔在国营山东省平阴铝厂上班，家庭条件相对好一些。我在走投无路时，就跟着六叔生活。"在六叔的教育和帮助下，他实现了当兵的梦想，还成家立业，并在事业上不断取得进步。

丛干忠进厂以后，他的工作岗位是操作熔炼炉和热轧机。

当时，相关生产流程主要是：一、将购买的氧化铝粉炼成铝锭，再将之放入熔炼炉加温，炼成铝水。二、用真空包吸入铝水，注入铸轧机，进行热轧，产出热轧板原料，厚度分别为7.2厘米、7.5厘米等规格。接着，进入下一道工序：用冷轧机轧成薄料铝卷，厚度为0.6毫米、0.7毫米等规格。

当年，操作老式熔炼炉时，职工要用铁耙一次次地将铝锭通过炉门送入炉膛。这是一项重体力活，一般人是吃不消的。他发扬部队那种不怕苦、不怕累的精神，经常冲到第一线，使尽全身力气拼命干。一天干下来，尽管腰酸背疼，但是他始终坚持着。

在电热的烘烤下，炉内温度超过600℃，炉外表面也超过100℃。哪怕在寒冷的冬天，他也经常热得汗流浃背。夏天，出汗太多，他口渴了就拧开水龙头，趴在水管下面喝。然后，再用水浇浇头，降降温。

当时，他们车间有两台热轧机，一台是新款1450型，一台是老式1600型。

1600型机器设备老化，机械性能差，有的同事嫌操作起来麻烦，经常离它远远的。而他直面挑战，冲锋在前。后来，大家对他说："1600都成你的专利了。"

通过分析研究，他对这台机器的性能、操作规程了解透彻。热轧时，他对同板差、纵向差、横向差，以及机器液压状态，都能熟练处置。在他的努力下，一批批合格的热轧板顺利转入下一道生产环节。大家都称赞他技术过硬，而他说，练熟了就能生巧。

他舍得出力，特别是立板时，一般人需要工作两个小时才能立起来，他只要一个小时就够了。

同时，在车间工作，不仅有灰尘的侵扰，还冷不丁会遇到飞溅的液压油。他顾不上这些，哪里脏，哪里就有他的身影。每天下班，他的工作服变脏了，脸上也免不了有黑乎乎的油污。由于工作出色，他获得了领导和同事的信任，从普通员工干到班长，后来又当上了工段长。

二、平阴铝厂破产后，他顶着巨大压力，借钱创办自己的企业

在铝厂上下的共同努力下，企业迎来了发展的巅峰：1998 年，平阴铝厂通过 ISO9002 质量体系认证；2001 年，重熔用商品铝锭在英国伦敦金属交易所注册成功，为扩展国际市场奠定了良好的基础。当时，企业可按国家标准组织生产的产品有 31 个品种、2800 多种规格，畅销国内 23 个省、市、自治区，远销 20 多个国家和地区。2002 年，平阴铝厂总资产 4 亿元，年出口创汇 1000 多万美元，实现利税 3000 多万元。

这是在计划经济条件下，平阴铝厂曾有过的辉煌历史。

进入新世纪，民营企业如雨后春笋，迅速蓬勃地发展起来。丛干忠说，那时，有句时髦的话叫"八仙过海，各显神通"。不管谁建厂、建什么样的厂，只要合法经营，政府都是鼓励的。

然而，在市场经济转型过程中，平阴铝厂逐渐落伍了，管理机制僵化、生产设备老化等弊端充分暴露出来。到了 2003 年，铝厂开始走下坡路，并于 2004 年破产。当时，丛干忠的月收入才 1000 多元，一家人日子过得紧巴巴的。下班后他还去做点小生意，以贴补家用。2006 年，山东肥矿集团把平阴铝厂收购后启动经营。这时，他辞职了，专门经营铝材产品。

"张士平很有战略眼光，他是我非常敬佩的人！"丛干忠说，当时，魏桥创业集团是全球最大的棉纺织企业。时任董事长张士平高瞻远瞩，投资 100 亿元，于 2002 年成立魏桥铝电有限公司，项目涉及热电、氧化铝、电解铝、铝深加工等。

2008 年，丛干忠决定自己创业办厂。但由于家庭条件差，缺少本钱，他到处向亲朋好友借，但很难借到——有的家庭确实困难，拿不出钱；有的怕他失败，到时钱打了水漂；有的干脆反对，劝他："有多大能力，就办多大的事。你找个稳定的工作，不是很好吗？别做意外发财的黄粱美梦！一旦亏了，永远翻不了身。"

有一次，他骑着自行车到处借钱时，一边骑着一边流泪。最后，他骑不动了，干脆在一条小河边坐下。想起这几天的遭遇，他号啕大哭，抽了半盒烟。

"如果办个铝厂，可以在购买原材料后组织生产，再卖出就有钱赚了。"可是，这个有着十成把握的好生意，因为缺少资金，即将变成了幻想，真是心有不甘啊！

他想，自己在部队时认识了一批战友，关键时刻只能硬着头皮找他们帮忙。于是，他抱着试试看的心理，首先找到了战友陈玉雪。陈玉雪曾经在部队油库当驾驶员，退伍后在家乡跑起了货物运输，经济条件相对好一些。

听说老战友来借钱，陈玉雪说："我们认识那么多年了，知根知底，像亲兄弟一样。你的事，也是我的事，我肯定要支持！"说完，陈玉雪痛快地拿出了6.7万元。手捧这笔巨款，丛干忠激动万分。后来，另外四位战友听说他的情况后，主动把家里的余款拿出来借给他。他说："这一幕幕，都凝聚了战友之间的信任和情谊。我永远都不会忘记！"

就这样，他加上自己的存款，手头上有了十几万元。接着，他又把自己的房产抵押给银行，贷了一部分款。最后，再通过其他方式东拼西凑，终于凑够了注册资金，创办了济南忠发铝业有限公司。

三、买来新设备，却造不出合格产品，他高薪聘请刘师傅化解危机

没有厂房，又盖不起，他就租用一家企业1500平方米的车间。其他环节的支出，也是尽量省。当时，购买生产设备是出资的大头。例如，开平机可将卷材进行开卷、矫平，是缺少不了的。而济南产的开平机每台售价60多万元；还有剪切机，每台售价也是10多万元。他反复与卖家协商，最后对方同意分期付款。

创业初期，他从魏桥创业集团等大型企业购买卷材等原材料。生产时，他按照客户的需求，把产品切成宽的、窄的等不同规格，进行二次加工。

那时，公司的流动资金少。他在购买原材料时，就跟生产厂家协商，希望缓一段时间结账。他要利用原材料先把产品制造出来，再出售，才能赚到钱。

当时，丛干忠共招了20多人，其中，有战友，有工友，也有亲戚。他们分别工作在开平、剪切、包装等岗位上。

设备到了，原材料有了，订单也来了，公司开始投产。这时，他们发现，买

来的开平机、剪切机等新设备，与老厂的相比，机械性能更加优越，操作方法相差很大。虽然员工们在老厂上班那么多年，对整个生产过程也非常熟悉，但由于对新式开平机的性能了解不够，技术也不熟练，生产的产品质量不高，难以达到客户的要求，浪费了大量的材料。

这该怎么办呢？他急得像热锅上的蚂蚁，经常在深夜难以入睡。

这时，有位老板找到丛干忠，对他说："你还是别干了，来我这里，我一年给你二三十万。"他认准的理想，决不轻言放弃。尽管一路有很多心酸，也要一直坚持往前走！于是，他婉言谢绝了对方的好意。

当时，技术人才成了香饽饽，每家企业都用高薪争夺。

刘师傅曾经在平阴铝厂干了几十年，业务水平很高。当年，他快60岁了，身体不好，经常腰痛、腿痛，准备长期居家休养。丛干忠在万般无奈的情况下，诚恳地找到他，愿意高薪请他出山。听了介绍，刘师傅爽快地答应了，并说："其实，我不图你的钱，主要是看你身上的那股闯劲。你投了那么多钱，压力很大。遇到困难，一定要千方百计解决，否则前功尽弃。我一定会尽力帮助的！"刘师傅来了以后，马上组织员工进行培训，手把手地传授操作技巧，还经常盯在现场及时解决问题。很快，员工的整体业务水平得到提高，产品质量不断稳定。

丛干忠说："关键时刻，是刘师傅帮助了我，他是我的贵人！"

苦干两年，他就还清了银行贷款。

为了保持优势，他加快设备更新，实现产品升级。2016年，他花了400多万元，把老设备全部淘汰了，换成了新的设备。仅仅一台开平机，就要支付280多万元。他举例说："对于板材的宽度，以前开平是1.3米、1.5米，后来开平开到2.5米了。"同时，他还买了几台剪切机。新设备的启用，功能更加强大，提高了生产效率。

四、面对产品同质化的竞争，他转变思路，走"铝材专科"路线

山东滨州被业界冠以"世界铝都"的称号。这里有世界铝业巨头魏桥创业集团、中国最大的铝加工企业山东创新集团、亚洲最大的活塞生产企业渤海活塞等众多知名铝企。丛干忠始终把他们当作风向标和学习样本，形成自己的创业思路。

铝厂耗电多，发展离不开"电老虎"。而电解槽越大越省电，能显著降低成本。

在 2010 年以前，全国以 400kA 以上为主电解槽生产线仅占全部电解铝产能的 10%，而国外也只有 4 台 500kA 电解实验槽，且没有一家能实现产业化。然而，2015 年，魏桥集团建设的 600kA 电解槽生产线，标志着中国铝工业装备技术水平世界领先！

"魏桥集团建设世界上首条 600kA 原铝生产线的消息，对我触动很大。"丛干忠说，当大家都在做同一种产品时，如果原地踏步，就会落伍。只有开阔视野，闯出新路，不断超越，才能领先一步。

到了 2018 年，当地从事铝业加工的企业越来越多。大家为了获得市场，竞相压价，带来了连锁的负面效应。价格下滑，直接导致利润空间变得很小，稍有不慎，便无利可图。丛干忠另辟蹊径，重点开发铝线项目。

一招鲜，吃遍天。他说："做企业，规模大的，转行也有大的难处；而我，船小好掉头，马上顺势而为。这就像医院的生存之道一样，有实力的去办综合性医院；实力小，就办专科医院。我只要把某一种产品做精，就能在市场上站稳脚跟。"

这时，他发现铝线产品的市场需求量大，就决定投入资金建设一条生产线。2019 年 4 月，他创办了山东晟宏铝业有限公司，注册资本 5000 万元。很快，晟宏公司引进了冷拔机、拉拔机、绕线机等设备，重点生产铝线产品。

当第一条生产线投入使用后，订单如同雪片飞来。每天，机器 24 小时不停地运转，工人实行三班倒。投产以后，生产的铝线最粗是 12 毫米、最细是 0.2 毫米。由于物以稀为贵，产品面世后，很快赢得了客户的青睐。

在平阴县，目前只有两家企业做这种产品。丛干忠深有体会地说："人无我有、人有我优，才能高人一筹。机会稍纵即逝，如果看准了，就不要迟疑，赶快下手。"目前，他准备再增加几条生产线，抢占市场"蛋糕"。

"现在，人力成本很高。我通过'机器换人'提高了效益。"丛干忠说，新设备投入以后，有的岗位可以减少四分之三，过去需要二十个人干的活，现在只要五个人就够了。

同行们都夸赞丛干忠眼光远、转行快，而他说，办企业需要清醒的头脑，任何时候都要用好"天时地利人和"的因素。

目前，当地政府正在积极推动产业由规模扩张型向质量效益型转变，由主要依靠电解铝驱动向铝精深加工与应用领域延伸，由初级原材料提供商向终端产品和综合解决方案供应商转变，全力推动产业向更高层次迈进。

这是一个难得的机遇。为了深耕这个市场，丛干忠把眼光瞄向了铝产品的一些冷门，如铝铆钉、铝丝、合金焊丝等。他说，今后走"铝材专科"路线，产品附加值高，市场前景一定美好。

五、不断改进营销方式，努力开拓全国市场和国际市场

刚开始，他们的产品营销，都是自己一家一家地跑出来的。

丛干忠说，与客户交流时，一提到退役军人的身份，还是很管用的。因为许多客户信赖人民军队，所以双方谈话也多了一份亲近。有一次，江苏无锡有位客户前来考察他的产品。交流中，他说："我当过兵，非常珍惜政治荣誉，把诚信当作生命。我信奉'产品就是人品'这句话，从来不会坑人、骗人，请相信我！"

类似这样成交的例子，不胜枚举。

他的产品符合国家标准，物美价廉。通过努力，他把生意做到了全国，并跨出了国门。

打开"百度爱采购"，找到济南忠发铝业、山东晟宏铝业的网页，各种商品信息映入眼帘——铝板、铝带、铝卷、聚酯彩涂铝卷、棒材、铝线等许多产品的图片、价格一目了然。

2019年，他在公司成立了外贸部，将产品信息发布在"百度爱采购""阿里巴巴"等外贸平台上。客户如果需要，就可以到网上搜索，只要键入关键词，就可以看到，并直接联系他们。这样，不仅引来了大量的国内客户，还引来了一些跨国买家。

就拿"百度爱采购"来说，它是百度旗下的B2B平台，旨在帮助卖家发布商品信息。买家一上网，就能搜索到自己所需的采购信息，联系卖家。丛干忠说，这种方式，使他们从中获得了很多商机与采购订单。

为了实现薄利多销，他们按照销量来确定优惠批发价。例如，最近，购买压型铝板，起订量1吨，单价1.69万元；起订量5吨，单价1.68万元；起订量19吨，单价1.65万元。

2019年开始，他们陆续接到澳大利亚、越南等国外客户下达的订单。2020年，他们销售到澳大利亚的铝线有4000多吨、销售到越南的有1000多吨。

丛干忠对铝业精深加工的未来市场充满信心。他说，据统计，2017年，我国人均铝消费约24.8千克，而美国、日本等国在30千克左右，瑞士、德国等国在40千克左右，所以我国仍有较大发展潜力。

他进一步举例说，许多电缆厂成为了他们的重要客户。现在，高压线都采用铝线，空中、地下都有，因为铝与铜比较，价格便宜，更容易占领市场。还有，用铝替代钢铁制造车身，能够减少很多重量。一般的轻量化运输车比普通碳钢挂车轻4吨；而每轻1吨，跑100公里就能少用1升柴油，同时相应减少2.63千克的二氧化碳排放量。重量减轻了，安全性能提高了，还能减少排放，降低运行成本，真是一举多得。

尽管通往理想的道路布满荆棘，但他仍然铿锵前行！

【剑走偏锋　出奇制胜】

攻关破茧攀高峰

—— "温州市劳动模范"黄如乃创新纪实

人物介绍

　　黄如乃，1949 年生，浙江省乐清市人。1968 年 2 月入伍，在浙江省军区台州军分区船运大队服役。1969 年 9 月，加入中国共产党。1970 年 9 月，当选船运大队党委委员（士兵代表）。1971 年 10 月，担任正排职机电长。1975 年 4 月初，调防到安徽省军区安庆军分区船队。1975 年 4 月底，调防到舟嵊要塞区嵊泗守备区船队。1975 年 7 月，调防到舟嵊要塞区船运大队（宁波）。1978 年，担任正连职机电长。1985 年，在宁波市第四中学高中部学习。1986 年 3 月，转业到浙江省乐清市。1986 年 8 月，在乐清市供电公司虹桥供电所工作。1992 年 12 月起，先后担任蒲岐供电所副所长、所长、党支部书记。

　　黄如乃所获荣誉：1979 年 9 月至 1980 年 10 月，被抽调到船运大队司令部从事技术革新工作。期间，他带领两名战士研制"067 型登陆艇大门自动脱挂保险钩装置"项目，并获得成功。1985 年上半年，这个科研项目获中国人民解放军总后勤部技术发明二等奖。1985 年 9 月，他荣立三等功，并被评为南京军区"军地两用人才标兵"。1997 年，被评为温州市劳动模范。

黄如乃对记者的一次采访印象深刻。

那还是 1959 年春耕插秧季节，因为身强体壮的男劳力都去修建虹桥地区的淡溪水库了，年仅十岁的黄如乃经常跟着母亲在水田里插秧。有一天，田野里来了一男一女两位记者。他们看到有个小孩干得非常卖力，就在田埂上采访了黄如乃，还为他拍照，并对他说："我们要把你的事迹登报宣扬，希望你长大以后做个劳动模范。"

黄如乃说："当时，我的名字有没有上报纸不知道，但记者对我的鼓励确实很大，我立志要努力工作。凑巧的是，38 年后，我真的被评为温州市劳动模范！"

他参军前，小学还没念完。参军后，在浙江省军区海门船训队学习了一段时间；1973 年，参加南京军区机电干部培训学习班半年；1983 年，参加宁波西郊船训队初中部学习半年；1985 年，在宁波市第四中学高中部学习半年。他说："在部队时，我无意中得到了一本初中物理课本，这对我帮助很大。"后来，他特别喜爱看《十万个为什么》丛书，从中学到了很多知识。

看过战争片《拯救大兵瑞恩》的人，一定记得这样的场景：1944 年 6 月 6 日，盟军在法国诺曼底登陆时，官兵和装备从登陆艇首部迅速放下的大门上发起冲锋，为二战西线的胜利奠定了基础。

1979 年 9 月，黄如乃带领两名战士废寝忘食，攻克了"067 型登陆艇大门自动脱挂保险钩装置"研究项目，获得中国人民解放军总后勤部技术发明奖二等奖。上海 708 船舶研究所的两位工程师说："战场瞬息万变，战机稍纵即逝。在有关部门和首长的重视下，我们四人从 1958 年开始研究这个项目，一直没有进展。而你们几位军人在这么短的时间里闯关成功，为未来我军登陆作战的胜利赢得了宝贵的时间，太了不起了！"后来，上海 708 船舶研究所在他们成果的基础上，研制了一种与他们原理相同、机械结构相似的大门自动脱挂保险钩，获得了国家技术发明奖二等奖。

1986 年 8 月，黄如乃到浙江省乐清市供电公司后，结合工作实践，提出了许多电改方面的合理化建议，获得了较好的经济效益和社会效益。

关于社会赞誉，有两件事令人印象深刻：一是，蒲岐镇北门村的老人出于对他和他的团队的尊敬，每年重阳节都把他们当作贵宾邀请聚会。他们送上礼物向老人祝福生日后，老人们把礼物全部退回，并说："邀请你们来，是感谢你们的辛勤付出！"二是，1999 年，甬台温高速公路第 6、7、8 三个标段在蒲岐所范围内施工，得到了他们的大力支持。在行风评议征求意见时，第 6 标段的总经理说："我们施工走遍了中国，第一次遇到这么好的供电所，也是第一次见到这么好的黄所长。"

2009 年国庆节，乐清电视台把黄如乃作为建国六十周年同龄人的代表人物进行了专访。2019 年 11 月，在浙江广播电视集团等单位举办、乐清市协办的纪念建国七十周年《唱响伟大祖国颂歌》系列公益活动中，他作为特殊嘉宾被邀请参加活动。

一、他对机械着了迷，热衷技术革新，对需要改进的地方，总是异想天开想办法解决

1968 年 3 月，黄如乃作为石帆公社的部队应征青年，体检合格。接兵的一位艇长家访时，看到他熟练地操纵柴油机碾米，竖起大拇指："行，到部队开小汽艇，非你莫属。"

他文化水平虽然不高，但很爱钻研，在部队自学了电工学、力学、材料学、机械学、机械制图等知识，并提出了"消除排气管污物""锅灶燃油雾化器""船艇推进器航行角度""主机燃油自动加热器"等项目的建议，并参加了有关改造。

在部队操作小汽艇时，他通过观察，总觉得设计不合理。因为，它的推进器轴向是固定在船艇水平的一个方向，当小汽艇慢速行驶时，艇体与水面平行行驶，推进器的推力完全符合效率要求，全力向前推，功率发挥最好；当小艇"昂首挺胸"高速行驶时，特别是逆水行舟时，艇体与水面形成近 40 度夹角，越是加速，船尾越是向下，推进效率越低。如果汽艇的推进器有万向装置就好了——当汽艇低速行驶时，能够使功率的推力得到最好的发挥。随着汽艇快速行驶，推进器也随之"昂首挺胸"，转成一个角与水面平行向前推进，始终在最大发挥效率向前、而不是向上推动艇体。这样，在同样的功率下，汽艇的速度会有一个很大的提高。这项建议为后来的改进提供了借鉴。

当时，船上的灶具都是通过燃烧柴油来烧菜做饭。他觉得，这样既浪费了不少柴油，也污染了环境。既然没有可以充分燃烧的煤气、天然气，能否利用船上的压缩机罐里的空气，像使用煤气灯那样，对灶具的柴油进行加压雾化，使其烧得既猛火又干净，这样就环保、节省了。他的建议提出后，为部队开展厨房"柴油雾化"技改开阔了思路。

在一般大气压下，柴油的燃点超过 200℃。船用柴油机启动后，低温柴油直接从油箱里抽出，经过给油系统送往高压泵，再送到喷油嘴。当柴油喷入气缸时，不会达到自燃点，再将经过雾化的柴油送到高压气缸进行做功，这样的柴油温度没有达到所需的温度，燃烧不完全，使排气管冒黑烟，既浪费了不少柴油，又污染空气，而且效率又低。他当时的想法是：既然排气管经过淡水冷却，再由海水冷却淡水，那么是否可用淡水加温柴油的方法，使其接近或达到自燃点？这样，高温的柴油经雾化后进入气缸，会完全燃烧干净并发挥效率，提高燃油利用率。只不过，他想到，这样加温使柴油接近或达到自燃点存在爆炸的可能。因为知识所限，他对结果无法判定，只得留下深深的遗憾。

1973年春天，他在船上担任机电长时，船上主机是6187型柴油机，副机是1110型柴油机。主机除了重负荷有点冒黑烟外，没有大的影响。可副机向上方排出的油烟恶浊可怕，整个舱面像下了黑油烟雨，而且噪声又特别大，大家对这种潮湿带有水蒸气的排气管怨声载道。他结合学到的专业知识，与修理所的师傅一

黄如乃（左一）向首长演示发明成果后的合影

起，利用隔热冷却和隔音除噪的方法，把副机的排气管与冷却水出口管合二为一，向船舷外侧排放。出口在海水平面之上，里高外低，并装有止回阀门，防止海水倒灌。这样，有效地解决了难题。

黄如乃因为喜欢琢磨，所以对机器了如指掌。当机器出现故障时，他都能准确判断，及时抢修，避免事故的发生。那是1975年6月初，他随船保障海岛炮兵部队实弹打靶。大海中，船尾拖着一根长300米的粗钢缆，连着体积10米×15米×2米的靶台（靶杆高10米）。炮兵在2万多米远的山上瞄准、发射。

突然，他听到主机发出刺耳的声响，马上意识到有只进排气门工作不正常，

迅速跑到机舱。这时，机舱里烟雾缭绕，一片灰蒙蒙，令人睁不开眼睛。他立即把情况报告指挥台，并停车马上进行抢修。还没等滚烫的机器冷却下来，他就迅速打开故障部位的封门板，检查进排气门。这时，他发现一只气缸的凸轮柱头螺丝松脱，导致这一缸没有做功，进排气门错乱运行后产生大量废气，情况相当危险。关键时刻，他凭借自己熟练的技术，及时将故障修复，使船艇恢复了动力。

二、067 型登陆艇大门自动脱挂保险钩装置，连上海 708 船舶研究所都解决不了。他带领两位战友攻克了难关，获得总后勤部"技术发明二等奖"

1979 年 9 月，舟嵊要塞区船运大队司令部通知某船机电长黄如乃，要他参加"067 型登陆艇大门自动脱挂保险钩装置"的研制攻关小组。当时，大队决定：为了便于加工、试验、操纵的协调，由司令部参谋何国友牵头。具体的科研管理工作，由黄如乃负责。于是，黄如乃带领报务员费飞、机电班长吴新根两名组员，吃住在大队部信号台的楼上，一门心思潜心研制。

大门脱挂钩在登陆艇上是非常重要的设备。在登陆作战中，当登陆编队抵达江海滩头时，登陆艇大门能否迅速打开，影响兵员、坦克、战车能否及时投入战斗。当时，登陆艇大门挂钩用的是法兰螺丝，需要两个人操作，即费时又费力，还影响艇上两挺高机火力的发挥。特别是冬天，登陆艇甲板结冰后很滑，艇员上前操作也不安全，急需用自动脱挂钩代替法兰螺丝装置。值得一提的是，这个难题，连上海 708 船舶研究所都解决不了。

对于这个难题，中国人民解放军总后勤部将攻关任务下达给南京军区，南京军区又将这个任务下达到舟嵊要塞区船运大队。黄如乃感到，自己虽然在各种业务考试、技术比赛中都能取得优异成绩，但文化水平低，担心无法挑起这么重的担子。可是，既然组织决定了，也不能推辞！

于是，他带着两名组员去火车上观察自动脱挂钩系统，去海港码头、工厂调研，还去图书馆、科技馆查找资料。七八天过去了，他们脑子里还是一头雾水。到底从哪里切入？无从谈起！压力之下，他吃饭不香，觉也睡不着。

"人家研究所都搞不出来，你们能搞出个啥名堂？"这样的话，他听到不少。

正在这个关键时刻，他想起了自己所在的 82T 运输船，6267 型柴油机的油门操纵杆省力能止锁，还活动自如，能否作为这次项目攻坚的参考呢？82T 运输船的油门操作手柄到支承点的长度，是油门加油点到支承点长度的十多倍，当然是省力的，而大门脱挂钩的位置不可能有这么大的空间可以安装，何况在登陆艇前面增加设备不能影响航行的视线。这个思路刚理出来，他就觉得难度太大。不过，经过几天思索，他豁然开朗：既然斜面省力，那就把活动钩增加一个斜面，来减轻控制大门的负荷。从此，他有了新的思路，也增强了战胜困难的信心。

可是，问题不断抛来：登陆艇在海中航行时，大门既要承受自身重量，还要承受海浪冲击的力量，必须要充分考虑到这一点。这对他们几个年轻人来说，如何找到应对措施，是最大的挑战。他们就在机械结构设计上动脑筋。一开始，他们在斜面力学上进行设想，又在操场上用竹竿模拟大门，用纸板代替活动钩，在地上反反复复地操纵，不断测量大门运行时的弧度和大门活动钩的角度，得到了宝贵的第一手材料。然后，他们到修理所进行钢板加工，对活动保险钩进行模拟试验。这时，许多问题和困难接踵而来：首先是大门太重，斜面不够，无法实现这个目的。此时，费飞提出了"再增加一个斜面减轻插销受力"的建议。黄如乃采纳了，并设计一个滑块，用三个斜面来增加其长度，以减轻大门保险钩的承受力和控制力，使操纵更省力。

此外，在斜面的角度选择上，他们花了不少的精力和时间。奇怪的是，这个滑块的角只能是 30 度，29.9 度不行，30.1 度也不能用，差一点就控制不住。至于那些附件，必须精心打磨，不能有半点粗糙。困难虽然不少，但做成这样总算成功了一半。

掌握这些结构、原理以及试验的数据后，经领导同意，他们到地方工厂去加工零部件。这时，新的问题又来了：他们不懂图纸，连那些精密度、光洁度、工艺图、结构图、装配图的一些术语都不懂。没办法，他们只好边学边干：关于弹簧的设计，需要用微积分来计算，可他们连小学都没毕业，哪儿有这个能力呢？于是，他们不懂就问，最后在图书馆里找到了设计资料，用套公式的方法实现了"微积分计算"的结果，对过桥拉簧、复位弹簧、稳冲弹簧等有了科学的认识。至于弹簧长度是直径十多倍的问题，他们通过内外套筒的原理予以解决，并考虑到了密封防水、活动部件的防锈等问题。这样，遇到电磁开关故障时，可由备用拉环打开大门。

大队修理所所长倪孟铸，对电磁开关比较精通。黄如乃把自己设计的电磁开关形状以及大小尺寸交给他以后，他很快就加工完成了。这时，费飞设计完成了大门角度指示器。通过努力，他们终于拿出了两台土里土气的试制样品：其中精密的配件，是由宁波动力机厂通过热处理精加工；它的外体是自己焊接而成，并形成整体。在这个过程中，他们学会了各种图纸的绘制和各种配件的加工。

当时，设计时已经考虑了密封问题，只要大门在保险钩位置关闭，压进橡皮两毫米，就能使滑块插销前进一齿。这样，就可实现大门与艇体的紧密结合。可是，说起来容易，做起来就难了。因为他们这套装置没有经过验收，7815工厂不予安装。没办法，黄如乃他们只好自己干。通过反反复复安装、调试，终于使这套装置成功运行了。那么重的大门，只用几毫米的插销就能控制——无论是开关还是止锁。研究结果表明：系统打开迅速，关闭自动，操作灵活，达到了预想的目的。

它的工作原理是：将大门重量产生的力，通过斜面作用省力，并转移到船体上，剩下的小部分重力由电磁开关控制。这种设计，类似蜗轮蜗杆斜面省力、止锁的原理，有创新与发明的成果。

1980年夏天，经过海上的实际操作，他们研制的自动保险钩性能稳定。1980年9月，总后勤部组织全军与地方有关技术人员来宁波开现场验收鉴定会议。到会的有总后勤部总工程师黄一、上海708船舶研究所的两位专家，还有南京军区以及海军有关技术人员。经过一天的现场数据测试、操作，并经过讨论，大家一致认为这套装置为合格产品，具有技术先进、使用灵活、安全可靠等特点，值得推广应用。同时，总后勤部要求精加工十套20台发给全军登陆艇部队试用。

1985年，这个项目获得总后勤部技术发明奖二等奖。1985年9月，南京军区召开庆功大会，黄如乃、费飞分别荣立了个人三等功，吴新根受到嘉奖。他们还被评为"军地两用人才标兵"。

如今，40多年过去了，虽然这个项目已经被新的科研成果取代，但是黄如乃和战友们当年的创新事迹仍然熠熠生辉。

三、1986 年 8 月，他到浙江省乐清市供电公司工作后，提出了许多电改方面的合理化建议，取得了良好的经济效益和社会效益

黄如乃在乐清市供电公司工作的二十多年中，善于思考，提出了不少合理化建议，得到了领导和专家的肯定与采纳，并获得了一些奖项。

1989 年，一次，在虹桥马路桥头十字路口，他第一次爬上 13 米高的水泥电杆作业。当时，这根电杆又粗又高，10 千伏线路有两回，0.4 千伏线路又有好多回；同时，路灯线同杆架设，还装上了 4 米高的路灯架。等任务完成后，下来就难了。

至于路灯杆，抱箍也大。当时，普遍把镇流器用铁丝扎住，挂在抱箍下端的螺丝上。这样，上抱箍与镇流器及下端接线的距离至少有 1.5 米。他下杆时，不知将脚板的挂钩放在哪里才对。别人都下杆走了，可他就是下不来，好尴尬啊。

好不容易下来后，他觉得，这样的安装工艺有待改进。1992 年夏天，他在石帆农电站工作时，将这种安装方法改过来了：在路灯主抱箍上面，由里往外打了一个 8 毫米沉头螺孔。安装时，将 8 毫米 ×25 毫米的镀白沉头螺丝由里向外伸出，并配上螺母。当安装镇流器时，拿下螺母，挂上镇流器以后再装紧。这样，使路灯附件在杆上缩短了约 50 厘米，便于施工人员上下电杆，而且美观、便于修理拆装。

从竹屿 733 线雷击故障中，他提出了"变压器上的避雷器跳线应该接在跌落式开关下桩头"的建议。

20 世纪 90 年代初，根据国家电网的有关文件规定，县级供电企业的工作重心要转移到为农村、农民、农业的"三农"服务上来。1992 年春夏之交，虹桥供电所率先成立石帆、天成农电管理站，任务是管理竹屿 733 线路，它包含石帆、天成、西联三个乡及虹桥镇杏庄五社，共有 46 个行政村，用电户 15000 多户；共有 10 千伏主、支线路 40 多千米，0.4 千伏低压线路 180 多千米。

这时，上级任命黄如乃担任站长。

1992 年 8 月，一个雷雨交加的夜晚，突然 10 千伏竹屿 733 线全线停电，也就是三个半乡镇 46 个行政村全部停电。当时，线路上没有设置任何分支开关，线路故障一般很难寻找，真是怕什么来什么。

第二天一早，在虹桥供电所全体线路工的支援下，黄如乃发动全体村电工

分段寻找故障点。可是，大家找了一天，也没有找到故障在哪里。第三天，他们又一根电杆一根电杆地查找故障，还是无功而返。

夏天酷暑炎热，老百姓家里没电可怎么办？他心急如焚，督促大家加紧寻找故障。

第四天中午，黄如乃带着大家来到竹屿村变压器旁边的大树下。他们虽然累得筋疲力尽，还在群策群力，讨论接下去的行动计划。这时，江炳富无意中拿着竹竿敲了一下这台变压器的避雷器。只听"咣当"一声，B相的避雷器"粉身碎骨"掉了下来，撒了一地，多日难寻的故障"元凶"终于"露馅"！大家一下子忘了疲劳，兴高采烈地手舞足蹈起来。排除故障后，送电立马成功！

事后，他寻思，这样的雷击故障沿海地区经常发生，应该想出一个应对的办法。他反复思考，为什么变压器台上的避雷器跳线要接在跌落式开关的上桩头呢？10千伏线路已经安装了避雷器，变压器上的避雷器应该接在跌落式开关的下桩头才对啊！只有这样，当变压器台上的避雷器被雷电击穿后，跌落式开关熔丝迅速熔断而断开线路，才能有效地保护设备安全。如果按照他的想法去接线，可以避免造成类似这么大的停电事故。为此，他向上级反映了自己的想法。

1993年春耕时节，局里采纳了他的建议，发文通知各供电所：10千伏线路全部停电改造，将变压器台上的避雷器的跳线，直接接在跌落式开关下桩头。

1995年秋天，蒲岐街的东门、南门、北门三个村的路灯都是供电所管理，只有西门村路灯还是由村里管理。有一天晚上，西门村的路灯不亮了，他们捣鼓了一宿，也没有查出原因。第二天，黄如乃知道后，派出两位电工帮忙一起去查找故障。可是，他们找了三天，还是没有找到。

这里的路灯控制系统正常，为何线路接地短路无法送电呢？说起来，蒲岐街的路灯真是复杂得难以想象：四城门有四条街属于四个村，变压器都设置在城外。因此，四城门外四台变压器往城内送低压三相四线电，同样，路灯线也是从城外同杆往城里送电。当时的路灯控制器都是用石英钟控制时间，它是机械式，调整时会有误差，很难把四城门控制路灯的开关时间调整到一致。可是，四城门的老百姓对这个路灯开关却非常关注，哪个村路灯早开了两分钟，另外村的村民就会打电话到供电站质问，甚至还会骂人。所以，四城门的路灯开关时间，都是他们细心调整的，尽量减少误差。这次西门群众见到东、南、北三个门都有路灯亮着，就是他们西门不亮，所以意见很大。

第四天，黄如乃抽空与大家一起查找故障。他首先检查了路灯控制系统，都属于正常。他又叫一名电工爬上河边那根 12 米高的电杆上，把他人临时绕在电杆上的 LBV16 毫米路灯线解开。这时问题找到了——电线破损，裸露在电杆柱上。他叫职工先把裸露塑铝线处理好，再试着送电，果然路灯亮了！在场的村干部高兴地说："故障已经查了三天，都没有查出来。还是黄所长经验丰富，真是不简单啊！"

此外，他结合工作，还提出了"缩短 10KV 杆上开关操作时间""杆上变压器及附件防盗报警器""更好地改进 C45 开关接线工艺""10KV 杆上真空断路器维护与使用方法的改进"等建议，有力地促进了管理工作的规范化。

同事们都说："黄如乃思维活跃，大脑里经常冒出创新的火花，为事业增添了光彩，值得我们学习！"

让货币文化绽放时代光彩

——杭州世界钱币博物馆馆长储建国创业纪实

人物介绍

储建国，1950 年生，浙江宁海人。1968 年 3 月至 1971 年 2 月，在南京军区第 60 军 181 师高炮营一连服役，先后随部队驻防南京浦口、江苏涟水、安徽霍邱等地。1971 年 3 月，先后在行政机关、事业单位、国企工作。1982 年 7 月，毕业于浙江省委党校政经系。之后，任杭州恒丰金行经理。1999 年 6 月，创建杭州世界钱币博物馆。

2009 年，他获得了国家文物局颁发的"中国当代文博专家"证书；2013 年 7 月，获评第六届"薪火相传——中国文化遗产保护年度贡献奖"（中国文物保护基金会主办）。

他现任浙江省文史馆研究员、浙江省社会科学院特聘研究员、政协杭州市文史委员会特聘委员、中国文物学会会员、中国博物馆学会会员、中国钱币学会理事、浙江省辞赋学会副会长。

2009 年，他参加国务院法制办组织、国家文物局牵头的七部委《关于支持民办博物馆的若干政策规定》起草讨论和定稿工作；并主持多个国家、省、市级研究课题项目。其中，他主持省社科院钱塘江金融课题时，考证出沿岸十余处铸币遗址，提出了钱塘江金融开发的设想。他编写出版《杭州金融史》等专著 20 多部，还有 60 多篇论文在海内外发表。

　　打开"钱币"窗口，瞭望无限世界。当你走进浙江省杭州市上城区景昙路西子国际 A 栋 31 楼的杭州世界钱币博物馆，这个愿望一定会实现。这里，馆舍天地连着大千世界，呈现的钱币文化如此深厚。

　　钱币包含着经济、政治、军事、金属、度量衡、美术、文字、民族、宗教等方方面面的信息，是传统文化的重要组成部分。更特别的是，它蕴含了海上贸易、丝绸之路、陶瓷之路等丰富的历史信息，透露着时代的背景。

　　1999 年 6 月 6 日，宁海人储建国正式创办了全国唯一一家以陈列和展示外币为主的杭州世界钱币博物馆。如今，二十多年过去了，博物馆已经成为民办翘楚。2002 年至 2010 年，储建国代表博物馆先后三次应邀参加联合国教科文专委会会议并发言。他多次接待中外金融、财政界相关人士及代表团。他的博物馆是新加坡在中国大陆唯一的货币展示点，是华侨控股旗下的一张闪亮的文化名片。

　　2005 年 4 月 15 日，时任浙江省委书记习近平一行到杭州世界钱币博物馆调研、考察，对他们的工作给予了充分肯定。杭州市领导也多次到馆考察，给予政策倾斜。2006 年 11 月 12 日，联合国教科文国际钱币与银行博物馆委员会副主席昆茨来这里视察，并称赞该馆办得富有特色。

　　2021 年 6 月，杭州市历史文化名城保护委员会授予杭州世界钱币博物馆研究组第五届"杭州最美文物守望者"、第二批"红色基因传承者"称号。

　　从痴迷钱币收藏到呕心沥血办博物馆，再到世界各地奔波借鉴，储建国这一路走来，遇到了很多坎坷。但是，他说："博物馆从创立至今的 20 多年，正是中国改革开放不断深入推进的阶段，政府及社会各界对办馆给予了很大支持。能在这样一个伟大的时代，干自己有兴趣、想干的事情，实现自己儿时的梦想，我感到非常荣幸。现在，中国经济正在迅猛发展，我希望能在服务货币金融方面发挥更大的作用。"

一、冒着生命危险收藏中外钱币

　　中国是世界上货币种类最多的国家，五千年的历史，也是一部中国古钱币发展演变史。储建国说，"因为喜欢，所以投入"。

　　1949 年，储建国出生在宁海，是新中国的同龄人。他从小受家庭文化熏陶，喜欢读书、"藏史",读中学时就有几百种古钱藏品。他还按照历史年表进行分类。

1968 年 3 月,他入伍后,来到第 60 军 181 师高炮营。这时,高炮营刚从援越抗美前线撤回南京才两个月,部队驻扎在浦口花旗营。

出国前,181 师高炮营配属炮兵第六十四师。1967 年 4 月,他们在云南开远集训一个月后,奉命开赴越南,担负老街到安沛铁路线以及机场等地的防空作战任务。历时八个月,炮兵第六十四师经历战斗数百次,取得了击落敌机 109 架、击伤 85 架,俘虏或击毙敌飞行员 17 名,上交有科研价值的残散 102 件的辉煌战果。

1965 年,我国政府为援越抗美部队专门印制并在内部流通的代金券,面额分为壹分、伍分、壹角、伍角、壹元、伍元 6 种。代金券采用正反两面胶版印制,在券面设计上,正面采用四连框封闭式,将主景图案、面额、冠字号等要素巧妙地处理在四周花饰框内，并在框内上端横印出醒目的"军用代金券"五字，下端打上"1965 年"纪年字；背面设计采用机制花饰花边烘托出面额数字，还在券面印着"仅限内部使用，禁止市场流通"字样。欣赏起来，更感到它的神秘。当时，中国人民银行还选调了一批精干的工作人员随部队出国，负责兑换、发放、储蓄工作。

储建国在高炮营一连任文书，与连队刘指导员同睡一个房间，他们睡的床铺都用罐头等慰问品的包装箱堆搭而成。

那时，指战员们都有援越抗美军用代金券。储建国出于喜爱，对它进行了收藏。现在看来，这种代金券可以用独特、稀少、珍贵来形容。由于流通时间较短、部队回收较快，军用代金券存世极为稀少，好品相的更是凤毛麟角。

在储建国的家里，我见到了他 1969 年用钢板手刻的《欢唱建国二十周年》歌本，封面彩色套印毛泽东头像和天安门图案。他说："开始我们高炮营有一支宣传队，几个月后，改编为 181 师宣传队。我在乐队组，有时吹笛子、吹箫、吹唢呐，有时拉二胡，还兼任宣传队文秘工作。我的任务特别重，别人休息了，我还在刻蜡纸、油印资料，甚至做两色、三色套印。刻仿宋体和套色是我的特长。"

在紧张的部队生活中，他始终没有忘记自己的收藏爱好。哪怕是生命遇到危险的那段日子，他也精心保存了自己收藏的军用代金券、军用就餐券和特殊年代地方有价证券。

1970 年夏，181 师高炮营在苏北参加"支左"后，从江苏涟水开始一路行军至安徽霍邱，驻扎于城西湖军垦农场，支援秋收和农田基本建设。

那是 1970 年 10 月初，安徽霍邱爆发出血热传染病。一天，储建国被感染了，体温 38.6℃；同连的炊事班副班长 38.2℃。按照规定，38℃必须送医。可是，连队仅有一副担架，为了防止颠簸加重病情，又不能用汽车载运。他请求连队首长先把战友抬走。炊事班副班长因体胖，输液困难，被割出静脉输液后感染，导致身残。同时住院的，还有 24 岁的排长赵兴才。他把患病的战士背着，步行40 多里，赶到 181 师卫生院。由于途中没有口罩防护，他不幸被传染，最后光荣牺牲。

此病的症状就是呼吸困难，当时没有特效药，全凭自身免疫功能渡过难关，很多人因肾衰竭死亡。储建国算是幸运的，还活着闯过了这道"鬼门关"。

1971年，他退伍后，到宁海县桥头胡区公所工作，业余时间继续在废品站、宁波东海冶炼厂等与废铜有关的单位挑拣钱币。到1980年，他的钱币藏品已近万种。

从上世纪90年代初开始，储建国跑到中国周边一些国家，投资征集中外钱币。这当中，还有过惊险。他说："我曾于1992年底，独自深入柬埔寨暹罗地区考察，寻找扶南、真腊王国早期金银币、铅锡币。当时，这里是柬埔寨政府军与红色高棉军交战区。这真是一次玩命的经历啊！"

通过努力，他陆续收藏了当今世界上200多个国家和地区的流通硬币、纸币，世界各国的早期货币，第一、二次世界大战各国流通的硬币、纸币，当代世界各国发行的中国题材的金银纪念币，中国人民银行发行的流通硬币、纸币、金银纪念币等两万余枚。

在这些藏品中，中国钱币有楚国特大椭圆形青铜称两货币（6.5公斤）、秦汉各类钱范、王莽十布、三国东吴大泉五百和当千钱树、唐镌文银锭等宝贝，以及宋各类铭文、金牌、金铤、金锭。

二、为创办钱币博物馆奔波，寻找理论和实践依据

1981年，中共十一届六中全会通过的《关于建国以来党的若干历史问题的决议》提出："一定范围的劳动者个体经济是公有制经济的必要补充"。储建国立刻意识到，博物馆行业或许也可以参照此种办法。一枚钱币就是一段历史，包含经济、政治、军事等各方面的信息。譬如，在钱币上，中国主要用文字，而西方用人物特别是政治领袖的头像；又譬如，古代不少东南亚、东北亚国家都曾仿效我国的钱币……

储建国一直有着很强烈的愿望——这么好的东西，一定要让更多人感受到它的魅力，要将有关钱币的知识普及给大众。他说，钱币是每一家都有的，看得见摸得着。而且钱币相比其他收藏品，档次很高：第一，钱币是国家垄断发行的；第二，钱币有利于收藏，除孤品、稀品外，它不需要太大的本钱；第三，最主要的是，钱币里面的内容十分丰富。

储建国翻阅了大量资料发现，新中国成立后的博物馆有国家及各省、市、自

治区办的综合性或专业性的博物馆，就是没有民办的。其实，历史上是有过私人博物馆的。1905 年，张謇创办了国人独立创建的第一座公共博物馆——南通博物苑，从此开启了近代博物馆的新篇章。由此，他逐渐萌发了筹建一所私立博物馆的念头。

转机出现在 1983 年。储建国回忆："在中国人民银行担任货币研究所所长兼人事处处长的表哥告诉我说，有一位钱币专家叫戴志强，是河南省安阳市文化局副局长兼博物馆馆长（后任中国人民银行货币发行司副司长、中国钱币博物馆馆长），刚调到他们那里，帮助筹建钱币博物馆。在表哥的介绍下，我们一见如故。"后来，他们一同发起成立了中国钱币学会和浙江省钱币学会。在这个过程中，戴志强提醒他说："中国人民银行要办中国钱币博物馆，你有这么多中外钱币，不妨试试在浙江办个世界钱币博物馆。南开大学恢复了历史系的博物馆学专业，你去借他们油印本的《博物馆学》一书看看。该书是由文化部文物局教育处、南开大学历史系编的教科书，书中提到了世界各国的私人博物馆。我想，中国迟早也会有的。"戴志强的话，更加坚定了他的信心。

这本《博物馆学》中对管理者的设置，引用了日本《大百科全书》"博物馆"条目，提出"国立、公立、私立"等类型；且采用复旦大学吴泽霖教授所著的《论博物馆》中的分类，从所有权的角度把博物馆分成公立和私立两种，把后者说成流行于资本主义国家中，尤其是采用美国社会学家约瑟夫·科茨著作《博物馆与未来》所说——"私立博物馆与临时性的博物馆""遍及全国""爆炸性的发展"，还列举了美国的硬币博物馆和世界银行行长布莱克花 15 年时间在他的办公室里建立的小型钱币博物馆。另一本由南开大学冯承柏教授所著的《博物馆与西方社会》中则指出，1965 年以来，美国以每 7 天新建 6 个博物馆的速度迅速发展。这些都给了他很大的启发。

1987 年，中共十三大报告提出，私营经济一定程度的发展，是公有制经济必要的和有益的补充。这就再一次从政策层面上给了"说法"。

但是，在 20 世纪 80 年代，他曾多次跑过浙江当地的文博、民政、工商等部门，咨询要求申办民办性质的钱币博物馆，均因上面没有政策而无法实现办馆愿望。

他没有气馁，不禁想到：国外是如何创办博物馆的呢？

20 世纪 90 年代初，他把考察的重点放在西方发达国家，对这些国家的博物馆性质、机构与人员、经费及来源、基本职能、服务与设施、发展和问题等方面进行了考察，重点了解了这些国家的博物馆准入制度与管理方式，以及对国内的借鉴意义。

经过考察，他大有收获：英国采用的是备案制，其博物馆的登记管理制度主要通过行业协会进行，属于非强制性，从而避免政府主管部门管得过多过死，使博物馆有充分自由发展的空间。美国采用的是登记制，主要由州政府负责。各州根据具体情况来制定标准，体现了美国市场分散的民间自治。其认证制度和登记制度相区别，以引导博物馆进一步提高标准。博物馆的资金来源大体可分为社会赞助、政府资助、博物馆自身营业收入和投资收入四大块。在德国，"登管分离"是社会组织管理体制的一个显著特点。政府对社团仅负责登记，管理完全靠社团自己，政府并不过多干预。日本采用的是注册制。要办博物馆，得向当地教育委员会申请注册。若办私立博物馆，则需要法人公司的章程复本、博物馆规则的复本、博物馆用地和建筑区域的图表、博物馆事业计划文件与相应财政年度的预期收入和支出，以及博物馆资料目录，馆长、馆员的名录清单。

上世纪 90 年代中期，储建国去马来西亚的马六甲市考察。该市人口 30 万，计划建立 100 家博物馆，以期通过博物馆吸引世界各地的游客。那 100 家博物馆中，仅马六甲王朝博物馆属于国有，其余 99 家均为民办。

通过考察访问世界各地博物馆，他综合了相关调查情况，向国家文物局有关部门汇报，表达了创办钱币博物馆的强烈愿望。

三、让世界钱币博物馆亮相杭州

20 世纪 90 年代中期，党和政府鼓励社会力量参与文物保护和博物馆事业，民间收藏发展迅速，北京等地开始筹建民办博物馆。1996 年北京市文物局率先批准 4 家民办博物馆。

1999 年 6 月，杭州世界钱币博物馆终于获批。性质为民办非企业单位，从事收藏、陈列、展示和研究国内外钱币工作，隶属杭州市园林文物局业务主管，登记管理机关为杭州市民政局。

博物馆坐落在杭州最繁华的商业区清河坊 178 号。这里的古建筑大多建于鼎盛时期明末清初，是杭州保存较完整的旧街区。

2001 年 9 月 18 日，世界钱币博物馆正式开馆。该馆有展厅 300 多平方米，展出世界上 200 多个国家的流通硬币、纸币，100 多个国家的金银铜镍纪念币，早期古罗马、古希腊的打制金银币，当代各国发行的 50 多套中国题材的金银纪念币及中国历代货币，中国人民银行发行的纪念币、硬币、纸币等近万枚。钱币的材质不但有金、银的，而且还有铜、铁、锡、白金、钯、陶、瓷，甚至石头等。

博物馆的建筑布局：一楼内厅的"中国现代金银币展"，陈列和展出有"中国五千年文化纪念币"等 12 个系列、1100 多种金银币，其中有中国人民银行首次发行的"建国 30 周年金质纪念币"等。二楼内厅的"中国银行收兑的 16 个国家（地区）货币展"，陈列和展出有中国银行挂牌收兑的各国全部硬通货纸币实物。

2016 年 6 月，杭州世界钱币博物馆迁入杭州市江干区西子国际 31 层，现有 1300 平方米，其中展区面积 800 平方米。在这里，他们布置了世界钱币史展厅、钱币中的杭州展厅、"一带一路"古国钱币展厅、G20 成员国钱币展厅、华侨货币展厅等。

杭州世界钱币博物馆在馆内的展出方式上，除了以上介绍的设立固定展区外，他们还设立临展区，定期更换不同主题的展品。目前，他们先后策划了 30 多个专题的临展，如"外国政府发行中国题材纪念币展""货币上的科学家""货币上的名胜古迹"等，充满了个性化特色。

除博物馆正常展出外，他们还配合重大节日或政府重大经济活动，在本馆以外进行巡回展出。建馆以来，他们分别在丽水、嘉兴、宁波等市，及浙江世贸中心、浙江省博物馆巡回展出，举行过"迎澳门回归·世界钱币展""中国银行挂牌兑换外币展""中国现代金银币展""丝绸之路钱币展""浙江的红色金融"等专题。

展品是构成陈列的物质基础。他们在巡回展出中，面对数以万计的钱币实物和图片，采用"编内容、定专题、排位置、选珍品"的办法。如，在宁波市展出时，他们主要针对沿海城市外贸活跃的特点，结合普及外币防伪知识，举办"人民币反假打假"专题展。在中国加入 WTO 组织前，他们在嘉兴市举办了"世界外币基本知识"专题展。2005 年 10 月，第二届中国——东盟博览会在广西南宁召开。大会期间，主办方向他们馆借展的"海上丝绸之路钱币展"同时在广西钱币博物馆开幕。

现在，杭州世界钱币博物馆不仅是中国首批十大民营博物馆之一，而且是联合国教科文组织下属"国际钱币和银行博物馆委员会"中国国家委员会委员单位之一。

四、南宋金叶子成为"镇馆之宝"

在储建国家里，我看到了宋哲宗铸行于 1086 年至 1093 年发行的两种钱币。其上，有苏东坡分别用篆、行两种书体题写的"元祐通宝"。宋哲宗元祐年间，古钱上的司马光、苏东坡书法潇洒奔放、不拘一格，大有超世脱俗之感。

流传今世的古钱币，要数宋钱最多，中国汉字书法艺术，在宋朝钱币上得到充分发挥。宋朝历代皇帝一般都喜好书法，这为钱文艺术的发展提供了条件。宋太宗亲书"淳化元宝"真行草三体书钱文，始开御书体之端。五年后又亲书了"至道元宝"真行草三体书，宋太宗的真书体参用隶意，浑厚饱满，含蓄端庄；行书结体得中、隽永流畅；草书神采飞动、颇显功力。

御书钱最负盛名的是宋徽宗赵佶。"崇宁通宝"和"大观通宝"皆是他所书。徽宗精通书画，尤以"铁线体"最为得名，又称"瘦金体"。铁画银钩，遒劲有力，在中国书法史上自成一家。这两种钱，不仅是作为流通的货币，也是精美绝伦的艺术品，留传至今保存完好，又易收集，为古钱爱好者所钟爱。

宋仁宗赵祯所铸"皇宋通宝"九叠篆文，在宋代官印中常见，而出现在钱币上则极为罕见，堪称稀世珍宝。各种书体皆被用于钱文之中，几乎可称为中国书体的博览会。

储建国说，宋代钱币，是中国历史上钱币铸造、发展的高峰，品种繁多，工艺精致，钱文瑰丽，形制完美，历来多有赞誉。而宋代钱币的版式，更是精彩纷呈，传世丰富，一种钱币甚至有数十种版式之多，让专家与钱币爱好者眼花缭乱、爱不释手。

储建国说，历史上，我们浙江制造的钱币质量很好。好多的钱币是文学家、书法家题写的。譬如，开元通宝钱币是浙江钱塘江边宝兴钱监铸造，由欧阳询题写钱币书法。中国历史上，北宋铸币，尤其是钱币的造型、文字到了顶峰阶段。

我们钱塘江沿岸的睦州神泉监制造的钱币都很漂亮。

武侠小说中，为了表现侠客们的快意恩仇，视金钱为粪土，往往一出手便是好几百两银子，或者更豪气一点，丢一片金叶子。那么金叶子究竟长什么样子呢？南宋初年，《夷坚志》中记述，"俾纵绽处，黄色隐然，拆视之，满中皆箔金也"。元代佚名所著《居家必用事类全集》也记载，南宋金质货币中，有一种叫金叶子的，或称叶子金。但许多年来，一直是只见记载，未见实物。储建国说，前些年，在浙江杭州、湖州、温州等地陆续出土了为数不多钤有不同铭文的折叠状金箔。据考证，这些带铭文的金箔就是所谓的金叶子。这些金叶子的发现，证实南宋的确存在着这种具有划时代意义的黄金货币。在杭州世界钱币博物馆的馆藏珍品里，显得尤为珍贵稀少的南宋金叶子，便是"镇馆之宝"。

金叶子其实并不是叶子形状的，而是书页状。像金叶子这样的金质货币，在南宋时期使用频繁，当时的临安城就有许多打造金银货币的工坊。南宋金叶子被打造成薄薄的一片，一般是十片为一叠。宋人在使用金叶子时，会将它一页一页撕下来进行购买。金叶子上一般会刻有铭文，例如"张二郎十分金"这种，这都是当时铸造金叶子的工坊以及工匠的名称。

"我们这里陈列出来的一批金叶子，品种比较齐全。"储建国说，这些金叶子，品种很多，有直形的、书形的、片形的，十分稀有。根据他们多年的考察、琢磨发现，南宋金叶子的铸造工艺比较奇特：放在牛皮上拍打，自然形成一片一片的。

五、揭开浙江的造币历史

回望钱币发展历史，却带出了一部造币厂史，历史上这些造币厂的存在，一枚枚钱币上的铸印，都像在诉说着中国的文明发展历程。

在20世纪末期，储建国通过考察，发现杭州钱塘江短短的一百里路，历史上有十来个造币厂制造过硬币，印刷过纸币。最早是三国孙权在钱塘江制造钱币作坊。杭州发现比较早的一批钱币、钱树，可以印证史书上记载的孙权曾经铸造过大泉五百、大泉当千的钱币。到了唐朝的时候，有一个叫宝兴钱监，那个时候铜是诸暨铜矿冶炼好运过来的，一年铸造钱币四亿五千万枚，可以满足全国大约五分之一，甚至四分之一的需求。它铸造的钱币主要是开元通宝、乾元重宝。到了北宋的时候，钱塘江上游的建德、淳安有两个造币厂，一个叫睦州神泉监，一个叫严州神泉监，制造了很多钱币。到了明朝初期，朱元璋在浙江设立宝浙局，铸造了大中折五、小平钱币，还有洪武小平钱币，背上都有"浙"字等，明朝铸造。

到了清朝的时候，造币厂就更多了。清朝入关以后不久，在我们浙江省继续沿用宝浙局，铸造了从顺治、康熙、雍正、乾隆、嘉庆、道光、咸丰、同治、光绪九个朝代的钱币，背上都有"浙"字，有中文的"浙"，也有满文的"浙"，也有中文、满文并列的"浙"等等。一直到民国，造币厂铸造孙中山小头币、帆船币，还有袁大头币，都铸造过。后来，并到上海造币厂。

2021 年 6 月 25 日，"浙江红色金融主题展"在杭州世界钱币博物馆开幕。

浙江是中国红色金融的重要发源地，拥有丰富的红色金融资源。全国曾有 19 个革命根据地发行过钞票，浙江一省就占据其三——浙闽赣革命根据地（红军发行的钞票）、江南革命根据地（江南银行钞票）和浙东革命根据地（浙东银行钞票、硬币）。杭州世界钱币博物馆制作了中国共产党领导下全国第一个革命金融机构——萧山衙前信用社的解说词、展板、设计方案，并展出。

储建国说，浙江又是中国共产党领导下的全国第一家红色金融机构诞生地——1924 年，萧山衙前信用社创立，帮助贫苦农民解决钱米借贷和生产资金的困难。自此，红色金融的种子在浙江萌芽壮大，涌现出抗战时期的浙东银行以及覆盖浙江地区的江南银行等，成为不同革命时期的地方红色金融中心。浙东银行抗币发行初期，部分地区在此基础上发行临时辅币，以解决当地官方辅币奇缺的困境。其中，浙东金属抗币以铅锡合金为币材，是抗日战争期间革命根据地政府铸造发行的唯一一种金属货币，流通于浙东三北根据地，所以又称"三北抗币"或"浙东抗币"。已故著名钱币学家马定祥鉴定后曾说："金属抗币，浙东一绝"。

储建国说，另外，浙东行政公署饭票、浙东行署四明特办饭票也尤为受人关注。起初，抗币八角可与饭票通用，然而之后粮食青黄不接，粮价上涨，浙东游击队司令部和浙东行政公署为避免供餐机关或人民遭受损失，联合发出通令规定不准以现款代替饭票。浙东行政公署饭票限部队机关使用，从中可窥见浙东抗日游击队的纪律严明和纠违整纪的决心与行动。

杭州世界钱币博物馆还大力研究钱塘江金融文化，为政府打造钱塘江金融港湾提供历史依据。为了研究太平天国时期浙南农民起义的"金钱义记"，他们踏遍浙南闽北有关起义旧址，考证了起义领袖赵起的确切身世，以及"金钱义记"的设计者等史实。

六、他在金融史研究方面硕果满枝

储建国说："我曾经两次受到泰中友好协会主席刘安朋的接见和好评。这是一种荣誉和自豪。"

杭州世界钱币博物馆积极开展学术研究，东南亚钱币是其重点课题之一。素可泰王朝 1238 年统一泰文前，泰国的钱币缺乏文字记载，由英国人撰写出版的泰国钱币史漏洞百出。杭州世界钱币博物馆在中国史书中找依据，多次派人赴泰国实地考察，还原了泰国钱币的历史，解决了《泉志·外国品》（洪遵）中列举的后人不可解的"投和国钱""女国钱""骠国钱"等问题。

在漫长的岁月里，钱币在商品流通过程中衍生出了很多故事，也成为了一种文化现象。据古代文献记载和大量出土文物考证，中国使用货币已有三千年以上的历史，各朝代出现或使用过的钱币不计其数。随着岁月的变迁，那些形形色色的钱币退出了历史舞台。不过，凝结在钱币里的故事，却丝毫不会褪色，反而历经岁月沉淀，历久弥新。

储建国认为，每一枚古钱币，都是值得珍藏的。中国的货币是从先秦以前的贝币开始。宝贝旁，譬如财产的"财"字，都跟贝币有关。到春秋战国，货币发展成四大体系：布币、刀币、圜钱、蚁鼻钱。如浙江当时是楚国地区，流通蚁鼻钱，所以出土也不少。到了秦始皇统一六国后，变成了方孔圆钱。它寓意天圆地方，所以方孔圆钱一直到中华民国结束，流通时间很长。中国货币体系的最大特征就是把文字表述在方孔圆钱上。中西方货币的主要区别在于：我们主要以浇铸为主，他们是打铸为主；我们主要以文字为主，他们是头像、人物画面为主。

储建国通过大量调研，提出了钱币之路和东方货币圈的观点。他考证出，最早在外币上铸行汉字是公元一世纪初扶南王国（今柬埔寨）的"五金"钱，比原定论最早的日本 708 年模仿唐"开元通宝"首铸"和同开珎（宝）"钱，至少还要早 500 年。

因为专业，杭州世界钱币博物馆还义务为社会各阶层人士进行钱币鉴定。2000 年，中国加入 WTO 后逐渐开放外币自由兑换业务。银行业人员来博物馆参观之余，要求学习识别、鉴定外币的也越来越多。经中国人民银行货币金银司反假处同意，他编写了《外币防伪知识》，银行内部首次征订就发行了 7.9 万余册。他还应邀到有关大专院校、金融系统、涉外机构宣讲，培训世界货币防伪知识专业人员 6 万人次。

2009 年，国家文物局、国家税务总局启动"中国民间收藏调研"项目。储建国代表杭州世界钱币博物馆，作为副主笔，参加了由国务院法制办牵头，国家文物局等七部委联合起草的《关于促进民办博物馆发展的意见》。

这些年来，储建国写下《中国御书钱》《金钱会及其铸币》《泰国历史钱币》《外币真伪鉴别》《杭州老银行》《杭州金融史》等金融专著 20 余部，还有《中国古籍所载东南亚古国钱币考释》等 60 多篇钱币论文在海内外发表。

七、探索"以商养馆"新路径

2000 年 10 月，广州召开国际邮票钱币博览会。中国人民银行发行的一公斤"千年纪念"银币（2000 号证书）在会上竞拍。最终，这号银币以高出 6 倍零售价的高价被人拍走。储建国对自己竞拍漏购很惋惜，但庆幸的是，他买到了迎接千禧年的 1999 号证书的一公斤银币。

如今，储建国把自己所有的积蓄全部投入到创办博物馆、征集藏品实物之中。这些年，杭州世界钱币博物馆也接受过捐赠和资助。

在国内，有些大型的专题展出，由政府有关部门出资。当地政府对博物馆用房的费用也给予一定的减免。特别是，通过资源整合，杭州世界钱币博物馆成为华侨控股旗下的一扇文化展示的窗口。

在国外，泰国中央银行博物馆、国家银行博物馆和造币厂无偿提供钱币资料。新加坡造币厂设定该馆为中国大陆展示和宣传产品之联络点。不少海外华侨慕名捐送钱币，如印度尼西亚华侨邹广韬无偿捐上 1992 年、2000 年版大全套印尼流通纸币。这些都为杭州世界钱币博物馆的发展提供了大力帮助。

同时，博物馆要办下去，还要走出一条"以商养馆"的路子。

2000年，馆员储巍参与中国人民银行金银币图案设计。他设计的《戴胜鸟》《红楼梦》及《千禧年》金银币图案经中国人民银行批准，已经制作成金银币在国内外发行；《千禧年》图案制作的10kg金币，载入2000年吉尼斯大全。2004年，他们接受中共中央办公厅毛主席纪念堂管理局关于邓小平同志诞辰100周年纪念币的设计与装帧。

借助博物馆宣传、交流、研究功能，他们把挖潜创收作为重要工作。在陈列设计上，紧扣内容和主题。例如，在欧元发行前夕，该馆在取得欧洲有关中央银行提供的欧元实物后，在浙江世贸中心举办"欧元与中国银行兑换外币展"。在博物馆内，运用实物、图片、文字、多媒体等多种形式，增强展示效果。

展陈中，他们推出本馆于2009年1月出版的《中国钱币书法》。这是一款带有古代真钱币的艺术精品。本书精选秦代至清代钱币37枚真品附鉴定报告，以及介绍每种钱币文字的书法特征的收藏书，供顾客选购。

自建馆以来，杭州世界钱币博物馆每年都应邀参加中国人民银行下属中国金币总公司、中国印钞造币总公司、中国钱币博物馆联合主办的国际钱币博览会，并与国内钱币经销部门、生产厂家及国外造币厂建立了业务联系，能及时提供、咨询国内外钱币的发行、钱币市场行情、钱币图案设计趋势等信息。2007年7月，经北京国际奥委会批准，他们成为2008年北京奥运会特许商品分销商。2016年9月，他们还策划了G20杭州峰会丝绸之路钱币展，同时积极配合杭州市政府向中国人民银行立项，成功发行"G20峰会"金银纪念币，受到了有关部门的表彰。

博物馆创办了杭州泉币文化有限公司，经营古钱币、银锭、银元、纸币及人民银行发行的金银纪念币，开发和设计企事业单位在造币厂制造的纪念章、奖牌和各种礼品。他们把赚来的钱，全都投入了博物馆的发展事业。

最近召开的全国文物工作会议提出，要坚持保护第一、加强管理、挖掘价值、有效利用、让文物活起来，全面提升文物保护利用和文化遗产保护传承水平，引导广大干部群众增强历史自觉、坚定文化自信，为建设社会主义文化强国、实现中华民族伟大复兴的中国梦做出更大贡献。

几十年走来，一路披肝沥胆。储建国激动地说："我不知行走了多少路程考证钱币，变卖了多少家产购买藏品，熬过了多少夜晚撰写文章。站在西子国际 31 层眺望远方，我内心充满感慨：小小的钱币，世界的窗口。新时代，新作为。今后，我们一定要把服务社会的功能发挥得更好！"

矢志攻克前列腺疾病医治难题

——武警 8720 部队医院大校医师卫正余创新纪实

人物介绍

///

　　卫正余，1959 年 12 月生，江苏省南通市人，大学本科学历。1978 年 12 月，在中国人民解放军第 60 军第 181 师 541 团 3 营担任卫生员、卫生班长。1982 年 11 月，在南京军区军医学校放射专业学习，之后担任专业技术干部。1983 年 3 月，任 181 师卫生科助理员。1983 年 1 月至 1985 年 6 月，参加南京军区组织的卫生干部复训。1985 年 7 月，回到师卫生科当助理员；其中，1986 年 1 月至 1987 年 1 月，在无锡市第三人民医院外科进修。1989 年 9 月，担任师医院二所副所长。1995 年 6 月，担任所长；12 月，晋升为主治医师。1996 年部队转隶武警，改任武警 8720 部队医院（无锡市二泉医院）外科主任。2000 年 8 月，担任副院长。2005 年 6 月，晋升高级职称。2006 年 12 月，被授予大校警衔。2016 年退休。

　　卫正余独创了前列腺疾病的诊疗方法。他撰写的《直接注射治疗前列腺增生》论文，在 1997 年首届世界中西医结合研讨会上交流，并获得了优秀论文奖。1998 年 4 月，卫正余被评为"中国著名特色专科医师"。2011 年 4 月，被中国人民武装警察部队医学科学技术委员会授予结直肠病学专业委员会副主任委员。1988 年被南京军区评为"防治甲型肝炎先进个人"。先后两次荣立三等功。

每当提起"悬壶济世",想必许多读者都会想到医生的贡献：

扁鹊（春秋战国时神医）巧医虢太子"尸厥症"，使之起死回生；

华佗（东汉末年医学家）首创"麻沸散"进行手术，被尊为"外科鼻祖"；

张仲景（东汉末年著名医学家）写出医学专著《伤寒杂病论》，记载了大量有效的中医方剂，被尊为"医圣"；

孙思邈（唐代医药学家）写出医学巨著《千金方》，是中国历史上第一部临床医学百科全书，被尊为"药王"；

李时珍（明代医药学家）写的《本草纲目》，是到 16 世纪为止中国最系统、最完整、最科学的一部医药学著作，被尊为"药圣"；

……

古往今来，医者仁心，他们以慈爱和智慧普济众生，书写了许多传奇的故事。

本文讲述的主人公，是江苏省无锡市武警 8720 部队医院（无锡市二泉医院）前列腺病专科退休医师卫正余。

卫正余在从医的 40 多年里，以中国历代医学家为榜样，认真研读他们的著作，并结合自己的工作实践，潜心钻研，独创了治疗前列腺增生和各种急慢性前列腺炎的新方法。这种方法是采用中西药结合方剂，经会阴部直接注射到前列腺包膜下，一般三针见效，八针治愈，患者不需住院，无痛苦，费用低。在他临床治疗的三万多名患者中，有效率为 96.2%，治愈率为 86.4%，被患者誉为"治病不开刀，三针见奇效"的"卫三针"。

这些年来，卫正余所在医院收到患者感谢他的锦旗、信函数以千计。

生活像一条河，只有奔腾不息，才富有意义；人生，如一支蜡，只有不断燃烧，才光辉灿烂；事业，似一首歌，只有奏响强音，才动人心弦。卫正余就是这样一位成功的奉献者。

一、祖父病故，让他深深自责。悲痛之中，他把"医好前列腺病"作为自己行医的主攻方向

1985 年秋，当了近两年医师的卫正余突然接到老家发来的"祖父病危速归"的加急电报，顿时全身哆嗦起来。

他不能相信这个事实：从没听说祖父生病啊，老人家身体不是好好的吗？

他也不愿接受这个事实：自己出生时，家庭生活十分贫困。那时，祖父有好吃的，总要留点给他。他从小嘴甜，聪明好学，是祖父最喜欢的一个孙子。自从记事起，他就和祖父睡一张床，直到高中毕业。走亲戚时，他总搀着老人一起去。当兵后，有一次休探亲假，虽然时间不长，但还是跟祖父睡了几个晚上。

他更不敢面对这个事实：自己已是一位受人尊敬的医师，却无法诊治好祖父的病。虽然医院诊断是前列腺癌，但他认为依据不足，可以否定诊断。因为祖父排尿非常困难，小肚子肿得像面鼓，痛苦不堪，还有不可言喻的种种症状，分明就是教科书中讲到的前列腺肥大症。卫正余呀卫正余，你算什么医师？眼看着祖父被尿憋死而束手无策，还谈什么为他人治病呢？

为祖父送葬以后，一串串往事，令他心里久久不能平静……

1977 年全国恢复高考后，卫正余参加了考试，结果落榜。1978 年，他再次参加高考，因差了两分再次落榜。1978 年 12 月 22 日，他怀着梦想，满腔热情地走进了军营——第 60 军 181 师 541 团 3 营 8 连。

1979 年 9 月，他被团卫生员集训队选中，参加为期半年的专业培训。期间，他刻苦学习，成绩优异，被评为优秀学员。在钱桥镇卫生院实习时，他担任战士实习组组长。

1980 年 4 月，他回到八连担任卫生员。那时，连队训练强度大，干部、战士轻伤不下"火线"。谁有伤了？谁发烧了？谁感冒了？他每天到班排问寒问暖，积极诊治。说起他，大家都很尊敬。营军医李雷福对他很欣赏，当年 10 月，硬是把他调到营卫生所当卫生员；12 月，他担任营卫生班长。

此后，他对工作更是兢兢业业，任劳任怨。在一次师里组织的卫生员知识训练考核中，他获得了第一名。在团里对营的每次卫生工作检查中，该营卫生防病工作均取得了全团第一名的好成绩，为此，1981 年 12 月，营党委上报团里给他记三等功一次。1982 年 3 月，他光荣地加入了中国共产党。

1982 年，经过解放军总部特别批准，南京军区军医学校在"特别优秀、有特长"的卫生专业人员中，招收四个专业共 100 名学员。同年 11 月，他考取南京军区军医学校放射专业。学成之后，他被提升为专业技术干部，在师卫生科当助理员。1983 年 1 月，他参加南京军区组织的卫生干部两年复训，在医疗专业研修。之后，又回到师卫生系统工作。

想到祖父，他一声声自责，一串串泪水。悲痛之中，他把"医好前列腺疾病"作为自己行医的主攻方向。他发誓："我要努力为祖父这样的病人解除痛苦，不能让活人叫尿憋死。"

开弓没有回头箭。他开始搜集资料、查找病例，深入了解前列腺疾病的发病机理、症状，摸索诊疗方法。

一般男性到了40—59岁时，前列腺体便逐渐增大，被称为良性前列腺增生（肥大）症。60—70岁是增生症的高发年龄段，前列腺增生至一定程度便压迫后尿道及其开口，使尿道变得细长，造成排尿不畅，甚至不能排尿，使人寝食不安，十分痛苦。

寻找医治良方，困难重重！

二、他独创了对前列腺病采取经会阴部直接穿刺注射的新疗法，并被列入前列腺疾病治疗指南

卫正余虽然性格内向，为人随和，但他对事业的追求却是特别执着。他说："尽管前方的路充满了荆棘，但我无法后退！"

由于前列腺体外有一层固有膜和其特有的"血—前列腺"屏障，这种屏障使得口服、肌注和静脉输药等途径都难以进入前列腺内，难以达到有效抑菌或杀菌浓度，故慢性前列腺炎的治疗，被泌尿科医生称为一大难题。同时，由于慢性前列腺炎好发于中青年，不宜进行手术治疗，使得患者也无奈，只得忍受疾病的痛苦。

为了攻克慢性前列腺炎这一疑难病症治疗的难关，他一直在思考：如何注射才能使药物有效进入前列腺内？

1986年1月至1987年1月，他到无锡市第三人民医院外科进修。当时，三院外科仅分骨科、普外和泌尿外科三个小科，医生值班都在一起。他既要参加外科手术，还要参加骨科、普外、泌尿外科的治疗手术，特别是遇到急诊时，十分辛苦。可他毫不在乎，虚心向医护人员学习，重点了解、记录医治前列腺患者的病例治疗和愈后，就这样一年的进修等于三个专科的进修，为后来的工作奠定了扎实的基础。

1988 年始，他在师医院边工作边进行前列腺疾病的基础理论研究。他自费购买、订阅了《前列腺疾病》《实用泌尿外科学》等十多种报刊，借来了前列腺解剖模型，查阅了古今中外治疗前列腺疾病的资料。

在学习中，他把一个个"为什么""怎么办"积累起来，利用星期天、节假日到上海、南京、北京、山东等多家大医院向泌尿专家请教，虽然没少坐"冷板凳"、吃"闭门羹"，但都没有动摇他拜师学艺的决心。

1989 年 9 月，他担任 181 师医院二所副所长。那时，医院有个和无锡市第四人民医院共建的十四病区，接收肿瘤术后康复治疗病人。病区里病人多，病情重，需要热心服务。他在临床医疗工作中，虚心向老所长于环海和老军医焦德凤、高克明学习，学习他们的敬业精神、管理经验和专业技能，弥补自己的不足，为兵为民服务技术明显提高。年底，医院党委一致同意上报后勤部党委给他荣记三等功一次。

就在 1989 年，卫正余通过钻研，独创了"对前列腺病采用经会阴部穿刺将药物直接注射"的新疗法——也就是对前列腺增生症及急慢性前列腺炎采用有效的药物，经会阴部直接注射到前列腺包膜下。经该方法注射治疗后，部分增生的前列腺组织被液化吸收，腺体缩小。这样将有效抗生素、中药制剂结合后注入前列腺内，可以直接杀灭细菌及其他致病体，也可以对局部组织起到活血化瘀的作用。这一方法，有效地解决了口服及静脉等全身用药由于受前列腺的特殊屏障作用而使药物难以进入的难题。它减少了药物的不必要浪费，减轻了患者的负担，免除了长期服药治疗的烦恼。临床试验表明，一般三针见效，八针一个疗程即能好转，两个疗程可达到临床治愈的效果。该项创新，已被列入前列腺疾病治疗指南。

从江苏高淳来无锡求医的患者赵伯茂，在省城大医院就医时，医师给他做了耻骨上膀胱造瘘术，准备让他一辈子提着尿袋。老赵听了"卫三针"的故事后，在家人的陪同下，抱着试试看的心理来找卫正余治疗。一见面，老人就说："卫医生，你要是看好我的病，我全家跪下来给你磕三个响头。"结果，卫正余仅给他打了三针，患者就取下了引流袋，拔除了造瘘管，并八针痊愈。临别，老人真的跪下要磕头，被卫正余一把拉住说："大爷，不要这样，治病是我们做医生的天职。"

三、他独创了治疗前列腺炎的特效药方——"尿舒通"，医学成果在首届世界中西结合研讨会获奖

与此同时，为了研究中草药制剂的有效性，他潜心学习《本草纲目》等医学著作的相关内容，并结合临床实践，研究出了医治前列腺炎症的有效方剂，其中主要包括黄芪、丹参、党参、川芎等中草药制剂加前列腺液培养敏感的抗生素相结合的方剂。

为了完善配方，卫正余一趟趟到处求教。他的真诚，终于感动了高级专家们，大家尽其所能地为他提供了一切方便。

北京的一位专家利用假期专程来无锡给他临床指导，讲解典型病例，会诊疑难病人，手把手地教他如何掌握导尿和经会阴部直接注射的经验技巧，以及如何治疗好顽固性的前列腺病症病人。

一次，卫正余听人介绍了解放军91医院有关治疗前列腺病的一项科研成果，他好似哥伦布发现了新大陆，兴奋不已，决定前往拜师学艺。

俗话说，好事多磨。就在卫正余临走前，女儿突然肚子痛，家里劝他不要去，但他不愿放弃这难得的机会，还是咬牙踏上了求学之路。结果女儿因就诊延误，病情加重住进医院。然而，山东之行却使卫正余受益匪浅：经91医院专家指点后，他茅塞顿开，很快掌握了对前列腺痛这个顽症的治疗方案，弥补了自己配方中的不足，为提高治愈率起到了很大的作用。期间，他还购买了家兔，做了上千次的动物试验。

通过坚持不懈的努力，他独创了治疗前列腺炎的特效药——"尿舒通"，形成了独具特色的前列腺疾病专科治疗技术。

锡山市港下镇一位胡姓老人，患前列腺增生症多年，由于长期得不到有效治疗，发展到第三期，出现了肾功能损害。多家大医院都认为，他全身情况差，特别是患有冠心病和糖尿病，不适宜手术治疗，他只好长年累月地对症服药，又因有些药物使用不当反而加重了病情。在无可奈何之际，家人陪他找到了"卫三针"。卫医生接手后，经过一个疗程的治疗，他的症状明显好转；两个疗程后，他不但排尿通畅不费力，而且高血压、冠心病等也有了好转。

外地67岁的丁老伯，曾有多年肺结核史，消瘦，行走困难。他排尿淋漓不

尽有三年了，夜尿多达8次。半年前出现尿潴留。多家医院都认为不能手术，只能行耻骨上膀胱造瘘术，一辈子提着尿袋子。他找到卫医生时，前列腺三度增生，有鸭蛋那么大。经三次注射和服药后，他顺利拔除导尿管，自行排尿。第8次注射后，前列腺已有明显萎缩。第16次注射后，便改用服药维持。两个月后复查，前列腺已萎缩到以前的近一半，质地也柔软了不少。

40多年来，卫正余攻克了治疗前列腺病的一道又一道难关。然而，他始终没有停止对治疗前列腺病的深入研究。他结合医疗实践撰写了21篇有较高价值的学术文章，先后被《人民军医》《武警医学》《中华中西医结合杂志》《医学理论与实践》《中华男科学》等全国和省以上报刊录用。临床治疗技术及经验被收入中国医药科技出版社出版的《当代名医诊治秘验》等书中。其医德医术事迹，被载入《开拓者的足迹》等书中。他所在的前列腺病专科，被列入《中国跨世纪名医大典》。他撰写的《直接注射治疗前列腺增生》论文，在1997年首届世界中西医结合研讨会交流，并获得优秀论文奖。

1994年，由中国人民解放军总后卫生部主编的《军中特色专利》一书，介绍了全军40名专治疑难病优秀专家的业绩，卫正余就是其中的一位。1998年4月，卫正余被评为"中国著名特色专科医师"。

四、他医术高超、医德高尚，"卫三针"的口碑不胫而走

"卫医生真棒！他不仅医术高，而且心肠也好。"

"遇到卫医生，是我们病人的福气！"

在太湖之滨，许许多多的前列腺病患者都争相传诵着"卫三针"的故事。有多少人被他解除了终身提尿袋和免受前列腺切除之苦，又有多少人被他从憋尿的死亡线上夺了回来，数也数不清。

安徽马鞍山干休所老干部王铭卿，曾经担任解放军86医院的政治委员。他离休后患上了前列腺肥大合并前列腺炎，昼夜10分钟一次小便，痛苦不堪。儿子为了照顾他，辞退了工作，带他到南京、北京、上海等多家医院治疗，但疗效不佳。当他看到《解放军健康》杂志介绍卫正余的事迹后，抱着试试看的心理来到无锡。卫正余精心制定了治疗方案，仅三针就使其小便通畅，八针完全康复。

上海病人程伯明和爱人向卫正余医师赠送锦旗

老首长深有感触地说："与这个病魔做斗争，比当年打仗的日子还艰难，当时真想一死了之。这第二次生命是'卫三针'给的，我永生不忘"。分别时，这位刚强的老首长握着卫医生的手，激动得掉下了眼泪。

卫正余经常说："我的病人，就是我的亲人。"这些年来，只要是找他看病的人，无论是高级领导，还是普通群众；无论是附近的，还是千里之外的，他都一视同仁。

丁仁勇老大爷是无锡当地的一位退休工人。他患上前列腺肥大症以后，夜尿次数多，滴落排出，痛苦万分。他的亲人在外地工作，生活无人照料。1994年除夕之夜10点多，一位居民慌张地找到卫正余家，对他说："丁大爷休克了，你快去救救吧。"此时，正感冒发烧的卫正余二话没说，背起药箱，随来人就走。到了丁大爷家，卫医生打针煎药，一直陪护到天亮。大年初一和初二，他还拖着虚弱的身子为老人送医送药，直到老人痊愈。老人逢人便说："是'卫三针'医好了我的病，他真好啊！"

丁大爷的儿女们得知这一情况后，专门制作了"神针力无穷，肥大自消融"的锦旗，并带上名酒和大笔酬金，从上海专程来医院表示感谢。卫正余一律拒收，说："我是医生，我不怕给病人治病，就怕这样的场面。"接着，卫正余说了一个例子，感动了大爷的儿女。有位孤寡老人，到某地医院求治前列腺病，由于带钱不足，被拒之门外，老人听说"卫三针"心肠好，便提着导尿袋找上门。卫医生根据这位老人的病症，制定了切实可行的治疗方案，并很快治好了老人的病。老人临别时，用颤抖的手摸出一个小钱包，把仅有的50元钱非要送给卫正余不可。面对老大爷，卫正余流泪了："大爷，您这不是拿刀刺我的心吗？"第二天，老人专门制作了一面写着"治病不认钱，神针传美德"的锦旗，送到了医院。

卫正余记得，他开始诊疗前列腺病时，锡山港下乡退休教师胡某患前列腺肥大症，某大医院用射频热疗仪为他治疗，效果不佳。他来找卫医生治疗，卫医生给他注射三针就使其拔除了导尿管，八针便治愈。出院时，老教师执意地送来一个200元的红包，卫正余像是偷了人家的东西一样窘迫，红着脸谢绝了。

2016年，卫正余从部队退休后，无锡多家民营医疗机构请他去任职。他选择了无锡市嘉仕恒信医院坐专家门诊，医院开多少工资他都不要。他说："我别无所求，只想让更多的前列腺患者减少痛苦！"

2019年，北京小伙儿郑先生患病三年多，在当地七八家大医院求治，病情不见好转，慕名专程赶到无锡找卫医生治病。当病情明显好转后，患者高兴地对卫正余说："你给了我第二次生命。我可以回北京找对象结婚了。衷心地感谢您这位永不退休的老军医"。他专门定制了一面写着"患病三年余，求医七八家，康复卫三针"的锦旗送到无锡嘉仕恒信医院。

还有一位年轻的患者，由于慢性前列腺炎引起精液异常，婚后一直不能生育，曾到多家医院求医未果，使原来温馨美满的家庭生活笼罩上了一层阴影，工作和生活都受到了不同程度的影响。后来，他经人介绍找到卫医生。一个疗程后，他自感明显好转，随后又治疗两个疗程。2021年3月的一天，他专程赶到医院，送来了红蛋并掏出一叠百元现钞表示谢意，被卫医生婉言谢绝。他一再表示，感谢"卫三针"给了他第二次幸福的人生，给了他美满幸福的家庭。

一些外地病人，往往是在当地医院治疗效果不佳后，才抱着试试看的态度而来就诊的。由于这种治疗方法疗效好，一些远在广东、福建、宁夏、新疆、广西等地的病人也纷纷慕名赶来接受治疗，最终被解除痛苦。

为使病人配合治疗，他还编写了一本《前列腺病注射疗法》手册，分发给病人以及家属阅读，从而提高治愈率。

卫正余说，慢性前列腺炎是一种常见病，占男性人口的10%—20%，做好预防工作非常重要。为此，他利用各种机会做好宣传，提醒大家做到防患于未然。他告诉大家预防前列腺疾病，一是要加强身体锻炼，增强体质；二是注意个人卫生；三是劳逸结合，房事有节制，避免大量饮酒、吸烟、嗜辛辣食物。

在他的心里，始终装满了患者的需要。

志在顶峰的人，决不会因为留恋半山腰的奇花异草而停止攀登的脚步。卸下戎装的卫正余还在努力拼搏，不断为患者解除痛苦。他说："为患者服务是我人生最大的快乐。"

用雄辩穿透迷雾

——北京康达（宁波）律师事务所合伙人会议主席何方荣创业纪实

人物介绍

　　何方荣，1963年11月生，浙江长兴人。1981年10月应征入伍，1985年12月加入中国共产党。先后在舟嵊要塞区水线维护大队2302号艇、宁波船运大队2105号船从事航海工作。1992年，通过自学考试取得法律专科学历；1993年考取律师资格，后又取得中国政法大学法学本科学历。曾担任浙江省军区法律顾问处专职律师。1995年，转业到宁波市工商局咨询服务中心，历任中心副主任、宁波市经纪人事务所所长、首届宁波市经纪人协会会长、首届宁波市信用建设促进会会长、宁波市退役军人就业创业促进会副会长等职。

　　2004年，他离开工商系统，作为首席创始合伙人创办浙江甬望律师事务所，担任律所主任、合伙人会议主席，宁波市律协第八届理事会理事。2012年，担任长兴宁波商会党支部书记、常务副会长，宁波市湖州商会监事长等职。2021年11月，何方荣与其他发起人共同在宁波设立了中国头部律所北京康达律师事务所宁波分所，他担任律所合伙人会议主席。

　　何方荣所获荣誉：先后被评为"浙江省模范律师党员""宁波市十佳律师""宁波市鄞州区十佳主任律师"，并且多年来一直被选聘为"宁波仲裁委员会仲裁员""浙江万里学院创业指导老师"。

　　浙江甬望律师事务所，先后被浙江省司法厅授予"浙江省服务中小企业优秀律师事务所""浙江省律师行业党建工作模范所""浙江省律师行业创先争优活动示范点""浙江省著名律师事务所"等荣誉称号。

这些大案曾经被新闻媒体跟踪报道，引起社会的广泛关注——由交通部督办的舟山金塘大桥被撞案、台州数额巨大的保险索赔案、华润万家超市洪塘店出售假茅台酒案、案值2亿多元的海南海口围海造岛案、浙江某市涉案金额近4亿元的行政诉讼案……

谈到这些案件，就不能不提到其代理律师何方荣。当年，正是通过他的不懈努力，才成就了这些经典的判决案例，时至今日仍然影响深远。

一个优秀的律师，需要具备雄辩的勇气和智慧、雄辩的努力与作为、雄辩的口才与技巧，而何方荣律师担得上"雄辩之才"的称谓。

"甬上传法理，人间播希望"是何方荣和他的团队从事法律服务的初心。2004年，他离开工商系统，与6名志同道合的伙伴一起创建了浙江甬望律师事务所。他们凭借诚实守信、优质高效、互相协作、严谨务实的工作态度，很快在宁波市场站稳了脚跟，并逐渐发展壮大，成为汇集40多名律师精英的中型高端律师事务所，业务涵盖了企业并购、投融资、公司法、建筑房地产等领域，在宁波律师界享受较高的声誉。

在20多年职业生涯中，何方荣积累了关于法律顾问、投融资、房地产、公司法律事务等法律服务领域丰富的执业经验。他还热衷于公益事业，带领团队里的青年律师长期为弱势群体提供法律援助，并致力于普法宣传教育工作。特别是在《民法典》出台后，他频繁在社区、商会、企业作义务讲解宣传，普及相关法律知识。

随着国家"一带一路"战略的深入推进，宁波作为实现"共同富裕"的先行城市及"一带一路"的桥头堡，其市场对法律服务的需求以前所未有的速度、广度、深度迅猛发展。法律服务市场呈现资源相对集中、律所规模化、人才高度集中的发展趋势。何方荣审时度势，及时与其他发起人一起与中国头部律所北京康达律师事务所联系，在宁波设立分所，做大做强做精。自2021年1月开始，经过长达10个月的谈判，他们顺利说服北京康达律师事务所在宁波设立了分所，原浙江甬望律师事务所全所并入。目前宁波分所人员规模超过120人，拥有宁波市三江口2600平方米顶级办公室，一跃成为宁波前十的律所，业务也从原来传统的刑事、民商事拓展到证券资本、破产重整、海事海商、涉外等多领域法律服务市场，赢得了客户的好评。目前，何方荣担任北京康达（宁波）律师事务所合

472

伙人会议主席。

　　接下来，让我们一起欣赏何方荣的创业人故事……

**　　一、1993 年，他通过全国统一律师资格考试，自学成才的事迹被《法制日报》刊登**

　　1981 年 10 月，高中刚毕业的何方荣应征入伍，来到东海前哨。他服役的舟嵊要塞区水线维护大队，主要担负部队海底电缆的铺设和维护工作，常年在祖国的东海施工。后来，何方荣被调往舟嵊要塞区宁波船运大队，从事国防运输工作。他在条件艰苦的船艇航海岗位上工作，心中充满了驰骋疆海的憧憬。

　　上世纪 80 年代后期，部队开展军地两用人才培养。在船长胡家强的带动下，何方荣与法律结下了不解之缘。

"当时，我对法律其实是一窍不通的。领导得知我自学法律后，给了我很大鼓励，希望我能坚持学习。"每每谈起这段经历，何方荣感慨万千。虽然他的法律基础几乎为零，但天性要强怎会轻易认输？就这样，他白天工作，晚上就在那不足 5 平方米的舱室里挑灯夜战。正是靠着孜孜不倦的求学精神，以及那一股不服输的"牛劲"，他只用了三年的时间，便以优异的成绩完成了大学法律专业的全部课程，并顺利取得了中国政法大学的本科学历。回忆起当时的场景，何方荣仍然心潮澎湃："之前，没有上大学一直是我的一个遗憾。在拿到毕业证书的那一刻，我有一种特殊的满足。"

1993 年，何方荣报名参加了国家律师资格考试。此时，他儿子刚刚出生嗷嗷待哺，家庭负担很重。考前，他向单位请了一个月的长假。每天爱人去上班了，他就一边带孩子，一边抓紧时间看书。功夫不负有心人，最终，何方荣顺利地一次性通过了考试。之后，部队量材使用，聘请他为浙江省军区法律顾问处律师。

1994 年 11 月 15 日，《法制日报》发表文章《一艘小船出了三个律师》（作者：张后胜、何开余），报道了 2105 号船胡家强、何方荣、吴宗建这三位律师学法用法的典型事迹。他们三人四年免费参与法律服务的案件超过 120 起，切实化解了纠纷。

时任浙江省军区政委徐永清看到报道后，高兴地说："一艘编制只有 12 人的小船，竟然出了 3 名律师，不简单！这艘船，简直快成律师事务所了！"

二、每当战友家庭遇到涉法问题，他都热心指导

1993 年 10 月 15 日，船上的机电兵王昆收到了一封从山东老家发来的电报。王昆的哥哥在信中告诉他，父亲在田里浇水时与同村的张家两兄弟发生矛盾，被对方打成重伤，让王昆赶紧回去"报仇"。船长胡家强正想找王昆询问此事，赶上王昆闯进来要请假回家。胡船长仔细阅读了一遍电文，问道："你回去打算怎么办？"王昆气呼呼地说："反正要讨个公道！"胡船长沉思了一会儿，说："我提醒你，不管怎样，你一定要通过法律途径解决问题！"

胡船长放心不下，亲自带着王昆去电话亭打了一通电话，向其家人仔细询问

了相关细节。晚饭后，胡船长特地请来何方荣一起分析案情，他俩你一言，我一语，耐心地向王昆讲解法律知识，最后才千叮咛、万嘱咐地把年轻气盛的王昆送上北去的列车。"我心里有谱了！"上车前，王昆留下这样一句话。

两个星期后，王昆归队时也带回好消息：张家两兄弟赔礼道歉，分别被拘留1个月，另赔医药、误工等费用4500元。

这件涉法问题的圆满解决令何方荣十分高兴。他深刻地意识到：原来法律就在身边。学好法律，就能帮助更多的人维护自己的合法权益。

1994年7月15日，宁波船运大队战士徐波怀揣加急电报，匆忙赶到位于舟山市定海区小沙乡的家中时，发现家里门窗、橱柜均被砸毁，现场一片狼藉。原来就在几天前，毛峙渔业队0117号船捕鱼返航经过嵊山附近海域时，不幸迷失方向触礁沉没，导致船上15名渔民全部遇难。因悲痛而丧失理智的遇难者家属不分青红皂白，一股脑地将责任推到一同出海作业的0118号船长——徐波父亲的身上，认为他见死不救。面对愤怒群众的无端指责和肆意发泄，徐波的父亲被迫东躲西藏。

母亲责怪徐波说："你连自己的家都保不住，还当什么兵？"徐波听后一度气血上涌，就想操起斧头上门评理。但冷静下来之后，他还是决定向大队政治处报告情况，并寻求矛盾的解决方案。于是，大队安排何方荣对他进行电话远程指导。

何方荣告诫徐波，切勿感情用事，一定要依靠组织，冷静解决问题。徐波按照他的建议，连夜赶了几十里山路找到定海区人武部。在何方荣的要求下，人武部当即成立事故调查组开展工作。最后，人武部通过调查认定：出事时，0118号船与0117号船相隔距离较远，加上海区浪高雾重，根本不具备施救条件和手段，证明了徐波父亲的清白。接着，在何方荣的指导下，徐波协助政府部门耐心做好遇难者家属的心理疏导工作，最后平息了矛盾。

三、在舟山金塘大桥被撞案中，他为被告挽回损失1600多万元

2008年3月27日1时20分，在舟山金塘海面，浙江台州某船务有限公司所属"勤丰128"货轮航行至在建的金塘大桥时，船舶桅杆与该桥面发生剧烈碰撞，导致桥面箱梁坍塌并掉落在"勤丰128"轮驾驶台上，造成船上四人失踪。

金塘大桥被撞时的情景

"3·27"事故发生后，有关金塘大桥被撞索赔进入了相应的起诉程序。肇事方慕名找到何方荣律师，请他代理参与诉讼。

何方荣接受代理后，开展了认真详细的调查。他了解到，事故发生后，交通运输部海事局立即成立了事故救援小组和调查组，对事故原因进行全面调查。2008 年 4 月 6 日公布结果，初步确定事故主要原因如下：首先，"勤丰 128"轮错误设计航线是导致事故发生的重要原因。调查显示，大桥主通航孔已于 2007 年 2 月 1 日启用，本航次中，"勤丰 128"轮制订的计划航线偏离主通航孔近 1 海里，最终选择通过非主通航孔。其次，"勤丰 128"轮在没有完全掌握金塘大桥通航条件的情况下，盲目冒险航行，是导致事故发生的直接原因。造成盲目航行的结果，有两种可能，一是该轮临近大桥时错误判断大桥桥面高度，误认为可以安全通过；二是"勤丰 128"轮严重疏于瞭望，未发现已铺设的箱梁，误认为本轮可以从两桥墩之间安全通过。综上所述，"勤丰 128"轮应对该起重大水上交通事故负全部责任。

何方荣还了解到，中国某保险股份有限公司浙江省分公司作为金塘大桥保险人，向舟山连岛工程指挥部支付了保险赔款1621.6772万元。4月25日，该公司以金塘大桥工程保险人的身份，连同被保险人连岛工程指挥部及施工单位，向肇事方"勤丰128"轮登记的船舶所有人张X法、朱X福、林X俊和虽未登记但已实际控制的船舶所有人王X祥、王X祥、王X，以及该轮的经营人台州市路桥某船务公司提起保险代位求偿诉讼，索赔2000万元，后于7月21日变更为1621.6772万元。7月28日，连岛工程指挥部也向上述被告提起诉讼，要求索赔保险公司未予赔付的事故后各类施救费、部分未赔付的清理残骸费用，共计1244.7354万元。上述两案索赔金额累计高达2866.4126万元。

10月23日，备受社会瞩目的"3·27"金塘大桥被撞事故案在浙江省宁波海事法院开庭审理。鉴于两案同属一个被告，法庭故做并案处理。

在4个多小时的庭审中，原、被告双方针对碰撞事故的责任比例分担，以及施救费用合理性等问题展开了激烈的辩论。原告认为，由于"勤丰128"轮制订错误航线，预估桥梁净空高度不准，违规穿越非通航孔才导致了事故的发生，应对整起事故负全部责任；而被告方代理律师何方荣据理力争，摆出事实逐一论证：其一，海事局的《事故调查报告》并不完全准确。根据该报告载明的航行轨迹并经海图作业分析，何方荣认为据此报告来看"勤丰128"轮不能到达碰撞点，说明《事故调查报告》关于船舶航行轨迹的调查并不准确；其二，以照片为据，大桥业主单位没有按照航行通告的规定来设置警示灯。然而在事故发生后，业主单位却临时在桥面箱梁上安装警示灯，与庭审中陈述相悖，存在弄虚作假的嫌疑；其三，大桥业主单位没有按照航行通告规定配置对应的警戒船舶。在"勤丰128"轮进入危险区域时，并没有警戒船舶加以阻止，存在警戒过失的责任；其四，事故发生之后，许多前来施救的船舶被闲置，不起实际作用，存在施救不合理的情况，业主擅自扩大了被告方损失。针对何方荣提出的施救费用过大、原告方存在问题的质疑，法庭还传唤了3名鉴定人到庭接受询问。

综上，何方荣认为，虽然被告存在过错，但只应由被告承担四成责任。同时为了更好地维护被告的合法权益，何方荣早在5月21日便以被告方"勤丰128"轮登记船东张X法等的名义向宁波海事法院提出设立海事赔偿责任限制基金的申请。基于"勤丰128"轮总吨位为7122吨，6月30日法院经审查裁定准予设立

63.6437 万个计算单位（约合人民币 700 万元）的海事赔偿责任限制基金。

本案审理历时多月，最终在法庭的主持下成功调解，以被告共向两原告合计赔偿 1200 万元结案。最终，他为被告挽回损失 1600 多万元。

四、华润万家超市出售假茅台酒，他代理消费者维权

2011 年 10 月，慈溪周巷的赵女士花费 17 万多元在华润万家超市洪塘店购买了 9 箱 108 瓶 53 度飞天茅台酒用于婚宴。婚宴过程中，有人喝了茅台后认为这些茅台可能是假的。为查明茅台的真假，赵女士封存了这批茅台并特地找到贵州茅台股份有限公司进行鉴定。然而，令人大跌眼镜的是，鉴定结果表明该批酒水中 78 瓶竟为假酒，涉及金额高达 12 万多元。从此以后，赵女士不得不开始了漫长的维权之路。

尽管赵女士曾多次向工商部门投诉此事，《宁波晚报》等媒体也对此进行了跟踪报道，但超市方面始终坚决认为，此事属于团购主管个人场外交易，与超市无关，因此拒不承担赔偿责任。厌倦了超市的无尽推诿，赵女士最终选择向何方荣律师求助，希望在专业人士的帮助下捍卫自己的合法权益。

何方荣接受了赵女士的委托并担任其诉讼代理人，向江北区法院提起产品销售者责任纠纷诉讼，要求华润万家超市根据《消费者权益保护法》的相关规定向赵女士承担"退一赔一"的法律责任。

超市方面则坚持认为，赵女士购买的 7 箱假茅台是团购主管通过个人进货渠道出售的，该主管的行为不能代表超市。并且赵女士出示的超市购物小票为超市测试小票，仅供超市收银员平时进行收银训练所用，并不能证明超市与赵女士发生过实际交易。

庭审中，何方荣代理赵女士向法庭陈述了法律规定及法理支持，并出示了超市开具的购物小票，证明在超市进行实际消费的事实，并提供贵州茅台股份有限公司对七箱酒水做出的真假鉴定结论，证明超市购买的 7 箱茅台为假酒的事实。同时何方荣出示了一系列相关证据，证明超市团购部主管对外销售商品的行为属于其职务行为。因此消费者赵女士的损失应由超市全部承担。

在听取了何方荣与对方的辩论之后，最终法院审理认为，赵女士购买酒水、

支付货款的交易过程均发生在超市内，超市出具的购物小票加盖了超市服务台退货专用章、赵女士与团购主管签订的同意对酒水进行鉴定的协议书，这些证据事实都能认定团购主管的行为属于其职务行为。法庭采纳了何方荣的代理意见，一审判决同意赵女士的全部诉讼请求。然而超市对一审判决结果表示不满，进而向宁波市中级人民法院提出上诉，何方荣继续为赵女士代理本案。二审法院最终审判认为：原审法院事实认定清楚，适用法律准确，最终驳回超市上诉，维持原判。

本案经历两次审判，历时四个多月，在何方荣不遗余力的帮助下，赵女士最终维护了自己的合法权益。

五、他为奥迪车主维权，4S 店被判全额返还购车款

2013 年，宁波范女士因为"奥迪车发动机耗油过大"问题，被困扰了两年多。于是，请求何方荣通过法律讨回公道。

何方荣接受委托担任其诉讼代理人后，通过了解得知：2010 年 3 月，范女士在 4S 店购买了一辆进口奥迪 1984CC 小轿车并全额支付了购车款，接着在宁波市公安局交通警察支队车辆管理所领取了《机动车登记证书》。两个月后，该车行驶里程尚不到 3500 公里，范女士却已经发现了端倪——车辆不断出现机油消耗过大的情况。基于此，范女士向 4S 店提出退车要求，但 4S 店却解释进口新车需要一段时间的磨合期，在磨合期内机油消耗大属于正常情况，拒绝了范女士的要求，范女士只得继续驾驶该车。然而在该车行驶到 7263 公里时，发动机耗油过大问题仍然时有发生。尽管范女士此前已多次将类似情况反映给 4S 店，但 4S 店从始至终并未重视，只是简单地采用添加机油的方式来缓解车辆出现的故障，可谓治标不治本。

直至 2011 年 11 月，车辆在行驶不到 3 万公里时出现严重异常情形，直接导致该车无法正常行驶。4S 店检测后，通知范女士该车辆发动机存在异常，并进行了发动机的第一次更换。然而发动机更换后还未满一年，再次发生了类似故障，范女士则又一次被 4S 店通知需要更换发动机。范女士对该车频繁出现的质量问题十分不满，再次提出退车要求，但 4S 店仅同意免费更换发动机，范女士只得

无奈妥协。

2013 年，历经两次更换发动机的车辆，第三次出现上述异常情形。4S 店如法炮制，第三次提出更换发动机的要求。范女士对反复避重就轻的 4S 店终于忍无可忍，决定用司法途径来结束这场旷日持久的"拉锯战"。

何方荣向鄞州区法院提起了消费者维权之诉。在诉讼过程中，他通过强有力的证据，说明双方存在买卖合同关系，以及原告在被告处所购车辆存在严重质量问题的事实清楚。经过庭审，法院判决 4S 店应于判决生效后三日内全额返还范女士购车款，同时范女士也需向 4S 店支付相应的车辆使用费。本案一审结束后，4S 店终于向范女士返还了购车款。

六、他推翻一审判决，使顾问单位无须承担支付工程款的责任

2013 年，由何方荣担任常年法律顾问的某房地产企业开发了宁波某项目楼盘。2015 年，该项目的桩基单位起诉总包单位和建设方（即前述房地产企业），要求二者共同支付其工程款及利息 3500 万元。何方荣接受房地产企业代理后，就本案查阅了大量的证据材料，并就本案相关证据逐一向法庭提交。

一审中，何方荣提出，首先涉案施工合同虽为三方合同，但合同的相对性仍不宜随意突破，桩基单位仅能向总包单位主张桩基工程款，并不能根据合同约定的付款流程直接要求建设方（即房地产企业）支付桩基工程款。其次，涉案工程款的付款条件还未成就，只能支付工程暂定价的 75%。结果一审法院仅采纳了第二点意见，最终判决建设方向桩基单位支付工程款及利息共计 1400 万元。

收到一审判决结果后，何方荣仔细研读判决书并再次梳理各方证据后，认为一审判决存在不妥之处，事情仍有转机。于是，他继续接受建设方的委托向宁波市中级人民法院提起上诉。二审庭审中，他从法理、合同条款、实际操作三方面向二审法庭阐述了合同相对性的重要性及其在本案中的具体应用，同时进一步提出涉案合同的相对方仅为桩基单位和总包单位，建设方仅是作为鉴证方及监督方出现在合同中。

最终，在何方荣的不懈努力和冷静辩驳下，二审法院最终采纳了他的全部意见，撤销了原判决并依法改判建设方无须承担支付工程款的责任。

七、在案值 2 亿多元的海南围海造岛案中，他一如既往追踪欠款

中交 XX 航道建设有限公司，是何方荣的常年法律顾问单位。2017 年，何方荣收到他们的委托后，第一时间赶赴海南。

原来，2008 年 10 月 11 日，浙江 XX 控股集团有限公司与海口市土地储备整理中心签订了一份《海口湾大酒店项目一级开发合作合同》，合同约定由中交 XX 航道建设有限公司及浙江 XX 控股集团有限公司双方合作，对海口湾大酒店项目所用土地进行一级开发。土地开发完成后，经"招拍挂"形成的土地收益增值由双方共享。根据该合同约定，浙江 XX 控股集团有限公司在海口市注册成立项目公司（即海南 XX 宏基实业投资有限公司）后，合同约定的权利及义务转由该项目公司承继，浙江 XX 控股集团有限公司对项目公司履行合同所产生的债务承担连带责任。

何方荣了解到，2009 年 12 月，中交 XX 航道建设有限公司与项目公司签订了一份《海口海岸线景观灯塔酒店围填海工程施工合同》，合同约定：由中交 XX 航道建设有限公司承建海口海岸线景观灯塔酒店围填工程，工程内容为护岸、疏浚与吹填造地；合同总价 2.8 亿元；工期为 365 日历天，后因施工方案由爆破挤淤变更为基槽开挖等原因，双方协商后将竣工日期延长至 2011 年 6 月 30 日。全部工程于 2011 年 7 月 5 日通过交工验收。但项目公司并未按照合同完成工程款的支付。至工程完工交付仅支付 1.2 亿元，尚欠工程款 1.6 亿元，加上逾期支付工程款的利息，拖欠款项达 2 亿多元。其间多次催讨无果，中交 XX 航道建设有限公司遂决定向法院起诉。

何方荣调查整个案情后，分析整理了相关的第一手资料。在海南连轴高强度工作了 15 天后，何方荣向海口海事法院提起诉讼并采取财产保全措施，通过合法途径查封项目公司的账号、房产、土地，迫使对方无法继续逃避问题，不得不回到谈判桌上进行正面交锋。本案经过数月多次谈判，最终在法院主持下达成调解，原告于次月收回 6000 万元工程款，取得初步成效。

然而，由于该项目公司后期出现资金困难的问题，案件调解后的具体执行困难重重，时至今日仍是悬而未决。在长达 10 年的执行过程中，何方荣从未有片刻产生过放弃的念头，他始终坚持与法院保持对接，多次去海南执行。目前，该项目公司已进入破产程序，他还是一如既往地追踪本案。

八、在涉案金额近 4 亿元的行政诉讼案中，为项目公司依法索赔

浙江某市一个农业造地及农业旅游开发项目，于 2015 年 12 月经当地海洋与渔业局用海预审审批，PPP 实施方案于 2016 年 10 月经当地管理委员会批复后实施。2016 年 11 月，该 PPP 项目对外公开招标。其中，有三家企业作为联合体投标，于 2017 年 1 月中标并签订《PPP 项目合同》投资协议，该项目投资总额为 7.8 亿元。

2017 年 7 月，这三家公司共同设立项目公司，用于履行《PPP 项目合同》，并投入 1.2 亿资金组织施工，完成了部分填海工程建设。但是，由于该项目最终未能通过国家用海审批，于 2019 年 6 月被叫停终止合同，直接导致该项目公司的巨大损失。

2019 年底，该项目公司经人推荐，特意从外地赶来宁波找到了何方荣，请其代理本案进行维权索赔。接受委托后，何方荣详细听取了项目公司的陈述，了解了项目背景以及实施进展，组织收集相关证据。他花费大量时间精力与涉案人员进行沟通，深入探讨案件的各个细节，同时也兼顾查阅 50 万余字的项目资料，充分论证与政府部门打官司的利弊关系。在经过一系列的权衡和分析后，何方荣认为该索赔诉讼案可以启动，并最终以浙江省某市某部门为被告向相关法院提起行政诉讼，要求被告向项目公司支付已完工程的工程款并赔偿损失，共计近 4 亿元。

庭审现场，何方荣运用充分的法理和确凿的事实，反驳了被告欲以不可抗力为由拒绝赔款的观点。最终，法院充分听取了何方荣的意见，认定在 PPP 项目终止中，被告存在过错，应予赔偿。

由于本案索赔金额巨大，社会关注度较高，法院也十分慎重。目前该案已通过法院多次开庭审理。为了尽快解决纠纷，减少委托人的损失，维护委托人的合法权益，审理期间何方荣曾提出各种解决方案与法院进行商讨，希望在兼顾各方利益的前提下妥善处理。

可喜的是，所有辛劳都有收获。本案在法院主持调解下，第一阶段顺利结案，项目公司已经拿到了 6900 万元的工程款项。对具有争议的索赔项目，目前已委托给第三方进行鉴定，待鉴定结论揭晓后，将在第二阶段进行处理解决。

【 后记一 】

逐梦路上　感恩同行

——我的新闻生涯

何开余

当写完《搏击第二战场——我 26 位战友的创业故事》的书稿以后，我不禁想起了自己的新闻从业经历。一路走来，其中的点点滴滴，令人回味，充满感恩！

激情真是太重要了，缺少激情的生活是平淡的生活，缺少激情的人生是平庸的人生。新闻工作，因为艰辛，所以崇高。于是，我用理想和信念点燃激情，做了一名时代潮流的"瞭望者"，以笔尖记录历史，用镜头见证发展，在坎坷的新闻道路上，不断创造属于自己的那份辉煌。

一、皮旅虎团是我从事新闻工作初心萌发的地方

接触新闻报道，我是从新兵开始的。

1980 年 11 月 23 日凌晨，我们安徽广德籍 40 名战友奔赴江苏无锡的第 60 军皮定均旅老虎团新兵连。说到入伍，不能不提到八连副连长章维光。

当年，他到广德带兵时，根据应征青年报名的学历情况，专门去广德县教育局走访。记得体检那天，我刚测好视力，章副连长就找到我："你就是何开余？""是！首长。""瘦了一点。""不瘦，1.72 米，103 斤！""我了解到，你的文科成绩很好，是全县高考榜眼（第二名），可惜考大学差了两分。你不是在广德中学高复班读书吗？怎么会想到当兵？""为了保卫祖国！""好！现在部队对学文化相当重视，连干部转业前也想拼个高中文凭。像你这样，可以考

军校，大有希望啊！"这话，真是说到了我的心坎。

在新兵连，章维光担任我们连长。他的拿手好戏是：面对 300 米半身靶，立姿单臂持枪射击，弹无虚发。

新兵连有 180 名战士，除了我和同乡外，其他战友来自上海市徐汇区、江苏省泰州市、浙江省余姚市。第一个月，连队每天在太湖岸边组织队列（齐步、跑步、正步）训练，和体能（五公里越野）训练。

那时，南方战事硝烟正浓：1979 年 2 月 17 日至 3 月 16 日，广州军区和昆明军区边防部队奉命对越军进行自卫反击作战。1980 年 9 月，部队转入"骑线拔点"作战。为了保卫南疆，我们团抽了一批又一批干部战士奔赴前线。

当时，新兵连指导员周加良给我们上政治教育课《为祖国而战》时，义愤填膺地控诉了越南地区霸权主义的罪恶行径，慷慨激昂地讲述了我们部队的干部战士个个咬破手指写血书请战，要求奔赴前线的情景，以及被批准抽调的干部战士在前线奋勇杀敌的英雄事迹，点燃了大家心中的报国热情。我写下一份《决心书》，表示苦练杀敌本领，随时听从党的召唤，为保卫南疆甘愿献出青春和生命！同时，我还写了一首题为《木棉花》的小诗："木棉花，英雄的花。它枝干壮硕，如同英雄挺拔的身躯。任凭风吹雨打，也顶天立地！它花朵红艳，就像烈士流淌的鲜血。纵然纷纷飘落，也永不褪色！它扎根南国疆土，一朵朵，一簇簇，彰显军人的性格。这是壮士的风骨，这是勇士的气魄！……"连首长看了，给予了高度赞扬，还让我抄写一份贴在连部的墙上。在授枪仪式上，我戴上帽徽、领章后，代表新战士表决心，并朗诵了这首诗。

1980 年 12 月 20 日，连长和指导员一商量，决定让我担任连队的文书。于是，我把被子、行李从三排一班搬到了连部。此后，我的工作主要是按照连首长指示，写工作计划和汇报、管理枪弹和其他装备。

1981 年 1 月 16 日，训练进入第二阶段，连队组织射击瞄准、体能（单双杠、木马）等科目的训练。

有一次，我们团的新闻干事曾凡友来新兵连物色报道员。他中等身材，小平头，戴深度近视眼镜，讲话慢条斯理。在连首长的推荐下，他把目光投向了我，鼓励说："一篇报道，往往胜过一堂政治课。当报道员，是战士很好的成才途径。以前，团里的新闻干事吴东峰的成才之路就是例证。他专心致志写报道，走出了一条闪光的人生之路，是我们学习的路标。"他的教导，让我对新闻事业充满神往，热血澎湃！

吴东峰，1951年1月生，曾为南京军区181师战士，1970年开始从事新闻工作，1979年任新华社南京军区分社记者，1988年任新华社广州军区分社记者，1995年调任广州军区战士报社副社长，大校军衔。2002年1月，转业任广州出版社副社长，同年被评为高级编辑。他还荣立二等功一次，获广东省新闻工作者最高荣誉——第四届"金枪奖"。

有意思的是，他曾经服役过的炮三连，后来与我服役过的机枪三连合二为一，缩编为机炮三连。这么说来，机炮三连是我们共同的一座人生驿站。

1981年2月4日（除夕），新兵连结束，我被分配到三营部通信排，担任步话机员，与电影《英雄儿女》中的主角王成的工种相同。从此，我一有空就去采访。记得有一次，我写了一篇《八连战士熟练运用夜视器材》的稿子，傍晚到机关办公楼找曾干事审稿盖章。他看了一眼说，这篇稿子新闻价值不高，要素不全，语言也是学生腔调，毙了。他带着我，走在营区干净的柏油路上，语重心长地介绍他从事新闻工作的经历和体会。他从四川入伍后，从一位后勤兵，成长为一位优秀的新闻干事，无论是酷暑还是严寒，无论是白天还是黑夜，坚持采访、写稿，吃的苦是常人难以想象的。

走着走着，我来到他的宿舍。这里是位于营区北面的筒子房，中间有过道。他的房间大概10平方米，窗户朝南，桌子上放着一盏灯罩为橘黄色的台灯。我想，这台灯，一定伴随着他度过了许许多多充满激情的不眠之夜！

1981年3月，在曾干事的推荐下，我与同年入伍的机枪三连战友毛禹忠一道，参加181师新闻培训班。记得，师宣传科干事葛逊老师（后来任南京军区政治部宣传部干事、创作室正处级创作员）授过课。课余时，他还跟我们谈了诗词的创作。当时，他还唱了一段歌曲《我爱我的称呼美》（歌词："我爱领章红，日夜放光辉。我爱军装绿，染得山河翠。我是光荣的解放军……"），分析这首歌词的特点，特别强调这个"染"字运用得非常精妙、传神。

当时，我们报道员投稿的媒体是南京军区党委机关报——《人民前线》。该报面向江苏、安徽、浙江、上海等四个省（市）的驻军发行，每周三期。1985年部队整编后，发行范围增加了福建、江西两个省。

我们团的新闻报道工作轰轰烈烈,许多消息和通讯见诸《解放军报》《人民前线》的重要位置。我印象深的,有《老虎团探索夜间作战新路子》《南京军区授予孙朝芝"模范指导员"光荣称号》等等。

在紧张的通信训练之余,我采写了《83117部队紧贴实战锻造通信队伍》《三营指战员在太湖顶风冒雨武装泅渡》等一批稿件,投向《人民前线》报,可是最后都石沉大海。老报道员告诉我,这很正常,他们都是这样拼过来的。报社每天收到的稿件有几麻袋,能被编辑看中是极少的。走这条路,注定是艰难的。

那时,我有些功利主义。我了解到,一名优秀的新闻报道员能得到的,是立功、入党、转志愿兵,但这些都不是我最想要的。那时,我满脑子里想的就是考军校、提干。于是,在业余时间,我把主要精力转到迎接军队院校统一招生考试上。

我在高中是读文科的,而军队的统招要考理科。于是,我放下地理和历史,重点自学物理和化学。所幸的是,通过自学,我于1982年7月以文化科目全师第一的成绩考入了中国人民解放军镇江船艇学院航海指挥专业。

我收到军校的录取通知书时,部队正在安徽省滁州市珠龙镇驻训。临行前,我看到战友毛禹忠在《人民前线》发表作品的剪贴本,不禁感慨万千!虽然是两篇"豆腐块",但,那是多么不易啊!

皮旅虎团,是我从事新闻工作初心萌发的地方。为了圆一个军校梦,我暂时偏离了原来的奋斗方向。我内疚的是:自己打了一圈"酱油",无果而终,有负首长,特别是曾干事的教诲和期望。

虽然告别了老部队,但新闻梦却一直藏于心中。在镇江船艇学院,我担任学员二队一班班长。在队长张锦文、教导员王宗华的商量安排下,我在宣传方面尽力完成两项任务:一是担任学院广播室报道员。其间,我采写了《为人民利益而死重于泰山——学院二队开展学习第四军医大学"富于理想、勇于献身的优秀大学生"张华事迹大讨论纪实》《青藏兵站部管理员孔志毅的报告在二队引起强烈反响》《您就是灯塔——记航海教研室教员李华热心教学的事迹》《鱼水情深春意浓——学员二队与镇江长途汽车站开展军民共建纪实》《美丽的校园》《为理想扬帆起航——二队学员长江、东海实习见闻》《祖国的需要就是我的理想》等60多篇新闻稿件。二是担任学员二队"浪花"黑板报编辑。当时,队里成立黑板报三人编辑组：彭建刚同学负责策划、我负责写稿、李红卫同学负责美术。

记得，"浪花"黑板报的名称还是我取的，想法来自当时的流行歌曲《浪花啊浪花》（王晓玲作词、魏群作曲、于淑珍演唱）。歌词写道："浪花，奔腾的浪花，你像天边翻卷的云霞……啊浪花，你生在大海怀抱；啊浪花，你开在海角天涯，伴随我的心上人，守卫海疆把根扎……风波浪里度年华。"

这块黑板报，每周换新。为此，我们三人倾注了大量心血。短小精悍的稿件、贴近生活的图案让大家流连忘返。

二、千岛要塞锻造了我获取新闻的硬功夫

告别军校，我先后来到舟嵊要塞区司令部水线中队 2302 号艇、舟嵊要塞区船运大队二中队 2202 号船，担任见习航海长。渐渐地，我又重拾报道旧业。

1. 跟着战友施新岳跨进摄影世界

在 2202 号船，我认识了航通班战士施新岳。他带着我走进了摄影世界。

施新岳，1982 年 11 月从慈溪入伍，航海兵，脑子活络，善于接触新事物。看准的事，他勇于大胆尝试。记得那时，他有一台海鸥 4B 型 120 照相机。他不仅会拍照，还会操作暗房工艺。白天，他手把手地教我如何安装胶卷、如何根据光线亮度调整光圈和速度，如何构图取景……晚上，我们将船舱的窗户紧闭，拉上窗帘，作为暗房，冲洗胶卷。我们还在暗红色灯光下，印放了一张张黑白照片。

那段时光，我们拍摄了许多反映部队火热生活和海岛美丽风光的照片，在中队的宣传橱窗中展出了一次又一次。

"美是到处都有的。对于我们的眼睛，不是缺少美，而是缺少发现。"在司空见惯的环境中，我常常用这句话鼓励自己。

"不入虎穴，焉得虎子！"1985 年冬训开始，寒风像刀子割、鞭子抽，锚泊海湾的战艇前甲板上，一群官兵正在练习冲锋枪瞄准。为了突出威武的形象，

我驾着颠簸的小舢板从海平面接近，反复选取角度，最后逆光仰拍了一张剪影照片。后来，这幅《晨练》的作品被《陆军船艇》杂志封底采用。该杂志的图片编辑彭建刚对我说："我欣赏过许多反映船艇部队题材的作品，你创作的这幅别具一格，让人眼前一亮。"

那时，我经常随身携带照相机，时刻准备"猎"取美的画面。一次，雨夜过后，阳光从云层的缝隙中喷射而出，帆船在碧波中摇曳。航行中，我立即取出相机，迅速加中黄滤色镜，拍下了这一镜头。不久，《中国交通报》副刊还将照片《心中的海》做了加框处理，并配上李德尧的小诗：太阳的红帆船，第一个走向海面，捞起所有星星，连同星星般圆浑的诺言。无法在你的心上系缆，只有成为孤舟一片。流放在你的昼与夜之间，爱也遥远，恨也遥远。

摄影之路充满艰辛。在艇上，我经常把不足 4 平方米的艇舱当作暗房，尽情创作。1988 年 9 月，在军衔授予仪式的前一天晚上，室温超高，我在封闭的住舱里，光着膀子印放照片，热得汗流浃背。在裁切相纸时，我不小心将新军裤切了一个洞，情急之下只好用膏药反贴，将切缝黏住。

如今，三十多年过去了。现在看来，我当年保留下来的黑白照片，虽然有些瑕疵，但记录了那一段岁月的痕迹。

2. 初战告捷，四幅作品入选华东战区三军影展

那时，舟嵊守备区首长的海上出行，都由我们中队保障。由此，我有幸认识了随行的政治部宣传处的各位首长和老师。

1989 年 3 月，我担任 2106 号艇长。一个夏日，新闻干事迟文军乘坐我艇去采访。返回码头后，我把自己拍摄、放大的黑白照片拿出来，请他指导指导。他看着看着，两眼放光，笑着对我说："没想到，你进步这么大。以前，我经常看到，航行时，你在艇上拿架照相机拍来拍去，以为是玩玩的，现在突然拍得这么好！你看，主题突出，层次丰富，不简单！"听到他的表扬，我对摄影更感兴趣了。

1989 年 10 月，在迟干事的举荐下，宣传处长魏秀生专门打电话给我们船运大队政委薛正朝，让我到宣传处帮助工作。他们还商定：平时，我住在艇上"吃

海灶"。如果开航，我负责随艇指挥；如果不开航，就到宣传处工作，日常工作由副艇长林长春负责。由此，开始了我在宣传处断断续续3年的帮助工作。1990年8月，大队把我调到2101号艇任艇长。这时，教育和训练由中队统一组织，我有了更多的时间琢磨摄影创作。而且，教导员李先荣、陈勇给了我许多指导和帮助。

我们中队到守备区政治部的距离，抄小路也就三里左右，骑自行车不过十分钟。那段时间，我经常在两地来回跑。记得，宣传处一楼办公室的内走廊里，靠北有一间摄影暗房，面积有10平方米，放大机等设备高大上，消耗品如盒装自剪胶片、软硬相纸，以及显影粉、定影粉都是现成的，应有尽有。

那时，我还发现了时任浙江画报社记者的韩志雅老师留下的手迹。他曾经担任过要塞区的摄影干事。当时，我在暗房里钻研放大照片的工艺，一待就是一天。

宣传处阅览室的军内外报纸种类很多，我每天都要翻看，重点揣摩《解放军报》记者江志顺、乔天富、骆飞、周朝荣，和《人民前线》记者许家声、马增寅、何广荫、范钦尧拍摄的照片，看他们如何突出主题，如何构图、用光，如何选取拍摄角度，从而汲取新的知识。

1989年10月28日，我在《舟山日报》第一版发表了首幅新闻照片，报道了中央电视台在庙子湖拍摄反映海防营官兵"扎根第二故乡"专题片的消息。1991年2月，南京军区政治部下发了《关于征集建党70周年第二届华东战区（五省一市）陆海空三军摄影展作品的通知》。迟干事第一时间告诉了我，并让我好好准备。

于是，我精心创作了六幅作品。送去后，他一张一张看过去，满意地说："不错，就这样了。"每一幅作品的诞生，都是一次绞尽脑汁的构思。其中，图片《家乡的嘱咐》，再现了"应征青年启程戍边"的场景：主体是应征青年的侧面，图片特别突出了他背包上系着的一朵鲜艳的大红花。只见他回眸的瞬间，露出了坚毅的眼神，背景是许多亲人在送别。我想，家乡人民送的这朵光荣花，不正承载着他们希望的千言万语吗？图片《擂》是幅仰拍的照片，大鼓占了二分之一的画面：只见两名战士双手抡起鼓杵，脸部努筋拔力。看到照片，仿佛即将听到鼓声震耳欲聋、响彻云霄……

七一前夕，迟干事接到军区政治部下发的表彰文件后，神秘地对我说："你猜，你这次命中几幅？""有两幅吗？"他用拳头击了一下我的左臂："四幅，四幅！"他把展览获奖目录和我的获奖证书交到我的手中。魏秀生处长在走廊里遇到我，笑着快步上前，伸出双手紧握着我的右手，用浑厚的声音高兴地表扬："你为我们海岛部队争了光！"

这是我的一次摄影创作大丰收，入选作品有《家乡的嘱咐》《擂》《战友情》《严阵以待》。

3. 在失败面前，以更大的勇气修炼基本功

有成功，也有失败。当一个人在飘飘然的时候，往往会有失败甚至危险在等着。令我终生难忘的是，曾经"砸了一次锅"。

1991年6月中旬，南京军区将要授予泗礁八五炮连"思想工作模范连"荣誉称号，迟干事安排我拍摄"授称仪式"的照片，包括会场全貌、首长讲话、代表发言、观众鼓掌等镜头。虽然是第一次接受这样的重大任务，但我还是初生牛犊不怕虎，拍拍胸脯，应承了下来。

6月26日，红旗招展，锣鼓喧天，一切按照程序走完。第二天，当我从照相馆取出照片时，突然傻了：被摄对象大多模糊不清，少数清楚一点的也是曝光失度。这可是重要的活动资料啊！怎么办？怎么办？顿时，我大脑一片空白。主要原因，一是我当时缺乏室内拍摄经验。平时，我认为闪光灯拍摄的照片缺少层次，所以喜欢使用自然光。当时在室内作业，慌乱之中，闪光指数调节不准。二是对宣传处的高档相机"美能达"的性能缺乏了解。以前，我经常使用自己的海鸥相机，得心应手。然而洋玩意儿的操作设置，与国产尚有很大区别；加上动态之中，用手调控，焦距把握不准；同时，远距离使用长焦拍摄，景深更短，最终导致严重失误。

那个年代，不像现在的数码拍照能马上观察效果，只有等印出照片之后才能发现。可是，真到那时，木已成舟，难以补救！好在迟干事安排了预备摄影师，否则后果不堪设想！通过这次教训，我才真正悟出"没有金刚钻，别揽瓷器活"这句话的分量。那几天，我见到首长都低着头绕道走，唯恐被批评。这也许是

多虑了,其实后来一直没人抠这个"疮疤"。这说明我的基本功欠缺,需要补课。

我家里有一本早期的《舟山市摄影家协会通讯录》。其中,有杨军、迟文军和我的名字。

在宣传处,杨军专业从事摄像工作,与中央、省、市电视台联系紧密,拍摄、制作了许多新闻佳作。有一天,他对我说:"我的师父也是广德人,是你同乡,我带你认识认识。"在他的介绍下,我认识了时任舟山电视台新闻部副主任的宋祥明大哥。宋大哥又带我认识了《舟山日报》摄影美术部的沈友才老师和虞岸老师。

在舟山日报社楼梯拐角的暗室里,这两位老师指导我掌握了一些摄影特技,使我在拍摄技巧、后期制作上有了新的进步。同时,他们还把我带到摄影家的圈子,并介绍我加入了浙江省摄影家协会。

废物里面有黄金。一个夏日,我在翻看废旧照片时,找到一幅"两名战士在海滩逆光踏浪奔跑"的作品。画面上,只有一条白色突出的海浪线,显得单调,而且还有些划痕。我不甘心,总觉得其中潜藏着曲线美,一定要想办法挖掘出来。通过琢磨,我把底片放入醋拌的温水杯里,使划痕弥合;然后,在暗房里通过工艺处理,增加了一条海浪线;还通过局部遮挡,把沙滩的影调压低……后来,这幅照片终于以唯美的形式登上了《人民前线》。

我拍的照片,经常引来宣传处副处长刘洪久,以及新闻干事迟文军、唐金源、管苏清等老师们的点评,让我增长了不少见识。1991年6月,宣传处安排我参加"全军公路管理现场会——舟山海岛部队经验做法"大型宣传展板的图片拍摄、组版工作,供全军与会代表观看。最后,我制作了40块展板,展出照片200多幅。我挑选了十多幅自感非常满意的照片,拿到处里接受"检阅"。大家看了,都乐于提出自己的见解,使我受益匪浅。

在宣传处工作的这段特殊经历,为我摄影水平的提高打下了坚实的基础。我拍摄、制作的新闻、艺术照片,在《人民前线》《人民海军》《浙江日报》等报纸上多有发表。当然,我最满意的,是刊登在《人民前线》"东线""战士之友"副刊版面上的刊头艺术照。编辑很用心,还为有的照片配上了诗,大大延伸了审美的想象空间。在我的图片《瞄准手》旁,李冲配诗:"在没有硝烟的战场,军人同样将青春挤进炮膛。擎起士兵绿色的希冀,书写一片辉煌!"

韩连春战友在《人民前线》报学习时，也为我的图片《向往》配过文字："眼中映入的是征服大海者的形象，心中升腾的是驾舟远航的渴望。暗暗扬起生活的风帆，在未来的岁月作一番搏击！"

4. 新闻大师的指点令我醍醐灌顶

我在宣传处帮助工作期间，有几位领导多次问我想不想调到机关，我说没有这个想法。原因是，编制放在艇上待遇较高：工资有航行补助，每月比陆地高30多元；海灶伙食费是陆灶的三倍；冬季军装穿的是水兵呢制服、呢大衣，还有高帮皮鞋等。更重要的是，我喜欢在基层带兵，拍照时拥有大量的"战友模特"。

那时，宣传处干事周永章老师经常对我说："你要多写点文章，如果文字不过关，就是照片拍得再好，充其量就是一位摄影师，连几句话的说明都写不好。"那些年，他送了我几本书，包括《金戈耕云》（刘东耕著）、《耕耘在绿色天地》（史振洪著）、《大海涛声》（周永章著）等。

由此，我在文字上也更加用心。为了练笔，我在战艇上主编了《海防线上》季刊，开辟了"训练写真""身边故事""水兵心语""书画园地"等栏目。我除了带头提供文字、图片外，还作词作曲完成了艇歌，引起大家热烈响应。时任舟嵊要塞区政委卢匡衡将军上艇时，还挥毫泼墨，为封面题写了刊名。

如今，我还记得刘洪久副处长为我照片取名的情景：我在花鸟小岛拍摄的弯弯曲曲的绕山公路全景，自己取名《山道弯弯》，他说："叫《青山系玉带》更有诗意。"还有一幅，我取名为《训练之余》。此照，是在岱山拍摄的，画面是一群战士正在玩"老鹰捉小鸡"，背景是虚化的金黄金黄的油菜花。他取名为《一片春意闹》。

这里要特别提到的是，我在新闻学步中，还认识了军队报社的两位大师。

第一位，是《人民前线》的王浩钟老师。有一年，他来千岛要塞给报道员授课和采访，我有幸认识，并聆听了他的专业教诲，收获的是书本上看不到的浓缩的新闻采编精华。我任某船副营职指导员时，王老师在时任要塞区宣传处副处长周永章的陪同下，来我部采访，传授新闻理念，听取新闻线索的汇报，指导我们写稿、改稿。当看到我们最后写成的稿件后，他们给予了热情的鼓励。1994 年 2 月 10 日《人民前线》二版头条发表了我和战友刘玉宝采写的消息《流动的人有了安定的家——83371 部队家属随军的船艇军官喜迁新居过年》。难忘的是，王浩钟老师在百忙之中，还特意写了编后语：《领导先人后己，好！》。

第二位，是《解放军报》的江永红老师。1991 年初，他来舟山采写"东极官兵扎根第二故乡创大业"的报道期间，我开艇接送过他。他在我的住舱看了我写的随笔之后，特意在离艇之前见了我，并叮嘱："你的文章写得通顺，有灵性。希望你多看看专业教材，掌握更多的规律和技巧，认真写下去。"他对我说的这些话，无疑让我信心倍增。他回北京后，还给我寄来了一本他的新闻作品集《兵戎走笔》。我带着"灵性在哪里"的思考，细心揣摩了一遍又一遍。

学校是成才的摇篮。我通过中国人民解放军南京政治学院（短训）、陆军指挥学院的淬炼以后，文字水平也得到很大提高。

5. 在"联合 96"演习中采撷新闻"珍珠"

"风萧萧兮易水寒，壮士一去兮不复还。"战国时期的《易水歌》道出了我们的誓言！

20 世纪 90 年代，为了遏制"台独"，我军以打赢高技术条件下的局部战争为目标，通过演习，推动联合作战水平的提高。我们舟山警备区船运大队官兵先后参加了中央军委和南京军区组织的"联合 96"等一系列重大演习任务，参演时间跨度之长、作战要素之全、参演兵力之多、演练内容之复杂、研究问题之广泛、实兵对抗之激烈，不断刷新，提升了官兵对于联合作战的理论素养和实践能力。

对我来说，特别是"联合 96"演习，不仅提高了我的作战指挥水平，也检验了我的新闻获取能力。

峥嵘岁月，难以忘怀——台湾海峡，风雨交加，涌大浪高，代号为"联合 96"的演习正在进行：空中硝烟弥漫，海上水柱冲天。登陆编队在飞机、导弹、舰炮的强大火力支援下，一次又一次地粉碎了"敌军"的拦阻行动，像一支支利箭射向登陆点。主攻部队，勇猛穿插，努力实施指挥员的战役意图……

演习中，我担任南京军区船艇部队三大队二中队教导员。我与队长徐永林一起带领官兵，开进了福建省平潭岛以东海域。在 60 多个日日夜夜里，我们战狂风、斗恶浪，经受了生与死的严峻考验，用实际行动抒发了对祖国的满腔赤诚。

其间，我拍摄了 1000 多幅演习现场的照片，还与战友张后胜一起采写了 6000 多字的长篇通讯《涛声作证——来自 83371 部队二中队参加台湾海峡三军联合作战演习的报道》。后来，这篇通讯分别被《人民前线》《中国海洋报》《舟山日报》等媒体配图刊登。舟山警备区政治部还为我个人举办了一次题为"捍卫统一 不辱使命——船艇部队赴闽演习实录"的大型图片展览。

在军旅生活中，我在媒体上发表文章（图片）400 多篇（幅）。其中，在发表的 200 多幅摄影作品中，有 30 多幅分别被《军事学术》《军队政治工作研究》《指挥学报》《陆军船艇》《浙江国防》《家庭》等军内外刊物封面、封底采用。中国人民解放军总后勤部编辑的《水上劲旅》大型画册收录我的照片 46 幅。另外，有 10 多幅在省级以上获奖。

同时，在文字方面，我有 200 多篇消息、通讯、随笔和论文在报刊上发表。我还参与了南京军区联勤部主持的《高技术条件下局部战争 / 陆军船艇海上航渡和登陆作战保障勤务》训练教材的撰写。

难忘的是，2004 年，也就是我转业后的第四个年头，《人民前线》摄影记者何广荫来宁波船运大队采访时，希望见我一面。得知战友转述的消息后，我立即赶了过去，我们在一起交流了 4 个多小时。他对我的许多照片仍然记忆犹新，从创意和技巧上，都给予了较高的评价。我当时问他一个始终未解的问题："我在琢磨你拍的照片时，发现运用侧逆光拍摄的作品比较多，这是为什么呢？"他说，当时报纸是黑白铅印，那样处理，印刷的效果最好。

三、在宁波这片开发开放的热土上全力追求新闻事业

2001 年 3 月 28 日，《解放军报》以《自主择业成记者》（作者：朱明、左贵东）为题，报道了我"受聘成为宁波日报开发导刊编辑部摄影记者"的消息。当左干事告诉我这一喜讯时，我正在采访的路上。"你们辛苦了，谢谢！"他回答："您的事迹过硬，我们祝福您！"

2000年10月，中央各大新闻媒体对"军队转业干部安置方式新增自主择业"做了报道。我作为首批吃螃蟹的人，在著名作家任斌武（南京军区政治部创作组组长，短篇小说《开顶风船的角色》入选高校教材，长篇报告文学《中国有个雅戈尔》在《人民文学》1997年第6期发表）的介绍下，准备到《雅戈尔报》工作。

此时，巧遇《宁波日报》刊登了"开发导刊招聘两名新闻记者"的启事，对报考者要求：一是全日制大学本科毕业；二是同等条件下，有摄影特长的优先；三是年龄不超过35周岁，特别优秀的可适当放宽。我想，当记者多好啊！采访得来的新闻作品刊登在报纸上，可以"走进"千家万户，分享给广大读者，能够实现最大的人生价值。可是，自己21年兵当下来，已经37周岁了，算不算特别优秀呢？闯一下，可能有希望；如果不闯，绝对没指望。

于是，纠结到报名截止日期的那天下午，我终于鼓足勇气，打了一个咨询电话。没想到，对方说："请把你的获奖证书和作品拿过来看看吧！我们要做一次筛选。"于是，我提着一只旅行包，带着10多本获奖证书、400多篇（幅）作品剪贴，匆匆忙忙前去"挂号"。接着，经过笔试、面试、考察等程序后，我在27名应试者中独占鳌头。之后，排名第二的报考者，还被编辑部加试了一道题，要求在一小时内写一篇千字文，题目就是《题目》。最后，我们成为同事。

谈到感恩，还有一位首长不得不提。我到地方报社工作以后，时任主编翁大毛先生告诉我："我到部队考察你时，你们船运大队的政委把你说得像一朵花一样。"这位高抬我的首长，就是林依法政委。

转向新战壕的时刻，我百感交集，浮想联翩，一种感恩之情油然而生：在部队首长、老师、战友的指导和帮助下，我走上了新闻报道之路，并收获了搏击风浪的勇气和力量！

2001年3月12日，是中国第23个植树节。那天，我正式走进报社，从一名正营职中校军官变成了普通记者。从此，我背起了摄影包和采访本，每天穿梭在宁波这片开发开放的热土上。

在拍摄新闻图片时，我注重调动各种摄影技术手段增强照片的艺术表现力和感染力。例如，在第三届浙江投资贸易洽谈会期间，我在竖写"开放的热土、投资者的乐园"的巨大条幅前，抓拍了中方贸易代表与外国客商们兴高采烈地挥手走向展馆的镜头，充分展示了宁波开放、包容的自信。这幅画面传神的作品，多次被外经贸系统用于对外宣传。在深入企业拍摄时，我根据工业摄影的特点，力求拍出新意、拍出力量。在宝新不锈钢公司吊装车间，我采用仰拍的方法，在摄入底部连片钢卷的同时，重点突出吊装件的霸气；在吉利汽车公司组装车间，我站在生产线首辆车头上方，俯拍打开边门的纵向轿车群，突出了"展翅高飞"的意境；在中华纸业公司采访时，我用广角镜头拍出了 100 多米长的德国进口造纸机的宏大气势；在慈溪太阳实业公司，我用远摄镜头拍摄了检验女工验收指纹机的特写镜头。在拍摄人物画面时，我注意捕捉神态。如，在宁波开发区幼儿园，我抓拍了德资怡人公司外商向儿童赠送玩具的情景，每一张笑脸都充满了温馨。上述的这些照片，都被《人民日报》等国家级媒体采用。为了肯定我所做出的努力，报社还专门把以往的"图片新闻"栏目名称改为"精彩瞬间"。在浙江日报图片新闻中心的邀请下，我成为了他们的签约摄影师。

一天，翁主编找我谈话时，对我说："我们报纸实行采编合一，记者同时也是编辑。通过考察，我发现你的文字基础还不错，今后你在拍摄新闻照片的同时，也要采写一些新闻性强的消息、有思想深度的通讯，为版面增色。"于是，我开始将更多的时间放在文字上面。

在开发导刊 20 多年的新闻工作实践中，我积累了文字采写、图片拍摄、编辑处理等方面的丰富经验。目前，共有 2000 多篇（幅）作品被《人民日报》、新华社、中新社、《人民前线》《浙江日报》《宁波日报》等媒体采用，其中有 20 多篇（幅）作品在省级以上获奖。我参与撰写、拍摄、编辑的主要图书有：2008 年，参与编写宁波日报开发导刊新闻作品集《开放正未有穷期》《北仑脚步》。2013 年，参与编辑《北仑往事》。2019 年，编辑《心曲》。2021 年，参与编写舟嵊要塞区新闻人庆祝中国共产党成立 100 周年纪实作品《青春献海防》。2021 年，编著 20 首军歌创作经过的《英雄旋律》。2022 年，采写反映部队退役战友创新创业的长篇纪实通讯《搏击第二战场》等。

1. 哪里有险情，我就冲向哪里

2005 年 9 月 11 日，强台风"卡努"袭击宁波，倾盆大雨夹着狂风，扫得人挣不开眼睛。下午，当我赶到北仑大碶街道抗台指挥中心时，一位干部对我说：

"何记者，我们抗台的所有信息都会在这里汇总，您就安心等着吧。"我说："不行！如果遇到险情，我要尽快赶到现场。"最后，我执意赶到大碶街道抗台第一抢险小分队。

当晚 22 时许，电话铃声骤然响起，有人求救："青林村的一些民房被狂风暴雨夷为平地，发生了重大伤亡……"很快，我跟随抢险队员登车赶往现场。22 时 42 分，我赶到青林村北面村口时，被眼前的一幕惊呆了：在 1000 多米狭长的村中公路上，一股股汹涌的山洪从地势高处飞泻而下，路面的积水与 3 米多深的溪坑流水连成一片，折断的树干、损坏的家具等漂浮物横冲直撞……两旁还有倒塌的民房、掀翻的车辆。大碶街道党工委书记朱永祖站在没膝深的洪流中，一面向上级报告险情，请求增援；一面指挥现场抢险。

"大家跟我来！"随着大碶街道城管办副科长乐松毅一声令下，第一小分队 10 名队员快速赶到溪坑上的一座石桥，急忙将阻塞桥洞的树干拔出、移位，为上游的泄洪扫除障碍。接着，他们挨家挨户协助转移受困老人。突然，我听到，20 多米远处传来了两位妇女悲痛欲绝的哭声。原来，她们想把遇难亲人的遗体从桥边送到家里。4 名队员二话没说，立即应承下来，并马上抬起放着遗体的门板，迎着激流上坡。城管中队队长张岳鸣和队员刘忠阳走在前面。"有漂浮物，快闪开！"我喊道。他们在调整方向的瞬间，一根 3 米多长、碗口粗的树干冲撞下来，从左侧一闪而下……就这样，我跟着他们深一脚、浅一脚地逆流而行。经过 20 多分钟，我们才到达目的地。

赶到青林村南面，我看到，特大暴雨形成的激流在居民区冲毁了 20 多间房屋，撕开了两个"口子"，冲出了两条各 10 多米宽的水道。第二、三、四抢险小分队 50 多名队员，在大碶城管中队干部王小康、乐红夫、贺朝波的带领下，从各自执勤点赶到这里，迅速转移群众，与恶劣天气展开了殊死搏斗。

为了架设生命通道，抢险队员向村民借来一条 30 多米长的缆绳。"谁把缆绳的一端送到对岸？"一旦有闪失，就会被汹涌的洪水卷走。队员王旭乐、贺军带着缆绳的一头，相拥着涉水，一步一步向对岸挪动。大家的眼睛紧盯着，屏住了呼吸。当走到 7 米左右时，一阵狂风刮来，他们打个趔趄……"稳住！""当心！"在大家的提醒下，他俩走了两分多钟，才到达对岸的瓦砾上。顿时，两边队员拉住绳子，在急流中迅速架起了一条生命线。很快，第 2 条也复制成功。

遇险群众一个挨一个地抓住缆绳，被转移到安全地带。接着，抢险队员们也通过缆绳，赶到被毁房屋的地块，开展救援。

9月12日凌晨1时左右，副市长姚力带领武警官兵、公安干警40多人也迅速赶来。在姚力的指挥下，100多名抢险队员分成四组，从废墟中寻找失踪人员，开辟泄洪通路。随着"砰"的一声，我转身望去，只见城管队员乐红夫在搬运旧家具时，头被重重地撞在木桩上。他左手揉了揉，又立即投入了紧张的战斗。队员胡志明在抢险中，左脚被瓦砾中的铁钉刺入，鲜血直流。我的手机，也被暴雨淋湿导致损坏。

在这次台风中，大碶青林村一带在3个小时内强降雨400多毫米。村民因躲避不及，发生8人死亡、1人失踪的惨剧。在这场战斗中，抢险队员都不同程度地受伤。在人民群众需要的时刻，他们坚守使命，转移受灾村民200多名……

目睹抢险队员用带有鲜血的双手刨开瓦砾搜救失踪人员的情景时，失去双亲的村民陆志芳激动得哭了。他对我说："天灾给我带来了巨大的不幸，而抢险队员的行为，让我感受到了人间的温情！"

天蒙蒙亮，我拖着疲惫的身体回到单位，一气呵成写下了现场见闻《千米生死线》，并配发现场图片。见报以后，受到了读者的广泛好评。

罗伯特·卡帕说："战地记者手中的赌注就是自己的生命，如果你的照片拍得不够好，那是因为离炮火不够近。"我骨子里生长着军人胆大冒险的基因，时刻把这句话当作座右铭。当各种各样的险情发生时，我勇当"拼命三郎"。

2008年2月，罕见的覆冰使输往北仑的电力"大动脉"遭受重创：500千伏北春5410线（天晓5477线）1基铁塔扭曲，220千伏天芦4485线（天江4486线）5基铁塔倒塌……面对来势汹汹的冰雪灾情，浙江省送变电工程公司300多名工人放弃春节休假，齐心协力，顽强奋战，打响了一场"光明行动"。

一根根电线的覆冰厚度都在45毫米左右。要修复扭曲的北春5410线56号塔，必须首先固定相邻的铁塔，卸下悬在空中的高压线。这是一个技术难题，如果处理不好，就会引起多米诺骨牌效应的连锁倒塔。2月6日（除夕）中午，送变电公司的技术员潘明华接到现场勘察任务后，冒着严寒，带着两名队员向57号塔进发。我也背着摄影包跟了上去。

连续的低温冰雪天气，把九峰山冻成了一座冰山。57号塔海拔近500米，积雪厚度已达 50 厘米。我们用树枝做拐杖，探路上山，每次遇到峭壁，就用随身携带的绳索、铁钩协助行走。因行动艰难，一个多小时过去后，我们已是汗流浃背、口干舌燥，只得捧起山上的雪，张口吃起来。

他们在现场作业时，我看到，当他们的体力难以支撑时，潘明华总是挥动肿得像馒头一样的手，边走边给大家鼓劲："再坚持一下，马上就完成了。"同时，另一组队员爬上海拔 300 多米的北春 5410 线 55 号塔，并完成勘察工作。固定铁塔时，要挖一口深两米的洞穴，将钢丝绳的一端系上锚，置于洞内，用土埋好，再用钢丝绳的另一端拴住铁塔，以防止抢修过程中由于受力不均而引起倒塔。

为了完成抢修方案，需要队员把钢铁塔材运上山顶。我看到，在专家的现场指导下，修路大军紧密配合，利用柴刀等工具伐树开路，铺上麻袋、砂石防滑，在茫茫雪山上开辟了 15 条总长 100 多公里的"羊肠小道"，并搭起 5 座便桥，保障了抢修的顺利开展。

高压铁塔处于高山之巅，从山脚到抢修现场，长长的山路全部覆盖着厚厚的坚冰，气温在 0℃以下，风力又大，行走时十分危险。我在采访中了解到，那些天，散住在柴桥大小旅馆的电力职工每天早晨 6 点就起床，晚上 8 点才返回驻地，高强度工作时间超过 10 小时。抢修中，他们翻越一个又一个山头。

220 千伏天芦 4485 线覆冰严重，使海拔 400 多米的鄞州区横溪镇白云岗上 27 号至 31 号共 5 基铁塔倒塌或受损。2 月 7 日（春节）一大早，大雪纷飞、寒风凛冽，我跟青年抢险突击队员们一起往山上搬运器材，锚固了面临倾塌的 26 号和 32 号铁塔。由于抢救工作及时，两基铁塔最终扛住了肆虐了两天的冰雪的重压，有效遏制了灾情的进一步扩大。

2 月 7 日下午，我又赶到九峰山瑞岩寺附近的山腰。我发现，由于天气寒冷，这里的许多树、草都被冰雪严严实实地包裹着。一路 30 多人组成的运输塔材的队伍正在艰难行走，目标是 4000 米以外的 59 号塔。队员们每一脚踩下去，都会有冰笋折断的"咔嚓"声。双手冻僵了，就搓搓，接着干。老职工王福根展示自己的"拐棍"对我说："它可是个宝啊！"行走时，拄在地上可以用来防滑，放在肩上可以平衡用力；站着歇脚时，可以撑起塔材的重量。大伙都怀着坚定的信念，心往一处想，劲往一处使，一直干到晚上 7 点多钟才收工。等到浑身湿漉漉地下到山脚后，他们才发现，脸上、手上被树条划出了一道道血痕。

"就是爬，也要把塔材送到目的地！"唐修成，52 岁，四川人。我在通往 500 千伏北春线 55 号铁塔的半山腰上遇到他时，他刚从滑倒后滚入的雪窝中爬起来，拍打着肩上的雪花。这条路上，20 多名抢修队员两人一组，肩扛钢丝绳、电动绞磨机和塔料等物资，冒着刺骨的寒风，顶着细密的雨针，一步一步艰难地向高处攀爬。唐修成和一名同事抬着 100 多公斤重的电动绞磨机。他对我说，这座山头海拔只有 300 米，虽不算高，但一路上却有 20 多个拐角，全程走下来将近 1000 米，每天七八个来回。山路陡峭狭窄，每过一个拐角都需要两人协调配合，不能有半点闪失，稍不留神就会滑倒。

尽管穿着雨披、雨鞋，我们的外套还是被淋进来的雨水浸透了；尽管戴着胶皮手套，我们双手还是被塔材磨破了……"加油干啊！嗨哟！"在崇山峻岭中，队员们劳动的号子掩盖了所有的风声、雨声。

通过扎实的现场采访，我拍摄了 300 多幅现场施工的照片，获得了大量的第一手素材，并与记者杜文博一起合写了长篇通讯《为了北仑电力"大动脉"早日畅通——浙江省送变电工程公司 300 多名工人抗冰救灾现场见闻》。

做一名记者，经常要面临采访的挑战，还要忍受写稿的寂寞，但每当嗅着报纸上油墨的清香，想着自己"操刀"的作品"走进"家家户户，所有的劳累都跑得无影无踪！

在疫情大考下，我也努力做一位最美逆行者。

2003 年，非典突袭，餐饮业首当其冲。因为顾客惧怕非典，许多昔日门庭若市的酒店变得门可罗雀，有的干脆以裁员来降低损失。这样下去怎么办？我戴着口罩，采访了一些酒店后，于 2003 年 5 月 28 日在报上发表《老板娘集团非典时期不裁员》的经验消息。

当时，老板娘集团主要从事餐饮业和食品加工业，分别在上海、宁波、舟山等地共开了七家连锁店，有员工 1500 多名。重负之下，他们另辟蹊径，采取向客户单位送餐、在菜场和网上开设净菜熟食系列服务、在住宅小区设立连锁销售网点等措施，开展自救，最大限度地保护了员工的利益。

看了报道以后，宁波市劳动局法规监察处处长戚伏堂给报社打来电话说："这是一篇非常好的新闻。面对非典，老板娘集团积极应对，迎来生机，可贺；

老板娘集团牢记责任，爱护员工，更可敬！"

2020 年 2 月，新冠肺炎疫情突袭，给宁波企业的复工复产造成了前所未有的重创。2 月 11 日，为了打赢这场没有硝烟的战斗，组织部门专门抽调 143 名机关党员干部组成"锋领企业服务队"，按照岗位特长以及社区需求，有序下派到 12 个工业社区。我知道，北仑区新碶街道大港社区是全国首个不设居委会的工业社区，共有 600 多家民营企业和外商投资企业，来自全国各地的员工超过十万人，抗疫任务十分繁重。于是，我主动申请到大港社区工作，并承担三项任务：一是随队走访复工企业，进行疫情防控检查、勘定，提出指导意见；二是负责报送大港"锋领企业服务队"的活动信息，以及遇到和解决的问题，供上级领导决策；三是通过微信群等平台推广企业的经验做法。

在之后的 40 天时间里，我每天深入大港的企业开展检查，了解实情，宣传政策，落实抗疫措施。同时，我根据自己掌握的情况，在自驾车里加班加点，利用手机打字写下了《齐心协力抗击新冠肺炎灾害——我的防疫情助复工日记》。报社陆续推出了我采写的 15 篇通讯：《投身一线践使命》《严把用餐防护关》《借"云"复工破困局》《慎之又慎话隔离》《核酸检测更放心》《拍手叫好"甬行码"》《八仙过海备口罩》《排除万难接员工》《抗疫产品显身手》《竭力当好"店小二"》《"机器换人"尝甜头》《关爱员工春潮涌》《守望相助情更切》《充满希望向未来》《下沉解难忆长留》等，每篇 1200 多字。这些文章的发表，有力地促进了复工复产工作。宁波经济技术开发区恒达电器有限公司总经理贺行平说："看了报道以后，我了解了许多企业的经验做法，进一步增强了防控疫情的信心！"

2. 发扬"鸬鹚精神"，扑到"深水"抓"大鱼"

2006 年 3 月 15 日下午，我到宁波宝新不锈钢有限公司采访时，办公室秘书陈丽君告诉我，他们刚刚召开了"肖文茂点检标记法"推广会。我采访主创人肖文茂时，他说，七千多米长的带钢在不锈钢酸洗、光亮、精整等流水线上滑行后，如果有一处瑕疵，就为定型产品的检查确认和按级分卷带来很大的麻烦。他探索的操作法，有效地解决了这一困扰企业的大难题。

"这次被命名，我有一种满满的成就感！"肖文茂还说，在不锈钢生产工艺中，因带钢滑行速度过快等原因，往往会出现对辊印、刀花、线鳞等缺陷漏检的情况，甚至造成下道工序的异常分割、切废，特别是因工序间信息封闭，影响了效率。他担任质检员后，感到自己工作虽很认真，但还会出错，于是萌发了创新的念头。

宝新公司的 72 名质检人员分布在 12 条生产线上。"肖文茂点检标记法"能让他们共享操作信息：在分段检查中，只要在瑕疵区做好点检标记，就为下道工序提供了一个真实、不间断的质量信息，保证了出厂产品的可追溯性。推广以后，产品漏检造成的退料卷数降低 90% 以上。

我在酸洗线质检台看到，7200 米长的带钢在聚光灯的照射下，以每分钟 120 米的冲套速度自下而上滑行。质检员罗斐文指着《外观检查票》对我说："我发现钢带 2652 米至 2665 米间有刀花的痕迹，就在其上做好标记。"我来到精整分厂质检台时，质检员胡景惟说，他们将根据自己的换角度检查结果，对《外观检查票》显示的差错进行确认，并按等级分卷产品。另外，计划管理室对质检台提供的《保留单》所指向的钢卷进行相应处理。

接着，我采访了宝新公司党委书记、工会主席华丁生。他告诉我，宝新开展的"以主创员工姓名命名新操作法"的活动，是从 2003 年底开始的，目前已成为职工参与企业管理的重要方式，有效地调动了职工立足岗位成才的热情。目前，共有"肖文茂点检标记法""沃海波轨机中间轴拉毛控制法""吴刚 B.C.D 二级质量分级法""樊永强 BAL 炉内板形控制法""李岳锋支撑辊轴承缺陷判别法"等 10 项操作法被推广，16 名主创人因此成了公司的技术革新明星。我认为，他们善于挖掘职工中蕴藏的丰富智慧，激发职工的首创精神，这种做法新闻性很强。

另外，我还了解了其他操作法推行后带来的新变化。宝新酸洗分厂曾花两亿元进口了一台轧机。可是，在轧制宽度由 1 米切换到 1.22 米时，因边部轧辊磨损而影响带钢质量。高级轧钢工沃海波通过大量试验，摸索出了一套解决办法，使困扰生产流水线 4 年多的顽疾得以破解。2004 年，"沃海波轨机中间轴拉毛控制法"正式投入使用后，每年节能降耗 92 万元。

在掌握大量素材之后，我采写了《（引题）尊重职工首创精神 激发技术革新活力/（主题）"宝新"以主创人员姓名命名新操作法/（副题）已推广"肖文茂点检标记法"等 10 项，生产效率大幅提高》的消息。2006 年 3 月 21 日，我在《宁波日报·开发导刊》A 版二条发表此稿后，《宁波日报》3 月 27 日的时评版发表叶培林的评论——《让员工在创新中实现自我价值》，阐述了"宝新"以主创人员姓名命名新操作法的重要性。

此后，相关内容先后被国内多家媒体关注。其中，2007 年 5 月 2 日，《浙江日报》以《宁波宝新公司 17 项操作法以一线工人名字命名》为题做了报道。2008 年 1 月 9 日上午，浙江省劳动竞赛委员会在北仑召开全省职工创新创业暨推广以工人姓名命名先进操作法现场会。

美在哪里？怎样才能发现美？意大利文艺复兴时期伟大的雕塑家米开朗琪罗回答："美的形象源本藏在顽石里，我们的任务就是把隐盖这美的形象的那部分顽石割去，使原已存在的美的形象显露出来。"消息，一般在千字以内。我在采写消息中，努力把掩盖新闻性强的素材或不是新闻事实的"那部分顽石割去"，而让真正的新闻或最打动人的细节显露出来！

2003 年 4 月 1 日，我到宁波奥克斯集团采访时，该集团新闻中心主任冯洪江向我介绍了他们开展"金点子"擂台的情况。在他提供的统计表上，列举了十几名员工的"合理化建议名称""落实情况""所获奖金"等栏目。我想，企业面向员工有奖征求建议并不稀奇，但开展擂台赛就很有新意。我们一合计，决定以此为题进行采访。

奥克斯集团创办十多年来，主要生产空调和电能表，拥有员工一万多名。当时的"金点子"擂台，共计有 7800 多人次分享了总额超过 600 万元的奖金。我们采访职工吴建明时，他回忆：2001 年，他通过改进用料配比，适当缩小空调截止阀阀体直径，使实测性能指标有所上升，其产生的经济效益非常惊人：集团当年生产 90 万套空调，节约成本 630 万元。根据规定，吴建明可获奖金 15 万元。"我只是一名普通员工，奖金会不会被卡掉？"许多人和吴建明一样，捏了一把汗。奥克斯集团言出必践，没多久，即为吴建明办妥了一次性领奖手续。他大受鼓舞，次年又提出对空调内螺纹铜管进行改进的建议，当年就节约采购成本 1000 万元，喜获奖金 23 万元。今年 2 月，他提出的一项成本管理的建议，已通过公司评审，经采购部门确认，能为企业节约成本 1000 万元。为此，他将获奖金 30 万元。再加上又获集团颁发的 5 万元"擂主奖"。至此，他已稳拿奖金 73 万元。

"多得奖金是奉献！"奥克斯集团总裁郑坚江说，自 2000 年以来，他们共采纳 4493 条"金点子"，产生直接经济效益两亿多元。我们还了解到，奥克斯集团决定，从 2003 年起，每年拿出 500 万元，设立专项奖励基金。集团企质办已立下"军令状"，必须在一年内把这笔钱花掉，否则将受到处罚；如果使用不当，将加倍受到处罚。该集团期望通过提高奖额，涌现出更多的"勇夫"。

我们写成的千字稿件《（主题）奥克斯集团大摆"金点子"擂台 /（副题）擂主吴建明已稳拿奖金 73 万元》，最早安排在 2003 年 4 月 3 日出版的《宁波日报·开发导刊》B 版头条。时任《宁波日报》总编辑朱利民在审完大样后，把我叫到办公室，十分高兴地说："小何，你们的这篇文章写得很好，新闻性很强。请你把它删改到 700 字以内，作为我们报纸刊登的参加'全国副省级城市党报短消息竞赛'专栏的第一篇。"他还给一版编辑左文辉打电话，嘱咐道："何开余提交了一篇好消息，争取发头版头条。如果新华社有重要消息，这篇文章就推迟发表。"我回到办公室改稿，之后发给了左编辑。第二天，这篇文章顺利地刊登在头版头条。

这篇文章在读者中产生了很大影响。宁波日报《读者评报》（2003 年第 15 期）刊登了部分读者的评论。读者杨姓在《请多采编这样的头条》中写道：这篇消息体现了作者独特的捕捉新闻的眼光和新闻采写的坚实功力，可信度高，感染力强，一是彰显了群众的创造精神，二是说明企业经营机制的重要性。读者沈耀庭在《这是一篇难得的新闻佳作》中写道：这篇新闻佳作，是对党的方针政策的很好宣传，非常具体地发挥了主流媒体的舆论引导作用：一是帮助大家认识到，应该而且应当倡导分配方式的多元化；二是帮助大家认识到"言出必践"的重要性。当年，这篇文章还获得 2003 年"中国重汽杯"全国副省级城市党报短消息竞赛二等奖。

此外，我采写的《（引题）从美国总统克林顿的感谢信演绎出一件新鲜事 /（主题）韩国最大保险箱生产商为宁波永发贴牌》《（引题）展示"俄罗斯肌肉"的总统"酷"照令读者津津乐道 /（主题）普京手持渔具原来是阿拉宁波造 /（副题）此举引发羚祐"TICA"品牌渔具全球销量大增》，分获 2007 年、2008 年度浙江省县市区域报新闻奖一等奖。我采写的《（主题）北仑模具为世界名牌"造型"/（副题）有天上飞的"空客A380"、地上跑的"奔驰"》《（引题）让能工巧匠在创新中挑大梁/（主题）宁波保税区首推"首席工人"》《（引题）自己投入设备，从对方节电利润中分"一杯羹"/（主题）"安盛"推行"合同能源管理"新模式》《（引题）国际"音乐圣殿"签署"特别绿卡"/（主题）海伦钢琴获维也纳金色大厅永驻权》《（主题）中国工人首获韩国劳动部"长官奖"/（副题）宁波三星重工参赛作品被誉为"美观和精确的结合体"》《（引题）矢志打造全国最大蚀刻技术研发基地/（主题）东盛镀金盖板助中国飞船遨游太空》《（主题）北仑市民与千名贵州贫困学生结对助学/（副题）此举在短短1.5小时内完成，当场汇出第一笔爱心款24.6万元》《（引题）讯强新技术打破美企20年市场垄断/（副题）首批50万片声磁防盗标签投放市场，专利技术应用前景广阔》等稿件，被《人民日报》、新华社、中新社、《经济日报》《浙江日报》等媒体采用。

通讯是一种比消息更详细和生动地报道客观事物和典型人物的新闻体裁。我在这方面也下足了功夫。

说到记者深入基层的话题时，有两个生动的比喻，一个是"鸭子现象"，一个是"鸬鹚精神"。鸭子下了水而沉不下去，有时头虽下去了，但尾巴却一直浮在水上；而鸬鹚则是专门扑到深水抓大鱼。我始终发扬"鸬鹚精神"，将采访的新情况、新事物、新问题、新经验等"大鱼"进行精准提炼，深度聚焦，再呈现给读者。

2001年5月，我国加入世贸组织在即，大家纷纷谈论如何应对外国企业打入我国市场而面临的挑战，却很少谈到如何"走出去"打入国际市场。5月8日，我采访了刚刚获得"五一"劳动奖章的宁波京甬毛纺有限公司总经理李玉祥。京甬公司是一家民营企业，创办于1990年，专业生产各种羊绒系列产品。1999年，经国家外经贸部批准，该公司在南太平洋岛国萨摩亚投入50万美元兴办独资企业太平洋羊绒有限公司，两年出口羊绒衫18万件，全部免关税、免配额销往美国、欧洲等地，销售收入400多万美元。在国外打拼多年的李玉祥说，宁波不少企业完全可在国外市场争得一席之地。5月10日，我采写的《跨出国门闯市场——宁波京甬毛纺有限公司总经理李玉祥境外办厂现身说法》见报后，引起了宁波外贸企业以及政府有关部门的关注。

在国际造船巨头海外扩张的潮流中，韩国三星重工比竞争对手整整提早了十年。在宁波三星重工的参与下，"东方宁波号""EAGLE AU—OUSTA""新洛杉矶"等近百艘海上"巨无霸"相继驶向海洋。2007年7月6日，我听说韩国三星重工业株式会社社长金澄完来三星重工业（宁波）有限公司参加三期工程启用仪式后，立即与宁波三星的韩语翻译梁承顺联系采访。金澄完社长三天的日程安排得非常紧凑。我紧跟着，一有空就采访他，最后写成了万字通讯《他们在这里抢占了十年先机——三星重工业（宁波）有限公司发展纪实》，挖掘、总结了宁波三星重工创新发展的经验。

与此同时，我还聚焦了经济热点话题，写成了长篇通讯《跻身世界制造业强手之林——重点骨干民营企业在宁波开发区创新发展纪实》《直挂云帆济沧海——北仑模具产业发展扫描》《让品牌汽车走向世界——吉利集团自主创新纪实》《一切为了"大通关"——来自宁波电子口岸平台建设的报道》《宁波服装：走向国际化》《奉化有个"无费区"》《网上交易：供应商如何操作更有效？》《跨国收购，中强告诉我们什么》等等。2003年1月15日，我采写的万字通讯《"国家级创业中心"的桂冠是如何摘取的？——宁波市科技园区开展优质服务的经验解读》在本报刊登后，相继被《浙江日报》《科技日报》全文转载。

3.加强新闻策划，增强报纸的影响力和感染力

在宁波日报开发导刊编辑部工作期间，我先后于2007年8月担任新闻采编室主任、2010年1月担任副主编。履职过程中，我非常注重新闻策划。

2012年3月18日，世茂房产在出售宁波北仑世茂世界湾二期800多套剩余房源时，报出最低价格每平方米5900元的消息，引来上千人抢购。与2009年、2010年上半年楼盘均价上万元相比，存在很大差价，这让不少先前购房的老业主心理上难以接受。他们愤怒地赶到售楼处讨要说法，有的要求退房，有的要求补偿差价，有的甚至乱砸一通，现场一片狼藉。

获取新闻线索以后，我及时向时任主编李道轩做了汇报。他说："报纸介入，

可能会把矛盾引到报社。但是，出了这么大的事情，媒体必须要有担当。要精心组织，搞好舆论引导。"听了他的指示后，我把记者俞慧娜、袁力波叫到办公室，安排他们分头采访房产买卖当事双方，以及政府有关部门，并对采写方法提出了具体要求。初稿出来以后，我进行了修改，并安排上版。

第二天，报纸刊登了《世茂世界湾二期先前已售房产该不该给予退房、补偿差价？》，如实地报道了事情经过，也引用了法律专家的观点：房屋同样属于商品，不可能绝对升值，也存在跌价风险。世茂降低房产售价是一种正常的市场行为。

哪知道，3月20日上午9点30分起，部分老业主陆续前往北仑区政府门前，最多时有两百人。他们在斑马线上拉起了横幅，大声呼喊着口号，并于11点15分左右将四明山路堵住，影响了车辆和行人的通过。警方用高音喇叭进行公告，同时出动警力将堵路的业主疏散至道路两侧。11点25分，道路恢复正常通行。但下午1点40分左右，又有近百名老业主聚集在区政府门口，直到下班时间还不愿离开。

我按照李主编的指示，根据事态发展，及时组织记者采访，在3月21日出版的报纸上刊登了《房价应势下调 需要理性对待》的通讯，并配评论《表达诉求要依法依规》，指出：一、市民表达诉求，应当通过正当的途径，不能聚众扰乱社会秩序。二、开发商调整价格是自主行为，目前国内尚无支持业主退房的判例。三、房价波动不可避免，涨跌都很正常。

3月21日上午，仍有部分老业主围在信访局门口进行上访。一时间，各种谣言四起。于是，我又派四名记者分头采访政府有关管理部门、相关单位和专业人士。下午，我根据他们的汇报，列出了七个问题，并要求他们通过采访拿出权威解释。

3月22日，报纸推出了《心情可理解 道理要讲明》专版，通过问答的形式回应老业主以及社会的关切：一、问：世茂世界湾二期降价幅度为何这么大？世茂房产有关负责人表示，此次降价是经过严密的市场调研的，目的在于尽快回笼资金，开发新的楼盘。二、问：听说有的公务员已经退房了，到底有没有这回事？世茂房产有关负责人回应："这纯属谣言。"信访局表示："欢迎举报。"三、问：降价后会不会降低建设标准和物业服务标准？世茂房产有关负责人表示，降价后，建设标准不但不会降低，反而会有所提高。他们承诺投入500万元，用于绿化、景观及配套设施的改造。房管处物业科表示，按照合同确认的小区物业服务标准，不会因房价变化而降低。四、问：愿支付违约金，为什么还不能解除合同退房？法律专家答复：解除合同的前提条件是双方协商同意或者合同无效。合同一经订立便具有法律效力，双方均应全面履行。房屋买卖引发的纠纷属于民事纠纷，只能通过协商、仲裁、诉讼的方式解决。五、问：警方为什么要传唤9名业主代表？警方回应：3月20日中午，老业主在反映诉求时，4男5女带头围堵北仑区政府，有的还拿着扩音喇叭组织其他业主喊口号，涉嫌违反《中华人民共和国治安管理处罚法》，警方依法进行传唤。经过说服教育，9名业主都认识到了错误。当晚，他们就离开了派出所。六、问：世茂房产降价，政府能否干预？法律专家说：商品房属市场调节价商品，应由经营者自主制定价格，政府及有关部门不能干预。七、问：房价一下子跌价这么多，让人情何以堪？心理学家回答：遇到这种情况，一开始可能难以接受。但是，这个既然已成事实，业主们就该理性面对，主动调节自己的心态。

"你们把话说到了我们的心坎！"早晨一上班，信访局领导就匆匆赶到报社表示感谢。他们还把这期报纸张贴在信访局门口，供上访的老业主观看。当天，这次风波就被平息了。时任市长助理、北仑区委书记陈利幸多次赞扬报社："这是一次成功的舆论引导。"

新闻策划不是提前计划，更不是新闻制造，它是一种手段。我认为，要提升新闻事件的吸引力、感染力、影响力，必须在策划中坚持正确的舆论导向，采取灵活的表达方式，对新闻事件的真实性进行突出。

从北仑驶入甬台温高速，过收费站不远处，有一座桥叫"大碶特大桥"，从桥上往东可以看到五岭墩。这个"工业小区"里聚集着各类小型加工企业，年数长的有近十年，短的两三年，以生产金属制品、塑料制品和模具加工为主。然而，谁也没想到，这里居然是一个违法建设比较集中的地方。多年来，其违法建设行为以及所带来的私占土地、环境污染、安全隐患等一系列问题，导致周边居民反响强烈。2012年3月5日，我根据李道轩主编的指示，安排记者谢挺先去进行暗访。一周后，我看了初稿，并提出了修改意见，让作者再做完善。

2012年3月13日，我们报纸推出了长篇通讯《五岭墩违法建设亟待整治》。

文章指出：一、这个"工业小区"的厂房大多都是违法建设，有的甚至被查处过多次。二、这里的工厂有的连厂名牌子都没有挂，有的还没有进行税务登记，存在偷税漏税嫌疑。三、这里生活垃圾、生产垃圾随处可见，臭味四溢，污水横流。四、石漱村村民：这还叫河水吗？根本就是油水。

一石激起千层浪。文章发表以后，在社会上引起了很大反响。许多读者通过拨打电话、发送电子邮件、论坛留言、上门反映等方式，表达了关切。

我组织力量进行新闻策划，通过采访报道和发表评论持续跟进。那段时间，我们报纸连续刊登了读者发来的心声、法律专家的分析、政府有关部门的观点，对违法建设形成了高压态势。大碶街道顺势而为，在有关部门的大力支持下，依法大力整治。他们抽调精干力量组成专案组，在两个半月时间内完成五岭墩区块 34 家企业的调查、查处工作。最后，这些企业所属厂房被全部拆除，共计 3.5 万平方米。现在，这里已被风景如画的苗圃所取代。

先进典型的思想、品格和行动昭示了时代的崇高意义。我在组织新闻策划中，力求扩大采访范围、运用多种报道体裁、注重让事实说话，推出了一些"平民英雄"。

2007 年 8 月 21 日 8 点多，北仑新碶街道备碶村外来工徐义胜在邻居家厨房起火引起液化气瓶爆炸的危急关头，奋不顾身救出两名儿童，全身大面积烧伤，演绎了感人的一幕。我安排记者段琼蕾第一时间赶到事发现场。接着，她又赶到徐义胜就医的宁波市第二医院。通过采访，她陆续向报社发回见闻，我一边指导采访，一边亲自改稿。第二天，我们报纸在一版重要位置刊登了《（引题）邻家灶台起火引发液化气瓶爆炸/（主题）外来工徐义胜火中救人受重伤/（副题）全身烧伤面积达 80%，仍未脱离生命危险》这条消息。此后，我安排多路记者采访徐义胜的亲人、朋友、同事，还专门派记者到他的家乡——安徽阜阳采访。就这样，我们通过全方位的跟踪报道，使徐义胜的形象更加立体。最后，他当选中央电视台"2007 年中国骄傲年度人物"。

2011 年春节前夕，北仑新碶街道玉兰社区的 64 岁居民陈杏娣看到很多外来工彻夜排着长队购买返乡车票，就萌生了义务为他们送碗热粥的念头。春运期间，她每天凌晨 3 点就起床熬粥、煮姜汤，然后送给数以万计的外来工。

我率先安排记者孙红军、陈张坤作了跟踪报道。接着，人民网、新华网等数百家网络媒体纷纷转载。一时间,"送粥奶奶"迅速红遍网络。陈杏娣还获得"中国网事·感动 2011 年度网络人物"。此后,每年春运,"送粥奶奶"都忙得不亦乐乎。

为了向市民展示新农村建设的风貌,我与报社其他部门负责人通力合作,于 2010 年 6 月推出了北仑新闻网网友"走进美丽村庄"系列探访活动,每半月组织 20 名网友考察一个特色村庄。

6 月 26 日,我们首次组织探访牌门村后,记者收集网友对探访过程的文字记叙、现场抓拍的照片,组成通讯专版。6 月 29 日,报纸推出的《牌门村:田园风光惹人醉》,向读者展示牌门村的历史文化、人文景观、民风民俗。由于我们在策划时强调报网互动,吸引了大量读者的眼球。随后,我们又陆续推出了十六个专版,如《嘉溪村:灵山梵韵多胜景》《共同村:竹林深处有人家》《门浦村:花开庭院橘满山》《城东村:桂香柿红迎客来》《民丰村:群山环抱有龙潭》《四合村:清代民居展魅力》《小门村:古今要道话沧桑》《河头村:雲雪山下好神奇》《尖岭村:古韵新颜风光好》《和鸽村:藏在深闺待人识》《岭下村:青山碧水入画来》《干岙村:依山傍海显风情》《上傅村:灵秀古韵沁心脾》《梅中村:名拳舞狮享盛誉》等等。

2008 年是中华民族悲喜交加的一年:5 月 12 日,发生汶川地震;8 月 8 日,北京奥运会开幕。作为一家地方媒体,我们没有满足于转载新华社的图文,而是主动加强新闻策划,延伸触角,让新闻更有温度,更具亲近感。

汶川地震发生后,我及时掌握北仑区政府有关部门、驻区垂直管理机构工作人员以及北仑志愿者前往灾区驰援的情况,安排 8 名记者分别与他们保持联系,记录他们工作时的一线见闻。如,在什邡市驰援的北仑消防中队长胡海峰讲述《我们爬过悬空的铁轨进灾区》《搜寻,争分夺秒地进行》,在都江堰市驰援的北仑国检防疫人员蒋寒冰、吴任民讲述《我们在面临倒塌的大楼旁消毒》《"感恩的心"让我们动容》,在平武县驰援的北仑 120 急救车司机杨明良讲述《塌方石头砸在我们车顶上》,在绵竹市驰援的北仑公安分局特警大队民警章旭波讲述《从早到晚我们为灾区群众巡逻》,在剑阁县驰援的北仑区建设局工作人员虞英博、邱卓敏讲述《我在青川为临时安置房选址》《一碗令人难以释怀的腊肉》,在雅安市驰援的北仑志愿者何传领讲述《把我们的爱传递给灾区的孩子》等等。记者连线时,大多在深夜进行,编辑都要忙到次日凌晨三点左右。我们就是这样，以饱满的工作激情把抗震一线的新闻传递给读者。

2009 年 12 月，报社特派沈天华同志赴四川省青川县采访。那里，是汶川地震发生后北仑对口援建的地方。小沈风尘仆仆赶到后，顾不上身体的疲惫，很快投入了工作。在掌握大量实情后，他加班加点写成了长篇通讯《为了建设新青川》，大手笔、全方位地报道了援建干部周国程、祝国全、虞英博参与灾后重建的事迹，令读者拍手叫好。

同样，在北京奥运会主火炬熊熊燃烧的 16 天时间里，我们也通过记者连线北仑人士推出了系列报道：国际排联官员服务主管、宁波开发区科技创业园服务中心科员唐芳讲述《我们笑容就是一张名片》，北仑籍奥运志愿者、中国人民大学法学系学生贺陈红讲述《央视播出了我们送福娃的镜头》，北仑籍奥运志愿者、中国传媒大学学生汪珊宇讲述《现场目睹中美篮球巅峰对决》，北仑籍奥运鸟巢志愿者、北京大学法学院学生周耀凤讲述《在鸟巢，感受世界最快百米跑速》等等，拉近了读者与北京奥运会的距离。

值得一提的是，2010 年 5 月 1 日，上海世博会开幕。我们在报上开辟了“精看世博 用心借鉴”专栏，先后派了两批记者采访世博会。记者们回来后，写出了一些接地气的稿件：《世博夜景让“格兰大光电”对 LED 更自信》《让更多标识成为无声导游》《从蒙特利尔馆看工业固废处置》《新能源汽车，离我们还有多远？》《垃圾“零填埋”的秘密》等等。

为了深入开展“走基层、转作风、改文风”活动，从 2011 年开始，我们通过新闻策划，相继开设了“蹲点日记”“我的调查”“一线见闻”“我在现场”等栏目，激励全体记者不断增强脚力、眼力、脑力、笔力，写出更多贴近实际、贴近生活、贴近群众的精品力作。

在新闻事业的感召下，记者们深入工厂企业、田间地头、街道社区等基层一线，记录寻常百姓的真实生活，反映普通群众的真情实感，讴歌伟大时代的发展变化。记者虞浩英深入小港蔬菜种植户徐海波大棚采访时，正值酷暑。白天，她坚持和徐师傅夫妇以及小工一起，在闷热的大棚里摘豇豆、丝瓜、茄子；吃饭时，她就在破旧的桌子旁解决；晚上，她睡在田野的简易房里，不断有蚊子狂轰滥炸。采访中，她亲身体验了蔬菜种植大户的生活，听到了对方的心声，写出了《农事多艰 梦想甘甜——记者体验小港种植户徐海波夫妇大棚劳作记》的通讯，让读者如临其境，感受到勤劳、智慧又充满梦想的农民立体形象。记者张敛在采写《老式照相馆》的稿子时，遇到 97 岁高龄的梅正荣老人。老人听力严重下降，任凭她再吼对方也听不见。突然，她看到放在老人床头的报纸和放大镜，就想老人识字，或许可以用写的方式来交流。于是，她把问题写在采访本上，并将每个字都放大了两倍。可是老人口齿不清，只好一笔一画回应。就这样，小张与老人用笔交流，分两次完成了近五个小时的采访。记者陈燕燕在一次采访中，认识了 80 岁的老人傅其兴。老人原是鄞州区五乡镇人，早年孤身一人来到北仑区霞浦生活。在社会的关爱下，他住进了五乡敬老院。傅老告诉小陈："我的妹妹傅赛珠嫁到小港快 30 年了，我找了多次都没找到。"小陈记着这件事，根据线索，费尽周折，终于在小港五盟村找到了傅赛珠老人。他们兄妹见面后，非常高兴。陈燕燕还与摄影记者孙红军赶去为老人拍了一张全家福。记者陈张坤走进 300 多米深的隧道工地，当了一回"穿山硬汉"，全身沾满混凝土泥浆。记者何冬在梅山保税港区，爬上 40 多米的高空，荡秋千般地体验了桥吊司机的操纵生活。记者王珏深入梅山、白峰海涂采访后，对一级恶性入侵植物——互花米草的生长情况以及危害进行了剖析，引起了有关部门的高度重视。"玻璃碎片锋利，直接放进垃圾桶，怕划伤清洁工，怎么办？"记者余姣姣深入社区以及城管部门采访时发现，这样的案例还真不少。最后，他找到了解决问题的办法——丢弃前，请用胶带缠裹……记者们的努力，使新闻报道更加及时、贴近、鲜活、丰富。

"两岸猿声啼不住，轻舟已过万重山。"如今，我们正处在互联网、全媒体、融媒体时代，日新月异，变化万千。而那些过去了的一切，都变成了我对美好人生的追忆！

2023 年 2 月 22 日于宁波

【 后记二 】

真诚的说明

2021 年 10 月开始，我利用了一年多的时间，采访了 26 位从部队退役的优秀的创新创业人物，虽然辛苦但成果丰硕——终于写成了《搏击第二战场》。

这些老战友曾经在中国人民解放军第 60 军、舟嵊要塞区（第 22 军），或者陆军船艇部队战斗过。他们在绿色军营那段激情燃烧的岁月里，牢记使命，把热血挥洒在实现强军梦的伟大实践之中，在军队这座大舞台上施展才华，淬炼成钢，书写了绚烂、无悔的青春篇章。退役后，他们转战商场，艰苦创业，实现了华丽转身！

采访中，我使尽千方百计，克服了许多困难。这些战友分散在北京、山东、江苏、安徽、湖北、浙江、江西、广东、福建等省以及国外，加上新冠疫情的影响，给我的面对面采访增加了很大难度。为了按期完成采访计划，一方面，我与他们充分沟通，尽量抓住见面的机会。广州市紫晶通信科技有限公司董事长鲍铁靖虽然已经到了古稀之年，但是为了事业夜以继日，经常穿越怒江、澜沧江、金沙江、珠江等河流，以及千万道崇山峡谷，在高原缺氧等恶劣的自然条件下，风餐露宿，参与建设国家重大工程。趁他 2022 年 7 月 9 日来家乡绍兴开会时，我立即驱车赶到绍兴咸亨酒店，对他进行了采访。鲍总坦诚、睿智的性格，给我留下了深刻印象。另一方面，我通过手机与他们进行交流。在采访对象中，叶龙标老战友是距离最远的。他在欧洲波兰共和国首都华沙忙着创业，由于疫情关系，长时间难以回国。该地时区属于东一区，与北京时间相差七个小时。我在工作间隙，用微信电话与他交流，断断续续坚持了半个月，最后圆满完成采访。

在写作体裁定位上，有人建议我采用报告文学的形式创作，而我坚持采用新闻通讯的形式，不虚构情节，不夸大业绩，不滥用形容词，用朴实的文字真实地再现了他们的创业经历，揭示了他们具有鲜明个性特征的爱国情怀、思想境界、高超智慧。例如，我在采写《永远保持冲锋的姿态——宁波精特数控机床有限公司董事长蒋善坤创业纪实》一文时，蒋善坤说起了他"1985 年带领七名同乡到贵州省独山县新同村承包橘园"的经历。在讲述时，由于时间久远，他忘记了许多具体情况。为了弄清原委，我通过各种方式，终于联系上了独山县委派驻新同村的驻村干部邹文。小邹告诉我："当时的橘园，位于独山县新同乡新场村，上世纪 90 年代初新同乡被撤，并到了下司镇，现在叫独山县下司镇新同村拉庄组。"通过小邹的牵线，我又采访了新同村村民李孙荣。李孙荣说："我还记得蒋善坤。我老婆韦开凤是乡村医生，老蒋他们有个头痛脑热的，就来我家的医务室看病。老蒋还经常来我家买柴火。他待人很真诚，我们玩得很好！"通过他们的回忆，我补充了一些蒋善坤当年创业的细节。同时，我还在宁波图书馆查到了 1986 年12 月 4 日出版的《浙江日报》。该报在第二版刊登了图片新闻，说明写道：宁海县长街青年农民蒋善坤等 8 人，当年在贵州收获橘子 4.5 万公斤，人均获得纯收入 3000 多元。

在表达方式上，我根据需要也做了一些创新：一是在《勇攀"光通信"的"珠穆朗玛峰"——通鼎集团董事局主席沈小平创业纪实》《中国电动车行业的领军者——雅迪集团控股有限公司董事局主席董经贵创业纪实》等通讯中，于每个小标题的最后一段都安排了创业人物的"分享"，增强了与读者的互动。二是在《"商脉"里流淌着红色基因——福建中驰生态农业综合开发有限公司总经理林华彪创业纪实》《"小衣架"拓开"大市场"——绍兴市柯桥区盈丰竹木制品厂厂长宋建敏创业纪实》等文章中，对有的章节采取现场见闻的形式呈现，把有关内容表达得更加清楚。

此书目录中，共设了"科技引领 产业报国""行业骄子 舍我其谁""独具匠心 风雨兼程""剑走偏锋 出奇制胜"五个专栏。其中创新创业人物的排列，按照入伍时间先后（相同看年龄大小）的顺序进行。

看过文稿的老战友表示，这本书立意高远、真实生动，是创业者的暖心参考书。宁波市阿六(冷链)食品有限公司董事长施新岳表示，将通过当地退役军人事务局，把这本书推荐给退役士兵学习。绍兴市柯桥区盈丰竹木制品厂厂长宋建敏表示，将在自己创办的"军人之家"驿站里，将此书推荐给战友收藏。浙江甬望律师事务所主任何方荣表示，将把此书推荐给自己熟悉的企业商会、协会的会员分享。

这本书的写成，凝聚了许多战友和朋友的关心和支持，他们有的帮我推荐、联系采访对象，有的为我提供采访素材和处理审稿事宜，有的帮我校对文稿和处理照片。在此，我对下列战友和朋友表示衷心感谢：黄兴琪、吴传来、张小平、居敖荣、顾煜良、王国寿、李本富、叶炳皓、杨丁敏、张传盈、计健根、洪旭朝、夏振源、陶剑、张栋梁、邹文、李孙荣、章旭、毛禹忠、陈荣、叶辉军、杨尚虎、章明、张成禄、黄超彦、甘泉、丁伯君、饶秀兰、黄勇、金利明、胡令君、赵辉、周鲁桃、徐庆雄、裴德伟、冯德满、陈张坤、黄明、童跃斌、张华杰、许海钦、张武平、张后胜、王胜峰、温艾奇、李建会、徐亚贤、马爱军、晓童、何福新。我还要特别感谢的，是第 181 师退役老兵张敬愉。张老师从《镇海日报》摄影记者的岗位退休后，忙于公益事业。这次，他挤出时间，对书中的所有照片进行了加工和修复，倾注了大量心血。

这本书的顺利出版，还要感谢哈尔滨出版社颜楠社长的精心指导，以及编辑杨浥新、马丽颖老师的把关补拙。

由于水平有限，难免存在不足之处，请读者批评指正。同时，我计划在条件成熟后，采写退役军人创业故事续集，欢迎读者推荐。有意者，请与我联系（电子邮箱：1027588478@qq.com）。

何开余

2023 年 5 月 4 日

【 后记三 】 书评

是金子总会发光

——读何开余《搏击第二战场》书稿感言

翁大毛

老同事何开余同志最近给我送来了他刚完稿的《搏击第二战场》，厚厚的共有 50 多万字，书稿中详尽讲述了他的 26 位退役战友的创业故事。我读后感触良多，真有不吐不快之感。

首先，这 26 位退役军人的创业历程尽管各有千秋，但都是艰苦卓绝、可歌可泣的，他们都有一股不怕苦、不怕累、不怕困难、不服输的拼搏精神和军人魄力。俗话说得好，是金子总会发光。这 26 位军人退役后搏击第二战场的事迹，无疑都是闪闪发光的先进典型，都能给人以鼓舞，给人以激励，给人以奋发图强的正能量。

其次，这 26 篇创业纪实在采访写作上也确实是可圈可点。每篇文章记录的内容都细致入微，视角各异，纵横捭阖，实话实说，生动朴实，真实可信。特别难能可贵的是，作者以其新闻工作者的职业敏感和职业操守，不但写出了每位主人公艰苦创业的自身特色和闪光亮点，而且充分体现了新闻报道写作必须坚持的实事求是的真实性原则。

三是这本书的书名精准朴实，书如其名，题文相符，名副其实。该书应该说是讲好广大退役军人搏击第二战场故事的成功范例，不但能给千千万万退役军人自主创业以鼓舞和激励，而且也能给更多更多的创业者、就业者甚至待业者以实实在在的启发和鼓励。

其实，作者何开余同志作为一位退役的正营级中校军官，其本人也正是退役后搏击第二战场——新闻战线的一把好手和成功者。他退役考入报社后，充分发挥其在部队服役期间业余从事新闻报道的专长，一直兢兢业业，再接再厉，脚踏实地，一步一个脚印地努力进取，从普通记者、编辑很快成长为采编室主任，直至担任编辑部副主编，成为一位实实在在的新闻单位领导干部。这一事实也恰好说明是金子总会发光的道理。

作为当年曾经亲自考查并决定录用退役军人何开余的老报人，我尽管已经退休多年，但却常为此感到由衷的欣慰。当今之时，在向大家推荐《搏击第二战场》这本佳作的同时，我也要向所有搏击在第二战场的退役军人同志学习、致敬！

（作者系宁波日报党委原副书记、副总编辑）

闪耀着生命无限亮光的灵魂

——读何开余《搏击第二战场》书稿感言

章倩如

　　欣喜地收到何开余先生的书稿《搏击第二战场》。之所以用欣喜这个词，是因为在这之前，他告知将寄一本书稿给我，而且是用通讯的形式写作的，这让我有所期待。他的通讯，我多次拜读，有自己的语言与形式特色，他是一个出色的写作者。我用了几天的时间，读完这本书稿，一直难舍合上书本。这26个退役军人的创业故事蕴含着的卓尔不群的灵魂与生命坚韧不拔的光亮，一直萦绕于怀。

　　这本书完美地呈现了26个充满着人性之美与善的灵魂，在我们的面前，划亮了26道闪耀着坚韧、倔强的生命之光。文字，一旦要去勾勒生命，那么，挖掘有价值的故事，就显得特别重要。何开余深谙此道，他要在不长的文字篇幅里，去呈现一个卓越的生命，那么，创业者中那些最具生命力与人格、精神的故事，就是他最为关注的。对于读者而言，这也是最美的享受，人们能从这些生命中，在他们的灵魂与精神世界里，找寻到温暖，甚至某种慰藉。这是可贵的，是文字的价值。我之所以不舍掩卷，就是因为这26个多姿多彩的生命，一直在激荡着我，就是他们每一个人展示出来的坚韧、奋斗、智慧、胸襟的美，就是每一个人呈现的深邃的精神世界，让我久久不能平静。

　　何开余是怎样用文字或艺术形式去呈现这一个个卓越灵魂的呢？他非常娴熟地使用了三点。其一，善用开头。文章写作之难，难在开头。何开余太熟悉他笔下的人物了，这些人物都与他同服役于部队，他善用一句富含哲理的话开始他对于一个人物的写作。比如，他写蒋善坤，"虽然他从未进过学堂，但是，他创造了不平凡的人生"，奇峰突起般的文字张力，使人急于走进他笔下人物的创业世界。

其二，停止叙述，插入人物回忆。何开余在这一点上，拓展了通讯的形式美。他善于在人物创业的人生关键点停止叙述，让创业者自身的回忆上场。这就使历时叙事与共时叙事，融于一体，使读者在阅尽人物创业轨迹后，深察了人物的灵魂。譬如，在写储吉旺如何将品牌取名为"西林"时，他就停止叙事，让储吉旺上场，这就让读者不仅了解了储吉旺的创业史，更看到储吉旺的心路历程。储吉旺之所以取名"西林"，一是纪念那个生养自己但地图上已找不到的村庄，二是让产品挺进西方世界。这就既展示了主人的雄心，又展示了人物那份难能可贵的故乡情怀。

其三，善用人物分享。这也是何开余的创造。这里的分享，既是叙事的继续，又是创业者胸襟、人格、灵魂的全部呈现。有时，用人物的内心分享，确实比作者的叙事要对读者有更强的冲击力，因为，读者有时不仅需要了解一个人生跌宕起伏的故事，更希望看到那盏照亮人物本身的心灵之光。

感谢何开余先生，用独创的艺术形式，给我们呈现了 26 个光彩夺目的创业者的生命，呈现了闪耀着无限生命亮光的灵魂。这些人，将永远是我们人生之途上的一盏明灯。

（作者系中国著名作家）

致敬奋斗者

——读何开余《搏击第二战场》书稿感言

冯洪江

殷殷初心如磐，时代答卷常新。《搏击第二战场》，展示的是一组"退伍不褪色，建功新战场"的杰出退役军人群像。

当离开军营、步入社会，过往的军旅生涯蕴蓄勇气，曾经的勋表略章奠定底气，不改的军人意志铸成铠甲，他们与历史同步伐，与时代共命运，居人群之中，守立场之正，立非常之志，行非常之举，执着坚定，努力向前，积跬步而至芬芳。这些战友创业创新的故事，让我们初看便心动，再看亦怦然。

他们中，有企业家，有劳模，有名医，有律师……虽然身处不同的"第二战场"，但搏击之路上，都拥有同频的震动。那就是他们共同的奋进之源——军魂！军魂，指引他们出发，激励他们勇毅，教会他们选择，也驱使他们不断审视工作的意义，从庸凡中抽身，仰望头顶的星空，安顿内心的理想，坚守信念、成就力量，历经千帆、春华秋实。

因篇幅有限，《搏击第二战场》一书，无法写尽所有"奋斗者"的故事，但确定无疑的是，无论他是谁，身在何方，做着什么，都在以自己的方式，融入并奉献社会。这与他们现在的身份、职业、财富无关，而与每位退役军人的信念和追求紧密相连，每一个内心滚烫、踏实干事的新老战友，都能共享时代的荣光。一朝军人，一生军魂，他们身上"专属"的内核和特质，恒久生辉！

本书作者，是我非常尊敬的何开余老师。他在新闻战线这个"第二战场"，追逐曾经的梦想，不断校正前进的方向，利用手中的笔和相机，深刻发现了人与人之间的连接。由他执笔写这本退役军人创业纪实，最能共情，也最切中肯綮。

站在时间转角处回望，来路并不平坦，但言此行值得！致敬何开余老师，也致敬所有眼里有光、心里有情、脚下有力的最美退役军人！

（作者系宁波来力品牌策划有限公司首席咨询师）

图书在版编目（CIP）数据

搏击第二战场：我 26 位战友的创业故事 / 何开余著
. — 哈尔滨：哈尔滨出版社，2023.12（2025.1 重印）
ISBN 978-7-5484-7210-0

I.①搏… II.①何… III.①纪实文学–作品集–中
国–当代 IV.① I25

中国国家版本馆 CIP 数据核字 (2023) 第 084894 号

书　　名：搏击第二战场：我 26 位战友的创业故事
BOJI DIER ZHANCHANG：WO 26 WEI ZHANYOU DE CHUANGYE GUSHI

作　　者：何开余　著
责任编辑：杨浥新　马丽颖
封面设计：里奥设计工作室

出版发行：哈尔滨出版社（Harbin Publishing House）
社　　址：哈尔滨市香坊区泰山路 82-9 号　　邮编：150090
经　　销：全国新华书店
印　　刷：哈尔滨市石桥印务有限公司
网　　址：www.hrbcbs.com
E – mail：hrbcbs@yeah.net
编辑版权热线：（0451）87900271 87900272

开　　本：787mm×1092mm　　1/16　　印张：33　　字数：546 千字
版　　次：2023 年 12 月第 1 版
印　　次：2025 年 1 月第 2 次印刷
书　　号：ISBN 978-7-5484-7210-0
定　　价：88.00 元

凡购本社图书发现印装错误，请与本社印制部联系调换。
服务热线：（0451）87900279